A. G. Howard
Dark Wonderland
Herzbube

A. G. Howard

DARK WONDERLAND

HERZBUBE

Aus dem Englischen
von Michaela Link

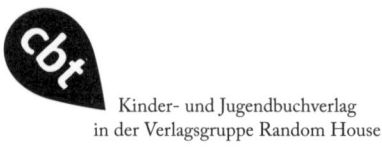

Kinder- und Jugendbuchverlag
in der Verlagsgruppe Random House

Verlagsgruppe Random House FSC® N001967

2. Auflage
© 2014 by A.G. Howard
Published by Arrangement with A.G. Howard
Die Originalausgabe erschien 2014 unter dem
Titel »Unhinged« bei
Amulet Books, an imprint of ABRAMS, New York
© 2015 für die deutschsprachige Ausgabe by cbt Verlag, München,
in der Verlagsgruppe Random House GmbH
Alle deutschsprachigen Rechte vorbehalten
Dieses Werk wurde vermittelt durch die Literarische Agentur
Thomas Schlück, 30287 Garbsen.
Aus dem Englischen von Michaela Link
Lektorat: Catherine Beck
Umschlaggestaltung und -illustration: © Isabelle Hirtz, Inkcraft
MG · Herstellung: kw
Satz: Buch-Werkstatt GmbH, Bad Aibling
Druck: GGP Media GmbH, Pößneck
ISBN: 978-3-570-16374-0
Printed in Germany

www.cbt-buecher.de

Für die Spektakulären Sieben: Cara Clopton, Sharon Cooper, Bethany Crandell, Terry Howard, Chris Lapel, Jessica Nelson und Marlene Ruggles. Ihr habt mich alle über die Maßen ermutigt, gestärkt und bei Laune gehalten auf meinem verrückten Weg durch den Literaturbetrieb. Das Buch ist für euch. In Liebe.

1

Blut + Glas

Meinem Kunstlehrer zufolge steckt in den Werken einer wahren Künstlerin Herzblut, aber er hat uns niemals gesagt, dass Blut selbst zum Medium werden kann – dass es ein Eigenleben annehmen und die Form deiner Kunstwerke auf abscheuliche und grausame Art prägen kann.

Ich streiche mir das Haar über die Schulter und steche mir mit einer sterilisierten Sicherheitsnadel, die ich in der Tasche hatte, in den Finger. Dann setze ich das letzte Glassteinchen auf mein Mosaik und warte ab.

Ich drücke eine durchsichtige Perle in den nassen weißen Gips, und ein Schauder überläuft mich, als das Blut hineintropft. Es ist, als sauge dort, wo ich das Glas berühre, ein Blutegel an meiner Fingerspitze. Der Egel leitet das Blut unter die Glassteinchen weiter, wo es eine tiefe, samtrote Lache bildet. Aber das ist noch nicht alles.

Das Blut tanzt ... bewegt sich von Mosaikstein zu Mosaikstein und hinterlässt auf jedem Stein einen dunkelroten Strich, sodass ein Bild entsteht. Mir stockt der Atem, und ich warte darauf, dass die Striche sich verbinden ... frage mich, was diesmal dabei herauskommen wird. Hoffe, dass es nicht wieder *sie* sein wird.

Es läutet, die Unterrichtsstunde ist zu Ende, und ich decke rasch ein Tuch über mein Mosaik, weil ich Angst habe, dass sonst jemand Zeuge seiner Verwandlung werden könnte.

Die Sache mit dem Blut gehört zu den vielen ständigen Erinnerungen daran, dass das Wunderlandmärchen real ist. Meine Abstammung von Alice Liddel bedeutet, dass ich anders bin als alle anderen. Wie sehr ich mich auch distanzieren mag, ich bin auf ewig verbunden mit einer seltsamen und unheimlichen Sekte magischer Kreaturen, den Netherlingen.

Meine Mitschüler schnappen sich ihre Rucksäcke und Bücher und verlassen den Kunstraum, stoßen die Fäuste gegeneinander und klatschen sich ab, sprechen über ihre Pläne für das Gedenktagswochenende. Ich sauge an meinem Finger, obwohl kein Blut mehr fließt. Mit der Hüfte an den Tisch gelehnt, schaue ich nach draußen. Es ist bewölkt und vor dem Fenster steigt Nebel auf.

Mein 1975er Gremlin, genannt Gizmo, hatte heute Morgen einen Platten. Da meine Mom nicht Auto fährt, hat Dad mich auf dem Weg zur Arbeit vor der Schule abgesetzt. Ich habe ihm versichert, dass ich eine Mitfahrgelegenheit nach Hause finden würde.

In meinem Rucksack rührt sich mein Handy. Ich fische es heraus und lese eine SMS von meinem Freund: *Skatergirl ... ich bin auf dem Ostparkplatz. Kann es kaum erwarten, dich zu sehen. Grüß Mason von mir.*

Jeb und ich sind seit fast einem Jahr zusammen. Davor waren wir sechs Jahre beste Freunde, aber im vergangenen Monat hatten wir nur über SMS und unregelmäßige Telefongespräche miteinander Kontakt. Ich sehne mich danach, ihn wiederzusehen, aber ich bin auch seltsam nervös. Ich habe Angst, dass jetzt alles anders sein wird, weil er ein Leben lebt, an dem ich keinen Anteil habe.

Während ich zu Mr Mason, der im Flur mit einem Schüler über Kunstutensilien redet, hinüberschaue, tippe ich meine Antwort. *K. Kann es auch nicht erwarten, dich zu sehen. Gib mir 5 Minuten ... Muss noch was erledigen.* Ich werfe das Telefon in den Rucksack zurück und lüfte das Tuch, um mein Projekt zu betrachten. Mein Herz rutscht mir in die Hose. Nicht mal die vertrauten Düfte von Farbe, Kreidestaub und Gips können mich über das hinwegtrösten, was jetzt vor meinen Augen Gestalt annimmt: eine mörderische zornige Königin Rot mit einem mörderischen Wutanfall in einem trostlosen und zerfallenden Wunderland.

Genau wie in meinen jüngsten Träumen ...

Ich lasse das Tuch wieder sinken, weil ich nicht bereit bin, mir einzugestehen, was das Bild bedeuten könnte. Es ist einfacher, den Kopf in den Sand zu stecken.

»Alyssa.« Mr Mason tritt an meinen Tisch. Seine gebatikten Stoffschuhe wirken auf dem weißen Linoleumboden wie ein zerlaufener Regenbogen. »Was ich noch fragen wollte ... hast du vor, das Stipendium für das Middleton-College anzunehmen?«

Trotz meiner Nervosität nicke ich. *Wenn Dad mir erlaubt, mit Jeb nach London zu ziehen.*

»Gut.« Mr Masons breites Lächeln präsentiert eine Lücke zwischen seinen Vorderzähnen. »Jemand mit deinem Talent sollte jede Gelegenheit nutzen. Jetzt zeig mir mal dein letztes Werk.«

Bevor ich ihn daran hindern kann, zieht er das Abdecktuch hoch und blinzelt. Die Tränensäcke unter seinen Augen erscheinen durch seine rosa gefärbten Brillengläser vergrößert. Ich seufze und bin erleichtert, dass die Verwandlung abgeschlossen ist.

»Stürmische Farbe und viel Bewegung, wie immer.« Er beugt sich über das Mosaik und reibt sich sein Ziegenbärtchen. »Ebenso verstörend wie die anderen.«

Seine letzte Bemerkung lässt meinen Magen Purzelbäume schlagen.

Als ich vor einem Jahr Käferleichen und getrocknete Blumen für meine Mosaike verwendet habe, strahlten meine Werke ungeachtet der Morbidität der Materialien eine Aura von Optimismus und Schönheit aus. Jetzt und mit meinen veränderten Mitteln ist alles, was ich erschaffe, düster und gewalttätig. Es gelingt mir offenbar nicht mehr, Leichtigkeit oder Hoffnung darzustellen. Tatsächlich habe ich es aufgegeben, dagegen anzukämpfen. Ich lasse dem Blut einfach seinen Lauf.

Ich wünschte, ich könnte ganz aufhören, Mosaike zu machen. Aber es ist ein Zwang; ich muss es mir eingestehen ... Und irgendetwas sagt mir, dass es einen Grund dafür gibt. Etwas, das mich daran hindert, sie alle zu vernichten und die Gipsvorlagen in tausend Stücke zu schlagen.

»Muss ich mehr rote Glassteine kaufen?«, fragt Mr Mason. »Ich habe allerdings keine Ahnung, wo ich sie herbekommen soll. Neulich habe ich im Internet danach gesucht, aber ich konnte keinen Lieferanten finden.«

Er hat keine Ahnung, dass die Mosaiksteinchen am Anfang durchsichtig waren, dass ich während der letzten paar Wochen nur durchsichtige Steinchen benutzt habe und dass sich die Motive, die ich seiner Meinung nach akribisch auf das Glas zeichne, tatsächlich von selbst formen.

»Es ist okay«, antwortete ich. »Sie kommen aus meinem persönlichen Vorrat.« Buchstäblich.

Mr Mason mustert mich für eine Sekunde. »In Ordnung. Aber

mir geht der Platz in meinem Schrank aus. Vielleicht könntest du dieses mit nach Hause nehmen.«

Ich schaudere bei dem Gedanken. Wenn ich eins davon bei mir zu Hause hätte, würde mir das nur weitere Albträume bescheren. Ganz zu schweigen von der Frage, wie es sich vielleicht auf Mom auswirkte. Sie hat bereits genügend Lebenszeit als Gefangene ihrer Wunderlandphobien verschwendet.

Ich werde mir vor dem Ende der Schulzeit etwas anderes einfallen lassen. Mr Mason wird nicht bereit sein, meine Mosaike den ganzen Sommer aufzubewahren, vor allem, da ich in der Oberstufe bin. Aber heute habe ich andere Dinge im Kopf.

»Können Sie dieses eine vielleicht noch unterbringen?«, frage ich. »Jeb holt mich mit seinem Motorrad ab. Nächste Woche werde ich alles mit nach Hause nehmen.«

Mr Mason nickt und trägt das Mosaik zu seinem Schreibtisch hinüber.

Ich hocke mich hin, um die Sachen in meinem Rucksack zu ordnen, und wische mir die verschwitzten Hände an meinen gestreiften Leggins ab. Der Saum, der meine Knie streift, fühlt sich fremdartig an. Mein Rock ist ungewohnt lang, ohne Unterröcke darunter, die ihn aufbauschen. Seit Moms Rückkehr aus dem Irrenhaus haben wir häufig über meine Kleider und meine Schminke gestritten. Sie findet meine Röcke zu kurz und wünschte, ich würde Jeans tragen und mich »anziehen wie normale Mädchen«. Ihrer Meinung nach sehe ich zu wild aus. Ich habe ihr gesagt, ich trüge Strumpfhosen und Leggings, weil es anständig aussieht. Aber sie hört mir nie zu. Es ist, als versuche sie, die elf Jahre wettzumachen, die sie weg war, indem sie ein übertriebenes Interesse an allem zeigt, was mich betrifft.

Heute Morgen hat sie gewonnen, aber nur, weil ich spät aufgewacht bin und es eilig hatte. Es ist nicht einfach, für die Schule aufzustehen, wenn man die ganze Nacht gegen den Schlaf gekämpft hat, damit keine Träume kommen.

Ich schwinge mir den Rucksack über die Schultern und nicke Mr Mason zum Abschied zu. Dann stapfe ich mit meinen Marie-Jane-Plateauschuhen über den verlassenen Flur. Vereinzelte Arbeitsblätter und Heftseiten auf dem Boden wie Trittsteine in einem Teich. Mehrere Schließfächer stehen offen, als hätten die Schüler keine Sekunde Zeit gehabt, sie zu schließen, bevor sie ins Wochenende verschwinden.

Hundert verschiedene Rasierwasser, Parfums und Körpergerüche hängen noch in der Luft, vermischt mit dem schwachen, hefigen Duft der Brötchen vom Mittagessen in der Caféteria. Riecht wie das Deo Teen Spirit. Ich schüttele den Kopf und grinse.

Apropos Spirit, der Schülerrat der Pleasance High hat rund um die Uhr gearbeitet, um in jedem Winkel der Schule Hinweise auf den Schulball aufzuhängen. In diesem Jahr findet der Tanz einen Tag vor unserer Abschlusszeremonie am Samstag statt – heute in einer Woche.

ALLE PRINZEN UND PRINZESSINNEN SIND AM 25. MAI HERZLICH ZUM SCHULBALL DER PLEASANCE HIGH EINGELADEN. DAS MOTTO IST »MÄRCHEN«. FRÖSCHE SIND NICHT ERWÜNSCHT.

Die letzte Zeile entlockt mir ein Grinsen. Jenara, meine beste Freundin, hat sie mit fettem grünen Textmarker auf jedes Plakat geschrieben. Sie hat am Dienstag die komplette sechste Stunde damit verbracht, was ihr drei Tage Nachsitzen eingetragen hat. Aber allein der Ausdruck auf Taelor Tremonts Gesicht war es wert. Taelor ist die Ex meines Freunds, der Tennisstar der Schule und die Vorsitzende der Schülervertretung. Sie ist auch diejenige, die in der fünften Klasse mein Liddelsches Familiengeheimnis ausgeplaudert hat. Unsere Beziehung ist, gelinde gesagt, angespannt.

Ich streiche über eins der Werbebanner, das nur noch halb von Klebeband festgehalten wird und wie eine lange weiße Zunge von der Wand hängt. Es erinnert mich an meine Begegnung mit den schlangenartigen Zungen des Bänderschnätz' im letzten Sommer. Ich winde mich und reibe den leuchtend roten Streifen in meinem blonden Haar zwischen Daumen und Zeigefinger. Es ist eins meiner ständigen Erinnerungen, genau wie die Knötchen hinter meinen Schulterblättern, unter denen Flügel ruhen. Wie sehr ich auch versuche, mich von meinen Erinnerungen an das Wunderland zu distanzieren, sie sind immer gegenwärtig und weigern sich, fortzugehen.

Genauso, wie sich ein gewisser *Jemand* weigert, fortzugehen.

Bei dem Gedanken an schwarze Flügel, unergründliche tätowierte Augen und einen Cockneyakzent schnürt sich meine Kehle zusammen. Er beherrscht bereits meine Nächte. Ich werde ihm nicht auch noch meine Tage überlassen.

Ich drücke die Türen auf und trete auf den Parkplatz hinaus. Kühle feuchte Luft schlägt mir entgegen. Ein feiner Nebel legt sich auf mein Gesicht. Es sind nur noch wenige Autos da, und Schüler stehen in kleinen Gruppen zusammen, um zu reden – einige in Kapuzensweatshirts gemummelt, andere offenbar unempfindlich gegen das für die Jahreszeit zu kühle Wetter. Es hat diesen Monat viel geregnet. Die Meteorologen haben die Menge zwischen hundertundzwanzig und hundertundsechzig Liter pro

Quadratmeter angegeben. Damit wurde für Pleasance, Texas, ein jahrhundertealter Rekord übertroffen.

Meine Ohren stellen sich automatisch auf die ein paar Meter entfernten Käfer und Pflanzen am Rand des durchweichten Footballfelds ein. Ihr Gewisper geht oft in ein Knistern und Rauschen über, wie man es aus einem schlecht abgestimmten Radio hören kann. Aber wenn ich mir Mühe gebe, kann ich deutliche Mitteilungen ausmachen, die nur für mich bestimmt sind:

Hallo Alyssa.
Schöner Tag für einen Spaziergang im Regen ...
Genau die richtige Brise fürs Fliegen.

Es gab eine Zeit, da habe ich es gehasst, ihre undeutlichen, wild durcheinandergezirpten Grüße zu hören, so sehr, dass ich sie fing und zerdrückte. Jetzt ist das weiße Rauschen tröstlich. Die Käfer und Blumen sind meine Kumpel geworden ... liebenswerte Erinnerungen an einen geheimen Teil von mir.

Einen Teil von mir, von dem nicht mal mein Freund etwas weiß.

Ich sehe ihn am Ende des Parkplatzes stehen. Er lehnt an seiner frisierten alten Honda Dax und plaudert mit Corbin, dem Stamm-Quarterback und Jenaras neuem Typen. Jebs Schwester und Corbin geben ein seltsames Paar ab. Jenara hat pinkfarbenes Haar und den Modegeschmack einer Prinzessin, die zum Punkrocker mutiert ist – das genaue Gegenteil der typischen Freundin einer Sportskanone aus Texas. Aber Corbins Mutter ist Innenarchitektin und bekannt für ihren exzentrischen Stil, also ist er an schräge, künstlerische Persönlichkeiten gewöhnt.

Zu Beginn des Jahres waren die beiden Laborpartner in Biologie. Es hat Klick gemacht und jetzt sind sie unzertrennlich.

Jeb schaut in meine Richtung. Er strafft sich, als er mich sieht, seine Körpersprache so deutlich wahrnehmbar wie ein Ruf. Selbst auf diese Entfernung wärmt das Feuer seiner moosgrünen Augen die Haut unter meiner Spitzenbluse und dem karierten Korsett.

Er verabschiedet sich von Corbin, der sich eine rötlich blonde Haarsträhne aus den Augen streicht und mir zuwinkt, bevor er sich einer Gruppe von Footballspielern und Cheerleadern anschließt.

Jeb schlüpft auf dem Weg zu mir aus seiner Jacke. Darunter kommen muskulöse Arme zum Vorschein. Er stapft mit seinen schwarzen Kampfstiefeln über den schimmernden Asphalt und seine olivfarbene Haut glänzt im Nebel. Zu seinen abgewetzten Jeans trägt er ein dunkelblaues T-Shirt. Darauf ist in Weiß ein Bild der Band My Chemical Romance gesprüht, mit einem roten Strich diagonal über die Gesichter. Es erinnert mich an meine Blutkunst, und ich schaudere.

»Ist dir kalt?«, fragt er und wickelt mich in seine Jacke.

Das Leder ist noch warm von seinem Körper. Eine flüchtige Sekunde lang kann ich sein Rasierwasser beinahe schmecken: eine Mischung aus Schokolade und Moschus.

»Ich bin einfach glücklich, dass du zu Hause bist«, antwortete ich, die Hände flach auf seine Brust gedrückt, und freue mich über seine Kraft und Solidität.

»Ich auch.« Er schaut auf mich herab, liebkost mich mit seinem Blick, hält sich jedoch zurück. Seine Haare sind kürzer als bei unserem letzten Treffen. Der Wind wirbelt die dunklen, kragenlangen Strähnen durcheinander. Das Deckhaar ist immer noch so lang, dass es sich wellt, und es ist vollkommen zerzaust, weil er einen Helm getragen hat. Die Haare sind ungekämmt und wild, genau so, wie ich es mag.

Ich will in seine Arme springen oder noch viel lieber seine weichen Lippen küssen. Das Verlangen, verlorene Zeit wettzumachen, überwältigt mich, bis ich mich wie ein Kreisel fühle, der darauf wartet, sich zu drehen. Aber noch behält meine Schüchternheit die Oberhand. Ich schaue über seine Schulter, dorthin, wo sich vier Unterstufenschülerinnen um einen silbernen PT-Cruiser scharen und jede unserer Bewegungen verfolgen. Ich kenne sie aus dem Kunstkurs.

Jeb folgt meinem Blick und nimmt meine Hand, um jeden Knöchel zu küssen. Das Kratzen seines Lippenpiercings löst ein Kribbeln aus, das sich bis in meine Zehenspitzen fortsetzt. »Lass uns von hier verschwinden.«

»Du liest meine Gedanken.«

Er grinst. Beim Anblick seiner Grübchen fangen die Schmetterlinge in meinem Bauch an zu flattern.

Hand in Hand gehen wir zu seinem Motorrad, während sich der Parkplatz langsam leert. »Also ... sieht so aus, als hätte deine Mom heute Morgen gewonnen.« Er deutet auf meinen Rock und ich verdrehe die Augen.

Grinsend hilft er mir, meinen Helm aufzusetzen, streicht mir das Haar glatt und trennt die rote Strähne von den blonden. Dann wickelt er sie sich um den Finger und fragt: »Hast du gerade an einem Mosaik gearbeitet, als ich dir geschrieben habe?«

Ich nicke und schnalle den Helmriemen unter dem Kinn fest. Ich will nicht, dass das Gespräch in diese Richtung geht, denn ich bin mir nicht sicher, wie ich ihm sagen soll, was in meinen Kunststunden passiert ist, während er fort war.

Als ich auf den Rücksitz klettere, umfasst er meinen Ellbogen. »Wann bekomme ich deine neuen Sachen zu sehen, hm?«

»Wenn sie fertig sind«, murmele ich. Tatsächlich will ich sie ihm erst dann zeigen, wenn ich bereit bin, ihn zuschauen zu lassen, wie ich eins mache.

Er hat keine Erinnerung an unsere Reise ins Wunderland, aber er hat die Veränderungen an mir wahrgenommen, auch den Schlüssel, den ich um den Hals trage und niemals abnehme, und die Knötchen an meinen Schulterblättern, die ich auf eine Eigenheit der Familie Liddell schiebe.

Eine Untertreibung.

Ein Jahr lang habe ich versucht herauszufinden, wie ich ihm am besten die Wahrheit sage, ohne dass er mich für verrückt hält. Wenn ihn irgendetwas überzeugen kann, dass wir eine wilde Tour durch Lewis Carrolls Fantasiewelt gemacht haben und dann in der Zeit rückwärts gereist sind, um nach Hause zurückzukehren, als seien wir nie fort gewesen, dann ist es meine Blut- und Magiekunst. Ich muss den Mut aufbringen, sie ihm zu zeigen.

»Wenn sie fertig sind«, wiederholt er meine kryptische Antwort. »Na gut.« Er schüttelt den Kopf, bevor er seinen Helm aufsetzt. »Künstler. So pflegeleicht.«

»Das sagt der Richtige. Wo wir gerade beim Thema sind, hast du etwas von deiner neuesten Verehrerin gehört?«

Jebs gotische Märchenkunst hat eine Menge Aufmerksamkeit erregt, seit er sie auf Ausstellungen gezeigt hat. Er hat mehrere Werke verkauft, das teuerste für dreitausend Dollar. Vor Kurzem hat eine Sammlerin aus der Toskana Kontakt mit ihm aufgenommen, die seine Kunstwerke im Internet gesehen hatte.

Jeb wühlt in seiner Tasche und reicht mir einen Zettel. »Das ist ihre Telefonnummer. Ich soll ein Treffen planen, damit sie sich meine Werke ansehen kann.«

Ivy Raven. Stumm lese ich den Namen. »Klingt falsch, oder?«, frage ich und ziehe meine Rucksackriemen stramm. Ich wünschte beinahe, sie wäre nur erfunden. Aber ich weiß es besser. Meine Internetrecherche hat ergeben, dass Ivy eine vollkommen echte, schöne sechsundzwanzigjährige Erbin ist. Eine anspruchsvolle, reiche Göttin ... Wie alle Frauen, die Jeb in letzter Zeit umschwirren. Ich gebe den Zettel zurück und versuche, die Unsicherheit zu verscheuchen, die mir ein Loch ins Herz zu brennen droht.

»Spielt keine Rolle, wie falsch sie klingt«, sagt Jeb, »solange das Geld echt ist. Ich habe mir eine nette Wohnung in London angesehen. Wenn ich ihr etwas verkaufen kann, habe ich genug Geld zusammen, um die Wohnung zu bezahlen.«

Wir müssen Dad immer noch davon überzeugen, mich gehen zu lassen. Ich verkneife es mir, meine Sorge laut auszusprechen. Jeb hat bereits ein schlechtes Gewissen wegen der Spannungen zwischen ihm und Dad. Sicher, es war ein Fehler von Jeb, es mir zu ermöglichen, mir hinter dem Rücken meiner Eltern eine Tätowierung machen zu lassen. Aber er hat es nicht getan, um sie zu ärgern. Er hat es wider besseres Wissen getan, weil ich ihn unter Druck gesetzt habe. Weil ich versucht habe, so rebellisch und weltgewandt zu sein wie die Leute, mit denen er jetzt rumhängt.

Jeb hat sich gleichzeitig ein Tattoo stechen lassen, an der Innenseite seines rechten Handgelenks. Es sind die lateinischen Worte *Vivat Musa*, was sinngemäß »Lang lebe die Muse« bedeutet. Meine Tätowierung sind zwei Miniflügel auf meinem linken Knöchel, die mein Nethergeburtsmal verbergen. Ich habe den Künstler die Worte *Alis Volat Propriis* zeichnen lassen, Latein für »Sie fliegt mit ihren eigenen Flügeln.« Es ist eine Erinnerung daran, dass ich meine dunklere Seite kontrolliere und nicht umgekehrt.

Jeb steckt die Nummer der Erbin in seine Jeanstasche und scheint dabei tausend Meilen entfernt zu sein.

»Ich wette, sie hofft, dass du im Team Puma spielst«, sage ich halb im Scherz, um ihn in die Gegenwart zurückzuholen.

Jeb schaut mich an und schlüpft dabei in sein Flanellhemd, das er über die Griffe seiner Honda geworfen hatte. »Sie ist noch keine dreißig. Zu jung für einen ausgewachsenen Puma.«

»Oh, danke. Das ist ein Trost.«

Sein vertrautes, neckendes Lächeln beruhigt mich. »Du kannst gern mitkommen, wenn ich mich mit ihr treffe.«

»Abgemacht«, sage ich.

Er schwingt sich in den Sattel, und es schert mich nicht länger, ob uns jemand sieht. Ich drücke mich so eng wie möglich an ihn, schlinge Arme und Knie fest um ihn und schmiege ihm das Gesicht direkt unter dem Rand seines Helms in den Nacken. Sein weiches Haar kitzelt mich an der Nase.

Ich habe dieses Kitzeln vermisst.

Er schiebt sein Visier hoch und neigt den Kopf, damit ich ihn hören kann, als er den Motor startet. »Lass uns irgendwohin verschwinden, wo wir für eine Weile allein sein können. Danach bringe ich dich dann nach Hause, damit du dich für unser Date fertigmachen kannst.«

In mir kribbelt es vor Erwartung. »Was schwebt dir denn so vor?«

»Ein Ausflug in die Vergangenheit«, antwortet er.

Und bevor ich auch nur fragen kann, was das bedeutet, sind wir schon unterwegs.

2

Tunnelblick

Ich bin froh, dass Gizmo einen Platten hat, weil es nichts Schöneres gibt, als mit Jeb Motorrad zu fahren.

Wir legen uns in den Kurven nach links oder rechts. Auf lockerem Schotter fährt er vorsichtig und fädelt sich langsam durch den Verkehr, damit er bremsen kann, ohne zu schlittern. Aber sobald wir den älteren Teil der Stadt erreichen, wo nur ein oder zwei Autos auf der Straße sind und uns weniger Ampeln aufhalten, gibt er Gas, und wir legen zu.

Der Regen legt ebenfalls zu. Jebs Jacke schützt meine Bluse und mein Korsett. Einzelne Tröpfchen landen auf meinem Gesicht. Ich drücke die linke Wange an seinen Rücken und halte ihn fester umfangen, dann schließe ich die Augen, um im puren Gefühl zu schwelgen: in der Bewegung seiner Muskeln, wenn er in die Kurven geht, im Duft des nassen Asphalts und dem Geräusch des Motorrads, das durch meinen Helm gedämpft wird.

Der Wind peitscht meine Haare um uns herum. Näher kann ich dem Fliegen in der Menschenwelt nicht kommen. Die Knospen hinter meinen Schulterblättern kribbeln, als wollten sie bei dem bloßen Gedanken Flügel sprießen lassen.

»Bist du noch wach da hinten?«, fragt Jeb, und ich merke, dass wir langsamer werden.

Ich öffne die Augen und stütze das Kinn auf seine Schulter, damit ich ein wenig vor dem sanften Nieselregen geschützt bin. Seine Bemerkung über die »Fahrt in die Vergangenheit« ergibt einen Sinn, als ich das Kino erkenne, das wir regelmäßig besucht haben, als ich in der sechsten Klasse war.

Ich bin nicht mehr hier gewesen, seit es vor drei Jahren für baufällig erklärt worden ist. Die Fenster sind mit Brettern vernagelt, und in den Ecken und am Boden des Gebäudes hat sich Müll angehäuft, als suchte er Zuflucht vor dem Wetter. Die texanischen Winde haben das ovale, orangefarbene und blaue Neonschild von seinem Platz über dem Eingang weggeblasen; es liegt auf der Seite wie ein zerschmettertes Osterei. Die Aufschrift lautet nicht mehr EASTEND KINO. Die einzigen Buchstaben, die noch lesbar sind, ergeben das Wort END. Das ist gleichzeitig poetisch und traurig.

Das Kino ist jedoch nicht unser Ziel. Jeb, Jenara und ich haben uns damals von unseren Eltern am Kino absetzen lassen, aber das war häufig nur ein Vorwand für Jugendliche, die sich ein paar Stunden ohne elterliche Kontrolle ergaunern wollten. Wir versammelten uns dann vor dem riesigen Hochwasserabflussrohr auf der anderen Seite des Parkplatzes, wo ein Betonhang in eine ebenfalls betonierte Kuhle führte. Sie erstreckte sich über gut zwanzig Meter und war ideal zum Skateboardfahren.

Niemand hat sich jemals Sorgen wegen einer Überschwemmung gemacht. Das Rohr war dazu da, mögliches Hochwasser von dem See auf der anderen Seite abzuleiten – einem See, der im Laufe der Jahrzehnte allmählich ausgetrocknet ist.

Da er so trocken war wie eine Wüste, diente der Tunnel als Versteck zum Knutschen und für Graffitiaktionen. Jenara und ich haben nicht viel Zeit dort verbracht. Dafür hat Jeb gesorgt. Er sagte, wir seien zu unschuldig, um mit anzusehen, was in den Tiefen vor sich ging.

Aber heute bringt er mich genau dorthin.

Jeb fährt über den vermüllten Parkplatz und ein Stück Ödland, dann nimmt er den Abhang ins Visier. Als wir die Piste hinunterfahren, spanne ich die Beine fester um ihn, lasse seine Taille los und strecke die Arme hoch in die Luft. Meine Flügelknospen kitzeln, und ich johle und brülle, als wären wir auf einer Achterbahn. Jeb stimmt lachend in meinen schwindelerregenden Ausbruch ein. Viel zu schnell sind wir unten angelangt, und ich halte mich wieder an ihm fest, während wir auf unserem Zickzackrennen Richtung Abflussrohr durch große Pfützen rollen.

Vor dem Eingang halten wir an. Der Tunnel ist ebenso verlassen wie das Kino. Kein Teenager verirrt sich mehr hierher, seit Unterland – das Freizeitzentrum mit dem ultravioletten, unterirdischen Skaterpark, das Taelor Tremonts Familie gehört – zum beliebtesten Treffpunkt im Westen der Stadt geworden ist. Es regnet jetzt heftiger, und Jeb hält das Motorrad fest, damit ich herunterklettern kann. Ich rutsche auf dem nassen Boden aus.

Er fängt mich mit einem Arm um meine Taille auf und wortlos zieht er mich zu einem Kuss an sich. Ich umfasse sein Kinn, lerne neu, wie seine Muskeln unter meinen Fingerspitzen arbeiten, und mache mich wieder vertraut damit, wie perfekt sein starrer, fester Körper und meine weicheren Kurven zusammenpassen.

Regentropfen gleiten über unsere Haut und sickern zwischen unsere Lippen. Ich vergesse, dass wir immer noch unsere Helme tragen, und ich vergesse, wie kalt meine nassen Leggings und wie schwer meine durchweichten Schuhe sind. Er ist endlich hier bei mir, unsere Körper nahtlos aneinander, und weiß glühende Berührungspunkte sind das Einzige, was ich noch wahrnehme.

Als wir uns endlich voneinander lösen, sind wir klatschnass, erhitzt und außer Atem.

»Ich habe mich so danach gesehnt«, sagt er, seine Stimme heiser und der Blick seiner grünen Augen durchdringend. »Jedes Mal, wenn ich deine Stimme am Telefon gehört habe, konnte ich nur daran denken, dich zu berühren.«

Sein Herz schlägt gegen meins und seine Worte lassen meinen Magen vor Freude Purzelbäume schlagen. Ich lecke mir die Lippen, eine stumme Bestätigung, dass ich das Gleiche gedacht habe.

Zusammen schieben wir seine Honda in den Tunnel und lehnen sie gegen die gewölbte Wand. Dann nehmen wir unsere Helme ab und schütteln unser Haar aus. Ich streife Jebs Jacke und meinem Rucksack ab.

Ich hatte den Tunnel nicht so dunkel in Erinnerung. Der bewölkte Himmel tut ein Übriges. Vorsichtig trete ich einen Schritt weiter hinein, nur um von dem lästigen Getuschel von Spinnen, Grillen und was sich sonst an Insekten in der Dunkelheit versammelt, begrüßt zu werden.

Warte ... tritt uns nicht platt ... sag deinem Freund, er soll seine großen Füße wegnehmen.

Ich halte entnervt inne. »Du hast doch eine Taschenlampe mitgebracht, oder?«, frage ich.

Jeb kommt von hinten und schlingt mir die Arme um die Taille. »Ich habe etwas Besseres als eine Taschenlampe«, flüstert er dicht an meinem Kopf und hinterlässt einen warmen Hauch genau hinter meinem Ohr.

Es folgt ein Klicken und eine Lichterkette erhellt den Tunnel. Die Lämpchen spenden nicht viel Licht, aber ich sehe, dass kein Skateboard mehr herumliegt. Skater haben früher ihre alten Bretter liegen gelassen, sodass sie jeder, der aus dem Kino kam, benutzen konnte. Wir hatten damals einen Kodex. Fast nie wurde ein Brett gestohlen, weil wir alle wollten, dass die Freiheit ewig währte.

Wir waren so naiv zu denken, dass irgendetwas in der Menschenwelt ewig währen könnte.

An den Wänden leuchten Graffiti – einige Schimpfwörter, aber größtenteils poetische Ausdrücke wie *Liebe, Tod, Anarchie, Frieden* und Bilder von gebrochenen Herzen, Sternen und Gesichtern.

Schwarzlicht. Es erinnert mich an die Neonlandschaften sowohl von Unterland als auch von Wunderland. Ein Wandgemälde sticht neben den anderen hervor – der ultraviolette Umriss einer Fee in Orange-, Pink-, Blau- und Weißtönen. Ihre Flügel sind gespreizt, juwelenbedeckt und strahlend. Sie sieht aus wie ich. Selbst nach all diesen Monaten stutze ich noch immer, wenn ich Jebs Bilder sehe: Genauso habe ich im Wunderland ausgesehen, mit Schmetterlingsflügeln und Flecken auf den Augen – schwarze, geschwungene Markierungen, die wie übergroße Wimpern auf meine Haut gezeichnet waren. Er schaut in meine Seele, ohne sie zu kennen.

»Was hast du getan?«, frage ich ihn, während ich zu den Graffiti hinübergehe und versuche, keine Käfer zu zerquetschen.

Er fasst mich am Arm, um mir Halt zu geben. »Einige Dosen Sprühfarbe, ein Hammer, ein paar Nägel und eine batteriebetriebene Lichterkette.«

Er knipst eine Campinglaterne an und in dem Licht erscheint ein Picknickkorb auf einer dicken Decke. Das Gewisper der Insekten verstummt angesichts des Lichts.

»Aber woher hattest du die Zeit dazu?«, hake ich nach und setze mich hin, um in dem Korb zu stöbern. Darin ist eine Flasche teures Mineralwasser, außerdem Käse, Cracker und Erdbeeren.

»Ich hatte eine Menge Zeit totzuschlagen, bevor die Schule zu Ende war«, antwortet Jeb, während er eine Playlist auf seinem iPad aussucht und es dann gegen den Rucksack lehnt. Eine düstere, gefühlvolle Ballade tönt aus dem Minilautsprecher.

Ich versuche zu ignorieren, dass seine Antwort mir das Gefühl gibt, ein unreifes Schulmädchen zu sein, und ziehe einige weiße Rosen aus dem Korb. Diese Blumen wählt Jeb stets für mich aus, seit dem Tag, an dem wir uns unsere Gefühle eingestanden haben, am Morgen nach meiner Rückkehr von meiner Reise durch das Kaninchenloch. Am Morgen nach dem Schulball im vergangenen Jahr.

Ich schnuppere an den Blumen, versuche, die Erinnerung an einen anderen weißen Rosenstrauß im Wunderland auszublenden, der am Ende rot vom Blut war.

»Ich wollte dir etwas Besonderes bieten.« Er zieht sein feuchtes Flanellhemd aus und setzt sich auf die andere Seite des Korbs, einen erwartungsvollen Ausdruck im Gesicht.

Seine Worte hallen in meinem Kopf wider: *dir etwas Besonderes bieten.*

Ich lasse die Blumen auf den Boden fallen, und sie schimpfen mich dafür aus, dass ich ihre Blätter zerquetscht habe.

»Oh«, sage ich leise zu Jeb und ignoriere ihr Gewisper. »Also … das ist es.«

Er grinst schwach, wodurch ein Schatten auf seinen linken Schneidezahn fällt. »Es?«

Er nimmt eine Erdbeere aus dem Korb. Die Brandnarben von Zigaretten auf seinen Unterarmen spiegeln das Laternenlicht wider. Im Geiste sehe ich eine Reihe ähnlicher Narben unter seinem T-Shirt: Erinnerungen an eine Kindheit voller Gewalt.

»Hmm. *Es.*« Jeb wirft die Beere hoch, legt den Kopf in den Nacken und fängt die Frucht mit dem Mund auf. Kauend mustert er mich, als warte er auf eine Pointe. Spöttisch neigt er den Kopf, sodass die Bartstoppeln auf seinem Kinn samten aussehen, obwohl sie nicht weich sind wie Samt. Sie sind rau auf nackter Haut.

Mir wird ganz heiß. Ich wende den Blick ab und versuche, all die sexy Dinge zu ignorieren, von denen ich während unserer Trennung besessen war.

Wir haben per SMS, Telefon und gelegentlich persönlich darüber gesprochen, den nächsten Schritt in unserer Beziehung zu tun. Da sein Terminplan so voll ist, haben wir uns die Nacht des Schulballs im Kalender notiert.

Vielleicht hat er beschlossen, nicht länger warten zu wollen. Was bedeutet, dass ich ihm sagen muss, dass *ich* heute nicht bereit bin. Schlimmer noch – ich muss ihm sagen, warum.

Ich bin vollkommen unvorbereitet und zu Tode erschrocken – und das nicht aus den gewöhnlichen Gründen. Meine Lungen ziehen sich zusammen, verschärft durch die feuchtkalte Luft des Tunnels, die Farbe, die Steine und den Staub. Ich huste.

»Skatergirl.« Alles Neckische ist aus seiner Stimme verschwunden. Er sagt meinen Spitznamen so leise, dass er fast in der Hintergrundmusik und dem trommelnden Regen untergeht.

»Ja?« Meine Hände zittern. Ich bohre die Finger in die Handflächen und die Nägel kratzen über meine Narben. Narben, von denen Jeb immer noch denkt, sie stammten von einem Autounfall, als ich ein Kind war. Als angeblich eine Windschutzscheibe zersplitterte und meine Hände verletzte. Nur eins der vielen Geheimnisse, die ich hüte.

Ich kann ihm nicht geben, was er will, nicht mit Haut und Haar. Nicht, bis ich ihm sage, wer ich wirklich bin. *Was* ich bin. Schlimm genug, dass es nur noch eine Woche bis zum Schulball dauert. Ich bin noch nicht bereit, ihm heute meine Seele auszuschütten, nachdem ich so lange von ihm getrennt war.

»Hey, immer mit der Ruhe.« Jeb löst meine Finger und presst sich meine Hände aufs Schlüsselbein. »Ich habe dich hierher gebracht, um dir dies zu geben.« Er zieht meine Hand auf seine Brust, wo ich unter seinem T-Shirt einen harten Knoten von der Größe eines Zehncentstücks spüre. In dem Moment bemerke ich das Schimmern einer feinen Kette um seinen Hals.

Er nimmt die Kette ab und hält sie über die Laterne. Daran hängt ein herzförmiges Medaillon mit einem Schlüsselloch in der Mitte.

»Die habe ich auf einem kleinen Antiquitätenmarkt in London entdeckt. Deine Mom hat dir diesen Schlüssel gegeben, den du die ganze Zeit trägst, stimmt's?«

Ich winde mich und wünsche mir sehnlichst klarzustellen, dass es nicht direkt derselbe Schlüssel ist, den sie für mich aufgehoben hat, obwohl er dieselbe unheimliche und wilde Welt öffnet.

»Nun ...« Er beugt sich über den Korb, um mir die Kette über den Kopf zu streifen. Sie legt sich perfekt über meinen Schlüssel. Jeb zieht mein Haar heraus und glättet die Strähnen, damit sie beide Ketten bedecken. »Ich fand es symbolisch. Sie ist aus dem gleichen Metall wie der Schlüssel und sieht alt aus. Zusammen sind sie der Beweis für das, was ich immer gewusst habe. Selbst als wir als Kinder hierhergekommen sind.«

»Und was ist das?« Ich beobachte ihn, fasziniert davon, wie die Tunnelöffnung seinen glatten Teint in bläuliches Licht taucht.

»Dass nur du den Schlüssel hast, um mein Herz zu öffnen.«

Die Worte erschrecken mich. Ich senke den Blick, bevor er das Gefühl in meinen Augen sehen kann.

Er schnauft. »Das war kitschig ... vielleicht habe ich zu viele Farbdämpfe eingeatmet, als ich an dem Wandgemälde gearbeitet habe.«

»Nein.« Ich balanciere auf den Knien und lege ihm die Arme über die Schultern. »Es war aufrichtig. Und so sü…«

Er drückt mir einen Finger auf die Lippen. »Es ist ein Versprechen. Dass ich dir verpflichtet bin. Dir allein. Um das klarzustellen – vor dem Schulball, vor London. Bevor irgendetwas anderes zwischen uns passiert.«

Ich weiß, dass er es ehrlich meint, aber es ist trotzdem nicht ganz wahr. Er ist auch seiner Karriere verpflichtet. Er will, dass seine Mom und Jenara schöne Dinge haben; er will seine Schwester bei ihrem Modestudium am College unterstützen und sich in London um mich kümmern.

Und dann gibt es noch einen tiefer liegenden Grund, warum er seiner Kunst so verpflichtet ist. Der eine Grund, über den er niemals redet.

Ich habe kein Recht, eifersüchtig zu sein wegen seiner Entschlossenheit, etwas aus sich zu machen – sich als ein besserer Mann zu erweisen als das Vorbild, das er hatte. Ich wünschte nur, er könnte sein Gleichgewicht finden und zufrieden sein. Stattdessen wirkt es, als würde jeder Verkauf und jeder neue Kontakt ihm Appetit auf mehr machen, beinahe wie eine Sucht.

»Ich habe dich vermisst«, sage ich und umarme ihn, sodass der Korb zwischen uns zerdrückt wird.

»Ich habe dich auch vermisst«, antwortet er dicht an meinem Ohr, bevor er mich von sich schiebt. Mit einem besorgten Stirnrunzeln schaut er mich an. »Weißt du das nicht?«

»Ich habe seit fast einer Woche nichts von dir gehört.«

Er zieht die Augenbrauen hoch, offensichtlich betrübt. »Das tut mir leid. Ich konnte keine Handyverbindung bekommen.«

»Es gibt Festnetze und E-Mail«, blaffe ich und klinge gereizter, als ich es wollte.

Jeb stößt mit der Stiefelspitze gegen den Picknickkorb. »Du hast recht. Es war einfach verrückt in dieser letzten Woche. Da hat die letzte Auktion stattgefunden. Und der Smalltalk.«

Smalltalk = Party machen mit der Elite. Ich blicke ihn starr an.

Er reibt mit dem Daumen über meine Unterlippe, als versuche er, meine finstere Miene in ein Lächeln zu verwandeln. »Hey, sieh mich nicht so an. Ich war nicht betrunken oder unter Drogen und ich habe auch niemanden betrogen. Es war alles geschäftlich.«

Meine Brust schnürt sich zusammen. »Ich weiß. Manchmal mache ich mir einfach Sorgen.«

Ich fürchte, dass er Verlangen nach Dingen bekommt, die ich noch nicht erlebt habe. Als er sechzehn war, hat er seine Jungfräulichkeit an eine neunzehnjährige Kellnerin in einem Restaurant verloren, in dem er auch gearbeitet hat.

Mit Taelor, mit der er letztes Jahr zusammen war, hat er nie geschlafen; seine aufkeimenden Gefühle für mich haben ihn daran gehindert, diese Grenze zu überschreiten. Aber es ist schlimm genug, dass er vor mir mit einer »älteren Frau« zusammen war, dass sie eine Kostprobe der Versuchungen war, die ihn jetzt tagtäglich umgeben.

»Worüber machst du dir Sorgen?«, hakt Jeb nach.

Ich schüttele den Kopf. »Ich bin einfach dumm.«

»Nein. Sag es mir.«

Ich atme die Anspannung aus meinen Lungen. »Dein Leben ist jetzt so anders als meins. Ich will nicht zurückgelassen werden. Es fühlt sich diesmal so an, als wärst du weit weg. Welten entfernt.«

»Das war ich nicht«, sagt er. »Ich habe jede Nacht von dir geträumt.«

Seine süßen Worte erinnern mich an meine eigenen Träume und an das Leben, das ich vor ihm verberge. Ich bin so scheinheilig.

»Nur noch eine Woche Schule.« Er spielt mit meinen Haarspitzen. »Dann sind wir auf dem Weg nach London und du kannst mich auf all meinen Reisen begleiten. Es wird Zeit, dass du deine Kunst ebenfalls in die Welt trägst.«

»Aber mein Dad ...«

»Ich habe eine Idee, wie ich das regeln kann.« Jeb schiebt den Korb zwischen uns weg.

»Was? Wie?«

»Im Ernst, Al.« Jeb grinst. »Du willst über deinen Dad reden, wenn wir dies tun könnten?« Er steht auf, zieht mich mit sich hoch und nimmt mich in die Arme. Ich kuschele mich an ihn, und wir tanzen zu einem Lied auf dem iPad, endlich synchron. Ich vergesse alles bis auf unsere sich wiegenden Körper. Unser Gespräch nimmt seinen eigenen vertrauten Rhythmus auf. Wir lachen und necken einander, erzählen uns die kleinen Momente der vergangenen Wochen.

Es ist fast so wie früher, nur wir beide, wie wir miteinander verschmelzen, während die Ablenkungen der Außenwelt verblassen.

Beim nächsten Lied, einem sinnlichen und rhythmischen Stück, lasse ich die Finger im Takt der Musik über Jebs Rückgrat wandern. Sie schlüpfen unter den Saum seines T-Shirts, dann ziehe ich die Nägel leicht über die straffen Wölbungen seines Rückens und küsse seinen Hals.

Er stöhnt, und ich lächle in dem schwachen Licht, spüre die Veränderung in ihm. Eine Veränderung, die ich kontrolliere. Er zieht uns vorsichtig auf die Decke herunter, dreht mich auf den Rücken. Ein winziger Teil von mir will weiter über Dinge reden, die sich unfertig anfühlen. Aber noch mehr will ich ihn so wie jetzt, auf nichts anderes als mich konzentriert, mit seinem Gewicht auf mir, tröstend und fordernd zugleich.

Die Ellbogen neben meinen Ohren aufgestützt, hält er meinen Kopf fest und küsst mich, so sanft und intensiv, dass ich die Erdbeere schmecken kann, die er vor einer Minute gegessen hat.

Ich bin atemlos, schwindelig ... schwebe so hoch, dass ich fast nicht bemerke, dass sein Handy vibriert.

Er verkrampft sich und rollt zur Seite, um das Telefon aus seiner Jeanstasche zu ziehen. »Tut mir leid«, murmelt er und wischt über den Bildschirm, um die Nachricht zu lesen.

Ich stöhne, vermisse seine Wärme und sein Gewicht.

Nachdem er die Nachricht gelesen hat, dreht er sich zu mir um. »Das war der Reporter vom *Picturesque Noir*. Er sagte, dass sie eine Doppelseite zur Verfügung hätten, wenn ich mein Fotoshooting in der Galerie auf den Nachmittag vorverlegen kann. Danach wollen sie mich für das Interview zum Abendessen einladen.« Als bemerke er die Enttäuschung in meinen Augen, fügt

Jeb hinzu: »Tut mir leid, Al. Aber eine Doppelseite ... das ist großartig. Den Rest des Wochenendes gehöre ich dir, jeden Tag von morgens bis abends, okay?«

Ich würde ihn am liebsten daran erinnern, dass ich ihn seit einem Monat nicht gesehen habe und dass der heutige Tag uns gehören sollte, aber ich verkneife mir meine Tirade. »Sicher.«

»Du bist die Beste.« Er haucht mir einen Kuss auf die Wange. »Würdest du bitte die Sachen einpacken? Ich muss Mr Piero anrufen, damit er meine Arbeiten in den Ausstellungsraum hängt.«

Ich nicke kurz, und er geht zum Tunnelausgang, um seinen Chef in der Kunstwerkstatt anzurufen, in der er alte Gemälde restauriert, wenn er nicht gerade mit eigenen Ausstellungen beschäftigt ist. Dunkelheit breitet sich zwischen uns aus – im Laternenlicht entstehen traurige, schattenhafte Gestalten, die so mutlos aussehen, wie ich mich fühle.

Ich stehe auf, und während ich den Korb und Jebs iPad einpacke, versuche ich, sein Gespräch zu belauschen – es geht darum, in welchem Ausstellungsraum der Fotograf das beste Licht hat. Dann steigert sich das Gemurmel der Insekten, bis es sich zu einer einzigen Stimme vereint:

Du hättest auf ihn hören sollen. Er hat dich in deinen Träumen gewarnt ... Jetzt werden all deine Zweifel weggewischt.

Tropf ... tropf ... tropf.

Ich rappele mich hoch, während es im Tunnel hinter mir zu nieseln anfängt. Das Tropfen lässt mir die Nackenhaare zu Berge stehen.

Tropf ... tropf ... tropf.

Ich erwäge, Jeb zurückzurufen, um der Sache gemeinsam auf den Grund zu gehen, aber die leuchtend blaue Spitze eines Flügels auf der Tunnelwand erregt meine Aufmerksamkeit, gleich außerhalb des Lichtkegels. Seltsam, dass er mir vorher nicht aufgefallen ist.

Ich gehe auf die schimmernden Zeichnungen zu und reiße mit einem Ruck Jebs Lichterkette herunter. Die Schnur sackt nach unten, und ich ziehe sie hinter mir her, während ich mich dem mysteriösen Bild nähere. Die Batterien klackern über den Boden.

Tropf ... tropf ... tropf.

Ich spähe in die tiefe Schwärze des Tunnels, interessiere mich jetzt aber mehr für die Graffiti. Die Schnur der Lichterkette um die Finger gewickelt, streiche ich mit meinem improvisierten Fausthandschuh aus Lichtern über das geflügelte Portrait, um es wie ein Puzzle Stück für Stück zu beleuchten.

Ich kenne dieses Gesicht und die juwelengeschmückten Augen. Ich kenne dieses wilde blaue Haar und diese Lippen, die nach Seide, Lakritze und Gefahr schmecken.

Verlangen und Grauen wetteifern in meiner Brust. Die gleiche widersprüchliche Wirkung, die er immer auf mich hat.

»Morpheus«, wispere ich.

Die Insekten wispern im Einklang zurück:

Er ist hier ... er reitet den Regen ...

Ihre Worte bohren sich wie ein Dorn in meinen Rücken und nageln mich fest.

»Lauf!« Jebs Ruf reißt mich aus meiner Umnebelung. Seine Stiefel platschen durch das Wasser, das ich gar nicht bemerkt habe.

»Überschwemmung!«, brüllt Jeb und kommt in die Dunkelheit gestolpert.

Ich gerate in Panik und mache einen Schritt auf ihn zu. In dem Moment erwacht die Lichterkette in meiner Hand wie eine zappelnde, schlangenartige Kletterpflanze zum Leben. Sie wickelt sich um meine Handgelenke und bindet zuerst sie zusammen, dann meine Fußknöchel. Ich stemme mich gegen die Schnur, bin aber gefesselt, bevor ich auch nur schreien kann.

Eine mächtige Welle kalten Wassers ergießt sich aus dem Tunnel und reißt mich um. Ich lande flach auf dem Bauch. Eisiges, schmutziges Wasser schwappt mir ins Gesicht. Ich huste und versuche, die Nase über der Strömung zu halten, aber die Lichterkette lähmt mich.

»Al!« Jebs entsetzter Schrei ist das Letzte, was ich höre, bevor das Wasser um meine verschnürten Gliedmaßen kreiselt und mich davonreißt.

3

Ertrinken im Wunderland

Die Lichterkette um meine Knöchel und Handgelenke zerrt mich gegen die Strömung tiefer in den Tunnel hinein, wo das Wasser schwarz ist. Es ist, als würde ich in kalte Tinte getaucht. Ich kämpfe darum, den Kopf über Wasser zu halten, aber es gelingt mir nicht. Die Kälte macht meine Glieder taub und ich kann kaum atmen.

Jeb findet mich. Er packt mich an den Unterarmen und zieht mich weit genug heraus, damit ich Luft schnappen kann, aber die nächste Welle schleudert ihn zur Tunnelöffnung zurück, und die Schnur zerrt mich in die entgegengesetzte Richtung. An seinen Rufen in der Ferne erkenne ich, dass er mir nicht folgen kann. Ich bin froh, dass die Strömung ihn festhält. Wenn eine Welle ihn nach draußen spült, ist er in Sicherheit.

Dinge, die ich vor einem Jahr im Wunderland gelernt habe … Fertigkeiten, die ich allein in meinem Zimmer übe, damit Mom mich nicht erwischt und ausflippt … kommen zurück, so machtvoll wie die Schnur, die mich unter die brandenden Wellen zerrt.

Ich lockere meine Muskeln und konzentriere mich auf die Lichterkette, stelle mir vor, dass sie lebendig ist. In meiner Fantasie wird die Elektrizität, die in der Leitung pulsiert, zu Plasma und Nährstoffen. Die Lichter reagieren wie lebendige Kreaturen. Sie werden hell genug, dass ich unter Wasser sehen kann. Das Problem ist, ich habe meine magischen Übungen nicht konsequent durchgeführt, daher habe ich keine Kontrolle über die Lichterkette, wenn ich sie animiere. Es ist, als hätten die Lichter ihren eigenen Willen.

Oder vielleicht stehen sie unter dem Einfluss einer anderen Person.

Ich vermeide es krampfhaft einzuatmen und zwinge mich, die Augen unter Wasser offen zu halten. Sie tun weh von der Kälte. Ich pendele im kalten Wasser des Tunnels, als würde ich auf einem Wasserwagen fahren, vor den Zitteraale gespannt sind. Die Schnur zerrt mich zu einer kleinen, uralten Tür, die in die Betonmauer eingelassen ist. Sie ist mit Moos bedeckt und wirkt hier in der Menschenwelt deplatziert, aber ich habe sie schon einmal gesehen. Den dazu passenden Schlüssel trage ich um den Hals.

Es ist mir unerklärlich, dass hier ein Zugang sein könnte, so weit von dem Kaninchenloch in London entfernt, dem einzigen Eingang von dieser Welt ins Wunderland.

Ich zerre an meinen Fesseln. Ich schlafe nicht, also ist dies kein Traum. Ich will nicht in wachem Zustand durch diese Tür gehen. Ich versuche immer noch, über das letzte Mal hinwegzukommen.

Meine Lungen ziehen sich zusammen, bis ich keine Wahl mehr habe. Ein Schritt durch die Tür ist meine einzige Chance, nach draußen zu gelangen, um zu atmen und zu überleben. Ich zerre an den Fesseln um meine Handgelenke und beuge die Ellbogen, damit ich an meine Halskette komme. Mit beiden Händen ergreife ich den Schlüssel und schiebe Jebs Herzmedaillon beiseite. Die Strömung schlägt mich mit dem Kopf gegen die

Betonmauer. Der Schmerz fährt mir von der Schläfe ins Rückgrat hinunter.

Ich schwinge meine gefesselten Beine wie einen Meerjungfrauenschwanz, um wieder vor die Tür zu kommen. Dann schiebe ich den Schlüssel ins Schlüsselloch und drehe ihn um. Der Riegel gibt nach und Wasser strömt heraus. Zuerst bin ich zu groß, um durch die Öffnung zu passen, aber dann wächst entweder die Tür oder ich schrumpfe, denn irgendwie gleite ich perfekt hindurch.

Die Wellen tragen mich weiter. Ich hebe den Kopf, um Luft zu schnappen. Ein Hügelchen bremst mich abrupt genug, um mir den Atem zu rauben. Keuchend bleibe ich im Schlamm liegen, mit wunder Kehle und schmerzenden Lungen, die Handgelenke und Knöchel aufgeschürft von der Lichterkette.

Ich drehe mich auf den Rücken und strample, um meine Fesseln zu lockern. Der Schatten großer, schwarzer Flügel breitet sich über mir aus. Sie beschirmen mich vor dem Unwetter, das sich über mir zusammenbraut.

Neonfarbene Blitze entladen sich am Himmel, tauchen die Landschaft in grelles Licht und hinterlassen einen beißenden, verschmorten Geruch. Morpheus' Porzellanteint – von seinem glatten Gesicht bis zu seiner gewölbten Brust, die aus einem halb zugeknöpften Hemd lugt – leuchtet unter den elektrischen Blitzen wie Mondschein.

Er ragt über mir auf. Die beeindruckende Größe ist das Einzige, was er und Jeb gemeinsam haben. Der Saum seines schwarzen Staubmantels peitscht um seine Stiefel. Er öffnet eine Hand, und eine Spitzenmanschette rutscht aus dem Ärmel.

»Wie ich dir gesagt habe, Schätzchen«, – sein Cockney-Akzent rauscht in meinen Ohren – »wenn du dich entspannst, wird deine Magie reagieren. Oder willst du lieber gefesselt bleiben? Ich könnte dich für mein nächstes Festessen auf ein Tablett legen. Du weißt, dass meine Gäste ihre Vorspeisen um sich schlagend und roh bevorzugen.«

Ich bedecke meine brennenden Augen und stöhne. Wenn ich aufgeregt oder nervös bin, vergesse ich manchmal, dass es einen Trick bei meinen Netherlingskräften gibt. Während ich durch die Nase einatme, denke ich an die Sonne, die auf den plätschernden Wellen des Ozeans glitzert. Ich denke an sie, um meinen Herzschlag zu beruhigen. Dann atme ich durch den Mund aus. Binnen Sekunden entspannt sich die Lichterkette und fällt von mir ab.

Als Morpheus mich auf die Füße zwingt, zucke ich zusammen. Erschöpft von der Anstrengung im Wasser geben meine Beine nach, aber er bietet mir keine Hilfe an. Typisch für ihn, zu erwarten, dass ich aus eigener Kraft stehen kann.

»Manchmal hasse ich dich wirklich«, sage ich und lehne mich haltsuchend an einen riesigen belaubten Stängel. Das Gänseblümchen gibt ohne ein Wort meinem Gewicht nach und löst ein seltsames Ziehen in meinen Eingeweiden aus. Ich kann mir nicht vorstellen, warum es mich nicht wegstößt oder sich beklagt.

»*Manchmal.*« Morpheus stülpt einen schwarzsamtenen Cowboyhut über sein blaues Haar. »Vor einigen Wochen war es definitiv ein *Immer*. In einigen Tagen wirst du deine unvergängliche Affin–«

»Du meinst Aversion?«, unterbreche ich ihn.

Mit einem provokanten Lächeln rückt er großspurig seinen Hut zurecht und der Kranz aus toten Motten an der Krempe zittert. »So oder so gehe ich dir unter die Haut. So oder so gewinne ich.« Er klopft mit langen, eleganten Fingern auf seine roten Wildlederhosen.

Ich kämpfe gegen den ärgerlichen Impuls, sein Lächeln zu erwidern; mir ist nur allzu bewusst, was seine Körpersprache mit meiner dunkleren Seite macht: wie sie sich behutsam räkelt und streckt, einer Katze gleich, die sich auf einem Felsen sonnt, von der Wärme angezogen, aber auf der Hut, nicht herunterzurutschen.

»Du sollst mich tagsüber nicht hierherbringen.« Ich wringe meinen durchweichten Rocksaum aus, bevor ich mit dem Gewirr auf meinem Kopf weitermache. Der Wind fährt mir ins Haar und peitscht mir schlammige Strähnen ins Gesicht und um den Hals. Ich bekomme eine Gänsehaut. Zitternd verschränke ich die Arme vor der Brust. »Und wie hast du das überhaupt geschafft? Es gibt nur einen Eingang nach Wunderland … Du kannst das Kaninchenloch nicht einfach hinverlegen, wo immer du es gern hättest. Was geht hier vor sich?«

Morpheus schlingt einen Flügel halb um mich und hält den Wind von mir fern. Seine Miene schwankt zwischen Feindseligkeit und Erheiterung. »Ein Magier verrät niemals seine Geheimnisse.«

Ich knurre.

»Ich kann mich nicht daran erinnern, irgendeine spezielle Tageszeit für unsere Treffen vereinbart zu haben«, fährt er fort, ungerührt von meinem Ärger. »Du solltest jederzeit zu Besuch kommen können. Schließlich hast du auch hier ein Zuhause.«

»Das betonst du immer wieder.« Ich wende den Blick ab, bevor Morpheus mich in den hypnotischen Bann seiner Augen ziehen kann. Stattdessen betrachte ich das Chaos um uns herum. So schlimm hat Wunderland noch nie ausgesehen.

Dunkellila Wolken huschen über den Himmel wie fette, durchsichtige Spinnen. Sie hinterlassen schwarze Spuren in der Luft, als würden sie dort Netze weben. Der Schlamm unter meinen Schuhen schmatzt und spuckt. Braune Bläschen steigen auf und platzen. Wenn ich es nicht besser wüsste, würde ich schwören, dass darin etwas atmet.

Selbst der Wind hat eine Stimme gefunden, laut und melancholisch pfeift er durch den Wald von Zombieblumen, die einst so stolz wie Ulmen standen. Die Blumen haben mich früher mit hochnäsiger Haltung und Hohn begrüßt. Jetzt duckt sich jede mit gebeugten Stängeln, und die verwelkten Arme verbergen die Blütenblätter, die mit Hunderten geschlossener Augen übersät sind.

Die vieläugigen Netherlinge haben ihren Kampf verloren ... ihre Seele verloren.

Morpheus schiebt die Hände in ein Paar glatte rote Handschuhe. »Wenn du das schon für tragisch hältst, solltest du mal sehen, was im Zentrum von Wunderland vor sich geht.«

Mir wird schwerer ums Herz. Wunderland war früher so schön und lebendig, obwohl es auch grell und unheimlich war. Der Verfall des Landes sollte eigentlich nicht so eine starke Wirkung auf mich haben. Ich habe im Laufe der letzten Wochen von dem allmählichen Verfall geträumt.

Ich hatte gehofft, dass es nur Einbildung war. Vielleicht *ist* dies hier nur ein Traum. Aber sollte es tatsächlich real sein und Morpheus die Wahrheit sagen, bin ich gefordert. Es ist mein Zuhause.

Das Problem ist, Morpheus sagt selten die Wahrheit. Und er hat immer Hintergedanken. Bis auf das eine Mal, als er tatsächlich eine selbstlose und ungeplante Tat für mich begangen hat ...

Ich beobachte ihn wieder und sehe, wie sein Kiefermuskel

zuckt. Ein Zeichen dafür, dass er in Gedanken versunken ist. Es sollte mich nicht stören, dass ich so viel über seine Angewohnheiten weiß. Was mich jedoch stört, ist, dass ich es *gern* weiß.

Die Vertrautheit ist nachvollziehbar. Bis zu meinem fünften Lebensjahr ist er jede Nacht als unschuldiges Kind in meinen Träumen aufgetaucht. Wenn ein Netherling auf solche Weise eine Kindergestalt annimmt, wird sein Geist ebenfalls kindlich. So sind wir praktisch zusammen aufgewachsen. Nachdem ich ihn im letzten Sommer wiedergesehen habe, haben sich unsere Wege für eine Weile getrennt. Er hat mir den Raum gegeben, um den ich gebeten hatte. Aber jetzt hat er wieder Einzug in meine Träume gehalten. Jedes Mal, wenn Jeb fort ist, leistet er mir ungebeten Gesellschaft.

Wenn man so viel von seinem Unterbewusstsein mit jemandem teilt, erfährt man einiges über ihn. Manchmal entwickelt man sogar Gefühle für ihn, ganz gleich, wie sehr man versucht, dagegen anzukämpfen.

Ich beobachte, wie er die Zähne zusammenbeißt. Unter seinen Augen trägt er die gleichen Flecken, die ich im Wunderland hatte. Die Markierungen sind bildschön und dunkel, wie lange, geschwungene Wimpern, wobei seine mit funkelnden Juwelen besetzt sind. Sie blinken in regelmäßigen Abständen – silber, blau, weinrot –, ein melancholischer Strudel aus Gefühlen, die über sein Gesicht tanzen. Ich habe gelernt, die Farben für bestimmte Stimmungen zu entziffern.

»Findest du nicht, dass es an der Zeit ist, die Zerstörung zu stoppen, Alyssa?«

Ich zeichne die beiden Halsketten nach, die unter meinem Schlüsselbein ruhen. Ich hebe Jebs Medaillon an und drücke die

Lippen darauf, um das Metall zu schmecken, während ich mich an seine Liebeserklärung im Tunnel erinnere. Ich habe ihn im Wasser zurückgelassen, und er weiß nicht, wo ich bin. Ich muss zu ihm zurück, muss mich davon überzeugen, dass es ihm gut geht.

»Wenn du dir Sorgen um deinen Freund machst – mit ihm ist alles in Ordnung. Das kann ich garantieren.« Es überrascht mich nicht, dass Morpheus mich so klar durchschaut. Er kennt mich ebenso gut wie ich ihn. »Du musst dich auf das Hier und Jetzt konzentrieren.«

Ich funkele ihn an. »Warum bist du so entschlossen, mich da hineinzuziehen?«

»Ich versuche, den Krieg zu kontrollieren. Sie kommt, um dich zu zerstören, so oder so. Sie war ein Teil von dir. Selbst wenn es nur wenige Stunden waren, hat sie einen Eindruck hinterlassen, so wie du einen Eindruck bei ihr hinterlassen hast. Du bist die Einzige, die sie jemals besiegt hat.«

Ich kneife die Augen zusammen. »Abgesehen von dir, meinst du.«

Er zieht einen Mundwinkel hoch. »Ah, aber das war das Glück des Dummen und ein todesküsses Schwert. Dein Schlag war persönlich und ihrer Meinung nach verräterisch wegen des Bands, das ihr geteilt habt.«

»Du hast immer noch nicht bewiesen, dass sie dafür verantwortlich ist. Nach meinen letzten Informationen befand sich ihr Geist in einem Haufen sterbenden Unkrauts.«

»Es scheint, als hätte sie einen gesunden Netherlingskörper gefunden, den sie bewohnen kann.«

Die Vorstellung geht mir durch Mark und Bein. »Woher weiß ich, dass du diese Drohung nicht einfach erfindest? Du hast dir schon einmal einen ausgefeilten Plan ausgedacht, um mich dazu zu bringen, in das Kaninchenloch zu springen. Ich werde nicht wieder deine Schachfigur sein. Wo ist der Beweis, dass du mich nicht einfach zurücklocken willst, damit ich bleibe?«

»Beweis …« Stirnrunzelnd schwingt er die Flügel in die Höhe und setzt mich wieder dem Wind aus. »Hör auf, dich wie ein argwöhnischer, unbedeutender Mensch zu benehmen. Du bist zu Höherem bestimmt.«

Ich funkle ihn durch meine hin- und herwehenden Haarsträhnen an. »Du irrst dich. Ich bin *ausschließlich* zum Menschsein bestimmt. Ich habe mich dafür entschieden, dort oben zu leben.« Ich zeige auf die Tür. »Um alles zu erfahren, was Alice nicht erleben durfte.«

Morpheus schaut gen Himmel. »Ich fürchte, du bist diejenige, die sich irrt, wenn du denkst, ich würde Wunderland verrotten lassen, damit du mit deinem sterblichen Spielzeug ›Klammeräffchen‹ spielen kannst.«

Meine Wangen kribbeln vor Hitze. »Du hast uns beobachtet? Warte. *Du* hast die Überschwemmung in dem Abflussrohr ausgelöst. Du wolltest unser Date vermasseln.«

Morpheus kommt mir unangemessen nah und schließt die Flügel um uns beide. Das Manöver schirmt den Wind wirksam ab, dämpft das Licht und macht mich blind gegen alles außer ihm.

»Ich bin nicht derjenige, der diesem stümperhaften Verführungsversuch ein Ende gemacht hat. Das hat Jebediah ganz allein geschafft.« Morpheus reißt mir beide Halsketten aus den Fingern und zieht die feinen Glieder so stramm, dass ich mich nicht wehren kann, ohne sie zu zerreißen. »Würde er mehr auf *dich* achten statt auf seine kostbare Karriere …« – er wickelt die

Kette mit den Anhängern um eine Hand und hebt den winzigen Schlüssel mit Daumen und Zeigefinger über das Schlüsselloch des Herzmedaillons – »… würde er vielleicht besser auf deine Bedürfnisse und Wünsche eingehen.« Er fixiert mich mit den Augen und zeigt demonstrativ, dass die Zähne des Schlüssels nicht in die Öffnung des Herzens passen. »Wie es aussieht, ist es einfach nicht der richtige.«

Ein stetiges tiefes Surren ist in meinem Kopf – wie Insektenflügel, die mir von innen gegen den Schädel schlagen. Es ist die Rückkehr meiner Netherlingsseite. Niemand versteht sich so wie Morpheus darauf, sie an die Oberfläche zu bringen. »Lass los«, verlange ich.

Trotzig fasst Morpheus fester zu. »Hat er sich jemals die Zeit genommen, die Veränderungen in dir zur Kenntnis zu nehmen? Zu fragen, warum du nicht länger Insekten und Blumen in deinen Mosaiken verwendest? Oder dass eine Abneigung gegen spiegelnde Oberflächen deine Höhenangst abgelöst hat?«

Ich beiße die Zähne zusammen. »Er hat gefragt. Ich weiß bloß nicht, wie ich erklären soll, dass ich meinen Spiegel mit einer Decke verhüllt habe, weil ich Angst habe, von einem Verrückten mit Flügeln ausspioniert zu werden.«

Morpheus grinst. »Sagt das Mädchen, dessen Flügel immer darauf brennen durchzubrechen.«

Ich sehe ihn mürrisch an, weil ich sauer bin, dass er recht hat.

»Du brauchst einen Mann, der dich kennt und dich versteht, Alyssa. Beide Seiten von dir. Einen echten Partner.« Er zieht meine Halsketten – und mich – näher heran. »Einen, der dir in jeder Hinsicht ebenbürtig ist.« Der Duft von Lakritze steigt mir in die Nase; offenbar hat Morpheus vor unserer Begegnung seine Wasserpfeife geraucht. Mein Körper lässt mich im Stich, erinnert sich daran, wie diese Küsse mit Tabakaroma schmecken.

Er lässt die Ketten los, um mein Kinn zu umfassen. Seine Handschuhe sind kalt, aber der Zauber seiner dunklen, geheimnisvollen Augen wärmt mich von Kopf bis Fuß. Beinahe verfalle ich ihnen, beinahe vergesse ich mich und meine Entscheidungen. Aber ich bin jetzt stärker.

Ich reiße mich los und stoße ihn von mir, so fest, dass er rückwärts taumelt. Obwohl sich der Saum seines Staubmantels um seine Beine verheddert, gewinnt er das Gleichgewicht mühelos zurück.

Kichernd macht er eine schwungvolle Gebärde mit einem Arm und verbeugt sich.

»Spiel, Satz und Sieg. Stets eine ebenbürtige Gegnerin.« Sein selbstgefälliges Grinsen verhöhnt mich mit Verheißungen und Anspielungen.

»Das ist kein Spiel. Du hättest Jeb in dieser Flut *umbringen* können!« Ich stürze mich auf ihn, aber er zieht einen Flügel vor sich, um mich abzuwehren. Knurrend schlage ich gegen die seidige schwarze Barriere. »Du hast eine Grenze überschritten. Belästige mich nicht noch einmal tagsüber.« Ich gehe zur Tür. Lieber würde ich mich einem überfluteten Abwassertunnel stellen, als noch eine weitere Sekunde hier zu bleiben.

»Wir sind noch nicht fertig«, erklärt er hinter mir.

»Oh, wir sind *so was* von fertig.«

In einem verborgenen Winkel meiner Seele bedeutet Wunderland mir mehr, als ich laut zuzugeben wage. Aber wenn ich Morpheus das zeigen würde … wird er mich davon überzeugen, zu bleiben und zu kämpfen. Als ich das letzte Mal Königin Rot ge-

genübergestanden habe, hat sie einen Fingerabdruck des Grauens auf meinem Herzen hinterlassen. Nach dem, was mit dem Land passiert ist, sind ihre Kräfte jetzt noch stärker als damals. Ich unterdrücke einen weiteren Schauder. Ich bin überhaupt nicht gerüstet für eine Schlacht von diesen Ausmaßen. Ich bin nur halb so viel Netherling wie sie und ihr nicht gewachsen.

Ich werde es niemals sein.

Einige Schritte von der Tür entfernt lässt mich ein Klatschen von Morpheus' in Leder gehüllte Handflächen wie angewurzelt stehen bleiben. Ein unheilvolles Rascheln breitet sich um mich herum aus, wie Blätter, die über Gräber kratzen. Ich drehe mich um, aber nicht schnell genug. Ranken klettern meine Beine hinauf, umschlingen sie fest. Meine Wadenmuskeln verkrampfen sich unter dem Druck. Mit Hilfe meiner unterentwickelten Netherlingsmagie versuche ich, Einfluss auf die Pflanzen zu nehmen. Der Efeu pulsiert, weigert sich jedoch loszulassen.

»Eine Schande, dass du deine bessere Seite so lange vernachlässigt hast«, lockt Morpheus mich, als er näher tritt. »Wenn du öfter geübt hättest, wäre es dir in Fleisch und Blut übergegangen, dich zu entspannen … es wäre leichter für dich, deine Kräfte heraufzubeschwören.«

Ich knurre. Mein Oberkörper ist noch frei, also schlage ich nach ihm, hämmere auf seine Bauchmuskeln ein. Er gibt ein *Uff* von sich, aber sein Hohngrinsen gerät keinen Moment ins Wanken. Auf ein Nicken von ihm streckt das Gänseblümchen, das ich zuvor als Stütze benutzt habe, sich aus und umklammert meine Ellbogen. Seine Hände, halb menschlich, halb pflanzenartig, halten mich fest. Als ich mich wehre, zischt das Blümchen warnend.

Ich unterdrücke einen frustrierten Aufschrei und schaue in Morpheus' unergründliche, schwarze Augen. »Ich will nach Hause.«

Er macht sich an seinem Hemd zu schaffen und zieht die Stelle glatt, die ich zerknittert habe. »Vernachlässige weiter deine Pflichten und du wirst bald kein Zuhause mehr haben.«

Ich schüttele den Kopf. »Wie viele Male muss ich es noch sagen? Mein Zuhause ist in der Menschenwelt, nicht hier.« Nur die halbe Wahrheit. Ich kann es nicht ertragen, noch einmal all die Zerstörung um mich herum zu betrachten. Aber er braucht nicht zu sehen, wie zerrissen ich bin ... wie zerrissen ich seit dem vergangenen Jahr bin.

»Wie kommst du darauf, dass ich auf *dies hier* angespielt habe?« Er lehnt sich gegen einen Kapuzinerkressenstiel. Die Haltung sollte nicht drohend sein, aber seine Flügel erheben sich hinter ihm und ragen schwarz vor dem Sturm auf, und ich bekomme eine Gänsehaut. Ich versuche, die Ellbogen zu befreien. Das Gänseblümchen ist zu stark. Selbst durch meinen langen Ärmel bohren sich seine farnkrautwedelartigen Finger in mein Fleisch.

»Ich verlange, die Königinnen Grenadine und Elfenbein zu sehen«, sage ich.

Morpheus lacht schallend. »Du ›verlangst‹? Du spielst also wieder die königliche Karte aus, wie?«

Mir schnürt es das Herz zusammen. »Die Königinnen sind zuständig für die Portale zu meinem Zuhause, nicht du.«

»Oh, aber darin liegt das Problem. Teile von Wunderland sind bereits in die Fänge von Rot geraten, und sie hat vor, sich den Thron von dir zurückzuholen und Elfenbein zu stürzen, damit sie das Kommando über beide Portale hat. Deine Abwesenheit und Gleichgültigkeit verschaffen der Hexe freie Bahn. Du weißt, was für eine machtlose und vergessliche Närrin Grenadine, deine Stellvertreterin, ist.«

Wieder zuckt ein Blitz auf und taucht alles in unheimliches Licht.

Der Boden unter mir weicht immer weiter auf und ich sinke Zentimeter für Zentimeter tiefer ein. Ich habe eine seiner schwarzen Stimmungen ausgelöst. Das ist ganz schlecht. »Du lügst.«

»Im Blut liegt die Wahrheit. Lügen deine Kunstwerke?«

Ich will ihn schlagen, weil er mir in der Schule nachgeschnüffelt hat, aber es ändert nichts an der Tatsache, dass er recht hat. Obwohl ich die gewalttätigen Szenen in meinen Blutmosaiken nicht enträtseln kann, reicht es, um zu wissen, dass etwas mit dieser Welt nicht stimmt. Und dass Königin Rot vielleicht tatsächlich dahintersteckt.

Ich schwanke im Schlamm. Ich sinke noch tiefer – buchstäblich und im übertragenen Sinn. Das Gänseblümchen entlässt mich aus seiner kratzigen Umklammerung und die Ranken saugen mich abermals hinab. Kalter, zäher Matsch legt sich um meine Waden. Ich drehe mich um, um die riesige Blume anzuflehen. »Du bist meine Freundin. Bei meinem letzten Besuch hier haben wir Karten gespielt, erinnerst du dich? Lass das hier nicht zu …«

Weiterhin schweigend dreht das Gänseblümchen seine vielen hundert Augen in Morpheus' Richtung, als warte es auf seine Anweisungen.

»Hast du es vergessen, Alyssa? Unser Schlag von Einzelgängern kennt keine Loyalität, außer sich selbst gegenüber – oder dem Höchstbietenden.« Morpheus tritt näher, sodass seine Stiefelspitzen den Rand des Erdlochs berühren. Ich stehe direkt vor seinen Oberschenkeln, kann ihn aber nicht ganz erreichen. »Du würdest gut daran tun, dich wieder mit ihrer wahren Natur vertraut zu machen. Das könnte dir deine eigene in Erinnerung bringen.« Er klatscht in die Hände, zwei Mal.

So weit das Auge reicht, erhebt sich der Blumenwald, und die Pflanzen reißen ihre riesigen Stiele aus dem Schlamm. Belaubte Arme und Beine erscheinen. In der Mitte jeder Blüte öffnen sich Münder, die stöhnen und helle, gezackte Zähne zeigen. Ihre Wurzeln, die sich wie Schlangen bewegen, treiben sie vorwärts. Schon bald bin ich umringt von unzähligen Reihen blinkender Augen.

Mir schlägt das Herz bis zum Hals. Die Mutanten waren überhaupt nicht schläfrig oder schwach ... sie haben auf der Lauer gelegen – eine Falle, bereit, zuzuschnappen.

Ihre Wurzeln schlängeln sich durch den Schlamm und gleiten heran, um mein Grab mit mir zu teilen; ihre stielartigen Körper drängen mich zurück und kerkern mich unter Schichten von Moos und Laub ein. Ich winde mich, als mir die Arme gegen den Oberleib gepresst werden und meine Ellbogen sich in meine Rippen bohren. Mit dem zusätzlichen Gewicht der Blumenarmee um mich herum sinke ich noch mal fünfzehn Zentimeter tiefer in den Schlamm, jetzt auf Augenhöhe mit Morpheus' Schienbeinen. Ich bekomme Platzangst, unterdrücke sie aber und halte mir vor Augen, wer ich bin. Wie ich schon einmal diesem Ort entkommen bin.

»Oh, ich bitte dich.« Meine Stimme klingt fester, als ich mich fühle. »Wenn Rot mich nicht als ihre Marionette fangen konnte, denkst du wirklich, du hättest eine Chance, mich in einem Käfig aus Algen als Geisel zu halten?«

Eine der Blumen zischt beleidigt.

Blitze zucken am Himmel auf und Morpheus legt den Kopf schräg. »Du bist niemandes Marionette, mein Pfläumchen. Du *bist* jedoch eine Geisel. Obwohl dir nicht klar zu sein scheint, wer die Ketten in Händen hält.« Er geht in die Hocke und seine Nase ist nur Zentimeter von meiner entfernt. »Ich bin sehr geduldig gewesen.« Behandschuhte Fingerknöchel gleiten über mein Kinn und an meinem Hals hinab. Die Juwelen unter seinen Augen schimmern violett vor Leidenschaft. »Aber wir können uns nicht länger den Luxus leisten, Zeit zu verschwenden. Dafür hat Rot gesorgt.«

Ich versuche auszublenden, wie meine Haut auf seine Berührung reagiert, wie ich von ihm angezogen werde, Haaren gleich, die sich elektrisiert aufstellen. Unbeweglich, wie ich bin, kann ich nur den Kopf herumreißen, um den Blickkontakt zu lösen.

Morpheus lehnt sich zurück und kneift die Augen zusammen. »Befreie dich von den Ketten, die du dir selbst angelegt hast. Hol dir deine Krone zurück und lass den Netherlingswahnsinn in dir zu.«

»Nein. Ich habe mich dafür entschieden, menschlich zu sein.« Mir kommt die Galle hoch, während ich tiefer in den Schlamm gezogen werde, als sei ich eine Maus, die von einer Schlange verdaut wird. Der Matsch steht mir bis zum Hals – ein erstickendes Gefühl. Ich frage mich, wie weit Morpheus gehen wird.

Er lässt sich bäuchlings auf den Boden fallen und seine Flügel schimmern wie Ölpfützen neben ihm – er sieht genauso aus wie das schelmische Kind, das er früher war. Das Kinn auf die Faust gestützt, mustert er mich. »Ich werde nicht betteln. Nicht einmal für dich, meine *kostbare* Königin.«

Ein scharfer Windstoß fegt zwischen uns hindurch und reißt

ihm den Hut herunter. Er hält die Krempe fest, bevor der Hut in den aufgerissenen Himmel fliegen kann.

Als er sich wieder zu mir umdreht, umpeitscht sein leuchtend blaues Haar sein Gesicht. »Wenn du nicht bleiben und Wunderland retten willst, werde ich der Menschenwelt meinen eigenen Stempel des Chaos aufdrücken. Kämpfe für uns oder stell dich den Konsequenzen.«

Die Blumen schließen sich um uns herum und drücken mich gegen ihn, grobe, belaubte Hände kratzen über meinen Hals und meine Wangen, zerren an meinen Haaren, sodass ich nicht weg kann. Er lächelt, so nah, dass ich die Wärme seines Atems auf dem Gesicht spüre.

»Ich werde es nicht zulassen«, beharre ich. »Ich werde dich nicht in meine Welt lassen.«

»Zu spät«, murmelt er dicht an meiner summenden Haut. »Wenn sie deinen Leichnam finden, bin ich längst dort.«

4

Zwischen dem Teufel und dem schlammigen Meer

Meinen Leichnam finden? Ich will schreien, kann aber unter der belaubten Hand, die sich auf meinen Mund presst, nicht einmal stöhnen.

Morpheus erhebt sich und der Saum seines Staubmantels wirbelt um seine Knöchel. Er setzt sich den Hut wieder auf, gibt den Blumen ein Zeichen und verwandelt sich dann in die Motte, von der ich in meinen Erinnerungen geplagt werde: schwarze Flügel, blauer Leib – groß wie ein Vogel.

Die Ranken zerren mich nach unten und der Schlamm umgibt mich wie eine von Sirup klebrige Faust. Alle Außengeräusche sind gedämpft. Mir bleiben nur mein Herzschlag und mein Wimmern, nichts als Vibrationen, eingehüllt von Stimmbändern und Rippen.

Es ist unmöglich, die Augen zu öffnen, und meine Wimpern kleben so fest an meinen Wangen, dass ich nicht mal blinzeln kann. Meine Kleider schnüren mich ein, als seien sie mit Leim an meine Haut geklebt worden. Ich bin gelähmt. Nicht nur körperlich, sondern auch geistig.

Es ist zu eng … zu einschnürend. Die Klaustrophobie, von der ich dachte, ich hätte sie vor einem Jahr überwunden, kehrt mit Macht zurück.

Pechschwarze Dunkelheit. Tödliche Stille. Hilflosigkeit.

Ich versuche, nicht zu atmen, voller Angst, dass der Schlamm in meine Nase eindringt. Er sickert trotzdem hinein, verstopft meine Nasenlöcher. Ich würge gegen das beklemmende Gefühl in meinen Lungen, während sich der Schlamm in meinem Körper ausbreitet.

Ich versuche, um mich zu schlagen, die Muskeln zu bewegen, bringe aber kaum mehr als ein Zucken zustande. Durch meine Anstrengung schließt sich der Schlamm enger um mich herum wie Treibsand.

Mein Herz hämmert und Panik ergreift mich.

Tu das nicht!, rufe ich Morpheus im Geiste zu. Ich hätte nie gedacht, dass er so weit gehen würde. Zu dumm, dass ich geglaubt habe, ihm liege an mir.

Inwiefern wird meine Ermordung die Dinge in Ordnung bringen?, versuche ich vernünftig mit ihm zu reden. Aber die Logik wirkt stattdessen bei mir. Morpheus tut nichts ohne Grund. Er versucht, mich zum Handeln zu zwingen. Er erwartet von mir, dass ich mich befreie.

Morpheus!, schreie ich noch einmal im Geiste. Als Echo höre ich meinen rasenden Puls.

Der Überdruck in meinen Lungen ist quälend. Hinter meinen Lidern brennen Tränen, die nicht fließen können. Mir tut alles weh vom Kampf gegen den Schlamm um mich herum. Mir ist schwindelig und ich bin verwirrt.

Erschöpft gebe ich der Benommenheit nach. Es ist sicherer dort, wo es keine Gefühle gibt ... keine Furcht.

Meine Muskeln entspannen sich und der Schmerz wird betäubt.

»Würdest du dich bitte wehren!« Der Schrei in meinem Kopf weckt mich.

Ich verkrampfe mich erneut. *Wie denn? Ich bin gefangen.*

»Lass dir etwas einfallen.« Morpheus' Stimme ist jetzt sanfter, aber dennoch drängend. *»Du bist nicht allein im Schlamm.«*

Natürlich bin ich allein. Die Zombieblumen haben sich verzogen, nachdem sie mich heruntergedrückt haben. Zweifellos sind sie jetzt an der Oberfläche und lachen mit Morpheus. Die Einzigen, die mein Grab mit mir teilen, sind die Käfer, die im Boden wühlen.

Käfer ...

All diese Jahre habe ich ihrem Wispern gelauscht. Doch nicht ein einziges Mal habe ich versucht, mit ihnen zu reden, wirklich zu kommunizieren. Vielleicht wären sie bereit zu helfen, wenn ich sie nur erreichen könnte.

Es braucht kaum mehr als diesen Gedanken, diesen Hoffnungsschimmer und ein stummes Flehen, um sie zu bitten, mich auszugraben, den Schlamm um mich herum zu durchstoßen.

Käfer und Würmer kriechen über meine Beine. Der Druck lässt nach, und ich bin in der Lage, die Fußknöchel zu schütteln. Als Nächstes kann ich die Handgelenke bewegen. Schließlich sind meine Arme und Beine frei und ich grabe mich durch den Matsch.

Hinauf, hinauf, hinauf. Der Schlamm wird flüssig und ich schwimme hinaus. Dann geht irgendetwas schief. Die Insekten drehen um und dringen in meine Nasenhöhlen ein. Das glitschige Krabbeln schnürt mir die Kehle zusammen. Ich würge, und meine Luftröhre dehnt sich, damit die Viecher Platz haben.

Morpheus ruft abermals: »*Streng dich an ... kämpf um dein Leben! Atme. Atme!*«

Aber es ist nicht Morpheus, der da brüllt. Es ist Jeb. Und ich grabe mich nicht aus einem Meer aus Schlamm. Ich bin umgeben von Wasser, nassem Himmel und Sanitätern. Etwas anderes als Käfer wird mir in die Kehle gestoßen. Ich keuche und sauge Sauerstoff durch einen Schlauch. Dann liege ich auf einer Trage, die mit Laken bedeckt ist, und werde in einen Krankenwagen gerollt. Ich zittere. Meine nassen Wimpern flattern, der einzige Teil meines Körpers, der nicht zu sehr schmerzt, wenn ich ihn bewege.

Verschwommen nehme ich Jebs Gesicht wahr, als er sich neben mich kauert und meine Hand hält. Aus seinem Haar tropft es auf meinen Unterarm. Seine Augen sind rot, entweder vom Weinen oder vom Kampf gegen die Flut. »Al, es tut mir leid.« Er tätschelt meine Hand und schnüffelt. »Es tut mir ... so leid.« Dann verstummt er atemlos.

Ich will ihm sagen, dass er nicht dafür verantwortlich ist, aber mit dem Schlauch in der Kehle kann ich nicht sprechen – und es würde auch keine Rolle spielen. Jeb erinnert sich nicht daran, wer Morpheus ist. Er würde denken, ich hätte Wahnvorstellungen, weil mir kurz der Sauerstoff gefehlt hat. Also versinke ich in Bewusstlosigkeit, statt zu antworten.

Ich habe das Gefühl, dass irgendetwas das Geburtsmal an meinem Knöchel berührt, und spüre, wie mein ganzer Körper von Wärme durchflutet wird. Dann wache ich in einem Krankenhausbett auf.

Die Wand auf der rechten Seite ist eine Fensterfront. Strahlen der untergehenden Sonne dringen durch die Läden und ein

Hauch von Rosa legt sich über den bunten Haufen aus *Werdewieder-gesund*-Ballons mit Bändern, Plüschtieren, Blumenarrangements und Topfpflanzen auf dem Fenstersims.

Alles andere ist farblos. Weiße Wände, weiße Fliesen, weiße Laken und Vorhänge. Der Geruch von Desinfektionsmittel und die fruchtige Note von Moms Parfum umwehen mich und vermischen sich mit dem Duft der Lilien auf dem Fensterbrett.

Die frisch geschnittenen Blumen murren darüber, dass es ihnen in der Vase zu eng sei, aber die Stimme meiner Mom übertönt sie.

»Er hat kein Recht, jeden Tag und jede Nacht hier rumzuhängen«, schimpft sie. »Geh raus und sag ihm, dass er verschwinden soll.«

»Würdest du bitte aufhören?«, gibt Dad zurück. »Er hat ihr das Leben gerettet.«

»Er ist aber auch schuld daran, dass sie beinahe gestorben wäre. Wenn er sie nicht dorthin gebracht hätte, wäre sie gar nicht in Gefahr gewesen.« Moms Stimme wird leiser, aber ich kann sie immer noch hören. »Gott allein weiß, was sie getan haben. Wenn du ihn nicht nach Hause schickst, mache ich es.«

Jeb. Ich zucke und spüre schmerzhaft einen Infusionsschlauch an meiner Hand. Ich fühle mich gefangen und erinnere mich an den Schlamm. Während ich gegen die Übelkeit ankämpfe, will ich meine Eltern darum bitten, die Nadeln herauszuziehen, aber meine Kehle ist wund. Der Schlauch, den man mir in die Luftröhre geschoben hat, ist jetzt nicht mehr da, aber er hat Spuren hinterlassen.

Meine Eltern streiten weiter. Ich bin so erleichtert zu hören, dass Dad Jeb verteidigt, aber ich schließe die Augen und hoffe, dass sie weggehen und mich mit den wispernden Pflanzen allein lassen. Die Blumen werden Jeb erlauben, mein Zimmer zu betreten. Vor allem die Vase mit weißen Rosen. Auch ohne Karte sehe ich, dass die von ihm kommen.

»Mom ...« Ich erkenne das Geräusch, das aus meinem Mund rasselt. Es ist mehr wie Luft, die aus einem Reifen entweicht, denn wie eine Stimme.

»Ally?« Kinnlanges, platinfarbenes Haar umrahmt ihr Gesicht, als sie sich über mich beugt. Man hat ihr ihr Alter nie angesehen. Achtunddreißig Jahre alt und nicht einmal eine Andeutung von Falten. Schwarze Wimpern bedecken die blauen Iris mit türkisfarbenen Einsprengseln wie ein Pfauenschwanz. Das Weiß ihrer Augen ist rot gerändert, ein sicheres Zeichen, dass sie erschöpft ist oder geweint hat. Aber sie ist trotzdem wunderschön: ganz zerbrechlich, zart und strahlend, als scheine die Sonne in ihr. Und das tut sie auch. Magie scheint dort. Magie, die sie niemals angezapft hat.

Die gleiche Magie, die in mir ist.

»Mein süßes Mädchen.« Die Erleichterung ist ihr anzusehen, als sie meine Wange streichelt. Die Berührung geht mir zu Herzen. Während meiner ganzen Kindheit hatte sie Angst, mich zu berühren ... Angst, mir wieder wehzutun, wie sie es getan hat, als sie meine Handgelenke zerkratzt hat.

»Tommy-Schatz«, sagt Mom, »gib mir die Eiswürfel.« Dad kommt ihrer Bitte nach und bleibt hinter ihren einssechzig stehen, während sie mich mit einem Plastiklöffel aus dem Pappbecher füttert. Das Eis schmilzt und lindert den Schmerz in meiner Kehle. Das Wasser schmeckt göttlich. Ich bedeute ihr mit einem Nicken, dass ich mehr will.

Meine Eltern beobachten mich besorgt, während ich genug Eis schlucke, um meine Schmerzen zu betäuben.

»Wo ist Jeb?« Wieder spüre ich die Wundheit in meiner Kehle und zucke zusammen. Moms Miene verkrampft sich. »Er war mit mir im Wasser. Ich muss sehen, dass es ihm gut geht.« Ich huste gespielt, aber der folgende Schmerz ist echt. »Bitte ...«

Dad beugt sich über Moms Schulter. »Jeb geht es gut, Schmetterling. Gib uns einen Moment, damit wir uns um dich kümmern können. Wie fühlst du dich?«

Ich zucke mit schmerzenden Muskeln die Achseln. »Mir tut alles weh.«

»Das glaube ich gern.« Seine braunen Augen tränen, aber sein Lächeln ist glückselig, als er um Mom herumgreift, um meine Hand zu tätscheln. Ich hätte mir keinen besseren Vater wünschen können. Wenn nur meine Großeltern lange genug gelebt hätten, um mich kennenzulernen. Sie wären stolz auf ihren Sohn gewesen, der sich so liebevoll und treusorgend um seine Familie kümmert. »Ich werde Jeb Bescheid sagen, dass du wach bist«, verspricht er. »Er ist die ganze Zeit hier gewesen.«

Es ist unmöglich, Moms nicht besonders subtilen Ellbogen in Dads Rippen zu übersehen, aber ihr Protest stört ihn nicht. Er fährt sich mit der Hand durch das dunkle Haar und geht zur Tür hinaus, bevor sie einen Streit vom Zaun brechen kann.

Seufzend stellt sie die Tasse auf den Nachttisch am Bett und holt einen mit grünem Vinyl bezogenen Stuhl aus der Ecke. Sie setzt sich dicht neben mich und glättet ihr getupftes Seidenkleid.

Als sie entlassen wurde, wollte sie jede Minute mit mir verbringen und all die Zeit wettmachen, die wir versäumt hatten. Wir haben zusammen gebacken, die Wäsche gemacht, das Haus geputzt ... im Garten gearbeitet. Dinge, die die meisten Menschen als profan oder unangenehm betrachten, wurden zum Paradies, weil ich endlich meine Mom bei mir hatte.

Eines Samstagnachmittags habe ich sie zu Butterfly Threads mitgenommen, dem Seconhandladen, in dem ich arbeite, und wir haben uns durch Regale voller Sachen gewühlt.

Die meisten der Kleider dort entsprechen meinem Stil, also waren wir fast immer unterschiedlicher Meinung. Bis wir ein irres Kleid aus purpur und schwarz getüpfeltem Satin mit einem lindgrünen Gürtel und dazu passendem Netzunterrock (der unter dem Saum hervorlugte) gefunden haben. Ich habe sie dazu überredet, das Kleid zu kaufen. Aber sobald sie zu Hause war, wollte sie es nicht anziehen, obwohl es Dad gut gefiel. Plötzlich fand sie es zu auffällig.

Ich habe sie gefragt, warum sie sich nicht ein kleines bisschen Mühe geben könne, um Dad glücklich zu machen, nach allem, was er für sie getan hatte. Es war der erste Streit, den wir nach ihrer Entlassung hatten. Inzwischen habe ich den Überblick darüber verloren, wie viele es insgesamt waren.

Ich kann nicht ignorieren, dass sie heute das Kleid trägt.

»Hi, Mom«, krächze ich.

Sie grinst und streicht mir eine Haarsträhne hinters Ohr. »Hi.«

»Du siehst hübsch aus.«

Sie schüttelt den Kopf und unterdrückt ein Schluchzen. Ehe ich mich versehe, bricht sie zusammen und drückt das Gesicht an meinen Bauch. »Ich dachte, ich hätte dich verloren.« Sie spricht gedämpft und mit heißem, stockendem Atem. »Die Ärzte konnten dich nicht wecken.«

»Ah, Mom.« Ich tätschle ihre Schläfe, wo sie die Haare mit einer funkelnden lila Spange gebändigt hat. »Mir geht es gut. Und zwar deinetwegen.«

Sie schaut auf und hebt das Handgelenk, um das sich ihr Geburtsmal windet wie ein kreisförmiges Labyrinth. Es passt zu dem auf meinem linken Knöchel unter meiner Flügeltätowierung. Wenn man beide aufeinanderdrückt, kann eine magische Welle uns heilen.

»Ich habe geschworen, dass ich diese Macht nie wieder benutzen würde«, murmelt sie und spielt auf das letzte Jahr an, als sie meinen verstauchten Knöchel geheilt und eine unerwartete Folge von Ereignissen ausgelöst hat. »Aber du warst so lange bewusstlos. Alle hatten Angst, dass du nicht mehr aus dem Koma erwachen würdest.«

Das bisschen Wimperntusche, das sie aufgetragen hat, hinterlässt winzige Rinnsale auf ihrer Haut. Bei diesem Anblick wird mir unbehaglich – das Ganze hat zu große Ähnlichkeit mit den Augenklappen, die ich einst im Wunderland hatte. Aber ich schiebe den Gedanken beiseite. Es ist nicht der passende Zeitpunkt, mir von der Seele zu reden, was im letzten Jahr passiert ist.

»Wie lange?«, frage ich.

»Drei Tage«, antwortet sie, ohne zu zögern. »Heute ist Montag. Heldengedenktag.«

Der Schreck schnürt mir die ohnehin schmerzende Kehle noch mehr zusammen. Alles, woran ich mich erinnere, ist ein tiefer, dunkler Schlaf. Es ist seltsam, dass Morpheus meinen Geist nicht besucht hat, während ich bewusstlos war.

»Es – es tut mir leid, dass ich euch Angst gemacht habe«, flüstere ich. »Aber du irrst dich.«

Mom zeichnet die Adern auf meiner Hand nach, die von Infusionsschläuchen durchstochen ist, und legt den Kopf schräg. »In welchem Punkt irre ich mich?«

»Was meinen Freund betrifft.«

Ihre zartlila Lippen kräuseln sich. Sie dreht meine Hand um und betrachtet meine Narben. Ich habe sie vor einer Weile gefragt, warum sie meine Handflächen nicht geheilt habe, als ich noch ein fünfjähriges Kind war. Sie sagte, sie sei zu schockiert darüber gewesen, schuld an den Schnitten zu sein, um klar denken zu können.

»Er wollte mit mir allein sein«, fuhr ich fort, »um mir etwas zu schenken. Eine Kette.« Ich berühre meinen Hals, aber die Kette ist nicht da. Hektisch sehe ich mich im Raum um.

»Ist schon gut, Ally«, sagt sie. »Deine Ketten sind in Sicherheit. Alle beide.« Ihre Stimme bebt ein wenig. Ich bin mir nicht sicher, ob es an meinen Narben oder an den Ketten liegt. Sie zieht es vor, nicht an den Wahnsinn erinnert zu werden, den der mit Rubinen besetzte Schlüssel freisetzt. Aber sie ist klug genug, ihn mir nicht wegzunehmen, nicht nach dem Streit, den wir über die Schachfigur aus Jade in Form einer Raupe hatten, die sie vor einigen Monaten vor mir versteckt hat.

»Wir sind in die Altstadt gegangen«, sage ich, entschlossen, Jebs edle Absichten zu beweisen, »weil er weiß, wie sehr ich das baufällige Theater dort mag. Es hat zu regnen angefangen, deshalb haben wir uns in dem Abflussrohr untergestellt.«

»Also gab es keinen Laden oder einen anderen öffentlichen Ort, an dem ihr hättet Schutz suchen können?«, fragt sie in spöttischem Ton. »Jungs schleppen Mädchen nicht in Abflussrohre, um etwas Anständiges zu tun.«

Stirnrunzelnd lasse ich ihre Hand los und schiebe meine unter die Decke. Heißer Schmerz zuckt durch mein Handgelenk. »Er wollte Privatsphäre, aber nicht für das, was du denkst.«

»Es spielt keine Rolle. Er hat dich in Gefahr gebracht. Und er wird es wieder tun, wenn du mit ihm nach London gehst.«

Ich beiße die Zähne zusammen. »Warte ... was? Also willst du uns jetzt das Leben schwermachen? Natürlich will Dad einen Ring an meinem Finger sehen, bevor ich mit jemandem zusammenziehe. Ich bin sein kleines Mädchen. Aber du hast mir immer eingeschärft, dass ich mich nicht in eine Ehe stürzen, sondern vorher mein Leben genießen solle. Hast du deine Meinung geändert?«

»Darum geht es nicht.« Sie reicht mir den Pappbecher und steht auf, geht zu den Blumen auf dem Sims. Dann streichelt sie die rotgelben Blütenblätter einer Lilie. Am frühen Morgen waren rosafarbene Strahlen durch die Jalousie gedrungen; die Dämmerung jetzt verleiht dem Haar meiner Mutter den gleichen Purpurton, wie ihn ihr Kleid hat. »Hörst du sie, Ally?«

Ich verschlucke mich beinahe an dem geschmolzenen Eis. »Die Blumen?«

Sie nickt.

Alles, was ich höre, sind die Lilien, die aus Freude über Moms Aufmerksamkeit schnurren. »Sie reden nicht ...«

»Jetzt nicht, aber als du geschlafen hast. Die Insekten ebenfalls. Es gefällt mir nicht, was sie gesagt haben.«

Ich warte darauf, dass sie ihre Worte näher erläutert. Mom und ich haben bemerkt, dass wir manchmal verschiedene Dinge hören. Es ist, als könnten die Pflanzen und Insekten ihre Botschaften individuell übermitteln, als könnten sie entscheiden, getrennt mit uns zu sprechen, je nachdem, was sie mitzuteilen haben.

»Sie haben mich gewarnt, dass der, der dir am nächsten ist, dich auf die schlimmstmögliche Art betrügen wird.«

»Du glaubst, es ist Jeb?«, frage ich ungläubig.

»Wer sonst könnte damit gemeint sein, wenn nicht Jebediah? Mit wem sonst verbringst du all deine wachen Stunden, entweder um mit ihm zu reden oder an ihn zu denken oder mit ihm herumzuhängen?«

Meine *wachen Stu*nden? Mit niemandem außer Jeb.

Aber die Stunden meines Schlafs …

Ich schließe die Augen. Natürlich ist es Morpheus. Er hat mich bereits betrogen, indem er versucht hat, mein Leben in der Menschenwelt übermäßig mit Beschlag zu belegen. Indem er versucht hat, mich nach Wunderland zurückzubeordern, um eine Schlacht auszufechten, die ich unmöglich gewinnen kann.

In meinem Hinterkopf breitet sich Grauen aus und lässt meinen Schädel pochen.

»Jebediah war letztes Jahr bei dir, als du in das Kaninchenloch hinuntergegangen bist«, sagt Mom, die jetzt am Fenster steht. Die Klimaanlage geht an, bringt die Lilien durcheinander und trägt ihren süßen Duft zu mir herüber. »Ein Teil von Wunderland könnte ihn infiziert haben. Vielleicht ruht es in ihm und wartet darauf, einen Weg zu dir zu finden.«

Ich schnaube. »Eigentlich war er niemals dort. Das kann also logischerweise nicht passiert sein.«

Mom dreht sich um, und ihr Rock raschelt, als sie sich mir zuwendet. »An diesem Ort gibt es keine Logik. Du weißt das, Ally. Niemand kommt ohne Schaden aus Wunderland zurück. Der Aufenthalt dort verändert eine Person. Vor allem, wenn sie völlig menschlich ist. Hat er jemals seltsame Träume erwähnt?«

Ich schüttele den Kopf. »Mom, du machst das so viel komplizierter, als es sein muss.«

»Nein. Du bist diejenige, die die Dinge verkompliziert. Warum bleibst du nicht in den Staaten? Es gibt einige wunderbare Kunstcolleges in New York. Lass Jebediah ohne dich nach London gehen. Dann werdet ihr beide in Sicherheit sein.«

Ich beuge mich vor, um den Becher wieder auf den Nachttisch zu stellen. »Ihn *lassen?* Ich habe keine Macht über ihn. Es war seine Entscheidung zu warten, bis wir zusammen gehen konnten.«

Sie umklammert das Fenstersims. »Wenn du ein normales Leben willst, wirst du alle Verbindungen zu ihm abbrechen und alle Erfahrungen, die eine Rolle dabei gespielt haben, hinter dir lassen müssen.« Die entschlossene Haltung ihres Kinns sagt mir, dass sie nicht nachgeben wird.

Ich versuche nicht mal, mich zu beherrschen, obwohl ich weiß, dass es meiner Kehle den Rest geben wird. »Er hat es sich nicht ausgesucht, dorthin zu gehen! Es ist nicht fair von dir, Jeb zu hassen!«

Im Augenwinkel bemerke ich eine Bewegung und reiße den Kopf herum. Jeb steht in der offenen Tür. Wir haben nicht gehört, wie er die Klinke heruntergedrückt hat, aber der verletzte Ausdruck in seinem Gesicht verrät, dass er offensichtlich meinen heiseren Aufschrei gehört hat.

Die Frage ist, was hat er sonst noch gehört?

5

Verhedderte Netze

Mein Dad erscheint in der Tür hinter Jeb. Obwohl er zwei oder drei Zentimeter kleiner ist als mein Freund, ist es Jeb, der klein und verletzlich aussieht, wie er da auf der Türschwelle zaudert, als sei er unsicher, ob er eintreten soll.

Mom betrachtet die Tupfen auf ihrem Kleid. Auf der anderen Seite des Flurs hustet jemand und die Stimme einer Krankenschwester ertönt durch die Gegensprechanlage. Es sind die einzigen Geräusche, die unser peinliches Schweigen unterbrechen.

»Ali-Bär«, sagt Dad zu Mom und versucht die Situation zu retten, »ich finde, es wird Zeit, dass ich dich in diesem Kleid vorzeige. Wie wär's, wenn wir zu Abend essen?« Er drückt Jebs Schulter, dann geht er weiter und tätschelt auf dem Weg zum Fenster meinen Knöchel.

Es hat sich eindeutig etwas zwischen Jeb und Dad verändert. Sie sind wieder Freunde, genau wie früher.

»Lassen wir die beiden ein wenig allein«, sagt Dad. Meine Mom will protestieren, aber sein Blick zwingt sie zu einem Lächeln, und sie ergreift seine Hand. Er küsst ihre Finger.

Sie legt ihr Telefon neben den Pappbecher auf den Nachttisch. »Falls du uns brauchst, ruf auf Dads Handy an«, sagt sie, ohne

Jeb oder mich anzusehen. »Die Besuchszeit ist um acht vorüber, Jebediah.«

Jeb macht Platz, um sie hinauszulassen. Dad klopft ihm ermutigend auf den Rücken, bevor er die Tür schließt.

Die Hände in den Taschen, sieht Jeb mich mit schmerzerfüllten dunkelgrünen Augen an.

»Es tut mir leid …«, versuche ich eine Entschuldigung zu stammeln. Wenn er gehört hat, was meine Mom über Wunderland gesagt hat, wird er Fragen stellen. Fragen, die unmöglich zu beantworten sind.

Er schüttelt den Kopf. »Du bist nicht diejenige, die sich entschuldigen sollte.« Er hält Blickkontakt, als er auf mich zukommt. Dann lässt er sich auf den Stuhl fallen, auf dem Mom vorher gesessen hat, nimmt meine Hand und drückt seine warmen, weichen Lippen darauf. »*Mir* tut es leid. Ich habe versprochen, dass du immer an erster Stelle kommst, dann bin ich wegen eines dummen Telefongesprächs weggegangen, und du wärest beinahe ums Leben gekommen.« Sein Mund verkrampft sich und der Druck um meine Hand wird stärker.

»Oh, Jeb. Nein.« Ich streichle sein Gesicht, das so glatt ist wie Seide. Er hat sich rasiert, und da er sich für seine Verhältnisse ziemlich in Schale geworfen hat – graue Khakihosen und ein schwarzes, kurzärmeliges Hemd –, habe ich den Verdacht, dass er versucht, sich bei Mom einzuschmeicheln. Der einzige Tribut an seine üblichen schmuddeligen Rockerklamotten sind seine Armeestiefel.

Ja, er hat sich hübsch gemacht. Ein Jammer nur, dass sein Aussehen die geringste von Moms Sorgen ist.

Ich zeichne sein Kinn nach, und er beobachtet mich, während

ich ihn berühre. Ich halte an dem Piercing unter seiner Lippe inne. Es hat ungefähr die Größe eines Marienkäfers, aber wenn man genau hinschaut, ist es geformt wie ein Messinggelenk. Ich habe es ihm vor einigen Monaten zum Geburtstag geschenkt und ihn damit aufgezogen, dass er etwas Rebellisches brauche, damit er tough aussieht.

Obwohl er gerade jetzt wie ein kleiner Junge wirkt, sieht er für mich immer tough aus. Einmal hat er einen Typen verprügelt, nur weil er mich als Liebessklavin des verrückten Hutmachers bezeichnet hat. Er war mein Fels in der Brandung, wann immer mir Mom gefehlt hat. Und als er mir nach Wunderland gefolgt ist – indem er ohne nachzudenken in einen Spiegel gesprungen ist –, hat er fast alles aufgegeben, um mir das Leben zu retten. Ich wünschte wirklich, er könnte sich an dieses Opfer erinnern, damit er endlich aufhörte, sich Vorwürfe zu machen.

»Dir braucht es ebenfalls nicht leidzutun«, sage ich. »Dad meinte, du hättest mich gerettet. Also schulde ich dir ein Dankeschön. Jetzt komm her.« Ich greife nach seinem Hemdkragen, ziehe ihn dicht heran und drücke meinen Mund auf seinen.

Er schließt die Augen und legt mir die Hände um den Hals, dann fährt er mit den Fingern durch mein Haar. Der Kuss mit geschlossenen Lippen ist so sanft, dass es beinahe wehtut, als befürchte er, dass ich zerbrechen werde.

Er zieht sich zurück und drückt seine Stirn gegen meine, sodass sich unsere Nasenspitzen berühren. »Ich hatte noch nie solche Angst, Al. Noch nie im Leben. Nicht mal, als mein Dad ...«

Er verstummt, aber er braucht auch nichts zu erklären. Ich weiß, was er durchgemacht hat. Man wohnt nicht nebeneinander in einer Doppelhaushälfte, ohne etwas vom Leid der anderen mitzubekommen. Es sei denn, man *entscheidet* sich dafür, nichts mitzubekommen.

»Was ist in dem Abflussrohr passiert?«, frage ich, während ich seine Hand halte. »Ich kann mich an nichts erinnern, nachdem das Wasser gekommen ist.«

Er schaut auf seine Stiefel hinab. »Als sich die Lichterkette um dich gewickelt hat, ist auch ein Fußgelenk von mir festgebunden worden. Ich bin auf dem Rücken geschwommen, bis ich das flache Wasser außerhalb des Rohrs erreichte, dann habe ich dich an Land gezogen. Aber du warst ...« Er zuckt zusammen und erbleicht. »Dein Gesicht war so blau. Und du wolltest nicht aufwachen. Wolltest dich nicht bewegen. Wolltest nicht atmen.« Seine Stimme bricht, als er auf unsere ineinander verschränkten Hände schaut. »Ich habe versucht, dich wiederzubeleben, aber es hat nicht funktioniert. Ich hatte noch nie solche Angst.«

Er wiederholt das eins ums andere Mal, aber er *hat* schon einmal solche Angst gehabt. Ich wäre schon einmal fast ertrunken ... damals sagte er mir auch, ich solle ihm nie wieder solche Angst einjagen. Zu einer anderen Zeit und an einem anderen Ort.

»Ich sehe es wieder und wieder vor mir«, murmelt er. »Es ist wie ein schlimmer Traum, aus dem ich nicht erwachen kann.«

Ein Traum.

»Warte«, sage ich. »Ich bin verwirrt. Du hast mich im Wasser nie verloren? Ich bin nicht irgendwo hingesogen worden und dann zu dir zurückgetrieben?«

»Ich habe dich keinen Moment aus den Augen gelassen.« Er

beißt die Zähne zusammen, bis er einen Krampf im Kiefer bekommt. »Warum habe ich dich nur aufgefordert, die Sachen einzupacken? Wenn ich dich nicht dort gelassen hätte, wärst du nicht in die Lichterkette gewickelt worden.« Er flucht.

»Jeb, hör auf damit. Du hast mich nicht dazu *gezwungen*, irgendetwas zu tun.«

Er mustert mich eindringlich, als gehe er im Geiste eine Checkliste durch, um sich zu vergewissern, dass alles an mir heil ist. »Du musst mit dem Kopf irgendwo angestoßen sein, als das Wasser dich mitgerissen hat. Ich habe gesehen, wie sich deine Kleider um dich gebläht haben.« Sein Adamsapfel schwillt an, als er schluckt. »Aber du bist immer tiefer gesunken ... ich habe dich nicht losgelassen.« Sein Blick wird noch eindringlicher. »Das weißt du doch, oder? Ich würde dich *niemals* loslassen.«

»Ich weiß.« Ich tätschele seine Hand.

Also war das, was mit Morpheus passiert ist, doch ein Traum. Natürlich. Er hat nicht die Fähigkeit, das Kaninchenloch an einen anderen Ort zu versetzen, niemand hat diese Fähigkeit. Ich habe meinen Schlüssel nicht benutzt, um die Tür hinein zu öffnen. Ich habe bewusstlos im Wasser getrieben. Ich habe Wunderland nur im Geiste besucht.

Das bedeutet, dass das, was ich gesehen habe, nicht echt war. Das bedeutet, dass alles nicht so schlimm ist, wie er es dargestellt hat.

Und das Beste ist: Er befindet sich gar nicht in meiner Welt, wie er behauptet hat.

Ausnahmsweise einmal bin ich froh, dass er nur mit mir gespielt hat. Ich brauche mich nicht schuldig zu fühlen wegen Wunderland, weil alles eine Lüge war.

Lügen deine Kunstwerke? Morpheus' Frage kommt mir in den Sinn. Meine Mosaike – sind das auch Lügen? Steckt er irgendwie dahinter?

Ich höre, wie der Türknauf gedreht wird. Jeb muss es ebenfalls gehört haben, denn er sinkt zurück auf den Stuhl.

Eine Krankenschwester kommt herein, eine attraktive jüngere Frau mit kastanienbraunem Haar und einer Brille mit Juwelenrand. Statt eines OP-Kittels trägt sie ein weißes Schwesternkleid, wie eins dieser Halloween-Kostüme – wenn auch nicht so kurz und eng anliegend. Es ist das erste Mal, dass ich im wahren Leben ein solches Outfit sehe. Wäre da nicht der amerikanische Flaggenanstecker an ihrem Revers, könnte sie die perfekte Synthese der Männerfantasie einer Krankenschwester und einer Bibliothekarin sein. Sie schreibt ihren Namen auf die blank gewischte Tafel und stellt sich mit gedämpfter Stimme vor.

Jeb und ich sehen uns an und ich grinse.

»Schwammbad?«, formt er mit den Lippen in meine Richtung und zieht die Brauen hoch.

Ich verdrehe die Augen und versuche, nicht in Gelächter auszubrechen. Seine Witzelei ist ein gutes Zeichen. Es bedeutet, dass er versucht, sich selbst zu verzeihen.

Schwester Terri tritt an mein Bett. Ihre Augen funkeln grau hinter den Brillengläsern. In ihrem Blick steckt eine Traurigkeit, die in mir den Wunsch weckt, etwas zu tun, das sie aufheitert. Binnen Sekunden stehe ich zum ersten Mal seit Tagen auf den Beinen. Meine nackten Füße auf dem Boden sind kalt. Jeder Muskel in meinem Körper schmerzt von meinem Kampf, gegen die Flut zu schwimmen. Meine Beine zittern, und ich halte die Rückseite meines Nachthemds zusammen, verlegen wegen der

Schläuche in meinem Körper. Jeb zwinkert mir zu, dann geht er in den Flur, um nach einem Telefon zu suchen.

Als er weg ist, schlurfe ich ins Badezimmer und riskiere einen Blick in den Spiegel. Ein Teil von mir befürchtet, dass Morpheus hinter mir im Spiegel auftauchen wird. Ich bin erleichtert, dass er nicht erscheint, bis ich den roten Streifen sehe, der wie eine Flamme vom Rest meines platinblonden Haares absticht – eine deutliche Erinnerung an den Zugriff von Wunderland auf mein Leben, eine Erinnerung, die Mom nicht ignorieren kann. Wir haben versucht, die Strähne zu bleichen, aber die Farbe will nicht verblassen. Wir haben versucht, sie abzuschneiden, aber sie wächst immer in der gleichen kräftigen Farbe nach. Mom hat es im Grunde akzeptiert.

Aber sie würde nie meine gefühlsmäßige Verbindung zu jenem Ort akzeptieren. Würde nie akzeptieren, dass ich selbst jetzt manchmal die chaotische Netherlingswelt vermisse. Wenn ich es ihr erzählte, würde sie vor Sorge verrückt werden.

Neue Schuldgefühle erfüllen mich. Morpheus mag versucht haben, mich mit einem vorgetäuschten, zerfallenden Wunderland zu narren, aber das bedeutet nicht, dass dort alles in Ordnung ist. Ich kann dieser Welt nicht einfach den Rücken kehren; ich kann sie nicht unter Königin Rots Händen in den Ruin versinken lassen. Aber ich kann mich auch nicht von den Menschen hier abwenden, die ich liebe. Ich weiß nicht, wie ich die beiden Seiten in mir in Einklang bringen kann.

Ich spritze mir kaltes Wasser ins Gesicht.

Gesund werden, das Krankenhaus verlassen und die Wahrheit herausfinden. Dann kann ich eine Entscheidung treffen.

Sobald ich wieder im Bett liege, bietet Schwester Terri mir eine

Handvoll Hustenbonbons an. Ohne zu zögern, stecke ich eins in den Mund, nur um sie lächeln zu sehen. Der Vanille- und Kirschgeschmack besänftigt meine Kehle.

Sie nimmt mir etwas Blut ab. Ich halte den Atem an, besorgt, dass meine Essenz zum Leben erwacht, wie es immer geschieht, wenn ich meine Mosaike mache. Nachdem drei Röhrchen ohne Zwischenfall gefüllt und verschlossen worden sind, atme ich auf, und Schwester Terri verspricht, mir Brühe und Cracker zu bringen.

Während ich auf Jeb warte, frischt der Wind draußen auf und heult durch die Glasscheiben – ein Geräusch, an das ich hier in Texas gewöhnt bin, das mich aber heute Abend unruhig macht. Ich starre auf die Infusion in meiner Hand und beobachte, wie ein dünner roter Streifen Blut in dem klaren Plastikschlauch aufsteigt. Er flattert wie eine Drachenschnur. Ich will gerade auf den Rufknopf drücken, um zu fragen, wann die Nadel herauskommt, als Jeb eintritt.

»Hi«, sage ich.

»Hi.« Er schließt die Tür.

Sobald er sitzt, fädelt er seine Finger zwischen meine und stützt den Ellbogen neben meinem Kissen auf. Mit der anderen Hand fährt er mir durch die Haare. Ein Funken Freude schießt durch meinen schmerzenden Körper. Ich genieße seine ungeteilte Aufmerksamkeit so sehr, dass ich zögere, meine nächste Frage zu stellen, aber ich muss es wissen.

»Was ist aus deinem Interview geworden?«

»Wir haben einen neuen Termin ausgemacht«, antwortet er.

»Aber die Doppelseite, das war schon was.« Jeb zuckt die Achseln, doch ich durchschaue seine aufgesetzte Lässigkeit.

Ich beiße mir auf die Lippen und suche nach einem anderen

Thema. Nach etwas Positivem. »Du und Dad. Er sieht dich wieder in einem guten Licht.«

Jeb zuckt zusammen. »Ja, aber jetzt hasst mich deine Mom mehr denn je.«

Ich betrachte das Fenster hinter ihm. »Du weißt, wie überängstlich sie ist.«

»Es nutzt nichts, dass du für mich lügst. Ich habe gehört, was du gesagt hast ...«

Ich runzele die Stirn. »Was hast du gehört?«

»Dass du mich deckst. Du hast ihr gesagt, ich hätte es mir nicht ausgesucht, dort hinzugehen. Du und ich, wir wissen beide, dass ich es mir sehr wohl ausgesucht habe. Ich habe dich dort hingebracht, ohne darüber nachzudenken, was passieren könnte. Oder dass es regnen könnte.«

Frustriert, aber auch erleichtert drücke ich seine Hand. »Das ist nicht der Grund, warum sie sauer ist.«

»Warum dann?«

Ich schaue mir die Plüschgalerie auf meinem Fenstersims an: ein Bär, ein ziemlich großer Clown mit einem kastenförmigen, karierten Hut, und eine Ziege, die aus einer Blechbüchse mit der Aufschrift *Werde gesund* frisst. Der Clown sieht auf eine finstere Art vertraut aus, aber ich beschließe, dass es am Licht liegen muss. Schatten um die Spielzeuge vermitteln den Eindruck, als fehlten ihnen Augen oder Gliedmaßen. Die Szenerie erinnert mich so sehr an Wunderlands Friedhof, dass mein Magen Purzelbäume schlägt.

»Al.« Jeb stößt mich an. »Wirst du mir erzählen, warum ihr euch angebrüllt habt, als ich hereingekommen bin?«

»Sie will einfach, dass ich mich auf meine Karriere konzentriere und mich nicht ablenken lasse. Sie glaubt, sie habe ihre Karriere als Fotografin aufgegeben, nachdem sie eine Bindung eingegangen ist. Es liegt nicht an dir. Es geht um alles, was sie als Ablenkung betrachtet.« Ich zappele unter meiner Decke. So einfach sollte lügen nicht sein.

Jeb nickt. »Ich bin keine Ablenkung. Ich unterstütze dich. Ich will genauso sehr wie sie, dass du Erfolg hast.«

»Ich weiß. Sie sieht es aber nicht so.«

»Nach meinem Treffen mit Ivy Raven heute Abend müsste ich genug Geld haben, um in London Fuß zu fassen. Das reicht wohl als Beweis, dass ich helfen will.«

Meine Finger zucken in seinen. Also deshalb hat er sich rasiert und in Schale geworfen. Um einen guten Eindruck auf seine neue Kundin zu machen. Mir kommt Moms Warnung vor einem Verrat in den Sinn, aber ich verdränge den Gedanken. Ich weiß, dass ich Jeb vertrauen kann. Allerdings scheine ich meine Worte nicht unter Kontrolle zu haben.

»Du willst mich am ersten Abend, an dem ich wach bin, allein lassen, um zu arbeiten?« Ich winde mich, weil ich so bedürftig klinge.

Jeb wickelt sich mein Haar um die Finger. »Deine Mom hat klargestellt, dass ich fort sein sollte, wenn sie zurückkommt. Ivy ist in der Stadt, also treffe ich mich mit ihr, damit sie sich ein Bild aussuchen kann. Sie ist nicht sehr oft im Land. Also nutzen wir die Gelegenheit ...«

»Aber es ist ein Feiertag. Ist die Galerie nicht geschlossen? Trifft Mr Piero sich dort mit dir?«

»Er ist zu Hause bei seiner Familie, aber er erlaubt mir, den Ausstellungsraum zu benutzen.«

Meine Lippen werden schmal. Es gefällt mir nicht, dass er allein hingeht, obwohl ich nicht genau ausmachen kann, warum das so ist. Vielleicht ist es meine Netherlingsseite, denn das Unbehagen fühlt sich animalisch an ... wild. Ein dunkles und verwirrendes Gefühl, das all das Vertrauen, das wir im letzten Jahr aufgebaut haben, zunichtemacht.

Jeb ist mein. *Mein mein mein.*

Hinter meinen Lippen entsteht ein Knurren, aber ich unterdrücke es. Was ist los mit mir?

Der ausgestopfte Clown fällt mit einem metallischen Klingen auf den Boden. Jeb und ich zucken zusammen.

»Huch«, sagt Jeb, als er das Spielzeug aufhebt und wieder auf das Fenstersims stellt. Er zupft an dem Hut. »Da drunter ist etwas aus Metall. Das Ding ist ein bisschen kopflastig.«

»Von wem kommt der Clown?«, frage ich.

»Von dem jungen Mann, der am Freitag geholfen hat, nachdem ich dich aus dem Rohr gezogen habe. Ich habe versucht, dich zum Atmen zu bringen, und er ist wie aus dem Nichts aufgetaucht ... meinte, er habe unten an der Straße einen Krankenwagen gesehen und ihn für uns herangewinkt. Mein Handy ist im Wasser verloren gegangen. Er hat Hilfe geholt.«

Der Clown hat irgendetwas an sich. Abgesehen davon, dass er mir vage vertraut vorkommt ... Abgesehen davon, dass er größer ist als die anderen Spielzeuge. Er wirkt beinahe lebendig. Ich warte die ganze Zeit darauf, dass er sich bewegt.

Während er mich anstarrt, scheint der Schatten seinen Gesichtsausdruck zu verändern – von einem Lächeln zu einem höhnischen Grinsen. Selbst das Cello in seiner Hand kann das Bild nicht abmildern.

Ein Cello.

Mein Argwohn verstärkt sich. Das ist das Instrument, das ich spiele. Das Instrument, das ich seit dem letzten Sommer nicht angefasst habe. Wie könnte ein Fremder das über mich wissen?

Jeb sagte, der Junge sei wie aus dem Nichts aufgetaucht …

Mir schnürt es die Kehle zusammen. »Wie heißt der Mann?«, frage ich.

»Ich habe den Namen nicht verstanden«, antwortet Jeb. »Auf der Karte an dem Clown stand: ›Ich hoffe, du bist bald wieder ganz die Alte.‹ Keine Unterschrift. Aber wir haben nachgefragt, und niemand, den wir kennen, hat den Clown geschickt. Also muss er es gewesen sein.«

Die schwarzen Knopfaugen des Spielzeugs nehmen mich ins Visier wie gierige Küchenschaben.

»Ganz die *Alte*«, murmele ich. »Das ist eine seltsame Bemerkung für einen Fremden, findest du nicht auch?«

Jeb zuckt die Achseln. »Vielleicht reden sie in England so.«

Mein Herz schlägt schneller. »England?«

»Ja, nachdem der Krankenwagen abgefahren war, hat der Junge mir geholfen, mein Motorrad aus dem Wasser zu ziehen. Er ist ein englischer Austauschschüler und will sich an der Pleasance High einschreiben. Kommt mir sinnlos vor, sich in der letzten Schulwoche einzuschreiben. Aber seine Eltern haben darauf bestanden.«

Meine Arme fühlen sich schlaff an. »Er hat dir gesagt, dass er aus England kommt?«

»Das brauchte er nicht. Er hat diesen Akzent.«

Morpheus' Drohung hallt laut in meiner Erinnerung wider: *Wenn sie deine Leiche finden, bin ich schon dort.*

Mit hämmerndem Herzen trete ich meine Decke weg. »Wir müssen weg von hier!«

»Al!« Jeb versucht, mich daran zu hindern, mich aufzurichten.

Ich hingegen benutze seine Arme als Hebel, um genau das zu tun. »Bitte, Jeb, bring mich nach Hause!«

»Was? Nein, komm schon, du wirst dir wehtun. Leg dich einfach wieder hin.«

Als er versucht, mich zurück aufs Bett zu drücken, wird mein Flehen zu einem Schrei. Bevor er mich daran hindern kann, reiße ich mir die Infusionsnadel heraus. Blut tröpfelt aus meinem Handrücken auf die Decken und Laken und macht Jebs Finger glitschig, als er versucht, den Strom zu stillen. Er versucht, die Krankenschwester herbeizuklingeln.

Mom und Dad kehren zurück. Moms Gesicht erbleicht, als sie das Blut auf meinem Laken sieht; sie löst Jeb ab und drückt auf die Einstichstelle auf meiner Hand.

»Du solltest gehen«, befiehlt sie ihm.

Ich rufe: »Nein!«

In Wirklichkeit will ich sagen, dass meine Panik nichts mit Jeb zu tun hat, sondern mit dem Netherlingsjungen, der vor zwölf Jahren eine entscheidende Rolle bei ihrer Einlieferung in die Irrenanstalt gespielt hat.

»Niemand muss gehen«, unterbricht Dad sie, die Stimme der Vernunft inmitten des Chaos.

Schwester Terri kommt herein, und ihre traurigen, grauen Augen bringen mich dazu, mich zu benehmen.

Sie und Dad befördern mich zurück ins Bett. Sie sagt etwas über eine verzögerte Reaktion darauf, dass ich drei Tage im Koma gelegen habe. Dann legt sie eine neue Infusionsnadel und gibt mir darüber ein Beruhigungsmittel.

Während ich beobachte, wie die Flüssigkeit in den Schlauch tropft, bewege ich die Lippen, um die Schwester zu bitten, das nicht zu tun. Mich nicht schutzlos meinen Träumen auszuliefern. Zumindest den finsteren Clown wegzunehmen. Aber meine Zunge ist taub und meine Gedanken rasen.

Nach fünf Minuten bin ich groggy. Jeb küsst meine Hand, sagt, dass er mich liebe und dass ich ein wenig schlafen solle. Dad umarmt mich und wünscht mir eine gute Nacht, und sie verlassen beide zusammen den Raum. Mom streichelt mein Haar, klappt ihr Zustellbett auf und geht ins Bad. Dann fallen mir trotz aller Anstrengung die Augen zu.

Als ich aufwache, bin ich mir nicht sicher, wie spät es ist. Ich bin einfach froh darüber, überhaupt wach zu sein.

Der Geruch von Desinfektionsmitteln erinnert mich daran, wo ich bin. Es ist dunkel. Kein Licht dringt durch die Jalousie oder unter der Tür zum Flur durch. Ich nehme an, dass Mom einige zusammengerollte Handtücher vor den Türspalt gelegt hat. Manchmal schläft sie besser, wenn sie sich abschirmt, eine Gewohnheit, die sie in der Irrenanstalt entwickelt hat. Nacht für Nacht hat sie jeden Ritz in ihrem Zimmer – von den Wänden bis zum Boden – nach Insekten abgesucht. Sobald sie sich überzeugt hatte, dass keine Insekten da waren, hat sie ihren Kissenbezug vor die Türritze gestopft.

Es ist heiß und stickig. Ich sollte das Handtuch von der Tür wegziehen, um zu lüften. Ich trete die Decke weg und schiebe die Knöchel zentimeterweise an den Rand des Betts, erstarre jedoch, bevor ich mich aufrichten kann.

Der Wind rüttelt an den Fensterscheiben ... lauter als zuvor. Ein unheimliches, vibrierendes Summen, das fast wie ein Lied klingt. Selbst die Pflanzen und Blumen auf dem Fenstersims bleiben still, als lauschten sie. Plötzlich trifft mich ein Lichtstrahl. Ich brauche einige Sekunden, um zu begreifen, dass es ein Blitz war. Ich höre keinen Regen. Es muss ein Gewitter sein.

Der nächste Blitz erhellt meine Umgebung. Dicke Spinnweben erstrecken sich von meinem Bett zum Fenstersims und zur Decke – ein morbider Baldachin, als hätte eine Riesenspinne eine Falle ausgebreitet.

Ich richte mich auf; mein Mund fühlt sich klebrig an. Beim nächsten Aufblitzen wird der klebrige Belag dicker, droht, mich zu ersticken. Ich kratze mir Spinnweben vom Gesicht und schreie nach meiner Mom, aber ich kann sie nicht sehen; es sind zu viele Spinnweben zwischen uns. Ich reiße mir die Infusionsnadel heraus und springe vom Bett.

Blut fließt von meiner Hand, aber anders, als es das normalerweise tun würde. Es schwebt nach oben, ein fester Streifen, und bildet ein leuchtendes rotes Schwert. Ich ergreife es instinktiv und schlage eine Schneise durch die klebrigen Fasern, um Moms Pritsche zu erreichen. Sie ist von einer dicken Schicht Spinnenseide umhüllt.

Im roten Leuchten meines Schwerts werden Plüschtiere und Puppen sichtbar, die in glitzernden Strahlen um mich herum hängen, mehr Spielzeuge, als ich auf meinem Fenstersims gesehen zu haben glaube. Sie packen mein Haar und beißen mich, während ich mir einen Weg zu Moms eingesponnener Hülle freihacke. Eine Sekunde, bevor ich da bin, fällt der Clown von einem schwingenden Faden herunter. Er spielt das Cello und lacht, verhöhnt mich. Was ich zuvor gehört habe, war gar nicht der Wind ... es war das Instrument.

Ich schlage mit meinem Blutdolch um mich und das Spielzeug fällt mir auf die Füße. Sein Lied verstummt, obwohl sein Arm fortfährt, den Bogen über die Cellosaiten zu ziehen.

Schließlich erreiche ich den Kokon. Ich schneide die weiße Hülle auf und habe Angst hinzuschauen. Als sich die Seiten öffnen, ist es nicht Moms Leichnam, der mich mit toten Augen anstarrt.

Es ist Jebs.

Jebs Gesicht, grau und zerfleischt. Jebs Mund, der sich öffnet und schreit. Ich schreie gleichzeitig, und unser vereintes Wehklagen ist so schrill, dass ich mir die Ohren zuhalten muss.

In dem folgenden Schweigen höre ich im Geiste ein stimmloses Wispern.

»So wird es enden, es sei denn, du wehrst dich. Geh dorthin, wohin du gehörst. Erwache und kämpfe. Kämpfe!«

Ich schrecke aus dem Schlaf hoch. Das Haar hängt mir wirr ins Gesicht. Ich streiche mir die Strähnen zurück, damit ich etwas erkennen kann. Mondlicht dringt durch die Jalousie. Es ist kein Netz zu sehen.

Als ich Mom friedlich auf ihrer Pritsche schlafen sehe, beruhigt sich mein Herzschlag. Die Plüschtiere sitzen auf ihren Plätzen auf dem Fenstersims – alle bis auf eins. Der Clown hockt auf meinem Nachttisch und starrt mich an, während er langsam den Bogen über die Cellosaiten zieht, im Einklang mit dem Wind, der draußen heult.

Ich unterdrücke ein entsetztes Aufstöhnen und schiebe das schwere Spielzeug vom Nachttisch. Es landet mit einem seltsamen Klirren und bleibt auf dem Boden liegen, reglos, doch die Nachricht seines gedämpften Lieds hallt noch nach: Morpheus ist hier im menschlichen Reich, und alle, die ich liebe, sind in Gefahr. Es sei denn, ich finde ihn, hole mir meinen Thron zurück und stelle mich zum Wohl von Wunderland dem Zorn von Königin Rot.

6

Identitätsdiebstahl

Der Clown hat mich nach dem Albtraum nicht wieder heimgesucht. Ich habe ihn unter einigen Papiertüchern und Zeitschriften in den Müll gestopft, während Mom geschlafen hat. Das Spielzeug war stabiler, als ich erwartet habe – beinahe wie ein Kleinkind –, und schien in meinen Armen zu zappeln. Noch beunruhigender war, dass ich diesen Clown kannte, auch wenn ich nicht mehr wusste, woher. Ich habe Mom gesagt, ich hätte das Spielzeug einer Krankenschwester für die Kinderstation gegeben, weil ich es von einem völlig Fremden bekommen hätte.

Ein Fremder. Die perfekte Beschreibung für Morpheus. Er ist fremder als jede Person oder Kreatur, die mir je begegnet sind.

Am Mittwochmorgen setzt Dad mich zwanzig Minuten zu früh vor der Schule ab.

Ich bin erschöpft. Nach meiner Entlassung aus dem Krankenhaus am Dienstag habe ich mich geweigert, irgendwelche Beruhigungsmittel einzunehmen, die mir der behandelnde Arzt verschrieben hat. Mit meinen schmerzenden Verletzungen, den Gedanken an Jebs reiche Klientin und Morpheus' Bruchlandung in meinem Alltag habe ich nicht viel Schlaf bekommen.

»Du siehst blass aus, sogar mit Make-up.« Dad reicht mir meinen Rucksack über den Sitz, während ich aussteige. »Ich hoffe, du übertreibst es nicht.«

Auf keinen Fall kann ich ihm den wahren Grund für mein blutleeres Gesicht nennen. Und seine Sorge ist nichts im Vergleich zu der von Mom, seit ich aus dem Krankenhaus nach Hause gekommen bin. Sie wollte mir keinen Besuch erlauben und hat darauf bestanden, dass ich mich ausruhen müsse, daher habe ich weder Jeb noch Jenara zu Gesicht bekommen. Da mein neues Handy nicht aufgeladen und programmiert war, blieb mir nur ein kurzes, unbefriedigendes Festnetztelefonat mit den beiden. Jeb war kurz angebunden, was sein Treffen mit der reichen Erbin betraf, und hat vorgeschlagen, zu einem späteren Zeitpunkt persönlich darüber zu reden. Das hat nicht gerade zu meiner Beruhigung beigetragen.

Moms letzte Worte, als ich an diesem Morgen das Haus verlassen habe, waren: »Ich weiß nicht, ob es eine gute Idee ist, schon wieder zur Schule zu gehen. Vielleicht solltest du dir heute freinehmen und den Reifen an deinem Wagen reparieren lassen.«

Irgendwie habe ich es geschafft, Dad zu überreden, mich trotzdem in die Schule zu fahren, und ich werde jetzt nicht kneifen. »Dad, hör bitte auf, Moms Paranoia zu unterstützen. Persephone hat mir die ganze Woche im Laden freigegeben. Wenn ich zu Hause herumsitze, werde ich mich nur langweilen. Ich muss mich auf die Prüfungen vorbereiten und auf keinen Fall gehe ich in die Sommerschule. Ich will mit meiner Klasse zusammen den Abschluss machen.«

Ich nehme eine entschlossene Haltung ein. Diese Auseinandersetzung muss ich gewinnen. Wenn ich Morpheus heute nicht finde, wird er zu Hause nach mir suchen. Das ist das Letzte, was Mom gebrauchen kann.

Dad umklammert das Lenkrad. Sonnenlicht fällt schräg durch

die Windschutzscheibe und funkelt auf seinem Ehering und dem silbernen Logo auf seinem Arbeitshemd. »Sei nachsichtig mit deiner Mutter. Du hast uns wirklich einen Schrecken eingejagt. Sie hat Mühe, wieder Halt zu finden.«

Ich beiße mir von innen auf die Wange. »Das verstehe ich. Aber ihre Fürsorge ist übertrieben. Die Gefahr ist vorüber.« *Stimmt nicht. Sie lauert direkt um die Ecke.* »Ich bin stärker, als ihr beide denkt, okay?«

Seine Züge entspannen sich. »Es tut mir leid, Schmetterling. Ich vergesse manchmal, wie erwachsen du im vergangenen Jahr geworden bist.« Dann schenkt er mir ein echtes Lächeln. »Ich wünsche dir einen schönen Tag. Und zeig bei diesen Tests, was du draufhast.«

»Danke.« Ich greife in den Wagen hinein, um Dads Hand zu drücken, bevor ich die Tür schließe. Als er davonfährt, winke ich ihm lächelnd nach, auch wenn mein Selbstbewusstsein nur aufgesetzt ist. Ich mache mir unaufhörlich Gedanken darüber, was Morpheus in der Hinterhand hat.

Es gibt Regeln für Netherlinge, wenn sie in das menschliche Reich eindringen. Wenn sie sich nicht als das zu erkennen geben wollen, was sie sind, in all ihrer elfenhaften Eigenartigkeit, müssen sie sich zur Tarnung ein menschliches Gesicht und einen menschlichen Körper borgen – und die Plätze tauschen. Der Mensch muss im Wunderland bleiben, damit nicht zwei Exemplare derselben Person im sterblichen Reich umherlaufen, und er kann erst dann zurückkehren, wenn sein Netherlingsdoppelgänger sein Erscheinungsbild nicht mehr benötigt. Erst dann kann er sein Leben und seine Identität wieder übernehmen.

Was bedeutet, dass Morpheus jemanden gezwungen hat, in das

Kaninchenloch zu springen. Es bedeutet außerdem, dass Morpheus für mich vielleicht nicht erkennbar ist, und das verschafft ihm einen deutlichen Vorteil.

Als bräuchte er noch mehr davon!

Der Himmel ist klar und die Sonne wärmt mir den Rücken. Ich habe mich bei der Kleiderauswahl gegen Mom durchgesetzt, und ausstaffiert mit einem Minirock aus staubrosa Tüll, einem Schal, einer grauen Korsettjacke, Paisley-Strumpfhosen und schwarzen, bis zum Knie geschnürten Stiefeln gehe ich zur Tür in dem überdachten Übergang und rede mir ein, dass ich bereit bin, mich ihm zu stellen.

Während ich mich zwischen Autos durchschlängele – in einigen sitzt jemand und hört laute Musik, andere sind leer –, entdecke ich Corbins verrosteten orangefarbenen 1950er Chevy, Sidestep. Er und Jenara nutzen die Zeit bis zum Unterrichtsbeginn zum Knutschen.

Zu jeder anderen Zeit würde ich vorbeigehen und ihnen ihre Privatsphäre gönnen, aber heute brauche ich Informationen über unseren neuen Austauschschüler. Jen weiß immer alles über jeden auf der Pleasance High.

Eine Country- und Westernballade dringt aus dem Beifahrerfenster, das einen Spalt offen steht. Ich räuspere mich und schlage gegen die Scheibe. Meine fingerlosen Handschuhe dämpfen das Geräusch ein wenig.

Corbin reißt die Augen auf, dann schiebt er Jen von sich und deutet auf mich. Jen kreischt, öffnet die Tür und schubst Corbin zur Seite. Dann zerrt sie mich neben sich auf den Sitz und umarmt mich. Corbin tastet nach dem Ein-Liter-Becher, der zwischen ihm und der Autotür eingeklemmt war.

»Entschuldige«, forme ich mit den Lippen über Jens Schulter hinweg.

Corbin nickt und schenkt mir ein scheues, abwartendes Lächeln. Zweifellos rechnet er damit, dass ich ihn begrüße wie sonst und Scherze über die dicke Freundschaft zwischen ihm und Jeb mache. Sie haben beide eine Schwäche für Autos und sie haben über die Instandsetzung von Corbins Chevy diskutiert. Zu schade, dass Jeb nicht die Zeit findet, mit ihm daran zu arbeiten.

Willkommen in meiner Welt, Corb.

»Ich bin so froh, dass du hier bist«, sagt Jenara und zieht mich an sich. Der Duft ihres Shampoos hüllt mich ein. »Als ich dich in diesem Krankenhausbett gesehen habe ... die Drähte und Schläuche und Maschinen überall um dich herum ...« Sie löst sich von mir, um mich zu mustern. Das Mitgefühl steht ihr ins Gesicht geschrieben. »Es war, als sei dein schlimmster Albtraum wahr geworden.«

Obwohl sie sich auf meine früheren Ängste bezieht, gefesselt und hilflos in einer Irrenanstalt zu liegen, denke ich an die Zerstörung im Wunderland, die Morpheus mir während meiner Bewusstlosigkeit gezeigt hat, und an die Spinnweben, die durch meine von Beruhigungsmitteln umnebelten Träume gegeistert sind. Sie hat keine Ahnung, wie sehr sie ins Schwarze getroffen hat, keine Ahnung, dass meine Albträume wahr geworden sind.

»Jetzt geht's mir wieder gut.« Ich tätschele ihr Handgelenk.

Sie streicht mir eine Haarsträhne aus der Stirn. »Tu so etwas bloß nie wieder, ja?«

»Ja, ja.« Ich grinse. »Du klingst wie dein Bruder. Übrigens, hat er schon etwas über seinen Termin mit dieser reichen Tussi gesagt? Er war gestern Abend am Telefon so still.«

Jens schwarz umrandete Augen werden schmal und sie schaut direkt durch mich hindurch. »Hör auf, dir Sorgen zu machen. Du bist seine Welt ... seine Muse. Stimmt's, Corbin?«

»Hä?« Corbin nimmt den Strohhalm, der im Deckel seiner Cola steckt, aus dem Mund. »Oh, sicher«, sagt er mit seinem tiefen Südstaatenakzent. »Er hat nur Augen für dich.« Er grinst ermutigend und die Sommersprossen um seine Nase bilden ein Pigmentmuster.

Die Zehnminutenklingel ertönt und wir klettern aus dem Pickup. Jen zwirbelt sich eine pinkfarbene Haarsträhne um den Finger und steckt sie mit einer Perlmutthaarspange hinterm Ohr fest, die Spange passt zu ihrem elfenbeinfarbenen Netzrock, den sie über einer hautengen Jeans trägt. Sie reicht ihren Rucksack an Corbin weiter. Ins Gespräch vertieft, folgen wir einer Gruppe von Schülern.

»Sagt mal, hat Jeb euch von dem Jungen erzählt, der ihm geholfen hat, den Krankenwagen zu rufen?«, frage ich. »Er hat gesagt, dass er sich hier einschreiben wollte ...«

»Ja«, antwortet Corbin nach einem weiteren Schluck Cola. »Er hat sich gestern angemeldet. Ein Oberstufenschüler aus Cheshire, England.«

Aus Cheshire.

»Natürlich«, murmele ich leise. Es wird Zeit herauszufinden, wessen Leben und Identität er sich geborgt hat, um diese Farce abzuziehen. »Wie heißt er?«, dränge ich.

»M«, antwortet Jenara.

»Was? Wie *Em,* kurz für Emmett?«

»Nein, wie der Buchstabe im Alphabet.«

Ich weiß nicht, ob ich lachen oder weinen soll.

Wir treten in den Durchgang, dessen Fliesen rutschig unter unseren Füßen sind. Unser kleines Trio wird von anderen Schülern umzingelt und ich werde mit Fragen bombardiert: *Wie war es denn so, fast zu sterben? Hast du irgendwelche Geister gesehen, als du im Koma gelegen hast? Ist der Himmel so, wie die Filme ihn beschreiben?*

Es ist merkwürdig, aber ausnahmsweise ist es nicht so schlimm für mich, im Mittelpunkt der Aufmerksamkeit zu stehen. Die Beachtung für etwas anderes als für die Art, wie ich mich anziehe oder von wem ich abstamme, vermittelt mir das Gefühl, beinahe normal zu sein ... akzeptiert zu werden.

Sobald unsere neugierigen Klassenkameraden genug von meinen zurückhaltenden Antworten haben und weitergehen, setzt Jenara unser Gespräch fort. »Der Nachname des Austauschschülers ist Rethen.«

Ich runzele die Stirn und lasse mir das Wort durch den Kopf gehen. *Rethen.*

»Du solltest mal seinen umwerfenden Sportwagen sehen«, fügt Corbin hinzu. »Er lässt jeden damit fahren, der will. Ich bin gestern damit zum Mittagessen gefahren.«

Ich beiße die Zähne zusammen. Der Mistkerl versucht nicht mal, sich unauffällig zu verhalten. Er stellt offen zur Schau, wie nahe er an alle herankommen kann, an denen mir etwas liegt, wie leicht es ihm fällt, in meine Welt einzudringen. Eine Warnung an mich.

Ich will ihnen beiden sagen, dass sie sich von ihm fernhalten sollen, aber wie rechtfertige ich die Bitte, da ich ihn eigentlich noch nicht einmal kennengelernt habe?

»Und Al« – Jen strahlt praktisch – »du wirst seinen Stil lieben. *Der Schick toter Insekten.*«

»Jetzt geht's los.« Corbin verdreht die Augen.

Jen stößt ihn mit dem Ellbogen an. »Halt den Mund. Al wird das total verstehen.« Sie hakt mich unter. »Er will mal Schmetterlingsforscher oder Insektenkundler werden. Er hat mich zu einer ganz neuen Linie inspiriert. Verschossene Jeans, Klapperschlangenstiefel und ein Cowboyhut mit einer Reihe …«

»Motten um die Krempe«, beende ich ihren Satz, und mein Herz setzt ein oder zwei Schläge aus.

Jen und Corbin starren mich voller Ehrfurcht an.

»Woher hast du das gewusst?«, fragt Corbin.

»Jeb hat es erwähnt«, lüge ich und räuspere mich.

»Ah.« Jenaras Augen – mit dem gleichen Grünton wie die ihres Bruders – funkeln unter ihrem Schleier aus grauem Lidschatten. »Nun, ich habe gestern in der sechsten Stunde einige Teile im Stil toter Insekten entworfen. Du fährst doch nach der Schule mit uns nach Hause, oder?«

Ich nicke.

»Ich zeige dir später die Zeichnungen. Ich habe M als Modell benutzt. Er hat das heiße, androgyne Etwas.«

»Das ist mein Stichwort.« Corbin gibt Jen mit ihrem Rucksack einen Klaps auf den Hintern, bevor er ihn ihr überreicht. Geschickt wirft er seinen leeren Colabecher in eine Mülltonne einige Schritte entfernt. Die Dose landet elegant in der Tonne. »Ich würde gern sehen, wie dein geschlechtsneutraler britscher Cowboy das macht.« Er wackelt mit den Fingern in Jens Richtung. »Ich habe *Männerfähigkeiten*, Baby. Deshalb fange ich auch als Quarterback an.«

Sie schnaubt. »Wirklich? Sieht für mich mehr wie Hausmeisterfähigkeiten aus«, neckt sie ihn.

Corbin lacht und verschwindet um die Ecke. Jen umarmt mich und wir trennen uns für die erste Stunde.

Ich setze mich an meinen Tisch. Morpheus ist nirgends zu sehen, obwohl er das Gesprächsthema fast aller Mädchen ist. Ich schaffe es, einen der herumgereichten Zettel zu lesen:

Ich habe gehört, dass er Probleme mit seiner reichen englischen Familie hatte und hierhergeschickt wurde, um zu sehen, wie gewöhnliche Menschen leben. Ein Hoch auf die amerikanischen Bauern! Das M kommt von seinem Dad, Mort, aber er ist rebellisch. *lechz*

Er ist also nicht nur reich, britisch und exzentrisch, er ist auch ein böser Bube und ein Rebell. Klasse. Wieder einmal zieht er an allen Strippen.

Ich quäle mich durch drei Unterrichtsstunden – zwei Tests und die Überprüfung eines Arbeitsblatts –, ohne ihn ein einziges Mal zu sehen. Ich schätze, er hat seinen Stundenplan so gelegt, dass er nicht zu meinem passt, damit ich mir den Kopf zerbreche, wo er ist und was er im Schilde führt. Noch eine List, um mich aus dem Gleichgewicht zu bringen.

Im Kellergeschoss auf dem Weg zur vierten Stunde beschließe ich, die Freistunde zu nutzen und in jeden Raum der Oberstufenkurse zu spähen, bis ich ihn finde. Ich bin entschlossen, vor dem Mittagessen mit ihm in Kontakt zu treten. Auf keinen Fall will ich ihm in einer überfüllten Cafeteria begegnen.

Ich schlüpfe in die Mädchentoilette, um zu warten, bis es klingelt und der Flur sich leert. Die kleine graue Nische ist direkt unter den Umkleideräumen für die Mädchen und die Jungen im ersten Stock. Schadhafte Rohre laufen unter der schmuddeligen weißen Decke entlang. Rostflecken breiten sich darum aus wie gelbbraune Adern und der Geruch von Moder hängt schwer in der Luft.

Es ist nur eine Frage der Zeit, bis die Rohre leck werden und den Turnhallenboden oben ruinieren. Deshalb wollen wir das Geld, das unsere Klasse für unser Abschlussgeschenk gesammelt hat, für neue Kupferrohre verwenden, die in diesem Sommer installiert werden sollen.

Das letzte Klingeln ertönt. Ich warte darauf, dass die Stimmen verebben und die Türen sich schließen. Sonnenstrahlen dringen durch ein Kippfenster unter der Decke. Die Scheibe ist einen Spalt geöffnet und lässt einen Hauch frischer Luft herein, gerade genug, um das Atmen erträglich zu machen.

Ein Chor wispernder Insekten und Pflanzen, deren Geräusche in ein unsinniges Gesumme übergehen, driftet herein. Spinnweben säumen die Fensterscheibe und kräuseln sich in der Brise wie geisterhafte Taschentücher, die mir zuwinken.

Ich starre mein Bild in dem staubigen Spiegel an, konzentriere mich auf die rote Haarsträhne und stelle mir vor, dass sie sich wie die Spinnennetze bewegt – wie von einer unsichtbaren Schnur gezogen. Während ich mich konzentriere, beginnt sich die Strähne zu drehen und zu winden.

Meine Muskeln verkrampfen sich. Es ist nicht sicher, meine Kräfte hier in der Schule zu benutzen – Teile meines Lebens zu vermengen, um deren Trennung ich mich monatelang bemüht habe. Wenn ich nicht vorsichtig bin, könnte das Ergebnis explosiv sein.

Ich ignoriere das Grauen und konzentriere mich noch angestrengter, bis die Welle von Magie wieder aufbrandet. Meine rote Haarsträhne schwingt und wirbelt umher, bis sie im rechten Winkel zu dem platinblonden Rest steht, genau wie in meinem schrecklichen Traum im Krankenhaus ... von dem Schwert aus

Blut. Wie durch meine Erinnerung ausgelöst, beginnt sich direkt hinter meinem Spiegelbild etwas zu regen. Meine Konzentration gerät ins Wanken und die Haarsträhne erschlafft. Ein weiß, rot und schwarz kariertes Muster wabert im Glas und nimmt dann die Form des Clowns aus dem Krankenhaus an. Er ragt auf, in die Länge gezogen, als schaute ich in einem Gruselkabinett in einen Zerrspiegel. Der Clown schüttelt eine Schneekugel und zeigt beim Lächeln Zähne, scharf und silbern wie Nägel. Meine Knie werden weich, aber ich halte stand und versichere mir selbst, dass ich es mir nur einbilde.

Wenn ich mich umdrehe, wird es fort sein.

Bitte, sei nicht dort … bittebittebitte …

Ich nehme all meinen Mut zusammen und drehe mich auf dem Absatz um.

Nichts als Mauern und Toilettenkabinen. Ich hole Luft, dann drehe ich mich wieder zu dem Spiegel um. Der Clown im Glas ist verschwunden.

Vielleicht hatte Dad recht. Vielleicht übertreibe ich es …

Eine Tür im Flur schlägt zu und erinnert mich an den Grund, warum ich mich überhaupt hier verstecke. *Morpheus.*

Dies muss eins seiner Psychospielchen sein.

Ich warte, bis es still ist, und wage mich dann aus dem Raum. Ich bin erst zwei Schritte weit gekommen, als das vertraute Gekicher von Taelor Tremont die Stille durchbricht. Jemand sagt: »Pst«, dann folgt weiteres mädchenhaftes Gekicher und ein bösartiges Lachen, das ich besser kenne als die Narben auf meinen Händen.

Ich lege die Finger um die Riemen meines Rucksacks und spähe um die Ecke.

Er ist dort, steht mit dem Rücken zu mir, nur wenige Schritte entfernt. Hochgewachsen und geschmeidig. Eine Lederweste und ein hautenges T-Shirt über breiten Schultern. Abgetragene Jeans schmiegen sich um seine Beine. Wessen Körper er auch immer gestohlen hat, er ist seinem eigenen sehr ähnlich, obwohl sein Haar kürzer ist. Ich kann von hinten keine Ponyfransen unter dem Rand seines Cowboyhuts sehen.

Er hält ein Poster an die Wand mit der Aufschrift: SPIELZEUG FÜR EIN MÄRCHENHAFTES ENDE: SCHENK EINEM KRANKEN KIND FÜR IMMER EIN GLÜCKLICHES HEUTE. Es ist eine Erinnerung an die Wohltätigkeitsaktion, die unsere Oberstufe von jetzt bis Freitag organisiert. Als Eintritt für den Schulball muss jeder Gast ein neues Spielzeug für das örtliche Kinderkrankenhaus beisteuern. An der Wand steht bereits eine Kiste für Spenden und sie ist schon halb gefüllt.

Vier Mädchen von der Schülermitverwaltung umringen Morpheus und diskutieren über die Platzierung des Posters über der Kiste. Taelor und Twyla streiten sich, wer es festkleben darf. Die meiste Zeit zanken oder konkurrieren sie miteinander, doch sie behaupten, beste Freundinnen zu sein. Es ist wie die symbiotische Beziehung zwischen einem schmarotzerischen Pilz und seinem Wirt. Ich habe nur noch nicht herausgefunden, wer der Pilz ist. Kimber und Deirdre vervollständigen das Quartett, sie halten die Plastikkleberollen.

Alle vier scharwenzeln um Morpheus herum, als sei er adlig. Es ist erst sein zweiter Tag hier, und schon hat er mehr erreicht als ich in meiner ganzen Schullaufbahn. Ich unterdrücke einen Anflug von Neid.

Als spüre er, dass ich ihn beobachte, dreht er sich um. Für einen Moment sieht er aus wie jemand anders – wie ein Fremder. Binnen eines Lidschlags ist es Morpheus: Die Flecken um seine Augen, die Juwelen, die jede seiner Stimmungen offenbaren, geben den Ausschlag.

Als sich dunkle Flügel hinter seinen Schultern ausbreiten und meine Klassenkameradinnen in Schatten hüllen, wimmere ich. Keuchend verstecke ich mich wieder in der Ecke, gegen die Wand gepresst, den Rucksack eingekeilt zwischen meinem Rücken und den kalten Fliesen.

Ich dachte, ich sei bereit, aber zu sehen, wie er in meiner Welt alles aus den Angeln hebt, was mal normal war, wie er alles preisgibt, was ich so mühsam zu verbergen suchte ... das lähmt mich. Ich halte den Atem an; meine Ohren brennen, und ich warte auf die Angstschreie, wenn die Mädchen begreifen, was er ist – *was ich bin.*

Stattdessen driften weiteres kokettes Gekicher und Getuschel in meine Richtung.

Ich fasse mir ein Herz, wieder hinzuschauen. Taelor und die anderen Femmes fatales gehen die Treppe hinauf.

»Denk dran«, sagt Taelor mit ihrer aufreizendsten Stimme zu Morpheus, »du hast beim Mittagessen versprochen, mich dein heißes Auto fahren zu lassen.«

Die Mädchen verschwinden aus meinem Sichtfeld.

Wie konnte ihnen entgangen sein, was ich so deutlich gesehen habe?

Morpheus dreht sich wieder zu mir um, die Flügel weit gespreizt. Es ist niemand sonst im Flur, doch mein Herz drischt mir gegen die Rippen, als wären mein Geheimnis und seins für die ganze Welt sichtbar.

Ich weiche zurück und zwänge mich wieder mal in die Toilette.

Bevor die Tür zuschwingen kann, drängt er sich über die Schwelle. Sonnenstrahlen, die durch das Fenster dringen, beleuchten seine fein gezeichneten dunklen Augen. Sie sind der einzige Teil von ihm, den ich jetzt wiedererkenne. Sein Gesicht und sein Körper gehören irgendeinem menschlichen Jungen, den ich noch nie gesehen habe. Auch wenn sie ihm verblüffend ähnlich sind.

Er ist wie eine zerbrochene Vase – zarte und doch kantige Züge mit einer dünnen Narbe, die von seiner linken Schläfe bis zu seiner Wange verläuft –, beschädigt und trotzdem entzückend.

Seine Haut ist golden, ganz anders als Morpheus' Alabasterteint. Außerdem hat er ein Grübchen im Kinn, das meinem ähnelt. Er ist ungefähr in meinem Alter und sieht so aus, als gehörte er auf die Highschool.

Morpheus nimmt seinen Hut ab und entblößt kurz geschorenes Haar; es ist so blau gefärbt, dass es beinahe glüht.

»Alyssa.« Die Stimme ist seine eigene, unverkennbar. Tief und sinnlich mit einem Unterton von Bosheit. »Du siehst so viel besser aus als bei unserer letzten Begegnung, als ich dich gesehen habe. Obwohl ich zugeben muss, dass dir diese nassen Kleider sehr gut gestanden haben.«

Jeder Teil von mir will ihn schütteln, bis sein Inneres so durcheinandergewirbelt ist wie meins. Gerade als ich dachte, ich hätte eine Chance auf Normalität, kommt er zurück und macht alles kaputt. Ich lasse meinen Rucksack mit einem lauten Knall fallen.

»Ich kann nicht ...« Meine Zunge stolpert über die Wörter. »Ich kann mich nicht dazu überwinden zu fragen.«

Er zieht die rechte Seite seines Munds hoch – ein spitzbübisches Grinsen, das auf diesen neuen vollen Lippen unvertraut ist, aber genauso aufreizend wie eh und je. »Dann lass mich an *deiner* Stelle fragen.« Sein Blick huscht zu der rostfleckigen Decke hinauf. »Was tut eine hübsche Königin wie du« – er rümpft die Nase – »an einem stinkenden Ort wie dem hier?«

»Hör auf damit.« Ich runzele die Stirn. »Das, was du getan hast, ist nicht komisch. Der Junge, dessen Körper du gestohlen hast ... wer ist er?«

Morpheus setzt sich seinen Hut schräg auf den Kopf. Eine Reihe staubiger weißer Mottenleichen wackelt an der Krempe. »Sein Name ist Finley. Er ist ein Einzelgänger. Ein gescheiterter Musiker. Hab ihn vollkommen zugedröhnt in Grimsby gefunden, einem alten Fischerdorf in England.«

»Nicht bei Sinnen? So hast du ihn also überzeugt, nach Wunderland zu gehen?«

»Ich brauchte ihn nicht zu überzeugen. Er war mit seinem Leben hier in der Menschenwelt unglücklich. Sieh nur, wie viele Male er versucht hat, frühzeitig ein Ende zu machen.« Er dreht die Innenseiten seiner Arme nach oben. Unter vier verdrehten Lederarmbändern sind zwei Schlangentätowierungen, die sich von den Ellbogen bis zu den Handgelenken ziehen. Sie schaffen es, einen Teil der Selbstmordversuche und Nadeleinstiche zu verbergen, aber sie verbergen auch Morpheus' Netherlingsmal, den einen Teil von ihm, der noch verblieben ist – selbst wenn er vorgibt, jemand anders zu sein.

Ich denke an mein eigenes Mal an meinem linken Knöchel und dass es immer ein Teil von mir sein wird, ganz gleich, wie viele Tätowierungen oder Schichten von Leggings ich trage, um es zu verdecken.

Es schnürt mir die Luft ab, das Atmen fällt mir schwer. »Hast du denn bei Alice gar nichts gelernt? Du kannst ihn nicht einfach von den Menschen fortholen, denen er etwas bedeutet. Es wird Aufsehen erregen, Konsequenzen haben.«

Nachdenklich klopft sich Morpheus auf das lederne Band an seinem Hals. »Ich habe mit Bedacht gewählt. Er hat niemanden, der ihn liebt. Ich habe ihm einen Gefallen getan. Möglicherweise sogar sein Leben gerettet.«

In meinen Schläfen pocht es. »Nein, nein, nein. So einfach machst du es dir nicht. Er hat ein Leben, das er hier leben sollte, wie erbärmlich es auch sein mag. Irgendetwas hätte sich ändern können, hätte ihn aus seiner Krise herausholen können. Du hast ihm die Chance genommen, Erlösung zu finden ...«

»Eine einzige beschädigte Seele im Austausch für Tausende Netherlingsleben. Es ist ein fairer Handel.«

Die Falte zwischen meinen Brauen vertieft sich. So sehr ich seine Lässigkeit und seine hinterhältigen Methoden verachte, verstehe ich doch seine Loyalität gegenüber Wunderland und seine Freunde dort. Warum also kann er meine Loyalität zu *dieser* Welt nicht nachfühlen?

»Hör auf, dir Sorgen um Fin zu machen«, sagt er, und seine Stimme wird weicher. »Der Junge wird gut versorgt. Ich habe ihn der Elfenbeinkönigin als Spielzeug gegeben.«

Das geht mir durch und durch. »Elfenbein würde das nicht tun.«

»Ach nein? Hast du vergessen, wie sie sich nach einem Gefährten verzehrt? Ich habe ihr von seiner Situation erzählt – dass er im menschlichen Reich an Einsamkeit starb. Dass er Liebe brauchen werde, um geheilt zu werden. Sobald du die Schwäche von jemandem kennst, ist er leicht zu manipulieren. Du bist aufs Engste vertraut mit dieser Strategie, nicht wahr?«

Bei der Erinnerung an meinen Traum im Krankenhaus – Jebs Schreie, die in meinem Kopf widerhallten – zucke ich zusammen.

Morpheus tritt näher. »Man tut, was man tun muss, um zu schützen, was man liebt.« Sein Gesichtsausdruck ist aufrichtig und etwas Undeutbares lauert hinter seinen tintenschwarzen Augen. Hinter dieser Aussage steckt mehr als eine Anspielung auf Wunderland. Bedauerlicherweise bin ich zu abgelenkt von seiner spürbaren Präsenz, um es zu durchschauen.

Ich stemme eine Hand gegen seine Brust: eine Barriere. »Hör mal, wenn du in meiner Welt sein willst, gibt es gesellschaftliche Regeln, die du befolgen musst. Erstens, es gibt so etwas wie eine persönliche Zone. Also musst du dir bei jedem, dem du begegnest – mich eingeschlossen – vorstellen, er befände sich in einem undurchdringlichen Kasten.« Ich deute auf unsichtbare Linien um mich herum. »Du gehst nicht weiter als bis zur Grenze des Kastens. Ist das klar?«

Seine Brustmuskeln zucken unter meiner Hand. Dann tritt er zurück und sein Cowboyhut kratzt über den schmutzigen Boden. »Anscheinend haben deine albernen Freundinnen heute vergessen, ihre Kästen zu tragen.«

Ich werfe ihm einen angewiderten Blick zu. »Sie sind nicht meine Freundinnen. Und diese Show, die du da abgezogen hast? Deine wahre Gestalt zu zeigen, damit die ganze Welt sie sehen kann? Das ist *nicht* okay. Ich weiß nicht, wie sie es übersehen konnten, aber du darfst das nicht wieder tun!«

Er schnaubt. »Ah, meine Güte, Alyssa. Nur du konntest diese Seite von mir sehen.« Er zieht mit der Zehenspitze den Riemen meines Rucksacks vom Boden an sich heran. Ich versuche, ihm den Rucksack wieder zu entreißen, aber er ist zu schnell. Morpheus zieht den Reißverschluss auf und stöbert in meinen Büchern und Papieren. »Hättest du die Grundlagen über Wunderland studiert statt diesen sinnlosen sterblichen Mist, wüsstest du, wie ein Zauber funktioniert.« Er schiebt mein Biologiebuch aus dem Rucksack und blättert mehrere Seiten durch, bis er zu einem Schaubild des menschlichen Körpers kommt. Er dreht es zu mir um. »Damit ich Fin werden konnte, musste ich seine Form auf meine prägen, bevor ich durch das Portal in diese Welt getreten bin. Es kostet mich den größten Teil meiner Macht, diese Maske aufrechtzuerhalten. Würde ich den Zauber loslassen, und sei es auch nur für einen Moment, würde er sich in Luft auflösen, bis ich Fin wieder besuchen könnte, um die Prägung zu erneuern.« Er klappt das Buch mit einer Hand zu. »Aber du? Es gibt Momente, in denen *du* Blicke auf die Wahrheit erhaschen kannst, Momente, in denen du meine Maske durchdringst und mich als das erkennst, was ich bin. Weil du gelernt hast, durch Netherlingslinsen zu schauen.«

Ich wünschte, es wäre so einfach, ihn als das zu sehen, was er ist, statt mich ständig zu fragen, was er im Schilde führt. »Lass es uns einfach hinter uns bringen. Ich habe die Spielchen satt.«

Er legt den Kopf schräg, wie ein Welpe, der versucht, die Wünsche seines Herrn zu verstehen. »Ich habe keine Spielchen gespielt.«

»Richtig.« Ich erwäge, den Clown zur Sprache zu bringen, aber es hat keinen Sinn, Zeit mit Morpheus' Dementis zu verschwenden. Besser, ich schaffe ihn mir vom Hals, indem ich so tue, als kooperierte ich. »Wie kann ich helfen, damit du Finley« – ich mustere ihn von Kopf bis Fuß – »in sein Leben zurückbringen kannst?«

Das Klingeln der Pausenglocke fährt mir in die Knochen. Geplapper und Gelächter dringen durchs Fenster. Schatten flackern an der unteren Türritze, wenn jemand vorbeigeht.

Morpheus steckt mein Buch weg und schließt den Rucksack. »Ich habe eine Verabredung zum Mittagessen. Wir reden morgen. Gleicher Ort, gleiche Stunde. Bis dahin hast du Zeit, zur Besinnung zu kommen und deine Mosaike einzusammeln. Es gibt da etwas, das sie dir zu erzählen versuchen, und mit ein wenig magischer Unterstützung kann ich dir helfen, es zu verstehen. Anschließend gehen wir nach Wunderland.«

Vierundzwanzig Stunden, um allen und allem, was ich liebe, Lebewohl zu sagen? Wohl kaum. »Warte, Morpheus. Wir müssen darüber reden.«

»M«, korrigiert er mich. »Es gibt nichts zu bereden.«

Ich schüttele den Kopf, verärgert nicht nur über seine Verachtung, sondern über den dummen Namen, auf dem er besteht. »Warum hast du nicht Fins Namen benutzt?«

»Und riskiert, dass jemand ihn kennt?«

»Aha!« Ich zeige auf seine Nase. »Also hat er doch Familie.«

Er packt mein Handgelenk. »Alle haben in deiner Welt Familie, Alyssa. Zu Fins Pech schert sich seine Familie nicht länger darum, wo er ist. Aber ein Bursche wie er muss Feinde haben. Ich brauche keinen Ärger. Also habe ich nur sein Erscheinungsbild genommen. Nicht seine Identität.«

»Ich brauche auch keinen Ärger.« Ich winde mich aus seinem Griff, schnappe mir meinen Rucksack und gehe zur Tür. »Ich bin nicht bereit, nach Wunderland zurückzukehren. Ich habe hier Dinge zu tun.«

Sorglos dreht er sich um, um seinen Hut im Spiegel zurechtzurücken. »Ah, du bist also beschäftigt. Vielleicht werde ich mich, während du Zeit für Wunderland findest, mit der hübschen kleinen Jen mit dem pinkfarbenen Haar und den funkelnden grünen Augen amüsieren.« Seine Stimme ist leise und anzüglich. »Augen, die denen ihres Bruders so ähnlich sind.«

Mit einem Kloß in der Kehle wirbele ich herum und werfe meinen Rucksack zur Seite. »Du hältst dich von den Menschen fern, die ich liebe. Hörst du mich?«

Als er nicht antwortet, packe ich seinen Ellbogen, um ihn dazu zu zwingen, sich mir zuzuwenden.

Bevor ich reagieren kann, fasst er mich um die Taille und setzt mich auf den kühlen Rand des Waschbeckens. So dicht an seiner Brust winde ich mich. Er hält mich mit seinem Körper fest und umklammert das Porzellan hinter mir – viel zu nah für meinen Geschmack.

»Da schau her«, spottet er. »Dein Kasten scheint geschrumpft zu sein.«

Ich schaue hinter mich, kann aber nicht zurückweichen, ohne ins Waschbecken zu fallen.

»Wenn du wirklich die beschützen willst, die du liebst«, fährt er in dem gleichen spöttischen Ton fort, »musst du beherzigen, was ich sage. Ist dein Wohlbehagen mehr wert als ihre Sicherheit?«

Eine Erkenntnis macht sich in mir breit, hart und bitter. »Du hast nicht über Finley gesprochen, nicht wahr? *Ich* bin die Seele, die du für Wunderland zu opfern bereit bist, stimmt's?« Ich sehe ihm in die Augen und die Entschlossenheit in ihnen bestätigt meine Furcht.

Er spielt mit dem Schal an meinem Hals und zieht einen Schmollmund. »Krieg ist niemals schön, Alyssa.«

Ich unterdrücke ein Schluchzen. Moms Warnung vor den Blumen und Insekten war richtig. Morpheus lässt mich im Stich.

»Also, du weißt, dass ich nicht die geringste Chance habe, aber du schickst mich trotzdem zu ihr!« Ich stoße ihn weg, doch er weicht nicht zurück.

»Entweder du gehst zu ihr oder sie wird zu dir kommen. Besser, du beschränkst den Kampf auf Wunderland, wo du den Vorteil hast, dass du deine Familie und deine Freunde aus der Schusslinie halten kannst.« Er betrachtet meinen Hals, wo Jebs Herzmedaillon und Schlüssel auf meinem Schal ruhen. »Erinnere dich daran, was deinem Freund beinahe passiert wäre, als er das letzte Mal mit Wunderland zu tun hatte, wie nahe er daran war …«

»Sprich es nicht aus«, flehe ich.

Morpheus zuckt die Achseln. »Ich fasse die Dinge lediglich in Worte. Sollte er sich abermals Wunderland stellen müssen, wird er vielleicht nicht so viel Glück haben.«

Der Rand des Waschbeckens bohrt sich in meine Hüften. »Lass mich runter.« Obwohl sanft und gleichmäßig, hallt meine Stimme im Raum wider.

Mit ernstem Gesichtsausdruck zieht er mich vom Waschbecken weg, dann wirbelt er mich herum, hebt meinen Rucksack hoch und legt die Riemen über meine Schultern, wie eine Mutter, die ihr Kind für den Kindergarten fertig macht.

»Es gibt viel zu tun, um dich auf die Konfrontation mit Rot vorzubereiten«, sagt er, sein Atem warm an meinem Hinterkopf. »Du bist noch nicht dafür gerüstet, gegen sie zu kämpfen. Aber du wirst es sein. Du bist die Beste beider Welten, vergiss das nicht. Du brauchst nur an dich selbst zu glauben.«

Ohne ein weiteres Wort tritt er hinaus. Die Tür schwingt hinter ihm zu.

Ich betrachte die schwebenden Spinnweben im Fenster. Nach dem nicht gerade herausragenden Hinterstubentrick mit meinem Haar weiß ich, dass er recht hat. Ich bin nicht vorbereitet auf irgendeine Art von magischem Kampf.

Aber was, wenn er sich ebenfalls irrt? Wie kann etwas Halbes besser sein als etwas Ganzes? Keine noch so große Arbeit und kein noch so großer Glaube können mich darauf vorbereiten, mich Königin Rot und ihren stärkeren Kräften zu stellen.

Eine böse Vorahnung kriecht in mein Herz: Diese Reise nach Wunderland wird mein Ende sein. Indem ich wieder den Kopf riskiere, werde ich mehr verlieren als mein normales, alltägliches Leben.

Diesmal *werde* ich den Kopf verlieren, zusammen mit allem, was daran befestigt ist.

7

Zufluchtsort

Dad sagt, ich darf mir zum Abendessen wünschen, was ich will, als Belohnung dafür, dass ich meine beiden Tests heute mit Eins bestanden habe. Wenn man bedenkt, dass dies unsere letzte Mahlzeit als Familie sein könnte, entscheide ich mich für seine berühmten Ahornpfannkuchen und ein großes Glas eiskalte Milch.

Nachdem ich bequemere Kleidung angezogen habe – dunkelblaue, karierte Leggings und einen silbernen Schlabberpulli –, schleiche ich mich ins Wohnzimmer, um meinen Eltern zuzusehen, wie sie gemeinsam kochen. Das tun sie jeden Abend. Mom muss niesen, als sie gerade eine Tasse Mehl hochhebt. Weißer Staub landet überall auf Dads Gesicht und eine Essensschlacht bricht aus. Zum Schluss lachen beide und sind mit Pfannkuchenzutaten bedeckt. Dad zieht Mom an sich und wischt ihr zärtlich mit einem feuchten Waschlappen über die Lippen, bevor er sie küsst.

Ich ziehe mich wieder zurück und habe ein so starkes Bedürfnis zu lächeln, dass es wehtut. Zu sehen, wie sie wie verliebte Teenager flirten, bricht mir das Herz. Sie haben es verdient nach all den Jahren, die sie miteinander versäumt haben. Ich will einfach nicht, dass ich sie zum letzten Mal so glücklich sehe.

Die Pfannkuchen sind leicht, luftig und triefen von Sirup. Sie schmecken nach Zuhause und Wohlbehagen und Sicherheit. Ich schlinge alles in mich hinein, ertrinke in der Süße.

Während meine Eltern den Abwasch erledigen, gehe ich in mein Zimmer und füttere meine zahmen Aale mit klein gehackten, gekochten Eiern. Aphrodite und Adonis vollführen einen anmutigen Tanz, schlingen sich umeinander und schnappen sich das Futter, das heruntersinkt. Sie wirken wie Liebende, die mit den Zungen Schneeflocken auffangen.

Die Szene erinnert mich an die Schneekugel, die der Clown heute in meiner Halluzination in der Hand hielt, und mir nichts, dir nichts kommt mir eine Wunderlanderinnerung. Sie bricht so anschaulich über mich herein, dass ich glaube, dort zu sein: ich mit fünf Jahren – wie ich meinen achtjährigen Netherlingsgefährten und Konkurrenten anfunkele, der mich beinahe zum Weinen bringt, indem er mir die Schneekugel vorenthält.

Es war der Tag, an dem Morpheus und ich in dem Laden der Menschlichen Verschrobenheiten gewesen waren. Er hat mich in meinen Träumen immer nach Wunderland gebracht, aber wir hatten nicht oft etwas mit anderen Netherlingen zu tun. Wenn Morpheus es nicht zuließ, konnten sie nicht durch den Schleier aus Schlaf sehen, der zwischen uns stand. Doch wir konnten sie beobachten, wie Fische, die in einem Aquarium schwimmen.

Aber an diesem Tag gab es etwas, von dem Morpheus wollte, dass ich es lerne, also hatte er den Schleier vorübergehend gelüftet.

»Ich bin beschäftigt«, scherzte Morpheus mit seiner jungen, vorlauten Stimme und schüttelte wieder die Schneekugel vor mir. »Du willst ein eigenes Spielzeug? Finde selbst einen Weg nach oben.« Seine schwarzen Flügel streiften meinen nackten Fuß, als er sich umdrehte, um in dem Laden herumzustöbern.

»Aber du bist derjenige, der fliegen kann«, brummte ich und zog mir die Spitze meines Zopfs durch die jüngste Lücke in meinen Schneidezähnen.

Als er über seine magere Schulter schaute und die tintenfleckigen Augen verdrehte, wusste ich, dass er sich entschieden hatte. Ich schaute auf mein rotes Schlafanzugoberteil. Die dazu passende Hose war voller Schlammflecke von einem Tauziehen unter einigen Riesenpilzen. Morpheus hatte dieses Spiel gewonnen, ohne sich auch nur sein weißes Satinhemd und die schwarzen Samthosen schmutzig zu machen. Ich war es leid, dass er immer gewann.

Schmollend schlenderte ich durch den Laden. Ein aus Ästen und vermodernden Blättern gewebter Baldachin bildete die Decke; der Boden und die Wände waren aus bröckelndem Stein, aus dessen Ritzen Moos wuchs. Es roch feucht und meine Füße waren kalt.

Stabile Holzregale säumten die Gänge. Die Regale waren gefüllt mit glitzernden neuen Tellern, Silberbesteck, Lampen, Zahnbürsten, Kämmen und Tausenden anderer Dinge aus der Menschenwelt. Unsere Alltagsgegenstände waren im Wunderland geschätzte Sammlerstücke.

Ein oberes Regalbrett im hinteren Teil des Ladens erregte meine Aufmerksamkeit. Es war zu hoch, als dass ich es hätte erreichen können. Eine fröhliche Stoffpuppe hing über den Rand, Augen von der Farbe von Kornblumen und ein rosa glitzernder Kussmund. Auf den sieben Brettern unter der Puppe stand anderer glänzender Krimskrams: eine silberne Weihnachtskugel. Eine Lupe. Ein ausgestopfter gelber Kanarienvogel im Käfig – so lebensecht, dass ich Zweifel hatte, ob er wirklich tot war. Weiße Tonkrüge mit glücklichen, lächelnden Marienkäfern auf der Vorderseite. Schicke Parfumflaschen, ein Türknauf, Bonbongläser, die aus alten Kerosinlampen hergestellt worden waren und deren Deckel Vinylpuppenköpfe zierten. Aber keins dieser Dinge faszinierte mich so wie die Stoffpuppe.

Morpheus war zu einem anderen Regal geschlendert und ignorierte mich bewusst.

Zögernd tappte ich in den vorderen Teil des Ladens, wo der Verkäufer, Mr Lamb, an der Kasse saß. Er war ein seltsam aussehendes Geschöpf, das den Anschein erweckte, als stamme es aus der gleichen Kuriositätensammlung wie die Dinge auf den Regalen: Sein menschenähnliches Gesicht war bedeckt mit plastischen grauen und weißen Flecken, als sei sein Fleisch schimmelig geworden. Seine Lippen, Augenbrauen, Schnurrbart und Haar waren aus Pilzen gemacht, grün und kraus wie abgenutzter Filz. An seinem Körper – nicht mehr als eine zerlumpte Hülle – befanden sich zwanzig Paar bleistiftdünner Roboterarme und -beine, die mit rostigen Nägeln und Scharnieren an den leeren Achselhöhlen und dem Rumpf befestigt waren.

»Mr Lamb, ich habe etwas gefunden, das ich gern hätte. Würden Sie es mir bitte herunterholen?«, bat ich in meinem höflichsten Ton.

Sein flacher, offener Hintern schwankte auf dem Barhocker, und er spähte über quadratische Brillengläser hinweg, mit Augen so scharf und glänzend wie nasse Steine.

»Nein«, keifte er.

Zwischen seinen Messingfingern und Zehen klapperten Stricknadeln, mit denen er aus Schmetterlingsflügeln glänzenden Regenbogenstoff anfertigte. Mit Hilfe seiner reichlichen Anhängsel und weiterer Stricknadeln produzierte er in rasendem Tempo Stoffballen. Der Haufen Schmetterlingsflügel, der bis zur Decke gereicht hatte, als ich angekommen war, ragte ihm jetzt nur noch bis knapp über den Kopf. Ich betrachtete sie sehnsüchtig und wünschte mir selbst ein Paar Flügel, obwohl ich wusste, dass ich sie niemals benutzen würde, weil ich Höhen nicht mochte.

»Mein Job« – seine kehlige Stimme klang in meinen Ohren wie Fingernägel, die über einen Sargdeckel kratzen, – »ist es, dafür zu sorgen, dass die Kunden nicht gebissen werden. Deine Einkäufe musst du dir schon selbst schnappen. Und pass auf, dass du die Regale nicht beschädigst. Sie sind aus Düsterholz. Jetzt hau ab. Ich muss mir neue Kleider nähen.«

Ich fragte mich, was so Besonderes an dem Düsterholz war und was er damit meinte, dass Kunden gebissen würden. Aber ich hatte ein größeres Problem. Die einzige Möglichkeit, an das Spielzeug heranzukommen, war zu klettern. Aber jedes Mal, wenn ich in die Höhe kam, bekam ich Bauchweh.

Ich schlängelte mich durch das Labyrinth aus Gängen zurück zu der Stoffpuppe. Plüschig und sauber schaute sie auf mich herab. Ihr hübsches Gesicht versprach Stunden voller Spaß und Fantasie in meinem Sandkasten daheim. Etwas in mir erwachte leise zum Leben, eine unterschwellige Zuversicht, dass ich diese Herausforderung meistern würde.

Vorsichtig balancierte ich mit meinen nackten Füßen auf dem ersten Regalbrett und hielt mich an dem darüber fest. Langsam kletterte ich nach oben, wie auf einer Leiter. Zwei Bretter, vier und dann sechs. Das stetige Klappern der Stricknadeln des Verkäufers begleitete rhythmisch meine Bewegungen.

Ich wagte es nicht hinabzuschauen. Stattdessen konzentrierte ich mich auf meine Beute, jetzt nur noch zwei Bretter entfernt. Die Bücherregale schienen keine Rückwand zu haben, wie ich vage wahrnahm. Wenn ich direkt darauf schaute, sah ich nur dunkle Linien im Holz.

Schließlich war ich auf dem obersten Brett. Meine Hände zitterten vor Nervosität. Zum Trost beugte ich mich vor, um die Lippen auf das weiche Haar der Puppe zu drücken. Sie roch nach Reinigungsmitteln und Vanille. Grinsend zog ich mich zurück, und dann entdeckte ich einen Clown neben ihr, der an der Rückseite des Regals lehnte. Etwas an seinem fröhlichen Lächeln sprach mich an. Ich griff nach ihm, während ich die Fingernägel der anderen Hand in das Holz krallte, damit ich nicht das Gleichgewicht verlor.

»Autsch, du kneifst!« Ein Ruf erklang hinter dem Clown, knirschend und rau, als würde Schmirgelpapier gegeneinander gerieben werden. Es gab eine Bewegung, und die dunklen Linien, die ich irrtümlich für Holzmaserungen gehalten hatte, bildeten ein Paar Lippen. Sie öffneten sich zu einem Gähnen und entblößten ein höhlenartiges Loch mit gesplitterten Zähnen und eine höckerige graue Zunge.

Das Regal hatte einen Mund …

»Lass das gefälligst sein«, blaffte es mich an.

Erschrocken fiel ich beinahe rückwärts, hielt mich aber rechtzeitig mit beiden Händen noch kräftiger an dem Regal fest.

»Du willst es also auf die harte Tour, was?«, kreischte der Mund, sein Atem so ranzig wie ein Komposthaufen. Ohne Vorwarnung schnappten gezackte Zähne – verborgen in schwarzen Kiefern – aus dem Holz wie ein alter Mann, der seine Prothesen ausspuckt.

Der Kiefer biss in beide Spielzeuge und zog sich in den Mund zurück, und die Stoffpuppe und der Clown verschwanden. Das Loch verschwand ebenfalls, und zurück blieben nur die Holzmaserung und ein leeres Regal.

Vor Schreck verlor ich das Gleichgewicht. Morpheus fing mich mitten in der Luft auf, bevor ich auch nur schreien konnte. Während wir dem Boden entgegenschwebten, schienen der Mund und die Zähne uns aus jedem der folgenden Regalbretter zu verfolgen und die ausgestellten Sachen zu schnappen und zu verschlucken.

»Du musstest ja unbedingt die Regalbretter aufwecken«, tadelte Morpheus mich, sobald wir landeten. »Weißt du denn nicht, dass Düsterholz die reizbarste aller Holzarten ist? Du kannst nur hoffen, dass das, womit du spielen wolltest, nicht zurückkommt, um dich zu verfolgen.«

»Zurückkommt?«, fragte ich, mein Herzschlag immer noch wild von meinem Beinahesturz. »Aber sie sind alle gefressen worden!«

»Nein. Ein Düsterholzschlund ist ein Zweiwegeportal zu einer anderen Dimension. Zu einem Ort namens IrgendWoanders … der Spiegelwelt.« Morpheus klopfte sich nervös mit den Fingern aufs Knie. »Wenn die Gegenstände, die hindurchgegangen sind, am Tor abgewiesen werden, kommen sie zurück. Aber was wieder ausgespuckt wird, kehrt selten so zurück, wie es gewesen ist. Es ist verändert. Für immer.«

»Verflixt und zugenäht.« Mr Lambs Klage drang durch den Raum. Wir konnten ihn wegen all der Gänge zwischen uns nicht sehen, aber das Klappern der Stricknadeln war verstummt, und ein mechanisches Sirren ertönte. Metallfüße tappten über den Steinboden, als er um die Ecke kam.

Er warf einen Blick auf die leeren Regalbretter, dann deutete er mit mehreren seiner Messingfingerspitzen auf die Tür. »Raus!«, befahl er.

Ein lautes Rülpsen hinter uns übertönte das Echo seiner Stimme. Wir alle drehten uns zu dem untersten Regalbrett um, wo der Mund in der Maserung des Holzes wieder aufgetaucht war. Mit einem weiteren Rülpsen hustete er alles aus, was er verschluckt hatte.

Die Gegenstände waren verstümmelt – auf albtraumhafte Weise verändert. Die Weihnachtskugel war zu schwarzer Kohle verwittert. In ihrer Mitte öffnete sich ein großes, blutunterlaufenes Auge und funkelte uns an. Es rollte auf mich zu, aber Morpheus trat es weg. Die Lupe war zersprungen und aus den Rissen sickerte Blut. Der silberne Knauf heulte markerschütternd. Der ausgestopfte gelbe Kanarienvogel – jetzt hellrosa und federlos – öffnete den Schnabel und kreischte. Acht Drahtbeine sprossen aus dem Boden des Käfigs und schlurften mit dem tobenden Vogel in unsere Richtung.

Wir wichen zurück. Mr Lamb sagte ein Wort, für das seine Mutter ihn übers Knie gelegt hätte. Dann schlenderte er zur Kasse und murmelte etwas über Netze.

Morpheus erhob sich in die Lüfte und ließ mich allein am Boden zurück.

»Hilf mir!«, rief ich ihm zu. Mein Herz hämmerte und ich hatte Mühe zu atmen.

»Ich kann nicht immer da sein, um dich zu tragen.« Die Juwelen unter seinen Augen waren von aufrichtigem Blau. »Du musst selbst herausfinden, wie du fliehen kannst.«

Etwas pickte an meinem Knöchel, und ich sprang jaulend zurück, als ich den kreischenden Kanarienvogel sah. Ich warf den Käfig um. Die Drahtkuppel schaukelte und die Metallbeine zappelten in der Luft wie eine auf ihren Panzer gerollte Schildkröte.

Weitere sonderbare Mutationen tauchten um mich herum auf. Die weißen Tonkrüge spien Tausende von Käfern mit schnappenden Scheren aus, ganz anders als die lächelnden Marienkäfer, die sie zuvor geziert hatten. Der Türknauf war in die Hand eines alten Mannes verwandelt worden und zog sich mit knorrigen Fingern enger zusammen, während die Vinylpuppenköpfe auf den Bonbongläsern mit Zähnen klapperten, winzig und scharf wie spitze Nadeln.

Ich machte mehrere vorsichtige Schritte rückwärts und behielt sie im Blick, während ich in den vorderen Teil des Ladens ging. »Morpheus!«, schrie ich abermals, doch jetzt konnte ich ihn über mir nicht einmal mehr sehen.

Die mutierten Gegenstände teilten sich auf und bildeten eine Gasse. Meine Stoffpuppe und der Clown erschienen – in der Mitte zusammengenäht mit blutigem Garn, als sei eine schauerliche Operation schiefgegangen. Statt vier Augen hatten sie zusammen nur drei. Ein Auge war in der Naht verschwunden.

»Hilf mir, mein anderes Auge zu finden«, flehte die Stoffpuppe. »Bitte, bitte. Mein Auge.« Ihre Kleinmädchenstimme und das verzerrte Lachen des Clowns ließen die Luft erkalten, und ich schluchzte.

Blind von Tränen stolperte ich davon. Mr Lamb stand auf der Theke und schaufelte Mutanten aus einer Masse von Netzen. »Versteck dich, du närrisches Kind!«, rief er.

»Tu irgendetwas, Alyssa!« Morpheus tauchte wieder auf und

brüllte von oben, während sich die unheimlichen Mutanten um mich herumdrängten. »Du bist die Beste beider Welten«, setzte er nach. »Nutze, was du hast. Was *wir* nicht haben. Mach etwas, das uns alle rettet!«

Ich tauchte unter Mr Lambs Haufen von Schmetterlingsflügeln, um Schutz zu finden. Die Stricknadeln waren auf dem Boden verstreut, und ich riskierte es, einen Arm auszustrecken, um mir einige davon zu schnappen. In meinem zerbrechlichen Refugium ignorierte ich das Knurren und Schnappen, das näher kam. Ich nahm zwei Flügel und hielt sie gegen eine Nadel, stellte mir vor, sie zu einem zusammenzufügen und eine ganz neue Art von Schmetterlingen zu züchten, mit einem Körper aus Metall, tödlich und scharf.

Der Stricknadelschmetterling erwachte in meiner Hand zum Leben und flatterte mit den Flügeln. Keuchend ließ ich ihn los und er flog zu meinen Angreifern hinüber. Für einen Moment war ich zu erschrocken, um mich zu bewegen.

Das Kreischen des Angestellten ließ mich wieder aktiv werden, und ich machte weitere Schmetterlinge, die dem ersten helfen sollten.

Meine Insekteninvasion attackierte im Sturzflug die angreifenden Käfer, trieb sie zurück in ihre Krüge; sie stürzten sich auf die Vinylpuppenköpfe und verhedderten sich in deren Haaren, rissen sie an den Wurzeln heraus.

Schon bald zogen sich alle Mutanten zischend und knurrend zurück.

In meinem Versteck stellte ich mir vor, dass die verbliebenen Flügel mich hochheben konnten, dass sie sich an jeden Zentimeter meines Schlafanzugs klammerten. Binnen Sekunden trieb ich neben Morpheus. Ich bedeckte das Gesicht, außerstande, nach unten zu schauen.

»Du hast es geschafft«, sagte er und legte einen Arm um mich.

Ich konnte den Stolz in seinen Augen nicht sehen, aber ich hörte ihn in seiner Stimme.

Kurz bevor Morpheus den Schleier des Schlafs wieder über uns senkte, begann der Angestellte meine Metallinsekten zu beklatschen.

Ich hatte ihn gerettet. Ich hatte uns alle gerettet.

Ein lautes Gurgeln – die Luftpumpe meines Aquariums – holt mich zurück in die Gegenwart.

Ich stütze mich mit schwachen Beinen an der Ankleidekommode ab.

Das ist also der Grund, warum Morpheus den Clown geschickt hat, eine fast identische Kopie desjenigen aus dem Laden. Er war der Auslöser für die Erinnerung.

Ich stolpere rückwärts und setze mich erschüttert auf mein Bett. Da ich noch so klein war, als er mit seinen Besuchen anfing und die meisten davon in meinen Träumen stattfanden, lagern unsere Abenteuer tief in meinem Unterbewusstsein. Er ist ein Meister darin, meine Erinnerungen wachzurufen.

Ich sehne mich schmerzhaft danach, mit Mom zu sprechen. Herauszufinden, ob sie irgendetwas über das Düsterholz weiß. Vielleicht wüsste sie, warum Morpheus will, dass ich mich gerade jetzt daran erinnere.

Morpheus und sie hatten ebenfalls eine gemeinsame Vergangenheit, bevor seine Hartnäckigkeit sie in die Irrenanstalt getrieben hat. Aber ich weiß nicht, ob er sie in ihren Träumen besucht hat oder ob er einfach durch Insekten und Blumen mit ihr Verbindung aufgenommen hat. Ich habe mich oft gefragt, welche Art von Erinnerungen die beiden miteinander verbindet.

Sie war nie in Wunderland. Der bloße Gedanke, durch das Kaninchenloch zu gehen, macht ihr schreckliche Angst – aus Furcht vor dem Unbekannten. Das ist der Grund, warum ich sie nie gedrängt habe, mir von ihren Erfahrungen zu erzählen. Sie wirkt immer so zerbrechlich. Und es ist der Grund, warum ich heute mehr über Morpheus' Beweggründe herausfinden will.

»*Nutze, was du hast*«, hat er in der Erinnerung gesagt. »*Was wir nicht haben.*« Wieder einmal widerspricht er sich selbst. Wenn Netherlinge so großartig sind, wie er behauptet, was könnten Menschen haben, das sie nicht haben?

Ich stehe auf und wühle in einer Schublade nach Moms alten Romanen von Lewis Carrol, dann schlage ich die Ausgabe von *Alice im Spiegelland* auf. Anders als Moms *Alice im Wunderland*, in das sie Notizen und Kommentare an den Rand geschrieben hat – inzwischen ist es nicht mehr lesbar –, sind diese Seiten sauber, alt und vergilbt.

Ich überfliege das Jabberwocky-Gedicht auf der Suche nach dem Düsterwald, aber da ist nichts über schwankende, aufklappende Münder in Bäumen, die Gegenstände in albtraumhafter Gestalt wieder ausspeien. Nachdem ich zu Kapitel drei und den »Spiegelinsekten« weitergeblättert habe, suche ich nach einem Hinweis auf die Spiegelwelt oder das IrgendWoanders, die andere Dimension, die Morpheus erwähnt hat. Wieder nichts.

Schließlich komme ich zu Kapitel fünf: »Wolle und Wasser.« Darin besucht Alice einen Laden. In der Beschreibung der Szene sehe ich Ähnlichkeiten mit dem Ort, den ich in meiner Erinnerung besucht habe, aber auch Unterschiede. Natürlich ist es nicht dasselbe wie in Carrols Fantasie. Das sind die Dinge nie. Ich habe im letzten Jahr gelernt, dass seine Bücher weichere, angenehmere Versionen des wahren Wahnsinns von Wunderland sind.

In Carrols Fassung ist der Angestellte im Laden ein Schaf, das gern strickt. In meiner Erinnerung findet sich ein Ladenbesitzer namens Lamb, der vom Stricken fasziniert ist. Die Bücherregale spielen gern Streiche, genau wie in den Originalbüchern, obwohl die Streiche, die ich erlebt habe, viel schauerlicher waren als die in der Märchenversion.

Es klingelt an der Tür und ich schlage das Buch zu. Ich habe Jeb eingeladen, nach dem Abendessen vorbeizukommen. Nachdem ich die Bücher in der Schublade verstaut habe, eile ich zur Haustür.

Auf meinen immer noch zittrigen Beinen bin ich zu langsam und Mom kommt als Erste dort an.

Jeb wartet unter dem Verandalicht. Wir sehen uns an; es ist offensichtlich, dass er herbeieilen und mich an sich drücken will – genau wie ich. Es scheint eine Ewigkeit her zu sein, dass ich ihn das letzte Mal gesehen habe, und die bittere Wahrheit ist, dass es eine Ewigkeit dauern könnte, bis ich ihn wiedersehe.

Mom stellt sich zwischen uns. »Es tut mir leid, Jebediah. Allie hatte genug Aufregung für heute. Du kannst am Telefon mit ihr reden.«

Ich gestikuliere hinter ihr, um seine Aufmerksamkeit auf mich zu lenken. Dann halte ich fünf Finger hoch und forme mit den Lippen das Wort: *Zufluchtsort.*

Er nickt mir zu, sagt meiner Mom höflich Gute Nacht und tritt dann von der Veranda in die Dämmerung. Mom schließt die Tür und folgt mir ins Wohnzimmer, wo ich mein Chemiebuch aus meinem Rucksack zerre.

»Wirklich nett, Mom«, grummele ich. Ich will sie nicht kränken, aber wenn ich nicht so tue, als sei ich ärgerlich, könnte sie Verdacht schöpfen.

»Dein Freund sollte respektieren, dass du manchmal deine Ruhe brauchst«, antwortet sie.

»Er ist nicht der Einzige, der das respektieren sollte.« Ich setze ein überzeugendes Stirnrunzeln auf. »Ich gehe in den Garten lernen.«

Mom und ich haben während der letzten paar Monate viele Nachmittage damit verbracht, an einem Mondgarten zu arbeiten, der bei Nacht schimmert. Wir haben Lilien, Geißblatt und silbernes Süßholz gepflanzt. Wir haben sogar einen kleinen Springbrunnen, der beleuchtet ist. Das fließende Wasser trägt dazu bei, das Gewisper von Insekten und Pflanzen zu übertönen. Es ist einer meiner Lieblingsorte, um zu lernen und nachzudenken.

Als Mom Anstalten macht, sich mir anzuschließen, drehe ich mich zu ihr um. »Ich brauche keine Begleitung, *bitte.*«

»Du brauchst Hilfe bei deinem Chemiestoff«, beharrt sie.

Ich ziehe die Brauen zusammen. »Das muss ich allein lernen, Mom.«

Dad kommt mit einem Geschirrtuch auf der Schulter aus der Küche. Es ist immer noch überall Mehl auf seinen Kleidern. Er schaut zwischen uns hin und her.

Ich beiße mir in die Wange und tue mein Bestes, nicht zu explodieren. »Kann ich bitte eine Auszeit haben, damit ich vor der Schule morgen einen klaren Kopf bekomme?« Ich richte die Frage an Dad.

Mom wischt sich die Hände an ihrer Schürze ab.

Durch die Küchentür tickt die Katzenuhr an der Wand und ihr

Schwanz zuckt mit jeder Sekunde. Ich kann sie nicht um mich haben. Auf keinen Fall springe ich morgen in das Kaninchenloch, ohne vorher mit Jeb zu reden. Ohne noch einmal in seinen Armen zu liegen.

Dad muss wohl sehen, wie nahe ich daran bin, die Fassung zu verlieren. »Lass sie gehen, Ali-Bär«, sagt er. »Sie hatte heute nicht viel Zeit für sich selbst.«

Schließlich stimmt Mom zu, nachdem sie durchgesetzt hat, dass ich eine Extradecke mitnehme: »Da die Abende bei dem nassen Wetter, das wir im Moment haben, kühler sind.« Aber ich habe etwas anderes damit vor.

Auf dem Sitzplatz im Garten leuchten blinkende Lichterketten neben einem pavillonartigen Gitter, hinter dem sich die Schaukel befindet und das sie vor dem Fenster hinterm Haus verbirgt.

Ich schüttele die Kissen auf der Hollywoodschaukel auf und platziere strategisch die Decke, die bereits darüber liegt. Dann lege ich mein offenes Buch oben drauf, sodass Mom, wenn sie aus dem Fenster späht, die Silhouette durch das Gitter sieht und denkt, ich sei es.

Die Decke in der Hand, gehe ich den Weg entlang, der von der Veranda wegführt. Die feuchte Abendluft verstärkt die Blumendüfte noch. Mondschein und die Blinklichter spiegeln sich auf den bleichen Blüten und dem Blätterwerk. Alles ist entspannt und träumerisch. Das Gegenteil von dem, wie ich mich fühle.

Ich breite die Decke in der dunkelsten Ecke des Hofs aus, außer Sichtweite der Hintertür und des Fensters. Dies ist ein Fleckchen Erde, das nicht von Blumen oder Pflanzen überwuchert ist. Der Baldachin einer Trauerweide hängt über dem Zaun zwischen Jebs

Garten und unserem und bildet eine Höhle. Mom hat mehrmals versucht, hier etwas anzupflanzen, aber da niemals etwas geblüht hat, beschloss sie, dass hier zu viel Schatten ist.

Wie wenig sie ahnt, dass es daran liegt, dass Jeb und ich so viele Nächte unter diesem Baum verbracht haben – wir haben uns hinausgeschlichen, nachdem alle anderen im Bett waren –, um zu reden, Sterne zu zählen und andere Dinge zu tun …

Es ist unser Zufluchtsort.

Wir sind diejenigen, die die Setzlinge erstickt haben. Und ich bedaure es nicht.

Ich lege mich hin und wickele die Finger um Jebs Medaillon an meinem Hals.

Mondlicht strömt durch das Gewirr der Zweige über mir und der Springbrunnen plätschert. Alles an diesem Ort hält mir vor Augen, warum ich mich letztes Jahr dafür entschieden habe, in dieser Welt zu bleiben, warum ich liebend gern ein Mensch bin. Und Morpheus will, dass ich alles hinter mir lasse – für eine Schlacht in einem anderen Reich.

Ich fange an zu begreifen, dass er recht hat. Wenn es bedeutet, die Menschen zu retten, die ich liebe, muss ich gehen.

Aber zuerst werde ich es Jeb erzählen. Ich will ihn mit im Boot haben. Vielleicht, weil ich weiß, dass er versuchen wird, mich davon zu überzeugen, dass es okay sei, nicht fortzugehen. Nicht für etwas so Gefährliches. Nicht, wenn ich es vielleicht nicht zurückschaffe.

Ich will hören, dass es okay ist, ein Feigling zu sein. Selbst wenn ich es nicht glauben werde.

Ich streiche über die Schlüsselkette und das Bild eines zerfallenden Wunderlands blitzt in meinem Geist auf. Mein Herz tut weh – ein ziehendes Gefühl, als würde es in der Mitte auseinandergerissen.

Links von mir beginnt eine Grille zu zirpen. Zwischen zwei Zirplauten stichelt sie: *Mut, Alyssa. Viele Veränderungen kommen ... verrückte, verrückte Veränderungen. Sie werden die Königin in dir zum Vorschein bringen.*

Ich erstarre, die Finger um beide Ketten gekrallt. Ein Klirren jenseits des Zauns bringt die Grille zum Schweigen. Über meinem Kopf zittern Blätter, und mehrere fallen herab und kitzeln mich im Gesicht. Ich wische sie zur Seite, um die schattenhafte Silhouette außerhalb des Baumvorhangs zu mustern.

»Du siehst im Mondlicht unglaublich aus.« Jebs Stimme, leise und seidig, ist ein Balsam, der die unheilverkündenden Echos der Botschaft der Grille vertreibt.

Ich schiebe die Ketten unter meinen Blusenkragen und die Worte bleiben mir in der Kehle stecken.

Durch die Zweige erscheinen sein Gesicht und sein zerzaustes Haar. Er lächelt sexy. »Ich weiß, ich bin zwei Minuten zu spät. Ich verdiene eine Tracht Prügel.«

Ich schnaube, besänftigt von seiner Neckerei. »Du solltest dich glücklich schätzen.« *Ich kann das tun.* Ich kann ihm alles erzählen. Es ist schließlich Jeb.

Er lässt sich fallen und hängt sich mit einer Hand an einen Zweig, sodass er mit den Füßen voraus herumschnellen kann. Es ist ein Trick, den er angewandt hat, als wir früher im Sommer »König des Bergs« gespielt haben.

Mit einer anmutigen Bewegung setzt er sich auf mich und sein Gewicht drückt mich in die weiche Decke. »Ist das okay? Bin ich zu schwer?«

Ich schlinge die Arme um ihn, als er versucht, auf Ellbogen und Knien zu balancieren. »Bleib genau so, wie du bist.« Er stabilisiert seine Position und meine Muskeln zucken vor Zufriedenheit. Nichts fühlt sich so perfekt oder so sicher an, wie atemlos unter ihm zu liegen.

Seine Hand gleitet über meinen Brustkorb und verweilt bei jeder Rippe, als überprüfe er, ob ich in einem Stück bin. »Endlich habe ich dich ganz für mich allein«, flüstert er, und sein Atem ist heiß auf meinem Gesicht.

Ich schwelge im Duft seines Rasierwassers. »Jeb, ich muss dir etwas erzählen.«

»Hmm, kann das nicht warten, Skatergirl?« Mit den Lippen liebkost er meinen Hals.

Ich kapituliere, als ich meinen Spitznamen höre, und hebe den Kopf, um Jeb zu küssen. Nur ein einziges Mal, bevor ich seine Welt vollkommen zunichtemache. Ich fädele die Finger durch sein Haar. Er rollt herum, sodass ich oben bin, und wir bleiben in dieser Stellung liegen: Mein Körper drückt auf seinen, unsere Münder erkunden Nacken, Ohren, Gesichter. Wir küssen uns unter den Sternen, außerhalb der Welt, und hören nicht auf, bis wir beide außer Atem sind.

Keuchend ziehen wir uns zurück und sehen einander an – überwältigt von dem Drama und den Gefühlen der vergangenen Tage. Und es wird gleich noch viel schlimmer werden.

»Also …« Jeb bricht das Schweigen. »Ist das deine Art, mich abzulenken, damit du meinen König stehlen kannst?«

Ich lächele beinahe bei der Erinnerung. »Bin ich so durchschaubar?«

Er zieht mich herunter, sodass ich neben ihm auf der Decke

liege, dann streicht er mir das Haar aus dem Gesicht. »Ich kann nicht glauben, dass wir so viele Sommer damit verschwendet haben, unter diesem Baum Schach zu spielen, während dein Dad bei der Arbeit war.«

»Du bist bloß sauer, weil ich immer gewonnen habe«, entgegne ich.

Er bettet den Kopf auf seinen ausgestreckten Arm. »Das war es wert. Anschließend konnte ich dich kitzeln.« Er zeichnet mit einer Fingerspitze meine Lippen nach. »Es hat mir gefallen, einen Vorwand zu haben, dich zu berühren.«

Ich küsse seinen Finger. »Selbst damals hast du daran gedacht, mich zu berühren?«

»Umgeben von Zeichnungen, zu denen du mich inspiriert hast, blieb wenig Zeit für irgendwas anderes.«

Ich unterdrücke die aufkommende Sehnsucht nach dem einfachen Leben, das wir einst hatten. Ich hatte damals ja keine Ahnung, wie einfach es war.

Wie soll ich ihm sagen, dass ich fortgehen werde? Wie sagt man in Momenten wie diesem Lebewohl?

Ich fahre mit dem Fingernagel über sein Ohr, auf der Suche nach Worten.

Er schaudert und lächelt. »Da wir gerade von meinen Kunstwerken sprechen«, erwidert er, bevor ich etwas sagen kann, »wir müssen über Ivy reden. Wir haben uns darin geirrt, wie viel sie bereit ist zu zahlen.«

Als ich den Namen der Erbin höre, presse ich die Lippen zusammen. Kein Wunder, dass er am Telefon so ausweichend war. Er hat sich auf dieses Geld verlassen, als Startkapital für London.

Dies ist die perfekte Gelegenheit. Ich werde ihm sagen, dass es keine Rolle spiele. Dass Geld das geringste Problem sei, das jetzt unserer Zukunft im Weg steht.

Ich öffne den Mund, aber Jeb kommt mir wieder zuvor. »Sie bietet zehntausend mehr an«, erklärt er, während er sich aufrichtet und Blätter von seinem T-Shirt und seinen Jeans wischt.

Ich rappele mich neben ihm auf und meine Gedanken überschlagen sich. Meine Bluse gleitet mir von der Schulter und sie wird kühl. »*Zwanzigtausend Dollar?* Für ein einziges Elfengemälde?«

Jeb zeichnet mit einer Fingerspitze meine Schulter nach. »Nicht ganz. Sie will eine Serie ... Drei neue Elfenbilder. *Erotischere.*«

Wenn Jeb mich malt, stehe ich ihm Modell, und er schätzt jede Kontur meines Körpers ab und beobachtet die Art, wie Licht und Schatten über meine Haut wandern, was häufig zu anderen Dingen als Arbeit führt. Ich habe diese Sitzungen vermisst. Es wäre so perfekt, wieder damit anzufangen. Bei diesem Gedanken sehne ich mich noch schmerzlicher danach, nicht fortzugehen.

Ich schlucke, kämpfe darum, Lebewohl zu sagen, und wünschte, ich müsste es nicht tun.

Jeb beugt sich vor, um meine nackte Schulter zu küssen – zärtlich, warm und süß –, dann bedeckt er meine Haut mit meinem Ärmel. »Du musst wissen, dass es eine Bedingung gibt«, sagt er und sieht mir in die Augen. »Ivy will, dass ich eine Sammlung von ihr male. *Sie* will meine Muse sein.«

8

Marionetten

Ich schiebe alle Gedanken an Wunderland und magische Kriege beiseite. »Ivy will für dich Modell sitzen?«

Jeb musste ja irgendwann den Auftrag erhalten, auf den Kunden zugeschnittene Portraits zu malen, aber ich war nicht darauf vorbereitet, dass das *heute* passiert.

Er beobachtet mich schweigend.

»Was soll das heißen, *erotischere* Gemälde?«, hake ich nach.

»Nun, sie hat so ein umwerfendes Kostüm. Sie hat es getragen, als wir uns im Atelier getroffen haben. Es ist ein wenig freizügig, aber …« Jeb kratzt sich das Kinn. »Es ist keine Aktserie oder so. Ich habe ihr erklärt, dass ich davon nicht abhängig bin.«

Ich bin dankbar für seine Ritterlichkeit, aber es ist ein schwacher Trost. Der Gedanke, dass er tagein, tagaus von einer weltgewandten, erfahrenen, halb nackten Frau in Versuchung geführt wird, bringt meinen Magen in Aufruhr.

»Al, du musst sie nur kennenlernen. Dir wird es besser gehen, wenn du siehst, wie ernst sie es mit der Kunst meint. Sie hat wirklich ein paar coole Ideen … exzentrisch selbst über das Kostüm hinaus. Sie ist eine alte Seele, wie wir.«

Alte Seele. Schlimm genug, dass sie schön und reich ist. Er soll nicht auch noch ihre Persönlichkeit mögen.

Mein Herz sinkt so tief, dass ich darüber stolpern würde, wenn ich einen Schritt machte. Die besitzergreifenden Worte tauchen wieder auf: *Mein mein mein.*

Die Blätter um uns herum beginnen zu flattern, obwohl kein Wind weht. Ich konzentriere mich auf die Weidenzweige und schicke ihnen alles, was ich empfinde. Sie legen sich um Jebs Schultern, als würden sie sich an ihm festhalten – die Fäden einer Marionette, die meine Befehle ausführen wollen.

Er springt auf und die Gliedmaßen lockern sich. Dann schaut er stirnrunzelnd zu dem schwankenden Baumvorhang empor. Er begreift nicht, dass ich die Bewegung verursache, dass etwas in mir erwacht, etwas, das ich seit Monaten verborgen gehalten habe. Etwas, das ich in diesem Moment nicht unterdrücken will, denn der animalische Zorn lässt meine Unsicherheiten überwindlich erscheinen, was mich wiederum stärker macht.

Als ich die Verwirrung in seinem Gesicht bemerke, überkommt mich eiskalte Scham. Ich dämme meinen Zorn und meine Eifersucht ein. Die Zweige werden wieder still.

Jeb schaut mir in die Augen. »Siehst du das?«

Mein Herz hämmert. »Ob ich was sehe?«

Er reibt sich das Haar. »Ich hätte schwören können ...« Er unterbricht sich. »Muss ein Windstoß gewesen sein.«

Ich habe keine Antwort. Ich bin entsetzt darüber, wie leicht meine dunklere Seite übergeschäumt ist – entsetzt darüber, wie sehr ich mir wünsche, Jeb zu überwältigen. Ihn zu kontrollieren.

Er muss die Scham gesehen haben, die meine Züge trübt, denn er nimmt meine Hand und verschränkt sie mit seiner. »Es tut mir leid, dich mit dieser Ivy-Sache zu überfallen. Aber ich muss ihr eine Antwort geben. Sie ist nur noch diese Woche hier. Wenn ich sie abweise, könnte sich das auf meinen Ruf auswirken.« Er betrachtet unsere Hände. »Sammler und Kritiker könnten denken, ich sei eine Eintagsfliege.«

»Ich kapier schon«, murmele ich und versuche zu vermeiden, dass meine Gefühle mich noch einmal beherrschen.

Ich wünschte, er würde zumindest so *tun,* als sei dies eine schwere Entscheidung für ihn, aber sein Gesichtsausdruck ist hoffnungsvoll. Es ist offensichtlich, was er von mir hören will. Dass ich mit allem einverstanden bin, sei es um des Geldes willen, sei es um seiner künstlerischen Entwicklung willen. Aber es tut weh, obwohl ich weiß, dass es das nicht sollte. Ich bin immer seine Inspiration gewesen, und dies beweist nur, dass er mich nicht länger braucht … zumindest nicht in künstlerischer Hinsicht.

Um ehrlich zu sein – es scheint, als habe er sich schon seit einer ganzen Weile von mir weg entwickelt, und das tut wirklich weh.

Die Blinklichter über der Hollywoodschaukel gehen an und aus, der dezente Hinweis meiner Eltern, dass ich aufhören soll zu lernen und hereinkommen. Ihr Timing ist mies.

Jeb zieht mich auf die Füße, beugt sich vor und küsst mich auf die Stirn. »Wir reden morgen weiter.« Ich mache einen Schritt rückwärts, aber er hält mich an meinem Kragen und dem herzförmigen Medaillon fest. »Hey, vergiss ja nicht, dass ich dich liebe.«

»Ich liebe dich auch.« Ich drücke seine Hand an meine Brust. Die Blätter rascheln wieder um uns herum, bevor ich mich zusammenreiße.

Jeb schaut nach oben und umarmt mich lange und küsst mich, dann reckt er sich, um sich in den Baum hinaufzuziehen.

»Warte.« Ich packe den Taillenbund seiner Jeans, bevor er die Zweige erreicht. Nichts von alledem muss passieren. Ich kann ihn von Ivy und diesem Auftrag für immer ablenken, indem ich ihm die Wahrheit über Wunderland erzähle ... über mich. »Kannst du mich morgen von der Schule abholen?«

Jeb, der über mir hängt, runzelt die Stirn. »Ich bin mir nicht sicher, ob ich so früh schon von der Arbeit wegkomme.«

Vor Enttäuschung beiße ich die Zähne zusammen.

»Okay«, sagt er, wie um mich zu beschwichtigen. »Okay, ich werde eine Möglichkeit finden.«

»Gut. Denn ich bin bereit, dir meine Mosaike zu zeigen.«

Ich hoffe nur, dass er bereit ist, sie zu sehen.

Donnerstagmorgen nehme ich mir nicht die Zeit, mit Mom zu streiten. Ich wähle ein Outfit, das sie gutheißen wird – einen Rock mit einem Organza-Unterrock, der bis über die Knie meiner Nadelstreifenleggins geht – und komme in die erste Stunde, als es fünf vor klingelt. Ich beende meine Chemieprüfung nach der Hälfte der Zeit, weshalb ich mich zwei Stunden länger damit quäle, wie ich Morpheus meine Entscheidung beibringe, das menschliche Reich nicht zu verlassen, bis ich die Dinge mit Jeb geregelt habe.

Morpheus wird es mir nicht leicht machen.

Mehrmals zwischen den Kursen begegne ich ihm und seinem Harem im Flur. Er geht wortlos an mir vorbei, ignoriert mich, doch jedes Mal schafft er es, seinen Arm über meinen streifen zu lassen oder dafür zu sorgen, dass sich unsere Hände berühren. Es ist auf die absonderlichste Weise schmerzlich.

Endlich beginnt die vierte Stunde, und ich schließe mich in der verlassenen Mädchentoilette ein, um auf ihn zu warten. Es läutet und schon bald leert sich der Flur.

Durch das Kippfenster dringt Sonnenlicht auf den Boden, aber der Raum um mich herum ist grau und still. Heute waren die Insekten gnadenlos in ihrem Geflüster, als führe die Grille von gestern Nacht sie in eine Revolte:

Sie sind hier, Alyssa. Sie gehören nicht hierher ... Schick sie zurück.

Ich lehne mich gegen das Waschbecken. »Wer?«, flüstere ich laut, frustriert von den obskuren Warnungen.

Während ich auf eine Antwort warte, höre ich ein Rascheln in einer der halb geschlossenen Kabinen. Erschrocken schnappe ich nach Luft, lasse meinen Rucksack fallen und beuge mich vor, um unter die Metalltür zu schauen, darauf bedacht, dass mein Haar nicht die feuchten Fliesen berührt.

»Ist da jemand?«

Keine Antwort und keine Cowboystiefel. Ich wappne mich und schwinge die Tür auf.

Ein gurgelndes Zischen begrüßt mich aus dem verzerrten Gesicht des Clowns. Er hat wieder Spielzeuggröße und steht auf dem Toilettendeckel. Ich kreische und stolpere zurück, falle über meinen Rucksack. Mein Ellbogen kracht in den Papierhandtuchspender. Braune Papiertücher flattern überall um mich herum.

Das wahnsinnige Spielzeug hüpft auf den Boden und hastet hinter mir her, rasierklingenscharfe Zähne gebleckt und schnappend. Er rutscht mit einem seiner Schuhe auf einem Papiertuch aus und fällt hin. Allerdings kriecht er jetzt auf mich zu, ohne langsamer zu werden. Mit klopfendem Herzen halte ich nach irgendetwas Ausschau, das ich als Waffe benutzen kann, um mich vor diesem knurrenden Mund zu schützen.

Mein Rucksack ist zu weit entfernt und nichts anderes ist in Reichweite. Mein Blick fällt auf die schmuddelige weiße Decke und die Rostflecken, die sich wie Adern verzweigen. Ich beruhige mich, atme tief durch und stelle mir vor, die Flecken wären aus Zwirn gemacht.

Nachdem ich einen Bogen geschlagen habe, um dem tollwütigen Spielzeug auszuweichen, konzentriere ich mich weiter auf die Flecken. Sie beginnen sich von der Decke zu schälen und herunterzufallen. Ich konzentriere mich noch mehr und dränge sie um die Arme und Beine des Clowns, verschnüre ihn wie eine Marionette.

Jetzt kontrolliere ich *ihn*.

Aus Furcht wird Ärger, während ich das unheimliche Ding mitten in der Luft tanzen lasse, dann stelle ich mir vor, dass die Fäden das Spielzeug drehen und es in einem Kokon aus gelbbraunen Flecken fangen. Kreischend benutzt der Clown seinen Cellogriff, um die Schnüre zu durchtrennen, bevor ich ihn einschließen kann, dann kriecht er in Richtung Badezimmertür. Das Spielzeug schlüpft in den Flur hinaus und die Tür schwingt zu.

Zitternd lasse ich mich an der Wand auf den Boden sinken. Mein Puls rast in meinem Hals. Ohne meine mentale Kontrolle ziehen sich die Flecken wieder an die Decke zurück, an ihren ursprünglichen Platz.

Ich bin erschrocken, benommen und begeistert zugleich. Sobald ich genau visualisiert hatte, was die Deckenflecken werden sollten, haben meine Kräfte in weniger als einem Herzschlag funktioniert. Ich werde langsam besser darin.

Aber warum sollte ich in meiner Welt Magie benutzen müssen? Warum ist Morpheus' Clown überhaupt noch hier? Hat er seinen Zweck nicht bereits erfüllt?

Meine Wangen brennen, und ich schlage mir mit kalten Händen darauf, versuche, den Adrenalinrausch zu dämpfen.

Mehrere Minuten verstreichen und langsam öffnet sich die Tür zum Flur. Ich ziehe die Knie an die Brust und bereite mich darauf vor, wieder meine Magie zu benutzen.

Eine Cowboystiefelspitze kommt in Sicht und Morpheus tritt ein.

Erleichterung überkommt mich, gefolgt von einem Aufblitzen von Ärger.

Als Morpheus mich inmitten von Papiertüchern auf dem Boden sieht, zieht er eine Augenbraue hoch. »Du baust ein Nest?«, fragt er. »Es ist nicht nötig, dass du dich wie ein Vogel benimmst, nur weil du einen Hang zum Fliegen hast.«

»Halt ... einfach die Klappe.« Ich rappele mich hoch, aber meine Sohlen rutschen immer wieder auf den Papierhandtüchern aus. Morpheus hält mir die Hand hin. Widerstrebend ergreife ich sie und stehe auf.

Bevor ich mich von ihm lösen kann, umklammert er meine Finger und dreht in dem schwachen Licht meinen Arm, betrachtet meine glitzerige Haut. Es ist ein sichtbares Anzeichen meiner Magie ... eine Konsequenz daraus, dass ich meine Kräfte benutzt habe.

»Nun, nun. Was hast du wieder getrieben?«, fragt er grinsend. Hinter seinen neckenden Augen liegt ein Hauch von Stolz.

»Als ob du das nicht wüsstest.« Ich winde mich aus seinem Griff und mustere ihn stirnrunzelnd, während ich über meine Schulter in den Spiegel schaue, um sicherzugehen, dass meine Augenflecken nicht erschienen sind. »Was versuchst du zu beweisen?«, frage ich, erleichtert, dass ich immer noch normal aussehe, obwohl ich mich ganz und gar nicht normal fühle. »Warum bringst du dieses Ding immer wieder mit?«

Schweigen. Sein verwirrtes Stirnrunzeln im Spiegelbild macht mich wütend. Er hat die Fähigkeit, vollkommen unschuldig zu wirken, obwohl ich weiß, dass er so sauber ist wie ein Pirat.

Ich drehe mich zu ihm um. »Wenn du ihn nicht hierhergebracht hast, musst du ihn zumindest gesehen haben.«

»Ihn«, sagt er.

»Dieses Spielzeug aus der Monstrositätenshow!«

Er grinst, ein vertrauter Ausdruck in Finleys unvertrautem Gesicht. »Nun, da überall in deiner Schule Kisten mit Spielzeugen stehen, sollte ich Ja sagen. Ja, ich habe ein Spielzeug gesehen oder zwanzig.«

»Ich rede von dem Clown, den du mir ins Krankenhaus geschickt hast. Tu nicht so, als wüsstest du nichts davon.«

»Ich habe dir kein Spielzeug ins Krankenhaus geschickt.«

Ich knurre. Natürlich wird er nicht zugeben, es geschickt zu haben, ebenso wenig, wie er zugeben würde, es hierhergebracht zu haben.

Ich dränge mich an ihm vorbei und schaue zur Tür hinaus. Zuerst auf eine Seite des Flurs, dann auf die andere. Außer den Wohltätigkeitskisten ist nichts und niemand da. Ich trete hinaus, um in den Spenden zu wühlen. Wenn ich ihm den Beweis vor Augen halte, wird er reinen Tisch machen müssen.

Morpheus ergreift meinen Ellbogen und versperrt mir den Weg. »Du gehst nirgendwohin. Wir haben Mosaike zu entschlüsseln und einen Krieg zu gewinnen.«

Ich funkele ihn an. »Ich habe die Mosaike nicht.«

»Bitte?«, fragt Morpheus, und der Ärger in seiner Stimme treibt mich dichter an die Wand. Wieder rutsche ich auf den Papiertüchern aus. »Ich habe dir eine Aufgabe gegeben. *Eine.* Du hast keine Ahnung, wie wichtig sie für unsere Sache ist.«

Entschlossen drücke ich die Schultern durch und schüttele den Kopf. »Spielt keine Rolle. Ich gehe ohnehin noch nicht. Also hör auf, mich zu schikanieren.«

»Schikanieren?« Sein wahres Gesicht erscheint, schwach sichtbar unter Finleys Zügen. Die Juwelen unter seinen Augen blitzen auf, als hätte jemand vielfarbige optische Faserlichter in seiner Haut implantiert. Die dunklen Markierungen, mit denen sie verbunden sind, sind nichts als schwache Schatten, ein Echo der funkelnden Eigenartigkeit, die Morpheus ist.

»Ich brauche dich nicht zu schikanieren. Du *gehst* nach Wunderland. Dein Herz, deine Seele – sie sind bereits dort. So sehr du dich auch bemühst, es wird dir niemals gelingen, dich aus einer Welt zu entfernen, die dein eigentliches Wesen herbeiruft. Von einer Kraft, die darum fleht, entfesselt zu werden.«

Ich zucke zusammen, denke an meinen bizarren Tanz mit dem Clown Minuten zuvor und an mein magisches Missgeschick mit den Weidenzweigen am vergangenen Abend.

»Wir treffen uns nach der Schule«, fährt er fort, »auf dem Nordparkplatz. Und bring deine Mosaike mit. Nachdem wir sie gedeutet haben, entscheiden wir über unseren nächsten Schritt. Keine Ausreden mehr. Du gehörst jetzt nach Wunderland.«

Ich hebe das Kinn. »Ich gehöre mir selbst, und ich gehe nicht fort, bis ich dazu bereit bin.«

Morpheus zieht die Brauen zusammen und die leichte Andeutung von Juwelen blinkt in einem blechernen Orangeton – herausfordernd und ungeduldig. Er betrachtet Jebs Kette. »Du gehörst dir selbst, ja? Du erwartest, dass ich glaube, es gehe nicht um dein menschliches Spielzeug?«

»Nein, es geht um den Laden der Menschlichen Verschrobenheiten.«

Seine fleckigen Augen werden schmal und blitzen interessiert auf. »Du hattest eine Erinnerung, nicht wahr?«

»Als würde dich das überraschen. Du hast die Erinnerung selbst ausgelöst.«

»Ah«, sagt er und zieht sich mit einem träumerischen Ausdruck im Gesicht zurück, leugnet meine Beobachtung nicht, aber bestätigt sie auch nicht. »Das waren gute Zeiten. Mutanten, Schmetterlingsflügel und Düsterholzregale.«

Ich werfe ihm einen irritierten Blick zu. »Genau so war es. Was haben Düsterholzregale mit irgendetwas zu tun? Warum gerade diese Erinnerung?«

Er schüttelt den Kopf. »Was fragst du *mich*? Dein Unterbewusstsein war es, das sich entschieden hat, sich daran zu erinnern. Vielleicht hatte es weniger mit Regalen zu tun und vielmehr damit, wie du über sie triumphiert hast. Hm?«

»Hör auf, herumzueiern. Ich will wissen … seit wann ist es das Beste von allem, nur die Hälfte von etwas zu sein?«

Er schürzt die Lippen. »Königin Rots Überlegenheit rührt daher, dass sie ein Vollblut-Netherling ist«, stimmt er zu, und ich unterdrücke meinen aufkommenden Ärger über seinen Egoismus. »Aber Schwächen können in den richtigen Händen auch von Vorteil sein. Reine Netherlinge können nur benutzen, was vor ihnen ist, so wie es ist. Königin Rot kann lose Ranken, Ketten und andere Dinge beleben. Aber *du* kannst Leben aus dem Leblosen erschaffen, indem du etwas vollkommen anderes machst. Als menschliches Kind, unschuldig und voller Fantasie, hast du gelernt, deine Vorstellungskraft zu benutzen. Das ist etwas, das wir nicht zur Verfügung haben.«

Mir schwirrt der Kopf, während ich versuche, seine Erklärung aufzunehmen. Sie passt perfekt zu dem, was gerade passiert ist … wie ich aus Wasserflecken Marionettenfäden gesponnen habe, um den Spielzeugclown zu fangen. Ebenso wie die Metallschmetterlinge in meiner Erinnerung, die ich mit Geisteskraft erzeugt habe.

»Ich habe das nie verstanden. Warum Netherlinge keine typische Kindheit haben.« Meine Feststellung ist eher rhetorischer Art. Ich bin klug genug, keine Erklärung zu erwarten.

Morpheus' dunkle Augen drücken eine Schwermut aus, die ich noch nie zuvor bei ihm gesehen habe. »Vielleicht diskutieren wir eines Tages darüber. Bis dahin sollst du einfach wissen, dass ich das Vertrauen habe, dass du Rot offen gegenübertreten und gewinnen kannst. Wann habe ich dich je in eine Situation gebracht, mit der du nicht fertigwerden konntest?«

Ich öffne den Mund, um mit der Aufzählung zu beginnen, aber er bringt mich mit einem Finger auf meiner Unterlippe zum Schweigen. Mein Kiefer verkrampft sich, während ich darüber nachdenke, ob ich ihn beißen soll. Das Einzige, was mich daran hindert, ist die Tatsache, dass es ihm mit ziemlicher Sicherheit gefallen würde.

»Du bist immer als Siegerin aus den Kämpfen hervorgegangen«, beharrt er. »Mit Elan.«

»Was ich nicht dir zu verdanken habe«, brumme ich.

Er schnalzt mit der Zunge. »Hör auf, schlechte Laune zu verbreiten. Du kennst die Folgen. Ich kann mich dann nicht mehr konzentrieren.«

Mein Blick ruht gerade lange genug auf seinem Gesicht, dass ich ein schwaches, fuchsienfarbenes Funkeln unter seinen Augen sehe. Die Farbe der Zuneigung. »Der größte Nachteil deiner menschlichen Seite ist der, dass du eine Sklavin deiner sterblichen Zuneigungen und Hemmungen bist. Daran müssen wir arbeiten, bevor wir nach Wunderland gehen.«

Sofort bin ich in Alarmbereitschaft. »Und wie gedenkst du, daran zu arbeiten?«

»Überlass mir die Sorgen um die Planung.«

In diesem Moment schwingt die Toilettentür auf.

Morpheus zieht mich an sich, die Hände auf meiner Taille. Ich versuche, mich loszureißen, aber es ist zu spät. Obwohl mich das Licht aus dem Flur blendet, kann ich die Silhouette und das blonde Haar eines Mädchens ausmachen.

»M?« Taelors Stimme durchbricht das Schweigen. »Warum wolltest du, dass ich mich hier mit dir treffe ...?« Sie tritt in das fahle Licht und blickt entsetzt drein, als sie mich erkennt. Morpheus lächelt aus purer Befriedigung.

Blut schießt mir ins Gesicht.

Er hat mich hereingelegt.

Kurz bevor ich mich losreiße, schafft er es, mich auf die Stirn zu küssen.

Ich wische seinen Kuss weg. Ein zorniger Schrei brennt in meiner Brust, aber ich ersticke ihn. Ein größeres Publikum hätte mir gerade noch gefehlt. Das würde Morpheus gefallen.

»Ich hasse dich«, forme ich stumm mit den Lippen.

»Tut mir leid, meine Schöne«, sagt Morpheus zu Taelor, ohne den Blick von mir zu lösen. »Alyssa ist mir gefolgt. Wir mussten uns wieder miteinander bekannt machen.«

Taelor steht der Mund offen. Schreck und Hass blitzen in ihren braunen Augen auf.

Ich schnappe mir meinen Rucksack und drängele mich vorbei, halte im Flur inne, um mich zu ihr umzudrehen. »Es ist nicht so, wie du denkst.«

Sie macht den Mund zu und grinst missmutig. »So ist es bei dir nie, nicht wahr? Du hast Jeb ja derartig zum Narren gehalten. Das perfekte, unschuldige kleine *Skatergirl*.« Ihre Worte triefen so sehr von Gift, dass ich schwören könnte, dass sie die Zunge in Arsen getunkt hat.

Morpheus ragt hinter ihr auf – eine Silhouette aus Flügeln und Angeberei, die nur ich sehen kann. Er vollführt eine schwache Verbeugung; der meisterhafte Puppenspieler, der seine Marionette grüßt. Taelor wartet seit einem Jahr darauf, sich an mir zu rächen, weil ich ihr den Freund weggeschnappt habe. Und Morpheus hat die perfekte Möglichkeit gefunden, dafür zu sorgen, dass nichts seine Pläne stört, mich zur Märtyrerin zu machen.

Meine Brust brennt. Ich habe keine Chance, Taelor von meiner Unschuld zu überzeugen, also gehe ich zur Treppe, konzentriere mich auf jeden Schritt und blende ihr Gespräch aus. Auch ohne zuzuhören weiß ich, dass Taelor Morpheus in die Mangel nimmt, um Einzelheiten aus ihm herauszubekommen, wie gut »bekannt« wir miteinander sind. Er hätte keine bessere unfreiwillige Komplizin finden können ... oder eine mit einem größeren Mundwerk.

Nach der Mittagspause wird unser Rendezvous in der Toilette die Runde durch die ganze Schule gemacht haben. So wird auch Jenara davon hören. Und bis heute Abend wird Jeb alles über mein schmutziges kleines Geheimnis wissen – ein Geheimnis, das es nie gegeben hat.

9

Fledermäuse im Glockenturm

Im Kunstkurs machen wir in der achten Stunde Gruppenarbeit für die Dekorationen des Schulballs. Das Ziel ist es, für den Getränkebereich einen »Märchenwald« zu erschaffen und Stände anzumalen.

Die Familie eines Schülers besitzt einen Apfelgarten und hat fast zwei Dutzend einen Meter achtzig große »Bäume« gespendet, die sich aus geweihartigen Zweigen zusammensetzen. In den vergangenen zwei Wochen haben wir sie mit Spraydosen weiß gefärbt, mit Glitzer besprenkelt und dann in Keramiktöpfe gestellt, die mit durchsichtigen Glassteinen gefüllt sind, damit die »Bäume« aufrecht stehen.

Das Projekt hat Spaß gemacht. Bis heute.

Nach dem, was Taelor in der Mädchentoilette gesehen hat, bringe ich es nicht über mich, mit irgendeiner der Gruppen zusammenzuarbeiten. Das habe ich davon, eine Einsiedlerin zu sein. Niemand kennt mich gut genug – kennt mich *wirklich* –, um zu meiner Verteidigung zu eilen, wenn Gerüchte die Runde machen.

Ich täusche Kopfschmerzen vor, angeblich wegen der Dämpfe der Sprühfarbe, und allein an meinem Tisch in der Ecke schreibe ich Jeb. Es verstößt gegen die Schulordnung, während des Unterrichts Handys zu benutzen, aber Mr Mason ist kurz nach draußen gegangen. Seine Vertretung hat entweder schreckliche Angst vor Highschoolschülern oder bekommt nichts mit, denn ich bin nicht die Einzige mit einem Telefon in der Hand.

Zur Schadensbegrenzung schreibe ich Jeb, dass ich eine merkwürdige Begegnung mit dem Austauschschüler hatte und dass er nicht ausflippen soll, bis ich alles erklären kann.

Jenara schicke ich eine ähnliche Nachricht.

Sie und Corbin haben nach dem Mittagessen die Schule geschwänzt, um an der Präsentation der Raumgestaltung seiner Mutter teilzunehmen. Aber es ist nur eine Frage der Zeit, bis sie die Neuigkeit erfährt. Dem komme ich lieber zuvor.

Eine Fliege summt durch den Raum und lässt sich auf meiner Schulter nieder. *Bring die Dinge in Ordnung, Alyssa.* Ihr Gewisper kitzelt in meinem Ohr. *Die Blumen sind kompromittiert worden. Du musst sie aufhalten.*

Sanft wedele ich das Insekt weg. Ich habe genug von diesen obskuren Rätseln. Ich habe auch so schon reichlich Sorgen.

An dem Tisch gegenüber wird gekichert. Vier Schülerinnen aus der Unterstufe wenden den Blick ab, als ich in ihre Richtung schaue, und tun so, als konzentrierten sie sich auf die Laternen, die sie aus gesteiften Zierdeckchen und LED-Lämpchen herstellen. Während die Mädchen zwei Deckchen kuppelförmig zusammennähen, wird ihr Gekicher lauter. Es sind dieselben Mädchen, die Jeb letzten Freitag angegafft haben, als er mich mit dem Motorrad von der Schule abgeholt hat. Ich habe keine Ahnung, ob sie darüber reden, was Morpheus und ich angeblich getan haben oder was für eine Idiotin ich bin, einen so unglaublichen Jungen wie meinen Freund zu betrügen. Ganz egal, es ist offensichtlich, dass ich das Gesprächsthema bin, genau wie in jedem anderen Kurs seit der fünften Stunde.

Mein Hals und meine Wangen brennen.

Mein Handy vibriert. Ich öffne Jebs Antwort.

Ehm ... Begegnung? Details, bitte.

Entweder ist er eifersüchtig oder gehetzt.

Ich beiße mir auf die Unterlippe und tippe die Lüge, die ich mir in der letzten Unterrichtsstunde ausgedacht habe. *Anscheinend ist seine Familie gut mit den Londoner Liddells befreundet. Ich erklär dir alles, wenn du mich abholst.*

Ich werde etwas Besseres tun, als es zu erklären. Ich werde vor seinen Augen ein Mosaik machen, sodass er meine Blutmagie beobachten kann. Wenn er sich dann wieder abgeregt hat, kann er mir vielleicht bei der Frage helfen, wie ich die Konfrontation mit Rot vermeiden und trotzdem Wunderland und die Menschen, die wir lieben, retten kann.

Mein Telefon vibriert abermals. *Kann dich heute doch nicht abholen. Interview wurde auf heute Nachmittag verlegt. Kannst du mit Jen fahren?*

Nein. Ich will schreien, will ihm sagen, dass ich ihn wirklich brauche, dass er alles stehen und liegen lassen und mich *sofort* treffen müsse, aber bevor ich überhaupt etwas antworten kann, geht die Tür des Klassenzimmers auf, und Mr Mason kommt herein. Zusammen mit der Hälfte meiner Mitschüler lasse ich hastig mein Telefon verschwinden. Mr Mason redet leise mit dem Vertretungslehrer, dann verabschiedet er ihn.

An seinem Schreibtisch fischt Mr Mason einen Katalog für Bastelmaterial aus der Schublade. Obwohl ich versuchen sollte, mich hinter meinen Tisch zu verkriechen und mit meiner Umgebung zu verschmelzen, hebe ich die Hand. Hinter seinen rosa Brillengläsern entdeckt er mich und winkt mich herbei.

Ich gehe nach vorn, dann lässt mich ein Zischen wie angewurzelt stehen bleiben. Es klingt genauso wie der Clown in der Mädchentoilette. Mit steifem Rücken drehe ich mich um und sehe zwei Jungen in der gegenüberliegenden Ecke, die mit Sprühfarbe einen der »Bäume« bemalen.

Ich gehe weiter. Als die Mädchen wieder zu kichern anfangen, krampft sich mein Magen zusammen. Ich spüre die Blicke in meinem Rücken und meine Schritte werden langsam und unbeholfen.

Als ich den Schreibtisch erreiche, schaut Mr Mason auf und rückt seine Brille zurecht. »Alyssa. Ich wollte sowieso mit dir über deine Mosaike sprechen.«

Nickend deute ich auf seinen Schrank. »Richtig. Sollen wir sie für den Transport nach Hause in Fleischpapier einpacken?«

Ihm klappt der Unterkiefer herunter, aber dann gewinnt er seine Fassung zurück, steht auf und stemmt die Hände neben dem Katalog auf seinen Schreibtisch. »Deine Mom hat es dir nicht gesagt?«

»Mir was gesagt?«

»Sie hat mich nach deinem Unfall aus dem Krankenhaus angerufen. Sie hatte von deiner Mosaikserie gehört und wollte sie sehen, also habe ich sie ihr Samstagabend gebracht.«

Mir schlägt das Herz bis zum Hals. *Er hat Mom von meinen Kunstwerken erzählt?* Das bringt meinen Kreislauf in größeren Aufruhr als die Vorstellung, sie könne Königin Rots bösartiges Gemetzel sehen.

»Also hat meine Mom sie?«

»Nun, sie hat nur drei. Sie waren zu schwer, um sie alle gleichzeitig aus dem Wagen zu tragen. Als ich zurückkam, um den Rest zu holen ... waren sie weg. Gestohlen.«

Das Gefühl, verletzt worden zu sein, lässt mich frösteln. Ich denke an den Clown und an meinen Traum von den Spinnweben, als ich unter Beruhigungsmitteln stand. Hinter alldem muss Morpheus stecken, auch wenn er es leugnet. Also muss er im Krankenhaus gewesen sein, unerkannt spioniert und die Strippen gezogen haben. Möglicherweise hat er das Telefonat zwischen Mr Mason und Mom mit angehört. Was bedeutet, dass er diese drei Mosaike gestohlen hat und bereits weiß, dass meine Mom die anderen hat. Also hat er mich umsonst gebeten, sie mitzunehmen. Er mischt sich wieder einmal in meine Gedankenwelt ein.

Ich habe genug von seinen Spielchen. Wenn er nicht mit allem herausrückt, werde ich heute nirgendwo anders mehr hingehen als nach Hause.

»Ich kann mich gar nicht genug entschuldigen«, fährt Mr Mason fort. »Ich weiß nicht, wie es passiert ist. Der Wagen ist neu. Seine Alarmanlage ist erstklassig. Aber irgendwie hat der Dieb die Tür aufbekommen, ohne den Alarm auszulösen.« Seine Wangen röten sich, während er nach dem Katalog greift. »Ich habe alle Angebote durchsucht und mich bemüht, mehr von diesen rot gemaserten Glassteinen zu finden. Ich will sie dir ersetzen. Die ganze Arbeit, die du hineingesteckt hast, kann ich dir nicht zurückgeben ... aber ...«

Es läutet, und ich zucke zusammen.

Meine Klassenkameraden packen ihre Bücher in die Taschen und stürzen hinaus. Ein schwerer Knoten liegt mir im Magen, als hätte ich einen riesigen Stein verschluckt. Ich kann nur an eins denken: *Mom weiß es.* Sie weiß, dass mein Kopf immer noch in Wunderland ist, aber sie hat kein Wort gesagt.

Ich nehme Mr Mason den Katalog ab und lege ihn mit der Oberseite nach unten auf seinen Schreibtisch. »Sie werden niemals Glassteine finden, die die ersetzen, die ich benutzt habe.« Benommen gehe ich zu meinem Tisch und schnappe mir meinen Rucksack. »Aber machen Sie sich keine Gedanken. Die Herstellung dieser Mosaike war nicht so schwer, wie Sie denken.«

Ich verlasse den Raum, bevor Mr Mason antworten kann.

In meinen Ohren summt es, als würden alle Insekten, die sich in jeder Fliesenritze und unter jedem Schließfach verstecken, gleichzeitig reden. Das Summen füllt meinen Kopf und dämpft die Geräusche in den vollen Fluren, durch die ich gehe.

Taelor und ihre Truppe funkeln mich an, als ich an ihnen vorbeigehe, aber es ist, als stünde eine unsichtbare Mauer zwischen uns. Zugeschlagene Schließfächer rauschen wie Papierfächer; Geplapper und Gelächter sind so mickrig und bedeutungslos wie das Quieken einer Maus. Ich habe Distanz zu allem.

Zu allem außer meinem Zorn ... Morpheus und meine Mom verstecken beide irgendwelche Dinge vor mir.

Ich weiß nicht, wer ihr von den Mosaiken erzählt hat, aber eines *weiß* ich: Wenn Mom emotional und mental stabil genug ist, um meine blutigen Kunstwerke zu sehen, und trotzdem keinen kompletten Nervenzusammenbruch bekommt – dann ist sie nicht so zerbrechlich, wie ich dachte.

Sie und ich werden *heute* ein Gespräch über ihre Vergangenheit führen.

Ich gehe nach draußen, dankbar für den warmen Wind und die Sonne auf meinem Gesicht. Das Summen in meinem Kopf wird leiser und verklingt zu weißem Rauschen. Es ist, als seien die Insekten mit etwas anderem beschäftigt. Oder vielleicht gönnen sie mir endlich eine Atempause.

Ich gehe absichtlich den langen Weg, der gute acht Minuten dauert, daher ist der Parkplatz zu diesem Zeitpunkt fast leer. Morpheus wartet, wie er gesagt hat, neben den Mülltonnen, wo die coolen Leute nach Möglichkeit nicht ihre Autos parken.

Es sieht aus, als sei er nach unserem angeblichen Stelldichein in der Toilette ebenso zum Außenseiter gestempelt wie ich, denn auch er ist vollkommen allein. Obwohl es ihm nichts auszumachen scheint. Als er mich sieht, rückt er seine Sonnenbrille zurecht, und auf seinem geborgten Gesicht breitet sich ein spöttisches Grinsen aus.

Ich denke an den armen Finley und schaudere plötzlich bei der Vorstellung der Schrecken, die er jetzt erleben muss, wenn er in Wunderland aus seinem Rausch erwacht. Zumindest hat er Elfenbein, die ihn trösten kann.

Morpheus gestikuliert mit einem tätowierten Unterarm und zeigt auf das Auto hinter sich.

»Ein umgebauter Flügeltürenbenz«, sagt er. »Schätze, so einen hast du noch nie gesehen.«

Ich bleibe etwa einen Meter entfernt stehen. Es gibt keinen Grund, beeindruckt zu sein, denn ich bezweifle, dass er einen Cent dafür bezahlt hat. Wahrscheinlich ist er in den Kopf des Besitzers gekrochen und einfach vom Parkplatz gefahren.

Die sportliche Karosserie des Autos ist schwarz und ohne den geringsten Glanz, als hätte jemand Kohlepapier genommen und damit über die Farbe gerieben. Selbst die Radkappen und Ränder sind mattschwarz. Durch die eingefärbten Fenster sind rote

Ledersitze und Polster zu sehen. Ich tue so, als bemerke ich nicht, dass dieser Schlitten zu Morpheus passt wie die Faust aufs Auge: schauerlich schön, exzentrisch und intensiv.

Wenn ich die Wahrheit über alles aus ihm herausholen will, muss ich das Heft in der Hand haben. Morpheus blüht auf, wenn er Aufmerksamkeit bekommt, sei sie positiv oder negativ. Er genießt meinen Hass auf ihn ebenso wie meine seltenen Anfälle von Bewunderung. Was er nicht ertragen kann, ist Gleichgültigkeit. Er leidet darunter, was ihn wiederum verletzlich macht.

Also ist das genau das, was er von mir bekommen wird: vollkommenes und abgrundtiefes Desinteresse.

Ich sehe ihm ganz bewusst nicht in die Augen und starre stattdessen auf ein Funkeln mitten auf der Kapuze, wo ein Querstreifen schimmert wie polierter Onyx. Dann presse ich die Lippen zusammen, damit ich nicht anfange zu schreien, weil er die ganze Zeit über die Mosaike gehabt hat.

Nach meiner wenig begeisterten Reaktion verschwindet Morpheus' Grinsen, was mich mit Befriedigung erfüllt. Er verzieht das Gesicht und drückt einen Knopf auf dem Schlüsselanhänger.

Das Schloss klickt und springt auf. Beide Türen gleiten aufwärts, wie von einer Luftströmung getragen. Als sie ganz geöffnet sind, breiten sie sich wie Flügel in den Himmel aus. Der Wagen wirkt auf unheimliche Weise lebendig, wie eine Fledermaus im Flug ... oder eine riesige Motte.

In diesem Moment ist mein listiger Plan vergessen.

Flügel.

Morpheus lässt ein prächtiges Lächeln aufblitzen. Eine Pantomime seiner eigenen Flügel erscheint – ein hauchdünner, schwarzer Dunstschleier, beinahe wie Rauch – schlägt einen eleganten Bogen hinter ihm und überschattet die Autotüren.

»Ich lasse dich fahren, Schätzchen.« Seine tiefe Stimme durchrieselt mich, eine saftige Versuchung. Er hält mir den Schlüssel hin und zieht erwartungsvoll die Brauen hoch. Am Rand seiner Sonnenbrille leuchten die Juwelen unter seinen Augen in schwachem Gold.

Ich kann nur noch daran denken, auf einer Landstraße Tempo aufzunehmen, bis jeder Baum vorbeirauscht und Newtons Gesetz der Beschleunigung sich bestätigt, indem die Geschwindigkeit sich mir wie Betonblöcke auf die Brust legt. Dann werde ich die Fenster öffnen, damit der Wind durch mich hindurchfegen kann.

Genau wie Fliegen.

Erregung schießt durch meine Adern, beflügelt von der Dunkelheit in mir: der Dunkelheit, die so gern Jebs Motorrad fahren will, wegen der Kraft und Freiheit und Sinnlichkeit, der Dunkelheit, die die Knötchen an meinen Schulterblättern erwartungsvoll kribbeln lässt. Es ist die Seite, die ich selten herauslasse.

Vergiss Wunderland, meine verschwundenen Mosaike, Moms Lügen und Morpheus' Spielchen. In diesem Moment will das böse Mädchen spielen. Ich trete vor und schnappe mir den Schlüssel aus Morpheus' Hand. »Wohin?«, frage ich.

Er grinst. »Du entscheidest. An irgendeinen abgelegenen Ort, wo wir die Mosaike analysieren können.« Ich beiße die Zähne zusammen, bereit, mein Ass auszuspielen. »Welche Mosaike? Die, die meine Mom hat, oder die, die du versteckst?«

Er nimmt seine Sonnenbrille ab und antwortet mit einem leeren Blick. Das ist ziemlich beeindruckend. Er wirkt tatsächlich verwirrt.

»Du musst verrückt sein zu denken, ich würde nicht dahinterkommen«, sage ich. Bevor ich an ihm vorbei zum Wagen gehen kann, hält er mich am Handgelenk fest und wirbelt mich herum, sodass sich mein Rucksack an seine Brust presst.

Er zieht mich an den Riemen nah an sich heran und beugt sich vor, um zu flüstern: »Schlechter Scherz, Schätzchen.« Sein heißer Atem lässt meine Kopfhaut kribbeln. Er streift mir die Riemen von den Schultern und ich drehe mich zu ihm um.

»Erinnere dich an meinen unsichtbaren Kasten, Morpheus.« Ich verschränke die Arme vor der Brust.

»Erinnere dich an meinen menschlichen Namen, Alyssa.« Er runzelt die Stirn und schwenkt den Rucksack auf und ab, wie um abzuschätzen, was darin ist. Aus seinem Stirnrunzeln wird ein sorgenvoller Gesichtsausdruck. »Sie sind nicht hier drin.«

»Spar dir die geheuchelte Überraschung, *M*.« Ich gehe um ihn herum und setze mich ans Steuer. Das warme Leder verschafft mir ein Gefühl von Luxus und hüllt mich ein, als sei es eigens dazu geschaffen, sich um die Konturen meines Körpers zu schmiegen. Ich schnalle mich an und klemme ein Stück meines langen Rocks im Verschluss des Sicherheitsgurts ein. Ich versuche, den Rock zu lösen, aber der zusammengeknüllte Stoff blockiert den Verschluss. Aber ich weigere mich, Morpheus um Hilfe zu bitten. Ich werde mich einfach später darum kümmern.

Der Wagen riecht nach Wasserpfeifenrauch, was meinen Ärger nur vergrößert. Ich stecke den Schlüssel in die Zündung und drehe ihn, bis das Armaturenbrett aufleuchtet, dann mache ich mich mit den technischen Funktionen auf dem Display vertraut.

Nachdem er den Rucksack hinter meinem Sitz verstaut hat, hockt sich Morpheus neben mich. Seine Sohlen kratzen auf dem

Asphalt, während er den Türrahmen über seinem Kopf offen hält. »Willst du ernsthaft behaupten, die Hälfte deiner Kunstwerke sei verschwunden?«

Ich seufze und schalte das Radio ein, beobachte, wie ein Display von der Größe eines iPads angeht. »Oh, bitte. Wir wissen beide, dass du im Krankenhaus warst und spioniert hast.«

Ein alternativer Rocksong dröhnt durch die Lautsprecher. Der Rhythmus ist wild und grimmig und spiegelt meine Stimmung wider. Ich drücke auf einen Knopf, um die Lautstärke zu drosseln. »Du hast darauf gewartet, dass Mr Mason die ersten Mosaike hineinträgt. Dann hast du die anderen aus seinem Wagen geholt. Wer sonst könnte die Schlösser aufbrechen, ohne die Alarmanlage auszulösen?«

»Verflixt!«, knurrt Morpheus. Luft schießt über mich hinweg, als er sich abstützt und aufsteht. Ich beobachte, wie er auf die Beifahrerseite eilt, bis mein Blick auf den falschen Waschbärenschwanz fällt, der über dem Rückspiegel hängt. Die Streifen changieren von Schwarz und Rot nach Orange und Grau. Währenddessen baumelt er sachte in der Brise, die durch die offenen Türen kommt. Der Schwanz kommt mir vage bekannt vor. Ich will danach greifen, aber Morpheus lässt seinen langen Körper auf den Beifahrersitz fallen und schließt die Türen. Dann nimmt er seinen Hut ab und wirft seine Sonnenbrille auf das Armaturenbrett.

Ich habe nicht mal eine Chance zu reagieren, bevor er meine Finger um den Schlüssel presst und mich zwingt zu starten. Der Motor springt mit einem Dröhnen an, das mir durch Mark und Bein geht, eine gewaltige Bestie, bereit, nach meiner Pfeife zu tanzen.

Verwirrt starre ich Morpheus an.

»Wir statten deiner Mom einen Besuch ab«, sagt er. »Jetzt fahr.«

Darüber werde ich nicht mit ihm streiten. Ich will auch mit meiner Mom über die Mosaike reden. Obwohl ich mir nicht sicher bin, dass es in Morpheus' Gegenwart geschehen sollte. Selbst wenn sie weniger labil ist, als sie aussieht, weiß ich nicht, ob sie eine Begegnung mit ihm aushalten würde.

Ich rolle vom Parkplatz und fahre auf die Hauptstraße, die durch ein Wohngebiet führt. Nach ungefähr einer halben Meile mündet sie in eine Vorortsiedlung, umgeben von kurvigen, unbefestigten Straßen und Eisenbahnschienen. Es ist der lange Weg zu unserer Doppelhaushälfte.

Auf dieser Strecke werde ich genug Zeit haben, Morpheus auszufragen, warum meine magischen Kunstwerke so wichtig für ihn und den Verfall von Wunderland sind.

Die Klimaanlage pustet Luft durch mein Haar. Ich richte den Rückspiegel so aus, dass ich Morpheus auf dem Beifahrersitz im Auge behalten kann. Der Waschbärenschwanz, der die Farbe wechselt, baumelt am Rand meines Gesichtsfelds hin und her.

Ich bleibe an einer Kreuzung stehen, obwohl kein anderes Auto da ist, und richte meine ganze Aufmerksamkeit auf meinen Beifahrer. »Also, du willst mir weismachen, dass du nichts mit meinen verschwundenen Mosaiken zu tun hast.«

Er antwortet nicht. Stattdessen schaut er stur geradeaus und hält mit angespannten Muskeln seinen Hut auf dem Schoß fest. Er verbirgt eindeutig etwas. Ich starre ihn immer noch an und will wieder losfahren. Er legt eine Hand auf mein Knie, um mich daran zu hindern, und deutet vor den Wagen.

Ein Kind auf einem Dreirad fährt über die Kreuzung. Mein

Puls schießt in die Höhe, und alle Alarmglocken in mir schrillen, sodass meine Arme zentnerschwer auf dem Lenkrad liegen. Hätte Morpheus nicht eingegriffen, hätte ich diesen kleinen Jungen angefahren. Ich hätte ihn töten können.

»Ich kapiere es nicht«, flüstere ich, und mein Puls normalisiert sich langsam wieder, während der Junge sicher auf dem Gehweg davonradelt.

»Was kapierst du nicht, Schätzchen?« Morpheus richtet seinen tintendunklen Blick auf mich.

»Du hättest zulassen können, dass ich diesen kleinen Jungen überfahre. Er bedeutet dir gar nichts. Er ist einfach eine wertlose menschliche Seele. Wie Finley.«

Er setzt ein gleichgültiges Stirnrunzeln auf. »Ich wollte mein Auto nicht schmutzig machen.«

Verblüfft über seine Grausamkeit vergesse ich für einen Moment, dass ich mich an einer Kreuzung befinde. Ein Chevy hupt vor dem Stoppschild gegenüber und ich winke den Fahrer durch.

»Du kennst wirklich kein Mitgefühl, wie?« Ich schüttele den Kopf.

Im Spiegel sieht er mir in die Augen und runzelt weiter die Stirn. Seine Hand liegt immer noch auf meinem Knie, schwer und warm durch meine Leggins.

»Du kannst es jetzt nicht bleiben lassen.«

Er drückt noch einmal fester zu, bevor er die Hand zurückzieht. »Pass auf. Autofahren ist ein Privileg.«

»Wie auch immer, *Grandma M.*« Ich reibe mein Bein, um das Nachklingen seiner Berührung loszuwerden. »Ich sitze schon viel länger hinterm Lenkrad als du. Und ich bin noch nicht tot.«

Ich fahre über die Kreuzung, auf dem Weg zu der Vorortsiedlung, während ich einen Plan aushecke. Das Wissen, dass Morpheus sein Wagen mehr bedeutet als ein menschliches Leben, hat mir gerade einen Vorteil verschafft.

Ein Schild erscheint: BEZAHLBARER LUXUS: AUTUMN VINTAGE MANORS. Mehrere skelettartige Dächer ragen zu beiden Seiten einer verlassenen Baustelle in den Himmel. In der Ferne ertönt die Pfeife eines Zugs ... ein trauriges, einsames Geräusch.

»Das ist nicht der Weg zu deinem Haus.« Morpheus' Bemerkung entlockt mir ein Grinsen.

»Ja? Nun, ich habe beschlossen, ein kleines Spiel zu spielen«, sage ich, um ihn zu ködern. »Du hast mir immer erzählt, Spiele machten Spaß.« Auf der ersten unbefestigten Straße beschleunige ich das Tempo.

Morpheus schnallt sich an und hält sich am Armaturenbrett fest. Seine Knöchel treten weiß hervor. »Dieses Spiel gefällt mir nicht besonders.« Die Juwelen unter seinen Augen blitzen schwach – ein tiefes Türkis, die Farbe der Unruhe.

Ich gebe mehr Gas. Der Zeiger des Tachos schnellt in weniger als einer Minute von knapp vierzig Stundenkilometer auf über hundert. Staub wirbelt auf. Ich bin unzählige Male mit Jeb auf dem Motorrad diese Straße entlanggefahren. Hier ist nur selten Polizei unterwegs. Die Straße führt mehrere Meilen lang pfeilgerade auf die Eisenbahngleise zu. Eine perfekte Strecke, um zu rasen wie eine Irre. Ich trete das Gaspedal durch. Die Tachonadel zeigt hundertdreißig.

»Verdammt, Alyssa!« Morpheus umklammert mit einer Hand die Konsole und mit der anderen die Tür. »Sei vorsichtig!«

Wir fahren durch ein Schlagloch und der Wagen hüpft nach

oben. Während wir uns auf dem Schotter drehen, schlägt mein Magen Purzelbäume. Mein Dad hat mir beigebracht, wie man auf Eis fährt, und dieses Training kommt mir jetzt zugute. Binnen Sekunden habe ich den Wagen wieder unter Kontrolle.

Als ich Morpheus nach Luft schnappen höre, versuche ich, mir ein Grinsen zu verkneifen. Mein Fuß wird schwerer und wir fahren durch ein weiteres Schlagloch. Die vordere Stoßstange neigt sich, während wir durch hohes Gras rasen. Disteln kratzen über die Unterseite des Wagens wie Fingernägel, während wir über die unebene Oberfläche holpern.

Morpheus schreit auf.

Sobald wir wieder auf der Straße sind, erhasche ich im Rückspiegel einen Blick auf ihn. Sein geliebter Hut ist zwischen seinen Fäusten und seiner Brust zerdrückt. Wenn ihn die Dellen so sehr bekümmern, warum hat er mich nicht an den Rand fahren lassen, um den Schlüssel zu übernehmen?

Dann wird es mir klar: Es ist nicht Sorge um das Auto. Es ist blankes Entsetzen.

Das ist der Grund, warum er andere den Mercedes fahren lässt: Er hat Angst davor, es selbst zu tun. Während er sich als Finley ausgibt, kann er seine Flügel nicht benutzen und sich nicht in eine Motte verwandeln. Nicht ein einziges Mal musste er sich auf irgendetwas anderes als sich selbst verlassen, wenn es um Fortbewegung ging, aber im Auto hat er keine Kontrolle über seine Schwungkraft. Für ihn fühlt es sich wahrscheinlich so an, als sei er in eine Blechbüchse gesperrt, die einen Abhang hinunterpurzelt, und er kann nichts tun, um sie zu aufzuhalten. Also ... besser das Fahren jemandem zu überlassen, der weiß, was er tut.

Zum ersten Mal, seit ich mich erinnern kann, fühlt sich Morpheus total fehl am Platz. Zum ersten Mal, seit ich mich erinnern kann, bin *ich* diejenige, die die Kontrolle hat.

In all diesen Jahren hat er mich aufgezogen und gedrängt, wenn wir fliegen gegangen sind. Jedes Mal hat er mich gezwungen, schauerlichen Kreaturen und furchteinflößenden Situationen ins Auge zu sehen, bis ich vor Angst gelähmt war. Er hatte kein Erbarmen.

Es wird Zeit, die Karten auf den Tisch zu legen und Antworten zu verlangen.

Ich drücke aufs Gas und lächele – wie die Grinsekatze.

Braune Steinchen spritzen gegen die Fenster und Seiten des Autos – so laut wie erbsengroße Hagelkörner. Ich schalte die Scheibenwischer ein, um sie von der Windschutzscheibe zu entfernen, und stoße einen Jubelschrei aus.

»Dieser Wagen ist spektakulär! Stimmt's, Morpheus? Genau wie Fliegen, stimmt's?«

Er verkrampft sich neben mir und versucht, seine Panik zu verbergen. Ich sehe ihn an und er ist praktisch grün im Gesicht – selbst die Juwelen unter seiner Haut funkeln in einem eitrigen, kränklichen Farbton.

»Was ist los? Ist der Magen ein wenig empfindlich? Hast du nicht immer gesagt, die Kicks ließen dich spüren, dass du lebst?«

»Verflucht! Würdest du bitte aufpassen, was du tust!«, kreischt er über das Pfeifen des Zugs, das immer näher kommt.

Lachend richte ich meine Aufmerksamkeit wieder auf die Straße, die an der nächsten Gabelung über die Bahngleiskreuzung direkt in mein Viertel hineinführt. »Ich sag dir was. Unter zwei Bedingungen werde ich es für den Rest des Wegs schön ruhig angehen lassen. Erstens, du wirst Jeb die Wahrheit über den Vorfall heute in der Mädchentoilette sagen. Und zweitens will ich die Wahrheit über meine Mosaike erfahren. Sonst ...« Ich trete aufs Gaspedal und der Wagen macht einen Satz nach vorn.

»In Ordnung.« Mit zitternden Fingern zerquetscht er seinen Hut.

»Beide Bedingungen werden erfüllt. Schwöre es.«

Er presst sich eine Hand auf die Brust, wiederholt meine Bedingungen und beendet den Schwur dann mit einem geknurrten: »Bei meiner Lebensmagie.«

»Perfekt. Also, was ist mit den Mosaiken?«

Er schlägt sich mit seinem Hut auf den Oberschenkel. »Glaubst du wirklich, ich sei der Einzige, der unbemerkt eine eingeschaltete Alarmanlage überlisten kann? Jemand anders will die Mosaike ebenso sehr wie wir. Sie wird alles tun, um sie zu bekommen.«

»Sie?« Ich schüttele den Kopf und verlangsame auf fünfundsechzig Stundenkilometer. »Meine Mom? Aber sie war in meinem Krankenhauszimmer. Wie könnte sie ...?«

Morpheus legt den zerknüllten Hut auf seinen Schoß und wirft mir einen funkelnden Blick zu, gegen den glühende Lava gar nichts ist. Dann schaut er zu dem Schlüssel um meinen Hals.

»*Rot*«, murmele ich, und bei dem Gedanken pochen meine Schläfen. »Sie ist hier. Sie ist in der Menschenwelt.«

10

Spiegel, Spiegel

Morpheus sieht wieder so aus, als sei ihm übel, aber diesmal hat es nichts mit meiner Fahrweise zu tun.

»Wenn Rot tatsächlich hier ist«, sagt er, »ist die Lage schlimmer, als ich dachte. Beide Königreiche haben die Portale gegen sie bewacht. Damit sie hindurchgelangen konnte, muss sie einen der Paläste eingenommen haben – entweder den Roten oder den Weißen. Was alles aus dem Gleichgewicht bringt. Und wenn sie einen Teil von dem gesehen hat, was du weißt, wird sie den Rest dieser Mosaike wollen, um das Rätsel vollends zu lösen. Wir müssen verhindern, dass sie sie bekommt. Wir dürfen nicht zulassen, dass sie deine Visionen als Erste sieht.«

Ich zwinge mich, nach vorn zu schauen und nur sporadisch in den Rückspiegel zu spähen. »Meine *Visionen?* Wovon redest du?«

Er knirscht mit den Zähnen, und die Narbe an Finleys Schläfe bewegt sich. »Da du die Letzte der königlichen Linie Rots warst, die gekrönt wurde, fließt die Magie der Krone jetzt durch dein Blut und durch deins allein, selbst wenn du sie nicht trägst. Diese Kraft ist auf ihrem Höhepunkt, wenn dein Königreich bedroht wird – sie hat die Fähigkeit, dir die Zukunft zu zeigen. Durch den Krieg, der sich in Wunderland zusammenbraut, quillt die Magie über. Dein Blut kann sie nicht länger in Schach halten, und es hat mit den Glassteinen als Rezeptoren eine Möglichkeit gefunden, seine eigenen Wege zu gehen. Diese Mosaike, die du gemacht hast, sind wie in Glas gegossene Visionen. Und Rot will nicht, dass du sie vor ihr enträtselst. Sie befürchtet, dass du sie gegen sie verwendest, genauso, wie sie es umgekehrt tun könnte.«

Ich umklammere das Lenkrad so fest, dass ich es beinahe verreiße. »Also, wenn sie mein Blut bekommen kann, kann sie ihre eigenen Mosaike machen und sie lesen?«

»Nein. Die Magie wählt immer einen Weg, der einzig zum Träger der Krone passt. Für dich ist es ein künstlerischer Ansatz. Rot ist ein reinblütiger Netherling; ihr fehlt die Fähigkeit, ihrer Fantasie und ihrem Unterbewusstsein freien Lauf zu lassen. Du bist zum Teil menschlich und Künstlerin. Schöpferisches liegt in deiner Macht. Es ist eine Macht, die sie begehrt, die sie aber niemals haben wird. Es sei denn, sie stiehlt, was du bereits gemacht hast, und es gelingt ihr, es zu deuten …«

Es schnürt mir die Kehle zu, während ich in die Schotterstraße abbiege. Unsere Doppelhaushälfte liegt einen knappen Kilometer entfernt auf der anderen Seite der Bahngleise.

»Deshalb würde sie alles tun, um sich die Mosaike unter den Nagel zu reißen«, antworte ich von Grauen erfüllt.

Morpheus nickt. »Verstehst du jetzt, warum wir zu dir nach Hause müssen?«

In diesem Moment senken sich langsam die Bahnschranken und die Alarmglocke ertönt.

Meine Absicht, es »schön ruhig angehen« zu lassen, ist praktisch vergessen. Ich drücke das Gaspedal bis auf den Boden durch, entschlossen, vor dem Zug über die Gleise zu kommen und zu Mom zu gelangen, so sehr bange ich um ihre Sicherheit.

Der Motor heult auf, und der Wagen schießt mit Vollgas nach vorn, bis ein lautes Klopfen zu hören ist. Wackelnd und stotternd kommt der Motor zum Stillstand – und der Mercedes bleibt mitten auf den Bahngleisen stehen.

Die Lichtmaschine springt an. »O nein«, flüstere ich. »Nein-nein-nein.« Ich drehe den Zündschlüssel und gebe Gas. Nichts passiert.

»Starte den verdammten Wagen«, sagt Morpheus mit einem verzweifelten Blick aus dem Beifahrerfenster, wo der Güterzug auf uns zurast.

Ich drehe immer wieder den Schlüssel, doch der Motor will nicht anspringen.

»Mach was!«, brüllt er.

»Ich kann nicht! Ich – ich weiß nicht, was los ist!«

Die Zugpfeife schrillt, nicht mehr einsam, sondern unheilverkündend.

»Steig aus!« Morpheus löst seinen Sicherheitsgurt. Mit steifen und zitternden Fingern versuche ich, das Gleiche zu tun, aber mein Rock ist immer noch im Sicherheitsgurt verheddert und blockiert den Öffnungsmechanismus.

Ich schluchze, und jeder Muskel spannt sich an, als ich mit meinem ganzen Körpergewicht an dem Stoff zerre. Morpheus zwängt sich zwischen Konsole und Sitz. Zuerst versucht er, den Rock zu zerreißen. Als das nicht funktioniert, brüllt er mir zu, dass ich ihn ausziehen soll.

»Der Reißverschluss ist auch eingeklemmt ...« Mir ist übel von der Erkenntnis, dass wir gleich beide sterben werden. »Wir haben keine Zeit!«

Knurrend legt er seine Hand auf meine, und wir drücken zusammen auf den Knopf, aber er gibt nicht nach. »Benutz deine Magie, Alyssa!«

Meine Gedanken rasen, und ich versuche, mir irgendetwas vorzustellen, das uns aus dieser Lage befreien könnte. Aber Panik breitet sich in meinem ganzen Körper aus und macht alles Denken unmöglich. Ich zittere und schlage mit der Stirn gegen seine Schulter. »Geh einfach!« Der schrille Schrei aus meiner Kehle übertönt die Pfeife des Zugs.

Der näher kommende, dröhnende Zug lässt die Karosserie des Wagens vibrieren, und ich schreie Morpheus zu, dass er sich retten solle.

Dann schwinden alle Vernunft und jedes Gefühl. Der Zug scheint nur Meter entfernt zu sein, aber das einzige Geräusch, das ich höre, ist mein Puls, der in meinen Ohren rast. Selbst als Morpheus die Worte »*Hilfe Chessie!*« ruft, ist es, als rede er unter Wasser.

Ich blinzle und sehe den Waschbärenschwanz – jetzt orange und grau –, wie er im Rückspiegel verschwindet. Ein lautes Scheppern ertönt unter der Motorhaube. Die Maschine erwacht brüllend zum Leben. Meine Hände liegen erstarrt auf dem Lenkrad, und ich bin zu benommen, um mich zu bewegen. Der Zug kommt näher und ist nur noch Meter entfernt.

Morpheus schiebt sein Bein über meins und gibt Gas. Die Räder drehen sich und katapultieren uns von den Schienen auf die Straße. Der Zug donnert vorbei und verfehlt uns bloß um Sekunden. Die Pfeife ertönt immer noch.

Morpheus nimmt den Fuß vom Gas und zieht die Handbremse. Der Mercedes läuft leise im Leerlauf. Keiner von uns bewegt sich. Er presst sich noch immer an meine rechte Seite, seine Hände über meinen auf dem Lenkrad, sein rasselnder Atem neben meinem Ohr. Geräusche, Wahrnehmungen und Licht kommen in gesteigerter Intensität zurück, zu lebendig, zu grell.

Auch Gefühle kehren zurück: verzögertes Entsetzen, Verwirrung, Bedauern ... zu viel, zu schnell. Ich zittere und bin außerstande, meine Tränen zurückzuhalten.

Morpheus legt den Arm um mich. »Du bist okay, kleine Blüte«, sagt er, den Mund dicht an meinem Ohr. »Kannst du fahren?«

Schniefend nicke ich.

»Gut.« Er rutscht zurück auf seinen Sitz, dann packt er mein Kinn, um mich zu zwingen, ihn anzusehen. »Beim nächsten Mal erwarte ich, dass du einen Ausweg findest. Einen *Netherlings*-Ausweg.«

Meine Tränen tropfen auf seine Hand und verschmieren sie mit Make-up.

»Du hast mich nicht verlassen«, murmele ich ungläubig. »Ich dachte, du würdest mich verlassen.«

Er gibt mein Gesicht frei und schaut durch das gegenüberliegende Fenster, während er die Hand an seiner Jeans reibt, um meine Wimperntusche abzuwischen. »Unsinn, ich bin wegen des Wagens geblieben.«

Bevor ich antworten kann, sickert ein orangefarbener Nebel aus der Belüftungsanlage. Ein Grinsen, das ich aus meinen Wunderlanderinnerungen wiedererkenne, erscheint im Dunst.

»Chessie?«, frage ich. Der Rest der hamstergroßen Kreatur materialisiert sich, und sie sieht genau so aus, wie ich sie in Erinnerung habe: das Gesicht eines Kätzchens, die Flügel eines Kolibris und der Körper eines orangegrauen Waschbären. Sie flattert zum Armaturenbrett und hockt dort, leckt sich das Öl und die Fettflecken aus dem flauschigen Fell wie ein Eichhörnchen, das sich putzt.

Ich schüttele den Kopf. »Warte ... du warst das also? Du bist hineingekrochen und hast den Motor repariert?«

Sie niest, dann zwinkert sie mit einem ihrer großen, grünen Augen in meine Richtung.

»Chessie hat eine Begabung fürs Skizzieren«, erklärt Morpheus sachlich und schaut dabei immer noch durchs Fenster. »Sie kann eine Situation meistern, indem sie im Geiste ein Schaubild macht und dann die beste Lösungsmöglichkeit herausarbeitet. Sie sieht Dinge, die wir Übrigen nicht sehen können, und dann bringt sie sie in Ordnung.«

Mit einem Rauschen ihres Schwanzes huscht Chessie zurück an ihren Platz am Rückspiegel. Ihre obere Hälfte verschwindet und sie sieht wieder aus wie Autoschmuck.

Ich wische mir verschmierte Tränen von den Wangen. »Kannst du noch weitere blinde Passagiere aus dem Ärmel schütteln?«, frage ich Morpheus.

Er klopft die Dellen aus seinem Hut und zieht die Brauen zusammen. »Ich fürchte, dass ich nicht genug mitgebracht habe. Wenn es eines gibt, worin Netherlinge gut sind, dann ist es das Aufräumen mit Schwierigkeiten.«

»Tja, sie sind auch ziemlich gut darin, welche zu machen«, erwidere ich.

»Stimmt. Einige sind gut darin, sehr *große* Schwierigkeiten zu machen.« Er sieht mich vielsagend an und legt seinen Sicherheitsgurt wieder an. »Da fallen mir tödliche Verkehrsunfälle ein.

Sei diesmal ein wenig vorsichtiger. Tot werden wir deiner Mom oder Wunderland keine Hilfe sein.«

Obwohl ich erschüttert bin, schaffe ich es, uns nach Hause zu bringen. Als wir in die Einfahrt einbiegen, stelle ich erleichtert fest, dass alles normal und friedlich aussieht, zumindest von außen.

Wieder einmal versuche ich, mich bei Morpheus für seine Tapferkeit auf den Gleisen zu bedanken, aber er tut meinen Dank ab, wie er es während der ganzen Fahrt hierher getan hat: »*Ich bin wegen des Wagens geblieben.*«

Ich weiß es besser. Es ist nicht das erste Mal, dass er etwas Selbstloses für mich getan hat. Und ich gehe davon aus, dass er auch nicht zulassen konnte, dass ich an dem Stoppschild den kleinen Jungen überfahre, weil er eine weiche Seite an sich hat, die er nicht gern zeigt.

Wenn er doch nur beständig wäre – statt mein Bild von ihm immer wieder auf den Kopf zu stellen.

Ich schalte die Zündung aus und berühre Chessies hin und her baumelnden Schwanz. »Du darfst hereinkommen, wenn du dich versteckt hältst.«

Das Büschel Fell wickelt sich um meinen Finger wie eine behaarte Schlange, drückt zu und lockert sich dann. Die Geste schenkt mir Wärme und Frieden.

»Sie braucht keine Einladung«, spottet Morpheus. »Wenn sie hineingehen will, wird niemand in der Lage sein, sie draußen zu halten.«

Ich will meinen Sicherheitsgurt lösen. »Ich stecke immer noch fest.«

Morpheus rutscht näher heran und ergreift meine Hand. »Wollen wir versuchen, den Rock herunterzuziehen?«, fragt er herausfordernd. »Diesmal haben wir die Muße, es richtig zu machen.«

Ich bin mir nicht sicher, ob die versteckten Anspielungen alle beabsichtigt sind, aber weil es Morpheus ist, nehme ich an, sie sind es.

»Vergiss es. Ich werde mich selbst darum kümmern.« Ich versuche, mich loszureißen, aber er leitet meine Hand zu dem Sicherheitsgurt. Dann legt er meine Finger um den Autoschlüssel und benutzt den Bart des Schlüssels, um meinen Rock aus dem Verschluss zu lösen, während er den Knopf bedient. Nach zwei Minuten springt der Stoff heraus, zerknittert, aber noch zu retten.

»Danke«, flüstere ich.

»War mir ein Vergnügen.« Er sieht mir in die Augen und führt meine Hand an die Lippen, dann dreht er sie um. Er atmet über meine Haut – so sanft und nah, dass meine Adern schmerzen. In letzter Sekunde öffnet er meine Finger, nimmt die Schlüssel und lässt meine Hand fallen. Bevor ich mich orientieren kann, ist er zurück in seinem Sitz.

Ich drücke mit dem Daumen auf meinen zerknüllten Rock und wünschte, ich könnte meine Gefühle ebenso leicht glatt bügeln wie den Stoff.

»Hör mal …« Ich finde meine Stimme wieder. »Es tut mir leid, dass ich dich mit meiner verrückten Fahrweise erschreckt habe. Ich hätte nicht so mit deinen Ängsten spielen sollen.«

Er öffnet seine Tür. Als sie emporgleitet, stellt er die Füße auf den Boden und schaut über die Schulter.

»Du möchtest dich entschuldigen?« Er grinst. »Wofür denn das? Jeder hat irgendetwas, das gegen ihn verwendet werden kann. Du hast dein angeborenes Mitgefühl unterdrückt und *meine* Schwäche ausgenutzt, um zu bekommen, was du von mir haben wolltest. Gut gemacht. Du bist deinen Instinkten gefolgt und hast deine Hemmungen überwunden, ohne dass ich es dir beibringen musste. Das ist gut. Denn du wirst Rot nur besiegen, wenn du lernst, gnadenlos zu sein. Mitgefühl hat auf einem Schlachtfeld nichts zu suchen … sei es magisch oder nicht magisch.« Er erhebt sich aus dem Wagen. Dann schwankt er leicht, als müsse er sich nach den dramatischen Ereignissen erst wieder richtig zurechtfinden. »Du weißt, wie du mich manipulieren kannst, und ich weiß, wie ich dich manipulieren kann. Auf diese Weise sind wir quitt.«

Nein. Wir werden niemals quitt sein.

Wir werden immer versuchen, einander zu übertreffen. Ich werde es nicht laut aussprechen, ebenso wenig, wie ich zugeben werde, dass es mir so sehr gefällt … dass irgendeine ursprüngliche, machtvolle Seite von mir die Herausforderung ersehnt und immer ersehnt hat.

»Warte.« Ich steige aus dem Mercedes, schnappe mir meinen Rucksack und betätige die Fernbedienung, um die Türen zu schließen. »Bevor wir zu meiner Mom gehen, müssen wir unsere Geschichte abstimmen. Du bist ein Austauschschüler. Du interessierst dich für meine Kunst. Auf diese Weise werden wir die Rede auf die Mosaike bringen, die sie hat.«

Die Unterarme auf das Dach des Autos gestützt, starrt er zu mir herüber. Unter seinen dunklen Augen glitzern im Schatten seines Huts schwach die Juwelen. »Und was ist, wenn sie die Wahrheit unter der Maske sieht? Sie ist deine Blutsverwandte.«

»Wir werden damit fertig«, antworte ich, obwohl ich weiß, dass es nicht so einfach sein wird.

Wir gehen zur Garage, aber ein Ruf von nebenan hält uns auf.

»Hey.« Jen kommt herbeigejoggt, über der einen Schulter eine Kleiderhülle, über der anderen einen Nähbeutel. Ich habe vollkommen vergessen, dass wir vorhatten, noch letzte Änderungen an dem Ballkleid vorzunehmen, das sie für mich genäht hat. Sie mustert Morpheus von Kopf bis Fuß. »*M?*«

Sie wirkt verwirrt, aber nicht sauer, was bedeutet, dass sie noch nichts von unserem angeblichen Stelldichein gehört hat.

»Hey, Jen.« Ich spiele mit dem Riemen des Rucksacks auf meiner Schulter und halte den Blick von Morpheus abgewandt. »Hast du meine Nachricht bekommen?«

»Oh, tut mir leid«, antwortet sie. »Mein Handy hat in der Mittagspause den Geist aufgegeben. Ich lade den Akku gerade auf.« Sie richtet ihre Aufmerksamkeit wieder auf Morpheus, mit vor Neugier funkelndem Blick.

»Guten Tag, Grünauge.« Er tippt sich an den Hut und schenkt ihr ein überwältigendes Lächeln.

»Ehm, hey.« Als sie sich wieder zu mir umdreht, sind ihre Wangen genauso rosa wie ihr Haar. »Wollte mein Bruder dich nicht heute abholen?«

Zumindest brauche ich keine Ausrede zu erfinden und noch mehr zu lügen als ohnehin schon. »Die Zeitschrift hat den Termin für das Interview verschoben. Mor … *M* hat angeboten, mich zu fahren. Er ist ein alter Freund der Familie.« *Alt* ist eine Untertreibung – und *Freund?* Das trifft es nicht ganz. »Ich meine, seine Familie kennt unsere seit Jahren.« *Plagt* sie seit Jahren, käme der Sache näher. Ich senke den Blick. »Ich habe ihn mitgebracht, damit er meiner Mom Hallo sagen kann, okay?«

»Was ist los mit dir?«, fragt Jen. »Du benimmst dich, als hätte ich euch zwei ertappt, wie ihr in seinem Auto rummacht.«

Morpheus lacht. »Timing ist wirklich alles, nicht wahr?«

»Was soll das heißen?« Jen dreht sich zu ihm um.

Morpheus hält meinen Blick fest. »Wärst du nur ein paar Minuten früher gekommen, hättest du uns erwischt. Ich hatte meine Hände in Alyssas Rock.«

Jen wirft Morpheus einen Blick zu, der töten könnte, dann betrachtet sie stirnrunzelnd die Knitterfalten um den Reißverschluss meines Rocks. »Was ist los, Al? Warum siehst du so chaotisch aus?«

Ich unterdrücke den Impuls, Morpheus zu boxen. »Ich habe erfahren, dass Mr Mason drei meiner Mosaike verloren hat«, sage ich, um Jen zu beruhigen, die anklagend die Stirn runzelt. »Ich war aufgebracht.« Zur Betonung meiner Worte wische ich über die getrockneten Spuren meiner Wimperntusche.

Jens Gesichtsausdruck wird ein klein wenig weicher und sie tupft mit dem Daumen auf die verschmierte Schminke. »Aber was hat das mit deinem Rock zu tun?«

Ich funkele Morpheus so zornig an, dass meine Augen glühen. Es ist meine eigene Schuld. Ich habe ihm das Versprechen abgenommen, die Dinge zwischen mir und Jeb in Ordnung zu bringen, aber nicht die zwischen mir und Jenara. Was bedeutet, dass er immer noch sie benutzen kann, um meine Welt aus den Angeln zu heben. »Der Rock ist im Sicherheitsgurt stecken geblieben, und M musste mir helfen, ihn herauszuziehen.«

»Oh.« Jenara schnaubt. »*Hände in ihrem Rock.* Verdammt, das ist zum Brüllen komisch.« Ihr Sarkasmus hat Schärfe, als sie sich wieder zu Morpheus umdreht. »Wenn ich dir einen Rat geben darf. Diesen Scherz würde ich nicht in Jebs Gegenwart machen. Er hat nicht meinen Sinn für Humor ... tatsächlich bevorzugt er es, zuerst zuzuschlagen und später Fragen zu stellen.«

»Ich bin mir seiner überfürsorglichen Tendenzen bewusst«, erwidert Morpheus.

»Wie das?«, fragt Jen, die sich die Kleiderhülle wie eine Federboa um den Hals schlingt. »Du bist meinem Bruder nur ein einziges Mal begegnet. Und das war kein besonders guter Tag. Al wäre fast ertrunken.«

Morpheus nimmt seinen Hut ab und zwirbelt die Krempe in den Händen, eine unterwürfige Geste. Er macht seine Sache wunderbar; nur ich weiß, dass er sich verstellt. »Natürlich. Was ich gesehen habe, waren Fürsorge und Anteilnahme.« Morpheus streift mich mit einem Blick. »Es ist offensichtlich, dass er für sie bis ans Ende der Welt gehen würde.«

Vor Sehnsucht schnürt es mir die Kehle zu. »Und ich würde das Gleiche für ihn tun.«

»Deshalb passt ihr zwei so toll zusammen.« Jen lächelt und hakt sich bei mir unter, wieder meine coole beste Freundin. »Also, bist du darauf gefasst, das Kleid zu sehen? Frisch aus der Reinigung und bereit für den Feinschliff.«

Morpheus setzt sich den Hut wieder auf und zupft ihn vollkommen entspannt zurecht. Wie kann er so ruhig sein? Dass Jen hier ist, macht alles noch komplizierter. Ich werde meine Mom so lange bearbeiten müssen, bis sie mir die Lüge abnimmt, dass Morpheus ein Freund der Familie sei. Dafür werde ich ehrlich sagen müssen, wer er ist. Ich werde die Gefahr, die Königin Rots mögliche Anwesenheit in unserer Welt darstellt, und meine mangelnde Vorbereitung auf den Kampf mit ihr übertreiben müssen, und bin jetzt schon mit meiner Weisheit fast am Ende.

Schweißperlen bilden sich auf meiner Stirn, als ich zur Garage gehe und den Code in die Tasten tippe. Morpheus hält inne, um die Eimer voller Gartenutensilien zu betrachten.

Jen bleibt neben ihm stehen. »Al hat diese Eimer als Fallen für die Insekten benutzt, die sie für ihre Mosaike brauchte. Damals, bevor sie angefangen hat, mit Glassteinen zu arbeiten.«

Morpheus antwortet nicht, sondern starrt nur auf die Eimer. »Weißt du, die sind nicht annähernd so bequem, wie sie aussehen«, sagt er mit einem säuerlichen Gesichtsausdruck.

Er spielt auf die Nacht an, die er vor einem Jahr als Motte in einem dieser Eimer verbracht hat, aber das kann Jen unmöglich wissen.

Sie kichert. »Wirklich? Haben die Insekten dir das erzählt? Redest du mit ihnen?«

»Sie haben es ohne Zweifel Alyssa erzählt«, antwortet er, »aber sie hat beschlossen, nicht hinzuhören.«

Jen lacht.

Mein Gesicht brennt, als mehrere der in der Garage versteckten Insekten einstimmen, um mich auszuschimpfen:

Wir haben es ihr erzählt, und ob wir es ihr erzählt haben ...
Sie hört nie zu. Selbst jetzt versuchen wir immer noch, ihr zu sagen ...
Die Blumen, Alyssa. Du willst ebenso wenig wie wir, dass sie gewinnen.
Du bist eine Königin ... Halte sie auf.

Ich dachte, die Insekten und die Blumen spielten im selben Team. Zusammen waren sie jahrelang meine Verbindung zu Wunderland. Und jetzt streiten sie miteinander?

Es muss etwas mit Rots Wutanfall zu tun haben.

Jen rückt heran und tritt durch die Garage ins Wohnzimmer. Morpheus tippt sich mit einer aufreizenden Geste an den Hut, dann lässt er mich durch die Tür vorangehen.

Es ist eine Erleichterung, die Insekten auszusperren, aber das Gefühl ist nur von kurzer Dauer, als ich bemerke, dass das Wohnzimmer leer ist. Modrige Feuchtigkeit dringt aus der Klimaanlage. Die Holzvertäfelung lässt den Raum klein und dunkel erscheinen. Saubere Handtücher und Waschlappen warten auf Dads Lieblingsstuhl darauf, zusammengefaltet zu werden – es ist ein zerlumpter Sessel aus Cord mit Gänseblümchenaufnähern, in dem meine Mutter früher ihre Wunderlandschätze versteckt hat. Die sind jetzt schon seit einer Weile verschwunden, alle bis auf die Bücher von Lewis Carrol in meinem Schlafzimmer.

»Mom?« Ich lasse meinen Rucksack auf den Boden fallen und spähe in die Küche. Der Duft von Schokoladenkeksen weht von den Blechen auf der Theke herbei.

»Ich frage mich, wo sie ist«, sage ich geistesabwesend, aber meine Gäste sind nach hinten in den Flur gegangen, wo meine Insektenmosaike die Wand schmücken.

Dad hat sie aufgehängt, nachdem sie auf dem Jahrmarkt mit Preisen ausgezeichnet worden waren. Jetzt weigert er sich, sie abzunehmen, ganz gleich, wie oft Mom und ich ihn darum bitten. Er ist extrem sentimental, und wir können unsere Abneigung gegen die Kunstwerke nicht erklären, also setzt er sich immer durch.

»Ich hab dir doch gesagt, dass sie begabt ist«, sagt Jen und rückt die Riemen der Tasche auf ihrer Schulter zurecht.

Morpheus nickt schweigend.

Jen schlendert zu ihrem Lieblingsstück hinüber: *Winterlicher Herzschlag*. Schleierkraut und silbrige Glasperlen bilden die Form eines Baums. Am Ende eines jeden Zweigs sind als i-Tüpfelchen getrocknete Stechpalmenbeeren, sodass es aussieht, als bluteten die Zweige. Als Hintergrund dienen glänzende schwarze Grillen.

Morpheus klopft sachte gegen die Beeren, als zähle er sie. »Sieht so aus wie etwas aus einem herrlichen Traum.« Er schaut mich über die Schulter an. In seiner Stimme schwingen Stolz und Sehnsucht nach der Vergangenheit mit.

Genau dieser Baum steht in Wunderland, bedeckt mit Rinde aus Diamanten und mit Rubintröpfchen an den Zweigen. Morpheus hat mich, als wir beide Kinder waren, in einem Traum dorthin mitgenommen. Ich habe das Bild Jahre später angefertigt, wahrscheinlich als Verarbeitung unbewusster Erlebnisse.

All meine Mosaike repräsentieren Landschaften aus Wunderland und verdrängte Momente mit Morpheus. Zweifellos stärkt es sein Ego zu wissen, dass er meine Kunst inspiriert. Oder mich *heimsucht*. *Heimsuchen* trifft es besser.

»Okay. Komm schon, Al.« Jen geht in mein Schlafzimmer. »Morgen ist der Schulball. Das Kleid wird nicht von allein fertig werden.«

Bevor ich ihr folge, strecke ich den Kopf in das Zimmer meiner Eltern. Mom ist weder dort noch im Elternbadezimmer. Es ist merkwürdig. Ihr Parfum liegt in der Luft, als sei sie vor Minuten noch hier gewesen. Sie ist immer zu Hause, wenn ich aus der Schule komme. Sie fährt nicht selbst Auto, also müsste sie jemand abgeholt haben.

Oder schlimmer noch – jemand hat sie gezwungen, das Haus zu verlassen.

Ich gebe Morpheus ein Zeichen. Er streicht mit einer Fingerspitze dicht oberhalb der blauen Schmetterlinge über das Mosaik *Mörderisches Mondlicht*, sorgfältig darauf bedacht, keinen davon zu berühren, vollkommen versunken in seine Betrachtung, bis ich mich räuspere.

Er schaut auf. »Brauchst du irgendetwas, Schätzchen?«

Ich werfe einen Blick zurück in mein Zimmer. Jen öffnet ihre Tasche und legt Maßband, Nähkreide, einen Fingerhut und eine Schachtel mit Stecknadeln auf mein Bett. Als ich mich wieder zu Morpheus umdrehe, ist er bereits zu dem letzten Insektenmosaik weitergegangen.

»Rot ist nicht hier gewesen«, sagt er, bevor ich meine Sorge auch nur in Worte fassen kann. »Alles ist viel zu aufgeräumt. Du weißt, wie viel Chaos sie verbreitet. Außerdem möchte sie in deinen Geist schauen. Hätte sie dein Haus gefunden, wären diese Meisterwerke bereits fort.«

Das beruhigt mich für einen Moment. Aber ich kann mich immer noch nicht dazu durchringen, ihn allein zu lassen. »Morpheus«, flüstere ich.

Er sieht mich abermals an.

»Bring hier draußen nichts durcheinander. Versprich es.«

Er runzelt die Stirn, als sei er gekränkt über diese Andeutung. »Ich schwöre es. Lenk deine Freundin ab und ich werde mich umschauen. Vielleicht hat deine Mom ja einen Zettel hinterlassen.«

Zögernd lasse ich ihn allein, damit er das Haus erkunden kann, und trete in mein Zimmer, dann schließe ich die Tür, um ungestört zu sein. In dem Sonnenlicht, das durch meine schrägen Fensterläden strömt, tanzen Staubpartikel. Alles ist an seinem Platz: mein Drehspiegel in der Ecke, Jebs Gemälde an den Wänden, meine Aale, die in ihrem leicht brummenden Aquarium umhergleiten. Doch die Härchen in meinem Nacken wollen sich nicht legen. Moms Parfum ist hier drin stärker als überall sonst im Haus. Es ist beinahe so, als stünde sie vor mir, aber ich kann sie nicht sehen.

Ich schaudere.

»Ja, das war auch meine Reaktion.« Jen grinst, während sie das Kleid aus seiner Hülle zieht. »Es ist noch besser geworden als das in dem Film, stimmt's?« Sie schmiegt sich das Kleid um den Oberkörper.

Das Kleid ist genauso, wie ich es mir vorgestellt habe, und ich stoße einen bewundernden Seufzer aus.

Als Jen und ich Ideen für unsere »Märchen«-Kostüme zum Schulball gesammelt haben, wusste ich eins ganz genau: Ich würde kein prunkvolles Prinzessinnengewand tragen oder irgendein paillettenbesetztes hautenges Tinkerbell-Outfit.

Meine Gedanken sind immer wieder zu einem Kleid aus einem kitschigen Horrorfilm mit dem Titel *Zombie Brides in Vegas* zurückgekehrt, den Jeb, Corbin, Jenara und ich zusammen gesehen haben. Das Gewand war zart und rückenfrei mit einem maßgeschneiderten Mieder und fließendem Rock – elegant zerfranst und mit bläulich grauem Grabesmoder befleckt. Es gefiel mir auf eine Art, die ich nicht erklären konnte.

Als meine Komplizin bei allen Dingen, die morbid und schön sind, hat Jen darauf bestanden, es nachzuschneidern. Einige Bilder, die wir online gefunden haben, dienten als Vorlage für mehrere Zeichnungen. Die hat sie dann unserer Chefin im Second-Hand-Laden gegeben. Persephone hat damals, wenn sie auf Einkaufstour war, um unser Lager zu füllen, bei Haushaltsauflösungen nach ähnlichen Hochzeitskleidern gesucht, und schließlich eins für zwanzig Dollar gefunden: trägerlos, weiß, seidig, mit Pailletten und Perlen besetzt ... der Inbegriff von altmodischem Charme. Es hatte sogar eine lange, wallende Schleppe. Und das Beste von allem: Es war nur eine Nummer größer, als ich sie trage.

Mit einer Schere, einigen enger gefassten Nähten, einer Sprühdose aus Jebs Atelier und einem Färbemittel mit dem Ton von verblichenen Vergissmeinnicht hat Jen ein Meisterwerk gefertigt.

Sie hat Dreiecke aus dem Saum geschnitten, um Bögen zu schaffen. Dann hat sie den unbearbeiteten Satin geätzt, damit er nicht ausfranste, und die Bögen gekräuselt wie welke Blütenblätter. Als i-Tüpfelchen hat sie noch Farbe aus der Spraydose – verstärkt mit Glitter – auf den abgeschnittenen Saum gesprüht, über den süßen Halsausschnitt und auf die Naht, die das Mieder mit dem Rock verbindet, der in stufenförmigem Plissee endet.

Das Ergebnis ist schimmernd, geheimnisvoll und morbide.

Jen dreht das Kleid hin und her, sodass der Blumenblättersaum wirbelt. Ich spüre etwas, das ich seit Jahren nicht mehr verspürt habe: die Erregung des Sichverkleidens.

»Oh-oh. Wir stecken in Schwierigkeiten«, zieht Jen mich auf und spielt auf meine unausgesprochene Ehrfurcht an. »Ist das Aufregung, was ich da sehe? Alyssa Gardner, die sich darauf freut, ein Gewand und eine Tiara zu tragen und mit ihren Freunden herumzuhängen? Eindeutig ein Zeichen von Vorfreude auf den Schulball.«

Grinsend breitet sie das Kleid auf dem Bett aus und schüttelt einen lavendelblauen Netzunterrock aus einer Plastiktüte. Er erinnert mich an den bunt schillernden Nebel, der nach einem Sturm am Horizont hängt, kurz bevor es aufklart und die Sonne zum Vorschein kommt.

»Eins muss ich dir sagen, Al. Ich bin wirklich froh, dass du keinen Rückzieher machst.«

Sie irrt sich. Ich mache einen Rückzieher. Aber nicht, weil ich es will.

Nichts von alledem hilft mir, die ich mit den Nerven am Ende bin. Ich habe Angst um meine Mom und meine Blutmosaike und Angst vor Rot ... Ich habe Angst, Jeb die Wahrheit zu sagen und ihn allein zu lassen, sodass er Zeit mit Ivy verbringt statt mit mir. Ich habe einfach Angst.

Als Allerletztes sollte ich mich auf einen dummen Ball freuen.

Ich kann einfach nicht weiter so tun, als sei alles normal und okay.

»Also, schauen wir uns diese Stiefel an«, sagt Jen. Sie spricht von den kniehohen Plateaustiefeln, die ich vor ungefähr einem Monat online gekauft habe.

Mechanisch hole ich sie aus dem Schrank. Nachdem ich mich bis auf BH und Schlüpfer ausgezogen habe, streife ich mir den Unterrock über den Kopf und richte das Gummiband an meiner Taille. Dann schlüpfe ich in das Kleid und Jen zieht den Reißverschluss am Rücken hoch.

Auf der Kante der Matratze sitzend, schiebe ich den linken Stiefel über meinen tätowierten Knöchel und streiche mit den Händen über das Kunstleder. Es hat den gleichen verblichenen Blaugrauton wie das Kleid. Die Plateausohlen sind fast zehn

Zentimeter hoch und die Schnallen reichen über mein komplettes Schienbein – der perfekte Kontrast zu allen Prinzessinnensachen.

»Was meinst du?«, frage ich Jen halbherzig, als ich beide Stiefel angezogen und meine lavendelblauen, fingerlosen Spitzenhandschuhe bis zu den Ellbogen übergestreift habe.

Ihr Grinsen ist sowohl stolz als auch verschwörerisch. »Ich denke, all diese Möchtegern-Froschprinzessinnen werden Augen machen, wenn sie dich sehen.« Sie bricht in Gelächter aus, während sie mir hilft aufzustehen. Ich tue mein Bestes, ein sorgloses Lachen vorzutäuschen, aber es fühlt sich hohl an.

Jen rückt die durchsichtigen Gummi-BH-Riemen zurecht, die sie angenäht hat, um das Mieder zu fixieren, dann setzt sie mir eine Tiara aus künstlichen Vergissmeinnicht und Schleierkraut auf den Kopf. Sie war sorgfältig bis zum letzten Detail und hat sogar falsche Spinnweben über die Blumen gebreitet, die wie ein Schleier über meinem Nacken hängen.

Als sie mich zum Spiegel umdreht, stockt mir der Atem. Ihr bewunderndes Gesicht über meiner Schulter zeigt, dass sie ebenso beeindruckt ist wie ich.

Das Kleid sieht genauso aus, wie ich gehofft habe, aber noch besser, weil sie es modernisiert hat, indem sie vorn in den Saum Bögen genäht hat, sodass er meine Knie berührt und meine Stiefel betont. Der zusätzliche Netzunterrock verhindert, dass das Kleid hinten auf dem Boden schleift, sodass ich beim Tanzen nicht stolpern werde.

Oder dass ich nicht stolpern *würde,* wenn ich wirklich zu dem Schulball ginge.

Ich zerre mir Jebs Medaillon aus dem Mieder. Die Schlüsselkette verfängt sich darin und kommt mit heraus. Ich stelle fest, dass die Ketten untrennbar ineinander verheddert sind, genau wie meine beiden Identitäten.

Jen richtet die Tiara neu. »Jetzt sag mir, was *du* denkst.«

Ich bin entschlossen, sie nicht zu enttäuschen, wohl wissend, dass ich sie bald verlassen werde, dass all ihre Arbeit umsonst war. So viel von ihrer Zeit ist in dieses Meisterwerk geflossen, so viel von ihrer Zuneigung zu mir. »Du bist ein Genie«, flüstere ich. »Es ist perfekt.«

Ihr schwillt die Brust. »Warte nur, bis du die Maske trägst.«

Ich betrachte die Halbmaske aus weißem Satin, die auf dem Bett liegt, mit Farbe besprüht, damit sie zu dem Kleid passt.

»Du wirst aussehen wie eine von Jebs dunklen Feen, die zum Leben erwacht ist. Es würde mich nicht überraschen, wenn man euch beide am Ende zum König und zur Königin krönen würde.«

Ihre Worte führen mich zurück zu einer Zeit, in der ich ein mit Juwelen überzogenes Kleid getragen habe und durchsichtige Schmetterlingsflügel aus meinen Schulterblättern gesprossen sind, einer Zeit, als ich zu einer sehr realen dunklen Feenkönigin gekrönt worden war. Ich kann nicht entscheiden, welcher Titel – der der Highschool oder der der Netherlinge – mit mehr Prestige, Prüfungen und Druck verbunden ist. Dieser Moment in Wunderland hat meine Zukunft und meine Vergangenheit verändert. Ich dachte, der Schulballabend würde genauso lebensverändernd werden. Jeb und ich wollten schließlich in jeder Hinsicht zusammen sein.

Aber es war alles eine Lüge. Er kennt mein wahres Ich nicht – er kennt nur eine Hälfte von mir. Mit meiner anderen Hälfte habe ich selbst noch nicht Frieden geschlossen. Wie kann ich hoffen, mich wirklich mit jemandem zu verbinden, bevor ich das getan habe?

Ich muss aufhören, meine Zeit zu verschwenden und mich nach einer Erfahrung zu sehnen, die sich gerade im Moment so unerreichbar anfühlt.

»Wie macht sich Jebs Grabsteinsmoking?«, frage ich, um nicht länger Trübsal zu blasen. Ich sollte schließlich Jen ablenken.

»Er braucht nur noch ein klein wenig Patina«, antwortet sie und zieht vergnügt die linke Augenbraue hoch. »Wenn ich daran denke, dass du früher gesagt hast, du würdest dich nicht mal tot auf dem Schulball blicken lassen! Das wirst du jetzt zurücknehmen müssen, weil ihr zwei das heißeste tote Paar dort sein werdet.«

Im Spiegel bemerke ich, dass sich die rote Haarsträhne in dem Spinnwebschleier verfangen hat und frappierende Ähnlichkeit mit dem Blutschwert hat, mit dem ich Jebs leblosen Körper aus einem Kokon befreit habe. Ich unterdrücke ein Wimmern.

Während Jen eine Falte am Reißverschluss feststeckt, um eine Lücke im Stoff straff zu ziehen, späht sie um mich herum in den Spiegel.

»Dieser M ist seltsam«, bemerkt sie und wühlt dabei in ihrer Nadelschachtel. »Ich dachte, du kennst niemanden in London, und er hat beim Überflutungsrohr Jeb gegenüber nie erwähnt, dass er dich kennt. Und doch ist er ein Freund der Familie.« Mit Stecknadeln im Mund fährt sie fort, mein Mieder an meine Taille zu schmiegen, und nimmt sich Nadeln, wie sie sie gerade braucht.

»Nun, meine Mom hat ihn kennengelernt, als sie noch ein Kind war.«

Jens Augen weiten sich und ich erstarre. Ich kann nicht glauben, dass ich das gesagt habe.

»Ich meine, sie hat seinen *Dad* gekannt. Meine Mom hat seinen Dad kennengelernt. M und ich waren uns nie begegnet, also hat er mich an diesem Tag nicht erkannt.«

Lügner, Lügner, Feuerflügler.

»Ah«, nuschelt Jen, den Mund immer noch voller Nadeln. Sie zupft an dem Kleid, um sich davon zu überzeugen, dass die Falten richtig sitzen, spuckt die übrigen Nadeln zurück in die Schachtel und erhebt sich. »Nun, ich denke, unser britischer Cowboy steht auf dich. Es wird wirklich interessant werden, wenn Jeb hier ankommt. Jungs haben ein Näschen für solche Sachen.«

Dies ist die perfekte Überleitung, um ihr von dem Vorfall auf der Schultoilette zu erzählen. Der perfekte Zeitpunkt, um ihr eine weitere Lüge aufzutischen und meine Spuren zu verwischen. »Ich denke nicht, dass er mich *auf diese Weise* mag. Er ist einfach irgendwie ... exzentrisch.«

Jen sammelt ihre Nähsachen ein und lacht. »Ganz wie du meinst, Königin des Leugnens.«

Bevor ich antworten kann, sei es, um zu lügen oder um endlich die Wahrheit zu sagen, ist sie auch schon zur Tür hinaus.

Unter der Last all der alten Geheimnisse, die ich seit fast einem Jahr mit mir herumtrage, und all der neuen, die hinzugekommen sind, starre ich mich im Spiegel an, in der Hoffnung, etwas anderes zum Liebhaben zu entdecken als das Kleid. Im Augenblick kann ich mich nicht besonders gut leiden.

Staubflöckchen schweben um mein Spiegelbild – von der Sonne in ein leuchtendes Orange getaucht. Sie driften wie Stücke verstreuter Magie umher. Ich wollte für den Schulball eine Antiprinzessin sein. Ich habe es geschafft und sehe jetzt aus wie ein Netherling – das genaue Gegenbild von allem Mädchenhaften.

Mir wird bewusst, dass vielleicht meine Art, mich zu kleiden, Mom deshalb nicht gefällt, weil ich dadurch aussehe wie die Netherlinge.

Die Erkenntnis schlägt mir auf den Magen. Es ist nicht Morpheus, der die Elemente meiner beiden Welten zusammentreibt. Ich bin es. Ich bin es die ganze Zeit über gewesen. Und ich beginne zu begreifen, dass es weniger eine Entscheidung als eine Notwendigkeit ist.

Ich bin so in Gedanken versunken, dass ich die Staubflöckchen, die in der Luft eine winzige, katzenförmige Silhouette bilden, kaum bemerke. Schlagende Flügel reißen mich aus meiner Trance.

Im Handumdrehen schwebt Chessie neben mir, ihr scharfzahniges Grinsen fragend und ansteckend. Ich unterdrücke einen Aufschrei und eile davon, um meine Tür abzuschließen, falls Jen zurückkommt, bevor ich die Grinsekatze dazu überreden kann zu verschwinden.

Der Satin und das Netz meines Kleids rascheln, als ich mich ihr zuwende. »Niemand darf dich sehen«, flüstere ich. »Suchen wir ein Plätzchen, wo du dich verstecken kannst. Okay?« Ich strecke meine behandschuhte Hand aus.

Sie hockt sich auf die Spitzenborte, ein warmes Bündel aus schimmerndem, grauem und orangefarbenem Fell, wie glühende Asche. Sie beobachtet mich mit großen grünen Augen, während ich sie zu meiner Kommode trage und eine Schublade öffne. Ich setze sie auf weiche Socken und tätschele ihren winzigen Kopf. Bevor ich die Schublade schließen kann, springt Chessie wieder auf – mit verschwommenen Flügeln. Mit einem breiter werdenden Lächeln winkt sie mit der Vorderpfote, dann windet sie sich durch das Glas meines Drehspiegels, und ihr Schwanz ist das Letzte, was ich sehe, bevor sie verschwindet.

Für einen Moment ist im Spiegelbild ihr Ziel zu sehen: eine Metallbrücke über einem dunklen, nebelverhangenen Tal und ein idyllisches Dorf auf der anderen Seite. Dann knackt und splittert das Glas und spiegelt nur noch Bruchstücke von mir wider.

Meine Alarmglocken schrillen, aber ich lege trotzdem die Hand auf eine Bruchstelle. Bei der Berührung zucke ich jedoch wieder zurück. Obwohl zu erwarten war, dass sich das zerbrochene Glas wie geformtes Metall anfühlen und wie ein kompliziertes Schlüsselloch aussehen würde, erschreckt es mich dennoch. Es ist so lange her, dass ich durch einen Spiegel gegangen bin.

Im menschlichen Reich kann ein Spiegel dich an jeden Ort auf der Welt bringen, solange es einen weiteren Spiegel gibt, der groß genug ist, dass du am Zielort hindurchpasst.

In Wunderland reisen sie ebenfalls mit Spiegeln, aber es gelten andere Regeln. Das Glas dort kann dich überall im Netherreich ausspucken, ob ein Spiegel auf der anderen Seite ist oder nicht.

Eine unumstößliche Regel ist, dass du keinen Spiegel von einem Reich ins andere bringen kannst. Die einzige Möglichkeit, wie du von Wunderland aus in die Menschenwelt kommen kannst, führt durch eins der beiden Portale – eins befindet sich in der Burg von Elfenbein, das andere in der von Rot. Und die einzige Möglichkeit, um von hier nach Wunderland zu gelangen, ist ein Kaninchenloch, das eine Einbahnstraße ist.

Da ich all das weiß, sollte ich nicht nervös sein. Wohin auch immer Chessie will, dass ich ihr folge, es ist ein Ort hier im menschlichen Reich. Mit zitternden Fingern hebe ich den Schlüssel um meinen Hals in Richtung Spiegel. Jebs Herzmedaillon baumelt direkt darunter. Ich stelle mir vor, was er in dieser Situation sagen würde.

Chessie ist Morpheus' rechte Hand. Dies könnte ein Trick sein …

Ich sollte einfach einen kurzen Blick darauf werfen. Sollte den Kopf hineinstrecken, aber die Füße fest im Hier und Jetzt verankert halten.

»Stell dir vor, wo du hingehen möchtest«, sage ich und wende an, was Morpheus mir beigebracht hat. Ich schließe die Augen und male mir die Brücke und das Dorf aus, die ich gesehen habe, bevor der Spiegel Risse bekam. Dann stecke ich den Schlüssel in das Loch und drehe ihn um.

Als ich wieder hinschaue, ist das Glas flüssig geworden. Das Fenster aus Wasser öffnet sich und zeigt die Metallbrücke. Im Fluss darunter spiegeln sich Sterne, glänzend und einladend. Wo auch immer dies hinführt, es ist wunderschön.

In der Ferne fängt eine Frau meinen Blick auf. Sie geht an einem grasbewachsenen Hügel entlang in Richtung Brücke. Vor Schreck verschlucke ich mich. Selbst im Mondlicht erkenne ich den Jogginganzug, schwarz und fuchsienfarben. Sie hat ihn an diesem Morgen getragen, als ich zur Schule aufgebrochen bin.

Mom.

11

Zersplitterte Bilder

Beim Anblick Moms in dem Spiegel flattert mein Herz so schnell wie Chessies Flügel.

»Wie bist du dort hineingekommen?«, frage ich, obwohl ich weiß, dass sie mich weder hören noch sehen kann. Ich berühre den Schlüssel an meinem Hals; ich hätte schwören können, dass er der einzige war, den wir hatten. Vielleicht hat Rot sie hereingelockt?

Bei dem Gedanken schreie ich laut auf.

Aber auf den zweiten Blick wirkt Mom nicht aufgeregt oder verängstigt. Sie trägt eine übergroße Jutetasche über der Schulter – in die wir früher immer Badetücher, Plastikschaufeln und Eimer für unsere Ausflüge an den See hineingestopft haben. Damals, als ich noch klein war und sie noch nicht in die Irrenanstalt eingeliefert worden war. Ich habe diese Ausflüge geliebt …

Als sie auf die Brücke zugeht, ist ihr Schritt entschlossen. Sie führt irgendetwas im Schilde. Irgendetwas, das sie tun *will*. Als Chessies leuchtende Gestalt neben ihr erscheint und die Katze sich auf die Riemen der Tasche hockt, zuckt Mom nicht mal zusammen, ganz so, als hätte sie sie erwartet.

Es ist zu viel. Es kümmert mich nicht, wo sie sind; ich muss hingehen und sehen, was los ist.

»Du musst es von ganzem Herzen wollen«, rufe ich mir ins Gedächtnis. »Dann wage den Sprung.« Ich hebe den Stiefel und stoße ein Bein in die kühle Luft auf der anderen Seite, dann erstarre ich, als jemand an meiner Schlafzimmertür rüttelt.

»Al, was soll die verschlossene Tür?«, fragt Jen von der anderen Seite. »Jeb ist hier und es wird langsam hässlich. Taelor hat ihn auf der Arbeit angerufen. Er und M sind in der Einfahrt …«

Nein. Ich kann das jetzt nicht tun. Ich muss sehen, was Mom vorhat. »Ich bin beschäftigt!«

»Beschäftigt?«, kreischt Jen von der anderen Seite der Tür. »Machst du verdammt noch mal Witze? Jeb wird ihn umbringen! Du musst herauskommen, sofort!«

»Mist«, murmele ich. Vermutlich ausgelöst durch meine nachlassende Konzentration, kräuselt sich das Portal wie Wasser, das in einen Eimer fließt. Wenn ich hindurchgehen will, muss ich es jetzt tun, bevor das Portal sich schließt. Ich ringe mit mir, wild entschlossen, das Rätsel um meine Mutter zu lösen, während ich gleichzeitig den Sog meines Lebens hier spüre.

Wegen meines Zögerns verpasse ich die Gelegenheit. Die unechte Flüssigkeit verwandelt sich zurück in Spiegelglas. Ich reiße mich im letzten Moment los, bevor das Portal sich schließt und mich von Mom und all den Geheimnissen, die sie verbirgt, trennt.

Ich nehme mir nicht die Zeit, das Kleid oder die Tiara abzulegen. Während ich durch den Flur stolpere, stellt Jen eine Frage nach der anderen, will wissen, was in der Schule passiert ist. Ich habe keinen Schimmer, wie ich antworten soll, daher dränge ich mich an ihr vorbei und sprinte in Erwartung eines Blutbads nach draußen.

Stattdessen stehen beide Jungen im Schatten der geöffneten Motorhaube des Mercedes. Keiner von ihnen merkt, dass sie Publikum haben.

Jeb muss direkt von seinem Interview hergekommen sein. Er trägt immer noch seine Fotoshootingkleider: schwarze Jeans, ein schwarzes, kurzärmeliges Strickpolohemd, das sich um seine Muskeln schmiegt, ein langärmeliges, burgunderfarbenes T-Shirt darunter und ein Halstuch mit japanischem Muster, das locker unter den geöffneten Knöpfen drapiert ist.

»Also, hat er auf irgendeiner Straße einfach den Geist aufgegeben?«, fragt er, ohne aufzuschauen.

Morpheus nickt. »Ist wirklich ziemlich ungelegen stehen geblieben.«

Ich schürze angesichts der Untertreibung die Lippen.

Jeb stützt die Ellbogen auf den Wagen und stochert im Motor herum. »Keine Ahnung, was die Ursache ist. Dieses Modell hat einen einzigen Keilriemen für alles, und wenn der versagt, geht der ganze Motor aus. Aber in dem Fall wäre es fast unmöglich gewesen, ihn wieder anzulassen.« Er wühlt herum und bekommt Schmieröl auf die Hand. »Aber der Keilriemen sieht ein wenig mitgenommen aus. Du musst ihn bald auswechseln lassen.«

Morpheus tippt sich nachdenklich an seine Hutkrempe. »Das hatte ich befürchtet. Was wird mich das kosten?«

Mir stockt der Atem. Ich sollte erleichtert sein, dass sie nicht versuchen, einander umzubringen, aber ich kann es noch nicht ganz fassen. Zusammen mit dem Ausflug meiner Mutter im Spiegel passieren gerade zu viele seltsame Dinge auf einmal.

Ich drehe mich um, um Jen anzufunkeln, als sie neben mich tritt. »Du hast gesagt, sie würden streiten«, flüstere ich.

Sie zuckt die Achseln.

Morpheus muss sein Versprechen gehalten und die Sache irgendwie mit Jeb geklärt haben. Was es mir ermöglicht, mich um Mom zu kümmern. Mit den Nerven am Ende, mache ich mich auf den Weg ins Haus.

Jenara räuspert sich.

Ich wirbele herum, festgenagelt von Jebs und Morpheus' Blicken.

Sie stehen eine gefühlte Ewigkeit da und gaffen. Die Sonne des späten Nachmittags brennt auf uns herab und unter den Stoffschichten ist es heiß und juckt. Da alles so still ist, bin ich mir der Abwesenheit flüsternder Insekten schmerzlich bewusst. Wieder einmal scheinen sie ihre Posten verlassen zu haben. In letzter Zeit meckern sie entweder über die Blumen oder sind einfach ... still.

Jeb schließt die Motorhaube. Als er sich das Schmieröl mit einem Tuch von den Händen wischt und näher kommt, beiße ich mir auf die Unterlippe.

»Wow.« Er mustert mich von Kopf bis Fuß, dann schaut er mir in die Augen und übermittelt eine Botschaft, die so grob und hungrig ist wie alles, was er jemals laut ausgesprochen hat: *Ich wünsche mir so sehr, dich zu berühren, dass es wehtut ...*

Noch nie hat er mich so intensiv betrachtet. Meine Beine fühlen sich an wie Pudding.

Er ergreift meine in Spitze gehüllte Hand und nimmt mich in die Arme.

»Wie soll ich bis nach dem Schulball warten, wenn du *so* aussiehst?«, flüstert er dicht an meinem Ohr, dann küsst er mich auf die Schläfe.

Das Gefühl raubt mir den Atem. Wenn ich es nur genießen könnte. Ich spähe über seine starke Schulter und ertappe Morpheus dabei, dass er uns beobachtet. Er nimmt den Hut ab, und das Glitzern in seinen schwarzen Augen verrät mir, dass er das Kleid ebenfalls zu würdigen weiß.

Ich runzele die Stirn und schreie ihn mit den Augen an: *Hör auf, Zeit zu verschwenden! Hol meine Mom aus dem Spiegel! Finde Rot, damit wir sie zurückschicken können!*

»Die perfekte Märchenbraut«, sagt Morpheus und macht deutlich, dass er diesmal meine Gedanken nicht hören kann. »Alles, was dir fehlt, sind die Flügel.«

Jebs Arme spannen sich um meine Schultern. Da ist die Spannung zwischen den beiden, mit der ich gerechnet habe, als ich herausgekommen bin. Sie zeigen sich beide von ihrer besten Seite, aber der Friede könnte jeden Moment vorbei sein.

Jenara bewegt sich, sodass sie Morpheus die Sicht versperrt. »Apropos Flügel ... Mr Insektenforscher, ich habe eine Frage an dich wegen Alyssas Kleid. Was hältst du davon, wenn wir uns Kekse besorgen und Ideen austauschen?«

Er folgt ihr und wirft mir über die Schulter einen letzten Blick zu.

Sobald sie fort sind, flüstert Jeb: »Ich dachte, sie würden nie mehr gehen.« Dann beugt er sich vor, um mich zu küssen.

Ich weiche ihm aus und schiebe mich Richtung Tür.

Er runzelt die Stirn und folgt mir. »Du bist sauer, weil ich dich nicht von der Schule abgeholt habe. Ich habe das Interview abgebrochen, um hierher zu kommen. Ich muss mich später noch mal mit dem Reporter treffen, um die letzten Fragen zu beantworten. Zählt das denn gar nichts?«

Sein verletzter Gesichtsausdruck wühlt mich auf. »Ja. Ich meine, nein, ich bin nicht sauer. Ich dachte, du wärst sauer. Jen hat gesagt, dass Taelor ...«

»Mort hat alles aufgeklärt.« Jeb steckt sein Halstuch weg.

»Mort? So darfst du ihn nennen?«

»Ich habe nicht um Erlaubnis gebeten.«

Ich neige nachdenklich den Kopf. »Also, zwischen euch ist alles bestens?«

»Du hast gesimst, dass du ein ›Rendezvous‹ gehabt hättest. Mort sagte, er wollte Taelor eifersüchtig machen, indem er so getan hat, als hätte er es auf dich abgesehen, und sie hätte alles aufgebauscht, weil die Sache nach hinten losgegangen ist und sie auf die Palme gebracht hat ... das klingt logisch. Aber es ist ein Jammer, dass er sich Tae zur Feindin gemacht hat. Sie ist kein Mädchen, das man verärgern sollte.«

»Erzähl mir mehr darüber«, murmele ich und gehe mit Jeb im Schlepptau schnell über den Rasen. »Du solltest hören, was sie in der Schule verbreitet.«

»Nun, er wird das alles morgen aufklären. Alter Freund der Familie hin oder her, Mothra hatte kein Recht, dich so auszunutzen.«

Ich bleibe wie angewurzelt stehen, und mein ganzer Körper erstarrt, als ich den Spitznamen höre. Es kann nicht sein, dass Jeb anfängt, sich an Morpheus' Fähigkeit zu erinnern, sich in eine Motte zu verwandeln. Er war eigentlich gar nicht in Wunderland, um diese Erinnerungen zu sammeln ... nicht mehr. Es sei denn, Mom hatte recht, als sie im Krankenhaus sagte, niemand verlasse Wunderland jemals unversehrt. Erinnert sich sein Unterbewusstsein irgendwie an etwas, das er eigentlich nicht erlebt hat?

»Wie hast du ihn gerade genannt?«, frage ich, und meine Stimme ist zittrig … hoffnungsvoll.

»Mothra«, antwortet er. »Du weißt schon, Godzillas Erzfeind. Weil die Motte des Burschen verrückt ist.« Er grinst mich verschlagen an. »Komm schon, du kannst seinen Hut nicht übersehen haben. Und dieses Auto? Flügeltüren sehen aus wie Motten, wenn beide Türen oben sind.«

»Richtig.« Natürlich erinnert er sich nicht. Meine Gedanken kehren zu Mom und ihren Geheimnissen zurück. »Wir sollten hineingehen, damit ich mich umziehen kann.«

»Warte.« Jeb nimmt meine Hand und wirbelt mich so schwungvoll herum, dass sich mein Blütenblättersaum kräuselt. Als ich ihm gegenüberstehe, schüttelt er den Kopf. »Mort hatte recht. Du bist wie eine Fee an ihrem Hochzeitsabend. Lass mich noch ein Weilchen in dieser Fantasie schwelgen.« Seine Bitte ist so seidenweich, dass ich sie beinahe auf der Haut spüren kann. Er küsst meine behandschuhten Finger.

Wir sind an der Graskante stehen geblieben, kurz vor der ersten Stufe der Veranda. Morpheus' Lachen weht durch die Tür. Bei dem Geräusch wird Jebs bewundernder Gesichtsausdruck grimmig.

»Als ich hier ankam, war ich bereit, ihn umzubringen.« Ich folge seinem Blick zu dem Motorrad, das nachlässig in der schrägen Einfahrt geparkt ist. Er hat sich nicht einmal die Zeit genommen, den Ständer herunterzuklappen. »Ich habe ihn gegen seine Motorhaube gepresst und gedroht, ihm noch eine Narbe in seinem Gesicht zu verpassen.«

Es ist seltsam, endlich im Zentrum von Jebs ungeteilter Aufmerksamkeit zu stehen, aber jetzt bin ich diejenige, die hin und her gerissen ist. Einen Teil von mir zieht es zum Haus und einen Teil zu ihm.

Jeb drückt meine Hand an die Brust. »Er sagte, ich könne alles mit seinem Gesicht machen, was ich will. Hat nur darum gebeten, dass ich den Wagen nicht kaputt mache. Er ist das Einzige, das ihm von seinem toten Dad geblieben ist.« Jeb fährt mit dem Daumen über die Spitze, die sich um mein Handgelenk schmiegt. »Ich habe seine Narben gesehen, Al. Diese Tätowierungen können sie nicht verdecken. Wusstest du von den Selbstmordversuchen?«

Ich nicke. Es widerstrebt mir, sein Mitleid mit Morpheus zu unterstützen, aber ich kann unmöglich erklären, dass diese Narben zu jemand anderem gehören.

Jeb schaut zu Morpheus' Wagen hinüber. »Er hat mir erzählt, dass sein Dad ihn bis zu seinem Tod gehasst habe. Und der Hauptgrund für seine Reise in die Staaten war der, dass er deine Mom kennenlernen wollte. Um zu versuchen, seinen alten Herrn mit den Augen einer anderen Person zu sehen. Um Frieden mit der Vergangenheit zu schließen.« Als Jeb mich wieder ansieht, ist sein Gesicht voller Mitgefühl, und es schnürt mir die Brust zusammen. Es ist unfair, dass Morpheus Schwachstellen ausnutzt, von denen Jeb nicht ahnt, dass sein Widersacher sie kennt. Aber ich habe kein Recht zu urteilen, denn ich bin ebenfalls eine Strippenzieherin und Lügnerin.

»Solange er dir gegenüber Respekt zeigt«, sagt Jeb, der nichts von meinem inneren Aufruhr mitbekommt, »werde ich mein Bestes geben, ihn ebenfalls zu respektieren.«

Sein Ton ist bedrückt und gequält, aber er hat sich unter Kontrolle. Er hat hart daran gearbeitet, nicht gewalttätig zu werden, wie sein Vater es war. Und ich bin stolz auf ihn, denn er ist zu einem aufrichtigen und mitfühlenden Mann herangewachsen, trotz allem, was sein Dad getan hat, um ihn emotional zu zerstören. Ich habe mich allerdings seiner niemals unwürdiger gefühlt.

Ich hebe seine Hand an die Lippen und küsse die Tätowierung auf dem Handgelenk, die aus seinem Ärmel lugt. Was würde er von mir denken, wenn er wüsste, wie hinterlistig ich geworden bin? So fern ich mich im Moment von ihm fühle, könnte genauso gut ich hinter dem Spiegel in einem anderen Teil der Welt sein.

»Hey ...« Er entzieht mir die Hand und hebt mich auf die Veranda. Obwohl er immer noch auf dem Rasen steht, sind wir jetzt auf Augenhöhe. »Du bist so still geworden. Du würdest es mir doch erzählen, wenn mehr hinter der Geschichte steckte, oder?«

Es steckt *mehr dahinter. Ich muss herausfinden, warum meine Mom in meinem Spiegel ist, und ich muss eine irre magische Königin besiegen ... Ich bin mir nur nicht sicher, wie ich es dir sagen soll.*

Meine Augen tränen.

Jebs Stirnrunzeln entwickelt sich zu einer Grimasse. »Warum weinst du? Hatte Tae recht?« Seine Augen brennen. »Hat dieser Mistkerl dich angefasst? Hat er dich geküsst?«

Verflixt. »Nein, so war das nicht. Es ist nur so ... vielleicht kannst du jetzt verstehen, wie ich mich Ivys wegen fühle. Warum ich zögere.«

Er blinzelt. »Das ist etwas vollkommen anderes.«

Ich schaue auf meine Stiefelschnallen hinab und bemühe mich, das Richtige zu sagen – mich zu beeilen, dies in Ordnung zu bringen, damit ich in mein Zimmer rennen und alles andere in Ordnung bringen kann.

Jeb tritt auf die Veranda. »Al, es ist ein Geschäft. Das ist alles. Und ich habe bereits zugesagt.«

Meine Gefühle machen eine Kehrtwende – von besorgt zu entrüstet. »Ich dachte, wir würden darüber reden.«

»Sie ist heute Nachmittag in die Toscana zurückgekehrt und wird erst Ende des Monats wiederkommen. Ich musste ihr eine Antwort geben, bevor sie aufgebrochen ist. Ich tue das für uns beide – verstehst du das nicht? Dieser Auftrag wird unser erstes Jahr in London finanzieren und noch mehr. Es ist richtiges Geld – der Beweis, dass ich kein Versager bin.«

»Natürlich bist du kein Versager.« Ich unterdrücke das Schluchzen, das in meiner Kehle aufsteigt. »Du bist der begabteste Künstler, der mir je begegnet ist.«

»Das Gleiche gilt für dich«, sagt Jeb und hält mich um Armeslänge von sich entfernt, um mich genau zu betrachten. »Keine Tränen mehr, okay?«

Ich schnüffele. »Aber du hast es satt, mich zu malen.« Ich bin so jämmerlich. Mom ist irgendwo auf der anderen Seite der Welt und hier stehe ich und heule meinem Freund etwas vor.

Es ist nur so, dass er in diesem Moment das einzig Stabile in meiner Welt ist, was ich noch habe. Und ich bin dabei, von ihm wegzugehen, obwohl es das Letzte ist, was ich will.

»Satt …?« Eine Falte entsteht zwischen seinen Augenbrauen. »Machst du Witze? Ich werde es niemals satt haben, dich zu malen. Dieses Kleid« – er streicht über die Perlen und Pailletten auf meinen Rippen – »es hat eine ganze neue Serie inspiriert: Feenbrautverführung im Mondlicht. Wir werden nach dem Schulball damit anfangen.«

Richtig. Mein nicht existierender Schulball. Ich beiße mir in die Wange, um nicht zu schreien.

Jeb beugt die Knie, sodass seine Stirn meine berührt. »Ich kann es gar nicht erwarten, weißt du«, fährt er fort und lässt den Daumen unter meinem Schulterriemen hindurchgleiten, bis meine Haut kribbelt. »Ich werde mir heute Abend das Kunstatelier ansehen, das Ivy gemietet hat. Es hat einen Dachboden. Vielleicht der perfekte Ort, an den wir uns nach dem Ball zurückziehen können.«

Aber ich werde nicht hier sein, möchte ich so schrecklich gern sagen.

Die Haustür geht auf, was mich daran hindert, mit allem herauszuplatzen – mit der ganzen Wahrheit.

»Hey, ihr Turteltauben«, neckt Jenara uns. Sie bietet Jeb einen Keks an, dann mustert sie uns, als spüre sie, dass sie gestört hat. »Tut mir leid, aber Als Mom ist aufgetaucht.«

»Ach, tatsächlich?«, frage ich.

»Ja, sie ist drin. Sie hat hinten im Garten gearbeitet und nicht gemerkt, dass wir hier sind.«

Der Puls in meinem Hals überschlägt sich. Sie ist anscheinend durch den Spiegel zurückgekehrt. Ich muss herausfinden, wo sie gewesen ist. »Warte ... du hast sie mit *ihm* allein gelassen?«

Jenara wischt sich Krümel von ihrer modisch zerrissenen Jeans und wirkt verwirrt. »Mit wem, M? Er ist schnurstracks ins Badezimmer gegangen, bevor ich sie entdeckt habe.«

Ein lautes Krachen, gefolgt von Moms Schrei durchbricht die nachmittägliche Stille. Ich hänge mir die Schleppe meines Rocks über den Arm und springe, dicht gefolgt von Jen und Jeb, über die Türschwelle.

Morpheus steht in meiner Schlafzimmertür und schaut gedankenvoll in den Raum. Vorsichtig gehe ich um ihn herum auf meine Mom zu. Sie kniet inmitten eines glitzernden Scherbenhaufens. Der leere Holzrahmen meines Drehspiegels liegt neben ihr.

Mom schiebt eine Kette in ihre Joggingjacke und sieht mir in die Augen. Mir fehlen die Worte, um sie zu fragen, woher sie den Schlüssel hat. Sie wirkt so klein und zerbrechlich, versunken in ihrem Jogginganzug. Die Sonne spiegelt sich in den zerbrochenen Scherben und Lichtpunkte tüpfeln den schwarzen Stoff in Regenbogenfarben.

Ich hocke mich hin und passe auf, dass ich mich nicht schneide. »Ist alles okay?«

Sie hält einen Arm hinter sich. »Ich habe versucht, deinen Spiegel wegzurücken … er ist gegen deine Ankleidekommode gefallen. Das Glas ist zerbrochen.« Sie betrachtet unser Publikum. »Es ist seine Schuld.«

Zuerst denke ich, dass sie Jeb meint, bis Morpheus hereinkommt.

»Das ist eine gemeine Lüge«, sagt Morpheus, dann setzt er sich aufs Bett. »Sie haben diesen Spiegel zerbrochen, bevor ich überhaupt im Flur war. Ich würde sagen, Sie haben es mit Absicht getan, obwohl ich mir nicht vorstellen kann, warum.«

»Hey …« Jeb kommt als Nächster herein und schaut Morpheus mit einem gereizten, verwirrten Stirnrunzeln an. »Ein wenig mehr Respekt, bitte.«

Morpheus erwidert den finsteren Blick und steht auf, sodass sie auf Augenhöhe sind. »Meinen Respekt muss man sich *verdienen*.«

Jeb verzieht den Mund. »Du trittst etwas los, das du nicht beenden kannst, Mottenjunge. Du bist hier Gast. Vergiss das nicht.«

Er drängt sich vorbei und bemerkt nicht die Schatten von Flügeln, die sich hinter seinem Gegner heben.

Mom keucht auf, was beweist, dass sie die Flügel *sieht*, dass sie weiß, dass unser Gast nicht der ist, für den er sich ausgibt. Ich vermute, dass sie es von dem Moment an gewusst hat, in dem sie ihn in der Tür gesehen hat.

Jeb kniet sich hin und berührt den versteckten Arm meiner Mom. »Darf ich Ihre Hand sehen, Mrs. Gardner?« Seine Stimme ist jetzt merklich sanfter.

Wie in Trance hält Mom ihm die Hand hin. Blut sickert aus einem Schnitt, der sich vom Daumen bis zum kleinen Finger zieht.

Mein Magen verkrampft sich. »Mom, du bist verletzt!«

Jen quiekt und hält sich den Mund zu. Es spielt keine Rolle, dass sie einen 24-Stunden-Marathon mit Slasherfilmen aushält; echtes Blut erträgt sie nicht. Es erinnert sie an Szenen aus ihrer Kindheit. »Ich werde Verbandszeug holen.« Zitternd geht sie zum Badezimmer.

»Das muss genäht werden«, erklärt Jeb meiner Mom, während er ihr aufhilft und sie zu meinem Bett führt. Er wickelt ihre Hand in die saubere Seite seines Halstuchs. Mom scheint taub für all das zu sein und mein ganzer Körper schmerzt vor Kummer. Ich beginne die Glasscherben aufzusammeln.

Ich sollte mit ihr allein sein, sie trösten, mein Geburtsmal auf ihres drücken, damit sie gesund wird. Aber wie werde ich die anderen los? Ich lege die Finger fester um das Glas in meiner Hand und versuche mein verrücktes, wildes Leben in den Griff zu bekommen.

Morpheus tritt beiseite und dreht Jeb und meiner Mom den Rücken zu, während sie sich hinsetzen. Er grapscht sich ein Papiertuch von meiner Ankleidekommode und bietet es mir an, deutet mit dem Kinn auf meine geballte Faust.

Von meinen Fingern tropft Blut auf die Scherben zu meinen Füßen. Mein Zeigefinger brennt. Ich drehe ihn um und sehe einen Kratzer, nicht größer als ein Papierschnitt. Ich muss das Glas zu fest gehalten haben. Rasch wickele ich das Tuch um meinen Finger, damit das Blut nicht auf meine Handschuhe tropft.

Als ich wieder auf den Boden schaue, stockt mir der Atem. Mein Blut hüpft von einem Stück Glas zum anderen, wie ein Kieselstein, der über Wasser springt, und hinterlässt dünne Streifen. Als es vorbei ist, hat sich ein roter Pfeil gebildet, der auf meinen Schrank zeigt.

Ich habe die Tür einen Spalt offen stehen lassen, als ich zuvor meine Stiefel herausgeholt habe. Durch den Ritz kann ich eine leise Bewegung im Schrank sehen. Zwei glühende rosa Augen starren mich aus der Dunkelheit an.

12

Vertraute Fremde

Ich würde diese rosa Augen überall erkennen. Sie gehören einer der ersten Kreaturen, die mich und Jeb begrüßt haben, als wir im vergangenen Jahr in das Kaninchenloch gesprungen sind.

»*Rabid Weiß*« murmele ich leise.

Morpheus scheint über das Erscheinen des Netherlings genauso fassungslos zu sein wie ich. Was bedeutet, dass er keiner seiner blinden Passagiere ist.

Im letzten Sommer hat Rabid mir und Königin Grenadine als unser königlicher Ratgeber Treue geschworen. Er könnte hier sein, um mich zu warnen, dass im Roten Königreich etwas nicht stimmt. Vielleicht hat er Mom erschreckt und deshalb hat sie den Spiegel zerbrochen.

Ich bin plötzlich dankbar, dass Dad donnerstags bei der Arbeit immer Inventur macht. Er kommt an diesem Tag erst nach sieben nach Hause. Vielleicht kann ich diesen Schlamassel vorher mit Hilfe von Morpheus bereinigen. Und ich meine nicht nur das Glas …

Jen kommt mit dem Verbandskasten hereingestürmt, und ich eile zu Mom hinüber, um ihre Hand zu verbinden. Dabei behalte ich den Schrank im Auge. Als wisse er, dass er entdeckt wurde, verkriecht sich Rabid tiefer in den Schrank. Sein Geweih bleibt an einigen klappernden Kleiderbügeln hängen.

Jeb schaut über die Schulter, um festzustellen, wo das Geräusch herkommt, während er die Hand meiner Mom hält, damit ich den Verband festkleben kann. »Habt ihr das gehört …?«

»Ich kann Sie fahren«, unterbricht Morpheus ihn, und unter seinen Stiefeln knirscht Glas, als er zum Bett geht. Er reicht meiner Mom die Hand. »Alyssa und ich werden Sie ins Krankenhaus bringen, damit die Wunde genäht wird.«

Jeb schüttelt den Kopf und steht auf. »Nein, ich fahre lieber, weil dein Auto doch Probleme macht. Gib mir deine Schlüssel, Mort.«

Mom schüttelt ihre Benommenheit ab und steht auf. »Alyssa kann fahren.« Sie gibt Jeb das mit Blut und Schmieröl befleckte Halstuch zurück. »Ich danke euch beiden für alles, was ihr getan habt, aber Mort gehört fast zur Familie. Er kann sich jetzt nützlich machen und uns helfen.«

Es verblüfft mich, wie leicht ihr die Lüge über die Lippen kommt. Sie und Morpheus müssen einige Minuten allein gewesen sein, bevor wir alle hereingekommen sind. Das ist die einzige Möglichkeit, wie sie von unserer Tarngeschichte erfahren haben kann.

Der verletzte Ausdruck auf Jebs Gesicht versetzt mir einen Stich ins Herz. Wenn er nur die Wahrheit wüsste … wie sehr Mom Morpheus hasst und wie schwer es ihr fällt, sich zu verstellen.

»Schon gut, wir machen uns davon.« Jeb nimmt den Nähbeutel seiner Schwester, nachdem diese ihre Sachen zusammengerafft hat.

Ich begleite sie schnell zur Haustür. Es macht mich nervös,

Mom mit unseren fremdartigen Besuchern allein zu lassen – obwohl ich langsam den Verdacht habe, dass sie sie weniger einschüchtern, als ich früher geglaubt habe.

Jenara nimmt Jeb ihre Tasche ab und tritt auf die Veranda. »Ich muss Butterfly Threads abschließen, aber du kannst das Kleid anschließend vorbeibringen. Für die Änderungen brauche ich nur ein paar Minuten.«

Ich nicke und wünschte, ich würde mein Kleid eines Tages wieder tragen.

Jen drückt meine Hand und ihre Züge werden weich. »Ich weiß, du machst dir Sorgen um deine Mom. Aber ihr Geist ist stark, sonst wäre sie nicht aus der Irrenanstalt entlassen worden. Wenn sie sagt, es sei ein Unfall gewesen, stimmt das sicher. Alles wird gut, okay? Schick mir eine SMS oder ruf an, wenn du mich brauchst, ja?«

»Danke.« Gerührt erwidere ich ihren Händedruck, obwohl sie vollkommen danebenliegt, was meine Sorgen betrifft.

Nachdem seine Schwester gegangen ist, legt Jeb die Arme um mich und zieht mich an sich. »Bist du sicher, dass ich euch nicht hinterherfahren soll? Auf Morts Wagen ist kein Verlass.«

Ich betrachte eine pulsierende Ader an seinem Hals und drücke eine Fingerspitze darauf, um seinen Puls zu fühlen. »Es ist nicht sein Wagen, dem du nicht traust. Du traust ihm nicht.«

»Er hatte kein Recht, so mit deiner Mom zu reden. Er ist ein respektloser Mistkerl.«

Das Gleiche hast du gedacht, als du ihn das erste Mal kennengelernt hast, will ich gestehen. Es tut so weh, dass ich diese Erinnerungen nicht mehr mit ihm teile ...

Ich presse Worte durch den Kloß in meiner Kehle. »Ich liebe

dich dafür, dass du dir Sorgen machst. Aber wir kommen schon klar, versprochen. Ich rufe meinen Dad an, damit er uns in der Notaufnahme trifft. Okay?«

Jeb antwortet nicht und er macht keine Anstalten fortzugehen.

Weil ich unbedingt zu Mom zurück möchte, damit ihre Hand versorgt wird, sage ich das eine, von dem ich weiß, das es ihn bewegen wird zu gehen. »Solltest du nicht zu dem Zeitschriftentypen gehen? Du hast gesagt, er hätte noch ein paar Fragen an dich.«

Der Ausdruck auf seinem Gesicht spiegelt genau das wider, was ich empfinde – Zerrissenheit. »Sag mir Bescheid, wie es deiner Mom geht. Ruf an. Schick keine SMS. Ich will deine Stimme hören.«

»Mache ich.« Er wendet sich zum Gehen, aber ich halte ihn am Arm fest. »Danke dafür, dass du hier warst, dass du geholfen hast.«

»Ich werde immer für dich da sein.« Er wirft mir einen Blick zu, der mich zum Schmelzen bringt, und küsst mich zum Abschied.

Kaum habe ich die Tür geschlossen, stapft Mom zur Küche.

»Und fass mich nicht noch mal an!«, ruft sie über ihre Schulter in Richtung Wohnzimmer. Als sie an mir vorbeigeht, wickelt sie den Verband von den Fingern, und eine geheilte Handfläche erscheint.

Morpheus betritt die Küche von der Wohnzimmerseite aus. »Du bist so eine undankbare Göre geworden, Alison«, sagt er und würdigt mich dabei keines Blickes. »Ich werde nicht dabeistehen und zusehen, wie eine der Meinen verblutet.«

Er wirft seinen Hut auf den Tisch. Sonnenlicht fällt durch die Fenster und seine Netherlingsgestalt tritt plastisch unter Finleys

Ganzkörpermaske hervor. Seine Flügel ragen hoch auf, seine Augenmale sind dunkel, und die Juwelen changieren zwischen rot und schwarz.

»Allie hätte mich genauso gut heilen können«, gibt Mom zurück.

Ich halte mich am Türrahmen fest und beobachte sie beide sprachlos, während Mom mit einem Pfannenheber Kekse von den Blechen in eine verschließbare Dose füllt, als sei das, was in der letzten Stunde passiert ist, völlig alltäglich.

Warum flippt sie nicht aus wegen Morpheus? Sollte sie ihn nicht fragen, warum er und Rabid in meinem Schlafzimmer waren, statt sich wegen ihrer Hand herumzustreiten? Oder besser noch – sollte sie mir nicht sagen, wohin sie durch meinen Spiegel gegangen ist und wo sie meine Mosaike versteckt hat?

Mom leckt sich ein geschmolzenes Schokoladenstückchen vom Finger und zeigt auf Morpheus. »Es ist nicht mehr wie in der Vergangenheit. Ich bin älter. Klüger. Ich brauche deine Hilfe nicht mehr.«

Ihre Augen waren noch nie so blau und ihre Wangen leuchten rot. Sie verströmt Energie und Stärke. Morpheus bringt etwas, das in ihr schlummert, an die Oberfläche, genauso, wie er es bei mir getan hat. Ich frage mich, was wirklich zwischen ihnen war, ob er einst gesagt hat, dass er sie liebe, so wie er es zu mir gesagt hat. Vielleicht hat er all meine Vorgängerinnen verführt.

Bei dem Gedanken verkrampft sich mein Magen.

»Du brauchst mich nicht, ja?« Er tritt auf Mom zu, aber nicht so dicht, wie er sich gewöhnlich mir nähert. Es ist, als respektiere er die Grenze ihres unsichtbaren Kastens. Er nimmt sich einen Keks aus der Dose und setzt sich mit dem Trugbild schwungvoller

Flügel auf die Tischkante. »Nun, ich nehme an, du hast recht. Du hast meine Informationen gewiss gut genutzt. Ich habe dir von ihren Mosaiken erzählt, damit du sie sicher *aufbewahren* konntest. Dann erfahre ich von Alyssa, dass du den trotteligen Lehrer gebeten hast, sie vor aller Welt herauszutragen und drei von ihnen unbewacht zu lassen. Ich würde sagen, du brauchst verdammt noch mal *doch* meine Hilfe.« Um seinen Worten Nachdruck zu verleihen, steckt er sich einen Keks in den Mund.

»Einen Moment mal.« Ich trete in die Küche, nicht gerade gut aufgelegt. »Morpheus hat dir von meinen Kunstwerken erzählt? Du hast gewusst, dass er hier war? Ich dachte, ich hätte dich beschützt … Dabei hast du die ganze Zeit über etwas *vor mir* geheim gehalten.«

Verbissen wirft Mom die Keksbleche in die Spüle und dreht das Wasser auf. »Als nicht vollständiger Satz sind die Mosaike nutzlos«, antwortet sie Morpheus und ignoriert mich einfach. »Ich habe mich um die drei gekümmert, die ich habe. Ich habe sie an einem sicheren Ort versteckt. Wo keiner von euch Netherlingen es wagen würde, sie anzurühren.«

Ihre Worte erinnern mich an das, was ich in meinem Drehspiegel gesehen habe. »Ist das der Grund, warum du im Spiegelbild warst … neben dieser Brücke? Waren meine Mosaike in der Tasche?«

Mom wirbelt stirnrunzelnd zu mir herum.

»Ah.« Morpheus schaut zwischen uns hin und her. »Alison ist zur Eisenbrücke gegangen, ja? Brillante Strategie, so nach London rüberzuspringen.«

*Eisen*brücke …

Morpheus hat mir einmal erzählt, dass Netherlinge eine Abneigung gegen Eisen haben. Es verfälscht irgendwie ihre Magie, auch wenn ich keine Einzelheiten weiß.

»Es ist die einzige Möglichkeit, wie ich die Mosaike sicher verwahren konnte«, sagt Mom, als hätte sie meine Gedanken gelesen.

»Natürlich«, höhnt Morpheus. »Hast du, während du dort warst, unsere Lieblingsplätze in der Eisenbrückenschlucht besucht? Bist du mit dem Zug gefahren und hast verlorene Erinnerungen wieder aufleben lassen?« Er kneift die Augen zusammen. »Deshalb hast du also den Spiegel zerbrochen. Um deine Spuren zu verwischen.«

Sie wendet sich wieder den Töpfen in der Spüle zu. »Wenn ich nur die Portale nach Wunderland und zurück verschließen könnte«, murmelt sie mehr zu sich selbst als zu uns. »Dann würden Rot und alle anderen, die Allie wehtun wollen, im Netherreich festsitzen, ohne einen Weg zurück. Genauso, wie es sein sollte.«

»Als würdest du das jemals zulassen.« Morpheus setzt seinen Hut wieder auf. »Du sprichst von uns, als seien wir eine andere Rasse. Aber du bist von der gleichen Art. Wild … manipulativ … und eine Spur verrückt. Du bist mehr Netherling als Mensch, Alison. Du könntest es nicht ertragen, wenn es keinen Weg zurück in deine Herzensheimat gäbe.«

Ich schlage auf die Theke, um auf mich aufmerksam zu machen. »Würde mir bitte mal jemand sagen, was überhaupt los ist?«

Stumm schrubbt Mom mit einem Schwamm an Keksresten. Wasser und Seife schwappen über.

Morpheus tupft sich mit der Ecke des Tischtuchs den Mund ab. »Alison hat dich getäuscht, sodass du glaubtest, sie sei eine hilflose kleine Rosenknospe. Aber es ist alles Show, Alyssa. Deine Mom ist skrupellos und sie hätte eine eindrucksvolle Rote Königin abgegeben. Tatsächlich wollte sie diese Rubinkrone. Sie war so dicht davor. Aber sie hat deinen Vater kennengelernt … hat die Prüfungen nicht bestanden. Anderenfalls hätte sie niemals aufgegeben, wäre niemals im menschlichen Reich geblieben. Und du, kleiner Schatz« – sein Blick fällt auf mein Gesicht, die Juwelen von schwärzestem Schwarz – »wärst nie geboren worden.«

Meine Zunge ist dick und schwer wie ein Stein. Alle Fragen, die ich stellen muss, sind darunter gezwängt. Ich weiche in den Eingang zurück, wo ich mich im Schatten verkrieche und Abstand zu Morpheus' hässlichen Anschuldigungen bekommen kann.

Nein. Mom *kann* sich nicht gewünscht haben, Königin zu werden. Das würde bedeuten, dass sie die Wahrheit kennt. Dass alles, worüber wir in der Nacht gesprochen haben, als ich aus Wunderland zurückkam – die zarten Momente, die wir im Irrenhaus erlebt haben, als ich ihr erzählte, dass unsere Familie doch nicht verflucht sei –, nur vorgetäuscht waren. Das würde bedeuten, dass sie nur so *getan* hat, als sei sie ahnungslos.

Wenn das der Fall ist, welche Lügen hat sie sonst noch erzählt?

Ich presse mir eine Hand auf den Mund. Morpheus versucht, zwischen uns zu treten, aber das werde ich nicht zulassen.

»Nein«, sage ich. »Du …« Ich zeige auf Morpheus. »Du hast mir erzählt, ich sei seit Alice die Erste, die in das Kaninchenloch gesprungen ist.«

Er hebt einen Finger.

»Stimmt nicht. Ich habe gesagt, du seist die Erste seit Alice, die schlau genug war, um allein das Kaninchenloch zu entdecken und hineinzuspringen. Ich habe deine Mom zu dem Kaninchenloch hingeführt, und sie hat mir erlaubt, sie hinunterzutragen. Sie war nicht ganz so einfallsreich wie du. Ich glaube, das war letztendlich ihr Niedergang. Das und ihr kompletter und vollkommener Mangel an Loyalität.«

Mom blickt finster in seine Richtung.

Ich unterdrücke ein Schluchzen. »Aber Schwester Eins, damals auf dem Friedhof ... sie sagte, ich sei die Erste, die vorgetreten sei und Anspruch auf die Krone erhoben habe ...«

Mom und Morpheus wechseln einen vielsagenden Blick.

»Vielleicht weil deine Mom es nie ganz so weit gebracht hat?«, fragt Morpheus rhetorisch. Ein sicheres Zeichen, dass er etwas verbirgt.

»Das sollte keine Rolle gespielt haben«, erwidere ich. »Schwester Eins hat die ganze Zeit, während ich in Wunderland war, meine Fortschritte im Auge behalten, wegen all dessen, was sie gewinnen würde, wenn ich die Prüfungen bestand. Sie hätte das Gleiche für Mom getan. Nein.« Meine nächsten Worte richte ich an sie. »Du bist nie dort gewesen. Du dachtest, die Liddells seien verflucht. Du hast die Wahrheit nicht gekannt, hast nicht gewusst, wozu die Prüfungen gut waren. Nicht, bis ich es dir erzählt habe. Stimmt's, Mom? Stimmt's?«

Sie trocknet sich die Hände an einem Geschirrtuch ab und geht zur Tür. »Allie«, sagt sie, während sie über die Schwelle tritt, »ich will es dir erklären.«

Morpheus folgt ihr, den Mund völlig verzogen. »Du schuldest ihr mehr als eine Erklärung. Du schuldest ihr eine Entschuldigung dafür, dass du sie all die Jahre über getäuscht hast.«

»Ausgerechnet du musst von Täuschung reden!« Mom schäumt vor Wut.

»Oh?« Mit einer anmutigen, blitzschnellen Bewegung drängt Morpheus sie gegen die Wand, ohne sie auch nur zu berühren.

Wieder hält er diesen Abstand zwischen ihnen, eine unsichtbare Linie, die er nicht überschreitet. »Du hast *mich* den Kopf hinhalten lassen dafür, dass Alyssa nach Wunderland gezogen wurde. Dafür und für das Chaos in ihrem Leben. Aber du selbst hast dich vor deinen Verpflichtungen gedrückt. Du hast eine bewusste Entscheidung getroffen, die die Zukunft eines jeden Kinds betraf, das du und *Tommy-Schätzchen* jemals haben würdet. Es wird Zeit, dass du es zugibst.«

Im Halbdunkel leuchtet Moms platinfarbenes Haar und fällt wie der Schein der Mondsichel herab – so atmosphärisch wie die Pflanzen in unserem Mondgarten, wenn sie von einer Brise erfasst werden. Ich achte so genau auf sie, dass mir nicht auffällt, was mit Morpheus geschieht, bis er ein Knurren ausstößt.

Die Motten an der Krempe seines Huts flattern, als seien sie wiederauferstanden. Sie heben den Hut von seinem Kopf, und er muss einen Sprung machen, um ihn noch zu erwischen. In Moms Mundwinkel zuckt es; sie kämpft gegen ein selbstgefälliges Lächeln.

Sie manipuliert die Flügel der Motten.

Ich unterdrücke den Schrei, der sich in mir entfaltet, außerstande zu leugnen, was direkt vor meinen Augen geschieht: Die Magie in ihr, von der ich dachte, sie sei niemals angezapft worden, ist lebendig, weil sie in Wunderland war ... und zurückgekommen ist.

Ich erinnere mich an meine erste Begegnung mit den Blumen in Wunderland ... wie sie erklärt haben, dass ich aussehe wie »du weißt schon wer«. Ich dachte immer, sie redeten über Alice oder vielleicht über Rot, aber das war es ganz und gar nicht. Sie haben über Mom gesprochen.

Ich presse den Rücken fest genug gegen die Wand, dass meine Flügelknospen kneifen. »Die fleckige Schrift in dem Buch, *Alice im Wunderland*«, sage ich, und meine Stimme ist kaum mehr als ein Flüstern. »Morpheus hat sie nicht verschmiert. Das warst du. Du wolltest nicht, dass ich herausfinde, dass du dort gewesen bist.«

Morpheus lässt seinen Hut wieder auf den Kopf fallen. Er lehnt einige Schritte von mir entfernt an der Wand, einen Stiefelabsatz auf der Scheuerleiste. »Deine Mom wollte von Anfang an mit mir zusammenarbeiten, als sie dreizehn wurde und den Netherlingsruf vernahm. So sehr hat sie sich nach der Macht der Krone verzehrt. Ich musste nur einen Weg finden, wie sie die unmöglichen Prüfungen aus König Rots Erlass bestehen konnte. Also habe ich drei Jahre lang an einer alternativen Hindernisstrecke gearbeitet, um die Anforderungen unter den Bedingungen zu erfüllen, die er niedergeschrieben hatte, und ich habe mir bei jedem Schritt ihre Zustimmung geholt ...«

»Du wolltest Königin Rot in dir leben lassen?«, unterbreche ich Morpheus und starre Mom ungläubig an.

»Nicht ganz«, blafft Morpheus. »Im Gegensatz zu dir hatte Alison vor, ihren Wunsch so zu benutzen, wie ich sie angewiesen hatte, um Rot für immer aus Wunderland zu verbannen. Und wir wären kaum in dieser traurigen Zwangslage, hättest du dich dafür entschieden, das Gleiche zu tun, statt das unbedeutende sterbliche Leben deines Freundes zu retten.«

Ich will die Juwelen unter seinen Augen dafür auskratzen, dass er das gesagt hat, aber ich kann mich nicht bewegen.

Morpheus wedelt mit der Hand. »Es spielt jetzt keine Rolle mehr. Ich habe den schlimmen Fehler begangen, sie nicht bei ihrer Lebensmagie schwören zu lassen, dass sie vollendet, was sie begonnen hatte. Alison ist eine Verräterin. Sie ist ausgestiegen, weil sie deinen Vater kennengelernt hat. Es ist jedoch aufschlussreich, dass sie alle Erbstücke behalten und Vorkehrungen getroffen hat, damit niemand sonst den Hinweisen folgen konnte, die ich ihr gegeben hatte. Vielleicht wollte sie sich ein Hintertürchen offen halten, um sich eines Tages erneut um die Krone zu bemühen.«

»Das ist nicht der Grund, Morpheus«, zischt Mom. »Und du weißt das.«

Er zuckt die Achseln. »Wir könnten Rabid fragen. Er war dabei.«

Ich schüttele den Kopf. »Wo *ist* Rabid überhaupt?« In all dem Wahnsinn hatte ich ganz vergessen, dass wir ihn allein in meinem Zimmer zurückgelassen haben.

»Ich habe ihn gefesselt«, antwortet Mom. »Er wird von deinen Aalen unterhalten. Elektroschocktherapie. Strafe für seine Rolle bei dem, was dir letzten Sommer zugestoßen ist.«

Ich schnappe nach Luft wegen ihrer Grausamkeit und mache einen Schritt auf mein Zimmer zu, aber Morpheus versperrt mir den Weg.

»Es geht ihm gut«, versichert er mir, eine Hand auf meiner Schulter. »Elektrizität hat keine Wirkung auf unseresgleichen.«

Ich schüttele ihn ab. »Nun, es kann nicht gut für meine Aale sein!«, rufe ich. »Sie müssen schreckliche Angst haben!« Morpheus und Mom sehen mich beide an, als würde ich den Verstand verlieren. Wenn dem so wäre, hätten sie Schuld daran. »Holt Rabid heraus. Sagt ihm, ich verlange zu erfahren, warum er hier ist.«

Morpheus sieht mich mit hochgezogenen Brauen an, dann

nimmt er mit einem bewundernden Glitzern in den Augen seinen Hut ab und verneigt sich. »Wir Ihr wünscht, Euer Majestät.« Er wechselt einen vielsagenden Blick mit meiner Mom. »Vielleicht könntest du deiner Tochter ausnahmsweise einmal die Wahrheit sagen. Hast du es geschafft, eins der Mosaike zu entschlüsseln, bevor du sie versteckt hast?«

Mom zuckte die Achseln, einen säuerlichen Ausdruck im Gesicht.

»Sag, was du gesehen hast. Sie wird Rots Angriff nicht überleben, wenn sie die Wahrheit nicht kennt.« Morpheus schaut mich ein letztes Mal an – die Juwelen blitzen im sanften Blau des Mitgefühls –, dann rückt er seinen Hut zurecht, bevor er über den Linoleumboden davonstapft.

Sobald der Wohnzimmerteppich seine Schritte dämpft, drehe ich mich zu Mom um und warte auf ihre Erklärung. »Die Mosaike«, platze ich heraus, obwohl es ganz und gar nicht das ist, was ich wissen will.

Sie erwidert meinen Blick. »Ich hatte nur Zeit, eins zu entschlüsseln. Drei Rote Königinnen haben um die Rubinkrone gekämpft, und hinter einer Mauer aus Ranken im Schatten verborgen war die Silhouette einer weiteren Frau zu sehen – einer, die interessiert zuschaute, wie der Kampf ausgehen würde … einer, die großen Anteil an allem nahm. Ich konnte ihre Augen sehen. Traurig, durchdringend. Ich hatte es eilig. Das war alles, wofür ich Zeit hatte.«

Es hat drei Rote Königinnen seit dem letzten Sommer gegeben: mich, Grenadine, die ich ernannt habe, um an meiner Stelle zu regieren, und Rot selbst.

Bleibt die Frage nach der vierten Akteurin, der im Schatten.

Mom beobachtet meinen Gesichtsausdruck, während ich im Geiste die Möglichkeiten durchgehe. Ihre finstere Miene wird weicher, sie zeigt Mitgefühl und sieht aus wie die Frau, die ich einst kannte: die mir Eisstückchen aus Wackelpudding gemacht hat, wenn mein Hals schmerzte. Die meine Wehwehchen wegküsste und mir Schlaflieder vorsang. Die sich hat einweisen lassen, um mich vor Wunderland zu retten.

Aber die Mom, an die ich mich erinnere, ist ganz und gar nicht wie sie. Das Haar dieser Mom ist noch immer glänzend und ihre Haut leuchtet im Sternenlicht wie Schnee. Diese Mom ... dieser *Netherling* ... ist eine Fremde für mich.

»Du warst in Wunderland«, sage ich mit bebender Stimme.

»Es ist nicht so, wie er behauptet hat, Allie«, murmelt sie. »Ich habe tatsächlich die Hinweise auf den Seiten verschmiert. Aber ich habe es getan, weil ich deinen Vater kennengelernt hatte und der Suche für immer ein Ende machen wollte.« Sie verdreht die Hände in dem Geschirrtuch. »Ich habe versucht, eine Entscheidung zu treffen, was ich mit den Erbstücken tun sollte. Das ist der Grund, warum ich sie versteckt habe. Ich konnte sie nicht einfach wegwerfen – ich musste herausfinden, wie ich es schaffen konnte, dass keine unserer Nachfahrinnen jemals wieder in Wunderland enden würde.«

Ihre Antwort hallt hohl in dem kleinen Eingang wider. Bei ihren Worten bekomme ich eine Gänsehaut. »Du hast von den Prüfungen gewusst. Schlimmer noch, du hast sie *verursacht*. Deinetwegen hat Morpheus sich all diese verrückten Dinge einfallen lassen, die ich in Wunderland getan habe. Alles, damit du Königin sein konntest. Dann hast du ihn im Stich gelassen und ich wurde zu deinem Ersatz.«

Mom knetet das Handtuch. »Wir haben den Plan geschmiedet, bevor du geboren wurdest, Allie. Ich – ich wusste nicht, dass es sich so entwickeln würde, wie es sich entwickelt hat ...«

»Im Ernst?« Die Worte kommen schrill und gepresst heraus. »Du verstehst überhaupt nicht, worum es geht! Du bist in Wunderland gewesen und hast dir nie die Mühe gemacht, es mir zu erzählen! Du hast erlebt, was ich erlebt habe. Hast du überhaupt eine Ahnung, wie dringend ich das hätte wissen müssen? Wissen müssen, dass ich nicht *allein* war?«

Ihr entgleisen die Gesichtszüge, aber sie bleibt aufreizend stumm.

»Warum hast du mir in jener Nacht in der Irrenanstalt nicht davon erzählt, als ich dir mein Herz ausgeschüttet habe?« Die Schluchzer, die ich zurückhalte, ballen sich zusammen, und meine Kehle schmerzt schlimmer als zuvor, als ich einen Atemschlauch im Hals hatte. »Oder vorher. Wenn du einfach von Anfang an ehrlich gewesen wärst, als du herausgefunden hast, dass ich die Insekten und Pflanzen höre.« Ich lasse einen Schluchzer heraus. Ein zweiter folgt. »Es hätte alles ändern können. Wunderland wäre nicht in diesem Schlamassel, weil ich nicht hingegangen wäre und alles kaputt gemacht hätte.«

Mom umklammert ihr Geschirrtuch wie eine Rettungsleine. »Nicht du hast dies verursacht. Es ist Rot.«

»Aber ich habe sie *entfesselt*«, knurre ich. »Deswegen ist es meine Verantwortung, das Ganze in Ordnung zu bringen.«

»Süße, nein ...« Sie lässt das Handtuch fallen und streckt die Hände nach mir aus.

In der Ecke eingeklemmt kann ich nicht entkommen, stattdessen schlage ich ihre Hand weg.

»Allie, bitte ...« Ihr bricht die Stimme.

Ihre verletzten Worte dringen kaum zu mir durch. Alles, was ich sehe, ist eine Verräterin. Die Lilien in meinem Krankenhauszimmer haben von ihr gesprochen. *Sie* war diejenige, die mich auf die denkbar schlimmste Art betrogen hat.

»Du bist unglaublich«, stoße ich mit zusammengebissenen Zähnen hervor. »Du hattest vor, alles für uns in Ordnung zu bringen, hm? Du, die vor allem, was mit Wunderland zusammenhängt, solche *Angst* hat. Du, die dachte, unsere Familie sei verflucht, bis ich dir etwas anderes gesagt habe. Du, die heute durch meinen Spiegel getreten bist, mit einem Schlüssel, den du nicht monatelang versteckt hattest, sondern jahrelang. Warum? Weil du eines Tages zurückgehen und Königin werden wolltest? Hattest du überhaupt die Absicht, Dad davon zu erzählen, bevor du ihn verlassen hättest?«

Sie öffnet den Mund zu einer Erwiderung, aber ich bohre weiter, bevor sie etwas sagen kann.

»In all dieser Zeit hast du mich wegen meiner Kleider und meines Make-ups drangsaliert ... es lag nicht daran, dass ich zu wild oder unanständig aussah. Es lag daran, dass ich zu sehr wie ein Netherling aussah. Es hat dich an alles erinnert, was du verloren hast. Stimmt's?«

Sie schnüffelt, antwortet jedoch nicht.

»Du hast mir eingebläut, dass du nicht willst, dass ich die gleichen Fehler mache wie du ... mich zu jung verliebe und die Chance verpasse, Künstlerin zu werden. Ich konnte nicht verstehen, warum du nicht versucht hast, noch einmal von vorn zu beginnen, jetzt, da du draußen bist, und die Karriere zu machen, die du dir immer gewünscht hast. Aber es ging nie um deine Fotografie. Dad hat dich daran gehindert, Königin zu werden. Und jetzt habe ich die Krone. Du musst uns wirklich grollen.«

»Nein, Allie ...«

Ihre Worte stoßen bei mir auf taube Ohren. Ich kann die Lügen nicht ignorieren. »Wie kannst du Groll gegen jemanden hegen, der so umwerfend ist wie Dad? Er war *elf* Jahre lang treu. Er ist dir treu geblieben und hat darauf gewartet, dass du gesund wirst. All die Nächte hat er allein im Wohnzimmer gesessen ... sich nach seiner Frau verzehrt ... diese dummen Gänseblümchen angestarrt, die all deine Geheimnisse verborgen haben. Er hat die Wahrheit verdient, Mom.« Ein weiterer Schluchzer entringt sich meiner Kehle. »Wir haben sie *beide* verdient!«

Tränen fließen ihr übers Gesicht.

Sie ist in das Irrenhaus gegangen, um mich zu beschützen, als ich ein Kind war – diese Erinnerungen drohen, meinen Zorn zu mildern. Aber wie kann ich wirklich wissen, warum sie getan hat, was sie getan hat? Vielleicht wollte sie einfach nicht, dass ich statt ihrer Königin wurde, und hat deshalb versucht, meine Verbindung zu Wunderland zu kappen. Vielleicht ist sie das auf dem Mosaik. Sie ist die Person im Schatten, die beobachtet und auf die Chance wartet, die Krone an sich zu reißen.

Das aufblühende Misstrauen erstickt jedes Fünkchen Mitgefühl, und ich schleudere ihr die grausamste Beleidigung entgegen, die mir einfällt. »Ich weiß nicht mehr, wer du bist. Aber eines *weiß* ich. Du bist eine größere Lügnerin, als Morpheus es jemals war.«

13

Auf Kollisionskurs

Ich kann es nicht ertragen, Mom so am Boden zerstört zu sehen, daher schiebe ich sie beiseite, raffe die Schleppe meines Kleids und gehe dann schnurstracks in den hinteren Flur.

Sie bleibt zurück, und ihr leises Schluchzen klingt lauter als jeder Schrei ... lauter als der Zug, der mich heute früh beinahe zerquetscht hätte. Vielleicht wäre es besser gewesen, wenn ich tatsächlich zerquetscht worden wäre. Es wäre kurz und schmerzlos gewesen. Nicht so wie der Schmerz jetzt, der anhält und dauert und mich auffrisst.

Armer Dad. Ich kann nicht glauben, wie unehrlich sie zu ihm gewesen ist – zu dem Mann, den sie für immer zu lieben geschworen hatte und bei dem sie bleiben wollte. Und ich werde genau wie sie und belüge den Jungen, den ich liebe. Was ich niemals wieder tun wollte ...

Mom schleppt sich schweren Schrittes durchs Wohnzimmer, da schlägt die Hintertür zu. Statt mir nachzukommen, ist sie in ihren Garten gegangen, um ihre plappernden Pflanzen zu bemitleiden. Das passt. Sie kennen sie besser, als ich es je getan habe.

Ich sacke gegen die Wand vor meinem Schlafzimmer und zwinge mich, das Zittern zu unterdrücken, bevor ich Morpheus gegenübertrete. Mit einem beklemmenden Gefühl in der Brust und brennenden Augen spähe ich durch die Tür. Am Fuß des Aquariums sind einige Pfützen. Die Aale scheinen okay zu sein und gleiten durch die Luftbläschen, als sei nichts geschehen.

Auf meinem Bett ist Rabid Weiß in ein Badehandtuch gehüllt, und das Einzige, was man von dem häschengroßen Netherling sehen kann, ist sein kahler Kopf: rosa Rehaugen und runzlige, albinoweiße Haut. Ein flauschiges weißes Geweih wächst hinter seinen menschenartigen Ohren.

Er ist hier so deplatziert. Er muss zurück. Das Problem ist, da mein Drehspiegel kaputt ist, habe ich keinen Spiegel, der groß genug ist, um ihn nach London und durch das Kaninchenloch zu schicken. Die Netherlingswelt hat mich mal wieder unter ihrer Fuchtel, mit all ihren einfachen Fahrkarten. Die Portale des Roten und des Weißen Königreichs führen nur von Wunderland *weg*. Das Kaninchenloch führt nur *hinein*. Ich wünschte einfach, es gäbe irgendeinen Weg, die Regeln zu umgehen.

Ich wünschte außerdem, ich könnte so sorglos sein wie Morpheus.

Er hockt im Indianersitz vor Rabid wie ein Freund, der einen anderen tröstet – ein seltsam liebenswerter Anblick. Er hat zwei Ohrhörer in Rabids Ohren gesteckt. Das uralte Gesicht des Geschöpfs zeigt einen staunenden Ausdruck, während es sich im Rhythmus mit der Musik hin und her bewegt.

Eine Woge der Zuneigung überkommt mich, Zuneigung zu Rabid und Chessie und all den Netherlingen in Wunderland – schnell gefolgt von Wut auf Morpheus. Er hat mich glauben lassen, dass er den Geist meiner Mom benutzt hatte, um in so jungem Alter an mich heranzutreten, weil er verzweifelt versuchte, seinen eigenen Fluch loszuwerden. Ich habe damit Frieden geschlossen, mich in gewisser Weise eingefühlt. Eins der Dinge, die er und ich gemeinsam haben, ist unsere Angst davor, eingeschnürt oder in irgendeiner Weise gefangen zu sein, egal ob geistig oder körperlich.

Jetzt habe ich den Verdacht, dass er sich an Mom rächen wollte, weil sie ihre Vereinbarung gebrochen hatte. Das ist etwas, das ich nicht verzeihen kann.

Morpheus bietet Rabid etwas Glänzendes und Silbernes zum Spielen an. Es ist Jens Fingerhut. Sie muss in ihrer Eile vergessen haben, ihn einzupacken. Rabid versucht, den Fingerhut zu essen, aber Morpheus hindert ihn daran.

»Wärme ihn mit deinen Augen«, instruiert er ihn.

Rabid schärft seine leuchtende Iris, bis sie rote Hitze verströmen. Durch seine Konzentration nimmt der Fingerhut einen weichen Orangeton an.

Morpheus stellt den winzigen umgedrehten Becher auf eines der vier Enden des Geweihs von Rabid. Der orangefarbene Schimmer gleitet das flauschige Horn hinunter und löst jeden Wassertropfen auf, als leite die Hitze durch ihn hindurch.

»Nun brauchen wir nur noch sieben weitere, damit du wieder warm und trocken wirst«, sagt Morpheus, dann lacht er, während Rabid mit seinen knochigen Händen applaudiert.

Ich weiß nicht, was ich denken soll, als ich meinen dunklen Peiniger für einen der Seinen sorgen sehe – so reizend und sanft. Manchmal ist er auch mir gegenüber so.

Ich kämpfe gegen die aufkommenden Tränen. Ich bin vollkommen allein und verwirrt, aber eine Königin lässt sich ihre verletzlichen Seiten nicht anmerken.

Ich räuspere mich.

Morpheus schaut auf. Sein wahres Abbild verblasst unter Finleys Maske, obwohl seine Juwelen schwach durchscheinen. Sie blinken in einem nebligen Lilagrau, dem gleichen Farbton wie meine Stiefel. Es ist die Farbe der Bestürzung, als habe er Mitleid mit mir in meinem Chaos. Als hätte er die Hand nicht mit im Spiel gehabt.

»Was hat deine Mom dir über die Mosaike erzählt?«, will er wissen.

»Warum ist er hier?«, weiche ich seiner Frage aus und zeige auf Rabid. Ich bin mir nicht sicher, ob ich Morpheus überhaupt irgendetwas anvertrauen soll, das Mom gesagt hat. Und vor allem sollte ich wohl mein Misstrauen, was ihre Motive betrifft, für mich behalten.

Bevor Morpheus antworten kann, bemerkt Rabid mich. Seine rosa Augen werden so groß wie Halbdollarmünzen.

»Majestät, immer und stets der Eure!« Der Netherling streift das Handtuch ab und stößt den Fingerhut von seinem Geweih. Der Duft von fischigem Wasser und staubigen Knochen dringt mir in die Nase.

Rabid rutscht an den Rand der Matratze, lässt sich auf den Boden fallen und verneigt sich. Die Ohrhörer springen heraus und verheddern sich in seinem Geweih. Morpheus fängt die Rockschöße der nassen Weste Rabids auf, um zu verhindern, dass er mit dem Gesicht voraus auf den mit Glasscherben übersäten Teppich fällt.

»Reuig ich bin.« Rabid faltet seine skelettdürren Finger wie zum Gebet. Der weiße, schaumige Speichel, dem er seinen Namen zu verdanken hat, sprenkelt seine Lippen.

»Warum bist du reuig?«, frage ich vorsichtig.

Sein glühender Blick wandert über die Scherben, die auf dem Boden funkeln. »Eure Pforte zerbrochen habe ich *nicht*.«

Ich runzele die Stirn. »Ich weiß, das war meine Mom.«

Die Kreatur neigt den Kopf. »Mein Königreich ich verraten habe … so Königin Grenadine sagt.« Er zeigt eine gebundene rote Schleife vor.

Grenadine leidet seit ihrer Geburt an unheilbarer Amnesie. Die Schleifen, die sie an Zehen und Fingern trägt, sind so verzaubert, dass sie sie an wichtige Dinge erinnern, die sie ansonsten vergessen würde.

Als ich das Samtband ans Ohr drücke, begrüßt mich ein Wispern. »*Königin Rot lebt und trachtet danach, das zu vernichten, was sie verraten hat.*«

Der Fingerabdruck auf meinem Herzen, den Rot letzten Sommer als Warnung zurückgelassen hat, lodert auf – ein scharfer Stich, der mir den Atem nimmt. Ich lasse die Schleife fallen und sie flattert davon. Dann sehe ich Morpheus in die Augen. Er zieht eine Braue hoch und die Narbe auf Finleys Schläfe verzieht sich.

»Was hat das mit dir zu tun?«, frage ich Rabid und versuche, das Zittern meiner Stimme zu unterdrücken.

»Mich einkerkern Ihr werdet, Königin Grenadine hat gesagt.« Er streckt mir die Hände mit knirschenden Knochen hin, damit ich sie fessele. »Ketten für Euch ich werde tragen, Königin Alyssa. Zerknirscht ich werde sein.« Er fällt auf seine ausgemergelten Knie.

Als er in den zerbrochenen Scherben landet, zucke ich zusammen, bewahre aber Ruhe. Knochen sind nicht anfällig für oberflächliche Schnitte.

Morpheus nimmt den Hut ab und steht auf.

»Was weißt du darüber?«, frage ich ihn.

Ein Schatten von Flügeln verändert die Luft hinter ihm, wie Sommerhitze, die über einer Asphaltstraße flimmert »Er hat Rot geholfen, einen Körper zu finden, den sie bewohnen konnte. Er ist der Grund, warum ihr Geist überlebt hat.«

Ich richte meine Aufmerksamkeit sofort wieder auf meinen knienden Untertan. »Warum solltest du das tun? Du hast mir Gefolgschaft geschworen.«

Rabid schaudert und seine Knochen hören sich an wie gegeneinander stoßende Zweige. »Andere Verpflichtungen gute Absichten verdorben haben ...« Stöhnend hält er den Kopf gesenkt. Sein Geweih verbirgt sein Gesicht.

»Wie du weißt, hat ihm Rot einmal das Leben gerettet«, erklärt Morpheus und setzt den Hut wieder auf. Er fährt mit einem Finger über die Motten an der Krempe. »Rabid musste seine Schuld ihr gegenüber begleichen. Nur sie konnte ihn freilassen.«

»Freilassen?«, frage ich.

»Frei, dein getreuer Untertan zu sein«, erwidert Morpheus. »Er hat einen Handel geschlossen. Rots Leben für seine Loyalität. Um dir anschließend für immer treu zu sein, musste er dich ein letztes Mal verraten.«

Logik, eingehüllt in Unsinn. Nicht anders zu erwarten von Wunderland. »Also ist Rot hier?«, frage ich und kämpfe gegen das hämmernde Grauen in meiner Brust.

Rabid antwortet nicht. Alles, was heute passiert ist – dass Taelor Morpheus und mich gesehen hat, dass die Mosaike verschwunden sind, die beinahe tödliche Autofahrt, der Verrat meiner Mom –

schwebt über mir ... eine abscheuliche Wolke schwarzer Gefühle. Die Macht in mir bettelt darum, ihr freien Lauf zu lassen, und verspricht, dass sie ihn zum Sprechen *bringen* wird. Dass sie ihn dazu bringen wird zu gehorchen.

Ich ergebe mich: Stelle mir vor, wie sich die Ohrhörer erheben und schwanken wie Kobras. Das Lied, das aus ihnen dringt, wird laut und kreischend. Rabid hält sich die Ohren zu, heult und weicht zurück. Die Ohrhörer folgen ihm und schlagen zu. Obwohl sie keine Reißzähne oder Gift haben, sind sie bösartig auf ihrer Verfolgungsjagd.

Mit einem vergnügten Gesichtsausdruck tritt Morpheus beiseite, damit Rabid auf die Matratze krabbeln kann. Die schwarzen Schnüre gleiten hinter ihm die Bettkante hinauf.

»Den Insekten zuhören Ihr solltet!«, jault Rabid, als sich die Schnüre um sein Geweih wickeln und ihn mit einem Ruck auf den Bauch drehen. »Bitte, Majestät!«

Ich hebe die Hand und die Ohrhörer erschlaffen.

»Ich habe gefragt: *Ist Rot hier?*« Die Macht in meiner Stimme überrascht mich selbst.

Rabid schüttelt den Kopf, während Morpheus ihm hilft, sein Geweih von den Schnüren zu befreien. »Eine Blume zu sein sie erwählt hat. Den Wald geführt in eine Revolte. Versprochen Gebäck für alle. Dornen so groß wie Drachenkrallen. Zuerst die Toten sie wecken. Erschüttern die Fundamente, befreien die Geweihten.« Schaumig weißer Speichel tropft von seinen Mundwinkeln. »Dann teilen und erobern die Lebenden. Versklaven sie alle.«

Entsetzen, so dunkel wie eine Rabenschwinge, überschattet meine Gedanken. Das war es also, was die Insekten mir zu erzählen versucht haben. Sie haben nicht von den Blumen hier im menschlichen Reich gesprochen, sondern von denen in Wunderland. Königin Rot hat eine riesige Blumenarmee auf die Beine gestellt.

»Es wird nicht funktionieren, oder?«, frage ich Morpheus, als dieser die Lautstärke an den Ohrhörern verändert und Rabid gut zuredet, noch mal der Musik zu lauschen. »Der Friedhof ist heiliger Boden. Richtig? Kein Vollblutniederling kann die Friedhofstore durchschreiten. Das hast du mir jedenfalls erzählt.«

Morpheus schnappt sich das Handtuch vom Bett und geht zu meinem Aquarium, um die Pfützen aufzuwischen. »Das trifft für jene von uns zu, die *leben*«, antwortet er, ohne sich umzudrehen, »aber Rot ist eine tote Bewohnerin eines lebenden Körpers. Die natürlichen Gesetze unserer Welt gelten nicht länger für sie.«

Bei dem flapsigen Gebrauch des Ausdrucks *natürlich* in Bezug auf Wunderland muss ich fast prusten.

»Rot kann die Grenzen der Friedhofstore überschreiten, weil ein Teil von ihr bereits dort hingehört«, fährt er fort. »Wenn sie es hineinschaffte, könnte sie die Toten befreien, denn sie kennt die Geheimnisse des Labyrinths. Aber sie müsste an den Schwestern vorbei. Das wäre nicht leicht.«

»Ich erinnere mich.« Meine Füße zittern, als ich mir das Bild der unter ihren Kleidern verborgenen, spinnenartigen unteren Körperhälften der Zwillinge vor Augen führe. Schwester Eins hat so ihren Charme, aber Schwester Zwei ...

Ich habe ihre Seite des Friedhofs betreten, habe die Kälte der Klingen gespürt, als sie mich mit ihrer mutierten Hand bedroht hat. Ich habe unter ihren Bäumen gestanden, die mit Spielzeugen geschmückt und die von den Geistern der Toten besessen waren.

Ich werde nie vergessen, wie ihre Augen mich voller Todesqualen durchbohrt haben.

»Wenn sich die Zwillinge zusammentun«, fährt Morpheus fort, »sind sie die furchteinflößendsten Netherlinge im ganzen Land. Man kann sie nur besiegen, indem man sie gegeneinander aufwiegelt. Da beide Zwillinge Rot wegen ihrer Flucht letztes Jahr hassen, ist es unwahrscheinlich, dass sie einen Keil zwischen die beiden treiben könnte.« Er sagt das Wort *unwahrscheinlich* leise, während er das Glas des Aquariums nachzeichnet. Im Profil sieht er bekümmert aus, während sein Finger meine Aale in seinen Bann zieht. Morpheus liebt seine Welt. Das ist der Grund, warum er so sehr darauf beharrt, sich meine Hilfe zu sichern. Ich habe die Zerstörung in meinen Träumen gesehen und die Gewalt in meinen Mosaiken. Es wäre herzzerreißend, wenn ein so wunderschönes, einzigartiges und bizarres Land Rots Ränken erliegen würde.

Übelkeit steigt in mir auf. Die ganze Katastrophe ist meine Schuld. Ich habe das möglich gemacht, indem ich letztes Jahr den See getrocknet habe, indem ich den Blumen einen Weg ins Herz von Wunderland geebnet habe und indem ich Rots Geist von dem Friedhof befreit habe, sodass sie in einen neuen Körper schlüpfen konnte.

Ich wanke auf mein Bett zu und stolpere beinahe über mein Kleid. Morpheus ist im Nu an meiner Seite und hält mich fest, bis ich neben Rabid sitze.

Rabid lässt die Ohrhörer auf den Boden fallen, rutscht nah heran, tätschelt meine behandschuhte Hand und zupft mit zerbrechlichen Fingern an dem Spitzenstoff. »Majestät«, gurrt er. »Bitte … kein Exil für Rabid von der Familie Weiß. Immer Euer treuer Untertan. Immer bei Euch bleiben.« Er greift in seine nasse Weste und zeigt mir einen Schlüssel, der genau wie meiner aussieht, mit einem Rubin am oberen Rand.

»Du bleibst nicht hier«, antworte ich und lege seine knochigen Finger um seinen Schlüssel. Ich zeige auf den Schrank hinter uns. »Geh wieder hinein, bis wir einen Weg gefunden haben, dich nach Hause zu schicken.« Rabids große Augen verlieren ihren Glanz, als habe sich ein Vorhang aus Zuckerwatte darüber gelegt. Er steckt seinen Schlüssel in die Innentasche seines Mantels und schaudert. »Rabid nass wird sein.«

Gerührt von seinem Unbehagen greife ich nach dem Fingerhut und gebe ihn ihm. »Werde trocken und bleib still dort drin.«

Seine Augen leuchten wieder auf. »Eine Beute zu behalten! Großzügig Ihr seid!« Er steckt den Fingerhut wieder an sein Geweih, rutscht über das Bett, lässt sich fallen und schließt sich im Schrank ein, sodass ich allein mit Morpheus zurückbleibe.

»Du hast gesagt *nach Hause.*« Morpheus schaut mich an, seine Miene hoffnungsvoll. »Du hast es zugegeben. Wunderland ist dein Zuhause.«

Ich schüttele den Kopf. »Ich meinte *sein* Zuhause.«

Oder etwa nicht?

Ich schüttele die Zweifel aus meinem Kopf, erneut misstrauisch, was Morpheus' Rolle in alledem betrifft. »Du warst mit den Blumen in meinem Traum, als ich ertrunken bin.« Ich sehe demonstrativ zu ihm auf.

Er tritt mit gerunzelter Stirn zurück. »Offensichtlich hatte Rot sie noch nicht bestochen, ihre Sache zu unterstützen. Hör auf, Gründe zu suchen, um an mir zu zweifeln. Wir müssen zusammenarbeiten.«

Ich fahre mit den Fingern über die glatten, kühlen Perlen an meinem Kleid, was mich beruhigt. »Ich weiß nicht, wie ich mit dir zusammenarbeiten soll.«

»Als wir Kinder waren, hast du es gewusst«, antwortet er, seine Miene so demütig, wie ich sie noch nie gesehen habe.

Ich kralle die Fäuste in den Stoff meines Kleids. »Bevor ich wusste, dass du ein Lügner bist. Du und meine Mom. Dass alle Netherlinge lügen. Die Einzigen, auf die ich mich verlassen kann, sind … *Menschen*. Mein Dad, Jeb, Jenara. Menschen haben mich nie enttäuscht. Im Gegensatz zu dir.«

Der Ausdruck seiner schwarzen Augen wird weich und so empfindsam, dass es mich überrascht. Er wirkt tatsächlich verletzt. »Vielleicht, weil du bei mir andere Maßstäbe anlegst. Du wirst nie im Zweifelsfall zu meinen Gunsten entscheiden, wie du es bei den Menschen tust. Du benimmst dich, als hätte ich mich dir gegenüber niemals anständig verhalten.«

Ich schaue auf meine in Handschuhen steckenden Hände. Er hat mir geholfen, die Wunderlandkreaturen kennenzulernen und zu verstehen, wie man im Netherreich überlebt. Er hat zu mir gestanden, als der Zug das Auto zu überrollen drohte … Und es war nicht das erste Mal, dass er dem Tod ins Auge geblickt hat, ebenso wie es für mich nicht das erste Mal war.

In manchen Momenten zeigt er Mut, Zärtlichkeit und sogar Selbstlosigkeit. Aber er wird im Nu alles und jeden einer Gefahr aussetzen, wenn es ihm das bringt, was er will. Ich schaue auf und sehe Morpheus in die Augen. »Verdiene dir mein Vertrauen.«

»Wie?«, fragt er.

»Indem du mir die Wahrheit sagst. Was ist zwischen dir und meiner Mom vorgefallen? Hast du alle Frauen der Liddells verführt? Hast du ihnen dieselben schönen Worte gesagt, die du mir gesagt hast?« Ich schlage die Beine unter meinem Kleid übereinander und fühle mich klein und verletzlich, weil ich überhaupt gefragt habe.

Morpheus schiebt mit seinem Stiefel Glasscherben beiseite und kniet sich hin. Dann ergreift er meine Hand. »Ich habe nur drei Generationen von Frauen der Familie gekannt. Die in London mitgerechnet, waren es zwanzig oder so. Die meisten waren ahnungslos und unerreichbar – sie haben den Netherlingsruf nicht gehört. Die anderen waren nicht stark genug, ihrer Abstammung ins Auge zu sehen, ohne den Verstand zu verlieren. Was Alison betrifft, sie und ich waren Geschäftspartner. Mehr ist niemals zwischen uns gewesen. Es gibt nur eine Liddell, die ich begehre, nur eine, die meine unsterbliche Hingabe verdient.« Er schiebt einen Finger in den Spitzenstoff an meinem Ellbogen und zieht mir den Handschuh aus. »Die, die meine wahrste Freundin war ... die meinen Platz eingenommen und den Angriff abgewehrt hat, der mir gegolten hat.«

Ich halte den Atem an, während er mit dem Daumen über die Narben auf meiner Handfläche streicht.

»Aber ich habe nicht gewusst, was ich tat«, beharre ich. »Ich war einfach ein naives Kind, das sein Lieblingsinsekt beschützen wollte.«

»Das glaube ich nicht.« Er hält meine Hand. »Selbstaufopferung ist dir angeboren. Deine Mom wollte die Krone wegen der Macht, aber du hast dich Wunderlands Prüfungen gestellt, um deine Familie zu retten, genauso, wie du es für Chessie mit dem Bänderschnätz aufgenommen hast. Und dann Rot ... du hast es ganz allein mit Rot aufgenommen, für Jebediah. Kannst du es nicht noch ein letztes Mal mit ihr aufnehmen, mit mir an deiner Seite und für Wunderland?«

Ich versuche, ihm die Hand zu entziehen, aber er hält mich nur umso fester. »Bitte, es ist genug.«

»Es wird niemals genug sein«, beharrt er und legt meine Hand auf seine Brust, sodass ich seinen hämmernden Herzschlag spüren kann. »Ich werde keine Ruhe geben, bis du für immer über den Roten Hof herrschst. Bis du wieder bei uns bist, wo du hingehörst.«

»Ich gehöre dort nicht hin.«

»Doch. Weil du bist, wer du bist. *Was* du bist. Eine Hälfte randvoll mit dunklen Neugierden und einem wilden Appetit auf alles Verrückte, aber die andere Hälfte launisch und leicht – voller Mut und Treue.« Er beißt sich auf die Unterlippe, eine so minimale Geste, dass ich sie mir vielleicht nur eingebildet habe. »Nichts kann die Ketten zerreißen, die du um mein Herz geschlungen hast. Denn du *bist* Wunderland.«

Die endlose Tiefe seiner Augen ist gleichzeitig unheilvoll und friedlich. Die Glasscherben auf dem Boden spiegeln sich auf seinem Gesicht wider, als sei er in Sterne gehüllt. Irgendwo habe ich eine Erinnerung an ihn, so wie er jetzt ist – ein verzaubertes Kind, das unter den Sternbildern des Netherreichs sitzt und mir genau das Gleiche sagt: *Du bist Wunderland. Das ist dein ganzes Wesen; akzeptiere es, und du kannst unsere Welt regieren ...*

Die Erinnerung ist so lebendig wie dieser Moment jetzt – sie plätschert gegen meine Seele, brennend heiß, aber gleichzeitig wird mir dabei eiskalt.

»Alyssa«, murmelt Morpheus. »Wir waren zusammen Kinder. Ich habe länger auf deine Rückkehr gewartet, als dein sterblicher Ritter überhaupt gewusst hat, dass es dich gibt.«

Ich schaffe es nicht, ihm wieder in die Augen zu schauen ... schaffe es nicht, mich ihm oder der Versuchung zu stellen, die er geweckt hat. Ich will nachgeben, will ihn und Wunderland umarmen und seine liebenswerten, aber makabren Kreaturen, um all die verrückte Schönheit und Macht zu ergreifen, die mich dort erwarten, um nie wieder loszulassen.

Aber das ist nicht richtig. Es ist nicht die Zukunft, die ich geplant habe. Ich gehöre zu Jeb und zu den Menschen, die ich liebe ... gehöre hierher.

Ich entziehe Morpheus meine Hand. Nur das Brummen des Aquariums und das Geräusch der Bläschen, die aus dem Filter strömen, stören die Stille.

Morpheus seufzt. »Genug der Unentschlossenheit. Es wird Zeit für uns, nach Wunderland zu gehen.«

»Ich werde nicht fortgehen, bevor ich die Möglichkeit hatte, Jeb die Wahrheit zu sagen«, entgegne ich. »Ich will, dass meine Zukunft mit ihm auf Ehrlichkeit beruht. Er *muss* wissen, warum ich fort bin ... wo ich bin. Wann ich zurück sein werde.«

Morpheus' Gesichtsausdruck ist sanft, aber unbeugsam. »Du hast bereits zu lange gewartet und versucht zu ignorieren, was geschieht. Wenn Rot nicht schon hier ist, kommt sie bald ... und alle Sterblichen, die du liebst, werden in Gefahr sein. Willst du das?«

Ich stöhne und verberge das Gesicht in den Händen. »Natürlich nicht«, murmele ich in meine Finger.

»Es steht dir zu, als Königin anzutreten. Rot darf nicht gewinnen«, drängt Morpheus weiter. »Diesmal ist es kein Spiel. Es geht um Leben und Tod.«

Diesmal ist es kein Spiel.
Diesmal.

Ich lasse die Hände auf die Bettkante fallen und stemme mich hoch. Er macht es mir nach, offensichtlich verblüfft. Obwohl ich ihm kaum bis an die Brust reiche, führt aufwallender Groll dazu, dass ich mich um mindestens fünfzehn Zentimeter größer fühle als er.

»Was du *letztes* Mal als Spiel bezeichnet hast, war für mich eine Frage von Leben und Tod.« Ich kann ein Knurren nicht unterdrücken. »Es waren du und Mom, die mich dazu getrieben haben, durch all diese Reifen zu springen. Ihr beide zusammen solltet genug Magie haben, um gegen Rot zu kämpfen. Warum bin ich dafür zuständig und soll all meine Pläne über Bord werfen und wieder mal mein Leben aufs Spiel setzen?«

Morpheus' Stimmung wechselt binnen Sekunden von sanft zu Respekt einflößend. Er umfasst mein Kinn, sodass ich gezwungen bin, ihm in die Augen zu sehen. Die Berührung überrascht mich, weil Finleys Hände nicht weich und ätherisch sind wie die von Morpheus. Sie sind schwielig und menschlich wie Jebs.

»Du bist genauso zuständig dafür wie wir«, erklärt Morpheus. »Dafür, dass du meine Anweisungen nicht ganz nach Vorschrift befolgt hast. Du hast lieber auf menschliche Sentimentalitäten gelauscht, statt auf das Genie der Netherlinge. Den gleichen Fehler hat sie gemacht, als sie deinen Vater gewählt hat. Du hast mich einmal enttäuscht, Alyssa. Wage es nicht noch mal.«

Ich ziehe den Kopf ein. »*Ich* habe *dich* enttäuscht?« Ich habe genug von seiner Arroganz. »Du solltest gehen. Ich habe wirklich genug davon, dein Gesicht zu sehen.«

Er grinst – ein boshaftes Aufblitzen weißer Zähne. »Du meinst Finleys Gesicht.«

Ich winde mich und denke einmal mehr an den Menschenjungen, der unten in Wunderland gefangen ist. »Raus«, befehle ich. »Ich will, dass du fort bist, bevor mein Dad nach Hause kommt.«

Als sich Morpheus nicht von der Stelle rührt, belebe ich die Ohrhörer, damit sie nach seinen Stiefeln schlagen.

Er tritt sie weg. »Dir fehlt es an Fantasie, kleiner Schatz. Du musst schon mehr aufbieten, um mich zu besiegen. Und diese Mätzchen werden nicht einmal eine Delle in Rots Rüstung hinterlassen.«

Er hat recht. Aber ich bin emotional und physisch erschöpft. Ich habe Schmerzen, die von meinem Herzen ausgehen und bis in meine Muskeln, meine Knochen und mein Blut dringen.

»Ich brauche Zeit, um nachzudenken, um mich auszuruhen«, flüstere ich. *Keine Enthüllungen und kein Streit mehr.* »Geh. Und besuche mich heute Nacht nicht im Traum.«

Morpheus schnaubt und wendet sich der Tür zu. »Als könnte ich das in dieser Gestalt tun.«

Er ist fast im Flur, als ich ihn am Ellbogen festhalte. »Wie meinst du das?«

Er verspannt sich unter meinen Fingern und dreht sich um. »Ich verausgabe mich völlig, um diesen verdammten Schönling von Finley aufrechtzuerhalten. Ich war nicht in deinen Gedanken, Träumen oder sonst wo, seit du im Wasser bewusstlos warst.«

»Du lügst.«

Er fährt zu mir herum, legt eine Hand auf den Türrahmen und hält mich zwischen sich und der Wand gefangen. »Was bringt dich auf die Idee, dass ich in deinen Träumen war?« Unter den dunklen Augenringen schimmern die Juwelen gelborange wie Goldruten, die Schattierung der Furcht.

»Erstens, weil du den Clown ins Krankenhaus geschickt hast.«

»Ich habe dir bereits erklärt, dass ich keine Spielzeuge geschickt habe.«

»Aber er war überall, wo du warst. Er war im Spiegel in der Schule und hat mit dieser Schneekugel meine Erinnerung an den Laden der Menschlichen Verschrobenheiten wach gerüttelt. Und dann ist da das Blutschwert, von dem ich geträumt habe – das über und über bedeckt war mit deinen Fingerabdrücken.«

Er beugt sich näher zu mir vor. »Du hast von deinem Blut geträumt? Warum hast du mir das nicht erzählt?«

»Weil du es bereits *gewusst* hast.« Ich bohre die Fingernägel in die Handflächen und verspüre den Wunsch, ihn zu erwürgen.

»Nein, Alyssa. Ich habe es nicht gewusst. Dieser Traum könnte symbolisch sein, von deiner Kronenmagie in deinen Geist gepflanzt. Vielleicht soll dein Blut als Waffe benutzt werden … möglicherweise gegen dich selbst.«

»Nein. Du hast gesagt, Rot könne mein Blut nicht benutzen, weil sie nicht menschlich ist.«

Mit zusammengebissenen Zähnen drückt sich Morpheus gegen den Türrahmen. »Du bist das aufreizendste Geschöpf, das ich je das Pech hatte kennenzulernen!«

Ich schaue auf meine Stiefel hinab. In meinem Ohr kitzelt es, als er an meiner roten Haarsträhne zieht, um meine Aufmerksamkeit zu erregen.

Seine Miene wird weicher. »Ich habe nicht ein einziges Mal behauptet, vertrauenswürdig zu sein«, erklärt er sachlich. »Aber es gibt etwas, das ich mit aller Aufrichtigkeit sagen kann. Ich habe dich immer zu deinem Wohl so angetrieben.«

Ich schnaube. »Richtig. Selbst wenn das bedeutet, dass ich anschließend tot bin.«

Er schüttelt den Kopf. »Nein. Unsere Schicksale sind miteinander verknüpft. *Das* ist die eine unumstößliche Wahrheit aus unserer gemeinsamen Zeit. Logischerweise wünsche ich mir, dass du Erfolg hast.«

Ich befreie meine Haarsträhne aus seinem Griff und presse eine Faust gegen seine Brust. »Nichts an dir oder Wunderland ist logisch. Und die ›eine unumstößliche Wahrheit‹ ist, dass das Leben so viel einfacher war, als ich dein mächtiges Ego und die Existenz der anderen Welt vergessen hatte.«

Seine Gesichtszüge beben, zunächst unmerklich, dann heftiger. Unter dem T-Shirt zucken seine Muskeln und bescheren mir ein Prickeln bis hinunter in die Knöchel. »Dir wäre es lieber, ich würde gar nicht existieren?«

Bevor ich antworten kann, tritt er zurück und zieht den Hut vom Kopf. Dann schüttelt er seine Weste und sein T-Shirt ab und wirft mir alles vor die Füße. Nachdem er seine Kette und seine Armbänder abgelegt hat, steht er nur in Jeans und Stiefeln vor mir.

Finleys Brust und seine straffen Bauchmuskeln sind braun gebrannt und vernarbt. Eine weitere Tätowierung – ein zorniger Totenschädel mit gekreuzten Knochen – zieht sich über seine Brustmuskeln, aber durch all das hindurch erkenne ich Morpheus' glatte Porzellanhaut.

Argwöhnisch beobachte ich ihn. »W-w-was machst du da?«

»Ich gebe den Weg frei für mein mächtiges Ego.« Mit einem großen Schritt verkürzt er den Abstand zwischen uns. Er packt mich am Handgelenk. Ich zappele, um freizukommen, aber er hebt mich hoch, bis ich auf gleicher Höhe mit ihm an die Wand gedrückt bin und mein Kinn fast seines berührt.

Ich schlucke und hebe den Blick, stemme mich gegen seine muskulösen Schultern.

Er beugt sich dicht zu mir vor, als wollte er mich küssen.

Ich versteife mich. »Morpheus, nicht.«

Er zögert, flucht und lässt mich dann hinunter. Das Netzgewebe und der Satin meines Kleids verfangen sich zwischen ihm und der Wand. Als meine Füße endlich den Boden berühren, bauscht sich das Kleid um meine Schenkel und enthüllt mehr von meinen nackten Beinen, als mir lieb ist. Errötend ziehe ich den Stoff herunter.

Morpheus grinst, und ich hole aus, um ihm den selbstgefälligen Ausdruck vom Gesicht zu schlagen. Ohne mit der Wimper zu zucken, geht er um mich herum und mitten in den Raum. »Ich schlage vor, du bleibst, wo du bist, *Majestät*«, sagt er, bevor ich mich wieder bewegen kann. »Ich will doch nicht, dass du ins Kreuzfeuer gerätst.«

An seinen Fingerspitzen entzünden sich Lichtkreise, als er die Hände hebt. Blaue Elektrofäden strömen in jede Ecke des Zimmers. Die Scherben auf dem Boden klirren und springen, als erschüttere ein Erdbeben das Haus. Meine Aale tauchen in ihren Unterschlupf und Rabid wimmert im Schrank.

Der Schatten von Morpheus' Flügeln ragt hoch hinter seinen Schultern auf, dann umschlingt er ihn wie eine Mondblume, die sich schließt, wenn das Sonnenlicht ihre Blütenblätter versengt. Rasch ist er von einer Wolke umgeben, dicht wie Nebel und nach Wasserpfeifenrauch duftend, mit dem Widerschein blauer Blitze im Innern.

In einem Wimpernschlag erscheinen seine Flügel in ihrer ganzen Größe und durchschneiden den rauchigen Nebel, schieben ihn weg und zeigen Morpheus in seiner wahren Form: makellose, blasse Haut, maskenartige Flecken, die sich wie Efeu unter seinen Augen winden. Die wie Tränentropfen geformten Juwelen blitzen hell und blendend in einem Regenbogen von Farben, die so viele Stimmungen ausdrücken, dass sie nicht gedeutet werden können.

Finleys kurz geschorenes Haar hat sich in eine Mähne aus blauen, schulterlangen, verhedderten Locken verwandelt, durcheinandergewirbelt von der elektrischen Magie, die immer noch aus Morpheus' Fingerspitzen strömt. Seine Flügel breiten sich hinter ihm aus – gleichzeitig bedrohlich und majestätisch.

Alle Spuren des Schönlings sind verschwunden. Es ist der leibhaftige Morpheus.

Ich lehne mich an die Wand, und meine Flügelknospen kribbeln, so sehr will ich mich seiner Metamorphose anschließen. Die Tätowierungen sind von seinem Unterarm verschwunden, und sein Geburtsmal schimmert in einem sanften Blau, unter dem Magie pulsiert wie eine Schlange.

Meine Fingerspitzen zucken, und ich erinnere mich daran, wie sie ihn im letzten Sommer dort berührt haben ... wie er mich geheilt hat.

Mit einer schwungvollen Bewegung schaltet er die elektrischen Impulse von seinen Händen aus.

»Wir werden sehen, wie es dir ohne mich ergeht.« Seine Stimme ist düster und rau. »Ich vermute, dass du auf den Knie liegen und um meine Rückkehr betteln wirst, bevor du es überhaupt in die Schule geschafft hast.« Er wirft seine Autoschlüssel zu dem Hut und den anderen Kleidungsstücken auf den Boden.

Dann verwandelt er sich in die große Motte und schwebt mitten im Raum in der Luft. Seine Stimme brennt sich in meine

Gedanken ein: »*Ich werde dich nicht im Traum besuchen, weder heute Nacht noch sonst irgendwann. Jetzt wirst du* mich *finden müssen. Ich werde mich unter verlorenen Erinnerungen verstecken. Schlaf gut, Schätzchen.*«

Dann ist er mit einem Flügelflattern zur Tür hinaus und aus meinem Leben verschwunden – so schnell, wie er hereingestürmt ist.

14

Der Beweis

Sobald Morpheus fort ist, werde ich von Bedauern überwältigt. Je länger ich darüber nachdenke, desto klarer scheint es: Er war nicht ein einziges Mal in meinem Kopf, seit er in Finleys Maske erschienen ist. Selbst in meinem Traum im Krankenhaus war es nicht seine Stimme, die ich gehört habe. Es war ein Flüstern, das von jedem hätte stammen können. Selbst von mir.

Er hat die Wahrheit gesagt. Er hat mir sein Herz geöffnet, und ich habe es ausgeweidet. Alles, was er will, ist die Rettung Wunderlands, und ich benehme mich einfach weiter wie ein Feigling.

Sonnenstrahlen dringen durch meine Fensterläden und die Glasscherben auf dem Boden reflektieren das Licht, werfen weiche, rosa Muster an die Wände. Die Heiterkeit passt nicht zu meinen Gefühlen. Ich kann mich nicht überwinden, die Einzelteile des Spiegels aufzusammeln. So viel ist heute zerbrochen. So viele Dinge, dass ich nicht weiß, wo ich anfangen soll, sie in Ordnung zu bringen.

Schnarchgeräusche lenken mich von meinen Schuldgefühlen ab und führen mich zu meinem Schrank. Rabid hat sich zu einer Kugel auf dem Boden zusammengerollt. Einige Kleider sind von ihren Bügeln gefallen und ich lege sie zur Tarnung über ihn. Er schmatzt mit den Lippen und kuschelt sich tiefer in das Bett aus Schuhen und Gürteln. So verschroben er ist, wenn er wach ist, so entzückend ist er, wenn er schläft – sogar verletzlich.

Seine Sicherheit hat oberste Priorität. Ich muss ihn durch das Kaninchenloch zurückschicken. Wir dürfen nicht riskieren, dass Dad oder andere Menschen über ihn stolpern.

Butterfly Threads hat bodentiefe Spiegel an den Wänden. Wenn ich Morpheus' Wagen nehme, bevor Dad heute Abend nach Hause kommt, habe ich ein wenig Zeit, mir eine Erklärung auszudenken, was das Auto in unserer Einfahrt zu suchen hat.

Ich kann Rabid in den Laden schmuggeln. Er ist so groß wie ein Kaninchen, also passt er in meinen Rucksack. Wir können es zum Laden schaffen, bevor Jen zumacht. Ich werde mein Schulballkleid mitnehmen und dann vorschlagen, dass ich abschließe, damit sie zeitig gehen kann, um das Kleid fertig zu machen.

Der Plan ist narrensicher. Aber die Frage ist, was passiert, *nachdem* ich ihn zurückgeschickt habe? Morpheus ist fort. Das bedeutet, dass ich zu Mom gehen muss, dass ich versuchen muss, ihr zu vertrauen. Vielleicht hat sie eine Idee, wie wir Rot und ihre Zombieblumen aufhalten können.

Außerdem ist es an der Zeit, Jeb all das zu erzählen, was ich ihm die ganze Zeit schon erzählen wollte. Und Mom wird mir helfen, ihn zu überzeugen, ob es ihr gefällt oder nicht.

Ich schnappe mir meinen Rucksack aus dem Wohnzimmer und halte inne, um aus dem hinteren Fenster einen Blick auf sie zu werfen. Sie sitzt im Gras neben einem Büschel Süßholz und flüstert all ihre Geheimnisse in die fedrigen Ohren der Pflanze. Tränen strömen ihr übers Gesicht.

Wenn sie sich nur mir oder Dad so anvertrauen könnte, wie sie sich ihnen anvertraut. All diese Jahre haben sie eine Seite von ihr gekannt, die wir nie zu sehen bekommen haben. Ich beiße mir in die Wange, denn selbst ich bin noch in der Lage zu begreifen, wie lächerlich es ist, eifersüchtig auf eine Pflanze zu sein.

Zurück in meinem Zimmer nehme ich zwei Schulbücher aus meinem Rucksack, lege sie auf meinen Schreibtisch und lasse nur eine halb leere Wasserflasche und mein Handy zurück. Dann rufe ich Jeb an, um die Basis dafür zu schaffen, später verstanden zu werden. Es meldet sich die Mobilbox. Da ich es nicht wage, ihm eine Nachricht zu hinterlassen, weil meine Stimme so zittrig ist, schicke ich ihm stattdessen eine SMS.

Ich habe versucht anzurufen, wie du mich gebeten hast. Mom ist okay. Ich halte inne. Ich kann ihm nicht in einer SMS mitteilen, dass ich zur Arbeit gehe, damit ich ein kahlköpfiges, skelettdünnes Geschöpf durch das Spiegelglas schicken kann. Stattdessen improvisiere ich.

Ich bin müde ... lerne ein bisschen und mache dann ein Nickerchen. Schick mir eine SMS, wenn du Zeit hast. Ich muss dich heute Abend sehen.

Ein Bruchteil dessen, was ich geschrieben habe, ist wahr. Ich *bin* müde. Ich brauche eine Dusche, um wieder fit zu werden.

In Moms in Rosa- und Perlmutttönen gehaltenem Badezimmer ziehe ich mein Ballkleid und meine Unterwäsche aus. Dann gehe ich unter die Dusche und drehe den Duschkopf auf Massagefunktion. Die Hitze wirkt wie Magie auf meine schmerzenden Knochen und Muskeln.

Süß duftend steige ich aus der Kabine und trockne mich ab. Mein Verstand ist klar, aber mein Körper ist immer noch schwer und träge. Ich habe keine Zeit zum Schminken oder Fönen, daher drehe ich mein nasses Haar zu einem losen Zopf. Nur meine rote Strähne fällt lang und wellig nach vorn. Ich schlüpfe in eine hauteng Stretchjeans – mit dunkelroten und schwarzen Längsstreifen. Die Jeans war ein Weihnachtsgeschenk von Mom. Es ist das erste Mal, dass ich sie trage. Jeans und kein Make-up. Sie wird so stolz auf mich sein.

Nachdem ich ein schwarzes, löchriges T-Shirt über ein purpurnes Tanktop und kniehohe Schnürstiefel angezogen habe, hänge ich mir meine Ketten um den Hals.

In meinem Zimmer lege ich mein Kleid weg und drapiere den Kleidersack am Fußende meines Betts, dann krieche ich unter die Decke – mit Kleidern, Stiefeln und allem. Es spielt keine Rolle, dass die Laken feucht sind oder nach alten Knochen und Aquariumwasser riechen. Ich bin zu erschöpft, um mich darum zu scheren.

Mit trüben Augen sehe ich auf die Uhr auf meinem Nachttisch. Die roten Digitalziffern funkeln: viertel nach sechs abends. Ich stelle den Wecker auf sechs Uhr fünfundvierzig.

Nur ein kurzes Nickerchen ... das kann ich dazwischenschieben, bevor Dad nach Hause kommt ... dann werde ich ausgeruht genug sein, um Rabid in den Laden zu bringen.

Sobald mir die Augen zufallen, fangen meine Gedanken an zu rasen. Ich frage mich immer wieder: Hat Morpheus möglicherweise recht, dass man mein Blut als Waffe gegen mich benutzen könnte? Er ist selbst ein Traumwesen, er weiß, wie man Träume deutet. Und wenn er nicht hinter dem Clown gesteckt hat, wer war es dann?

Wer hat diesen furchteinflößenden Albtraum ausgelöst, der mit dem Bild von Jebs eingesponnenem Leichnam geendet hat?

Wenn nur Schwester Terri mich an diesem Abend nicht sediert hätte, wäre mir jetzt einiges klarer. Wenn sie nur nicht diese traurigen Augen gehabt hätte, die in mir den Wunsch geweckt haben, ihr einen Gefallen zu tun.

Mir stockt der Atem.

Moms Interpretation meiner Kunstwerke kommt an die Oberfläche: Drei Rote Königinnen kämpfen um die Rubinkrone und eine andere Frau steht im Schatten hinter Ranken und schaut zu.

»*Ich konnte ihre Augen sehen. Traurig, durchdringend.*«

Schwester Terri ... Sie hat diese weiße Kostümuniform getragen. Sie ist mir aufgefallen. Vielleicht war sie ein getarnter Wunderlandbewohner. Sie hatte Zugang zu meinem Zimmer und hätte den verzauberten Clown hereinbringen können. Sie könnte davon gehört haben, außerdem hatte sie Zugang zu den Mosaiken im Auto meines Kunstlehrers ... und Zugang zu meinem Blut.

Aber wenn sie ein Netherling war, hätte ich ihre wahre Gestalt flüchtig durch die Maske sehen müssen, so wie ich es bei Morpheus getan habe.

Es ist alles so verwirrend. Es gibt noch einen Spieler in diesem Spiel. Jemanden im menschlichen Reich, der dort nicht hingehört. Ich kann nicht zurück nach Wunderland gehen und einen Kampf ausfechten, während meine Familie und meine Freunde hier einem mysteriösen Netherling ausgesetzt sind. Die Tatsache, dass sie bereits Kontakt mit der Person gehabt haben könnten, beschert mir Gänsehaut.

Wenn ich durch den Spiegel zu der Eisenbrücke in London gehe, kann ich vielleicht die Mosaike entschlüsseln, die Mom versteckt hat, und herausfinden, mit wem ich es zu tun habe. Ich drücke mir den Schlüssel an den Hals und ringe mit mir, ob ich Morpheus zurückrufen solle.

Er wird nicht kommen, denn ich habe seinen Stolz verletzt. Er hat mir gesagt, dass ich ihn jetzt *suchen* müsse. Er hat gesagt, dass er sich unter verlorenen Erinnerungen verstecken werde, was immer das bedeutet.

Ein weiteres Rätsel, das ich allein lösen muss.

Seltsamerweise ist es dieser Gedanke, der mich in den Schlaf lullt, als hätte ich mich mein ganzes Leben darauf vorbereitet, all dies selbst zu regeln. Wenn ich recht darüber nachdenke, stimmt das vielleicht sogar.

»Schmetterling?«

Beim Klang von Dads Stimme in der Dunkelheit schrecke ich aus dem Schlaf hoch. Licht fällt schräg durch die Tür, wo er in mein Zimmer späht.

Ich brauche mehrere Sekunden, um die Benommenheit abzuschütteln, um mich daran zu erinnern, wo ich bin … was ich erledigen sollte, bevor er nach Hause kam.

Das leise Dröhnen von Rabids Schnarchen aus meinem Schrank macht mich jäh hellwach. Ich richte mich auf und kreische in der Hoffnung, meinen versteckten Gast zu wecken.

»Hoppla. Ich wollte dich nicht erschrecken.« Dad kommt herein und zieht die Tür halb zu, sodass sich meine Augen an das Licht gewöhnen können. Er setzt sich auf die Kante meiner Matratze und reibt meinen Kopf, genauso, wie er es getan hat, als ich klein war. Rabid ist jetzt still, daher seufze ich zufrieden.

»Warum hast du im Bett Kleider an?«, fragt Dad.

Ich reibe mir das Gesicht und gähne. »Kleider?«

»Sind sie von gestern? Deine Mom sagte, du hättest dich nicht wohlgefühlt, daher habe ich dich in Ruhe gelassen. Aber ich weiß, dass du noch eine letzte Abschlussprüfung hast. Ich wollte nachschauen, für den Fall, dass du in der Lage bist, zur Schule zu gehen.«

»Schule?« Wie ein Papagei plappere ich ihm alles nach.

Ich schaue auf meine leuchtende Uhr: zwanzig nach sechs morgens. Erst dann begreife ich, dass ich den Wecker auf sechs Uhr fünfundvierzig am Morgen statt am Abend gestellt habe.

Mein leerer Magen krampft sich zusammen. Ich habe zwölf Stunden geschlafen. Morpheus hat Wort gehalten und ist nicht in meine Träume eingedrungen, und ich habe fest geschlafen. Zu fest. Jetzt habe ich keine Zeit mehr, vor der Schule Rabid zurückzuschicken oder nach meinen Mosaiken zu suchen.

In meinem ausgeruhten Kopf überschlagen sich erneut die Gedanken, und ich versuche, einen neuen Plan auszuhecken. Ich könnte zeitig aufbrechen und die bodenlangen Spiegel in der Mädchenumkleidekabine benutzen. Das würde bedeuten, dass ich Rabid in meinen Rucksack stecken und ihn mit in die Schule nehmen muss. Der Gedanke, mehr von Wunderland mit meinem realen Leben zu vermischen, macht mich nervös, vor allem, weil ich immer noch Morpheus' Schlamassel mit Taelor und den anderen Schülerinnen bereinigen muss.

Aber es spielt keine Rolle. Ich habe keine Zeit zu verlieren.

Dad beugt sich vor, um die Lampe einzuschalten. »Irgendetwas knirscht die ganze Zeit unter meinen Füßen …« Er drückt auf den Schalter, bevor ich ihn daran hindern kann. Dann starrt er mich an, als er die Scherben sieht, die auf dem Boden funkeln. »W-w-was ist hier drin passiert?«

Aufgeflogen.

Ich unterdrücke ein Stöhnen. »Mom kann es dir erklären.«

Es ist schändlich, wie schnell ich sie verkaufe, obwohl ich mich irgendwie auch im Recht fühle. Soll sie doch den zerbrochenen Spiegel rechtfertigen. Soll sie doch diejenige sein, die unter die Lupe genommen wird. Sie hat jahrelang bewiesen, dass sie gut im Lügen ist.

Dad hockt sich neben mein Bett, sorgfältig darauf bedacht, sich nicht in die Scherben zu knien. Er trägt noch nicht seine Arbeitskleidung, was bedeutet, dass er Frühstück gemacht hat. Mom schläft anscheinend noch.

Er berührt eine Scherbe mit getrocknetem Blut darauf. »Allie ... hast du dich geschnitten?«

»Nein. Mom ...« Ich breche mitten im Satz ab. Dad starrt auf meine Handflächen. Natürlich. Das erinnert ihn an die Zeit, als sie mich geschnitten hat. »Dad, es ist in Ordnung.« Ich schlage meine Decke zurück und schlüpfe aus dem Bett.

Verblüfft entdeckt er meine Stiefel.

Ich bücke mich und ziehe die Schnürsenkel zurecht, als sei es vollkommen normal, mit Stiefeln aufzuwachen. »Mom ist gegen meinen Spiegel gestoßen, als sie Staub gewischt hat. Der Spiegel ist gegen meine Kommode gefallen. Sie hat sich ein bisschen geschnitten, aber es geht ihr gut. Es war ... mehr wie ein Papierschnitt, weißt du? Oberflächlich.«

Die Sorge weicht nicht aus seinen Zügen, während er die Scherben Stück für Stück aufhebt und dabei darauf achtet, sich nicht ebenfalls zu schneiden. »Mir sind keine Schnittwunden aufgefallen. Warum hat sie mir nichts davon erzählt?«

»Vielleicht dachte sie, ich hätte bereits aufgeräumt.« Ich bücke mich, um ihm zu helfen, aber er hebt abwehrend die Hand.

»Lass mich das erledigen, Allie.«

Das hat er immer getan – er hat sich ja um uns gekümmert und unsere Schlamassel aufgeräumt. Und wir haben die ganze Zeit Geheimnisse vor ihm gehabt.

Nachdem er das letzte Glasstück in meinen Abfalleimer geworfen und meinen leeren Spiegelrahmen aufrecht hingestellt hat, dreht er sich zu mir um. »Es tut mir leid, Schätzchen. Ich habe einfach … ich hatte Angst, dass es wieder passiert. Sie hat früher oft Spiegel zerbrochen. Mit Absicht. Seit du ein kleines Baby warst, hat sie niemandem erlaubt, in deine Nähe zu kommen.«

Die Sonne kriecht empor und das orangerosafarbene Licht macht Dads kantige Züge weicher und lässt ihn so jung aussehen wie Mom. Er hat nie viel darüber geredet, wie es war, als Alison begann, »den Verstand zu verlieren«. Das muss schrecklich für ihn gewesen.

»Dad …« Ich berühre ihn am Arm und streiche über sein ramponiertes Sweatshirt.

Er legt seine Hand auf meine. »Ich könnte es nicht ertragen, wenn es wieder anfangen würde. Ich will nicht mehr von ihr getrennt sein.«

Nickend wage ich eine Frage. »Hat sie je versucht, ihre Abneigung gegen Spiegel zu erklären? Hast du sie je danach gefragt?«

Er setzt sich auf die Bettkante. Ein weiterer verwirrter Blick auf meine Stiefel, dann zuckt er die Achseln. »Es war eine *Spiegel*sache. Ihre Erklärungen waren nicht vernünftig.«

Natürlich würde ihr Geschwafel für jemanden, der die Wahrheit nicht kannte, verrückt klingen. Warum hat sie es ihm nicht bewiesen, als ich klein war, warum hat sie ihm ihre Kräfte nicht gezeigt? Sie hatte Jahre Zeit, um einen Weg dazu zu finden.

»Wenn sie dir einen echten Beweis dafür geliefert hätte, dass Wunderland tatsächlich existiert«, sage ich und gehe das Risiko ein, »du hättest ihr geglaubt ... richtig?«

Er schüttelt den Kopf. »Das Blut an ihren Händen, als sie sich an den Spiegeln geschnitten hat. Das Blut auf unserem kleinen Mädchen, als sie es mit der Gartenschere attackiert hat.« Er schaut zu mir auf, sein Gesichtsausdruck pure Qual. »Allie, es war mit Händen zu greifen. Das war echt. Es war alles an Beweis, was ich verkraften konnte. Du *weißt* es einfach nicht.« Er reibt sich das Gesicht und hält sich die Hand vor die Augen. »Sie hat immer wieder geschrien, dass sie dich in Ordnung bringen müsse. Als seist du etwas, das sie wieder zusammenleimen konnte. Aber sie hat sich so sprunghaft benommen, so neurotisch – und sie hatte dir gerade wehgetan, also ... konnte ich sie nicht in deine Nähe lassen. Das brachte das Fass endgültig zum Überlaufen, aber die Dinge hatten schon lange vorher schlimm gestanden. Selbst *ich* bekam Albträume von Wunderland. Ich wusste, dass wir Hilfe holen mussten ... du brauchtest ein Elternteil, das bei Verstand war. Eins, das sicher war.«

Das war also der Grund, warum Mom meine Hände nicht geheilt hat. Mein Groll gegen sie schmilzt ein winziges Bisschen.

Dad beugt sich vor, um meinen Kleidersack hochzuheben. Er muss gestern Abend auf den Boden gefallen sein. Dad legt ihn sich über den Schoß.

»Hast du sie tatsächlich gegen den Spiegel stoßen sehen?« Er streicht über den Reißverschluss des Sacks. »Es ergibt keinen Sinn. Sie hätte ihn gegen die Ankleidekommode werfen müssen, um so viel Schaden anzurichten.« Er schaut auf den Abfalleimer. »Vielleicht sollte sie mit ihrem Arzt reden.«

Bei seinem Vorschlag sträuben sich mir die Haare. Ich werde nicht zulassen, dass sie noch mal in eine Zwangsjacke gesteckt wird oder unter Betäubungsmitteln sabbert. Ich liebe sie, ungeachtet des Zerwürfnisses zwischen uns, und sie hat genug für ein ganzes Leben gelitten.

»Warte, Dad.« Ich setze mich neben ihn und wäge meine Möglichkeiten ab. »Ich werde dir etwas erzählen ... ich weiß nur nicht, wie du reagieren wirst.«

Den Blick starr auf die Ohrhörer auf dem Boden gerichtet, überlege ich, sie zu beleben, ihnen den Befehl zu geben, sich wie eine verliebte Katze um seine Knöchel zu winden.

Ich starre so konzentriert auf die Ohrhörer, dass meine Augen brennen.

»Allie, du machst mich nervös. Was ist los?«

Mein Herzschlag hämmert laut genug, dass ich ihn mit eigenen Ohren höre. Ich bin so nah daran auszubrechen, so nah daran, ihm meine Magie zu zeigen. Die Kabel des Ohrhörers zittern – eine so winzige Bewegung, dass nur ich sie sehen kann. Dann verliere ich den Mut und betrachte stattdessen meine Aale, beende meine konzentrierten Überlegungen.

»Mom und ich hatten gestern einen Streit«, murmele ich. »Ich – ich habe sie gestoßen und sie ist in den Spiegel gefallen. Deshalb ist er gegen die Kommode geprallt. Deshalb habe ich mich in meinem Zimmer eingeschlossen. Und sie hat dir gesagt, dass ich mich nicht wohlfühle, um mich zu decken, um mir Probleme zu ersparen. Das tut mir wirklich leid.«

Dad läuft dunkelrosa an. »Du hast deine Mutter *gestoßen?*«

Sein Blick zeigt tiefe Enttäuschung und Furcht – ein Blick, bei dem mein Selbstbewusstsein auf die Größe einer Ameise zusammenschrumpft. »Was sind das für gewalttätige Ausbrüche?«

»Ausbrüche? Dies ist der erste.«

»Ist er nicht. Ich habe gehört, wie du Mom im Krankenhaus angebrüllt hast. Ging es wieder um Jeb? Hast du dich gestern Nacht hinausgeschlichen, um ihn zu treffen? Ist das der Grund, warum du im Bett Stiefel trägst?« Die Farbe in seinem Gesicht ist jetzt keine simple Röte mehr. Sie grenzt an Purpur.

Ich stehe auf. »Nein! Es geht überhaupt nicht um Jeb.« Ich kann nicht zulassen, dass er wieder an Jeb zweifelt, nicht jetzt, da sie endlich die Dinge zwischen sich geklärt haben. »Nach meinem Streit mit Mom habe ich zwei Beruhigungstabletten genommen. Ich schätze, sie haben gewirkt, bevor ich Zeit hatte, mich auszuziehen.« Eine ausgewachsene Lüge.

Als er mich weiter beobachtet, wenig überzeugt, füge ich hinzu: »Ich hasse es, dass wir uns gestritten haben, dass ich sie beinahe verletzt habe.« Noch mehr hasse ich es, dass ich sie verteidige, wenn sie sich vor uns beiden selbst verteidigen sollte.

Dad trommelt mit den Fingern auf den Kleidersack – unbewusst im Rhythmus mit dem nervösen Zucken seines Augenlids. »Worum ging es bei diesem Streit? Es muss etwas Großes gewesen sein, dass du deine Mutter in einen Spiegel gestoßen hast.«

»Nun. Ich habe sie nicht *direkt* gestoßen …« Ich will mehr sagen, aber mir fällt absolut nichts ein.

Verstehen macht sich auf Dads Zügen breit. »Moment mal. Es ging um den Wagen, nicht wahr?«

»Was?«

»Um den Mercedes, der in unserer Einfahrt stand, als ich nach Hause gekommen bin.«

»Ehm ...« Ich weiß nicht, was ich sagen soll. Mom hat ihm offensichtlich irgendetwas erzählt und ich muss mitspielen.

»Mom hat gesagt, dass du ihr die Schlüssel nicht geben wolltest.«

Ich schaue in die Ecke hinter meiner Tür, wo gestern Nacht zusammengeknüllt Morpheus' Weste, sein Hemd und sein Hut gelegen hatten. Sie sind weg, zusammen mit seinen Schlüsseln, und Mom hat mir mit ihrer Geschichte gerade mein Alibi auf einem silbernen Tablett serviert. »Hat sie dir erzählt, dass sie versucht hat, mir die Schlüssel wegzunehmen und dass ich nicht loslassen wollte?«

Dads Blick wird hart. »Nein.«

»Sie sind mir aus der Hand gerutscht und haben Mom aus dem Gleichgewicht gebracht.«

»Du meinst, so ist sie in den Spiegel gefallen?«

Ich nicke und verachte mich bei jeder Bewegung meines Kopfes mehr.

Mit zusammengebissenen Zähnen starrt Dad mich an. »Hör mal, ich stimme deiner Mom zu. Es ist großzügig von diesem Austauschschüler, dir seinen Wagen anzubieten, bis der Reifen von Gizmo repariert ist, aber du darfst ihn nicht fahren. Wenn du auch nur eine Delle hineinmachen würdest, könnte er es ausnutzen und uns auf mehr Geld verklagen, als deine Collegeausbildung kostet.«

»In Ordnung«, flüstere ich, erleichtert, dass die Erklärung für den Wagen erledigt ist. Aber das ist auch die einzige Erleichterung, die ich verspüre, denn jetzt sieht Dad mich an, als sei ich eine Dynamitstange, die er entschärfen müsse. »Dad, ich kapiere es.«

»Das denke ich nicht«, sagt er und schüttelt den Kopf. »Ich

schätze, du denkst, deine Mom sei wegen des Wagens übertrieben emotional gewesen.«

»Wie bei allem«, murmele ich.

»Nun, diesmal hat sie einen Grund. Als wir anfingen, miteinander auszugehen, hatte ich einen Unfall.« Er schaut auf seine Zehen, mit denen er in den Wollsocken wackelt. »Es war ein Sportwagen ... Nicht so schön wie der in unserer Einfahrt, aber ähnlich. Ich habe eine Kurve zu schnell genommen und bin gegen einen Baum gefahren. Der Wagen war Schrott. Und ich habe monatelang im Koma gelegen.«

Meine Atemzüge werden flach. Ich traue mich nicht, zu tief einzuatmen und auch nur ein Wort zu versäumen. Dies ist etwas Heiliges, ein Teil ihrer Geschichte, den sie mir verheimlicht haben.

»Ich weiß, du hast dir immer gewünscht, ich würde mehr über meine Mom und meinen Papa reden«, fährt er fort, obwohl der Themenwechsel mich durcheinanderbringt.

»Nein, Dad. Ich verstehe, warum du nicht gern über sie sprichst.«

»Wegen des Unfalls, Allie.«

Dumpf starre ich ihn an und versuche, die Punkte zu verbinden. »Sie waren mit dir in dem Wagen?« Er hat mir nie erzählt, dass sie so gestorben sind ...

Der Kleidersack knistert, als Dad die Beine übereinander schlägt. »Nein, nein. Es liegt an dem Unfall, dass ich mich nicht an sie *erinnere*. Wenn deine Mom nicht wäre, würde ich mich an nichts aus meiner Kindheit erinnern. Sie hat ein Fotoalbum für mich zusammengestellt, damit ich die Gesichter meiner Eltern nicht vergesse. Sie waren ja schon tot, als ich deiner Mutter begegnet bin. Ich konnte mich nicht erinnern, dass ich Geschwister und Cousins oder Cousinen oder andere Verwandte hatte, die an mir interessiert waren. Ich habe mich nicht mal daran erinnert, deine Mom kennengelernt zu haben, so schlimm stand es um mich. Steht es immer noch. Mein Leben, bevor ich diesen Wagen zu Schrott gefahren habe, mein Leben vor deiner Mom … ist einfach weg. Als hätte ich es nie gelebt.«

Ich spüre einen Stich im Herzen, wie ein Dorn, der mich von innen nach außen durchbohrt. »Das … das tut mir leid.« Die Entschuldigung fühlt sich unzulänglich an. Erinnerungen sind so kostbar und unersetzlich. Es hat mich immer traurig gemacht, dass Jeb seine Erinnerungen aus Wunderland verloren hat. Aber dies ist noch viel schlimmer. »Du hast mir das nie erzählt.«

»Du hattest ohnehin schon eine verkorkste Kindheit. Da wollte ich nicht auch noch etwas beisteuern. Du brauchtest wenigstens ein Elternteil, das eine halbwegs normale Vergangenheit hatte. Oder?«

Ich zucke die Achseln, unsicher, ob ich ihm zustimme. Vielleicht hätten wir einander helfen können, wenn wir die ganze Zeit über ehrlich gewesen wären.

»Also, verstehst du es jetzt?«, fragt er. »Warum sie nicht will, dass du diesen Wagen fährst? Es ist so einfach, sich unbesiegbar zu fühlen, wenn es einen vor unbändiger Kraft in den Fingern juckt. Es ist so einfach, übereilte Entscheidungen zu treffen, die deine ganze Zukunft beeinflussen können.«

Seine Worte treffen so perfekt auf mich zu, dass sie die fehlenden Teile meiner eigenen Gedanken und Ängste ergänzen könnten.

»Ich will, dass du die Sache mit ihr wieder hinbiegst, bevor du zur Schule gehst«, sagt er entschieden. »Und ich will, dass du dir mehr Mühe gibst, mit ihr zurechtzukommen. Sie versucht es so sehr mit dir.« Er beißt die Zähne zusammen. »Mach mich stolz, Alyssa.«

Alyssa. Er hat mich nicht mehr allein mit meinem Vornamen angesprochen, seit ich in der neunten Klasse mit einer Drei in Geometrie nach Hause gekommen bin. Es ist schlimmer, als hätte er mich angebrüllt.

»In Ordnung«, murmele ich.

»Jetzt mach dich für die Schule fertig«, fährt er fort. Er steht auf und wirft seinen Schlüssel auf mein Bett. »Du kannst meinen Laster nehmen. Ich rufe jemanden an, der mich zu Micah's Reifendienst fährt. Sie müssten heute Morgen mit Gizmo fertig sein. Oh, und ich habe den Mercedes gestern Abend in die Garage gefahren, damit er sicher untergebracht ist. Bring deinen Freund heute nach der Schule mit nach Hause, damit er ihn abholen kann. Okay?«

»Okay«, antworte ich, obwohl ich keine Ahnung habe, wie ich das bewerkstelligen soll.

Dad sieht so aus, als wolle er gehen. Stattdessen hält er inne, um den Kleidersack von meinem Bett zu heben. »Ist das das, wofür ich es halte?«

Zuerst habe ich keine Ahnung, was er meint – ich bin mir nicht mal sicher, ob *ich* mich erinnere, was in diesem Sack ist. Dann nicke ich.

Er öffnet den Reißverschluss und zieht die Maske und einen Zipfel des Kleids heraus.

»Du willst also ernsthaft heute Abend zum Schulball gehen?« Er sieht wieder verdächtig glücklich aus. Seit meinem ersten Highschooljahr will er, dass ich auf den Schulball gehe. Er hat sich und Mom als Begleitpersonen eingetragen, sobald er gehört hatte, dass ich Jeb zugesagt hatte, aber offensichtlich hat er bis jetzt nicht geglaubt, dass ich es durchziehen würde.

Er legt den Sack wieder auf das Bett und betrachtet die Blumentiara, die auf dem Kleiderbügel festgesteckt ist. Sein berühmtes Elvisgrinsen erscheint. »Du wirst eine Krone tragen? Oh, Allie, du wirst wie eine Prinzessin aussehen. Wie früher, als du Verkleiden gespielt hast.« Sein einfältiges Grinsen ist pure Nostalgie und bringt mich fast zum Weinen. Er streicht über die schimmelfarbenen Linien der Maske. »Nun ... eine Prinzessin, die eine schwere Zeit durchgemacht hat. Das gefällt mir.«

»Danke.« Ich versuche mich an einem Lächeln, während ich das Kleid zurück in den Sack stopfe und den Reißverschluss zuziehe. Ich hasse es, dass ich ihn wieder einmal enttäuschen werde, wenn ich heute Abend nicht bei dem Ball auftauche.

Zwischen seinen Augenbrauen erscheint eine Sorgenfalte. Er greift nach meiner Hand und nimmt mich in die Arme. Ich kuschele mich an ihn, meinen Daddy ... meinen Helden. Und die große Liebe meiner Mom. Es ist erstaunlich, was sie für ihn getan hat, dieses Fotoalbum zusammenzustellen, ihm seine Vergangenheit zurückzugeben. Das klingt nicht nach einer Frau, die ihre Heirat bereut. Vielleicht hat sie Dad wirklich der Krone vorgezogen. Vielleicht war wirklich mehr an der Geschichte dran. Ich muss im Zweifelsfall zu ihren Gunsten entscheiden und sie ausreden lassen – falls wir jemals wieder die Chance bekommen, darüber zu diskutieren.

»Hör zu, Schmetterling«, flüstert Dad. »Du scheinst nicht du selbst gewesen zu sein, aber ich kann es verstehen. Die Schule geht zu Ende. Du hast Prüfungen, den Schulball, deinen Abschluss, und obendrein wärst du beinahe ertrunken. Es ist nachvollziehbar, dass du ein wenig verstört bist. Vielleicht brauchst du jemanden zum Reden, abgesehen von mir oder Mom.«

Mir stößt es sauer auf. Ich trete zurück, um ihn zornig anzufunkeln. »Was, etwa ein Psychiater? Nein, Dad. Ich werde nicht verrückt.«

»Das habe ich nicht gemeint. Du könntest zu deinem Vertrauenslehrer gehen. Du scheinst einfach ein wenig labil zu sein. Wir bekommen das wieder hin. Sag einfach Bescheid, was du brauchst.«

Um sechs Uhr fünfundvierzig brummt mein Wecker und wir zucken zusammen.

Ich krieche über mein Bett, um ihn auszuschalten. »Können wir später darüber reden? Ich muss mich fertig machen.«

»Sicher«, sagt Dad. Vor meiner Tür bleibt er zögernd stehen. »In der Küche gibt es Rührei. Und vergiss nicht, dich bei deiner Mom zu entschuldigen, bevor du aufbrichst. Ich gehe jetzt duschen, dann seid ihr allein miteinander.«

Ich verspreche ihm, dass ich es in Ordnung bringen werde. Ich werde wirklich mit Mom reden, aus so vielen Gründen. Aber sobald Dad meine Tür schließt, weiß ich, dass ich es nicht durchziehen werde. Nicht heute Morgen … aber hoffentlich später am Tag, nachdem ich mich um meinen königlichen Ratgeber gekümmert habe.

Ich stopfe Dads Autoschlüssel in meine Tasche, dann reiße ich meinen Schrank auf. Rabid steht dort mit ineinanderverschlungenen Skeletthänden, der Fingerhut baumelt schief von einer Geweihsprosse und nicht zusammenpassende Socken hängen an seinen Ohren. Einen verrückten Moment lang erinnert er mich an das Weiße Kaninchen, über das ich immer in den Geschichten von Carroll gelesen habe.

Trotz meiner aufgewühlten Gefühle kann ich das Lächeln nicht unterbinden, das sich auf meinen Lippen ausbreitet. »Danke, dass du still warst. Das hast du gut gemacht.« Ich tätschele seinen kahlen Kopf.

Er blinzelt mich mit leuchtend rosafarbenen Augen an. »Rabid Weiß hungrig ist.«

Ich öffne meinen leeren Rucksack, winke Rabid hinein und hoffe, dass blinde Netherlingspassagiere Eier zum Frühstück mögen.

15

Die Invasion

Es stellt sich heraus, dass Netherlinge tatsächlich Eier mögen, zumindest die buttrigen, die mein Dad macht. Nachdem Rabid und ich gefrühstückt haben, löffele ich eine Extraportion in eine Tupperdose. Zusammen mit einer Tüte mit Moms Keksen und einer Flasche Wasser stecke ich die Dose in meinen Rucksack, damit mein königlicher Ratgeber auf dem Weg zur Schule etwas zu tun hat.

Für ein solch kleines Geschöpf hat er einen riesigen Appetit und enorme Kenntnisse der inneren Funktionsweise der Politik von Wunderland. Während der Fahrt sitzt er außer Sicht auf dem Boden des Beifahrersitzes und streckt den Kopf durch den Reißverschluss aus dem Rucksack. Er beantwortet jede Frage, die ich stelle, während er die Eier verschlingt.

Nach Wunderlandgesetz gibt es drei Methoden, wie die Bluterbin einer Netherlingskönigin ihren Thron loswerden kann, nachdem sie gekrönt wurde: Tod, Verbannung oder Niederlage gegen eine andere Bluterbin in einem magischen Turnier.

Ich habe meinen Thron Grenadine übergeben, aber das zählt nicht als offizielle Abdankung. Sie kann nur eine vorübergehende Stellvertreterin sein, da sie nicht von unserer Linie abstammt.

Jetzt, da das Königreich in Schwierigkeiten steckt, ist es an mir, zurückzukehren, die Krone wieder an mich zu nehmen und Rot zu besiegen. Es ist so, wie Morpheus gesagt hat, als wir im Auto waren: Ich bin die Einzige, die die Magie, die jetzt Teil meines Bluts ist, freisetzen und benutzen kann.

Also stecke ich lebenslänglich fest, eine weitere Tatsache, die Morpheus nicht erwähnt hat, als er mir im vergangenen Jahr dieses Ding auf den Kopf gesetzt hat.

Andererseits bin ich mir jetzt, da ich mich mit meinem Netherlingserbe und den dazugehörigen Verantwortungen arrangiere – und damit, wie sie mit meiner sterblichen Seite verwoben sind – nicht sicher, ob ich meine Kronenmagie einfach an irgendjemanden hergeben *würde*, selbst wenn ich es könnte. Die Empfängerin würde das Beste sowohl für Wunderland als auch für das menschliche Reich wollen müssen.

Wenn ich mich nur in zwei Personen teilen könnte: Die menschliche Seite könnte hier bei Jeb und meiner Familie bleiben und der Netherling könnte über Wunderland herrschen und mit eiserner Faust für Frieden sorgen.

Um sieben Uhr zwanzig biege ich auf den Nordparkplatz ein, fünfundvierzig Minuten, bevor die Schulglocke das erste Mal klingelt. Ich parke Dads Laster neben den Müllcontainern, wo Morpheus gestern nach der Schule auf mich gewartet hat.

Der Parkplatz ist leer bis auf zwei Autos, die ich beide erkenne. Eins gehört dem Direktor und eins ist Mr Masons neuer Wagen mit der ärgerlicherweise nutzlosen Alarmanlage.

Obwohl Morpheus meinem Kopf ferngeblieben ist, wie er es versprochen hat, kann ich ihn dennoch im Hintergrund spüren. Er beobachtet, wie ich alles regele. Wie zu der Zeit, als wir Kinder waren. So sauer er war, als er gegangen ist, bin ich dennoch sicher, dass er mir Erfolg wünscht. Nicht nur das, er *will*, dass ich ihn finde. Er tut nichts ohne Grund. Es muss wichtig für mich sein, allein herauszufinden, wohin er gegangen ist.

Ich muss nur dahinterkommen, was er damit gemeint hat, »er verstecke sich unter verlorenen Erinnerungen«.

Bevor ich hineingehe, versuche ich ein letztes Mal, Jeb anzurufen. Es sieht ihm gar nicht ähnlich, sich nicht zu melden. Ich frage mich langsam, ob er meine SMS gestern Abend überhaupt bekommen hat. Aber wenn er sie nicht bekommen hat, warum hat er dann nicht angerufen, um sich nach mir und Mom zu erkundigen? Ist es ihm egal? Zumindest ist Ivy raus aus der Stadt, daher brauche ich mich nicht mit der Eifersucht zu quälen.

An Jebs Telefonanschluss meldet sich wieder nur die Mailbox. Diesmal hinterlasse ich eine Nachricht. »Ich bin in der Schule. Schick mir eine SMS. Ich muss mit dir reden.«

Ich starre auf mein Telefon. Noch etwas anderes macht mir zu schaffen: Schwester Terri.

Von der Uniklinik in Pleasance gibt es keine Mitarbeiterliste online. Aus einer Laune heraus suche ich auf der Website des Krankenhauses nach Schwesterntrachten. Eine Anzeige erscheint, veröffentlicht auf der Nachrichtenseite eine Woche zuvor:

Anlässlich des Wochenendes des Memorial Days wird die Universitätsklinik von Pleasance alte Schwesterntrachten und Arztkittel zur Verfügung stellen. Jeder Angestellte, der in den vergangenen Kriegen geliebte Menschen verloren hat und wünscht, an den Gedenkfeierlichkeiten teilzunehmen, sollte sich mit Louisa Colton von der Personalstelle in Verbindung setzen, um die passende Größe und den passenden

Stil zu erhalten. Die Leihgebühr bezahlt der katholische Familiendienst mit finanzieller Unterstützung der Kostümboutique Banshee.

Ich schließe den Link. Das erklärt Schwester Terris Kostüm am Montag und wahrscheinlich auch ihre trostlosen, traurigen Augen. Vielleicht habe ich, was sie betrifft, voreilige Schlüsse gezogen. Sie war so nett und hilfsbereit. Aber was ist mit dem Clown und meinen aus Mr Masons Wagen gestohlenen Kunstwerken? Könnte ein Netherling in der Nähe gewesen sein, den ich nicht gesehen habe?

Nachdem ich Rabid zusammen mit meinem Telefon in meinen Rucksack gesteckt und den Reißverschluss zugezogen habe, gehe ich zum Hinterausgang. Die Klassenzimmerfenster leuchten gelb, gedämpft durch die geschlossenen Fensterläden und das nebelhafte Licht unmittelbar nach dem Sonnenaufgang. Das Gebäude sieht genauso aus wie immer, obwohl drinnen alles anders ist, zumindest für mich. Dafür hat Morpheus gesorgt.

Ich schlendere durch den einsamen, überdachten Übergang zwischen den Gebäuden und atme den Duft von Hefe und süßen Gewürzen ein, der aus der Cafeteria herbeiweht. Aus meinem Rucksack dringen das Kreischen von Zombies und nervige Titelsongs. Ich habe den Fehler begangen, Rabid zu zeigen, wie man auf meinem Telefon spielt. Mit angespannten Muskeln ziehe ich den Reißverschluss meines Rucksacks auf, nehme das Telefon heraus und schalte es auf stumm, bevor ich es ihm zurückgebe.

Ich ducke mich in die dunkle Turnhalle und benutze die Taschenlampe an Dads Schlüsselkette, um den Weg in die Mädchenumkleide zu finden. Dabei trete ich vorsichtig auf, damit meine Stiefel keine schwarzen Streifen auf unserem gemalten

Maskottchen hinterlassen – dem riesigen, blauorangefarbenen Widder, der mitten auf dem Holzboden prangt.

Als ich die Tür zum Umkleideraum öffne, schlägt mir der stechende Geruch von alten Socken und modrigen Kacheln entgegen. Ich schalte das Licht ein und die Leuchtstoffröhre fängt an zu brummen. Vor mir befindet sich eine Reihe bodentiefer Spiegel.

Ich öffne den Rucksack und Rabid klettert heraus, den Mund voller Kekse. Er drückt auf Tasten an meinem Telefon: ein letzter Versuch, die Zombies in dem Spiel zu töten. Sanft entwinde ich das Telefon seinen knochigen Händen und stecke es zurück in den Rucksack.

»Bist du bereit?«, frage ich, obwohl es rhetorisch ist. Auf dem Weg zur Schule habe ich ihm den Befehl gegeben, schnurstracks ins Rote Königreich zu gehen und an Grenadines Seite zu bleiben, bis ich zurückkehre, um ihr zu helfen.

Rabid kramt in seinem Mantel. Sein Fingerhut fällt klappernd auf den Betonboden. Er hebt ihn auf und beginnt erneut, in seiner Tasche nach seinem Schlüssel zu wühlen.

»Ist schon gut. Ich habe den hier.« Ich halte meinen Schlüssel an der Kette hoch, schaue in den nächsten Spiegel und stelle mir den Weg der Sonnenuhr an der Themse in London vor. Ein Bild des Jungen an der Sonnenuhrenstatue, der das Kaninchenloch vor menschlichen Augen verbirgt, erscheint verschwommen im Spiegel – aus meiner Erinnerung projiziert.

Ich warte darauf, dass der Spiegel zersplittert. Sobald die ersten Risse erscheinen, wird mein Herzschlag rasend schnell. Ich bin genau da, wo ich vor einem Jahr war, stehe an der Schwelle zum Wahnsinn. Nur dass ich diesmal genau weiß, was mich auf der anderen Seite erwartet.

Ich überwinde mein Zögern und drücke den Schlüssel in die Kreuzung der Risse, die wie ein Schlüsselloch geformt ist. Das Portal kräuselt sich und springt auf, und eine kühle Brise fährt durch mein Haar. Sie duftet nach Gras und Blumen.

Ich nehme Rabids schrumpelige Hand. Wir wollen gerade hindurchtreten, als ich noch mal innehalte. Der Boden rund um die Sonnenuhr scheint sich zu bewegen, als sei dort kein Gras, sondern ein dunkles und wütendes Meer, dessen Wellen gegen den Sockel der Sonnenuhr schlagen.

»Was ist das?«, murmele ich.

Rabid beugt sich vor, seine Knochen klappern. »Feurige Kneifzangen. Sie zwicken Euch, Majestät.«

Ich beuge mich näher heran und erkenne ein Meer aus Feuerameisen – tiefschwarz und rot schimmernd –, die in das Kaninchenloch eindringen. Es sind genug, um den Boden eines Footballfelds zu bedecken – Tausende und Abertausende.

Ich frage mich, ob irgendjemand auf der Sonnenuhrentour das sieht.

Ich habe keine Zeit, es herauszufinden; ich muss Rabid in das Kaninchenloch bekommen. Es gibt keine feste Stelle, auf die ich den Fuß setzen könnte, und es spielt keine Rolle, dass Ameisen Tag für Tag mit mir plaudern. Sie werden dennoch ohne zu zögern entschlossen mit ihren Zangen angreifen, wenn sie wütend sind, vor allem, wenn ich ihnen im Weg stehe. Und dies sind Feuerameisen. Die aggressivsten und schmerzhaftesten ihrer Art.

Wenn ich in der Umkleidekabine nicht still sein müsste, würde ich sie anschreien. Sie können Rots Zombieblumenarmee unmöglich besiegen. Aber offensichtlich sind sie auf dem Weg, es zu versuchen.

Plötzlich stören Stimmen aus der Turnhalle meine Konzentration. Ich reiße mich vom Spiegel los und schließe das Portal. Dann schiebe ich Rabid in den Rucksack und stopfe ihn in ein Schließfach.

»Bleib im Versteck, bis ich weiß, was da draußen los ist«, sage ich und reiche ihm die Kekstüte. »Wenn ich zurückkomme, werde ich mir etwas einfallen lassen, um mit den Ameisen Frieden zu schließen.«

Der Rucksack passt nicht ganz in das Fach, also lasse ich die Tür einen Spalt offen. Nachdem ich das Licht ausgeschaltet habe, spähe ich um die Trennwand in die Turnhalle.

An der Decke strahlen zahlreiche Glühbirnen. Ich blinzele in das grelle Licht, überrascht von der wuselnden Aktivität im Raum. Eine Handvoll Schüler tragen weiße, glitzerige Bäume und mit Zierdeckchen umhüllte Lampions herein. Weitere folgen mit riesigen Plastikbehältern voller weißer Spitzentischdecken, Krepppapier und anderen Dekorationen.

Mir sinkt das Herz in die Hose. Es sind die Schülermitverwaltung und der Schulballausschuss, die alles für den Märchenkostümball heute Abend vorbereiten. Hätte das Timing noch schlechter sein können?

Einige der größeren Jungen klappen die hölzernen Sitzbänke zusammen und schieben sie an die Wand, um Platz für die Tanzfläche zu schaffen. Die meisten der Mädchen werkeln an den Seiten der Turnhalle herum und bauen die Imbissstände und die provisorische Bühne auf, wo die Band spielen wird, wo Ankündigungen gemacht und der Schulballkönig und seine Königin gewählt werden.

Ich stöhne, als weitere Schüler in die Turnhalle geschlendert kommen. Jegliche Chance, Rabid durch den Spiegel zu schicken, bevor die Schule beginnt, ist dahin. Es könnte jederzeit jemand hereinkommen, wenn wir in den Spiegel treten. Ich überlege, mich in einer Duschkabine zu verstecken, bis alle weg sind, aber eine Bewegung in der Menge lässt mich erstarren.

»Hey, du!«, ruft Taelor und hebt die Arme.

Sie ist die letzte Person, mit der ich reden will. Ich verkrieche mich hinter der Trennwand und atme erleichtert auf, als mir klar wird, dass sie nicht mich anbrüllt. Sie wedelt wieder mit dem Arm und zeigt auf einen dunkelhaarigen Zehntklässler mit Babygesicht in der Ecke gegenüber meinem Versteck. Der Junge steht neben einem Baum, den er auf den Boden gestellt hat, und bevor er aufschauen kann, ist er umringt von Taelor, Twyla und Kimber.

»Wir müssen Platz für die Parkbank lassen, auf der die Fotos von den Paaren gemacht werden«, schimpft Taelor. »Der Baum gehört auf die andere Seite der Turnhalle, neben diesen langen Esstisch, auf den die Snacks kommen.«

Der Junge starrt sie sprachlos an, entweder geblendet von ihrer Schönheit oder erschrocken, weil eine Schülerin aus der Oberstufe ihn anspricht.

Sie seufzt und beginnt den Baum samt Topf wegzuzerren, wobei sie überhaupt nicht mitbekommt, dass ihre schwarzen Cowboystiefel Streifen auf dem polierten Boden hinterlassen.

Moment mal. *Cowboystiefel?* Das ist eine Premiere.

Selbst ihr Kleid hat sie sorgfältig ausgewählt, sodass es einen Entomologen beeindrucken würde: ein silbernes Minikleid mit flatterigen Ärmeln, die wie Flügel aussehen. Vielleicht hofft sie, dass Morpheus sie mit einer Motte verwechseln und an seine Pinnwand heften wird.

Darüber muss ich fast grinsen. Ich hatte ein Gerücht gehört, dass sie mit ihrem ursprünglichen Date für den Schulball Schluss gemacht habe, nachdem M sie gefragt hatte, ob sie mit ihm hingehen wolle. Ich habe nie daran gedacht, ihn zu fragen, ob es wahr ist, aber es klingt nach etwas, das er tun würde – sie nur zum Spaß an der Nase herumzuführen. Ihr steht eine Enttäuschung bevor.

»Uff.« Sie ächzt, als sie nur noch zwei Meter von mir entfernt ist.

Ich verkrieche mich tiefer in der Dunkelheit der Umkleide, behalte Taelor aber im Auge. Ihre Arme – gebräunt und muskulös von unentwegtem Tennis- und Volleyballspiel – schimmern unter den Lichtern, während sie an dem eingetopften Baum zerrt.

»Dieses Ding ist aber schwer.«

Errötend taucht der Zehntklässler aus seiner Trance auf und springt herbei, um ihr zu helfen, was ihm ein atemberaubendes, aber sarkastisches Lächeln beschert.

»Danke, Superman«, schnurrt sie und lässt ihre Seite des Topfs los.

Ich kann beinahe Bartstoppeln auf seinem Kinn sprießen sehen, bei seinem Schnellvorlauf durch die Pubertät, während er ihr auf dem Fuße folgt.

Als sie vorbeikommen, ducke ich mich hinter die Trennwand.

»Al?«

Jenaras Stimme lockt mich wieder hervor. Ein Korb mit Lampions hängt an ihrem Arm. Sie fädelt eine Schnur durch einige davon, die dann Girlanden bilden. Andere Schüler werden sie später an die Bäume hängen.

»Ich dachte mir doch, dass du da hinten herumlungerst«, sagt sie. »Was ist los? Ich sehe deinen Namen nicht auf der Helferliste.«

»Ich habe mich nicht direkt dafür eingetragen«, erwidere ich vieldeutig.

Jen grinst. »Ja, ich auch nicht. Es ist Teil meiner Buße für die entstellten Poster.« Sie schnaubt, und als ich nicht reagiere, wird sie ernst. »Du hast gestern Abend gar nicht dein Kleid vorbeigebracht.« Ihre akribisch umrandeten Augen werden schmal vor Sorge. »Ist deine Mom …?« Die Frage verliert sich im Hintergrundrauschen der beschäftigten Schüler.

»Nein, es geht ihr gut.« Widerstrebend löse ich mich aus der sicheren Dunkelheit und trete in die Turnhalle, vertraue darauf, dass Rabid in seinem Versteck bleiben wird. »Es ist etwas passiert, als wir von der Notaufnahme nach Hause gekommen sind …«

»Donnerwetter!«, unterbricht mich Jen, als ich ins Licht trete. »Die ungeschminkte Wahrheit!«

Erst dann erinnere ich mich daran, dass ich mich nicht geschminkt habe. Es ist das erste Mal, dass ich ohne meine Maske in der Schule auftauche.

Wider alle Vernunft nehme ich einen Lampion und etwas Schnur aus Jens Korb, um meine eigene Girlande zu binden, in Erinnerung an die Zeiten, als ich mit Morpheus im Wunderland Mottenleichen aufgefädelt habe – damals, als ich keine Maske zu tragen brauchte. »Scheibenkleister, Jen. Warum gibst du mir bloß das Gefühl, ein Troll zu sein?«

Sie lässt ihre Lampionschnur zurück in den Korb fallen und drückt sanft meinen Unterarm. »Hey, du weißt, dass ich es so nicht gemeint habe. Du hast den perfekten Teint und die richtigen Gesichtszüge, damit du dir das erlauben kannst. Das ist nur einfach nicht … *du*. Und dein Haar …« – sie schnippt gegen die rote Strähne, die aus meinem zerzausten Zopf hängt »… hast du so geschlafen?«

Bevor ich antworten kann, schnappt sie hörbar nach Luft. »Ach du meine Güte.«

Der Korb rutscht ihr vom Arm und kippt um, und Lampions rollen auf den Boden. Ohne auf das Chaos zu achten, packt sie mich an den Schultern.

Sie lächelt schwach und mit zitternden Lippen. »Nein. Du hast es endlich *getan!*«

Ihr Ausbruch übertönt das Geplapper um uns herum. Einige Schüler drehen sich in unsere Richtung. Twyla und Deidre, damit beschäftigt, ein marineblaues Schild mit Buchstaben aus Alufolie auf eine Staffelei in der Nähe der Nische mit den Bildern zu stellen, unterbrechen ihre Arbeit. Sie tuscheln und zeigen in unsere Richtung; dann geht Twyla zur Tür der Turnhalle, wo Taelor zu beschäftigt damit ist, in Kisten mit gespendetem Spielzeug zu wühlen, um uns zu bemerken.

»Sehr subtil, Jen«, sage ich stirnrunzelnd.

Sie schaut über ihre Schulter und senkt die Stimme zu einem Flüstern. »Tut mir leid. Es ist einfach … das ist so großartig!«

»Wovon redest du?«

»Du hast die Nacht mit Jeb verbracht. Stimmt's? Deshalb ist er nicht an sein Telefon gegangen, nachdem er ins Atelier gefahren ist. Deshalb ist er gestern Abend nicht nach Hause gekommen. Ha! Ich wusste, sobald er dich in diesem Kleid sieht …«

»Jeb ist gestern Nacht nicht nach Hause gekommen?« Nun bin ich an der Reihe, sie zu unterbrechen. Ich werde knallrot, als mir bewusst wird, wie laut ich gesprochen habe. Noch mehr Mitschüler beobachten uns jetzt. Taelor hat sich ebenfalls eingeklinkt. Sie und Twyla schlängeln sich durch die Menge. Dem aufgeblasenen Ausdruck auf Taelors Gesicht nach schätze ich, dass sie gehört hat, was ich gesagt habe.

Sie ist die geringste meiner Sorgen. Ich lasse meine Lampions auch auf den Boden fallen.

»Ich war nicht mit ihm zusammen«, flüstere ich Jen zu. »Glaubst du, er hat die Nacht im Atelier verbracht?«

Sie macht ein langes Gesicht. »Ich ... ich hatte es einfach vermutet.«

»Du weißt es nicht mit Bestimmtheit? Ist deine Mom nicht durchgedreht?«

»Sie hatte im Lebensmittelladen Spätschicht und hat sich hingehauen, sobald sie nach Hause gekommen ist. Ich wusste nicht mal, dass er fort war, bis ich heute Morgen an seinem Zimmer vorbeigekommen bin. Sein Bett war unberührt. Du weißt, dass er es nie macht.«

Mein erster Gedanke gilt Ivy. Was, wenn sie nur *gesagt* hat, dass sie die Stadt verlassen wolle? Ich weiß, das Jeb mich niemals betrügen würde. Aber der Argwohn entspringt nicht meinem Geist, sondern meinen Netherlingsinstinkten. Ich *weiß*, dass etwas nicht stimmt.

Vielleicht war ich nie einfach eifersüchtig, dass Jeb Ivy gemalt hat. Sie ist zu der unpassendsten Zeit aufgetaucht, als Morpheus angefangen hat, mit Nachrichten über den Niedergang von Wunderland durch meine Träume zu spuken. Sie muss eine reale Person sein – ich habe über sie gelesen –, aber ich bin ihr niemals tatsächlich begegnet. Also hätte ein Netherling sie entführen und zur Tarnung in ihre Person schlüpfen können, wie Morpheus es mit Finley getan hat. Vielleicht ist es dieselbe Unbekannte, die in meinem Mosaik im Schatten steht, und dieselbe, die mich mit dem Clown verhöhnt hat.

Das Blut gefriert mir in den Adern. Ich packe Jens Arm. »Wir müssen ihn finden …«

Sie nickt, und wir gehen zum Ausgang, aber die Freiwilligen umringen uns und schauen zwischen uns und Taelor hin und her. Der Weg zur Turnhallentür ist versperrt. Zorn steigt in mir auf. *Geht mir aus dem Weg*, möchte ich schreien, aber alles wird still, sobald Taelor voll in Sicht kommt.

Sie hält ein Spielzeug in den Händen – meinen Stalkerclown, samt Miniaturcello und seltsamem, kariertem Hut.

Die Wände scheinen auf mich zuzukommen.

»Nett von dir, Alyssa«, sagt Taelor und kommt mir dabei zu nahe. »Wir bitten um neue Spielzeuge und du schleppst dieses Stück Secondhandmüll an. Womit ist der ausgestopft, mit Steinen?« Sie lässt den Clown zu meinen Füßen fallen. Er knallt mit einem metallischen Klirren auf den Boden. Das rot, schwarz und weiß karierte Muster ist schmutzig und fleckig.

»Wo hast du den her?«, bringe ich mit zitternder Stimme heraus und kann den Blick nicht von dem Spielzeug abwenden, aus Angst, dass es sich bewegen könnte. Die schwarzen Knopfaugen gaffen mich höhnisch an.

»Stell dich nicht dumm. Dein Name steht auf einem Stück Klebeband auf dem Rücken.« Als ich nicht reagiere, verdreht Taelor die Augen. »Typisch Alyssa, billig zu sein. Das taugt nicht als Eintrittskarte heute Abend. Es sind eindeutig *neue* Spielzeuge erforderlich. Kein Ausschuss aus dem Gebrauchtwarenladen. Und übrigens, was ist los mit dir? Hast du im Umkleideraum geschlafen? Das ist ja noch schlimmer als dein gewohnter Leichenbestatterstil.«

Ich brauche eine Sekunde, um zu begreifen, dass Taelor von meinen zerknüllten Kleidern und dem fehlenden Make-up spricht. Aber ich kann nicht antworten, solange der Clown mich anstarrt.

Jen tritt zwischen uns. »Zumindest lässt sich Al ihren Modegeschmack nicht davon diktieren, was gerade angesagt ist.« Sie deutet auf Taelors Cowboystiefel.

Unsere Zuschauer kichern. Taelor funkelt sie über die Schulter an. »Habt ihr nichts zu tun? Ich hätte schwören können, dass auf der Liste noch Aufgaben stehen. Könnt ihr nicht lesen?«

Während sich die Schüler verziehen, wechselt Taelor selbstgefällig grinsend einen Blick mit Twyla, dann dreht sie sich wieder zu mir um. »Also, Jeb war die ganze Nacht nicht zu Hause, hm? Vielleicht hat er es satt, dass du ihn betrügst.«

Der Clown zu meinen Füßen hält meinen Blick und meine Zunge fest.

Jen wartet nicht darauf, dass ich antworte. »Al hat ihn nicht betrogen, Tae. Der britische Insektenjunge hat versucht, dich eifersüchtig zu machen. Also hör auf.«

»Vielleicht ist dein Bruder naiv genug, diesen Haufen Bullshit zu glauben. Aber ich nicht.«

»Wirklich? Warum versuchst du dann immer noch, *Mort* zu beeindrucken?«, fragt Jen.

»Weil er total sexy ist und sein Auto ist mehr wert als dein ganzes Haus«, blafft Taelor.

Jen knirscht mit den Zähnen. »Du kleine …«

»Stopp.« Ich reiße den Blick von dem Clown los, um Taelor anzusehen. »Warum gehst du nicht und suchst dir jemand anderen, den du nerven kannst.« Ich will ihr einen Vortrag darüber halten, etwas Selbstachtung zu haben, darüber, einen Jungen nicht wegen seines Nettowerts zu mögen, sondern wegen der Art, wie er einen behandelt. Aber ich muss zu Jeb, denn irgendetwas stimmt da ganz und gar nicht. »Ich muss gehen.«

Ich schiebe Taelor zur Seite.

Sie hält dagegen. »Ein wenig spät dafür.«

Die Schüler, die sich vorher verdünnisiert haben, sammeln sich wieder um uns, allerdings in sicherem Abstand.

»Du hast dich nicht freiwillig gemeldet, um zu helfen«, knurrt Taelor. »Also, was hattest du in der Umkleidekabine zu suchen? Wolltest du wieder etwas anstellen, um den Schulball zu ruinieren?«

»Wovon redest du?« Meine Augen brennen und ich wünsche mir von ganzem Herzen, endlich nach Jeb suchen zu können. »Ich habe keine Zeit für deine Schulballfantasien.«

»Fantasien?« Sie wird rot, was sie noch hübscher machen würde, wäre da nicht der Hass in ihren Augen. »Sollten Fantasien nicht schön sein? Da ist nichts Schönes daran, die gekrönte Königin des Schulballs zu sein, wenn dein König verschwindet, damit er mit einem anderen Mädchen zusammen sein kann. Ich wette, du hast es genossen, wie ich allein auf der Bühne stand.« Sie beißt die Zähne zusammen. »Das eine Mal, dass ich meinen Dad dazu bewogen habe, mich bei irgendetwas zu begleiten, und alles, was er gesehen hat, war ich als grandiose Versagerin.«

Ich trete von einem Fuß auf den anderen und mir wird furchtbar heiß. »Jeb weiß, dass das nicht gut gelaufen ist, und es tut ihm leid. Er hat versucht, sich zu entschuldigen.«

Sie schnaubt. »Ich brauche sein Mitleid nicht.«

»Komm endlich drüber weg, Taelor«, mischt sich Jenara ein. »Es war nur ein alberner Ball.«

»Für dich vielleicht. Nicht wenn deine Familie …« Taelors Lippen werden schmal, als forme sie ihre Worte neu. »Ich möchte einfach eine einzige gute Erinnerung haben, bevor ich diese Schule für immer verlasse. Also halt dich diesmal raus! Zerstör nicht noch einmal mein Leben!«

Ihre Worten hängen in der Luft. Als sie die erstaunten Blicke der Leute sieht, bedeckt sie ihr errötendes Gesicht und flitzt zur Umkleidekabine. Für eine Sekunde hat ihre perfekte Maske Risse bekommen. Ich bin es gewohnt, in der Schule prüfende Blicke auf mich zu ziehen, aber für sie ist das neu.

Mein Herz hämmert, als ich mich daran erinnere, dass Rabid in der Umkleidekabine wartet, ein wehrloses Opfer. Ich bin hin und hergerissen zwischen ihm und meinem Wunsch, nach Jeb zu suchen, dann entscheide ich mich für das Naheliegende und eile Taelor nach.

»Oh, nein, das tust du nicht.« Twyla packt mich von hinten.

Jenara greift ein. Sie schubsen einander hin und her. Einige Schüler gehen auf die Tür zu, während andere Partei ergreifen und Anfeuerungen rufen.

Die Sache eskaliert zu schnell. Mein Kopf pocht, als ich losrenne, um Taelor einzuholen. Ich packe sie am Ellbogen und wirbele sie einige Schritte von der Trennwand entfernt herum.

Ihre Augen sind feucht. Sie ist verletzlich, wie das Kind, mit dem ich in der Grundschule gespielt habe. Ich ringe um die richtigen Worte, die sie von der Toilette fernhalten, als ein schriller Schrei meine Trommelfelle durchstößt.

Ich schaue mich nach Jen um. Die allgemeine Aufmerksamkeit, einschließlich ihrer und Twylas, richtet sich auf etwas über meiner Schulter.

»Was ist das?«, ruft ein Schüler und streckt die Hand aus.

Während ich das Schlimmste befürchte – dass Rabid dort steht, in all seiner gruseligen Netherlingspracht –, folge ich ihren Blicken.

»Ameisen!«, brüllt jemand, als eine Woge von Schwarz und Rot über die Türschwelle auf uns zukommt.

Mir schnürt es die Kehle zusammen. *Das kann nicht sein. Ich habe das Spiegelportal doch geschlossen.*

Unsere Klassenkameraden rennen wie wild durch den Eingang, sodass nur Taelor und ich übrig bleiben. Wir weichen beide gleichzeitig zurück. Die Invasion wirbelt um uns herum und wir sitzen in der Falle.

»Al!«, ruft Jen von der Tür aus.

»Bleib draußen!«, brülle ich.

»Ich hole Hilfe!«, schreit sie zurück und verschwindet in dem Übergang.

Die Ameisen singen, aber ich kann sie wegen Taelors Geschrei nicht hören. Sie stampft mit den Füßen und zermalmt einige.

Ich halte mir die Ohren zu, damit ich ihre gequälten Schreie nicht höre.

Sie schlagen zurück, umkreisen uns enger.

»Verschwindet!«, brülle ich sie an. »Sie hatte nur Angst … sie wird es nicht wieder tun.«

»Mit wem sprichst du?«, ruft Taelor und hebt den Fuß, um weitere Ameisen zu zerstampfen.

»Tu das nicht.« Ich lege ihr eine Hand auf den Oberschenkel, dann hebe ich eine Lampiongirlande hoch. Indem ich die Kugeln durch die angreifende Armee schiebe, gelingt es mir, die Insekten beiseite zu wischen, ohne sie zu verletzen. Als ein Weg frei geräumt ist, ergreife ich Taelors Arm, klettere auf die Festtafel und zwinge sie, mir zu folgen.

Sie reißt sich von mir los, sobald sie auf dem Tisch steht. »Du hast sie hereingeschmuggelt. Deshalb warst du im Umkleideraum.«

»Was?«

»Du warst schon immer ein Insektenfreak! Das Ganze ist ein Streich. Du wolltest sie heute Nacht loslassen, nicht wahr?«

»Nein! Ich ...« Ich bringe es nicht fertig zu leugnen, denn was sollte ich als Erklärung anbieten? Die Wahrheit?

»Hör mal«, knurrt Taelor. »Es tut mir leid, dass ich allen dein Liddellgeheimnis verraten habe! Wie lange wirst du mir das noch übel nehmen?«

»Halt den Mund!«, rufe ich und lasse die Girlandenschnur zwischen uns auf den Tisch fallen. »Ich muss sie hören!«

Sie mustert mich und schreckt zurück. Ich funkle sie an, während ich den Ameisen lausche:

Lauf ... lauf ... lauf! Das Kaninchenloch ist auf!

Sie sind nicht auf uns *zugelaufen*, sie sind vor etwas *davongelaufen*, bis Taelor angefangen hat, sie anzugreifen. Ein schwaches Kratzen lenkt meine Aufmerksamkeit jäh wieder auf den Umkleideraum. Fünf spindeldürre Finger winden sich um den Eingang. Sie sind Schatten, aber gleichzeitig auch wieder nicht – ganz schwarz und feucht, als seien sie aus einer zähen Flüssigkeit gemacht.

Die Tröpfchen rinnen die Wand hinunter und bilden Pfützen auf dem Boden, dunkel und schimmernd wie Öl. Krallengroße Nägel sprießen aus jeder Fingerspitze und breiten sich aus, um weitere tropfende Finger zu gebären. Binnen Sekunden umklammert eine Decke aus Händen die ganze Länge der Türschwelle. Sie fassen zu und ziehen, als könnten sie nicht durchkommen, als halte sie ein riesiges Gewicht am anderen Ende zurück.

Mein ganzer Körper wird taub. Ich will nicht mal wissen, womit all diese zuckenden Gliedmaßen verbunden sind.

»Siehst du das?«, flüstere ich, größtenteils an mich selbst gewandt. Ich hoffe, dass Taelor mich nicht zur Kenntnis nimmt. Dieses eine Mal würde ich es vorziehen zu halluzinieren.

Ihre Aufmerksamkeit ist weiterhin ganz auf die Ameisen unter uns gerichtet. Unsere Oase schrumpft, während sie näher herandrängeln.

»Was soll ich sehen?«, faucht sie. »Die Millionen Kriechtiere, die du losgelassen hast? Ja. Ich sehe sie. Wir brauchen eine Riesendose Ameisenköder!« Sie tritt gegen eine Reihe von Ameisen, die den Tisch hinaufkrabbeln. Die Girlandenschnur verfängt sich an ihrem Absatz und sie stolpert. Als sie versucht, sich aufzurichten, rollt ein Lampion unter ihren Fuß, und sie schwankt.

»Taelor!« Ich strecke die Hand aus, verfehle sie aber um zwei oder drei Zentimeter. Sie fällt rückwärts auf den Tisch und prallt mit dem Kopf mit einem ungesunden Krachen auf die Kante. Ihre Augen werden trüb, bevor sie sich schließen.

»Nein, nein, nein.« Ich lasse mich auf die Knie fallen und behalte die Schattenhände halbwegs im Blick. Dann streichle ich sanft Taelors Wangen. »Taelor, kannst du mich hören?«

Als seien sie damit zufrieden, dass Taelor besiegt ist, ziehen sich die Ameisen in Richtung Turnhallentür zurück.

Rette unser Reich, Alyssa.
Schick die Eindringlinge fort.

Sie verschwinden im Übergang und ich springe vom Tisch. Jetzt, da ihr Gewisper nicht mehr zu hören ist, senkt sich Stille über die Turnhalle.

Ich wirbele herum, um mich den Schattenhänden zu stellen, und atme entsetzt aus. Der Clown steht im Eingang zum Umkleideraum. Er hat eine Geisel: Rabid Weiß. Der Cellobogen des Clowns klemmt zwischen seinem fleischigen Kinn und dem kadaverhaften Hals.

Weit über ihnen tröpfelt dunkle Flüssigkeit vom Türsturz. Die Flüssigkeit läuft dem Clown übers Gesicht und schwärzt seine Augen und Zähne.

»Majestät, leid es mir tut ...«, wimmert mein königlicher Ratgeber, sein hässliches Gesicht voller Reue.

Sein Schlüssel baumelt an einer Hand, der leere Keksbeutel an der anderen. Vor ihm auf dem Boden liegen Krümel. Er muss das Portal geöffnet und versucht haben, die Ameisen zu bestechen, damit er nach Wunderland gehen konnte, wie ich es von ihm wollte. Stattdessen ist Wunderland zu uns gekommen.

Langsam glaube ich, dass Wunderland die ganze Zeit über hier war, dass es seit meinem Unfall in diese Welt eingesickert ist. Und zu dem Zeitpunkt ist der besessene Clown erschienen. Rot könnte ihn auf dem Friedhof gefunden und hinter mir hergeschickt haben.

Ich kann nicht zulassen, dass das irrsinnige Spielzeug Rabid behält.

»Lass ihn los!«, brülle ich.

Mit einem Lachen, das so unheimlich und schmerzhaft ist wie ein nicht gestimmtes Cello, presst der Clown die Hände fester um Rabids Hals.

Die öligen Schatten umklammern die Türschwelle und meißeln Zeichen in die bemalte Betonwand. Womit auch immer sie auf der anderen Seite verbunden sind, es will sie nicht durchlassen. Sie stoßen verwirrte Kreischlaute aus und stöhnen, verstörender als die Geräusche im zweiten Stockwerk des Irrenhauses, wo Patienten in Gummizellen schreien.

Der Lärm geht mir durch Mark und Bein. Ich sacke auf den Boden und halte mir den Kopf, bis es wieder still wird.

In meiner Erschöpfung habe ich kaum die Energie, aufzuschauen. Eine riesige, schwarze Gestalt drängt durch die Tür und schiebt den Clown und Rabid beiseite. Sie zerplatzt in Fetzen von Leichentüchern und wechselt ständig die Form, wie Schwaden lebendigen Rauchs. Sie kreischen, als sie zu den Dachsparren emporfliegen und sich in die Glühbirnen zwängen. Sie füllen die Glühbirnen mit tintenschwarzer Flüssigkeit, bis jede platzt. Die Lichter erlöschen eins nach dem anderen wie bei einem Dominoeffekt.

Ich schreie auf und rolle die bewusstlose Taelor auf den Boden, dann ziehe ich sie unter den Tisch, um uns vor dem zersplitternden Glas zu schützen. Als die letzte Glühbirne platzt, wird es dunkel im Raum, und nur der Schein des überdachten Übergangs dringt durch den Turnhalleneingang.

Weiteres Gekreische hämmert in meinen Ohren. Einer der Schatten gleitet über den Boden zur Turnhallentür und zieht einen fettigen schwarzen Streifen hinter sich her. Er löst die Türstopper, und die Tür schlägt zu, sodass wir uns in vollkommener Dunkelheit befinden.

Der Clown zischt. Mein ganzer Körper kribbelt vor Entsetzen und ich ziehe Taelor enger an mich und halte sie wie eine Schmusedecke. Ihr Atem ist warm an meinem Hals und ihr Puls scheint stabil zu sein. Es ist besser, dass sie bewusstlos ist. Ich könnte ihr niemals erklären, was um uns herum geschieht.

»Rabid, was sind das für Kreaturen?«, rufe ich. Ich muss seine vertraute Stimme in der Dunkelheit hören, muss wissen, dass er immer noch da ist.

»Die Mimfratzen ...« Seine leise Antwort steht im Widerspruch zu dem lauten Klappern seiner Knochen. »... waffen labe.«

16

Das Feuer im Innern

Hagstalzig standen die Borgoffen,
Und die Mimratzen wafften labe.

Das war aus dem Jabberwocky-Gedicht. Mimratzen oder Mimfratzen, heimatlose Gespenster. Morpheus hat sie früher mal erwähnt.

Es sind Gespenster – düstere, geisterhafte Kreaturen, verlorene Seelen, die ihren Weg zurück suchen. Das labe Waffen ist das markerschütternde, gellende Kreischen, das sie von sich geben.

Das ist alles, woran ich mich erinnere. Ich muss verhindern, dass sie sich in der Schule ausbreiten und die Menschen terrorisieren. Ich muss sie hier festhalten, bis ich weiß, wie ich sie besiegen kann.

Ihr Geheul und Gejammer bringt mich durcheinander. Kalte Luftstöße rauschen an meinem Gesicht vorbei, erfüllt vom Geruch nach Gefahr und klebrigem Schweiß. Ich drücke Taelor an mich, damit ihr teures Parfum den Gestank aus meiner Nase vertreibt. Nie hätte ich gedacht, dass ich ihr gegenüber einmal einen solchen Beschützerinstinkt verspüren würde. Aber sie hat nur mich zu ihrer Verteidigung. Die Verantwortung ist überwältigend.

Der Clown bricht abermals in Gelächter aus und lenkt meine Aufmerksamkeit auf sich.

Rabid schreit: »Majestät!« Sein Flehen hallt aus den Tiefen des Umkleideraums, und ich weiß, dass er fort ist – irgendwo hingebracht, wo ich ihn nicht erreichen kann.

»Nein!«, rufe ich.

Ich kann nicht einfach dasitzen und nichts tun. Also pfeife ich auf meinen Entschluss, bei Taelor zu bleiben, lehne sie gegen eins der Tischbeine, krieche blind umher, klopfe den Boden ab und bete, dass ich nichts berühre, das zupackt. Meine Hand gleitet durch eine ölige Pfütze, und ich wische mir das klebrige Zeug an der Hose ab, dann setze ich die Suche fort. Schließlich rollt ein Lampion unter meine Finger.

Ich zerre meine Beute unter den Tisch. Nachdem ich den Lichtschalter gefunden habe, lege ich ihn um. Ein weicher, bernsteinfarbener Schimmer dringt durch das Zierdeckenmuster, wodurch der Lampion wie ein Leuchtkörper wirkt. Es wäre wunderschön, wäre da nicht die schauerliche Szene, die das Licht offenbart.

Dicker, öliger Schlamm läuft die Wände hinunter und sammelt sich dann in kleinen Pfützen auf dem Boden. Phantomgestalten huschen durch die Luft, tauchen durch den Raum wie Ghule im Grab. Wann immer sie den Boden berühren, hinterlassen sie einen schwarzen Streifen. Es ist, als steckte ich in einem Halloween-Film fest. Das Einzige, was fehlt, sind die zerbröselnden Grabsteine.

Meine Eingeweide krampfen sich vor Furcht zusammen. »Morpheus. Komm zurück, bitte.« Ich murmele flehend und hoffe, dass er mich hören wird. Hoffe, dass er nicht zu wütend ist, um mich zu beachten.

Unter dem Kreischen der Phantome wirkt Morpheus' Schweigen umso endgültiger.

»Morpheus! Ich brauche deine Hilfe!«

Die Wände werfen meinen Schrei zurück. Die Phantome zischen zur Antwort, und eins stürzt unter den Tisch, spaltet sich und verwandelt sich in ein Paar schwebende Handschuhe, in denen abgetrennte Hände stecken. Sie packen Taelor an den Knöcheln, um sie von mir wegzuzerren.

»Stopp!« Ich lasse die Laterne fallen, umfasse Taelor von hinten und schiebe ihr die Hände unter die Arme. Sie wird zum Gegenstand eines übernatürlichen Tauziehens. Mithilfe meines Gewichts zerre ich so fest an ihr, dass ihr die Stiefel von den Füßen rutschen. Ich pralle mit dem Rücken gegen die Tischbeine. Die behandschuhten Finger wirbeln durch die Luft in die gegenüberliegende Richtung, dann nehmen sie wieder ihre ursprüngliche, formlose Gestalt an.

Ich suche erneut nach der Laterne, nur um festzustellen, dass die anderen Phantome sie weggezerrt haben. Dasjenige, das Taelor angegriffen hat, war wohl nur ein Köder, damit sie mein Licht stehlen konnten. Sie sickern durch die Löcher in dem Spitzenmuster und breiten sich im Lampion aus, bis das Licht gelöscht ist.

Die schwarze Leere ist schwer wie eine nasse Decke. Ich halte Taelors schlaffe Hand. Vielleicht hat Morpheus mir wirklich den Rücken gekehrt. Ich hätte nie gedacht, dass er mich ohne einen Ausweg in der Falle sitzen lassen würde. Selbst wenn er zornig genug ist, um zu wollen, dass ich leide, wird er sich gewiss besinnen. Schließlich braucht er meine Hilfe, um Wunderland zu retten.

Wie zur Antwort auf meine Gedanken erscheint ein leuchtendes Licht in der Tür des Umkleideraums, klein und glitzrig wie der Zünder eines Römischen Lichts. Es weicht den umherschwirrenden Geistern aus und hockt sich dann auf Taelors Knie.

Es wird fahler und nimmt Gestalt an: fünf Zentimeter groß, weibliche Kurven, limabohnengrün und nackt bis auf strategisch platzierte, glitzernde Schuppen. Kupferne Glupschaugen mustern mich. Es ist, als stünde ich in einem Wettbewerb mit einer Libelle.

»Spinnfaden«, sage ich, gleichermaßen überrascht und erleichtert, sie zu sehen. Sie war einst Morpheus' schönste und begehrteste Elfe, bevor sie ihn verraten hat. Entweder ist sie aus eigenem Antrieb hier oder sie leistet Wiedergutmachung.

»Königin Alyssa.« Sie verneigt sich und ihre pelzigen Flügel zittern. Sie schaut über die Schulter zu den Gespenstern hinüber. »Es ist eine dunkle Zeit«, sagt sie mit ihrer klimpernden Stimme.

»Das ist es wohl«, antworte ich und versuche, energisch zu sprechen, damit ich königlich klinge. Ich scheitere kläglich. »Hat Morpheus dich geschickt?«

»In der Tat«, antwortet sie. »Er hat Euren Ruf gehört.«

Ich atme tief ein, beruhigt, dass er mich nicht vollkommen im Stich gelassen hat. »Also, was soll ich tun? Wie besiege ich sie?«

»Ihr braucht sie nicht zu besiegen. Bringt sie einfach nach Hause.«

»Nach Wunderland?«

»Zu seinen Grundfesten. Wunderland ist auf Kinderträumen erbaut. Ihr kennt Euch aus in der Geschichte von Lewis Carroll und seiner Poesie: *Man nehme eine Kindergeschichte und lege sie hin mit sanfter Hand, wo Kindheitsträume ranken sich um der Erinnerung rätselvolles Band ... so entstand die Welt von Wunderland.*«

Wir beide ducken uns, als ein Gespenst vorbeigleitet.

»Ähm, ja«, murmele ich. »Das ist ein wenig anders, als ich es in Erinnerung habe.« Nicht dass mich das überrascht.

»In beiden Versionen steckt Wahrheit, wenn Ihr nur danach sucht. Der Traum eines jeden Kinds hat zwei Hälften. Die Borgoffen sind die alberne und schelmische Hälfte und werden von Schwester Zwei auf dem Friedhof eingesetzt, um die zornigen Geister abzulenken und zu unterhalten. Die gespenstigen Mimratzen hingegen sind die albtraumhafte und schreckliche Hälfte. Sie bewachen das Kaninchenloch und hindern alles, was nach Wunderland gehört, an der Flucht oder holen sich mit Gewalt jene Dinge zurück, die bereits geflohen sind. Sie stecken in der Erde und etwas hat ihren Ruheplatz verletzt.«

Ich erinnere mich an meinen Traum mit Morpheus in Wunderland, als ich dem Ertrinken nahe war – wie der Schlamm unter meinen Füßen zu atmen und zu schäumen schien. Könnte das eine Ansammlung von Gespenstern gewesen sein? Dann denke ich an die Ameisen, dass sie Meister darin sind, mehr Erde zu bewegen als jeder andere Organismus, sogar mehr als Regenwürmer. Sie müssen Wunderlands Grundfesten erschüttert haben, als sie ihre Abwehrmechanismen mobilisiert haben, um die Blumenarmee daran zu hindern, durch das Kaninchenloch zu brechen.

Spinnfadens Flügel flattern nebelhaft trüb, während sie vor meinem Gesicht in der Luft schwebt. Ihre grüne Haut schimmert. »Mimratzen sind genau wie verlorene Kinder, da sie aus Kindern geboren sind. Sie sind ängstliche, gereizte Kreaturen, es sei denn, sie stecken in ihren Ruheplätzen. Einmal gestört, haben sie nur den Wunsch, ihre Aufgabe zu erfüllen, damit sie wieder an ihren sicheren Ort zurückkehren können. Sie sehnen sich nach der Stabilität, für die ihre leuchtenderen Hälften, die Borgoffen, einst gesorgt haben. Das ist der Grund, warum sie sich zu dem Licht und zu Euch hingezogen fühlen. Eure Kronenmagie verbietet ihnen, Euch anzurühren, aber sie denken, dass Ihr sie hierher beordert habt. Da sie nichts gefunden haben, das nach Wunderland gehört, sind sie verwirrt. Sie erwarten von Euch, dass Ihr sie in Sicherheit bringt, dass Ihr ihnen den Weg nach Hause leuchtet.«

Ich starre auf den Strudel formloser Wesen direkt hinter Spinnfadens leuchtendem Leib. Sie bewegen sich rasch hin und her, als versuchten sie herauszufinden, ob Spinnfaden nach Wunderland oder hierher gehört. Das Licht, das sie ausstrahlt, muss sie wohl hypnotisieren – sie verwirren.

»Das ist also der Grund, warum sie die Glühbirnen kaputt gemacht und meine Lampions gestohlen haben? Sie haben versucht, dem Licht nahe zu kommen?«

Spinnfaden nickt. »Ihr müsst ihnen den Weg zum Kaninchenloch weisen.«

»Warum kannst du das nicht tun? Sie könnten deinem Licht folgen.«

Sie rümpft die Nase über diesen Vorschlag. »Ich habe nicht die Fähigkeit dazu. Das Licht, das ihnen den Weg weist, muss kraftvoll genug sein, ihre Schritte zu erhellen und gleichzeitig ihre Spuren zu löschen, damit sie nicht in ihren eigenen Fußstapfen wieder zurückgehen.«

Ich stöhne. Noch ein Rätsel. »Sie *haben* nicht einmal Füße.«

Spinnfaden landet auf meinem Oberschenkel, wo immer noch ein feuchter, öliger Handabdruck prangt. Sie lässt sich auf Hände und Knie fallen und zeichnet mit einer Hand, so groß wie die eines Marienkäfers, die Form nach. »Jede Kreatur hat einzigartige Fußstapfen.«

Ich betrachte die öligen Streifen, die die Gespenster auf dem Boden und an den Wänden hinterlassen haben.

»Wendet an, was mein Meister Euch gelehrt hat«, fährt sie fort. Die Zuneigung in ihrer Stimme deutet an, dass Morpheus ihr verziehen hat. Sie erfüllt mich außerdem mit der Hoffnung, dass er auch mir verzeihen wird. »Schickt sie nach Hause.« Sie erhebt sich in die Luft.

Als sie davonschwebt, rücken die Phantomgestalten näher. Ich bedecke den Kopf mit den Armen. Obwohl ich weiß, dass es ihnen verboten ist, mich anzurühren, kann ich meine Furcht nicht ablegen. »Warte! Lass mich nicht allein. Sag Morpheus, dass es mir leidtut, dass ich ihn verletzt habe. Sag ihm, dass ich ihn hier brauche. Bitte, es ist wichtig!«

»Ich *muss* fortgehen. Bevor die Gespenster mich mit Gewalt wegbringen. Und Morpheus kümmert sich um Rabids Sicherheit. Haltet Ihr das nicht für wichtig?«

Beschämt schweige ich. Ich war kurz davor, auf die Knie zu fallen und um seine Rückkehr zu betteln … genau, wie er es vorhergesagt hat.

»Er will, dass Ihr ihn findet, wenn dies vorüber ist.« Spinnfaden flattert in den Umkleideraum und lässt mich allein, damit ich mich um Taelor und die Gespenster kümmere, ein Vorhaben, das unerbittlich beide Seiten von mir fordert. Es war illusorisch zu denken, dass ich sie jemals getrennt halten könnte.

Die Schulglocke läutet und irgendjemand klappert an den Griffen der Turnhallentüren. Auf der anderen Seite werden Rufe laut.

»Die Tür klemmt«, brüllt der Direktor.

»Ich gehe den Hausmeister suchen«, antwortet ein Lehrer.

Meine Schläfen pochen – meine Gedanken hüpfen wie Pingpongbälle hin und her –, während ich versuche, einen Plan zu schmieden.

Die Gespenster heulen und kreischen, aufgeregt durch die menschlichen Stimmen. Sie flattern herum, zerzausen mir das Haar und saugen mir keuchend den Atem aus. Sie fegen durch Taelors flattriges Kleid und zerfetzen die Ärmel. Ich schlage sie weg und schreie, und sie ducken sich, aber ich weiß, dass ihr Rückzug nur vorübergehend ist. Je länger sie hier festsitzen, ähneln sie immer weniger verängstigten Kindern und eher flatterhaften Monstern.

Ich muss sie zurückschicken, bevor irgendjemand von der Pleasance High die Türen öffnet und einen ausgewachsenen Herzinfarkt erleidet.

Ich überlege, ihnen mit einer Lampionkette »den Weg zu erhellen«, aber sie würden die Glühbirnen nur zerspringen lassen. Wie soll ich diese Kreaturen nach Hause führen, wenn sie meine Hilfsversuche immer wieder zunichtemachen?

In diesem Moment erwachen meine Netherlingssinne, wie ein Flattern hinter meinen Augen, und die Logik hinter dem Unlogischen wird offenbar: Nur eine Sache kann den lebenden Schatten standhalten und das ist lebendes *Licht.*

Flammen können atmen. Sie haben außerdem die Fähigkeit, bestimmte Ölsorten zu verbrennen, wie Kerosin. Wenn die öligen Streifen, die die Gespenster hinterlassen haben, entflammbar sind, könnte das die Lösung für Spinnfadens Rätsel sein.

In diesem Reich wäre es unmöglich und unsinnig, Fußstapfen zu erleuchten, während man sie auslöscht, aber nicht in Wunderland. Und jetzt, da Wunderland unsere Grenzen überschritten hat, ist es vernünftig und ergibt auch hier Sinn.

Meine Idee ist verrückt und gefährlich. Ich könnte am Ende die Schule niederbrennen. Aber mir sind die Alternativen ausgegangen; ganz zu schweigen von dem verführerischen Gedanken, so viel Macht unter den Fingerspitzen zu haben.

Mein Körper vibriert von gespannter Erwartung und von dem Hunger, mich offen der Herausforderung zu stellen. Morpheus zu beweisen, dass ich dies regeln kann, dass er recht damit hatte, mir zu vertrauen.

Ich husche unter dem Tisch hervor, stehe in der Dunkelheit da und verschließe die Ohren vor dem schrillen Kreischen der Gespenster. Mit geschlossenen Augen konzentriere ich mich auf die Lampiongirlanden, die an den Bäumen hängen, und auf diejenigen, die immer noch auf dem Boden verstreut liegen. Ich kann sie nicht sehen, aber ich weiß, dass sie da sind, und ich stelle mir vor, wie die winzigen Glühbirnen zum Leben erwachen und atmen und brennen wie echte Kerzen. Mein Puls wird langsam und stetig und in dem daraus folgenden Frieden gebe ich dem Leblosen Leben.

Als ich die Augen wieder öffne, flackern die Lampions in einem schimmernden, orangefarbenen Schein. Gespenster schweben über ihnen, greifen aber nicht an, als warteten sie auf Anweisungen.

Jetzt muss das Feuer die öligen Streifen erreichen. Ich beschwöre das Kerzenlicht, innerhalb der Lampions zu wachsen, bis sie in Flammen ausbrechen. Die Schnüre zwischen den Lampions fangen Feuer, wie eine Drachenflotte in einer chinesischen Neujahrsparade – erleuchtet in Orange-, Gelb- und Rottönen.

Ausgehend von diesem Bild stelle ich mir vor, dass sich die lodernden Schnüre bewegen. Sie stehlen sich von den Bäumen – die mit Sprühfarbe angemalten Äste entzünden sich danach –

und schlittern über den Boden, um sich denen anzuschließen, die bereits dort sind. Sie breiten sich aus, bis keine Pfütze und kein Streifen mehr unberührt sind.

Binnen Sekunden fangen die »Fußstapfen« Feuer und die Gespenster stürzen hinein.

»Geht nach Hause!«, brülle ich ihnen zu. »Hier gibt es nichts zu holen!«

Sie folgen den feurigen Spuren zurück in den Umkleideraum. Die öligen Streifen verbrennen, während sie gehen, und jede fettige Linie wird ausgelöscht. Als das letzte Phantom um die Trennwand zischt und das Geräusch von knackendem Glas aus dem Umkleideraum dringt, überkommt mich das Gefühl, etwas geleistet zu haben.

Ich habe es geschafft. Ich habe Wunderlands verlorene Verteidiger nach Hause geführt und gleichzeitig meine Klassenkameraden und Lehrer gerettet.

Jetzt heißt es nur noch aufzuräumen.

Die Turnhalle brennt. Ich sollte Angst haben. Stattdessen bin ich stolz. Dies ist meine Schöpfung, entstanden durch meine Magie.

Die Feuersbrunst breitet sich von den Bäumen auf die Tischtücher und das Krepppapier aus – eine Kettenreaktion, so prächtig, spektakulär und schrecklich, dass ich mich danach sehne, ein Teil davon zu sein … zu verschlingen und zu vernichten und dann die Brandschatzung zu genießen.

Ich könnte es tun. Ich könnte hier inmitten der Flammen stehen und sie an meiner Haut züngeln lassen und in einem todesverachtenden Dunst lachen – weil sie mir gehören. Ich könnte zusehen, wie die Welt zerfällt, und dann triumphierend im Ascheregen tanzen.

Ich brauche nur die Macht zu entfesseln, den Ketten meiner Menschlichkeit zu entfliehen und Wahnsinn meinen Führer sein zu lassen. Wenn ich alles außer Wunderland vergesse, kann ich *schrecklich schönes Chaos* werden.

Die Flammen steigen höher ... verlockend ... verführerisch ...

Rauch erfüllt den Raum, grau und grazil, entzückend in seiner tödlichen Anmut. Er zieht in das Feuer und bildet die Form von Flügeln – schwarz und prachtvoll. Die Silhouette eines Mannes füllt das Bild aus und zwei Arme greifen nach mir.

Morpheus oder eine Fata Morgana?

Ich fühle mich in die Zeit zurückversetzt, als wir über den sternenhellen Himmel in Wunderland tanzten, und erinnere mich, wie großartig es sich anfühlte, so frei zu sein. Wie würde es sich anfühlen, mitten in einem flammenden Inferno mit ihm zu tanzen, umringt von einer endlosen Macht, die atmet und wächst, wie wir es wollen?

Die Schulglocke läutet dreimal hintereinander – das Signal für einen Feueralarm. Es betrifft mich nicht. Sollen die Menschen vor den Flammen davonlaufen. Ich werde direkt hineingehen.

Ich koste die Hitze aus, die sich mit jedem Schritt vergrößert, gehe näher an die schattenhaften Flügel und winkenden Hände heran und halte inne, als ein schwaches Geräusch durch meine Euphorie dringt.

Taelor hustet.

Es lässt mich zögern. Lässt mich lauschen. Lässt mich erinnern. Sie ist nicht mit den anderen rausgekommen. *Sie ist in Gefahr.*

Ich befreie meinen Kopf aus den Netherlingsfängen und schalte meine tyrannischen Begierden ab. Die rauchigen Flügel und die Silhouette verschwinden. Ich bin mir nicht sicher, ob sie jemals existiert haben. Trotz der Hitze schaudere ich, entsetzt darüber, wie leicht es war, meine Menschlichkeit beinahe aufzugeben.

Ich kann Taelor durch die Flammen nicht sehen, aber ich höre sie husten. Entweder wacht sie auf oder ihre Lungen schleudern instinktiv die Schadstoffe aus. Wie auch immer, sie braucht meine Hilfe. Ich verschlucke mich an versengter Luft. Meine Augen brennen und werden trüb.

Um Taelor in Sicherheit zu bringen, muss ich das Feuer, dem ich das Leben gegeben habe, töten. Ich zögere für den Bruchteil einer Sekunde, gelähmt von einer bizarren mütterlichen Qual.

Wenn ich es regnen lassen könnte, könnte ich die Flammen schnell löschen und sie begießen, bevor sie irgendeinen Schmerz verspüren. Ich erinnere mich an die modrige Mädchentoilette, auf der ich Morpheus getroffen habe, im Keller unter der Turnhalle. Diese schadhaften Wasserrohre befinden sich direkt unter meinen Füßen.

Ich stelle mir vor, wie die rostigen Rohre zum Leben erwachen, wie sie sich dehnen und biegen, einem Salamander gleich, der sich aus einem verfaulenden Holzscheit aus dem Winterschlaf erhebt. Sich biegendes Metall pocht gegen den Boden und stößt unter meinen Schuhsohlen durch. Wasser sammelt sich um mich herum, sickert zwischen die Holzbretter. Es hallt metallisch wider, als die Rohre brechen. Wasserfontänen spritzen durch jede Ritze und lassen den Boden bersten, schießen in die Höhe und fallen dann herab, um die Flammen zu löschen. Während das Inferno schrumpft und die Turnhalle von Sekunde zu Sekunde dunkler wird, renne ich durch das Wasser. Meine nassen, kalten Kleider kleben an mir. Neben dem Tisch komme ich schlitternd zum Stehen.

Taelor ächzt und reibt sich die Augen. Ich helfe ihr auf und lehne sie gegen die Tischkante. Sie hustet abermals. Ich werde ihr nicht von der Seite weichen. Sie kann kaum allein stehen.

Die Haupttüren fliegen mit einem Donnern auf. Eine Handvoll Feuerwehrmänner mit grellen Taschenlampen treten ein. Sie bleiben an der Tür stehen, bestürzt über den Anblick der Turnhalle.

In den schwankenden Lichtern wird mein Wüten offenkundig: angesengtes Holz, Papier und Farbe. Rußige Pfützen auf jedem Zentimeter des Bodens, und irgendwo unter alledem das Schulmaskottchen bis zur Unkenntlichkeit verzerrt, blasig und schwarz.

»Was ist passiert?«, murmelt Taelor, während sie mit blutunterlaufenen Augen unsere ruinierte Umgebung in sich aufnimmt. Sie steht bis zu den Knöcheln in schwarzem Wasser. Ihre Stiefel liegen in einem rauchenden Haufen einige Zentimeter entfernt, und der Gestank von verbranntem Leder ist so stark, dass ich würgen muss.

Statt ihr eine Antwort zu geben, sacke ich neben ihr auf den Tisch.

Ich bin wie die Flammen. Verbraucht. Ausgebrannt. Und ich habe nicht mal angefangen zu kämpfen, denn die Schlacht, die ich gerade gegen Wunderland und mich selbst gewonnen habe, ist nichts im Vergleich zu den Anklagen, die mir bevorstehen, und zu den Antworten, die ich nicht habe.

Ich stehe zwischen Dads Laster und Gizmo, und der Wind weht durch meinen zerzausten Zopf. Ich trinke den letzten Tropfen meines Wassers, dann werfe ich die Flasche in den Müllcontainer hinter mir. Mein Blick erfasst den Vormittagshimmel und fällt dann auf die Klempnerwagen, die neben dem Hintereingang der Schule parken.

Das leise Summen von Insekten ist in meinen Ohren:

Gut gemacht, Alyssa ... nur noch ein weiterer Krieg, um uns alle zu retten.

Jeder Muskel spannt sich bei ihrer Warnung an. Es ist wahr. Ich bin noch nicht mal annähernd in Sicherheit, ebenso wenig wie die Menschen, die ich liebe. Jetzt hat Jeb Vorrang. Ich habe hier genug Zeit verschwendet.

Die Feuerwehrautos und Streifenwagen sind vor fünf Minuten abgefahren. Ihre Blinklichter brennen noch immer hinter meinen Augenlidern. Oder vielleicht sind es die Flammen. Vielleicht werde ich dieses Inferno niemals vergessen. Eine unauslöschliche Erinnerung an den Moment, in dem ich auf einen Schlag meine Menschlichkeit aus den Augen verloren und meine Schulkarriere und meine Beziehung zu meinem Dad zerstört habe.

Dad hatte Gizmo gerade aus der Werkstatt geholt, als er den Anruf meines Direktors erhielt. Er hätte niemals mit dem rechnen können, was er zu hören bekam.

»Wenn du als Erste zu Hause bist«, sagt er, »wartest du auf mich. Ich möchte deiner Mutter selbst erklären, dass du vorübergehend Schulverbot hast. In Ordnung?« Er redet krächzend mit vorsichtiger Zurückhaltung in der Stimme, als habe er Angst, mich anzubrüllen. Er hält mich für zu labil, um mit echten Gefühlen fertig zu werden.

Er wirkt mutlos, wie er in seinen Arbeitskleidern gebeugt am Laster lehnt. Wie alle außer Jenara ist er überzeugt, dass ich eine

Tonne Ameisen gesammelt habe, um sie der gesamten Schülerschaft auf den Hals zu hetzen. Dann habe ich versehentlich die Turnhalle in Brand gesteckt, als ich versucht habe, wieder Kontrolle über meinen misslungenen Streich zu erlangen.

Dad ist sich nicht sicher, dass es überhaupt ein Versehen war, obwohl er das weder zu der Polizei noch zu mir gesagt hat. Ich kann es in seinen Augen sehen. Er denkt, ich hätte den Spiegel im Umkleideraum zerbrochen, genau wie den in meinem Zimmer. Er kauft mir die Theorie nicht ab, dass der Spiegel heiß war von den Flammen und zersplittert ist, als eisiges Wasser darüber rann, so wie es mit den kaputten Glühbirnen »geschehen« war.

Zumindest brauchte ich keine Erklärung für das Wasser. Den Feuerwehrmännern zufolge hat die Hitze die Holzlatten verbogen, sodass sie gegen die verrosteten Rohre gedrückt und sie zerbrochen haben. Es war ein Glücksfall.

Glück. *Richtig.*

Ich bin alles andere als glücklich.

Ich habe die Anschuldigungen wegen der Ameisen nicht geleugnet, weil ich in gewisser Weise tatsächlich dafür verantwortlich bin. Dad hat es aufgegeben vorzuschlagen, dass ich mit dem Vertrauenslehrer rede. Er hat bereits einen Termin mit einem Psychiater gemacht. Für ihn ist der zerbrochene Spiegel der Anfang der gleichen Abwärtsspirale, in die Mom geraten ist. Diesmal bin ich das hirnlose Opfer.

»Alyssa.« Dad will eine Antwort auf seine Frage.

»Ich weiß«, entgegne ich. »Kein Wort darüber, wenn ich zuerst zu Hause bin.« Es ist ein Scherz, aber er lacht nicht. Ich hüstele in dem verlegenen Schweigen, meine Kehle wund von den Dämpfen.

»Du solltest heilfroh sein, dass die Schule der Ansicht ist, es sei ein Unfall gewesen«, erklärt Dad und beweist, dass er sehr wohl meinen Sarkasmus gespürt hat, auch wenn er den Scherz nicht kapiert hat. »Und dass sie dir dein gutes Benehmen während der Schulzeit angerechnet haben. Ein eintägiges Verbot dafür, dass du die Turnhalle beinahe niedergebrannt hast? Unfall oder nicht, sie hätten Anklage erheben können und dann würdest du dein Abschlussexamen im Jugendknast machen statt zu Hause.«

Ich beiße mir in die Wange. Natürlich bin ich froh, dass ich keine Vorstrafe wegen Vandalismus bekommen werde. Ich darf sogar an der Verleihung der Abschlusszeugnisse am Samstag teilnehmen, unter einer Bedingung: Ich tauche auf dem Schulball heute Abend nicht auf.

Taelors Vater hat Unterland als Veranstaltungsort für den Ball angeboten, da die Turnhalle ruiniert ist. Am meisten hat mich Taelors Entscheidung erschüttert, keine Anklage gegen mich zu erheben. Sie muss sich irgendwie daran erinnern, dass ich versucht habe, ihr zu helfen. Sie hat lediglich eine einstweilige Verfügung verlangt, die mir verbietet, näher als fünfzehn Meter an das Untergrund-Skatercenter ihrer Familie heranzukommen.

Ich bin von meinem eigenen Abschlussball verbannt worden. Letztes Jahr hätte ich eine Party geschmissen, um das zu feiern. Aber jetzt? Ich bin tatsächlich enttäuscht. Obwohl ich tief in meinem Herzen gewusst habe, dass ich niemals hingehen würde.

Es wartet eine Schlacht unter meinem Namen und ich kann sie nicht länger hinauszögern. Wenn ich nicht schnell in das Kaninchenloch steige, könnten als Nächstes Königin Rot und ihre Armee durch das Portal kommen – falls sie nicht bereits hier sind. Daneben sähe das, was in der Turnhalle passiert ist, wie eine *Disney on Ice* Show aus.

»Nimm die da.« Dad wirft nicht mal einen Blick in meine Richtung, als er mir die Schlüssel zu Gizmo gibt. »Und wasch dir das Gesicht, bevor sie dich sieht. Dein Make-up ist vollkommen verlaufen.«

Es muss wohl Ruß auf meiner Haut sein, da ich mich gar nicht geschminkt hatte. »Hilfst du mir beim Waschen?« Alles, um ihn dazu zu bringen, mich anzusehen.

Er hält den Blick abgewandt. »Benutz deinen Autospiegel.« Die Abfertigung schmerzt mehr als ein tadelndes Wort oder ein enttäuschter Blick.

Dad wendet mir den Rücken zu, um den Laster aufzuschließen, und erteilt mir einen letzten Befehl. »Du wirst das Haus heute nicht mehr verlassen oder Besucher empfangen. Du wirst deinen letzten Test fertig machen. Und du musst dich immer noch bei deiner Mutter entschuldigen. Fahr direkt nach Hause. Verstanden?«

Ich nicke. Es ist keine echte Lüge. Schließlich hat er nicht genau gesagt, in *welches* Zuhause.

Ich nutze meine Zeit und sitze im Büro der Krankenschwester, während Dad eine Besprechung mit dem Direktor und dem Vertrauenslehrer hat. Ich habe die Adresse von Ivys Atelier von Mister Piero bekommen und sie in mein Handy eingegeben.

Sobald ich von diesem Parkplatz fahre, werde ich Jeb aufspüren, meine Mosaike und Morpheus finden – auf Händen und Knien betteln, wenn das für seine Hilfe notwendig ist – und Rot direkt in Wunderland treffen.

Also, ja, Dad, ich fahre nach Hause.

Nur nicht in das Zuhause, das du im Sinn hast.

17

Ein hungernder Künstler

Nachdem ich eine besorgte SMS von Jenara beantwortet und ihr versprochen habe, ihren Bruder zu suchen, warte ich darauf, dass Dad als Erster vom Parkplatz fährt, damit ich sicher sein kann, dass er mir nicht folgt. Ich denke nicht mal darüber nach, wie zornig er sein wird oder welche Sorgen er sich machen wird, wenn ich nicht zu Hause auftauche. Wenn ich tatsächlich nach Hause fahre, werde ich niemals den Mumm haben, zu tun, was getan werden muss.

Ich versuche, beschäftigt zu wirken, löse meinen Zopf und fahre mir mit den Fingern durchs Haar, um es aufzulockern. Dann beuge ich mich zum Rückspiegel vor, um die Flecken von meinem Gesicht zu wischen. Ein Blick, und mir dreht sich der Magen um.

Es ist überhaupt kein Ruß. Meine Netherlingsaugenmale sind zurückgekehrt – eine femininere Version von Morpheus' Malen, ohne die Juwelen. Es muss geschehen sein, als ich angefangen habe, den Kontakt zu meiner menschlichen Seite zu verlieren. Kein Wunder, dass alle mich im Schulsekretariat so komisch angesehen haben.

Ich riskiere gerade einen weiteren Blick auf die Male, da fällt mir der orangegrau gestreifte Schwanz am Rückspiegel auf.

»Chessie?«

Das pelzige Anhängsel zuckt.

Dad wirft mir einen betont wütenden Blick zu, als er rückwärts vom Parkplatz setzt, und ich tue so, als zöge ich ein Papiertuch aus meinem Handschuhfach. Sobald er auf der Straße ist, checke ich den Parkplatz, um mich davon zu überzeugen, dass ich allein bin, dann tippe ich gegen Chessies Schwanz. Sie schlingt sich um meinen Finger und löst sich in einen orangefarbenen Nebel auf.

Als sich die Netherlingskatze materialisiert, strecke ich die Hand aus. Sie hockt dort – pelzig, zappelig und warm.

»Lass mich raten. Morpheus will, dass ich ihn finde«, sage ich.

Sie mustert mich für einen Moment mit schimmernden grünen Augen, bevor sie zu dem Fenster auf der Fahrerseite flattert. Dann haucht sie das Glas an, damit es beschlägt, und ritzt mit der Kralle die Buchstaben *E-r-i-n-n-e-r-u-n-g* auf die Scheibe.

Ich stecke den Schlüssel in die Zündung. »Ich weiß. Er wartet inmitten verlorener Erinnerungen. Hör mal, ich habe im Moment keine Zeit herauszufinden, was das bedeutet.« Der Motor startet mit einem Brüllen. »Jeb braucht mich.«

Chessie schüttelt den Kopf, dann haucht sie noch einmal die Windschutzscheibe an. Diesmal zeichnet sie ein Bild von einem Zug und einem Paar Flügel.

Ich seufze. »Ja, du hast mich und Morpheus vor dem Zug gerettet. Ich erinnere mich. Danke. Jetzt geh zurück und sag ihm, dass er noch ein Weilchen länger warten muss.« Ich wische mit einem Tuch das Kondenswasser von der Windschutzscheibe.

Chessie flattert um mich herum. Die daunigen weißen Büschel über ihren Augen sind zerfurcht.

Ich bedeute ihr, sich zum Armaturenbrett zu begeben, und setze eine Sonnenbrille auf. »Ich ändere meine Meinung nicht. Zuerst erledige ich dies. Du kannst mitkommen, aber nur wenn du mich nicht ablenkst.«

Der winzige Netherling lässt sich auf das Armaturenbrett klatschen, die Arme vor der Brust verschränkt. Das gewohnte breite Grinsen verzieht sich zu einem finsteren Blick und die langen Schnurrhaare fallen nach unten.

Als ich auf die Straße einbiege, fährt ein Pick-up vorbei. Der Fahrer starrt Chessie so aufmerksam an, dass er beinahe seine Abzweigung verpasst.

»Du wirst ... unauffälliger ... aussehen müssen«, erkläre ich meinem Passagier.

Sie stößt ein winziges Seufzen aus, das wie das Niesen eines Kätzchens klingt, hockt sich auf alle viere, den Schwanz hinter sich gekringelt, legt die Flügel flach an den Rücken und lockert die Halsmuskeln, damit ihr Kopf sich auf und ab bewegen kann – die perfekte Imitation einer Wackelkopffigur.

Ich würde lachen, wenn ich mir nicht solche Sorgen um Jeb machte.

Es dauert zwanzig Minuten, bis ich das Atelier finde. Es liegt am Ende einer einsamen, unbefestigten Straße, acht Meilen südlich derselben Siedlung, an der Morpheus und ich gestern vorbeigekommen sind.

Ich parke auf dem staubigen Fleckchen Erde, das als Einfahrt dient. Sobald ich den Motor ausgeschaltet habe, fixiert Chessie ihren Kopf wieder und flattert fauchend zu ihrem Hochsitz auf dem Rückspiegel.

Ich nehme meine Sonnenbrille ab, verängstigt genug, um selbst zu fauchen. Ein halbes Dutzend sterbender Mesquitebäume mit knorrigen Stämmen und Ästen stehen um ein baufälliges Häuschen mit Flachdach. Einige der Zweige scheinen in die Mauern des Häuschens hineingewachsen zu sein, als griffen sie es an. Es ist kein einladender Anblick.

Die Hausfront und die Seiten bestehen aus verwitterten Holzbrettern. Der einzige Teil des Häuschens, der neu aussieht, ist die dunkelrot bemalte Tür mit glänzenden Messingangeln und einem seltsam geformten Anklopfer. Vor dem verrottenden Hintergrund des Häuschens wirkt die Tür vollkommen deplatziert.

Das Haus hat keine Fenster – zumindest nicht vorne. Wie kann man eigentlich in einer fensterlosen Hütte malen? Ich frage mich gerade, ob ich falsch abgebogen bin, als ich Jebs Honda neben etwas liegen sehe, das vielleicht mal ein Kaninchenstall gewesen ist. Jetzt ist es ein Haufen Kleinholz und Draht.

Der Anblick seines Motorrads auf dem Boden bestätigt meine schlimmste Angst: Er ist die ganze Nacht hier gewesen. Er ist entweder allein und unbeschützt oder nicht allein – und das könnte noch schlimmer sein.

Grauen und Schuldgefühle beklemmen mich. Ich hätte ihm von Anfang an die Wahrheit sagen sollen. Wenn er es seit dem vergangenen Sommer gewusst hätte, wäre er vorbereitet gewesen.

Mein Handy klingelt und erschreckt mich. Es ist Dad. Ich schalte den Klingelton aus, schicke ihm aber eine SMS:

Ich komme bald nach Hause. Mach dir bitte keine Sorgen. Ich muss einfach allein sein, um einige Dinge herauszufinden.

Zornig wird er trotzdem sein und sofort anfangen, nach mir zu suchen, aber zumindest macht er sich vielleicht keine allzu großen Sorgen mehr.

Ich stopfe das Telefon in meinen Rucksack und wende mich

wieder dem Häuschen zu. Ich sollte mir von diesem klapprigen Gebäude keine Angst einjagen lassen, nicht nach dem, was ich gerade in der Schule erlebt habe. Aber es besteht die Möglichkeit, dass Rot hier ist – einer der wenigen Netherlinge, die selbst Morpheus fürchtet. Der Gedanke, dass Jeb allein mit ihr ist, lässt mich schaudern.

Der Wind schleudert Dreck auf meine Windschutzscheibe, grobkörniges braunes Zeug. Chessie faucht abermals – eine Erinnerung, dass ich zumindest nicht allein bin.

»Ich muss hineingehen«, sage ich ihr.

Sie packt ihren Schwanz und zwirbelt ihn, schlingt ihn um Körper und Gesicht, um sich zu verstecken.

»Hast du etwa eine bessere Idee?«, frage ich.

Sie späht hinaus, vernebelt erneut das Fenster und schreibt mit der Spitze ihres Schwanzes: *Finde M.*

Ich kneife die Augen zusammen. »Wir werden Morpheus suchen, nachdem wir uns um dies hier gekümmert haben. Also, kommst du mit?«

Chessie runzelt die Stirn und ihr Fell sträubt sich wie das einer verängstigten Katze. Sie schüttelt den Kopf.

»Na schön. Dann bleib allein hier draußen.«

Sobald ich meine Tür öffne und aussteige, berühren Chessies flattrige Flügel mein Ohr. Sie landet auf meiner Schulter und duckt sich unter mein Haar.

Erleichterung durchströmt mich. Sie mag klein sein, aber sie ist magisch, verstohlen und geschickt im Reparieren von Dingen. Es ist besser, als allein hineinzugehen.

Als ich zur Tür gehe, halte ich zum Trost ihren Schwanz fest. Dreckklumpen und Kiesel knirschen unter meinen Füßen. Überall um mich herum wispern die Insekten. Ich kann nicht erkennen, ob sie mich anfeuern oder warnen; es sind zu viele Stimmen, um sie auseinanderzuhalten.

Nachdem ich auf die baufällige Veranda getreten bin, halte ich inne und starre den Messingklopfer an. Er hat die Form einer Gartenschere.

Ich bekomme am ganzen Körper eine Gänsehaut und betrachte meine vernarbten Hände. Wer immer diesen Anklopfer aufgehängt hat, wusste, dass ich kommen würde ... und spielt Spielchen mit mir. Ich beiße die Zähne zusammen. Es ist unwichtig. Ich gehe nicht ohne Jeb von hier weg, ganz gleich, wie bedrohlich das Wesen ist, das ihn gefangen hält.

Der Knauf lässt sich mühelos drehen, und ich drücke die Tür auf, bleibe aber auf der Veranda, um hineinzuschauen. Das Häuschen scheint leer zu stehen, und mir kommt der Gedanke, dass es eine Option gibt, die schlimmer wäre, als Jeb hier zu finden: ihn überhaupt nicht zu finden.

Ich strecke den Kopf weiter hinein. Der Duft von Farbe und ein durchdringender, metallischer Gestank treffen mich zuerst. Dann etwas anderes ... klebrig süß und fruchtig ... vertraut genug, dass mir das Wasser im Mund zusammenläuft, aber ich kann es nicht einordnen. Sonnenstrahlen fallen durch Oberlichter an der Decke und verleihen der Hütte den Anschein eines Gewächshauses. Spinnweben voller Insektenleichen verhüllen die Glasfenster und hängen an manchen Stellen bis auf den Boden herab, glitzern wie grotesk mit Juwelen besetzte Hochzeitsschleier. Außer dem Dachboden, zu dem links eine Leiter hinaufführt, und einem Badezimmer rechts – in dem eine hohe Truhe mit fünfzig oder mehr Minischubladen hinter der offenen Tür steht – besteht das Haus aus einem einzigen großen Raum. Die mit Leinwand bedeckten Wände sind höher, als sie von außen ausgesehen haben. Im Raum stehen keine Möbel, abgesehen von den tragbaren Staffeleien, die an die Wände gelehnt sind, sodass die Sonne nur auf den staubigen Holzboden scheint.

Der Effekt ist hell und ätherisch … beinahe himmlisch. Jetzt ist mir klar, warum Ivy dieses Atelier ausgesucht hat. Ich gehe auf Zehenspitzen um einige Künstlerutensilien herum und lasse die Tür hinter mir einen Spalt offen stehen. Chessie verkrampft sich unter meinem Haar.

Überall sind Gemälde – drei auf Staffeleien, die mit Tüchern verhängt sind, andere lehnen an den Wänden. Ich drehe mich auf dem glatten Holzboden im Kreis, um sie alle in mich aufzunehmen.

Als ich die Bildmotive erkenne, beschleunigt sich meine Atmung: Gartenscheren und eine blutige Kinderhand. Ein Oktopus, der von einer Muschel verschluckt wird. Ein Ruderboot auf einem romantischen Fluss aus Sternen. Zwei Silhouetten, die auf Brettern einen Sandhang hinuntersurfen. Blutende Rosen und eine Schachtel mit einem Kopf darin. Erinnerungen, die Jeb und ich in Wunderland gesammelt haben. Erinnerungen, die er nicht mehr hat. Ich hingegen würde diesen morbid schönen Stil überall wiedererkennen. Er hat in seinen Gemälden unsere Reise perfekt wiedergegeben. Dafür muss er die ganze Nacht unaufhörlich gearbeitet haben.

Irgendwie hat er sich an alles erinnert.

Ich weiche zurück und pralle mit dem Absatz gegen ein zusammengerolltes Stück Leinwand. Als ich es öffne, erscheint ein Bild von Jeb, der auf dem Krankenhausparkplatz Mr Masons Auto aufbricht, während eine Krankenschwester in einem weißen Kleid neben ihm wartet.

Ich erstarre und mir ist schwindelig.

Also *hat* Schwester Terri eine Rolle bei dem Diebstahl meiner gestohlenen Mosaike gespielt – und Jeb hat ihr geholfen?

Ich erinnere mich am Morpheus' Worte: »*Glaubst du wirklich, ich sei der Einzige, der unbemerkt eine eingeschaltete Alarmanlage überlisten kann?*« Er hatte recht. Selbst einige Menschen können das, wenn sie genug über Autos wissen.

Aber es könnte eine harmlose Erklärung dafür geben. Mr Masons Wagen ist neu und Jeb kennt ihn nicht. Die Krankenschwester könnte gelogen und ihm erzählt haben, es sei ihrer – dass sie sich ausgesperrt hätte. Nachdem er das Auto aufgeschlossen hatte, ist er gegangen. Dann hat *sie* meine Mosaike gestohlen – vielleicht auf Befehl eines anderen Netherlings. Das könnte erklären, dass ich nie die Form eines Fabelwesens durch ihre Maskerade habe schimmern sehen.

So muss es gewesen sein, denn Jeb würde mich niemals hintergehen.

Morpheus hatte auch mit etwas anderem recht. Ich lege bei ihm und Jeb unterschiedliche Maßstäbe an. In derselben Situation würde ich im Zweifelsfall niemals zugunsten meines dunklen Peinigers urteilen.

»Jeb!«, brülle ich und bemühe mich, ein Schluchzen zu unterdrücken. »Bist du hier?«

Keine Antwort, nur das Echo meiner Verzweiflung.

Chessie windet sich aus meinem Haar.

»Er ist auf dem Dachboden ... er muss da sein.« Ich sage es laut, um mich selbst zu trösten, auch wenn es nicht funktioniert.

Ich klettere die Leiter hinauf. Die Sprossen knarren unter meinem Gewicht.

Ich halte inne, sobald ich hoch genug bin, um das obere Stockwerk zu sehen. Der fruchtige süße Duft ist hier am stärksten. Auf dem Boden liegt eine umgekippte, große Glaskaraffe, und aus der breiten Öffnung tröpfelt eine Flüssigkeit, bei der es sich um dunklen Wein zu handeln scheint.

Jeb hätte nicht getrunken. Er trinkt fast nie, und erst recht nicht, während er malt.

Alles, einschließlich der nackten Holzwände, ist mit dicken, undurchscheinenden Netzen bedeckt, die sich vorwölben. In der hinteren Ecke befinden sich ein Minikühlschrank und eine Stehlampe. Neben dem Geländer liegt eine Kastenmatratze. Ich schüttele das Bild meines Albtraums im Krankenhaus ab, von Jebs Leichnam, der in einem Netz auf einer Pritsche gefesselt ist. Diese Matratze mag staubig und alt sein, aber es liegt nichts darauf.

Tatsächlich sieht es aus, als sei seit Jahren niemand mehr hier oben gewesen. Ich beginne hinunterzuklettern, als ich etwas entdecke. Das schwarze Polohemd und die japanische Krawatte, die Jeb gestern für sein Fotoshooting getragen hat, liegen ausgebreitet in der Nähe der Leiter. Mit angehaltenem Atem klettere ich wieder zwei Sprossen nach oben, strecke die Hand aus und greife nach den Sachen. Als ich das Hemd zu mir herüberziehe, tauchen meine drei gestohlenen Mosaike auf, die darunter versteckt waren.

Ich schlage mir die Hand vor den Mund. Das Geräusch hallt in dem leeren Raum wider und bringt Chessie nach oben an meine Seite.

Genau wie in der Schule kann ich nicht viel erkennen, abgesehen von etwas, das ein verwüstetes Wunderland und eine zornige

Königin zu sein scheint. Ich frage mich, wie Mom etwas anderes in sie hineininterpretieren konnte.

Chessie schwirrt um mich herum, als versuchte sie, mir etwas mitzuteilen.

Morpheus hat gesagt, die Gabe des katzenhaften Netherlings sei es, eher die beste Möglichkeit zur Lösung von Rätseln zu entwickeln, als sie selbst zu lösen. Vielleicht gilt das auch für magische Kunstwerke.

»Weißt du, wie man die da deutet?«, frage ich Chessie. »Du hast in meinem Spiegel auf der Schulter meiner Mom gehockt – um ihr zu helfen, sie zu interpretieren, stimmt's?«

Als hätte sie darauf gewartet, dass ich diesen Zusammenhang herstelle, löst sie sich in orangefarbenes Glitzern und grauen Rauch auf. Sie driftet wie eine Wolke über den Glasperlen und fungiert als Filter, bringt Klarheit in die Linien der Mosaike. Sobald für Klarheit gesorgt ist, spult sich ein einfarbiger Film ab: Zuerst erscheint eine Riesenspinne, die eine Blume jagt. Im nächsten Mosaik ist eine Rote Königin inmitten eines Sturms von Magie und Chaos stehen geblieben. Und im letzten findet sich eine einzelne Königin, deren obere Hälfte in etwas Weißes gehüllt ist, wie ein Netz.

Verstörende Hinweise, die ich nicht ganz zusammenfügen kann.

Erschüttert steige ich die Leiter hinunter und lasse die Mosaike, wo ich sie gefunden habe.

Auf dem Boden halte ich Jebs Shirt in die Sonne. Die Vorderseite ist mit etwas Dunklem verkrustet. Es riecht wie Blut. Ich unterdrücke ein Stöhnen.

»Wir müssen ihn finden.« Ich wische mir vereinzelte Tränen vom Gesicht und werfe das Hemd beiseite.

Chessie schwebt um eine der bedeckten Staffeleien herum. Vielleicht werden die verbliebenen Bilder uns sagen, wo Jeb jetzt ist.

Ich nicke und gebe meiner Netherlingsgefährtin die Erlaubnis zu tun, wovor ich mich selbst fürchte.

Sie hält eine Ecke des Stoffs in den Pfoten, flattert mit den Flügeln und zerrt sie weg. Statt einer Leinwand steckt in dem Rahmen eine Glasscheibe, überzogen mit einer roten Farbe, die so flüssig war, dass sie in Rinnsalen getrocknet ist. Ich betrachte die fließenden Linien und stelle fest, dass das Bild unverkennbar von Jeb stammt.

Derselbe kupfrige Duft, der an Jebs Hemd war, überwältigt mich. Voll böser Vorahnung kratze ich etwas von der roten Farbe ab und lecke daran. Mir wird übel von dem salzig metallischen Aroma.

Blut.

Mein Geist bewegt sich auf einen dunklen, schrecklichen Ort zu, aber ich halte ihn zurück und bleibe ruhig. Jeb braucht mich stark. Ich kann mir nicht vorstellen, dass er seine Adern für Farbe leert, wie er es letzten Sommer in Wunderland getan hat. Aber er hat es einmal überlebt. Er wird es wieder tun. Er ist okay. Er muss okay sein.

Ich betrachte das Gemälde genauer. Es ist mir über Jebs Stil hinaus vertraut, denn es ist eine abstrakte Version eines meiner Mosaike – eines von denen, die jetzt irgendwo unter einer Brücke in London versteckt sind. Chessie hilft mir, das Tuch von der zweiten Staffelei abzunehmen. Es ist ebenfalls eine Wiedergabe meines Kunstwerks auf Glas. Die letzte Staffelei enthält eine blanke Scheibe sowie drei leere Plastikfläschchen.

Den gleichen Fläschchen, die Schwester Terri im Krankenhaus für Blutproben benutzt hat.

Proben von *meinem Blut*.

Morpheus hat darauf hingewiesen, dass Rot, selbst wenn sie Zugang zu meinem Blut hätte, nicht die Fantasie besitze, um die Visionen umzusetzen. Da ich zum Teil Mensch und Künstlerin bin, liegt Schöpfung in meiner Macht.

Jeb ist ebenfalls Künstler. Und er ist komplett menschlich. Morpheus hatte recht, dass mein Blut als Waffe gegen mich benutzt wird. Und Jeb hat unwissentlich das Schwert in Form eines Farbpinsels geschwungen.

Wieder einmal steht er zwischen den Fronten meiner Identitätskrise.

Tränen steigen mir in die Augen, aber ich kann es mir nicht erlauben zu weinen.

Chessie blinzelt mich wartend an, und ich gebe ihr die Erlaubnis, mir dabei zu helfen, das Mosaik zu deuten.

Sie benutzt wieder ihren magischen Schleier, um die Glasgemälde zu beleben: Die statische Königin im verwüsteten Wunderland wird zu drei kämpfenden Königinnen, genau wie Mom sie beschrieben hat. Sie bewegen sich über das Glas, benutzen Magie und Scharfsinn, um sich gegenseitig zu überbieten und die Krone zu erlangen. Eine weitere Frau späht hinter einem Büschel aus acht spindeldürren Ranken hervor.

Chessie kratzt mit den Pfoten über die Farbreste, die auf der ersten Glasscheibe verblieben sind, und schmiert sie auf das nächste gläserne Gemälde, als übertrage sie seine Magie. Jetzt sind nur noch zwei Königinnen übrig, die um die Krone kämpfen, während die dritte bei lebendigem Leib von irgendeinem abscheulichen Geschöpf gefressen wird. Die geheimnisvolle Frau, die hinter den Ranken zugeschaut hat, zieht sich zurück. Die Ranken folgen ihr. Sie scheinen aus ihrer unteren Hälfte zu sprießen. Sie versteckt sich gar nicht hinter einer Pflanze – die Anhängsel sind ein Teil von ihr. Und die obere Hälfte ist zu menschenähnlich, als dass es sich um eine Zombieblume handeln könnte, daher kann es nicht Rot sein.

Chessie erscheint und landet auf meiner Schulter. Ich bin zu benommen, um ihr auch nur für ihre Hilfe zu danken. Ich verspüre wenig Befriedigung über unsere Entdeckung, denn ich verstehe nicht, was irgendeines der Mosaike bedeutet. Ich weiß nur, dass sie ein Beweis dafür sind, dass Rot mein Blut benutzt hat, um in unserem Kampf die Oberhand zu gewinnen. Schlimmer noch, Jeb war in ihren Fängen und ist jetzt verschwunden.

Mein Kopf tut weh – ein Schmerz, der mir den Atem raubt. Unfähig, auf meinen zitternden Beinen stehen zu bleiben, knalle ich hart auf den Boden und ziehe die Knie an die Brust. Mein Brustkorb schnürt sich zusammen. Die ganze Zeit habe ich versucht, Jeb vor meiner Vergangenheit zu beschützen, indem ich sie verborgen habe. Und jetzt ist er von meiner Zukunft verschluckt worden.

Ich weiß, ich muss über den Tellerrand dieser Welt hinausdenken und fragen, was dies für Wunderland bedeutet. Rot ist mir einen Schritt voraus. Sie hat fünf von meinen sechs Mosaiken gesehen. Ich kann nur hoffen, dass sie nicht in der Lage war, sie zu deuten, denn sie zeigen die Ergebnisse eines Kriegs, der gerade erst beginnt. Sie will den Ausgang zu ihren Gunsten verändern, und ich muss das letzte Mosaik finden, damit *ich* ihr zur Abwechslung einen Schritt voraus bin.

Aber sie hat Jeb.

Ich halte mir sein Medaillon an die Lippen, um das Metall zu schmecken, und vergrabe das Gesicht hinter meinen Haaren. Unsere Pläne für London, unser gemeinsames Leben. Seine Chance, ein weltberühmter Künstler zu werden ... das kann nicht zunichtegemacht werden.

Wenn doch, weiß ich nicht, wie ich weitermachen soll.

Die Tür schlägt zu und ich zucke zusammen. Ich streiche mir das Haar aus dem Gesicht und schaue auf.

Als ich Jeb dort stehen sehe, schreie ich beinahe. Im Nu bin ich vom Boden aufgesprungen. Er trägt seine schwarzen Jeans von gestern, aber das ist auch schon alles. Selbst seine Füße sind nackt. Sonnenlicht schimmert auf seiner staubigen, behaarten Brust. Seine olivfarbene Haut glänzt von Schweiß; sein Oberkörper ist mit bunten Farbflecken gesprenkelt, die mehrere seiner Narben verdecken. Es ist kein Hauch von Magie an ihm, und doch ist er das Faszinierendste, was ich je gesehen habe.

Ich will ihn stürmisch umarmen, aber meine Netherlingssinne bremsen mich. Irgendetwas stimmt nicht. Er hat mich nicht zur Kenntnis genommen.

Ein staubiges weißes Kaninchen zappelt in seinen Armen, eingewickelt in das langärmlige T-Shirt, das Jeb unter seinem Polohemd getragen hat. Dem Gras nach zu urteilen, das sich in Jebs Haar verheddert hat, war er draußen, um das Tier zu jagen. Er ist so auf seinen Fang konzentriert, dass er nichts anderes wahrnimmt.

»Jeb?«

»Ich brauche mehr Farbe«, sagt er, aber die Worte sind nicht an mich gerichtet. »Sie hat nicht genug übrig gelassen.« Seine Stimme ist rau, als tue ihm das Sprechen weh. Er reibt die Ohren des Kaninchens und bekommt anscheinend nicht mit, dass es zappelt, um sich zu befreien ... dass es sich aus dem Hemd gezappelt hat, in das er es eingewickelt hatte, dass es blutige Kratzer auf seiner Brust und seinem Arm hinterlässt. »Ich muss mehr besorgen. Um zu beweisen, dass ich ein Künstler bin.«

Alles an ihm ist falsch. Die Art, wie er redet, die Art, wie er sich bewegt.

Ich trete vorsichtig näher. Er befindet sich in einer Art Trance.

Mir fällt sein Mund auf, die unnatürliche Farbe seiner Lippen: dunkellila.

Dann schaue ich mich nach Chessie um; sie schwebt unter den Dachluken und beobachtet Jeb mit großen, neugierigen Augen.

Jeb hält sich das Kaninchen vors Gesicht, eine Hand um sein Genick gelegt. »Es wird so schnell gehen, dass du gar nichts spürst.«

Ich reagiere, ohne nachzudenken. »Jeb, stopp!«

Mein Schrei erschreckt das Kaninchen. Es stößt mit den Krallen seiner Hinterpfoten zu und verpasst Jeb einen Striemen auf dem Kinn. Fluchend lässt er das Tier fallen und es hüpft an mir vorbei. Ich springe aus dem Weg, als Jeb barfuß hinter dem Tier herrast. Er rutscht in eine der Staffeleien und wirft sie um. Die Glasscheiben fallen herunter und zerspringen in glitzrige Scherben.

Es ist eine seltsam vertraute Szene. Jeb ist so entschlossen, so konzentriert. Ich war einst dort, wo er jetzt ist, und habe eine Maus über einen Tisch gejagt, auf dem Teegeschirr stand, getrieben von einem unstillbaren Appetit. Es gibt so viele verschiedene Arten von Hunger. Ich habe nach Nahrung und Erfahrungen gehungert, die ich nie erlebt hatte. Jebs Hunger hat seinen Ursprung in seiner Kunst und dem Wunsch zu beweisen, dass er der Beste ist.

Er schafft es, das Gleichgewicht wiederzuerlangen, und verfolgt das Kaninchen, das von einer Seite des Raums zur anderen flitzt, so unermüdlich, dass er die Scherben nicht bemerkt, durch die er rennen und sich die Füße aufschneiden wird.

»Jebediah Holt!« Ich habe ihn noch nie mit seinem vollen Namen angesprochen. Es fühlt sich trocken und unnatürlich auf meiner Zunge an, als hätte ich an Baumwolle geleckt. Jeb senkt den Kopf und wird so langsam, dass ich mich auf ihn stürzen kann. Seine Schultern prallen gegen die Wand. Ich krache in seine Brust und wir ächzen beide bei dem Aufprall.

»Al?« Er umfasst zärtlich mein Gesicht, während er versucht zurückzukommen, obwohl er immer noch weit entfernt ist. »Ich bin so …«

»Hungrig«, beende ich seinen Satz und rieche den gleichen fruchtigen, süßen Duft, der mir sofort in die Nase gestiegen ist, als ich durch die Tür getreten bin. Das war also in der Karaffe auf dem Dachboden. Jeb hat Tumtumsaft getrunken. Rot hat ihn benutzt, um Jebs Wunsch, seine künstlerische Leidenschaft zu beweisen, in einen Fressrausch zu kanalisieren. Das ist der Grund, warum er die ganze Nacht unaufhörlich gemalt und nie angerufen oder gesimst hat oder nach Hause gefahren ist.

Nur eines kann die Wirkung des Safts aufheben, und dazu muss man eine ganze Handvoll Tumtumbeeren auf einmal essen. »Chessie«, sage ich und versuche, fest zu klingen, »Tumtumbeeren. Schau mal in dem Minikühlschrank nach.«

Chessie schwebt schnell zum Dachboden hinauf, kommt aber

einige Sekunden später mit leeren Händen zurück. Das Kaninchen läuft vorbei, hoppelt elegant über die Glasscherben, ohne sich zu schneiden. Ich falle auf den Hintern, als Jeb mich beiseitestößt und direkt durch die Scherben geht. Ich kann nicht schnell genug aufstehen, um ihn zu stoppen.

Also konzentriere ich mich auf das Glas auf dem Boden und magnetisiere es, sodass es sich wie der schuppige Schwanz eines Krokodils zusammenfügt. Das Glas weicht aus, wann immer Jebs Fußsohlen sich ihm nähern. Da der Weg frei ist, nähert sich Jeb dem Kaninchen.

Die Beute hoppelt zur Tür. Ich rappele mich hoch und komme gerade rechtzeitig, um die Tür aufzureißen, damit das verängstigte Tier fliehen kann. Dann schlage ich die Tür zu und drücke mich mit dem Kreuz gegen den Knauf, verhindere, dass Jeb seinem potenziellen Blutspender folgt.

»Geh mir aus dem Weg.« Jebs Stimme ist rau. Er blickt mir in die Augen, scheint aber nicht scharf sehen zu können. Es ist, als schaue er durch mich hindurch. Sein Kiefer zuckt und er knirscht mit den Zähnen.

»Chessie!«, kreische ich. »Beeren!«

Chessie schwirrt zum Badezimmer und verschwindet in einer halb geöffneten Schublade. Das Holz klappert, während sie den Inhalt durchwühlt und dann den der nächsten Schublade. Nur noch achtundvierzig weitere.

Jeb packt mich. Seine Fingernägel bohren sich durch meine Ärmel in meine empfindliche Haut, und er spannt die Muskeln an, als er versucht, mich vom Eingang wegzuschieben. Er konnte mich schon immer hochheben, als wöge ich gar nichts, aber diesmal stelle ich mir vor, der Türknauf hinter mir sei eine Faust, deren Finger sich öffnen – genau wie der Türknauf aus meiner Erinnerung, der sich in die Hand eines alten Mannes aus dem Laden für Menschliche Verschrobenheiten verwandelt hat. Kalte Metallstifte schnallen sich auf Hüfthöhe fest um meine Jeans und halten mich zurück.

Jeb schiebt mich frustriert noch energischer zur Seite.

Ich versuche verzweifelt, ihn zurückzuholen, ziehe ihn herunter und küsse ihn, sanft und schmeichelnd.

Komm zu mir zurück, sagen meine Lippen.

Er schließt den Mund und strengt sich weiter an, mich beiseitezuschieben. Ein leises reißendes Geräusch ertönt, als die Metallfinger an meinem Hüftbund anfangen, den Halt zu verlieren. Ich packe Jebs nackte Schultern und ziehe ihn nah heran, sodass kein Raum zwischen uns ist. Sein Oberkörper ist gegen meinen gedrückt und ich küsse seine Kehle. Obwohl mehrere Schichten T-Shirt-Stoff zwischen uns sind, versengt mich die unnatürliche Hitze seiner Haut.

Er verkrampft sich und ich spüre die Veränderung. Es ist keine Kapitulation; es ist eine Umleitung. Er fährt mit den Händen über meinen Brustkorb bis unter die Achseln. Ich verliere jegliche Konzentration auf den Türknauf, und die Metallfinger lassen mich los und verwandeln sich wieder in den Knauf. Als Jeb mich gegen die Tür presst, heben sich meine Füße.

Da ist nichts Sanftes in seinem Gesichtsausdruck. Sein rasender Hunger ist jetzt auf mich gerichtet.

Im Badezimmer klappern weitere Schubladen.

»Chessie ... beeil dich.« Ich kann meine Bitte nur murmeln. Unter Jebs prüfendem Blick – mit Augen in dem leuchtendsten Grün, das ich je gesehen habe – schmelze ich dahin.

Chessie huscht von der Kommode und flutscht wie Rauch durch Risse in den Dachluken. Vermutlich geht sie hinaus, um meine Autospiegel zu benutzen. Sie muss wohl durch das Kaninchenloch gehen, um Beeren zu finden.

Aber ich bin mir nicht sicher, ob es mich kümmert, ob sie welche findet oder nicht. Endlich habe ich Jebs ungeteilte Aufmerksamkeit und es gefällt mir.

Ein leises Grollen kommt aus seiner Kehle, als er anfängt, mich zu küssen. Unsere Zungen berühren sich und ringen dann miteinander. Es sind genug Tumtumreste in seinem Mund verblieben, um Hitze in meinem Unterleib zu entfachen. Er schmeckt nach Trotz und Wildheit, nach Dingen, die gleichzeitig bösartig und süß sind. Er hat das Aroma von Wunderland, durchwoben mit allem, was ihn ausmacht. Ich dränge ihn, den Kuss zu intensivieren. Er schlingt meine Beine um seine Taille und bewegt sich instinktiv – keine Romantik, keine Vorsicht, nur lustgesteuert durch eine mächtige Feendroge.

Ich bin meinen Sinnen hilflos ausgeliefert. Dies ist die raue Leidenschaft, die er sonst nur seinen Gemälden vorbehält. Er unterdrückt seine Wünsche oder Bedürfnisse nicht, um mich zu schützen; er macht sich keine Sorgen, dass ich zart oder zerbrechlich sein könnte. Er ist dem Verhungern nahe und fordert mich dazu heraus, es ihm in seiner Wildheit gleichzutun.

Er krallt seine Finger in mein Haar, und sein Piercing kratzt so fest über mein Kinn, dass es Striemen hinterlässt. Seine Küsse sind heiß wie ein Brandzeichen und ich erwidere sie mit der gleichen Glut.

Er packt meine Handgelenke, klatscht sie an die Wand und hält sie dort fest. Dann lässt er von meinen Lippen ab, und wir keuchen beide, während sein Mund über meinen Hals gleitet, die Zähne gebleckt vor meiner Halsschlagader. Ein stechender Schmerz bringt mich dazu, eine Hand loszureißen und nach seinem Gesicht zu schlagen. Er hat Blut auf der Unterlippe. Ich berühre meinen brennenden Hals, wo er mich gebissen hat, und bin schockiert.

Jeb leckt sich mein Blut von den Lippen. Sein Gesicht verändert sich. Er war nie so rau, dass er Abdrücke auf meiner Haut hinterlassen hätte; die Tatsache, dass er mich verletzt hat, muss ihn wieder zu sich gebracht haben. Er hält mich immer noch mit dem Körper an der Wand fest, während seine Hände sich zu meinem Hals bewegen.

Ich erwarte Trost oder eine Entschuldigung. Stattdessen presst er mir die Finger um die Kehle und schnürt mir die Luft ab. Ich kämpfe mit seinen Handgelenken, aber er ist zu stark. Mir geht die Luft aus; ich kann weder ein- noch ausatmen.

Ich bohre die Fingernägel in seine Haut und presse die Beine um seine Taille, um seine Aufmerksamkeit zu erregen.

»Farbe«, murmelt er und leckt wieder an dem Blut auf seiner Lippe. Der entrückte Ausdruck ist in seine Augen zurückgekehrt, untermalt von mörderischer Absicht. Kaltes Grauen durchfährt mich.

Für ihn bin ich jetzt das Kaninchen.

Das ist es, was Moms Blumen prophezeit haben. Mein Tod durch seine Hand. Das wird er sich niemals verzeihen.

Ich muss ihn aufhalten.

Ich versuche, einen Laut aus meiner Kehle zu pressen, um ihn aus seiner Trance zu schütteln, aber sein Griff ist zu fest. Seine Daumen drücken härter auf meine Luftröhre und die Finger auf die Nackenwirbel. Die Knochen tun weh unter dem Druck.

Ich gerate in Panik ... kann mich nicht konzentrieren ... kann meine Kräfte nicht beschwören ... kann nicht einmal scharf sehen. Schwarzer Nebel trübt mein Gesichtsfeld.

»Ich muss beenden, was ich begonnen habe«, sagt Jeb mechanisch. Manisch. »Es wird so schnell gehen, dass du nichts spürst.«

18

Wanderschaft und Verhandlung

Jebs schraubstockartiger Griff spannt sich um meinen Hals.

Mein Körper erschlafft gerade in dem Moment, als ein Windstoß vorbeirauscht.

»Die Spielzeit ist vorüber.« Bei Morpheus schroffem Befehl reiße ich die Augen auf. Das Herz schlägt mir bis zum Hals, aus Freude über die Chance, am Leben zu bleiben. Ich hätte nie gedacht, dass ich einmal so glücklich sein würde, diesen Cockney-Akzent zu hören.

Er löst Jebs Griff und zerrt ihn von mir weg. Ich sacke auf die Knie und greife mir hustend und schnaufend an den Hals. Bei jedem schmerzlichen Atemzug genieße ich das Brennen, als Sauerstoff durch meine gequetschte Luftröhre in die Lunge rauscht.

Ich will Morpheus anflehen, Jeb nicht wehzutun, aber ich bin zu schwach. Alles pulsiert, vom Hals bis zu den Beinen. Ich dränge nach vorn, setze mich an die Wand und versuche, mit dem Zittern aufzuhören, indem ich das Gesicht zwischen Armen und Knien vergrabe.

Ächzen und Knurren veranlassen mich aufzublicken.

Morpheus kniet über dem am Boden liegenden Jeb. Er hält ihn

mit einem Knie auf der Brust fest und stopft ihm Tumtumbeeren in den Mund. Überraschung und Erleichterung durchströmen mich. Er hilft Jeb, statt ihm wehzutun.

Es ist, als schaue man einen James-Bond-Film. Morpheus – in einem schwarzen Blazer im Trenchcoatstil, der ihm bis auf die Oberschenkel reicht, dazu graue Tweedhosen, eine dunkelgraue Weste, eine dünne rote Krawatte und sein schwarzes Nadelstreifenhemd – könnte als punkiger Geheimagent durchgehen, der den Schurken geschnappt hat. Seine dicken blauen, welligen Haare unter einer grauen Schiebermütze fallen ihm bis auf die Schultern, und seine Flügel breiten sich über seinem Rücken und dem Boden aus und flattern sporadisch, während er gegen Jebs Widerstand das Gleichgewicht bewahrt.

Von all den Umbrüchen, die ich in den letzten Tagen erlebt habe, ist dies bei Weitem der verwirrendste: Mein düsterer Verführer wird zu meinem Ritter und mein Ritter wird zu meinem Verfolger. Ich weiß, dass die Umkehrung nur vorübergehender Natur ist, aber ich werde nie die Art vergessen, wie der Hunger in Jebs Augen ein solch leuchtendes Grün entfacht hat … oder wie es sich anfühlte, als er seine Hemmungen verloren und verlangt hat, dass ich ihm Paroli biete. Ich will es nicht vergessen, denn wir waren zwar Rivalen, aber gleichzeitig Partner.

Bis er versucht hat, mich zu töten.

Die Beeren zeigen Wirkung, und Jeb hört auf, sich zu wehren, ganz allmählich, bis er sich nicht mehr rührt.

»Sobald du ein kleines Nickerchen gemacht hast«, sagt Morpheus ihm, seine Stimme brutal und abgehackt, »sprechen wir über diese Male, die du auf Alyssas Haut hinterlassen hast.« Er tätschelt Jebs Wange mit einem schwarzen Lederhandschuh, den er aus seiner Tasche gezogen hat, kann aber den Zorn nicht verbergen, der sich in seinen Kinnmuskeln bündelt.

Chessie erscheint neben meinem Kopf – ein Wirbel aus Flügeln, Fell und Pfoten. Sie hockt sich auf meine Schulter und hätschelt meinen Hals, wo Jeb mich gebissen hat.

»Danke, dass du Morpheus geholt hast«, sage ich ihr.

Meine Stimme klingt wie ein Reibeisen. Mein Husten lockt Morpheus an und seine teuren schwarzen Anzugschuhe landen neben mir. Sie sind alles, was ich sehen kann, bis er sich hinkniet. Er hat seine Wasserpfeife geraucht und ihr Duft hüllt mich ein.

»Pass auf den Sterblichen auf, ja, Chessie-Schwester?«, bittet er und mustert mich, während er seine Lederhandschuhe über die mit Beerensaft befleckten Finger zieht.

Der winzige Netherling erhebt sich von meiner Schulter und hockt sich auf den am Boden liegenden Jeb.

Ich recke den Hals, um Morpheus' in die Augen zu schauen, und mein wundes, geprelltes Fleisch pocht. Hinter seiner Silhouette schimmern gelbe Sonnenstrahlen aus den Dachluken und verleihen ihm einen Heiligenschein.

»Ich bin so froh, dass du ihm nicht wehgetan hast«, flüstere ich heiser.

Morpheus runzelt grimmig die Stirn. »Wäre es *irgendjemand* anders als der Junge gewesen, der sich für dich in Wunderland hat ausbluten lassen«, antwortet er, »hätte ich ihn mit bloßen Händen getötet – ohne jegliche Magie.«

Da ist eine abschreckende Grimmigkeit hinter seinem Blick, und ich gestehe mir ein, was ich bisher geleugnet habe: Auf seine eigene Art ist auch Morpheus mein Ritter. Er hat einfach verworrenere Motive als Jeb – nicht immer uneigennützig und ehrenhaft, aber aufmerksam. Das muss ich ihm lassen.

»Du hattest recht«, sage ich und überwinde meinen Stolz. »Dass mein Blut als Waffe gegen mich benutzt werden wird. Dass ich dich mit anderen Maßstäben messe. Ich hätte zumindest versuchen sollen, dir zu vertrauen. Es tut mir leid. Ich werde daran arbeiten.«

»Sieh zu, dass du das tust.« Der Ausdruck auf seinem porzellanbleichen Gesicht straft seine harschen Worte Lügen. Er erinnert mich an meinen Netherlingsspielkameraden aus der Vergangenheit, erpicht darauf, mein Vertrauen und meine Bewunderung zu gewinnen. Bereit, alles dafür zu tun. Er braucht nicht auszusprechen, dass mir verziehen ist oder dass meine Entschuldigung ihn rührt. Diese beiden Gefühle blinken in farbenprächtigen Blitzen durch seine Juwelenmale.

Dann erzähle ich ihm alles, was ich weiß – was ich in den Gemälden gesehen habe, die Jeb aus meinem Blut und Glas geschaffen hat, und in meinen Mosaiken auf dem Dachboden. Und ich erzähle ihm von meinem Verdacht, dass Rot hier im menschlichen Reich ist und Spielchen mit mir spielt.

Er schüttelt den Kopf. »Das klingt nicht nach ihr. Solche Feinheiten sind nicht ihre Art.«

»Aber die Gartenschere auf dem Boden«, lasse ich nicht locker. »Sie war dazu da, um mir Angst zu machen.«

Er wirkt aufrichtig verwirrt. »Ich bin nicht durch die Tür gekommen, sondern durch einen Spalt in einer Dachluke. Bist du dir sicher, dass es das ist, was du gesehen hast?«

»Geh und schau selbst nach, wenn du mir nicht glaubst.«

»Ich glaube dir, aber es ergibt keinen Sinn. Sie würde wollen, dass du ihr gnadenlos ausgeliefert bist – und zwar ohne Vorwarnung. Sie hat deinen Freund nicht nur wegen seiner Fantasie benutzt, sondern wegen seiner Verbindung zu dir. Er war ein Köder. Sie hat dich hierhergelockt, also hatte sie wohl auch den Plan, hier zu sein, um dich zu besiegen. Aber irgendetwas hat sie erschreckt, und so sehr ich wünschte, dass du es warst, weiß ich es doch besser.«

Mein Herz trommelt bei dem Gedanken daran, wer oder was eine so mächtige Person wie Rot erschreckt haben könnte. »Denkst du, es war die mysteriöse Frau in meinen Mosaiken? Die, die sich im Schatten versteckt? Die mit den Tentakeln …«

»Vielleicht liefert dein letztes Mosaik die Antwort. Wir müssen es finden. Aber zuerst müssen wir einen Blick auf deine Wunden werfen.« Er umfasst mein Kinn und streicht mit dem Daumen über die Striemen, die Jebs Piercing hinterlassen hat. »Du hast es geschafft, mich zurückzuholen, ohne dass du betteln musstest. Ich nehme an, du bist stolz auf dich.«

Seine sanfte Neckerei beruhigt mich und mein Herz schlägt langsamer. »Du bist *meinetwegen* zurückgekommen? Ich dachte, du hättest nur deinen Wagen vermisst.«

Morpheus Lippen zucken – fast ein Lächeln. Er drückt mein Kinn hoch, um sich meinen Hals besser ansehen zu können. Die Bewegung dehnt meine geprellten Muskeln und ich schreie auf.

»Tut mir leid, Schätzchen.« Er zuckt zusammen und lässt mich los, dann klopft er auf die Haut um Jebs Bissmale. Seine Handschuhe fühlen sich kühl und wohltuend an. »Aber ich denke, du wirst es überleben.« Seine Aufmerksamkeit gilt jetzt meinem Gesicht und Respekt funkelt in seinen dunklen Augen. »Es scheint, du hattest einen Tag voller Magie.«

Ich reibe mir die Augenflecken. »Das hast du bereits gewusst. Du hast Spinnfaden und Chessie über mich wachen lassen.«

»Damit ich wegbleiben konnte, bis du mich gefunden hattest. Aber wie immer warst du entschlossen, meine Pläne zu durchkreuzen.«

»Nun, wenn du dich dann besser fühlst«, sage ich und fasse mir an den Hals, wo ich immer noch Jebs brennende Handabdrücke spüre. »Damit ich dich finde, habe ich entdeckt, wo du warst.«

Morpheus legt den Kopf schräg. »Ist das wahr?«

Ich nicke, dann zeige ich auf Jebs Gemälde an den Wänden. »Als ich Jebs verlorene Erinnerungen gesehen habe, musste ich daran denken, was Chessie auf dem Weg hierher an meine Fenster gezeichnet hat: einen Zug und dich. Und das Wort *Erinnerung*. Nachdem meine Mom durch meinen Spiegel nach London gegangen war, hast du sie gefragt, ob sie eine Zugfahrt gemacht und verlorene Erinnerungen noch einmal durchlebt habe. Du hast an der Eisenbrückenschlucht gewartet, stimmt's? Deshalb hast du Chessie geschickt. Du hast erwartet, dass ich dorthin gehe und meine Mosaike suche, und du wusstest, dass ich ihre Hilfe brauchen würde, um sie zu lesen.«

»Beeindruckend.«

»Ist das der Grund, warum du mich dorthin locken wolltest? Wegen der Mosaike?«

»Zum Teil. Aber vor allem wollte ich, dass du mit dem Zug fährst.«

Ich lege die Stirn in Falten. »Der Zug ist also real?«

Morpheus nimmt seine Schirmmütze ab. Sein leuchtend blaues Haar scheint sich zu bewegen und in der Luft zu schweben, als freue es sich, befreit zu sein. »Wie definierst du *real*?«

Ich schaue mich im Raum um und halte bei dem schlafenden Jeb inne. »Es verändert sich ständig.«

Morpheus zwirbelt den Hut um die Fingerspitzen und nickt. »So soll es sein. Da ist ein Tunnel für die Untergrundbahn in der Nähe der Brücke, die seit Jahren nicht mehr von Menschen benutzt und daher dichtgemacht wurde. Es gibt einen Güterzug für Netherlinge, der hindurchfährt und sehr spezielle, kostbare Ladung transportiert. Für jene, die ein persönliches Interesse an der Ware haben, stehen Passagierwaggons bereit. Ich habe Fahrscheine für uns besorgt.«

»Du meinst, du hast vorgehabt, ebenfalls mitzufahren? Du hast Angst davor, mit einem Auto zu fahren. Inwiefern ist ein Zug besser?«

Er zuckt die Achseln und runzelt verlegen die Stirn. »Der Zug *bewegt* sich nicht direkt.«

»Aber du hast gesagt, er fährt durch den Tunnel.«

Er macht eine wegwerfende Handbewegung. »Du müsstest es erleben, um es zu verstehen. Da ist etwas, das du sehen musst. Eine Erinnerung in der Ladung, die nicht dir gehört, aber die dich dennoch geprägt hat. Eine Erinnerung, die seit Jahren verloren war, die gefunden werden muss, bevor du dich Rot stellst.«

Seine Antwort erregt meine Neugier. »Ich verstehe nicht. Die Ladung in dem Zug sind *Erinnerungen?*«

»Verlorene Erinnerungen.«

»Aber wie …?«

»Sagen wir einfach, die menschliche Vorstellung von einem Güterzug ist ebenso mangelhaft wie die menschliche Vorstellung von einem Hut.« Er hält mir seine Kopfbedeckung hin.

Verwirrt ergreife ich sie. Es ist das erste Mal, dass ich ihn etwas ohne Mottenverzierungen tragen sehe. Ich halte den Hut ins Sonnenlicht. Der Stoff fühlt sich nicht an wie Tweed. Er ist seidiger und scheint zu atmen und sich unter meiner Berührung zu bewegen. Verwundert schaue ich Morpheus in die Augen.

Mit einem Zwinkern nimmt er den Hut wieder an sich und setzt ihn auf. Mit einer subtilen Geste wedelt er über die Kopfbedeckung. Der Stoff verwandelt sich in lebende Motten. Sie stürzen sich von seinem Kopf und flattern überall um uns herum. Dann schließen sie sich auf einen Pfiff von Morpheus hin wieder zusammen, huschen wie Puzzleteile an ihren Platz und bilden wieder den Hut.

Ich grinse und er strahlt vor Stolz.

»Also, was ist das für ein Hut?«, frage ich, weil ich einfach nicht widerstehen kann. Er ist hinreißend, wenn er mit seiner Garderobe prahlt – wie ein Welpe, der Kunststücke vorführt. Obwohl ich immer noch neugierig bin, weiß ich, dass er, ohne mit der Wimper zu zucken, wieder zu einem Wolf werden kann.

»Mein Wanderschaftshut«, antwortet er.

»Was?«

Das Lächeln wird breiter und er zeigt weiße Zähne. »Wanderschaft. Eine Exkursion ... eine Reise.«

»Warum nennst du ihn dann nicht einfach deinen Reisehut?«

»Dann wäre er nicht so ein attraktiver Gesprächsstoff, oder?«

Ich ziehe eine Augenbraue hoch. »Ähm, die Tatsache, dass er aus lebenden Motten gemacht ist, reicht doch als Aufhänger.«

Morpheus lacht. Ausnahmsweise einmal fühlt sich unsere Beziehung ungezwungen an, freundschaftlich. So anders als seine üblichen Flirts und Drohungen.

»Wegen des Zugs«, durchbreche ich den wirklich netten Moment.

Er öffnet den Mund, um zu antworten, aber ein Stöhnen hält ihn davon ab. Jeb regt sich. Morpheus will aufstehen, um nach ihm zu sehen.

»Warte.« Ich halte ihn an der Krawatte fest. Selbst durch sein Hemd spüre ich die starke Wölbung seines Brustbeins. Es erinnert mich daran, wie er in meinem Schlafzimmer ausgesehen hat: mit nacktem Oberkörper und perfekt – die Flügel hoch ausgebreitet in der Art von himmlischem Wesen –, elegante Macht und pulsierendes Licht. Hemmungslos, ungeniert und selbstbewusst. Alles, was ich gern wäre.

Mein Puls schlägt schnell unter der Bisswunde an meinem Hals. »Es gibt da etwas, das du tun sollst, bevor Jeb wieder so wach ist, dass er weiß, was los ist.«

Morpheus kniet sich abermals hin. »Was? Du willst, dass ich deine Wehwehchen küsse?« Seine tiefe, schnurrende Stimme ist eher neckisch als verführerisch.

Ich verdrehe die Augen. »Ich will, dass du mich heilst.«

Er runzelt die Stirn und alle Verspieltheit löst sich in Nichts auf. »Oh, nein. Nein. Jebediah muss mit dem konfrontiert werden, was er dir angetan hat.«

»Er hätte mich niemals so angegriffen, wenn er nicht unter dem Einfluss des Safts gestanden hätte. Warum willst du ihm das unter die Nase reiben?« Ich stoße einen frustrierten Laut aus. »Du warst derjenige, der mich gezwungen hat, dafür zu sorgen, dass er sich an nichts erinnert. Was hat sich geändert?«

»Du musst akzeptieren, wie gefährlich es ist, wenn er in einer Welt herumpfuscht, die seinen Horizont übersteigt. Der Tumtumsaft hat dich unersättlich gemacht, aber ihn hat er mordlustig gemacht. Er ist eine Belastung. Wenn du ihn in diesen Krieg hineinziehst, wird er dein Untergang sein. Das garantiere ich dir.«

Mir klappt der Unterkiefer herunter. Ich kann nicht glauben, dass ich ihm nur vor Sekunden mein Herz ausgeschüttet habe. »Nein. Du willst, dass Jeb an sich selbst zweifelt. Du willst, dass er glaubt, er verwandle sich in seinen Vater. Du wirst ihn manipulieren, weil du das immer tust. Du benutzt die Schwächen der Leute gegen sie.«

Er mustert mich in stiller Bestätigung mit reglosen langen, schwarzen Wimpern.

»Nun, ich werde es nicht zulassen«, sage ich. »Jetzt *heile* mich.«

Morpheus knurrt und versucht, sich zurückzuziehen, aber ich weigere mich, seine Krawatte loszulassen.

Er hebt die Flügel und wirft riesige blaue Schatten über uns. Wenn er sie einsetzt, kann er sich losreißen und sich weigern zu tun, worum ich bitte. Andererseits könnte ich jetzt, da meine Kräfte stärker werden, einen geistigen Wettstreit durchaus für mich entscheiden. Bei dem bloßen Gedanken daran macht sich Aufregung in mir breit.

Wir starren einander nieder. Zu meiner Überraschung lockert er die Flügel.

»Was ist es dir wert?«, fragt er.

Ich lasse seine Krawatte los und runzle die Stirn. Es ist eine Fangfrage.

»Jebediahs Seelenfriede«, wiederholt er. »Was ist er dir wert?«

»Alles«, antworte ich und weiß, dass es ein Fehler war, es zuzugeben.

Mit einem nachdenklichen Stirnrunzeln lehnt Morpheus sich

zurück, die Beine überkreuzt, und nimmt den Hut auf den Schoß. Dann überredet er die Motten, die die Kopfbedeckung formen, sich zu trennen und über seinen Oberschenkeln auf der Stelle zu flattern. Nachdem er einen Handschuh ausgezogen hat, hebt er die Hand, und aus seinen Fingerspitzen strömen blaue Lichtstrahlen, die sich mit den Insekten verbinden. Er wackelt mit den Fingern, und geleitet von ihren magischen Strippen fliegen die Motten wie ein Miniaturkarussell im Kreis.

Sein Gesicht wird träumerisch und leuchtet blau in dem Licht.

»Einen Tag und eine Nacht«, sagt er, ohne aufzuschauen, ganz mit seinem Spielzeug beschäftigt.

Ich schlucke. »Was?«

»Das ist der Preis.« Er sieht immer noch nicht in meine Richtung. Der Zauberstrom aus seinen Fingern fließt schneller und die Motten folgen. »Wenn ich dir helfe, die zarte Psyche deines Vorzeigejungen zu beschützen, gibst du mir einen Tag und eine Nacht, sobald der Kampf mit Rot vorüber ist. Vierundzwanzig Stunden mit mir in Wunderland.«

Ich mustere ihn. *Das kann nicht sein Ernst sein.*

Als sporne ihn mein Schweigen an, zieht er seine magischen Kräfte zurück, und die Motten rotten sich zusammen und vereinigen sich wieder in dem Hut. Morpheus setzt ihn auf und sieht mir fest in die Augen. Seine Juwelen flackern zwischen Leidenschaft und Trotz – eine aufrüttelnde und einschüchternde Kombination. »Ich mache darauf aufmerksam, dass ich vorhabe, diese Zeit gut zu nutzen. Ich werde freundlich sein, aber kein Gentleman. Du wirst der Mittelpunkt meiner Welt sein. Ich werde dir die Wunder von Wunderland zeigen, und wenn du trunken von der Schönheit und dem Chaos bist, die kennenzulernen du dich von ganzem Herzen sehnst, werde ich dich unter meine Fittiche nehmen und dich vergessen lassen, dass das menschliche Reich jemals existiert hat. Du wirst Wunderland oder mich nie wieder verlassen wollen.«

Das Summen beginnt ganz weit hinten in meinem Schädel, ein Wiedererwachen meiner Netherlingsseite, beinahe so mächtig wie das, was ich in der Turnhalle gefühlt habe, als ich in den Flammen stand. Aber meine menschliche Seite stupst mich an – eine Warnung. Morpheus ist das magischste und faszinierendste Geschöpf, das ich kenne. Und abgesehen von Träumen habe ich nie mehr als einige Stunden auf einmal allein mit ihm verbracht. Wie könnte ich der Dunkelheit, die er in mir heraufbeschwört, einen ganzen Tag und eine ganze Nacht lang widerstehen?

Ich spähe unter seinem linken Flügel hindurch, um nach Jeb zu sehen. Seine Füße zucken und er rollt sich murmelnd auf den Bauch. Er wird binnen Minuten wieder bei vollem Bewusstsein sein.

Morpheus' Blick fällt auf die Handabdrücke auf meinem Hals. »Gib mir eine Antwort oder ich wecke deinen Freund und lasse ihn in seinem neusten Meisterwerk schwelgen.«

»Okay«, murmele ich. Ich werde einen Kampf mit Rot vielleicht nicht überstehen, also wird es möglicherweise gar nicht zu dem Tag mit Morpheus kommen. Wer weiß, ob ich die letzte Königin in den Mosaiken bin, diejenige, die stehen bleibt? Vielleicht bin ich diejenige, deren Oberkörper mit einem Netz bedeckt ist, oder diejenige, die von einem unaussprechlichen Ungeheuer verdaut wird?

Das muss ich zumindest bedenken. Falls ich nicht überlebe, will ich nicht, dass Jeb von dem Gedanken gequält wird, er habe mich verletzt und in irgendeiner Weise die Gewalttätigkeit seines Vaters geerbt. Es ist ein Geschenk, das ich ihm machen kann.

»Schwöre es«, verlangt Morpheus. »Und halte Wort.«

Mit heißen Wangen halte ich eine Hand übers Herz. »Ich schwöre bei meiner Lebensmagie, dir einen Tag und eine Nacht zu geben, sobald wir Rot besiegt habe.«

»Abgemacht.« Mit unveränderter Miene zieht Morpheus den anderen Handschuh aus.

Während er sich aus seiner Jacke schält, gehe ich in die Knie und zerre an seinen Jackenaufschlägen, dränge ihn zur Eile. Gemeinsam reißen wir die Ärmel von seinen Schultern. Trotz meiner Bemühungen um Sachlichkeit bin ich überwältigt von der Intimität, ihn auszuziehen, während Jeb bewusstlos auf dem Boden liegt. Wenn er aufwachen und das sehen würde ...

Zwei Schlitze öffnen sich im hinteren Teil des Blazers, um Morpheus Flügel durchzulassen. Einer der Flügel streift meine Hand und lässt meine eigenen Flügelknospen hinter den Schulterblättern kribbeln. Ich zappele herum und er beobachtet aufmerksam meine Reaktion. Mein Magen verkrampft sich, als ich Morpheus' Handgelenk ergreife, seine Manschettenknöpfe löse und den Ärmel aufkrempele, um das Geburtsmal auf seinem Unterarm freizulegen. Seine Haut ist weich und warm.

Ich lasse seinen Arm los und binde meinen Stiefel auf, um das Netherlingsmal auf meinem Knöchel zu entblößen.

Morpheus hockt sich auf die Fersen und mustert mich. »Von all den Malen, die du mich in meiner Fantasie ausgezogen hast, habe ich mich niemals so ... unerfüllt gefühlt.«

»*Bitte, Morpheus*«, flehe ich, als ich höre, dass sich Jeb im Hintergrund regt.

»Ah, aber diese köstlichen Worte«, sagt Morpheus mit einem provokativen Grinsen, »werden immer nur in meiner Fantasie gesprochen.«

Ich funkle ihn an. »Du bist unglaublich.«

»Und *dieses* Gefühl ist für das Ende reserviert.«

»Halt. Den. Mund.« Ich ziehe seinen Unterarm zu mir hin, um ihn über mein Geburtsmal zu legen.

Er löst sich von mir, bevor wir einander berühren. »Einen Moment bitte. Erlaube mir, mich in deiner Widmung zu sonnen.« Er bezieht sich auf das Tattoo auf meinem Knöchel.

Ich erröte. »Ich habe es dir hundert Mal gesagt. Es ist nur ein Paar Flügel.«

»Unsinn.« Morpheus grinst. »Ich erkenne eine Motte, wenn ich eine sehe.«

Ich stöhne frustriert, und er gibt nach, lässt mich unsere Male aufeinanderdrücken. Ein Funke springt über und wächst sich zu einer Feuersbrunst in meinen Adern aus. Er schaut mir fest in die Augen und der unergründlich tiefe Blick flackert – wie schwarze Wolken, die von Blitzen durchzuckt werden. In diesem Moment bin ich nackt bis auf die Knochen. Er schaut in mein Herz hinein; ich schaue in seins. Und die Ähnlichkeiten dort machen mir furchtbare Angst.

Ich wende den Blick ab und unterbreche unsere geistige Verbindung mit ihm. Der pochende Schmerz im Hals lässt nach, meine Kehle ist nicht mehr wund und meine Glieder fühlen sich geschmeidig an. Ich lehne mich an die Wand.

Morpheus bleiches Gesicht errötet, und er nimmt den Arm von meinem Knöchel. Da ist etwas Neues in seinem Blick – *Entschlossenheit* –, und ich weiß, dass ich gerade meine Seele verkauft habe.

Er hockt hinter mir und fährt mir mit ehrwürdiger Miene mit den Fingern durchs Haar. »Du warst großartig heute, kleine Blüte. Ich bedauere nur mit dir, dass wir nicht zusammen in den Flammen getanzt haben.«

Ich schnappe nach Luft. Er *war* heute Morgen in der Schule, hat mich in das Feuer gelockt und dazu gebracht, mich der Dunkelheit zu ergeben. Bevor ich reagieren kann, fliegt Chessie zwischen uns, im selben Moment, in dem Morpheus zurückgerissen wird.

»Geh weg von ihr!« Jeb schleudert ihn quer durch den Raum, überraschend stark für jemanden, der noch Sekunden zuvor bewusstlos war. Morpheus knallt auf den Boden und rollt sich ab, wobei seine Flügel den Sturz abfedern. Sein Hut klatscht gegen die Wand und löst sich einmal mehr in Motten auf. Einige fliegen zu den Dachluken empor, andere zum Schrank, und der Rest flattert zum Dachboden hinauf.

Jeb taumelt und ringt um Gleichgewicht. Mit staunenden Augen beobachtet er, wie Chessie mit den Motten an der Decke entlangschwirrt. »Das ist kein Kostüm.«

»Verdammt geniale Beobachtung.« Morpheus steht auf und schüttelt die Flügel aus.

»Was ... ist ... dieses Ding?«, fragt Jeb und starrt jetzt Morpheus an.

»Du erinnerst dich nicht?«, erwidere ich und deute an die Bilder um uns herum.

Jeb dreht sich auf dem Absatz, um sie zu betrachten, dann erbleicht er. »Aah!« Er fasst sich an die Schläfen und legt sich in Fötushaltung auf den Boden.

Entsetzt knie ich mich hin und ziehe seinen Kopf auf meinen Schoß. Er jammert.

»Jeb, mach die Augen auf, bitte.«

Die Knöchel an seinen Händen sind weiß vor Anspannung – das Gesicht schmerzverzerrt.

»Was ist los mit ihm?«, rufe ich Morpheus zu.

Morpheus klopft sich gemächlich die Kleider ab, als seien Jebs Schreie eine belanglose Unannehmlichkeit. »Das waren nicht seine Erinnerungen, die er gemalt hat. Es waren deine, festgehalten in deinem Blut. Blutreste auf den Pinseln müssen sich mit der normalen Farbe vermischt haben.«

Jeb stöhnt und rollt sich zu einer Kugel zusammen. Er krümmt sich – seine Brust- und Armmuskeln ziehen sich krampfhaft zusammen.

Mein Körper schmerzt vor Mitgefühl. Es ist, als schlinge sich Stacheldraht um meine Gelenke und Sehnen und ziehe sich mit jeder Bewegung Jebs fester zusammen. »Was passiert mit ihm?«, wimmere ich.

Morpheus schaut unbekümmert zu den Motten auf, die gegen die Glasscheiben an der Decke prallen. Er blinzelt im Sonnenlicht. »Der Anblick deiner Erinnerungen hat in seinem Unterbewusstsein die Erkenntnis hervorgerufen, dass in seinem eigenen Gedächtnis Löcher sind. Es muss ein qualvolles Gefühl sein, ein Gehirn wie Schweizer Käse zu haben. Und jetzt muss ich meinen Hut wieder in Ordnung bringen, wenn du nichts dagegen hast.«

Ich bemühe mich, die Fassung zu bewahren. »Wer schert sich um deinen blöden Hut! Denk ausnahmsweise mal an jemand anderen als an dich selbst!«

Mein Ausbruch erregt Morpheus Aufmerksamkeit. Er sieht mich neugierig an, beinahe abgeklärt.

»Hilf Jeb. *Mir zuliebe*«, dränge ich und verspüre nur den Hauch eines Schuldgefühls, dass ich seine Zuneigung ausnutze. Schließlich ist er derjenige, der mir beigebracht hat, wie man sich die Schwächen anderer zunutze macht.

Die Fassade seiner Gleichgültigkeit bekommt Risse. Er schreitet durch den Raum, kniet sich hin und legt die Hände um Jebs Schläfen. Blaues Licht durchströmt Jeb von Kopf bis Fuß und er entspannt sich. Morpheus räuspert sich, steht auf und geht davon. »Ich habe dafür gesorgt, dass er schläft. Seine Träume werden ihn erst einmal vor Schmerzen schützen. Aber um ihn vor dem Wahnsinn zu retten, müssen wir ihn wieder mit seinen verlorenen Erinnerungen in Kontakt bringen. Eine andere Möglichkeit gibt es nicht. Das bedeutet eine Zugfahrt. Und ich steige ganz gewiss nicht ohne meinen Wanderschaftshut in irgendeinen Zug.«

Mit Chessies Hilfe überredet er die verängstigten Motten, von den Oberlichtern herunterzukommen und sich erneut Stück für Stück zu seinem Hut zusammenzufügen. Es fehlen immer noch etliche Insekten, sodass noch merkliche Lücken bleiben. Er und Chessie gehen in Richtung Toilette, um weitere Motten aufzuspüren.

Ich balle die Fäuste, bis meine Nägel Abdrücke auf der Haut hinterlassen, und kämpfe gegen den Drang, ihn wegen seiner Eitelkeit anzubrüllen, aber es wird nichts nutzen. Morpheus ist Morpheus. Zumindest hat er dafür gesorgt, dass es Jeb gut geht.

Ich schiebe eine dunkle Haarlocke beiseite, die über Jebs Augen hängt, dann beuge ich mich vor und küsse ihn auf die Stirn. »Es tut mir leid. Ich hätte dir alles erzählen sollen. Ich werde die Wahrheit nie wieder vor dir verheimlichen.«

Ich gebe das Versprechen, obwohl es bedeutet, dass ich ihm von der Abmachung erzählen muss, die ich mit Morpheus getroffen habe, und was vorangegangen ist. Jeb wird am Ende wissen, dass er mich angegriffen hat, also habe ich die Vereinbarung umsonst getroffen. Aber ich kann ihn nicht länger belügen.

Ich strecke das Bein aus und angle mir mit der Ferse Jebs abgelegtes Hemd und schüttele es zu einem Kissen auf. Er murmelt unbewusst meinen Namen, während ich seinen Kopf auf die improvisierte Unterlage bette. Ich decke ihn bis über die Schultern mit einer Abdeckplane zu, damit ihm warm wird.

»Wir werden dich wieder hinkriegen«, flüstere ich und streichele ihm über den Kopf.

Ich stehe auf und schnüre meine Stiefel, während die Ungeduld in mir wächst. Jeb braucht seine Erinnerungen, und ich muss immer noch das letzte Mosaik entschlüsseln, damit ich Rot gegenübertreten kann. Als Erstes muss ich einen Spiegel finden, der groß genug ist, um hindurchzuklettern.

Aber Morpheus ist zu stur, um ohne seinen Hut fortzugehen. Während er damit beschäftigt ist, die Schubladen im Badezimmer zu durchstöbern, gehe ich zur Leiter. Ich habe mindestens zwei oder drei Motten auf den Dachboden hinauffliegen sehen.

Als ich den Speicher erreiche, flattern zwei Motten im Sonnenlicht. Sie hocken auf der Kastenmatratze. Ich hebe sie auf, lasse sie über dem Geländer frei und schicke sie zu Chessie hinunter.

»Eine fehlt noch«, ruft Morpheus von unten.

»Sie ist hier«, antworte ich. »Hat sich in einem Netz verfangen.«

Das Insekt schreit, während es sich gegen das klebrige Gewirr stemmt, hilflos und verängstigt. Ich wispere tröstliche Worte und befreie es, sorgfältig darauf bedacht, seine Flügel nicht zu beschädigen. Sobald ich die Motte loslasse, bemerke ich etwas in der anderen Ecke des Netzes, wo es am dicksten ist. Während sich meine Augen an die Dunkelheit gewöhnen, rücke ich näher heran.

Mir wird übel, als ich die Umrisse eines Körpers erkenne – einer eingesponnenen Leiche.

»Ehm, Morpheus …« Ich kann die Worte kaum murmeln.

Als reagiere sie auf meine Stimme, bewegt sich die Leiche unter den dicken weißen Fasern. Mir gefriert das Blut in den Adern. Ich hebe gerade den Fuß, um zurückzutreten, als eine Hand durch das Netz fährt und mein Handgelenk mit Fingern umfasst, die so kalt sind wie Eis.

19

Süßes Gift

Ich schreie auf.

Adrenalin schießt mir durch die Adern und ich befreie mich aus dem Griff der kalten Finger. Morpheus kommt an meine Seite geflogen. Wir wechseln einen Blick, dann untersuchen wir das entlang der Wand gesponnene Netz. Gemeinsam brechen wir hindurch und befreien die Gestalt aus ihrer Hülle.

Eine Frau sackt in Morpheus' Arme. Sie riecht fruchtig und zart – wie Birnen. Ihre Haut funkelt wie ein vom Mond beschienener, mit Reif bedeckter See, und riesige, gefiederte weiße Flügel hängen hinter ihren Schultern.

Sie ist ein Eisschwan und gleichzeitig eine Königin. Ich würde sie überall erkennen.

»Elenbein«, flüstere ich. Ich kann mir nicht vorstellen, warum sie hier ist, gefangen.

Morpheus erbleicht. Er hebt sie hoch, trägt sie zu der Matratze und tritt auf dem Weg dorthin die Lampe zur Seite. Dann legt er sie sachte hin. Weißgraue Spitze lugt unter dem Netz hervor, das an ihrem Kleid klebt. Hüftlanges silbriges Haar windet sich um ihren langen, eleganten Hals.

Morpheus, der auf der Bettkante sitzt, schält ein hauchdünnes

Gespinst von ihrer Nase und ihrem Mund. Sie ringt um Atem. Ihre weißen Wimpern und Augenbrauen glitzern wie Kristalle.

Ich lasse mich vor Morpheus' Füßen auf die Knie sinken und halte ihre Hand, während sie hustend erwacht.

»Versucht, nicht zu sprechen, Euer Majestät«, beharrt Morpheus, und ich spüre neben der Sorge auch Anspannung in seiner Stimme. »Alyssa, könntest du ihr etwas zu trinken holen? Du hast doch bestimmt Wasser oder so etwas in deinem Auto.«

»Nein.« Sie sieht Morpheus mit gerunzelter Stirn an, dann konzentriert sie sich auf mich. Die schwarzen Markierungen an ihren Schläfen schillern wie geäderte Libellenflügel im Sonnenlicht. »Königin Alyssa, vergebt mir.« Ihre blassblauen Iris sind fast farblos.

Ich drücke ihr tröstlich die Hand. »Wofür?«

»Dafür, dass ich Euren sterblichen Ritter in Gefahr gebracht habe. Ich habe nie damit gerechnet, dass die Dinge so außer Kontrolle geraten würden. Wir werden ihn finden … Wir werden ihn zurückholen.«

Sie ist offensichtlich verwirrt. Wer weiß, wie lange sie in diesem Netz gefangen war? Ich werfe einen Blick durchs Geländer. Jeb liegt auf dem Boden. Chessie schwirrt um ihn herum und hält Wache. »Er ist nicht verloren. Er ist unten und schläft.«

»Schwester Zwei hat ihn nicht geholt?«, fragt sie.

»*Schwester Zwei?*« Morpheus wirkt ebenso schockiert, wie ich mich fühle. Dann stöhnt er. »Der Türklopfer. Die mysteriöse Frau in Alyssas Mosaiken. Die, die sich im Schatten versteckt …«

»Natürlich«, flüstere ich und habe wieder die Vision vor Augen. Die acht lebenden Ranken, die mit ihrem Unterkörper verbunden sind. Es waren keine Tentakel. Es waren Spinnenbeine.

Der Türklopfer hatte nichts mit den Narben auf meinen Handflächen zu tun.

»Aber was für eine Rolle spielt Schwester Zwei dabei?«, überlege ich laut. »Warum sollte sie in derselben Hütte sein, in der sich Rot verschanzt hat? Sie verabscheut Rot, weil sie im letzten Jahr aus ihrer Unterkunft auf dem Friedhof geflohen ist.«

»Rot war niemals hier«, antwortet Elfenbein.

Morpheus räuspert sich und ihre Blicke treffen sich in stummem Verständnis.

»Also hat Schwester Zwei Jeb gefangen gehalten?«, frage ich. »*Sie* hat ihm den Tumtum-Saft gegeben und ihn gezwungen, die ganze Nacht zu malen? Warum sollte sie das tun?«

Elfenbein versucht zu antworten, hustet jedoch wieder.

Morpheus berührt mich an der Schulter. »Das Wasser, Alyssa.«

Elfenbein schluckt hörbar und krallt ihre Finger in meine, als ich Anstalten mache aufzustehen. »Nicht nötig. Ihre Fragen verdienen Antworten.«

Morpheus runzelt die Stirn. »Ich finde nicht, dass jetzt der richtige Zeitpunkt dafür ist.«

»Wann denn sonst, Morpheus?«, tadelt Elfenbein ihn. »Sie steckt jetzt tiefer drin als irgendeiner von uns. Schwester Zwei hat diesen Türklopfer als Warnung an euch beide hinterlassen. Sie weiß von dem Verrat ihrer Zwillingsschwester vor all den Jahren.« Elfenbeins Blick fällt auf mich. »Und von Alisons Verrat.«

Ich versuche, ihren geheimnisvollen Worten einen Sinn abzuringen. »Ihr sprecht davon, dass meine Mom versucht hat, Königin zu werden? Warum sollte Schwester Zwei das interessieren?«

»Verflixt!« Morpheus springt vom Bett und hockt sich neben mich auf den Boden. Er stützt die Ellbogen auf die Matratze, greift sich mit beiden Händen an die Schläfen und massiert sie. »Also zanken sich die Zwillinge ... Und der Friedhof wird nur teilweise bewacht. Wenn Rot dort eindringt, bekommt sie ihre Geisterarmee. Dann wird sie hier erscheinen. Das alles sollte nicht passieren.«

Die Farbe von Elfenbeins Lippen und Wangen wechselt von weiß zu hellrosa. »Ihr hättet in Wunderland bleiben sollen ... um Euch Rot zu stellen, wie sie es wollte.«

»Ihr wisst, warum ich das nicht konnte.« Beinahe unmerklich zittert sein Kinn. »Also, wer hat Schwester Zwei das Geheimnis verraten? Nur drei Personen haben überhaupt davon gewusst.«

Elfenbein runzelt die Stirn. »Nein, es waren vier. Rot wusste es auch. Schwester Eins hat die törichte Angewohnheit, ihren Geistern gegenüber Geheimnisse auszuplaudern, und das Gelübde verlangt von den Eingeweihten nur, dass sie es keiner lebenden Seele verraten.«

»Perfekt«, knurrt Morpheus.

»Rot hat heute Morgen versucht, sich Zutritt zum Friedhof zu verschaffen«, fährt Elfenbein fort. »Die Schwestern haben sie gefangen und sich darauf vorbereitet, ihren Geist aus den Zauberblumen zu vertreiben, damit sie sie für alle Ewigkeit in einem Spielzeug versiegeln können. Aber Rot hat Schwester Zwei das Geheimnis, das Alison betrifft, verraten, um sie abzulenken. Schwester Zwei hat sich voller Zorn gegen ihre Zwillingsschwester gewandt und Rot konnte fliehen. Schwester Zwei ist hierhergekommen, um einen Ersatz für das zu finden, was Alyssas Familie ihr gestohlen hat, egal wie. Dies waren ihre letzten Worte, während sie mich in das Netz gewickelt hat.«

Ich schüttele den Kopf. »Ich verstehe nicht. Ist sie immer noch böse wegen Chessies Lächeln oder weil ich Rot letztes Jahr versehentlich bei der Flucht geholfen habe? Aber was hat das mit meiner Mom zu tun?«

»Das, wofür Schwester Zwei Entschädigung verlangt, war kein Versehen«, antwortet Elfenbein. »Und der Preis wird hoch sein. Sie hat vor, zur Wiedergutmachung Euren sterblichen Ritter zu nehmen.«

Ich verstehe noch immer nicht, was genau los ist, aber die Furcht, die mein Herz umklammert, kämpft jede Neugier nieder. »Jeb war draußen, als ich hier angekommen bin«, stelle ich fest und versuche, trotz meines Entsetzens zu sprechen. »Das muss ihn gerettet haben. Sie dachte, er sei fort.«

»Ja«, bestätigt Morpheus. »Der Junge ist entkommen, indem er ein weißes Kaninchen gejagt hat. Das nennt man poetische Ironie, nicht wahr?«

Wir schauen ihn beide zornig an.

»Wollte nur die Stimmung aufhellen.« Seine Miene wird säuerlich.

»Mit Schwester Zweis Drohungen ist nicht zu spaßen«, schimpft Elfenbein. »Alyssas sterblicher Ritter ist jetzt in echter Gefahr.«

»*Jetzt?*«, schnaube ich. »Wir werden seit einer Woche von Rot bedroht. Sie hat uns nachgestellt. In der Schule, im Krankenhaus. Und sie hat sich als Kunstsammlerin ausgegeben – so hat sie Jeb hierher gelockt.«

Keiner von beiden antwortet.

Ich schaue zwischen ihnen hin und her. Sie verschweigen mir etwas und ich bin die zweideutigen Enthüllungen leid. »Dies ist *meine* Welt, in die ihr eingedrungen seid, mein Leben wird verpfuscht, und die Menschen, die ich liebe, sind mittendrin. Ich habe ein Recht zu erfahren, was vor sich geht.«

»Das hat sie«, beharrt Elfenbein.

»Sie weiß alles, was sie wissen muss«, stellt Morpheus fest.

»Verflucht sollst du sein, Morpheus.« Elfenbein spricht mir aus der Seele. »Diese Menschen, mit denen wir spielen, leben. Es ist ein hoher Preis zu zahlen.«

Mit einem Rascheln von Spitze und Satin rollt sie sich auf die Seite, sodass wir ihren Gesichtsausdruck nicht sehen können. »Werde ich jemals dazulernen? Wieder und wieder ... ködert Ihr mich mit der Aussicht auf Liebe und Kameradschaft, und ich bin jedes Mal zu schwach, um Euch abzuweisen.«

Morpheus greift um mich herum und dreht ihr Kinn in seine Richtung. »Das stimmt nicht ganz. Diesmal wart Ihr diejenige, die mir die Aussicht auf Liebe geboten hat.« Er trocknet mit einem Knöchel ihre eisverkrusteten Tränen.

Ein weiterer intimer Moment zwischen ihnen verstreicht, und sie wechseln einen Blick, den ich nicht ganz deuten kann, als sende er eine geheime Botschaft an Elfenbein. Ich bin so gewohnt, die Empfängerin seiner unausgesprochenen Nachrichten zu sein, dass es beunruhigend ist, dies von außen zu beobachten. »Was ist los zwischen euch beiden?«, frage ich voller Argwohn.

»Du solltest doch an deinem mangelnden Vertrauen arbeiten«, ruft er mir ins Gedächtnis.

Ich starre ihn an, ohne zu blinzeln, bis meine Augen brennen.

Elfenbein tätschelt meine Hand. »Ihr versteht das falsch. Ich habe Morpheus einen Blick in seine Zukunft gewährt. Auf etwas, das ich in einer Vision gesehen habe.«

»Das reicht, Elfenbein«, sagt er, einen drohenden Unterton in der Stimme, bei dem sich mir die Nackenhaare sträuben.

Sie blinzelt zwei Mal. »Aus Dankbarkeit für meine Hilfe hat Morpheus mir das Geschenk der Kameradschaft angeboten, aber nicht seiner eigenen. Ein junger Mann aus Eurer Welt, der meine Liebe ebenso sehr braucht wie ich seine.«

»Finley.« Ich hatte das Pfand, das Morpheus aus der realen Welt genommen hat, beinahe vergessen. »Geht es ihm gut?«

Sie nickt. »Er ist in meinem Palast sicher aufgehoben, in der Obhut meiner Ritter. Obwohl er eine Bedingung gestellt hat. Ich schuldete Morpheus einen Gefallen, das ist also der Grund, warum ich hier bin. Bei ihm ist nichts jemals ohne einen Preis. Nichts.«

»Das ist genau der Grund, warum wir dieses Vertrauensproblem haben«, antworte ich ihr, werfe aber Morpheus einen bösen Blick zu.

Er fährt mit dem Finger über die Matratze und ignoriert mich.

Elfenbein gibt ihm die Hand, und er hilft ihr, sich aufzurichten. Sie ergreift meinen Ellbogen und überredet mich, mich zu ihr auf die Bettkante zu setzen.

Während Elfenbein mir übers Haar streicht, wird ihre Stimme sanft. »Es gibt *eine* Sache, in der Ihr Morpheus vertrauen könnt. Er ist Euch treu ergeben. Sein Wunsch, bei Euch zu sein, ist es, der ihn zu diesen verzweifelten Intrigen treibt.«

Morpheus steht mit raschelnden Flügeln und Kleidern auf. Seine Schultern sacken herab, als er sich wieder zu uns umdreht. »Es ist nichts Verzweifeltes daran, Alyssas Hilfe zu erbitten. Es ist ihre *Aufgabe*. Sie ist die Trägerin der Rubinkrone. Wunderland ist ebenso sehr ihr Zuhause wie unseres, ganz gleich, wie oft sie es bestreitet. Ich musste sie dazu bringen, es zu sehen.«

Ich stehe von der Matratze auf. »Indem du lügst?«

Morpheus reagiert mit Schweigen und schaut nicht einmal über die Schulter, um mich zur Kenntnis zu nehmen.

Blut schießt mir in die Wangen. Ich bin zornig auf mich selbst, weil ich eher ihm als irgendwem sonst geglaubt habe. Ich gehe zum Geländer des Dachbodens und sehe Elfenbein vielsagend an, während mir ein hässlicher Gedanke kommt. »Die wahre Ivy Raven. Sie hat Jebs Kunstwerke niemals gesehen, oder?«

Elfenbein schüttelt den Kopf.

»Ihr brauchtet keine Person für eine Maskerade. Ihr brauchtet nur einen seriösen Namen, falls wir sie überprüften. Ihr wart es, die erschienen ist, um Jeb in der Kunstgalerie zu treffen.« Ich beiße die Zähne zusammen. Keiner von ihnen leugnet es. »Er war so hingerissen von Eurem erstaunlichen ›Kostüm‹. Und Ihr habt nicht mal eins getragen. Ihr habt ihn letzte Nacht hierbehalten. Warum?«

Elfenbein betrachtet die Spitze und die Spinnweben, die zu ihren Füßen über den Boden streichen. Lange Wimpern verschleiern ihre Augen wie ein weißer Vorhang. »Nur jene mit königlichem Blut können durch Chessies Filter sehen und Visionen deuten. Morpheus brauchte mich, damit ich Eure Mosaike interpretiere. Und da Eure Mutter die anderen versteckt hat, musste er für Kopien sorgen. Uns lief die Zeit davon.«

Mir dreht sich der Magen um. »Warum die große Eile? Ihr habt bereits gesagt, dass Rot nicht hier ist.«

Morpheus spannt die Muskeln an, bleibt aber unerträglich still.

Elfenbein antwortet: »Morpheus musste wissen, ob Wunderland gerettet werden konnte, wenn er Rots Drohungen ignorierte. Sie hatte ihm ein Ultimatum gestellt: Er konnte sich ihr ergeben und umkommen oder zusehen, wie sein geliebtes Netherreich vor seinen Augen verrottete.«

Ich denke an Königin Grenadines Schleife, die in meinem Schlafzimmer zu mir gesprochen hat: *Königin Rot lebt und trachtet danach, das zu zerstören, was sie verraten hat.* »Es war Morpheus, hinter dem sie her war, nicht ich. Er ist derjenige, von dem sie denkt, dass er sie verraten hat.«

Stoisch tritt Morpheus gegen die Karaffe, die einst den Tumtum-Saft enthalten hatte. Sie rollt über den Boden und bleibt neben meinen gestohlenen Mosaiken liegen. »Ich bin ihrem Todisch entkommen, ohne ihren Thron zu gewinnen. Ihrer Meinung nach habe ich unser Abkommen nicht eingehalten und schulde ihr mein Leben.« Mit einem Blick auf den am Boden liegenden, träumenden Jeb im unteren Stockwerk balle ich die Hände zu Fäusten. »Du hast geschworen, mir die Wahrheit über meine Mosaike zu sagen. Du hast gelogen.«

Morpheus ächzt. »Du hast nie genau gesagt, *welche* Wahrheit. Also habe ich dir die Wahrheit über ihren Ursprung gesagt … ihre Macht. Und ich habe niemals behauptet, dass Rot sie hatte. Du warst diejenige, die ihren Namen ins Spiel gebracht hat.«

Meine Beine zittern. Ich gleite zu Boden und rutsche mit dem Rücken am Geländer entlang. »Also hat Rot dich herausgefordert – den Raufbold auf dem Spielplatz –, und du bist davongelaufen. Du hast deinen Kampf in meine Welt gebracht.«

»*Deine Welt*«, schnaubt Morpheus. Er dreht sich zu mir um, seine exquisiten Züge zu einem trotzigen Stirnrunzeln versteinert. »Ich habe dir in deinen Träumen die Wahrheit gezeigt, das Chaos, das sie angerichtet hat. Aber weil es nicht einmal ein Kräuseln auf diesem stehenden kleinen menschlichen Teich verursacht hat, den du Zuhause nennst, hast du mich ignoriert. Du hast es aus deinem Kopf verbannt. Hast dir selbst etwas vorgemacht. Ich wusste, dass du dich nicht um mein Wohlergehen scheren würdest. Aber ich habe gehofft … ich habe gehofft, dass du für Wunderland kämpfen würdest.«

Ich will sagen, dass ich für ihn gekämpft hätte, weil ich in seiner Schuld stehe. Weil ich mich daran erinnere, was er für mich getan hat. Weil einem Teil von mir an meinem Kindheitsfreund gelegen ist, sogar an dem selbstsüchtigen, charismatischen und frustrierenden Mann, zu dem er herangewachsen ist. Aber ich hätte mich erst gar nicht in Wunderland aufgehalten, wenn er mich nicht letztes Jahr unter Vorspiegelung falscher Tatsachen dorthin gelockt hätte. Und ich frage mich, ob ich mich wirklich der Kreatur gestellt hätte, die mir am meisten Angst macht, um jemanden zu retten, der einst so achtlos mit meinem Leben umgegangen ist?

»Wage es nicht, diese Dinge gegen mich zu verwenden«, erkläre ich, vielleicht ebenso mir selbst wie zu Morpheus. »Hier geht es um dich, darum, was *du* getan hast.«

»Ich habe das Einzige getan, was ich tun konnte, um eine Reaktion von dir zu erhalten. Die gestohlenen Mosaike, die Blutproben, die verzauberte Krankenschwester und der spukende Clown …«

»Aha!« Ich zeige mit dem Finger auf ihn. »Diese Lüge kannst du nicht leugnen. Du hast gesagt, du hättest mir niemals ein Spielzeug geschickt.«

»Herman Hattington ist kein Spielzeug. Er ist ein Schauspieler höchsten Rangs aufgrund seines sich immer verändernden Gesichts. Und ich habe ihn nicht geschickt. Er ist aus eigenem Antrieb zu dir gegangen, um mir einen Gefallen zu tun.«

Ich vergrabe den Kopf in den Händen. Das erklärt den seltsamen schweren Hut des Clowns; es war der Conformateur, der ein Teil des Schädels des Hutmachers ist. »Ich nehme an, Rabid hat dir ebenfalls geholfen.« Diese Erkenntnis schmerzt schlimmer als alle anderen.

»Nein«, antwortet Morpheus. »Seine Loyalität dir gegenüber ist aufrichtig. Seine Rolle bei dieser Angelegenheit war reiner Zufall.«

»Was ist mit dem Albtraum?«, frage ich und schaue auf.

Morpheus schüttelt den Kopf. »Dein eigenes Unterbewusstsein hat dieses Schmankerl beigesteuert, mit ein wenig Hilfe von den Halluzinogenen, die wir in deine Beruhigungsmittel gegeben haben.«

»Warum?«, knurre ich.

»Ich musste dich dazu bringen zu glauben, dass Rot deinen Freund in Gefahr brachte, damit du mit mir zurückkehrst, um Wunderland zu retten. Die einzige Möglichkeit, wie ich jemals deine Aufmerksamkeit erregen kann, ist eine Gefährdung deines sterblichen Spielzeugs! Es hat hervorragend funktioniert, bis der Mensch wieder einmal alles verpfuscht hat.«

»Du Mistkerl!« Ich spanne die Muskeln an und rappele mich hoch, um mich auf ihn zu stürzen. Ich erwarte, dass er einen Flügel zwischen uns schiebt, um mich abzublocken. Stattdessen tritt er mit geöffneten Flügeln vor. Er streckt die Arme aus – fordert mich dazu heraus, mit ihm zu ringen –, treibt mich an. Elfenbein fasst mich um die Taille und zerrt mich wieder zu sich herab.

Ich kämpfe, um aus ihrer Umarmung herauszukommen. Sie hält mich mit einer Kraft fest, die überraschend für jemanden ist, der so zierlich ist wie eine Eisskulptur.

»Du bist heute hier hereingerauscht und hast so getan, als seiest du der Held«, schäume ich und sehe Morpheus an. »Obwohl es deine Schuld war, dass Jeb überhaupt in diesem Zustand ist. Und jetzt schwebt er in echter Gefahr.«

»Es sollten nur einige Gemälde aus Glas werden«, antwortet Morpheus, und seine Stimme ist viel zu ruhig. »Der Saft sollte dafür sorgen, dass er sich besser konzentrieren konnte, bis er fertig war. Ich habe nie damit gerechnet, dass er verrückt werden würde oder dass du hierherfinden würdest und er dich in die Hände bekäme …« Seine Züge verändern sich leicht – nehmen etwas Bedrohliches an. »Ich konnte mir nicht vorstellen, dass er, wenn Elfenbein ihn für einige Stunden allein ließe, plötzlich abschweifen und deine Erinnerungen malen würde – genau die, die er verloren hatte. Er ist in einer Hölle gefangen, die er mit eigenen Händen geschaffen hat.« Morpheus' Augen werden schmal. »Aber nein, es sind mehr deine Hände, nicht wahr? Du hattest ein Jahr Zeit, um ihm alles zu erzählen. Hätte er es gewusst, wäre er nicht eine so leichte Beute für mich gewesen, und vielleicht würde ihn Schwester Zwei jetzt nicht bedrohen.«

Ich reiße mich aus Ivorys Griff los, komme aber nicht vom Bett weg. Morpheus hat recht. Jebs Verletzlichkeit ist meine Schuld.

»Wie machst du das?«, frage ich. »Wie verdrehst du immer die Tatsachen? Wie manipulierst du selbst jene, die klug genug sind, dir nicht zu glauben?«

Morpheus zog die Achseln. »Das ist meine Macht. Meine Magie. *Überzeugung.*«

»Nein, deine Macht ist Gift.« Mein Stolz erwacht wieder. »Nur damit du Bescheid weißt, es gibt etwas, wozu du mich niemals überreden wirst.«

Er mustert mich selbstgefällig. »Und was ist das?«

»Dich zu lieben.«

Morpheus' Juwelen werden hellblau, die Farbe der Qual, und ich genieße das Wissen, dass ich ihn getroffen habe.

»Sag niemals nie«, murmelt er.

Ich halte seinem Blick stand, und meine Augen brennen, als sickere Gift durch meine Iris.

Er schaut als Erster weg, tritt hinüber zu der Leiter und hebt elegant ab, seine schwarzen Flügel weit gespreizt. Er landet sachte auf dem Boden, dann winkt er seinen Motten zu, fügt seinen Hut wieder zusammen und kniet sich hin, um sich Jeb über den linken Flügel auf die Schulter zu legen.

Ich springe auf die Füße und trete ans Geländer. »Leg ihn wieder hin!«, kreische ich.

»Er ist hier nicht sicher«, antwortet Morpheus und greift mit seiner freien Hand nach Jebs Hemd und Stiefeln. »Wir müssen einen Spiegel finden und ihn in den Zug schaffen. Willst du ihn etwa allein zum Auto hinausschleppen?«

Ich verkneife mir eine Antwort. So arrogant er ist, er hat recht: Ich brauche seine Hilfe, um den Zug zu finden.

»Die Schlüssel«, drängt er.

Stirnrunzelnd schleudere ich sie ihm hin. Chessie springt hoch und fängt sie aus der Luft.

Elfenbein erhebt sich – elegant in Spitze gehüllt. Sie tritt hinter mich und ihre Flügel hängen ihr herunter wie ein Cape aus Federn.

Morpheus schaut sie über meine Schulter hinweg an. »Geht zurück durch das Kaninchenloch und beschützt Eure Burg. Warnt Schwester Eins, dass ihr Zwilling ins menschliche Reich eingetreten ist. Sie wird die dunkle Seite des Friedhofs genau bewachen müssen. Alyssa und ich kommen bald nach. Wir haben keine Zeit zu verlieren.«

»Richtig«, sage ich. »Jetzt, da du es geschafft hast, einen der unheimlichsten und bösartigsten Netherlinge in die Welt hilfloser Menschen zu locken, haben wir nicht viel Zeit, nicht wahr?«

Morpheus bringt Jeb auf seiner Schulter in die richtige Position. »Wir sind nicht vollkommen im Nachteil, Alyssa. Schwester Zwei hat einen Schwachpunkt, genau wie wir alle. Sobald sie ihre Beute in die Enge getrieben hat, bemerkt sie nicht mehr, was um sie herum vorgeht. Wir sind zu zweit, und als Team können wir sie besiegen und nach Wunderland zurückschicken.«

»Richtig«, wiederhole ich. »Und dann bist du wieder der große Held. Weil du den Schlamassel beseitigst, den du überhaupt erst angerichtet hast.«

Morpheus antwortet nicht. Er stolziert zur Tür hinaus. Chessie sieht uns kurz an, dann folgt sie ihm.

»Vielleicht wart Ihr ein wenig streng mit ihm«, meint Elfenbein.

Die Hände zu Fäusten geballt, wende ich mich zu ihr um. »Jeb ist die Zielscheibe einer Schwarzen Witwe, die groß genug ist, um ein Pferd zu verspeisen, und jetzt leidet er an Wahnvorstellungen und kann sich nicht mal selbst verteidigen. Ganz zu schweigen von all den Menschen, die heute beinahe verbrannt wären. Und das alles wegen Morpheus' bescheuertem Plan.«

»Er hat nicht damit gerechnet, dass Schwester Zwei ins Spiel kommt. Und er hatte nichts mit den Ereignissen in Eurer Schule zu tun. Die Insekten haben Wind von Königin Rots Bündnis mit den Zauberblumen bekommen. Nachdem sie ganz Wunderland zerstört hatte, fürchteten sie, dass Rots Armee in Eure Welt einmarschieren und sich hier an Insekten und Menschen gleichermaßen gütlich tun würden. Sie ließen die Gespenster frei in der Hoffnung, dass diese die Menschenwelt vor Eindringlingen aus Wunderland schützen würden.«

»Formalitäten«, antworte ich. Ihre ruhigen, vernünftigen Erklärungen machen mich nur zorniger. »Hat es Euch überhaupt jemals gestört? Wie er immer mit allem durchkommt? Er konnte seine Magie wegen der Maskerade nicht benutzen, aber er hatte ja Euch und Hattington und die Krankenschwester, um die ganze Schmutzarbeit zu erledigen. Und er brauchte noch nicht einmal zu lügen, wenn er mir erzählte, dass er diese Dinge nicht tue – frei von Schuld, in wahrer Wunderlandmanier.«

»Er war nicht frei von Schuld. Er hat gelitten. Es war ursprünglich nicht sein Plan, Euren sterblichen Ritter zu benutzen.«

»Richtig. Ich bin mir sicher, er wollte sein eigenes Leben für ganz Wunderland opfern, weil er ein solcher Märtyrer alter Schule ist.«

Sie runzelt die Stirn, und ihre hellrosa Lippen schimmern wie Blütenblätter im Sonnenlicht. »Das *war* sein Plan.«

Ich will lachen, aber die Aufrichtigkeit in ihren mit Reif bedeckten Augen lässt mich innehalten. Eine Sache habe ich über Elfenbein gelernt. Sie ist immer ehrlich, wenn man sie zur Rede stellt. »In Ordnung. Überzeugt mich.«

»Eine Woche, bevor Morpheus begann, Euch wieder im Traum zu besuchen, kam er in meine Burg und erzählte mir von Rots Ultimatum. Er bat mich, meine Kronenmagie einzusetzen, um in Eure Zukunft zu schauen. Damit wollte er sichergehen, dass Rot, wenn er tat, was sie verlangte, und er sich ihr ergab, zufrieden sein würde – und dass Ihr und Wunderland für immer sicher sein würdet. Was ich gesehen habe ... es hat alles für ihn geändert.«

Sie hebt die Hand und eine Blase erscheint. Sie ist so groß wie ein Softball, aber leuchtend und durchsichtig. »Schwört mir, dass Ihr niemals irgendjemandem erzählt, was ich Euch gleich zeigen werde.«

Stumm stehe ich da und starre auf die Blase, während darin ein verschwommenes Bild erscheint.

»*Schwört* es«, bedrängt Elfeinbein mich.

Ich schwöre. Zwei Lebensmagieschwüre an einem einzigen Tag. Ich werde ein Profi in Netherlingsverhandlungen, ohne es zu üben.

Sie hält immer noch die Blase fest, beugt sich neben meinen Mosaiken vor und kratzt einen kleinen Rest graues Pulver von Chessies Funkelwolke ab. Sie wischt damit über die Kristallblase, in der eine erschreckend vertraute Szene zum Leben erwacht. Ich kann es nicht nur sehen, ich kann es hören, riechen, fühlen und schmecken.

Ich bin gekrönt und sitze auf einem Thron an der Stirnseite eines Tischs, und ich bin Gastgeberin eines Festmahls, halte einen Hammer in der Hand, bereit, den Hauptgang totzuschlagen. Der Duft von Kleewein, Mondstrahlplätzchen und gebackenen Früchten weht von funkelnden Tabletts und Kristallgläsern.

Um den Tisch sitzt ein Sammelsurium von Kreaturen, einige bekleidet, andere nackt, alle eher tierisch als menschlich. Sie sind meine Untertanen und mein Herz quillt über von Zuneigung zu ihnen – zu ihrer Merkwürdigkeit, zu ihrem Wahnsinn, zu ihrer Loyalität.

Wir reden und scherzen und feilschen um den Hauptgang. Irres Gelächter hallt durch die Mamorsäle, süß in meinen Ohren.
Am Eingang zum Speisesaal bewegt sich etwas. Ein Kind mit meinen Augen stürmt herein – ganz Flügel und blaues Haar und kichernde Unschuld. An seiner Hand ist Morpheus, der eine Rubinkrone trägt.
Der rote König. Mein König.

Die Blase platzt und nimmt die Vision mit sich und hinterlässt nichts als das Geräusch meines Aufkeuchens und Schwaden grauen Rauchs.

»Ihr seht«, beginnt Elfenbein, »sobald Morpheus wusste, dass Ihr eines Tages einander gehören würdet, dass Ihr ein Kind haben würdet, war er nicht länger bereit zu sterben, um Wunderland zu retten. Aber er ist sich unsicher, was Eure Gefühle für ihn betrifft. Er hat befürchtet, dass Ihr Euch weigern würdet zu helfen. Also hat er einen neuen Plan geschmiedet, so fehlerhaft der auch war.«

Ich erinnere mich an jenen ersten Tag in der Schultoilette, an die Worte, die Morpheus gesprochen hat: »*Man tut, was man tun muss, um zu beschützen, was man liebt.*« Ich wusste, dass mehr hinter den Worten steckte; ich hatte nur keine Ahnung, wie tief die Bedeutung ging.

Ich habe Mühe zu atmen. »Ein Sohn«, sage ich und erinnere mich an jede Einzelheit des perfekten Kindergesichts.

Elfenbeins Lächeln ist blendend. »Eine überaus einzigartige Kreatur. Das erste Kind, das von zwei Netherlingen gezeugt wurde, die ihre Kindheit miteinander verbracht haben. Wunderland ist auf Chaos, Wahnsinn und Magie gegründet. Für so lange Zeit gab es dort keinen Platz für Unschuld und Fantasie. Folglich hatten wir keine Kinder, zumindest nicht nach der Definition Eurer Welt. Und deswegen haben wir die Fähigkeit verloren zu träumen. Aber Morpheus hat diese Dinge durch Euch erlebt, jedes Mal, wenn Ihr in *Euren* Träumen zusammen gespielt habt. Durch Euer Kind wird Wunderland in neuer Magie und Stärke aufblühen. Unsere Nachfahren werden wieder wahre Kinder werden; sie werden lernen, wieder zu träumen. Und alles wird gut sein mit unserer Welt.«

»Nein«, murmele ich. Ich schlage mir meinen theoretischen Sohn aus dem Kopf. Ich bin nicht bereit, dieses Opfer zu bringen. Alles, woran ich denken kann, sind Jeb, meine Familie und Freunde und meine Zukunft im menschlichen Reich. »Das kann nicht stimmen. Ich habe mich dafür entschieden, hier zu bleiben.« Ich schaue auf die Stelle hinab, wo Jeb zuvor war, und fühle mich so leer.

Elfenbein ergreift meine Hände und umklammert sie. »Ihr könnt immer noch eine Zukunft mit Eurem sterblichen Ritter haben. Ihr könnt ihn heiraten. Hier eine Familie und Kinder haben.«

Mir schwirrt der Kopf. Nichts davon ergibt irgendeinen Sinn. »Wie?«

»Ebenso, wie Ihr zwei Seiten habt, habt Ihr zwei mögliche Zukünfte. Eines Tages werden die Sterblichen, die Ihr liebt, alt, und sie werden sterben. Ihr werdet ebenfalls nach außen hin altern und werdet scheinbar den Tod durchleben. Aber Eure Krone gewährt Euch eine Ewigkeit im Wunderland. Ihr werdet in das Alter zurückgeführt, in dem Ihr wart, als Euch die Krone zum ersten Mal auf den Kopf gesetzt wurde. Eure zweite Zukunft, Eure unsterbliche Netherlingsherrschaft über das Rote Königreich, wird beginnen. Und wie Ihr gesehen habt, wird Morpheus eine sehr entscheidende Rolle dabei spielen.«

Ich fühle mich wie vor den Kopf gestoßen. »Ich kann nicht mit jemandem zusammen sein, dem ich nicht vertraue. Der mir auch nicht vertraut.«

Sie legt mir eine Hand auf die Schulter. »Ihr werdet lernen, einander zu verstehen. Morpheus ist selten ehrlich mit seinen Worten. Aber seine Taten sind aufrichtig. Es vergehen vielleicht viele, viele Jahre bis zu der Vision, die du gesehen hast. Irgendetwas wird Eure Wahrnehmung seiner Person verändern. Vielleicht lauter Kleinigkeiten auf dem Weg dahin oder möglicherweise eine weitere große Geste, die Ihr ihm nie zugetraut hättet. Was es auch ist, es wird Eure Beziehung für immer verändern.« Elfenbein tritt zurück. »Alyssa, Euch bietet sich die Gelegenheit, zwei Leben zu leben und zwei Lieben zu haben. Das ist ein Wunder. Schätzt das Geschenk so, wie es ist. Ich werde Euch bald sehen, im Wunderland.«

Ihre Flügel wölben sich über ihrem Kopf, hoch und schön. Sie faltet sie um sich selbst und wird dann in einem Schleier aus weißem Licht und funkelndem Pulver zu einem Schwan, bevor sie anmutig zur Tür hinausschwebt.

Ich beiße die Zähne zusammen, meine Gefühle in Aufruhr. Mir bricht das Herz bei dem Gedanken, Jeb und all die Menschen zu überleben, die ich liebe: Mom, Dad, Jenara und Jebs und meine Kinder. Es ist ein Gedankentaumel, den ich nicht einmal am besten Tag begreifen könnte. Und heute war der schlimmste Tag aller Zeiten.

Dann ist da neben der Traurigkeit, die meine Zukunft überschattet, die schreckliche Verwirrung meiner Gegenwart.

Wie kann ich wirklich mit Jeb zusammen sein in dem Wissen, dass ich eines Tages Morpheus heiraten werde? Wie kann ich Morpheus den Tag geben, den ich ihm versprochen habe, und Jeb treu sein, während ich weiß, was Morpheus weiß?

Ich knalle mich auf die Matratze. Morpheus hat diese vierundzwanzig Stunden ausgehandelt, weil er nicht *will*, dass ich mein sterbliches Leben habe. Er will nicht warten oder mich mit einem anderen teilen. Er plant, unsere Zukunft sofort zu beginnen.

Ich umklammere das Herzmedaillon an meinem Hals und versuche, die Kette von dem rubinbesetzten Schlüssel zu trennen. Ich werde nicht zulassen, dass er mir meine Zeit mit Jeb wegnimmt. Ich weigere mich.

Am Eingang raschelt es. Ich stehe auf und sehe Morpheus auf der Schwelle stehen.

»Wir sollten gehen«, sagt er.

»Nein«, blaffe ich, zu überwältigt, um irgendetwas anderes zu erwidern. Ich will ihn für all seine Lügen hassen, aber ich sehe vor meinem geistigen Auge immer noch das Kind aus Elfenbeins Vision. Morpheus hatte Motive. Sie waren rein – ungeachtet der Lügen und des Verrats, die notwendig waren, um sie zu rechtfertigen. An ihm ist nichts schwarz-weiß. Er ist ein chaotisches Portrait, das aus allen Grauschattierungen besteht.

Mit einer schwungvollen Bewegung seiner dunklen Flügel erscheint er neben mir auf dem Dachboden. »Was soll das heißen, ›Nein‹? Wir haben keine Zeit für Unsinn, Alyssa.«

»Entbinde mich von meinem Schwur«, sage ich und zwinge mich, seinem Blick standzuhalten. »Wir wissen beide, dass ich niemals etwas für dich empfinden werde. Warum also dieses Spiel überhaupt spielen? Da ist nichts zwischen uns.« Wenn ich es ihm ins Gesicht sage, wird es vielleicht wahr.

Er beugt sich vor, sodass seine Flügel uns beide überschatten, und seine Juwelen blitzen blendend rot auf. »Ich werde beweisen, dass du dich irrst. Sobald dieser Krieg vorüber ist, wenn ich dich für vierundzwanzig Stunden für mich allein habe. Du wirst nie wieder in Frage stellen, was zwischen uns ist.«

»Nein. Der Deal ist geplatzt.«

»Schön. Brich dein Gelübde. Verliere deine Kräfte. Dann trägst du ganz allein die Schuld daran, wenn Schwester Zwei Jebediah in ihr Netz nimmt.«

Mein Albtraum schießt mir durch den Kopf: Jeb, eingesponnen, ein Leichnam.

Ich knurre und stürze mich auf Morpheus. Er fängt mich ab und drückt mich rückwärts gegen die Wand, wo die Spinnweben am dicksten sind. Dann dreht er mich wie einen Kreisel, bis meine Arme von einer klebrigen Decke an meinen Körper gepresst werden. Ich wehre mich, aber Schwester Zweis Netz ist so fest wie Zwirn.

Morpheus beugt die Knie, sodass wir auf Augenhöhe sind. »Warum bestehst du darauf, dein Herz mit diesen Ketten zu binden? Sei ausnahmsweise einmal still und hör einfach *zu*. Lausche auf den Netherlings-Ruf.«

Bevor ich auch nur fragen kann, was er meint, streift sein nach Lakritze riechender Atem meine Stirn – gerade eben, ohne mich zu berühren –, dann meinen linken Augenfleck, dann die Wange hinunter bis zu meinen Lippen. Meine Mundwinkel kitzeln, als er darüber hinwegstreift; dann schwebt sein Atem über meinem Kinn.

Seine Hände liegen links und rechts neben meinem Kopf an der Wand. Das Netz dient ihm als Hand, sein Atem als seine Lippen, während er mich bewegungslos festhält und küsst, ohne mich auch nur zu berühren. Meine Lider senken sich flatternd, als seine Lippen um Haaresbreite von ihnen entfernt sind. Sein vertrautes Schlaflied ertönt in meinem Kopf, aber es ist eine neue Strophe:

Kleine Blüte in der Falle drin,

trägst Bosheit zur Schau wie eine Königin;

verbirgst die Wahrheit, bist grausam und bereitest mir Schmerz,

doch umso mehr gehört dir mein Herz.

Ich versuche, ihn auszublenden, aber das Lied zieht mich zurück nach Wunderland, zu Landschaften, die jetzt verwildert und geschunden sind.

Tränen brennen hinter meinen Lidern, als ich die Zerstörung sehe.

Rastlosigkeit erwacht in mir, ein Hämmern in meinem Kopf. Je mehr ich mich zu widersetzen versuche, umso mehr brennt mein Blut – Zorn wegen Wunderlands marodem Himmel und Erde, Mitgefühl mit seiner gepeinigten Seele.

Morpheus berührt mich schließlich und holt meine Gedanken zurück auf den Dachboden. Er umfasst mit beiden Händen mein Gesicht und schiebt mit den Daumen meine Lider nach oben. Dann zieht er sich zurück, schaut mir in die Augen und sendet eine Botschaft tief in mein Herz.

Löse deine Ketten, Alyssa. Setz deine Magie frei.

In Reaktion sowohl auf seine stumme Bitte als auch auf meinen Zorn über Rots Amoklauf jucken und stechen meine Flügelknopsen. Der Druck wird unerträglich.

Ich schreie erschrocken auf, als sie durch meine Haut brechen, mein Shirt zerreißen und die Spinnweben durchschneiden. Die Spinnwebreste bleiben teils an der Wand, teils an meiner Brust kleben – ein dicker Spinnwebschurz, der das zerstörte Shirt ersetzt.

Ich bin wieder frei und trete von der Wand weg. Meine Flügel fühlen sich leicht und schwer zugleich an.

Morpheus beobachtet mich. Seine Juwelen schimmern jetzt im tiefsten Purpur, das ich je gesehen habe – voller Stolz und Triumph. Sein Mund verzieht sich langsam zu einem vielversprechenden Lächeln.

»Sehr schön gemacht, meine Königin«, sagt er, tritt zurück und schiebt sich den Hut zurecht. »Du bist am mächtigsten, wenn du dich nicht mehr gegen das wehrst, was dir im Blut liegt.« Er schlendert zu meinen Mosaiken hinüber und sieht mich an. »Noch eine Sache: Wunderland und ich sind dasselbe. Wenn du einen von uns liebst, liebst du auch den anderen. Du bist ebenfalls Wunderland. Wir sind also auf mehr Arten, als du dir je wirst vorstellen können, das perfekte Paar. An unserem gemeinsamen Tag wird es mir ein großes Vergnügen sein, sie dir alle zu zeigen.«

Mein Herz schlägt so heftig, dass ich kein Wort herausbringen kann.

Morpheus nimmt meine Mosaike, tritt an den Rand des Dachbodens und wirft mir Gizmos Schlüssel vor die Füße. »Beeil dich. Das Gedächtnis deines Sterblichen braucht dringend Starthilfe. Und Wunderland wartet.«

Er lässt sich rücklings von der Kante des Bodens fallen. Ich summe vor Macht, eine ausgewachsene Netherlingskönigin – befreit aus meinem Netzkäfig, aber verzaubert durch den Fast-Kuss eines Teufels.

20

Turbulenz

Sobald Morpheus die Tür hinter sich schließt, schäle ich das Netz von meiner Brust und wickele mir eine Abdeckplane um den Leib, um meinen BH zu bedecken. Ein Seil von einer der Staffeleien dient mir als Gürtel um die Taille und hilft, die Flügel unter der Plane zu halten.

Ich komme mir vor wie Quasimodo in einer Toga.

Morpheus hat seinen Blazer im Trenchcoatstil auf dem Boden liegen gelassen. Mit Flügelschlitzen wäre er ideal, aber ich verweigere ihm die Genugtuung, seine Kleider zu tragen. Durch die Tür sehe ich, dass er an Gizmo lehnt, die Flügel in ihrer tiefschwarzen Pracht über der Motorhaube ausgebreitet. Zum Glück befinden wir uns auf einer verlassenen Straße.

Er trägt meine Sonnenbrille und seine Haarspitzen wehen in der Brise. Er plaudert mit Chessie – kühl, gelassen und selbstsicher. Er wirkt nicht mal nervös wegen dem, was vor uns liegt: der Begegnung mit Rot und Schwester Zwei. Er ist zu beschäftigt damit, sich hämisch zu freuen.

Ich zische frustriert. Ich will wütend sein, dass er mich als Lügnerin entlarvt hat, was meine Gefühle betrifft, und noch wütender, dass er meine Flügel zum Vorschein gebracht hat, da ich sie jetzt, solange sie da sind, verstecken muss. Aber ich muss zugeben, es ist berauschend, die Realität meiner Macht anzunehmen. Es fällt mir schwer, ihm zu grollen, wo er doch nur versucht hat, mir zu zeigen, wie stark ich wirklich bin.

Wenn es tatsächlich das ist, was er getan hat.

Trotzdem will ich ihn nicht in dem Glauben lassen, er habe gewonnen. Wenn er in irgendeiner unergründlichen, unsterblichen Zukunft tatsächlich mein König ist, werden wir Partner sein. Aber Königinnen haben die Oberherrschaft über die Königreiche. Ich muss beweisen, dass ich einen Hang zur Manipulation habe, der es mit seinem aufnehmen kann.

Ich nehme meine Schlüssel und Morpheus' Blazer, dann verstecke ich die Glaskaraffe hinten in meinen improvisierten Gürtel zwischen der Wölbung meiner Flügel.

Als ich aus dem Häuschen in die staubige Luft trete, flattert Chessie herbei und landet auf meinem Kopf. Sie gräbt die Pfoten in mein Haar und knetet wie ein Kätzchen meine Kopfhaut.

Morpheus betrachtet mein Outfit, während ich ihm seine Jacke reiche. »Oh, wir sind also auf dem Weg ins alte Rom?«, neckt er mich.

»Ich an deiner Stelle würde mir das Grinsen verkneifen.« Ich klimpere vor seiner Nase mit den Autoschlüsseln. »Dein Leben liegt in meinen Händen, für den Fall, dass du es vergisst.« Meine Imitation seines Cockney-Akzents trifft ins Schwarze, und ich erlaube mir, darin zu schwelgen.

»Tut mir leid, wenn ich dich enttäuschen muss, Schätzchen.« Er wirft die Jacke auf den Beifahrersitz. »Diesmal habe ich vor zu fliegen.«

Er verwandelt sich in die Motte, und sein Hut löst sich auf

und bietet ein Schauspiel kleinerer Motten, die sich in die Luft erheben. Morpheus hockt sich auf die Motorhaube des Wagens. Meine Sonnenbrille liegt neben ihm und fängt das Funkeln der Sonne auf. Ich tue so, als greife ich danach, aber bevor er meine Absichten erraten kann, packe ich stattdessen einen seiner Flügel. Er flattert und versucht, sich loszureißen, während er mit dem anderen Flügel auf meine Hand eindrischt.

Ich ziehe die Karaffe heraus und stopfe ihn hinein, sorgfältig darauf bedacht, seine Flügel zu schonen. Ich will ihm nicht wehtun. Ich will ihn einfach *besser machen*.

Sobald er sich drinnen niedergelassen hat, stecke ich ein Papiertuch in den Flaschenhals. Kein Grund, sich Sorgen zu machen, dass er ersticken wird. Schließlich hat er letztes Jahr eine Nacht in einer Insektenfalle verbracht und überlebt.

»Sieht so aus, als würde es auf deinem Flug einige Turbulenzen geben«, sage ich ihm durch das Glas.

Seine Stimme füllt meinen Kopf mit einem zornigen Schimpfen und Knurren. Da ich nicht antworte, brüllt er Chessies Namen.

Chessie huscht zum Wagen und setzt sich auf den Seitenspiegel, leckt sich fröhlich die Pfote und zeigt kein Interesse daran, Partei zu ergreifen.

Ich halte die Karaffe hoch, um Morpheus besser ansehen zu können. »Spiel, Satz und Sieg, *Schätzchen*. Dir ist doch klar, dass meine menschliche Seite dich besiegt hat, nicht wahr? Ganz ohne Magie.«

Anders als eine echte Motte, die bis zur Erschöpfung gegen die Glaswände dreschen würde, hängt er unter dem geschwungenen Flaschenhals, würdevoll, während er mit seinen Glupschaugen um sich blickt. Wenn er einen Mund gehabt hätte statt eines Rüssels, wäre ich in der Lage zu erkennen, ob er die Zähne fletscht oder vor Stolz strahlt. Wie ich ihn kenne, könnte er beides tun. Höchstwahrscheinlich tut er beides.

Ein wenig Befriedigung macht sich in mir breit.

Ich setze meine Sonnenbrille auf. Die Bügel sind warm von der Sonne, aber die Wärme kann nicht verhindern, dass ich schaudere, als ich Jeb zusammengerollt auf der Rückbank liegen sehe. Morpheus hat ihm Hemd und Stiefel angezogen, und diese kleine Freundlichkeit trägt meinem geflügelten Rivalen einen sicheren Sitz für die Fahrt ein.

Jeb murmelt etwas, als ich die Karaffe zwischen seine Kniekehlen lege. Es ist der beste Platz, um das Glas zu sichern. Ich küsse Jeb auf den Kopf, dann setze ich mich auf den Fahrersitz.

Es ist schwierig, mit den Flügeln eine bequeme Position zu finden. Schließlich schiebe ich sie nach rechts, wodurch sich unter dem Laken ein unregelmäßiger Klumpen bildet. Ich werde über Nebenstraßen in die Stadt fahren müssen, denn wenn mich jemand sieht, denkt er wahrscheinlich, ich verstecke eine Leiche.

Chessie wartet auf dem Armaturenbrett, blinzelt zweimal in meine Richtung und verschwindet durch den Rückspiegel, wodurch sie einen Vorsprung in Richtung London und Kaninchenloch bekommt.

Wir Übrigen werden zunächst bei Butterfly Threads anhalten. Dort hängen bodentiefe Spiegel an den Wänden und jede Menge Kleider, obwohl ich einige kreative Änderungen vornehmen muss, damit irgendetwas über meine Flügel passt.

Es ist erst zehn nach zwölf. Wenn Persephone zu wenig Personal hat, schließt sie den Laden von zwölf bis eins für ihre Mittagspause.

Ich stopfe Morpheus' Blazer in meinen Rucksack, dann checke ich mein Handy. Darauf sind zwei Nachrichten von Jen und drei Anrufe auf der Mailbox von Dad. Zuerst antworte ich Jen:

Habe Jeb gefunden. Details später. Er ist in Sicherheit. Bin bald zu Hause ...

Als Nächstes höre ich mir die Mitteilungen meines Dads an:

»Allie, ich mache mir Sorgen. Genug nachgedacht, okay? Komm nach Hause. Dann reden wir. Wir können alles wieder in Ordnung bringen.«

Seine Stimme ist gepresst. Er ist zweifellos total erschrocken, aber anscheinend ist er zu Hause, und nach dem »*Ich* mache mir Sorgen« zu urteilen, hat er Mom noch nicht erzählt, was passiert ist. Gut, denn wenn sie von den Ereignissen in der Schule erfährt, würde sie zwei und zwei zusammenzählen und etwas Unbesonnenes tun. Ich kann es nicht gebrauchen, dass sie auch noch in Gefahr gerät.

Dad hat gesagt, wir könnten »alles in Ordnung bringen«. Ich weiß, was das bedeutet. Wenn ich zurückkomme, werde ich Stubenarrest kriegen. Abgeschnitten von meinem Auto, meinem Telefon, meinem Computer und meinen Freunden bis Montag, wenn er mich zu Moms Psychiater bringen kann. Ich frage mich, ob er überhaupt vorhat, mich am Samstag zur Zeugnisübergabe in die Schule zu lassen.

Es muss irgendeinen Weg geben, das zu regeln, aber ich habe dafür jetzt weder die Zeit noch genügend Hirnschmalz. Nachdem Rot besiegt ist und ich Jeb Schwester Zwei vom Hals geschafft habe, werde ich nach Wunderland zurückkehren und alles irgendwie wiedergutmachen.

Falls ich den Krieg überlebe.

Von all den Schuldgefühlen, der Angst und den Zweifeln bekomme ich einen Kloß im Hals. *Ich hoffe, dich und Mom bald zu sehen, Dad,* simse ich – und meine es von ganzem Herzen ernst. Ich hole tief Luft und schalte das Telefon aus.

Wir erreichen das Einkaufszentrum um halb eins. Ich fahre in die Gasse hinter Butterfly Threads. Dort ist ein sicherer Parkplatz für mein Auto, während wir um die halbe Welt reisen.

Schotter knirscht unter Gizmos Reifen, als ich vor einigen Müllcontainern am Hintereingang des Ladens zum Stehen komme und den Wagen parke, schräg zwischen einem Kartonlader, der hinter einer zwei Meter siebzig hohen Backsteinmauer verborgen ist. Persephones roter Prius steht nicht an seinem gewohnten Platz am Straßenrand und im Laden brennt kein Licht. Wenn wir uns beeilen, werden wir fort sein, bevor sie vom Mittagessen zurückkommt.

Ich nehme meine Sonnenbrille ab, schnappe mir die Karaffe mit Morpheus und steige aus. Ich freue mich nicht darauf, ihn freizulassen, aber ich brauche seine Hilfe, um Jeb zu tragen und die Hintertür des Ladens aufzuschließen.

Mit irrem Blick sieht er mich durch das Glas an. Die holprigen Abkürzungen haben wohl ihren Tribut gefordert, denn er sieht ganz grün aus.

Um ungestört zu sein, stelle ich mich zwischen den Müllcontainer und die Backsteine. Mit wegen des Müllgestanks angehaltenem Atem sehe ich mich um, um sicherzugehen, dass wir allein in der Gasse sind. Die heiße Sonne glitzert in der Ferne auf dem Kühlergrill eines Autos, aber es sitzt niemand darin, also ziehe ich den Stöpsel aus der Karaffe.

Morpheus zwängt sich durch den Flaschenhals und balanciert auf dem Rand, als müsse er sich orientieren. Dann schwingt er sich in die Luft – ein Flattern von Flügeln und blaues Rauschen –, bevor er sich vor meinen Augen in eine unheilvolle Silhouette verwandelt, die die Sicht auf die Sonne nimmt und mich frieren lässt.

»Mein Wanderschaftshut«, brummt er und richtet seine Krawatte und seine Weste, während er auf wackeligen Beinen schwankt.

Ich deute auf die Schar von Motten, die über Gizmos Dach krabbeln. »Wir haben einige von ihnen im Fahrtwind verloren. Tut mir leid.«

»Wunderbar.« Morpheus geht stirnrunzelnd zum Wagen, fährt mit der Hand über die Insekten und überredet sie, den Hut zu bilden. Sie schaffen alles bis auf die Krempe. Er setzt den Hut trotzdem auf und dreht sich zu mir um.

Ich beiße mir auf die Zunge, um nicht zu lachen.

Er kneift die Augen zusammen. »Werd nicht zu frech, kleine Pflaume. Obwohl dein Streich unwiderstehlich boshaft war, habe ich immer noch ein paar Flügel Vorsprung.« Er schaut über meine Schulter auf die rutschende Abdeckplane.

Der Netherling in mir schubst mich, bis ich nicht länger verstecken will, was ich bin. Ich schaue mich in der verlassenen Gasse um, dann drehe ich den Gürtel, dass er das Laken vorne noch zusammenhält, es sich hinten aber öffnet. Meine Flügel schießen hoch und frei hinter mir auf, milchig weiß und schimmernd mit regenbogenfarbenen Juwelen, ähnlich den Edelsteinen unter Morpheus' Augenzeichen.

Seine Flügel erheben sich und spiegeln meine wider, und wir

sehen einander an und vereinbaren stumm einen Waffenstillstand. *Für den Moment.*

Wir gehen durch die Hintertür zum Lagerraum. Klimatisierte Luft schlägt uns entgegen, durchsetzt mit dem Lavendelduft von Persephones jüngster Leidenschaft: ganzheitliche Aromatherapie in Form von Sojakerzen ohne Docht.

Morpheus lässt Jeb an die Wand plumpsen und schließt die Tür, während ich den Lichtschalter betätige. Tausend winzige Glühbirnen leuchten auf, alle aufgereiht an einer Wand, wie ein Spinnweben aus bernsteinfarbenen Weihnachtslichtern.

»Ich bin es langsam leid, dein Gepäck herumzuschleppen, Alyssa«, nörgelt Morpheus, während er Jeb in eine sitzende Position zieht. »Und seine Kleider sind eine Katastrophe. Du solltest vielleicht zulassen, dass er meine Jacke trägt.«

Ich verziehe das Gesicht, dann lege ich meinen Rucksack beiseite und knie mich vor Jeb hin. »Es ist deine Schuld, dass er schlafen muss und seine Kleider hinüber sind.« Ich ziehe Jeb sein blutiges Hemd aus und stopfe es in meinen Rucksack im Austausch für Morpheus' Blazer. Dann beiße ich mir auf die Lippe und fahre die Zigarettenbrandwunden an Jebs entblößtem Oberkörper entlang. Ich habe mir oft gewünscht, er könnte all diese schlimmen Erinnerungen durch die guten ersetzen, die wir inzwischen gemeinsam haben. Aber jetzt begreife ich mehr denn je, wie wichtig jede Erinnerung ist, egal ob schlimm oder gut, denn sie machen uns zu denen, die wir sind.

Jebs bleischwere Arme lassen sich nur schwer durch die langen Ärmel der Jacke fädeln. Es ist beunruhigend, ihn bewegungslos zu sehen. Er hat einen starken, aktiven Körper, und er setzt ihn meisterlich ein – zum Hondafahren, Skateboarden, Malen, Felsenklettern oder sogar, um mir das Gefühl zu geben ... *umwerfend* zu sein. Ihn so verletzlich zu sehen, erinnert mich an die Gefahr, der er im letzten Sommer in Wunderland getrotzt hat, und an das, was uns beiden jetzt bevorsteht, da ich ihn wieder mit hineingezogen habe.

Ich versuche, mich schnell zu bewegen. Er hat breitere Schultern als Morpheus, aber die Flügelöffnungen lassen genug Spielraum, dass ich die Jacke direkt unter seinem Brustbein zuknöpfen kann. Ich streiche mit den Fingern durch das Haar auf seiner Brust und wünschte, ich könnte mit ihm reden.

»Wenn du mich nur hören könntest«, sage ich leise, mehr zu mir selbst als zu Jeb. »Wenn ich dir nur klarmachen könnte, wie leid es mir tut.«

Morpheus tippt neben meinem Oberschenkel mit dem Fuß auf den Boden. »Ich nehme an, jetzt wäre vielleicht der richtige Zeitpunkt, um dir zu erzählen, dass ich dafür sorgen könnte, dass er in einem Traumzustand wach ist, der seinen Schmerz in Schach halten würde.«

Mir klappt der Unterkiefer herunter und ich schaue zu Morpheus auf. »Was? Er hätte in all dieser Zeit wach sein können, ohne sich elend zu fühlen? Was ist denn mit dir *los?*«

Morpheus schürzt die Lippen. »Hmm. Jebediah in einem halb wachen Traumzustand nach dir schmachten lassen oder ihn bewusstlos und sabbernd zu haben. Wie nennt man das hier? Eine einfache Entscheidung.«

Ich beiße die Zähne zusammen. »Morpheus! Ich schwöre, du bist der größte ...«

»Ts-ts.« Er krempelt die Manschetten seines schwarzen Anzughemds hoch. »Sag nichts, das du später bereuen wirst. Ganz

ehrlich, ich habe für ein Weilchen so ziemlich genug von deinem Genörgel. Ich könnte eine Ablenkung gebrauchen.«
»Das beruht absolut auf Gegenseitigkeit.« Ich sehe ihn böse an.
Selbstgefällig wedelt Morpheus mit leuchtend blauen Fingern über Jebs Stirn. »Träumer erwache, aber bleibe in der Dämmerwelt; deine Gedanken sind von der Sonne in den Schatten gestellt.«
Jeb brummt etwas Unverständliches, wacht aber nicht auf.
»Es dauert einige Minuten, bis es wirkt«, erklärt Morpheus, dann schlendert er davon, um Persephones persönlichen Schrein für den Film *Die Krähe* aus den 1990ern zu betrachten. Er starrt in die Augen des lebensgroßen Posters von Brandon Lee, als schaue er in den Spiegel.
»Ich suche etwas zum Anziehen, dann können wir gehen«, rufe ich ihm zu.
»Du solltest dich beeilen. Sobald Jebediah wach ist, wird sein Traumzustand vorübergehend sein. Die Realität dringt dann wieder zu ihm durch, daher haben wir nicht viel Zeit.«
»In Ordnung«, antworte ich.
Morpheus wendet sich wieder der Begutachtung Brandon Lees zu. »Nicht schlecht. Wenn er nur Flügel hätte.«
Ich schüttele abschätzig den Kopf, dann gehe ich zu den Ständern voller abgefahrener Kleider im Gothicstil, die darauf warten, ins Erdgeschoss gerollt zu werden. Persephones Sammlung von Schaufensterrequisiten verstärkt die unheimliche Atmosphäre: Ein Skelett mit nur einem Bein sitzt auf einem kaputten antiken Stuhl, die knochigen Arme vor der Brust verschränkt wie der Hüter einer Gruft. Eine Rolle Leinwand für die Hintergrunddekoration, eine Truhe voller zerschmetterter Masken und faden-

scheiniger Kostüme. Perückenköpfe aus Styropor, die Frisuren in verschiedenen Farben und Stilen zur Schau tragen, und einige elektrische Gegenstände einschließlich weiterer Lichterketten und einer Miniaturnebelmaschine.

Ich bleibe an einem Ständer mit beschädigter Ware stehen. Nicht meine erste Wahl für eine Reise nach London, aber da Persephone die meisten dieser Sachen ohnehin steuerlich absetzen und dann wegwerfen wird, ist es die *beste* Wahl. So habe ich nicht das Gefühl, ich würde stehlen.

Ich entdecke ein Minikleid mit Dreiviertelärmeln aus lila Samtstretch mit eng anliegendem Mieder und ausgestelltem Rock. Die Manschetten und der Saum sind mit türkisfarbener Spitze besetzt. Es reicht mir bis auf die Oberschenkel, die perfekte Größe für eine Tunika über meinen zerrissenen Jeans. Die Naht an der linken Schulter hat einen Riss. Ich ribbele ihn weiter auf, bis mein Flügel durch den Schlitz passt, dann reiße ich auch das rechte Schulterstück auf.

Ich schaue rasch zu Jeb und quetsche mich in die winzige Toilette auf der linken Seite, schließe die Tür und stelle meinen Rucksack auf den Boden. Ich lockere den Gürtel, und die Abdeckplane rutscht herunter, sodass ich nur in BH, Jeans und Stiefeln dastehe. Kalte Luft von einem Schacht über dem Waschbecken weht mich an. Die winzige Leuchtstoffröhre erhellt den Raum kaum und wirkt sich verheerend auf mein Spiegelbild aus.

Ich fahre mir mit den Fingern durch meine verhedderten Locken, erschrocken darüber, wie wild ich aussehe.

Ich bin durch und durch ein Netherling: Augenflecken, unbändiges, gewelltes Haar, das sich zu bewegen scheint, als sei es lebendig, und ein dünner Glitzerfilm auf meiner Haut.

Am ehrfurchtgebietendsten von allem ist die Art, wie sich meine Flügel hinter mir erheben, schimmerig und mit Reif bedeckt – ein Schleier aus Juwelen und Spinnfäden.

Letztes Jahr habe ich hier gestanden, voller Angst davor, so zu werden wie die, für die ich meine Mom hielt – eine Wahnsinnige, gefesselt in einer Zwangsjacke in einer Gummizelle. Jetzt bin ich hier, eine vollkommen andere Person als die, die ich war: halb Netherling, halb Mensch, aber immer noch zur Gänze verwirrt.

Wer bin ich wirklich? Mächtig, aber gebrochen, wie meine Mutter? Oder bin ich mehr? Eine Königin, der es bestimmt ist, mit dem rätselhaftesten und aufreizendsten aller Netherlinge an ihrer Seite über Wunderland zu herrschen, einen Sohn zu haben, der auf irgendeine schräge Art ein Geschenk für diese irrsinnige Welt sein wird?

Ich kann nicht. Noch nicht. Jäh senke ich den Blick auf meine Stiefel. Kein Starren in den Spiegel mehr. Keine Mutmaßungen mehr. Es ist überwältigend, sogar furchteinflößend zu wissen, dass sich mein Leben bereits so sehr verändert hat. Ich kann mir nicht vorstellen, dass es sich noch einmal so drastisch verändern wird.

Ich muss daran erinnert werden, was normal ist. Was sicher ist. Und all das repräsentiert Jeb. Ich muss ihn in Ordnung bringen und ins wahre Leben zurückkehren. In ein Leben ohne weitere Geheimnisse zwischen uns.

Es erweist sich als Herausforderung, mich mit Flügeln anzuziehen, aber der Stretchstoff ist hilfreich. Als ich schließlich wieder in den Lagerraum trete, lehnt Jeb an der Wand. Er wirkt verwirrt, hat aber offenbar keine Angst und keine Schmerzen.

Mein Herz tut einen kleinen Satz, ihn wach und aufmerksam zu sehen, auch wenn er sich in einem Traumzustand befindet.

Morpheus ist verschwunden, und das Poster von *Die Krähe* sieht anders aus. Ich versuche zu erkennen, was sich verändert hat, aber ein Schlurfen aus dem Verkaufsraum lenkt mich ab. Ich nehme an, dass Morpheus dorthin gegangen ist, wahrscheinlich um die Spiegel an den Wänden zu begutachten. Ich sollte dafür sorgen, dass kein Passant ihn durch die Schaufenster sieht, aber ich bin so begeistert, endlich die Gelegenheit zu haben, mit Jeb zu reden, dass ich nicht weggehen möchte. Erst gestern Nachmittag hatten wir das letzte Mal ein klares Gespräch, aber es scheint eine Ewigkeit her zu sein.

»Jeb.«

Er zuckt zusammen, als er mich bemerkt. Der blaue Blazer passt ihm noch besser, wenn er steht, und ist vorn offen, sodass seine Brust zu sehen ist. Der Stoff gleitet über seine von Jeans bedeckten Oberschenkel. Er stößt sich von der Wand ab und mustert mich, als sei ich ein Gemälde. Ich schaudere unter seinem Blick – nicht sicher, wie ich nach unserer letzten Begegnung reagieren soll. Ich weiß, dass er mir nicht wehtun wird, aber ...

Er kommt herbei, vorsichtig, als sei ich ein scheues Tier, das sich leicht erschrecken könnte. Oder vielleicht ist er es, der erschreckt werden könnte.

Ich halte die Stellung. Irgendwie werde ich meine Flügel und Augenklappen tarnen müssen, bevor wir nach London gehen, aber ich will sie nicht vor Jeb verstecken. Nicht mehr.

Ich zucke zusammen, als er die Hand nach meinem Hals ausstreckt.

»Al?« Ich schmelze dahin. Da ist nichts als die Sanftheit und Liebe in seiner Stimme, die ich von ihm kenne. Keine mörderische Absicht, kein irrer Ausdruck in seinem Blick. Ich umarme ihn stürmisch, so wie ich es vorhatte, seit er in dem Häuschen aufgetaucht ist.

Er stolpert zwei Schritte rückwärts, verliert aber nicht das Gleichgewicht. Er hält mich fest und erwidert die Umarmung, sucht mit den Händen nach einer Stelle auf meinem Rücken, die nicht von meinen Flügeln versperrt wird.

»Das ist anders«, flüstert er, doch er klingt nicht verstört oder panisch. »In all meinen Träumen waren wir nie im Lagerraum.«

Ich ziehe mich zurück und betrachte ihn lächelnd. Morpheus hat nicht gescherzt, als er sagte, Jeb würde in einem traumähnlichen Zustand sein.

Er erwidert mein Lächeln, und sein Lippenpiercing funkelt. Selbst in dem fahlen Licht kann ich an seinem Kinn die roten Striemen von den Krallen des Kaninchens sehen.

»Es tut mir so leid.« Ich streichele die plastischen Linien mit einer Fingerspitze, obwohl ich so viel mehr meine als seine körperliche Verfassung. »Tut es weh?«

Er erlaubt mir eine ganze Nanosekunde, mich um ihn zu kümmern, bevor er einen auf Macho macht. »Nichts tut jemals weh, wenn ich mit meinem zauberhaften Skatergirl zusammen bin.« Er lässt mich nicht aus den Augen, als er mich um die Hüften fasst und mich eng an sich drückt, sodass kein Raum mehr zwischen uns ist. »Du weißt, dass ich dich so liebe.« Er fährt mit einer Fingerspitze über meine Augenflecken, sein Atem heiß auf meinem Gesicht.

Das Geständnis ist wunderschön, aber ich frage mich, ob er genauso empfinden wird, wenn er nicht länger in Trance ist.

»Ich bin bereit«, sagt er. In den Worten ist ein süßes Drängen, sodass mir die Kehle trocken wird und ich schlucken muss. Er ist eine gedämpfte Version des hungernden Künstlers, vor der ich schon mal gestanden habe, und ich bin wieder der Mittelpunkt seiner Welt.

»Bereit wofür?«, frage ich.

»Dass du mich mit deinen Flügeln einhüllst«, antwortet er mit schroffer Stimme. »Und dass ich dir zeige, wie man fliegen kann, ohne jemals den Boden zu verlassen.«

Er drückt den Mund auf meinen Hals, und mir wird heiß. Ich erbebe vor Wonne, von den Zehen bis zu den Flügelspitzen, aber ich schiebe ihn um Armeslänge von mir, die Hände um seine Jackenaufschläge gelegt. Morpheus hat gesagt, dieser Traumzustand sei vorübergehend. Wir müssen uns beeilen.

»Hör zu, Jeb. Dieser Traum ist anders. Es steckt eine Menge Unheimliches darin.« Ich weiche zentimeterweise zum Eingang zum Erdgeschoss zurück, wo Morpheus ist, damit wir gehen können.

Jeb folgt mir mit schräg gelegtem Kopf und einem intensiven, herausfordernden Blick. »Ich wette, ich kann mit allem fertigwerden, was du für mich auf Lager hast.«

»Ich wäre mir das nicht so sicher, wenn ich du wäre, Traumjunge.« Das Murmeln einer Frau dringt durch die Tür, trocken und heiser, wie Blätter, die über Grabsteine kratzen.

Da ist ein *Zischen* hinter mir und ich wirbele auf der Türschwelle herum. Alles, was ich sehen kann, ist ein Netz.

Schwester Zwei.

Ich bekomme fast keine Luft, so stark hämmert der Puls in meiner Kehle.

Spinnfäden hüllen den ganzen Verkaufsraum ein – schattenhafte Stränge, die sich von der Decke bis zum Boden spannen.

Es sieht aus wie in einem Albinokürbis, bevor die Haut sauber gekratzt wird. Das Netz bedeckt Kleiderständer und den Kassentresen, selbst das Schaufenster, und sperrt das Tageslicht aus. Das Ergebnis ist ein unheimliches, neblig-graues Licht, als seien draußen Sturmwolken aufgezogen. Ich blinzele, außerstande, genau festzustellen, woher die spinnenhafte Stimme der Grabhüterin kommt.

»Morpheus!«, rufe ich.

Keine Antwort.

»Wen brüllst du da an?« Jeb tritt hinter mich und berührt meinen Flügel. Ein Kribbeln schießt durch meinen Körper.

Ich drehe mich um und schiebe ihn in Richtung Toilette. »Du bist in Gefahr. Sie darf dich nicht finden.« Ich stoße ihn hinein. Er stolpert über meinen Rucksack, fällt aber nicht hin.

Als ich die Tür zwischen uns zuschlage, blickt er mich fragend an.

»Hey! Lass mich raus! Al!«

Ich halte den Knauf fest, schaue mich im Raum um und bleibe an Persephones Requisitenskelett hängen. Nachdem ich tief durchgeatmet habe, um mich zu beruhigen, beschwöre ich es, sich zu bewegen, als sei es eine Marionette, die keine Fäden braucht. Knarrend und klappernd hüpft es auf seinem einen Fuß herüber und sackt gegen mich, wartet auf meinen Befehl.

Wir tauschen die Plätze, und seine knochigen Finger halten den Türknauf fest, während ich mich benommen umsehe.

»Lass ihn nicht heraus und lass niemanden außer mir hinein«, befehle ich dem Skelett über die Schulter, nicht mal sicher, dass der Knochensack es versteht. Ich bin immer noch nicht an diese magischen Sachen gewöhnt.

Jeb hämmert lauter gegen die Tür.

Ich schlucke meine Furcht herunter, trete wieder in den Verkaufsraum und schrecke vor einem Vorhang aus Netzen zurück.

»*Willkommen in meinem Salon, sagte die Spinne zur Fliege.*« Das Wispern riecht nach frisch gegrabener Erde und dringt kalt in mein Ohr. Ich werde winzig klein und schaue auf. Schwester Zwei hängt verkehrt herum über mir. Sie zischt, und ich weiche zurück, mein Atem geht schnell und unregelmäßig.

Sie versucht nicht einmal, ihre schauerliche Gestalt unter einem Kleid zu verstecken. Ihr Oberkörper ist der einer Frau – lavendelfarbene Lippen, durchscheinendes Gesicht, ganz blutig und vernarbt, ein Vorhang silbriggrauen Haars, der mir fast bis auf die Nase hängt. Ihre untere Hälfte – ihr Unterleib ist der einer Schwarzen Witwe, so groß wie ein Sitzsack, auf den sechs Personen passen, und balanciert auf einem Faden des Netzes, der die Decke mit ihren Spinnendrüsen verbindet. Acht glänzende Spinnenbeine greifen seltsam anmutig darum herum. Das Ganze erinnert an einen grotesken Zirkusakrobaten, der an einem Seil baumelt.

Schnipp, schnipp, schnipp. Das Geräusch ist meine einzige Warnung. Ich ducke mich, als ihre Scherenhand die Luft nur Zentimeter von meinem Gesicht entfernt durchschneidet.

Ich tauche auf den Boden und krieche hinter die Kassentheke, bleibe unten, um baumelnden Netzfäden auszuweichen.

»Morpheus!« Eisige Furcht durchzuckt mich. »Wo bist du?«

»Er wird nicht antworten, kleine Fliege.« Schwester Zwei huscht an der Wand hinter mir herunter, auf der ihre mit Klauen versehenen Fußspitzen trommeln wie Regentropfen. »Er hat dich verlassen, Feigling, der er ist. Es sind nur wir drei da, um die Schuld deiner Mutter zu begleichen.«

Sie zeigt mit dem Kopf in Richtung Lagerraum, wo Jeb immer noch klopft und ruft.

»Du lügst!«, sage ich und versuche, ihre Aufmerksamkeit wieder auf mich zu lenken. »Morpheus würde mich nicht verlassen.«

»Ich habe ihn im Nebenzimmer gefunden. Er war zur Motte geschrumpft und ich habe ihn hier eingefangen.« Sie hebt ihre normale Hand, die in einem Gummihandschuh steckt, und wedelt damit herum. »Dann, puff. Er ist nicht länger hier, oder? Er hat einen Weg hinaus gefunden. Pech für dich.«

Ich rutsche rückwärts hinter der Theke hervor, den Blick auf ihre graublauen Augen geheftet, und fordere sie heraus, mir zu folgen. Ich muss sie so weit wie möglich vom Lagerraum wegbringen, muss dafür sorgen, dass sie sich auf mich als Beute konzentriert. Das ist die einzige Möglichkeit, wie sie Jeb vergessen wird.

Sie huscht hinter mir her. Ich stolpere über den Fuß eines Ständers, und während ich versuche, mich aufzurichten, verfängt sich ein Flügel in einem klebrigen Netz. Ich sitze fest. Das Herz hämmert mir in der Brust.

Schwester Zwei wird größer, und ihre mehrteiligen, stockähnlichen Beine strecken sich in einer geschmeidigen Bewegung. Sie beugt sich vor, bis sich unsere Nasen beinahe berühren.

Ich werde nicht zulassen, dass meine Panik die Oberhand gewinnt. Wenn ich Jeb am Leben erhalten will, muss ich im Mittelpunkt ihrer Aufmerksamkeit bleiben.

»Warum bist du hier? Was ist meine Mom dir schuldig?«, frage ich und erinnere mich daran, dass Elfenbein und Morpheus in dem Atelier derselben Frage ausgewichen sind. Ich bin bereit für Antworten.

»Ah, jetzt bist du neugierig, wie?« Sie zieht sich zurück und lacht – es klingt wie ein verrostetes Fliegengitter, das in den Angeln quietscht. Haarsträhnen hängen ihr über die Augen und sie wischt sie mit ihrer Gartenscherenhand beiseite. Blut sickert aus einem frischen Schnitt, aber sie scheint es nicht zu bemerken.

»Ich hätte sie töten sollen, als ich die Gelegenheit dazu hatte, dann wärest du nicht geboren worden, um das Lächeln zu stehlen oder Rots Geist freizulassen. Wie die Mutter, so die Tochter. Obwohl ihr Diebstahl ungeheuerlicher war als deiner. Sie hat den Jungen mit den Träumen genommen.«

Den Jungen mit den Träumen?

Spinnfaden hat etwas über Träume gesagt, als sie mir die Mimratzen und Borgoffen erklärt hat – sie halten sich die Waage.

»Die Borgoffen?«, hake ich nach. »Du benutzt sie auf dem Friedhof, um zornige Geister zu besänftigen.«

»Genau. Wohlgemerkt, Träume sind keine erneuerbare Ressource. Und da unsere Art nicht träumen kann, stehlen wir Menschlinge, solche, die jung genug sind, um noch Fantasie zu haben. Sie liefern den Schutz für das Kaninchenloch und Frieden für meinen Garten.«

Mir wird flau. »Du stiehlst menschliche *Kinder?* Du entführst sie?«

Schwester Zweis Augen werden schmal. »Ist das Verachtung, die ich in deinem Atem rieche, Kind? Deine Mutter war dir so ähnlich, respektlos gegenüber der Art, wie Dinge sein mussten. Nicht ohne Grund gibt es Regeln. Für das Überleben unserer Welt müssen einige in deiner leiden. Und umgekehrt, klar?«

Ich bin zu verblüfft, um zu antworten. Ich will Wunderland von ganzem Herzen lieben, aber wie kann ich einen Ort lieben, der Kinder aus ihrem Zuhause reißt?

»Es hat seit diesem Jungen andere Menschlinge gegeben«, fährt Schwester Zwei mit einem euphorischen Ausdruck in ihrem blutigen Gesicht fort. »Aber er war anders. Selbst als er alterte, waren seine Träume *prachtvoll*. In den zehn Jahren, die er mein war, herrschte solch ein Frieden unter meinen Hütern.« Sie zieht sich mit den Zähnen ihren Handschuh aus. Die Gummihülle löst sich auf und entblößt Skorpionschwänze anstelle von Fingern und Stacheln anstelle von Nägeln.

Ich unterdrücke ein Würgen.

Meine Gedanken überschlagen sich, während ich überlege, wie ich sie zum Weitersprechen bringe. »Wer war dieser Junge?« Obwohl ich in einem abgeschiedenen, entsetzten Winkel meiner Seele ahne, wer er ist.

Schwester Zwei rollt ihre giftigen Fingerspitzen aus und wieder zusammen und beugt sich über mich. »Was spielt es für eine Rolle? Er ist lange fort. Du kannst ohne diese Antwort sterben, wie ich ohne sie gelebt habe. Du brauchst nur zu wissen, dass ich deinen sterblichen Ritter als unseren neuen Träumer mitnehmen werde. Er hat eine Künstlerseele. Ich habe seine Werke gesehen. Er wird meinen Geistern viele Jahre Frieden und Unterhaltung schenken.«

»Nein, bitte. Tu Jeb nichts zuleide …« Ich versuche, mich von dem Netz loszureißen, aber es spannt sich nur noch fester um meinen Flügel. Kalte Panik strömt durch meine Adern und lässt mich schaudern.

»Ah. Mach dir keine Sorgen, kleine Fliege, er wird niemals wissen, dass er leidet.« Schwester Zwei streicht mir mit der Hand übers Gesicht.

Ich packe ihre Finger und ringe mit ihr, aber sie hat mit ihren acht Beinen den sichereren Stand.

»Zurück!«, knurre ich mit zusammengebissenen Zähnen, während mein Geist in den Netherlingsmodus umschaltet. Ich erinnere mich an ihre Schwachstelle und rufe stumm meine Skelettmarionette aus dem Lagerraum, damit sie sie von hinten angreift. »Ich werde dir Jeb nicht kampflos überlassen.« Ich zucke zusammen, als ein Stachel sich auf meine Wange presst, kurz davor, in die Haut einzudringen. Gift tröpfelt aus der Spitze und fließt an meinem Gesicht herunter.

»Davon gehe ich aus, Teufelskäfer«, sagt Schwester Zwei. »Ich habe mein Essen gern mit etwas Biss.«

»Du willst Biss?«, erklingt Morpheus' Stimme von irgendwo auf der anderen Seite des Raums und unterbricht meine Konzentration. Knochen klappern im Lagerraum, als meine Skelettmarionette erschlafft. »Nimm stattdessen mich.«

Mein Herz tut einen Satz ... doch ich fasse mich wieder, als ich begreife, was er gerade angeboten hat. Ich kann durch die Netze kaum seine Silhouette ausmachen, wie er da vor dem Schaufenster steht: sein Körper, seine Flügel.

»Morpheusssss.« Schwester Zwei schiebt mich rückwärts vor sich her und befreit unbeabsichtigt meinen Flügel aus seiner Falle. Ich wische mir das Gift vom Gesicht und erlange mein Gleichgewicht wieder.

Morpheus' Flügel flattern, langsam und vorsichtig. »Genau hier, meine liebreizende Schurkin. Ich fühle mich vernachlässigt. Du hast den ganzen schönen Zorn auf das falsche Insekt gerichtet. Schließlich bin ich ebenso verantwortlich für den Diebstahl des Jungen wie Alison. Das musst du inzwischen wissen.«

Zischend huscht sie auf Morpheus zu.

»Alyssa«, sagt Morpheus, ohne sich aus seiner Stellung zu rühren, »du musst eine Reise antreten. Alles, was du brauchen wirst, ist in meiner Jacke.«

Moment mal ... Deshalb hat er darauf bestanden, dass ich Jeb die Jacke anziehe. Damit ich die Tickets habe, falls wir getrennt werden. Es hatte nichts mit Jebs blutbeflecktem Hemd zu tun. Er denkt, ich steige ohne ihn in den Zug.

»Nein«, beharre ich. »Nicht ohne dich.«

»Würdest du den Sterblichen, den du liebst, für den Netherling opfern, den du hasst?«, fragt er, und die Überzeugung in seiner Stimme tut so weh wie ein Schlag. Ich weiß nicht, was qualvoller ist – dass ich ihm oft genug gesagt habe, ich würde ihn hassen, damit er es glaubt, oder dass ich begonnen habe zu begreifen, wie weit es von der Wahrheit entfernt ist.

Ich zögere und wünschte, ich könnte sie beide retten. Es ist ein Risiko, und wenn ich bei dem Versuch scheitere, hat Jeb keine Chance gegen Schwester Zwei.

Morpheus dagegen hat eine.

Mit brennenden Augen sprinte ich zum Lagerraum und begehe den Fehler, mich noch mal umzudrehen. Schwester Zwei wirft ein Netz über Morpheus und ich schreie.

Er ruft: »Lauf, Alyssa!« Seine Stimme ist angespannt und gedämpft, während Schwester Zwei ihn zu sich heranzieht wie einen Fisch an der Angel, und einen Kokon um ihn spinnt.

Ich drehe mich um, weil ich es muss, weil Jeb mich braucht und Wunderland die Zeit ausgeht. Obwohl jeder stampfende Schritt, den ich mache, mein Herz weiter entzweireißt.

21

Die Londoner Brücken

Ich habe keine Zeit, meine Flügel zu verstecken.

Zur Sicherheit bleiben Jeb und ich in der Toilette und nehmen den Spiegel über dem Waschbecken nach London. Jeb ist kooperativ und stellt nicht einmal Fragen, als ich den Schlüssel in das geborstene Glas drehe und das Portal zu der Brücke in der Ferne öffne. Holzlatten versperren mir teilweise die Sicht, als sei direkt auf der anderen Seite des Spiegels ein verschlossenes Tor.

Ich klettere auf das Waschbecken und greife hinein, um es aufzudrücken, dann stürze ich hindurch. Die Reisekrankheit ist so schlimm wie bei den ersten Malen, als ich via Spiegel gereist bin. Ich schätze, es ist zu lange her.

Sobald ich das Gleichgewicht wiedergefunden habe, stehe ich auf und wende mich der Londoner Seite des Portals zu – einem einen Meter achtzig hohen Gartenspiegel. Er hat zwei hölzerne Paneele, die den Eindruck eines bewachten Eingangs vermitteln. Es ist niemand sonst in der Nähe und ich stoße einen Seufzer der Erleichterung aus.

Die Sonne hängt tief am Horizont und malt orangefarbene Streifen an den klaren Himmel. Auf der anderen Seite des Flusses liegt ein Dorf mit belebten Straßen, Leuten und entzückenden Gebäuden, die so nah aneinander stehen, dass es aussieht, als seien sie aus Legosteinen zusammengesetzt. Bäume bedecken den Hügel, auf dem ich stehe, und werfen große, blaue Schatten auf den grasbewachsenen Boden. Ein Backsteinhäuschen steht einige Meter von mir entfernt. Obwohl es verlassen aussieht, blüht der Garten in leuchtenden Farben.

Gardenien, Rittersporn und Hyazinthen erfüllen die Luft mit süßen Düften. Bienen und Schmetterlinge flattern um die Blüten und Blätter und ihr vereintes Gewisper kitzelt in meinen Ohren:

Du bist nicht die Erste, die einen Fuß auf diesen Boden setzt. Deine Mutter war vor dir hier.

Ja, das war sie. Gestern, als sie meine Mosaike versteckt hat. Ich will gerade fragen, ob sie zufällig gesehen haben, wo genau sie sie auf der Brücke versteckt hat, als Jeb mit meinem Rucksack auf dem Rücken durch den Spiegel kommt. Er taumelt, steckt die Verwirrung aber gut weg und denkt, es sei alles Teil des Traumes.

Wenn es nur ein Traum *wäre*.

Ich kämpfe gegen die Tränen, die hinter meinen Augen brennen. Es muss Morpheus einfach gut gehen. Ich kann nicht glauben, dass er sich geopfert hat, damit ich Jeb mit mir nehmen konnte. Natürlich will er, dass ich das letzte Mosaik finde. Er will, dass ich Wunderland rette. Vielleicht ist das sogar ein tieferer Plan, irgendein geheimer, ausgeklügelter Plan. Bei ihm kann ich mir nicht sicher sein.

Trotzdem. Es war mutig. Und er hat angedeutet, eine Rolle beim Diebstahl von Schwester Zweis Traumjungen gespielt zu haben. Wenn der Traumjunge der ist, von dem ich annehme, dass er es ist, verändert das alles, was ich je über meine Mom gedacht habe ... über mein Leben ... selbst über Morpheus.

»Hey«, sagt Jeb und berührt mich an der Wange. Er zieht die Hand zurück und betrachtet eine Träne, von der ich gar nicht wusste, dass sie geflossen war. »Das kann nicht stimmen. Du bist in meinen Träumen niemals traurig.«

»Es ist nichts.« Ich reibe mir das Gesicht. »Es ist nur der Regen.«

Er schaut auf. »Keine Wolke am Himmel.« Dann sieht er sich in der Umgebung um. »Wo sind wir hier? Diesen Ort habe ich noch nie zuvor in meiner Vorstellung gesehen.«

»Vielleicht ist dies mein Traum.« Ich versuche, ihn zu beruhigen. »Ja. Du teilst meinen Traum.«

Er sieht mich mit zweifelnder Miene an. Wir müssen zu der Brücke gehen, bevor er endgültig aufwacht, aber ich warte noch eine Minute länger, in der Hoffnung, dass Morpheus durch das Portal kommen wird. Schwester Zwei kann uns nicht finden. Er war sorgsam darauf bedacht, nicht zu verraten, wohin wir wollten.

Als er nicht auftaucht, unterdrücke ich den Stich in meiner Brust und schwinge das hölzerne Tor wieder zu, um den Spiegel zu tarnen.

Dann ergreife ich Jebs Hand und verschränke seine Finger mit meinen. »Lass uns gehen.«

»Nur eine Sekunde.« Er hält meinen Ellbogen mit der freien Hand fest. »Mir knurrt der Magen. Das ist merkwürdig in einem Traum, nicht wahr?« Da ist eine neue Wissbegier in seinen Augen. »Was ist wirklich los?«

Er taucht langsam aus seiner Benommenheit auf, und wenn er bei vollem Bewusstsein ist, wird er zu viel wissen, um auf weitere faule Ausreden hereinzufallen. Wir haben nicht viel Zeit, bevor alle vergessenen und unerreichbaren Erinnerungen mit voller Wucht auf ihn einstürmen. Ich beschließe, die Zugfahrt zu machen, bevor ich nach dem Mosaik suche.

Morpheus hat gesagt, der verlassene Bahnhof sei irgendwo unter der Erde. Ich habe keine Ahnung, wo der geheime Eingang sein könnte. Ich wünschte, Chessie wäre hier, um mir den Weg zu zeigen.

»Bald wird alles einen Sinn ergeben«, antworte ich Jeb. »Ich werde etwas zu essen für uns besorgen, sobald wir unser Ziel erreicht haben. Vertrau mir. Okay?«

Er nickt, aber ein Schatten fällt über seine Züge. Ich muss mich beeilen, bevor er sich wieder zu einer Kugel zusammenrollt. Die Brücke ist so weit entfernt. Ich bin mir nicht sicher, ob er dem Marsch gewachsen ist. Wenn ich ihn nur dorthin fliegen könnte, ohne von den Leuten auf der anderen Seite des Flusses gesehen zu werden. Aber selbst wenn es schon dunkle Nacht wäre, wäre Jeb für mich zu schwer. Das weiß ich aus Erfahrung.

Bevor ich irgendetwas tue, muss ich herausfinden, wo der unterirdische Bahnhof ist.

»Hilf mir, deine Taschen zu durchsuchen«, bedränge ich Jeb. »Irgendwo dort drin müssten Fahrscheine sein.« Es ist vielleicht eine Wegbeschreibung darauf oder eine Karte auf der Rückseite.

Jeb runzelt die Stirn, als bemerke er gerade, dass die Jacke, die er trägt, nicht ihm gehört, aber er wühlt in den Taschen, ohne weiter zu fragen. Schließlich zerrt er eine Handvoll Pilze in der Größe von Zehncentstücken heraus.

»Sind dies im Dunkeln leuchtende Gummibärchen?«, fragt er. In seiner Frage steckt eine Vorahnung.

Ich antworte nicht, weil ich Angst davor habe, ihm zu erzählen, dass sie real sind und aus Wunderland stammen. Sie sind fluoreszierend und klein, wodurch sie aussehen wie Süßigkeiten. Einige sind neonorange und andere limonengrün, aber alle sind auf einer Seite fest und glatt und auf der anderen mit winzigen rosa Punkten bedeckt – Miniaturversionen der Pilze in Morpheus' Höhle.

Ich suche in Jebs Jackeninnentasche nach den Tickets. Etwas knistert unter meinen Fingerspitzen und ich ziehe es heraus. Dann entfalte ich das Stück Papier. Es ist eine Zeichnung ähnlich wie die, die Mom in ihrer Ausgabe von *Alice' Abenteuern im Wunderland* versteckt hatte. Auf dieser Zeichnung sitzt eine Raupe auf einem Pilz und raucht eine Wasserpfeife.

Der Rauch bildet lesbare Worte:

Eine Seite macht dich größer, die andere Seite kleiner.

Es ist aus der Szene in Lewis Carrolls Geschichte, als Alice bei der Raupe jammert, sie wünsche sich, größer zu sein, und die Raupe vorschlägt, sie solle den Pilz essen, um zu wachsen, dann aber verschwindet, ohne ihr zu erzählen, welche Seite des Pilzes dafür zuständig ist.

Ich zerknülle das Stück Papier, frustriert, dass alles immer so schwierig sein muss.

»Wo sind die Tickets?«, frage ich ärgerlich in den Raum hinein. »Er hat gesagt, alles was wir brauchen, sei hier.«

Ein großer Monarchfalter kommt auf einer Brise herbeigeflattert und setzt sich auf meine Schulter. Ein flatternder Flügel kitzelt mich am Hals, als er flüstert: *Das Ticket ist deine Größe, Dummkopf. So wie du bist, wirst du niemals in den Zug passen.*

Ich starre das glupschäugige Insekt an.

»Koste nicht von den Süßigkeiten«, sagt Jeb, und ich drehe mich wieder zu ihm um. »Sie sind nicht frisch.« Er kaut etwas.

»Jeb!« Ich schnappe mir den Pilz zwischen seinem Zeigefinger und Daumen. Die Hälfte der Kappe ist abgebissen, nur die gepunktete Seite ist übrig. »Spuck es aus!« In meiner Hast, ihm näher zu kommen, schlage ich ihm alle Pilze aus er Hand. Sie fallen zu Boden.

Er schluckt und sieht mir in die Augen. Bevor ich reagieren kann, beginnt er zu schrumpfen und hört nicht auf, bis er so groß ist wie ein kleiner Käfer – die Ähnlichkeit verstärkt durch den winzigen Rucksack auf seinen Schultern.

Das ist alles, was notwendig ist, um ihn aus seiner Traumtrance zu reißen. Er rollt sich in Fötushaltung zusammen und schreit. So winzig er auch ist, das Geräusch kratzt wie Klauen in meinen Ohren. Ich hocke mich hin, um ihn aufzuheben, aber der Falter rauscht heran und packt ihn mit den Beinen. Er schwebt auf Augenhöhe, aber außerhalb meiner Reichweite.

»Hey, gib ihn zurück!« Ich springe auf die Füße, verzichte aber darauf, nach dem Falter zu schlagen. Der Rucksack rutscht von ihm ab und knallt auf den Boden. Wenn Jeb aus dieser Höhe fällt, könnte es ihn töten.

Der Monarch tanzt anmutig mitten in der Luft und flüstert: *Dein Junge ergibt eine viel bessere Blume als du.*

»Hm?«, frage ich.

Jede kluge Blume weiß: Streck dich nach dem Sonnenlicht und weiche vor dem Schatten. Und dann ist er davon in Richtung Brücke, mit meinem stöhnenden Freund im Schlepptau.

Voller Panik bin ich im Begriff, mich in den Himmel zu erheben und zu riskieren, vom ganzen Dorf gesehen zu werden. Dann fällt es mir wie Schuppen von den Augen: Das Ticket ist unsere *Größe;* um in den Zug zu gelangen, müssen wir klein sein. Dafür waren die Pilze gedacht. Dem Schmetterlingsrätsel und Jebs Verwandlung zufolge lässt einen die Seite, die der Sonne zugewandt ist und sommersprossig wird, wachsen, und die Seite, die dem Schatten zugewandt ist und glatt, lässt einen schrumpfen.

Ich stopfe mir alle verbliebenen Pilze in die Jeanstasche, bis auf einen. Ich habe dies schon früher getan, aber mit einer Flasche, auf der stand: *TRINK MICH.* Meine Kleider und alles, was mich berührt hat, ist geschrumpft, genau wie in Jebs Fall.

Ich knabbere die Hälfte der Pilzkappe und passe auf, nichts von der gesprenkelten Seite zu verzehren. Mein erster Bissen ist süß, wie Papier, das in Zuckerwasser getränkt ist; dann lässt ein prickelndes Gefühl meine Zunge taub werden.

Meine Muskeln ziehen sich zusammen, meine Knochen werden schmaler, und meine Haut und Knorpel straffen sich, um alles zusammenzuhalten. Die Umgebung schießt in die Höhe, Blumen werden so groß wie Bäume und Bäume so groß wie Wolkenkratzer. Hohe Grashalme biegen sich über mir. Es ist, als sei ich im Dschungel.

Sobald die Verwandlung abgeschlossen ist, schüttele ich die Übelkeit ab, schwinge mir den Rucksack über die Schulter und benutze meine Flügel auf die Weise, auf die ich monatelang scharf war. Ich verkrampfe die Schultern und wölbe das Rückgrat, und meine Muskeln verfallen fast ohne Anstrengung in einen Rhythmus. Es fühlt sich so normal an wie Skateboardfahren.

Mein Haar peitscht mir ums Gesicht. Hinauf, hinauf, hinauf, durch die Grashalme und hoch aufragenden Blumen, bis meine Stiefel die Wipfel riesiger Bäume streifen. Die Höhe ist berauschend, und ich bin klein genug, dass mich niemand vom Dorf aus sehen kann.

Ich hole den Falter ein. Jeb stöhnt und hängt schlaff in seinem Griff. Als sei es einstudiert, steigen wir in einem Luftstrom ab. Ich folge ihm in einen Riss in dem Backsteinpfeiler der Eisenbrücke. Wir manövrieren uns durch das Loch und stürzen in einen Gang zum Aufzug, wo ankommende Passagiere früher auf Fahrten zum Dorf gewartet haben. Die gedämpften Geräusche von Autos und Leuten über uns wehen durch Luftschächte. Ich schwebe neben dem Falter in der Luft und behalte Jeb im Auge.

Der Tunnel ist beleuchtet von beweglichen Kronleuchtern, die wie Miniaturriesenräder über die gewölbte Steindecke rollen. Als sie näher kommen, begreife ich, dass es in Wirklichkeit Schwärme von Leuchtkäfern sind. Bei jeder Drehung werden schmuddelige, gekachelte Wände und verblasste Anzeigen aus den Fünfzigerjahren in Licht getaucht. Im Vergleich mit mir sind die Plakate riesig – so groß wie Gebäude.

Der Zug dagegen hat genau die richtige Größe, und jetzt ist offensichtlich, was Morpheus darüber sagen wollte, dass er nicht für den Transport gedacht sei. In einer schattigen Ecke steckt ein verrosteter Blechzug in einem Spielzeugstapel – ein paar Holzklötze, ein Windrädchen, einzelne Puzzleteilchen und einige Spielkarten. Die Spielsachen waren entweder in Vergessenheit geraten oder von Kindern liegen gelassen worden, die mit ihren Eltern vor Jahrzehnten am Aufzug gewartet haben. Über dem Haufen hängt ein großes Schild. Die Worte VERLOREN UND GEFUNDEN sind durch ZUG DER GEDANKEN ersetzt worden.

Güterwagen, Flachwagen und Personenwagen sind mit einer

Lokomotive verbunden. Im Schatten kann ich kaum den Titel *Memorys Mystic Band* lesen, der in schwarzen Lettern auf die rote Lok gemalt ist.

Der Falter setzt Jeb neben einem der Personenwagen ab. Ich eile hinter ihm her und versuche, mich daran zu erinnern, wie man landet. Die Waggontüren öffnen sich. Etwas, das aussieht wie ein Teppich auf Beinen mit einem schwarzen Schaffnerhut, steigt aus und zerrt Jeb hinein. Ich schleife mit meinen Stiefeln über den Boden, um zu bremsen, und lasse den Rucksack fallen. Ich kann dem Falter nicht danken, als er verschwindet, weil ich zu beschäftigt damit bin, das Gleichgewicht zu halten.

Ich stehe endlich, als die Teppichkreatur die Tür schließt.

»Warte!«, rufe ich, sprinte auf den Zug zu und klettere auf das Trittbrett des Wagens.

Nachdem ich mehrmals an die Tür gehämmert habe, öffnet die zottelige Kreatur sie.

Er versperrt den Eingang; ich kann nicht in den Zug schauen.

»Nennt Euren Namen und sagt, was Ihr wollt.« Er spricht mit schriller, krächzender Stimme.

Der bernsteinfarbene Schein des Wagens beleuchtet seine Gestalt: sechs stockähnliche Beine – zwei Paar, die als Arme dienen –, Augen, die aus mehreren Teilen bestehen, gekreuzte Kiefer, die klappern, wenn er redet, ein ovaler Brustkorb und ein Unterleib, der unter einer Schicht Zotteltreppich verborgen ist.

»Eine Wanze im Teppich ... sehe ich richtig?«, frage ich.

Ihm klappt die Kinnlade herunter, als ärgere er sich. »Ich bevorzuge ›Teppichkäfer‹, *Madam*. Dass ich mich in den Düsterwald verirrt habe und verschluckt wurde und am Irgendwoanderstor abgewiesen wurde, gibt Ihnen nicht das Recht, auf mich herabzublicken. Glaubt Ihr, *Euch* als Zurückgewiesener würde es besser ergehen?«

Er schnüffelt oder schnaubt vielleicht – es ist schwer zu erkennen bei seinen vielen Gesichtszügen, die in Bewegung sind. »Ihr benehmt euch jedenfalls nicht wie jemand, der in diesen Zug einsteigen will.«

»Es tut mir so leid. Ich wollte Sie nicht kränken.« Im Laden der Menschlichen Verschrobenheiten waren Erinnerungen, Spielzeug und Gegenstände von den Düsterholzregalen in veränderter Form wieder ausgespuckt worden. Ich hatte keine Ahnung, dass das Gleiche auch mit *lebenden* Dingen geschehen konnte.

»Ihr benehmt Euch, als sei ich das Merkwürdigste, was Ihr aus diesem Wald habt kommen sehen.« Der Teppichkäfer zieht ein Gerät aus einem Halfter an seiner Seite und schnipst es an. Es pfeift und summt und saugt Staub von seinem Teppichmantel. »Seid Ihr jemals der Riesenameise begegnet?« Er übertönt den Lärm, während er sich säubert. »Ihr ganzer Körper besteht aus Werkzeugen. Sie hat eine Säge als Hand! Versucht einmal, ihre Bekanntschaft zu machen, ohne einen Finger zu verlieren. Oder der Ohrkneifer. Der ganze Körper ist ein Ohr. Er ernährt sich durch eine schmutzige alte Tröte. Zumindest ist es ihm genehm, mit mir zu speisen. Und dieser Hornissenbursche ... lässt einem die Trommelfelle platzen mit einem Trompetenstoß, jedes Mal wenn seine Flügel flattern. Ich bin bei Weitem der erträglichste Zurückgewiesene aus dem Spiegelreich und gewiss der sauberste.« Zufrieden mit seinem Staubsaugerjob, schaltet er das Gerät aus und verstaut es wieder im Halfter.

Zurückgewiesener aus dem Spiegelreich = Insekten aus dem Spiegelreich.

Eine weitere Beinaheübereinstimmung mit den Wunderlandromanen. Carroll hat sonderbare Kreaturen erwähnt, die Namen fallen mir nicht mehr ein. So was wie Nähgarnelen, Schaukelpferdebremsen und Litfaßeulen. Vielleicht waren sie alle in absonderlichen und scheußlichen Formen wieder aus dem Düsterwald ausgestoßen worden.

»Also, letzte Chance«, sagt der Teppichkäfer. »Name und Anliegen. Macht schnell.« Er blättert mit einem spindeldürren Vorderbein die Seite eines kleinen Hefts um, während er das Buch mit zwei anderen Beinen hält. »Ich habe bereits Passagiere auf der Liste, die auf ihre Fahrt warten. Also keine Zeit verschwenden.«

»Ich bin Alyssa. Ich bin hier mit einem Ihrer Passagiere. Der menschliche Junge, den sie gerade hereingezogen haben.« Ich versuche, um den missratenen Körper des Käfers herumzuschauen, in der Hoffnung, Jeb zu entdecken, aber der Käfer versperrt weiter die Sicht.

Er schließt das Heft. »Habt Ihr Alyssa gesagt? Wie Königin Alyssa aus dem Netherreich?«

»Ja ... das bin ich«, antworte ich vorsichtig.

»Nun, warum habt Ihr das nicht von Anfang an gesagt? Ich habe Euch erwartet. Hier entlang.« Der Käfer bewegt sich und deutet mit zwei Vorderbeinen in das Innere des Zugs.

Ich steige ein. Der Personenwagen ist prächtig, die Decke strahlt von weiteren Glühwürmchenkronleuchtern wider, aber diese rollen nicht. Dunkelrote Samtvorhänge bedecken die Wände. Auf dem Boden sind rote und schwarze Fliesen. Der vordere Teil besteht aus Abteilen – je drei auf beiden Seiten –, dazwischen ist ein schmaler Gang. Die Wände der Abteile glänzen schwarz, die geschlossenen Türen sind rot. Ich folge dem Schaffner den Gang hinunter.

»Morpheus sagte, Ihr kämet wegen eines sterblichen Gastes«, erklärt der Käfer.

Mein Herz tut einen hoffnungsvollen Satz. »Sie meinen, Morpheus ist hier?«

»*War* hier«, antwortet mein Gastgeber. »Heute Morgen. Seither habe ich ihn nicht mehr gesehen.«

Meine Hoffnung schwindet.

»Aber er hat Ihnen gesagt, dass ich einen Sterblichen mitbringen würde? Woher hat er das gewusst?«

»Nein. Das habe ich nicht behauptet. Er hat mir gesagt, Ihr würdet *wegen* eines Sterblichen kommen. Hat mir den Namen des Burschen genannt, damit ich seine Erinnerungen für den Transfer vorbereiten konnte.«

»Jebediah Holt, richtig?«

Der Käfer bleibt an den beiden ersten Abteilen stehen und dreht sich zu mir um, bevor er verwundert den Teppich unter seinem Hut kratzt. »Habe diesen Namen noch nie gehört.«

»Er ist der Junge, der mit mir gekommen ist. Der, den der Falter vor einigen Minuten abgesetzt hat. Wo ist er?«

»Der Junge, der vor Euch hereingekommen ist … ah, ja. Er ist in diesem Abteil hier.«

Der Schaffner zeigt auf die erste Tür zu meiner Rechten. An jeder Tür sind Messinghalterungen mit herausnehmbaren Namensschildern. Auf Jebs steht *Namenlos*. Ich greife nach dem Türknauf, aber er ist verschlossen. Ich versuche, die Tür mit Gewalt zu öffnen, und lehne mich mit einer geflügelten Schulter dagegen.

»Nun, dergleichen gibt es hier nicht.« Der Schaffner packt meinen Flügel mit seinen stacheligen Beinen und ich schaudere wegen des kalten, kratzigen Gefühls.

Ich ziehe mich zurück und runzle die Stirn. »Ich muss mich vergewissern, dass es ihm gut geht.«

»Es wird ihm bald gut gehen.«

»Sollten Sie nicht zumindest seinen Namen an die Tür schreiben?«

»Seine Erinnerungen finden ihn von allein, jetzt, da er hier ist. Schließlich haben sie auf ihn gewartet. Aber da Ihr Erinnerungen betrachten sollt, die nicht die Euren sind, brauchten wir einen Namen, um sie herbeizulocken.«

Ich schaue über meine Schulter zu Jebs Tür, während wir weiter durch den Gang gehen. Ich will die Erinnerungen eines anderen nicht; ich brauche nicht noch weitere Geheimnisse zu kennen. Ich will mich nur vergewissern, dass es meinem Freund gut geht. Mir schnürt es die Kehle zu, als wir zu dem letzten Abteil auf der linken Seite kommen. Ich zwinge mich, den Namen auf dem Schild zu lesen: *Thomas Gardner*.

Obwohl ein Teil von mir das so sehr geahnt hat, schnappe ich nach Luft und drücke mir die Hand auf meine tauben Lippen.

Der Schaffner öffnet die Tür und führt mich in ein kleines, fensterloses Abteil, das nach Mandeln riecht. An einer Seite hängt ein elfenbeinfarbener Teppich über einer cremefarbenen Chaiselongue. Eine kunstvolle Bodenlampe aus Messing steht daneben und wirft ein sanftes Licht. Auf der anderen Seite ist eine kleine Bühne, mit roten Samtvorhängen, die darauf zu warten scheinen, sich jeden Moment zu öffnen, um einen Stummfilm auf einer Kinoleinwand zu zeigen.

»Nehmt Platz, und die Darbietung wird in Kürze beginnen«, weist der Käfer mich an.

»Richtig. Die Darbietung.« Ich lasse mich auf der Chaiselongue nieder und arrangiere meine Flügel. Links von mir steht ein kleiner Tisch mit einem von einem Spitzenzierdeckchen belegten Teller, auf dem sich Mondscheinkekse stapeln. Mir läuft das Wasser im Mund zusammen, als ich mir eine Handvoll schnappe. Ich verschlinge drei davon, bevor ich merke, dass der Käfer mich mit seinen zusammengesetzten Augen anstarrt.

»Tut mir leid«, sage ich zwischen zwei Bissen. Als ich spreche, strömen Silberstrahlen aus meinem Mund und reflektieren im Raum. »Ich hatte Hunger.«

»Ja, nun, dafür sind sie da. Ich hätte nur erwartet, dass der Adel ein bisschen bessere Manieren hat.«

Ich bedecke meinen Mund, um einen Schluckauf zu dämpfen. Lichtblitze entladen sich zwischen meinen Fingern.

Der Käfer räuspert sich. »Ihr dürft wählen, welcher Titel zuerst gespielt wird.« Er schaut auf seine Passagierliste. »Würdet Ihr Eure Mutter oder Euren Vater bevorzugen?«

»Meine Mutter? Ich dachte, dies sei die Erinnerung meines Dads«, frage ich verwirrt.

»Es ist eine Erinnerung, die sie teilen. Spuren der Erkenntnisse deiner Mutter haben seine geprägt. Es beeinflusst die Sicht der Dinge, je nachdem, durch wessen Augen Ihr es betrachtet.«

Ich beiße mir auf die Lippe. Dies ist meine Chance. Eine einzigartige Gelegenheit zu verstehen, was sich vor all jenen Jahren zugetragen hat, warum Mom die Entscheidungen getroffen hat, die sie getroffen hat. Es wird die Wahrheit sein, weil Erinnerungen nicht lügen.

»Ich will es aus der Perspektive meiner Mom sehen.« Ich krächze die Antwort, nicht sicher, was gleich passieren wird oder wie es möglich ist, in die Vergangenheit einer anderen Person zu treten.

»Ist vermerkt.« Der Schaffner kritzelt etwas in sein Heft, dann drückt er mit seinem spindeldürren Bein einen Knopf an der Wand. Die Vorhänge gehen auf und eine Leinwand erscheint.

»Stellt Euch im Geiste ihr Gesicht vor, während Ihr auf die leere Leinwand schaut, und Ihr werdet ihrer beider Vergangenheit erleben, als trage sie sich heute zu.«

Er dreht eine Scheibe, die die Lampe löscht und dann schließt er die Tür und lässt mich allein. Ich tue wie geheißen und male mir Moms jugendliches Gesicht aus, stelle mir vor, wie sie auf den Fotografien von vor Jahren ausgesehen hat, als sie und Dad miteinander gegangen sind, mit sechzehn, dem Alter, in dem sie nach Wunderland ging.

Ein Bild in leuchtenden Farben wird auf der Leinwand sichtbar, aber es bleibt nicht an seinem Platz, sondern streckt sich nach mir aus und fängt mich ein. Ich spüre, wie meine Haut ausfranst – meine Zellen und Atome brechen auf und treiben auseinander und fügen sich auf dem Bildschirm wieder neu zusammen. Ich sehe mit den Augen meiner Mutter, teile all ihre Gedanken und Sinneseindrücke.

Wir befinden uns im Garten der Seelen. Sie ist allein und befolgt Morpheus Anweisungen, nur zwei Quadrate davon entfernt, Königin zu werden.

Ich hatte ja keine Ahnung, dass sie es je so weit geschafft hat ...

»Nutze die Macht eines Lächelns«, flüstert sie. »Wo bist du, Chessie?«

Ich erkenne die Umgebung, auch wenn sie für sie neu ist. Sie hat eine falsche Abzweigung genommen und es noch nicht gemerkt. Ein schaler Geruch hängt in der kühlen Luft und Schnee bedeckt den Boden. Alles ist still – ganz und gar ohne die Schreie und Klagen, die ich von meinem Besuch in Erinnerung habe. Tote

Trauerweiden, glatt von Eis, sind behangen mit einer endlosen Ansammlung von Teddybären und Plüschtieren, Plastikclowns und Porzellanpuppen, die in gewebten Schlingen an den Zweigen kleben. Jedes Spielzeug enthält eine rastlose Seele, und doch schlafen sie alle friedlich.

Mom ist im Einsatz, die Krone zu gewinnen. Es ist alles, woran sie die letzten drei Jahre gedacht hat. Die Entschlossenheit in ihrem klopfenden Herzen ist stärker als ihre Furcht, während sie sich tiefer in Schwester Zweis Höhle vorwagt, als ich je gegangen bin, weit vorbei an den Bäumen und schlummernden Spielzeugen. Sie sucht die Quelle der leuchtenden Wurzeln, die jeden Baum und jeden Ast verbinden. Das Licht pulsiert in einem stetigen Rhythmus, wie ein Herzschlag.

Sie wird zu einer Efeuhecke geführt. Darin befindet sich eine dicke Hülle aus Spinnweben, die wie lebendig leuchtet und atmet. Sie geht näher heran, krankhaft fasziniert von der menschenartigen Gestalt, die darin eingewickelt ist. Die leuchtenden Wurzeln sind an Kopf und Brust des Wesens befestigt und saugen das Licht aus ihm heraus.

Mom blickt sich über die Schulter um, um sich davon zu überzeugen, dass sie allein ist, dann zieht sie Spinnfäden von dem Gesicht des Wesens. Ihr stockt der Atem. Das Wesen ist nicht nur menschenähnlich, es ist tatsächlich menschlich. Ein Junge, der aussieht, als sei er ungefähr in ihrem Alter.

Mein Dad.

Aber sie hat keine Ahnung, dass sie ihn einmal lieben wird. Noch nicht. Sie weiß nur, dass er wunderschön ist.

Sie zeichnet mit einer Fingerspitze seine Züge nach. Seine Wimpern zittern, und seine Lider öffnen sich, um gefühlvolle, braune Augen zu enthüllen. Er scheint sie nicht zu sehen. Scheint gar nichts zu sehen.

Aber in seinen Augen erblickt sie die gleiche Einsamkeit, unter der sie ihr Leben lang gelitten hat, während sie von Pflegeheim zu Pflegeheim weitergereicht wurde und dabei versuchte, ihre Andersartigkeit vor anderen zu verbergen. Hier in Wunderland hat sie das Gefühl, als könne sie einen Platz gefunden haben, als könne sie akzeptiert werden. Aber für ihn ist es nicht so. Er ist einsam und voller Angst, obwohl er sich in Trance befindet und es nicht begreift. Eine solche Einsamkeit kann man nicht verbergen.

Schnee knirscht hinter Mom und sie dreht sich zu Schwester Eins um – dem guten Zwilling.

Deren durchscheinende Haut ist gerötet und sie ist außer Atem. Ihr langer, pfefferminz-gestreifter Reifrock ist am Saum vom Schnee durchnässt. »Du solltest nicht hierherkommen«, schilt sie Mom zwischen zwei Atemzügen und schiebt sich silbrige Haarsträhnen aus dem Gesicht. »Du wirst die Toten in meinem Garten aufwecken. Ich wollte das Lächeln für dich beschaffen.«

Mom schluckt. »Wer ist das?«

Schwester Eins wirft einen Blick auf das in einen Kokon gehüllte Opfer. »Der Menschling meiner Schwester. Seine Träume halten die Unzufriedenheit ihrer Geister in Schach. Bestimmt hat Morpheus dir erzählt, wie der Friedhof funktioniert.«

Mom beißt die Zähne zusammen. »Zu wissen, wie Dinge funktionieren, und sie im Einsatz zu sehen, ist etwas vollkommen anderes.«

Schwester Eins richtet sich höher auf und entblößt die Spitzen ihrer acht Beine unter ihrem Rock. »Konzentriere dich auf den Preis, kleine Alison. Wenn du Königin werden willst, musst du den Lauf der Dinge akzeptieren. Einige Dinge lassen sich nicht ohne schreckliche Konsequenzen verändern.«

Mom betrachtet wieder den Teenager. »Aber er ist ungefähr in meinem Alter. Morpheus sagte, wenn sie zu alt werden, um zu träumen, vergiftet deine Schwester sie und gibt ihre Leichen den Kobolden.«

»Jawohl. Die Kobolde verwenden die Knochen für unsere Treppen, und das Fleisch speist die Zauberblumen. Alles dient seinem Zweck. Nichts wird verschwendet.«

»Bloß ein menschliches Leben.« Mom ist über ihre eigene Reaktion überrascht: Verachtung und Abscheu. Sie dachte, sie könne die dunklen und schauerlichen Rituale dieses Orts akzeptieren, aber ihr Herz wird weich. »Gib ihn mir. Sie wird ihn ohnehin entsorgen. Lass mich ihn in das menschliche Reich zurückbringen und ihm eine Chance geben zu leben.«

»Auf keinen Fall! Ich muss mich bereits dem Zorn meiner Schwester stellen wegen des Lächelns, das ich für dich stehlen will. Und du wünschst, dass ich sie noch weiter verärgere, indem ich ihr ihr kostbarstes Schoßtier wegnehme? Sie schätzt diesen Menschling mehr als all die Hunderte, die sie gehabt hat. Ich bin mir nicht sicher, ob sie plant, diesen Menschling jemals zu entsorgen. Sie könnte ihn bis zu dem Tag benutzen, an dem sein Herz stehen bleibt und er eine traumlose Leiche ist. Traurig. Aber so ist es nun mal.«

Mom richtet sich auf – entschlossen. »Inwiefern unterscheidet sich das von dem, was du bereits tust? Du stiehlst für Morpheus, richtig?«

Schwester Eins schürzt die Lippen. »Nicht kostenlos! Als Gegenleistung für etwas Wertvolles. Das ist der härteste Teil meiner

Arbeit, die Seelen blinder Passagiere aufzuspüren. Er weiß es. Ich wollte niemals irgendwem irgendwie in die Quere kommen, erst recht nicht meiner Schwester, aber wegen dieser Seelen ...«

Mom legt die Hand aufs Herz. »Ich kann dich bezahlen. Wenn du mir den Jungen gibst, schwöre ich bei meiner Lebensmagie, dass ich, wenn ich zurückkehre, um mir die Krone zu holen, mit all meinen Mitteln als Königin hinter dir stehe. Meine Wachen werden zu deiner Verfügung stehen, um verbrecherische Seelen aufzuspüren, wann immer du Wind von ihnen bekommst. Du wirst nie wieder gezwungen sein, mit irgendjemandem einen Handel zu schließen.«

Bevor ich Schwester Eins Antwort auf Moms Vorschlag hören kann, dehnt sich die Szene aus und verschwimmt, während ich aus der Erinnerung gezerrt und wieder auf meinen Sitz geworfen werde, umgeben von Dunkelheit. Ich habe kaum Zeit, Atem zu holen, bevor eine andere Erinnerung angeknipst wird, leuchtende Farben, die durch den Raum wischen, um mich in sie hineinzuziehen.

Meine Mom ist in der Glasburg von Königin Elfenbein an dem Portal und wartet darauf, in das menschliche Reich zu treten. Morpheus steht neben ihr und trägt meinen Dad über der Schulter. Dad verliert immer wieder das Bewusstsein. Er trägt ein weißes Rüschenhemd mit Schlitzen an den Schultern und eine schwarze Hose, die etliche Zentimeter zu lang ist. Seine nackten Füße ragen heraus und zucken.

Elfenbein wendet sich den dreien zu, majestätisch und glitzernd wie die Eiskristalle an ihren Glaswänden. »Du hast recht daran getan, sie herzubringen, Morpheus. Deine Güte soll belohnt werden.«

Er verdreht die Augen. »Das bleibt abzuwarten.«

Elfenbein schenkt ihm ein Lächeln voller Zuneigung. »Ich persönlich werde dafür sorgen, dass es geschieht.«

Er hält ihrem Blick lange genug stand, dass sie errötet, bevor sie sich zu meiner Mom umdreht.

»Um die geistige Gesundheit des Jungen und unser Reich zu schützen«, erklärt Elfenbein, »musste ich seine Erinnerungen löschen. Die ganzen neunzehn Jahre seines Lebens, auch die Zeit, bevor Schwester Zwei ihn gefangen hat, da wir nicht genau wissen, wann oder wie er hineingeraten ist. Wenn Erinnerungen auf magische Weise zunichtegemacht werden, ist die Leere, die zurückbleibt, für Menschen unerträglich. Also ist es das Beste, dass er niemals erfährt, dass er sie überhaupt hatte. Sollte er jemals einen Netherling in seiner wahren Gestalt sehen oder auch nur einen Blick auf seine Magie erhaschen, könnte ihm klar werden, dass ihm etwas fehlt. Und das könnte eine Kettenreaktion auslösen. Tu, was Morpheus sagt. Schaff ihn in ein Krankenhaus und komm zurück, um deine Krone zu holen. Vergiss, dass du ihn je gesehen hast.«

Meine Mom nickt, aber in ihrem Herzen geht langsam eine Veränderung vonstatten. Eine, von der sie noch nicht einmal etwas weiß.

Sie und Morpheus treten durch das Portal in ihr Schlafzimmer. Er wirft Dad auf ihr Bett, dann geht er zurück zu einem hohen, flachen Spiegel, der hinter ihrer Tür hängt.

»Morpheus«, sagt Mom und setzt sich auf die Bettkante, »ich will zumindest seine Familie finden. Wir können uns seine Erinnerungen ansehen. Geh zum Zug …«

Morpheus schaut sie mit hängenden Flügeln über seine Schulter an. »Du hast ihm eine Chance gegeben zu leben. Das ist genug. Es ist mehr, als jeder andere von uns getan hätte.«

Mom streicht Dad mit einer zitternden Hand eine Haarsträhne aus dem Gesicht. »Aber ihn einfach allein lassen? Er wird so verloren sein.«

Morpheus dreht sich auf dem Absatz zu ihr um, mit rot blitzenden Juwelen. »Uns läuft die Zeit davon. Du musst gekrönt werden, bevor auf dem Friedhof die Hölle losbricht. Am Ende des Tages wird Schwester Zwei merken, dass der Junge fort ist, und ihren Sicherheitskräften Beine machen. Dann wird es nicht mehr möglich sein, Chessies Lächeln oder Königin Rot zu stehlen. Fühl dich nicht verantwortlich für den Jungen. Bring mich nicht dazu zu bereuen, dass ich dir geholfen habe, Alison.«

»*Aber genau das habe ich getan.*« Mom spricht nicht synchron mit dem Bild auf der Leinwand und plötzlich geht die Lampe neben mir an. Die Vorhänge fallen und bedecken die Leinwand, und ich lande mit Wucht wieder in der Realität, in mich zusammengesunken auf der Chaiselongue.

Als ich mich umdrehe, sehe ich Mom an der Wand neben der geschlossenen Tür stehen. Sie ist barfuß und trägt mein Lieblingskleid mit den Punkten, und über der Schulter hängt ihr Stoffbeutel. Ich habe keine Ahnung, wann sie hereingekommen ist oder wie lange sie die Erinnerungen mit mir noch einmal durchlebt hat.

»Ich habe es ihn bereuen lassen«, wiederholt sie, »und jetzt sieh dir an, was aus uns allen geworden ist.«

Sie sinkt auf dem Boden in einen Haufen aus lila Satin und lindgrünen Netzen zusammen, die Beine unter sich gezogen und die Augen voll von genügend Reue, um einen See aus Tränen fließen zu lassen.

22

Hellsehen

Ich kann das Schluchzen nicht aufhalten, das mir aus der Brust steigt. Ich springe von der Chaiselongue und bin mit zwei Schritten bei ihr. Als ich mich neben Mom auf den Boden fallen lasse, rutschen meine Flügel an einer Seite heraus. Sie öffnet die Arme, und ich klammere mich an sie, presse den glatten Stoff auf ihre Rippen und drücke das Gesicht gegen ihre Brüste und versinke in ihrem Parfumduft.

»Es ist in Ordnung, süßes Mädchen«, flüstert sie, gibt mir einen warmen Schmatz auf die Stirn. »Es wird alles wieder gut.«

Ich umarme sie fester. Ich sollte sie jetzt trösten, aber im Augenblick bin ich das kleine, fünfjährige Kind, das zusieht, wie seine Mommy in die Irrenanstalt aufbricht. »Ich dachte, es sei meinetwegen.« Ich ersticke beinahe an den Worten. »Aber du hast dich auch wegen Dad einliefern lassen.«

Moms Körper zittert, als sie stockend einatmet. »Nach deiner Geburt hat sich alles verändert. Ich habe immer wieder alles durcheinandergebracht, die Dinge schleifen lassen. Er begann von Wunderland zu träumen … sein Geist suchte Erinnerungen, die nicht länger seine waren.« Sie streicht mir das Haar hinters Ohr. »Dein Vater war für Schwester Zwei etwas Besonderes. Irgendwie hat er als Kind allein den Weg nach Wunderland gefunden. Sie hat ihn entdeckt, und zum ersten Mal brauchte sie keinen Menschling für ihren Friedhof zu stehlen. Dieser Teil ihrer Arbeit hat ihr nie gefallen. Nicht dass sie deswegen Gewissensbisse gehabt hätte.« Moms Stimme ist bitter. »Es ist lediglich eine Unannehmlichkeit.«

Ich lächele über die Tränen hinweg. »Und er erinnert sich an gar nichts?«

»Es ist, als habe er es nie erlebt. An dem Tag, an dem ich deine Hände verletzt habe« – ihre Stimme bricht, übertönt von unserem Schniefen – »wollte ich dich heilen. Aber ich konnte es nicht. Nicht ohne seinen Seelenfrieden komplett zu zerstören. Ich musste fort. Von euch beiden. Um euch zu schützen.«

Ich nicke. »Es tut mir so leid, dass ich an dir gezweifelt habe. Dass ich diese schrecklichen Dinge gesagt habe.« Heiße Tränen brennen auf meiner Haut.

»Nein«, murmelt Mom und pustet mir tröstend über den Kopf. »Mir tut es leid. Wenn ich dir nur von Anfang an die Wahrheit gesagt hätte. Aber ich habe immer wieder gehofft, dass der Netherlingsruf an dir vorbeigehen würde. Und als das nicht geschah … bin ich in Panik geraten. Ich wusste nicht, was ich tun sollte. Ich wusste nur, dass ich nicht wollte, dass du dort gefangen wurdest.«

Elfenbeins Vision über meine Zukunft blitzt in meinen Gedanken auf. Komisch, aber ich habe mich in dieser Zukunft nicht gefangen gefühlt. Ich habe mich glücklich gefühlt, mächtig und geschätzt. Ich will diese Erkenntnis mit Mom teilen, aber ich habe geschworen, niemandem davon zu erzählen. Vielleicht ist es besser so. Dieses Geheimnis für mich zu behalten, macht mir niemals ein schlechtes Gewissen, denn ich kann es mir nicht erlauben, meine Kräfte zu verlieren, indem ich einen Schwur breche.

Moms Hand gleitet von meinem Rücken bis zum Ansatz meines rechten Flügels. Sie fährt mit einem Finger über die hauchdünne Oberfläche und die Berührung löst ein Kribbeln in meinem Schulterblatt aus.

»Wie kam es, dass sie erschienen sind?«, fragt sie. Da ist kein Vorwurf oder Angst wie in der Vergangenheit. Nur Neugier.

Während ich überlege, was ich antworten soll, schniefe ich wieder laut. Was kann ich ihr von Morpheus erzählen, der mich belogen und manipuliert und es dennoch geschafft hat, mir die Flügel schmackhaft zu machen? Was kann ich schon sagen, da Jeb am anderen Ende des Flurs ist, gepeinigt von halb erinnerten Momenten, die er in dieser Realität niemals erlebt hat? Es fühlt sich irgendwie wie ein Verrat an.

Ich drücke meine Ketten an die Brust. »Es spielt keine Rolle«, erkläre ich. »Sie sind ein Teil von mir. Genau wie die Strähne in meinem Haar. Genau wie die Magie in meinem Blut. Eigenschaften von deiner Seite der Familie. Es wird Zeit, dass ich all das annehme. Es wird Zeit, dass wir beide das tun.«

Mom drückt mich noch fester an sich. »Ich kann dir beibringen, wie du die Flügel wieder in deine Haut absorbieren kannst. Auch die Augenklappen. Das können nur Halblinge. Es gibt einen Trick dabei.«

Es ist bizarr, mit ihr über Netherlingseigenschaften zu reden, als würden wir über Mode oder Make-up sprechen. »Vielleicht später. Im Moment bin ich ziemlich glücklich darüber, sie zu haben.«

Sie drückt mir die Lippen auf den Kopf, und ich reibe mein Herzmedaillon und meinen Schlüssel zwischen den Fingern, was ein kratzendes, metallisches Geräusch zur Folge hat. Die Ironie wird mir bewusst: Für sie muss es ebenso schwer gewesen sein zu lernen, ihre menschliche Seite zu akzeptieren, wie für mich, meine Netherlingsseite zu akzeptieren.

Ich schiebe uns auseinander, damit ich ihr Gesicht sehen kann. Sie hat kürzlich ihre Magie benutzt. Ihre Haut glitzert und ihr Haar bewegt sich wie eine Unterwasserpflanze. Ich berühre eine platinblonde Strähne. »Ich verstehe nicht. Du hast Schwester Eins gegenüber einen Lebensmagieschwur geleistet und ihn gebrochen. Wie kommt es, dass du immer noch deine Macht hast?«

»Ich habe den Schwur nie gebrochen.« Sie grinst. »Es liegt an der Formulierung. Ich habe ihr gesagt, *wenn* ich zurückkäme, um die Krone für mich zu fordern. Eigentlich habe ich das nie getan.«

Ihre Gabe für Wortklauberei überrascht mich – sie denkt genauso wie sie, nimmt alles wörtlich und dreht es so lange hin und her, bis es die Bedeutung hat, die sie möchte. Morpheus hatte recht. Sie hätte eine großartige Rote Königin abgegeben.

»Du hast für Dad auf die Krone verzichtet.« Ich kann sie jetzt kaum ansehen, ohne mir vorzustellen, dass sie von Adel ist. »Du hast etwas, das du von ganzem Herzen wolltest, aufgegeben für einen Jungen, den du nicht einmal gekannt hast.«

Sie tippt auf das Grübchen in meinem Kinn, jenes, das sie immer an Dads erinnert hat. »Das ist nicht wahr. In dem Moment, als ich ihm in die Augen geschaut habe, kannte ich ihn. Und später, als er auf meinem Bett erwacht ist, verwirrt und voller Angst, hat er mich angesehen. Er hat die Hand ausgestreckt. Gelassen. Als hätte er schon immer darauf gewartet, mich zu finden. Als würde er mich ebenfalls kennen.«

»Also hast du so getan, als würde er dich kennen.«

Ihr Lächeln wird weich. »Ich habe eine Geschichte über seine Vergangenheit erfunden, damit er eine Zukunft haben konnte. Aber er ist derjenige, der *mir* eine Zukunft gegeben hat. Der mich akzeptiert und bedingungslos geliebt hat. Er hat sich immer wie zu Hause angefühlt. Etwas, das ich nirgendwo sonst in meinem ganzen Leben gefühlt habe. Daneben ist alles andere verblasst. Selbst die Magie und der Wahnsinn von Wunderland.«

Mir brennen wieder Tränen in den Augen. »Es ist irgendwie wie ein Märchen.«

Sie betrachtet die Punkte auf ihrem Rock. »Vielleicht. Und du bist unser Happy End.« Sie blickt mich wieder an und ihre Augen sind voller Liebe. Sie tupft mir Tränen von der Wange.

Wir halten uns an den Händen und der Augenblick zieht sich in die Länge. Ich werde nicht zulassen, dass diese Erinnerung beschädigt wird … werde nie vergessen, wie es sich in diesem Moment anfühlt, sie anzusehen und sie zu kennen, sie zu verstehen – durch und durch. Endlich, nach so vielen Jahren.

Jetzt will ich auch Dad verstehen.

»Bereust du es? Dass du nicht in Dads Vergangenheit geschaut hast … seine Familie nicht gefunden hast?«

Mom zappelt herum. »Oh, Allie, ich habe sie gefunden.«

»Was?«

»Ich habe einmal einige seiner Erinnerungen betrachtet, als ich mit dir schwanger war. Ich habe endlich verstanden, was Familie wirklich bedeutet, weil ich selbst eine hatte. Und ich wollte deinem Vater seine zurückgeben. Ich war sogar bereit, ihm zu erzählen, dass er eine Amnesie gehabt hatte, als wir uns kennengelernt haben, dass ich nur behauptet hatte, ihn zu kennen. Nur damit ich sehen konnte, wie er wieder mit seiner Familie zusammenkommt.«

Sie wird still.

Ich berühre ihre Hand. »Mom, erzähl mir, was du gesehen hast.«

Sie reibt sich die Nase und schnüffelt. »Dein Vater war neun, als er in Schwester Zweis Domizil stolperte. Also habe ich im Jahr davor gesucht und erwartet, ihn im typischen Leben eines kleinen Jungen zu finden. Ich hatte gehofft, seinen Nachnamen zu erfahren, seine Heimatstadt, irgendetwas.« Sie schüttelt den Kopf und umklammert meine Hand.

Ich warte und habe Angst, sie zu drängen. Außerdem bin ich nicht sicher, ob ich mehr wissen will.

»Ich habe offenbar nicht weit genug gesucht«, fährt sie fort. »Aber ich werde nie wieder suchen. Er war an Orten, Allie. Schon als Achtjähriger. An Orten, an die zu gehen Menschen nicht bestimmt ist. An Orten, von denen Netherlinge hoffen, dass sie niemals dorthin geschickt werden.«

Meine Kehle wird ganz trocken. »Was meinst du?«

»Die Spiegelglaswelt – IrgendWoanders. Hat Morpheus dir jemals davon erzählt?«

»Nicht genug.« *Offensichtlich.*

»Dorthin werden all die Vertriebenen von Wunderland geschickt, dorthin sollte Königin Rot gehen, bevor sie geflohen ist. Es gibt dort eine eiserne Kuppel, die die Spiegelglaswelt umringt und alle darin festhält, und zwei Ritter bewachen jedes Tor, ein Roter und ein Weißer. Der Ort ist Wunderland unter Einfluss von Steroiden. Die Kreaturen« – sie wird blass – »die Landschaften, sie sind derart wild und ungezähmt, dass du es dir nicht vorstellen kannst. Es ist kein Wunder, dass die Träume deines Vaters für die rastlosen Seelen so fesselnd gewesen sind. Seine

Erfahrungen von jenem Ort haben wahrscheinlich ihren Hunger nach gewalttätigem Leichtsinn bis zum Übermaß gestillt. Ganz zu schweigen davon, wie Respekt einflößend seine Albträume gewesen sein müssen. Das Kaninchenloch war niemals sicherer als zu der Zeit, da er die Mimratzen, die heimatlosen Gespenster, versorgt hat.«

Ich fühle mich zutiefst unbehaglich, als ich an die Gespenster denke, die ich in der Turnhalle gebändigt habe. Die Vorstellung, Dads Albträume seien schauerlicher als diese, jagt mir eine Gänsehaut ein. »Wie kann er als Kind den Weg in die Spiegelglaswelt gefunden haben? Ich dachte, der einzige Eintritt sei durch Wunderland, durch den Düsterwald.«

»Morpheus hat mir mal erzählt, dass es noch einen Zugang gäbe, vom menschlichen Reich aus. Es gibt eine Methode, Spiegel ohne Schlüssel zu öffnen, einen uralten Trick, den nur gesalbte Ritter kennen.«

Ich stehe auf, weil ich mich bewegen muss, damit ich mich nicht übergebe. »Also du denkst, dass Dad als ein Kind durch einen Spiegel hineingelangt ist und IrgendWoanders durchquert hat bis zu dem anderen Tor, das in den Düsterwald führt, ins Herz von Wunderland?«

Mom zuckt die Achseln. »Das würde erklären, wie er in Schwester Zweis Domizil gelandet ist. Die Antwort liegt in seinen verlorenen Erinnerungen. Aber ich kann sie mir nicht noch mal ansehen. Ich habe mich gefühlt, als würde ich ihn verraten. Mir Teile seines Lebens anzuschauen, zu denen er niemals Zugang haben würde. Das ist nicht recht. Nein. Wir müssen einfach nach vorn blicken. Wir sind jetzt seine Familie und das ist genug.«

Ich setze mich wieder und versuche, alles zu verarbeiten, was sie mir erzählt hat. Die Stille wird unerträglich. Ich bin mir mit allen Sinnen bewusst, wie die Zeit verstreicht und sich im Nebenzimmer Jebs Kopf mit verlorenen Erinnerungen füllt. Es gibt nichts, was ich in Bezug auf die verkorkste Vergangenheit meiner Familie tun kann, aber ich muss immer noch ein Mosaik finden und einen Kampf gewinnen.

»Du hast recht«, sage ich, um uns wieder auf Kurs zu bringen. »Wir müssen nach vorn blicken. Warum bist du hier? Hat Dad dir erzählt, was in der Schule passiert ist?«

Sie nickt und spielt mit den Riemen ihres Stoffbeutels. »Ich wusste, dass er etwas vor mir verborgen hat. Schließlich habe ich es aus ihm herausgequetscht. Er wollte, dass ich ihn begleite, um nach dir zu suchen, weil er Angst hatte, mich allein zu lassen. Aber ich habe darauf bestanden, dazubleiben, falls du nach Hause kommen würdest. Als er weg war, habe ich Chessie gerufen. Sie hat mich hierher geführt.«

»Aber wir haben keine Spiegel zu Hause. Und du fährst nicht Auto.«

»Ich habe einen Spiegel auf dem Dachboden, Allie. Ein Netherling hat immer einen Fluchtplan. Das ist sicher eine der ersten Lektionen, die Morpheus dir beigebracht hat.«

Ich lächle traurig. Ich hoffe, er hat sich an seine eigenen Lektionen erinnert. Ich hoffe, dass er einen Fluchtplan hatte, um sich aus Schwester Zweis Netz zu befreien.

Ich überlege, Mom zu erzählen, dass er mich belogen hat, dass es seine Schuld ist, dass im menschlichen Reich alles in ein solches Chaos gestürzt ist. Aber nachdem ich gesehen habe, was er für meinen Dad getan hat, und wie meine Mom ihn verraten hat – ganz gleich, wie glücklich ich darüber bin, dass sie diese Entscheidungen getroffen hat –, finde ich es nicht richtig, zuzulassen, dass sie Morpheus die Leviten liest.

Ich verstehe jetzt, warum er wollte, dass ich Dads Erinnerungen selbst erlebe. Er wusste, dass ich ihm nicht geglaubt hätte, wenn er es mir einfach erzählt hätte. Es fällt mir so schwer, das Gute in ihm zu akzeptieren.

Obwohl sich das gerade zu verändern beginnt.

Ich sehe, warum er mir im vergangenen Sommer so viel von den Prüfungen verheimlicht hat. Warum er mich im Dunkeln gelassen hat, während ich seinen Plan Stück für Stück erfüllte. Er war am Anfang ehrlich zu Mom, und sie ließ ihn in dem Glauben, dass sie ihm helfen würde. Dann hat sie in letzter Minute einen Rückzieher gemacht.

Er wollte nicht das Risiko eingehen, mit mir das Gleiche zu erleben. Denn es geht ja schließlich um seine unendliche Existenz. Obwohl es nicht alles entschuldigt, was er getan hat, macht es seine Motive verständlich. Menschlicher, als er es jemals selbst zugeben würde.

»Was ist in dem Beutel?«, frage ich, als Mom die Stoffriemen heranzieht.

Sie zieht drei Mosaike aus dem Beutel. »Chessie hat gesagt, du hättest die anderen gefunden, aber sie wollte mir nicht sagen, wo.« Sie wartet ab, als denke sie, ich würde ihr die Antwort geben. Als ich weiter schweige, fährt sie fort. »Das sind die, die ich versteckt habe.«

Mein Blut rast, und ich knie mich hin, um ihr zu helfen, sie auszubreiten. »Mom, du bist die Beste.«

Sie strahlt.

Etwas von Chessies glitzrigem Schlamm ist darauf hängen geblieben. Ich kopiere Elfenbein und schmiere den Rest über das eine Mosaik, das ich noch entschlüsseln muss.

Das Trickbild zeigt eine Art Fest. Eine Menge Kreaturen hangeln sich durch kahle Bäume. Einige haben Kronen, andere Schnäbel oder Flügel. Alle tragen Masken. Einige gleiten und schweben, als stünden sie auf fliegenden Teppichen. Chaos bricht aus, als wilde Spielzeuge aus den Schatten hervorbrechen und die Kreaturen angreifen.

Ein unbehagliches Grauen breitet sich in meiner Brust aus, als die Bilder verschwimmen. Ich sehe Mom an, die das Mosaik über meine Schulter betrachtet.

»Rot«, murmele ich.

Sie steckt die Mosaike wieder in ihren Beutel und presst besorgt die Lippen zusammen.

»Ich habe mich geirrt.« Ich kaue auf meiner Unterlippe. »Ich dachte, dass das eine, was ich noch nicht gesehen hatte, das Ende des Kriegs sei. Aber das war das Erste, was ich gemacht habe, Mom. Es ist der Auslöser. Du bist in Wunderland gewesen. Du hast Orte gesehen, die ich noch nicht gesehen habe. Kannst du mir sagen, wo das Fest stattfindet?«

»Es sah aus wie ein Wald«, antwortet sie mit zittriger Stimme. »Aber ich habe ihn nicht erkannt.« Sie reibt sich die Schläfe. »Ich verstehe nicht, wie Rot die rastlosen Seelen freilassen konnte. Schwester Zwei ist nicht der Typ, der in seiner Wachsamkeit nachlässt. Vor allem nicht, seit sie deinen Vater verloren hat.«

Ich schlucke. Mom ist nicht klar, dass Schwester Zwei inzwischen weiß, wer ihr ihre Beute gestohlen hat.

Ich ergreife ihre Hände und setze ein tapferes Gesicht auf, damit sie meine Furcht nicht sieht. »Schwester Zwei ist nicht in

Wunderland, um ihre Seite des Friedhofs zu bewachen. Sie ist hier. Sie weiß, dass du Dad vor all diesen Jahren gestohlen hast.«

Mom erbleicht. Ihre Finger erschlaffen, und einen Augenblick lang denke ich, dass sie in Ohnmacht fallen wird. »Sie ist Thomas auf der Spur?«, flüstert sie.

»Dad ist in Sicherheit. Niemand weiß, wie der Traumjunge heute aussieht, abgesehen von Morpheus und Elfenbein. Schwester Zwei will einfach Rache.« Ich versuche zu verhindern, dass meine Stimme bebt. »Sie hat Jeb im Visier.«

»Nein.« Moms Gesichtszüge entgleisen vollends. »Ich werde dir helfen, ihn zu beschützen.«

Das Angebot bedeutet mir so viel, wenn man bedenkt, dass sie immer versucht hat, mich und Jeb voneinander fernzuhalten. Ich glaube, dass ich jetzt verstehe. Er hat sie in zu vielen Dingen an Dad erinnert: ein sterblicher junger Mann mit einem edlen Herzen, der auf Gedeih und Verderb einem grausamen Wunderland ausgeliefert war.

»Es ist in Ordnung«, sage ich. »Jeb ist hier bei uns im Zug. Er bekommt eine Chance, den letzten Sommer noch einmal zu durchleben. Mit unversehrten Erinnerungen wird er sicherer sein.«

»Es hätte niemals so weit kommen dürfen.« Sie ist kurz davor, wieder in Tränen auszubrechen.

Wir haben keine Zeit für weiteres Bedauern. Ich stehe auf und halte ihr die Hand hin. »Ich denke, Morpheus hat gehofft, dass ich dir verzeihen würde, wenn ich Dads Erinnerungen sehe. Er hat gehofft, du würdest dir selbst verzeihen und wir würden wieder zueinander finden. Er will, dass wir zusammenarbeiten. Es ist die einzige Möglichkeit, mächtig genug zu werden, um Rot zu stoppen und Schwester Zwei in die Wüste zu schicken. Bist du dabei?«

Sie umklammert meine Hand und nickt. Während sie aufsteht, verschwinden Furcht und Sorge aus ihrem Gesicht. Sie wirkt entschlossen, majestätisch. Ihre Zuversicht färbt auf meine ab und Arm in Arm treten wir zur Tür hinaus.

Ich pralle mit Jeb zusammen. Er lehnt an der Wand auf der anderen Seite der Tür. Ein Blick auf sein Gesicht genügt, und ich weiß, dass er sich an alles erinnert hat.

Er bewegt sich nicht, begrüßt meine Mom nicht, sondern starrt nur auf meine Flügel, dann auf die Netherlingsflecken um meine Augen.

Mom drückt meinen Arm. »Ich werde den Schaffner ablenken. Aber macht nicht zu lange. Wir müssen herausfinden, wohin Rot ihre Armee schickt.« Bevor sie durch den Gang geht, berührt sie Jebs Schulter.

Er sieht ihr in die Augen und sie verstehen sich ohne Worte. Dann geht sie in den vorderen Teil des Personenwagens und flüstert dem Schaffner etwas zu, überredet den Käfer, nach draußen zu gehen.

Ohne ein Wort ergreift Jeb meine Hand und führt mich zu seinem Abteil. Mit versteinerter Miene führt er mich hinein und schließt die Tür hinter uns. Der Raum ist identisch mit dem, in dem ich war, nur dass sich hier Jebs Rasierwasser mit dem Mandelduft mischt und sein Teller mit Keksen bis auf einige Krümel leer ist. Die Vorhänge auf der Bühne sind immer noch offen, als seien sie bereit, seine Erinnerungen erneut abzuspielen.

Ich beobachte ihn und schaudere, aus dem Gleichgewicht gebracht von seinem Schweigen. So sehr ich mich bemühe, ich kann ebenfalls nicht reden. Was soll ich auch sagen? Wie soll ich eine seit einem Jahr dauernde Lüge erklären, die so lebensverändernd war?

Er tritt nah an mich heran und zeichnet mit der denkbar leichtesten Berührung meine Augenklappen nach, dann überrascht er mich, indem er mich herumwirbelt. Er berührt meine Flügel, richtet sie mit sanfter Bewunderung, als seien sie die Schleppe zu einem vererbten Hochzeitskleid. Dann zieht er mich eng an sich und tätschelt mein verheddertes Haar, das ich zusammengebunden habe.

»Ich bin nie dazu gekommen, sie zu berühren«, murmelt er mit gedämpfter Stimme. »Kein einziges Mal. Aber er hat es getan, nicht wahr?«

Was soll ich darauf antworten? Ich bin froh, dass ich mit dem Rücken zu ihm stehe, dass er mein Gesicht nicht sehen kann, denn ich habe Angst, was meine Miene verraten würde.

Er streichelt meine Flügel – federleicht –, was sich auf alle Sinnesrezeptoren in meinem Körper auswirkt. »Sag mir, dass das alles ist, was er berührt hat, Al.« Er öffnet die Hände und streift damit über die geäderten Innenseiten und die Juwelen.

Mein Herz setzt einen Schlag aus. »Ich habe ihn geküsst.« Es ist brutal, es laut auszusprechen, aber ich kann nicht länger lügen. »Ich habe versucht, meinen Wunsch zurückzubekommen, damit ich uns retten konnte.«

Jeb stößt einen gequälten Laut aus, irgendwo zwischen Ersticken und Knurren. Ich muss sein Gesicht sehen – auch wenn das bedeutet, dass er meins sieht.

Er tritt von mir weg und mein Rücken und meine Flügel erkalten. Als ich mich umdrehe, spannt er die Muskeln an. Mit einem Fauchen schleudert er die Chaiselongue an der Wand entlang. Der Tisch kippt um und der leere Teller wird zerschmettert. Mein Körper versteift sich bei dem Geräusch.

»*Morpheus.*« Jeb verbeißt sich in den Namen, als versuche er, ihn zu kauen. »Er besucht deine Träume und fliegt mit dir. Wie kann ein Mensch da mithalten?«

»Das ist kein Wettbewerb«, erwidere ich. »Ich habe meine Wahl getroffen.«

»Ist das der Grund, warum du so lange gelogen hast?« Er will mir nicht in die Augen sehen und konzentriert sich stattdessen auf seine Stiefel. »Weil du deine Wahl getroffen hast?« Er beißt die Zähne so fest aufeinander, dass ich die Kiefernmuskeln unter der Haut zucken sehen kann. »Nein. Du hast gelogen, weil ich nur ein Skater bin. Nur ein Maler. Ich habe nichts zu bieten. Er kann dir eine Welt voller Magie und Schönheit geben.« Sein Blick wandert langsam zu meinem empor. Seine Augen sind wie ein Wald, in dem ein Sturm gewütet hat. »Eine Welt, über die zu herrschen du bestimmt bist.«

Worte stauen sich in mir auf. Ich bin so zornig, dass ich ihn schütteln möchte. Wie ist es möglich, dass er gesehen hat, wie sich alles entwickelt hat, und doch den wichtigsten Teil unserer Reise nicht bemerkt hat? Was wir über uns selbst erfahren haben, übereinander?

Nein. Er wird sich diese Erinnerungen ein zweites Mal ansehen, und ich werde dafür sorgen, dass er sieht, was ich sehe.

Ich gehe um ihn herum und drehe die Scheibe an der Wand, um das Licht zu dämpfen. Die Leinwand wird hell. Diesmal werde ich in *seine* Perspektive gezogen und sehe die Dinge mit Jebs Augen. Wie er gegen die Zauberblumen kämpft, wie er den Oktobenus besiegt, wie er herausfindet, wie er die Gäste der Teegesellschaft wecken konnte.

Es gibt Dinge, die mir neu sind, zum Beispiel, wie er mich zu sich gedreht hat, als ich schlafend in dem Ruderboot lag, wie er mein Haar gestreichelt und versprochen hat, mich zu beschützen. Oder wie die Elfen ihn in den Schlaf gelullt haben, als wir in Morpheus' Haus getrennt waren, wie sie versucht haben, ihn dazu zu bringen, mich zu vergessen – aber mein Gesicht tauchte immer wieder in seinen Träumen auf. Und wie hart er um seine Flucht gekämpft hat, nachdem Morpheus ihn geschrumpft und in den Käfig gesteckt hatte, während ich gezwungen war, die Krone zu gewinnen.

Dann kommt die gefürchtetste Szene, die ich mir nur in meinen dunkelsten Albträumen ausgemalt habe.

Spinnfaden schiebt sich in Jebs Käfig, sie ist so groß wie er. Auf einem Stück Birnbaumholz sitzend, das neben Jeb schwankt, erzählt sie ihm von meinem Schicksal. Ich spüre sein Entsetzen und seine Hilflosigkeit, als er aufspringt und verzweifelt versucht, zu mir zu kommen, dass er mit dem Kopf gegen den Käfig hämmert, bis er blutet.

»Würdest du dein Leben für sie lassen, sterblicher Ritter?« Spinnfadens Worte lassen ihn aufhorchen.

Die Hände um die Gitterstäbe gekrampft, sieht er sie an, und Blut läuft in seine Augen. »Wenn sie dadurch nach Hause kommt.«

Spinnfaden blickt ihn an, ohne mit der Wimper zu zucken. »Bist du bereit, über den Tod hinauszugehen? Für alle verloren zu sein, sogar für dich selbst, an einem Ort, an dem Erinnerungen von einer Flut, so dunkel wie Tinte, weggeschwemmt werden? Denn um Alyssa zu befreien, wirst du Königin Elfenbeins Platz in der Jabberlock-Schachtel einnehmen müssen.«

Da ist ein Moment, in dem er zögert. Ich spüre es: Der Selbsterhaltungstrieb lässt sein Herz fast stillstehen, seine Gedanken überschlagen sich auf der Suche nach einem Ausweg. Dann normalisiert sich sein Puls und er sagt entschlossen: »*Ja. Ich werde es tun.*«

»*Und das sollst du auch.*« *Spinnfaden befördert ihn aus dem Käfig und bringt ihn zu einer Zinnkiste von der Größe eines Kleiderschranks.*

Jeb streicht über die riesigen, weiß beflockten Rosen auf der Kiste und mustert Elfenbeins Gesicht, als es an die Oberfläche treibt. Er zieht ein Messer aus seiner Tasche. Dann krempelt er seinen Ärmel hoch und fährt mit der flachen Seite der Klinge über seinen Arm, während er die Rosen betrachtet. Seine Leinwand. Seine Schultern sacken mutlos herab. »*Es wird jeden Tropfen erfordern, den ich habe.*«

»*Ist das nicht der Sinn eines Opfers? Mehr zu geben, als man jemals zu haben glaubte, um die zu retten, die du liebst?*«, *fragt Spinnfaden.*

Er spannt den Kiefer an. »*Gibt es einen Pinsel?*«

Die Elfen reichen ihm einen.

Er konzentriert sich auf seine Hände. Sie zappeln unwillkürlich. »*Ich – ich kann das Zittern nicht beherrschen.*«

Spinnfaden drückt sein Handgelenk. »*Doch. Du bist Maler. Und dies ist das wichtigste Werk, das du jemals schaffen wirst.*«

Jeb tupft sich die Schweißperlen von der Stirn. »*Mein alter Herr hat nie geglaubt, dass ich mit meiner Kunst irgendetwas erreichen würde.*«

Spinnfaden lächelt traurig und schwebt in der Luft, damit er Platz hat. »*Dann wirst du mit jedem Pinselstrich beweisen, dass er sich geirrt hat.*«

Jeb beißt die Zähne zusammen gegen den Schmerz, als sich die schneeweißen Rosen mit jeder Berührung seines Pinsels rot färben.

Das Bild verblasst, die Vorhänge fallen, und die Lampe geht wieder an.

Jeb und ich schauen einander an.

»Sag du es mir«, stoße ich über die Wackersteine in meiner Kehle aus, »wie kann irgendjemand *damit* konkurrieren?« Meine Augen füllen sich mit Tränen, aber ich halte sie zurück. »*Nur ein Maler.* Du hast mit deinem Blut meine Freiheit gemalt. *Nur ein Skater.* Du bist über einen Abgrund geflogen auf einem Skateboard, das aus einem Teetablett bestand, um mich in Sicherheit zu bringen. Du brauchst keine Magie, Jeb.« Ich berühre sein Gesicht und er schmiegt seine mit Bartstoppeln bedeckte Wange in meine Hand. All sein Zorn und seine Gekränktheit verschwinden. »Du hast dich gegen alles gestemmt, was uns entgegengeschleudert wurde, nur bewaffnet mit menschlichem Mut und Einfallsreichtum. Du bist mein Ritter. Du brauchst nichts mehr zu beweisen. Nicht meinem Dad, nicht meiner Mom, nicht Morpheus, nicht mir. Du hast bereits bewiesen, dass du der Junge bist, von dem ich immer wusste, dass du es bist. Der Junge, den ich liebe.«

Seine Augen werden dunkel vor Verlangen. Er zieht mich grob an sich, küsst meine Augenlider und lässt seine Lippen auf meine gleiten, seine Daumen an meine Schläfen gedrückt, während er mich süß liebkost. Er schmeckt nach Mondscheinkeksen – Mandeln, Zucker und Zauber.

Dann nimmt er mich in die Arme und hält mich so fest umfangen, dass ich kaum Luft bekomme. Ich schmiege mich an die weichen Haare auf seiner Brust. Trotz unserer aufgewühlten Gefühle empfinde ich es immer noch als sichersten Ort der Welt, in seine Wärme eingehüllt zu sein. Ich will sie nie mehr verlassen.

»Was ist danach passiert?«, fragt er, seine Stimme so heiser, dass es meine momentane Glückseligkeit dämpft. »Ich muss wissen, was du geopfert hast, um mich aus der Kiste zu holen. Es muss mehr als ein Kuss gewesen sein.« Er hält uns um Armeslänge voneinander entfernt. »Du musst es mir sagen, Al.«

Ich führe ihn zu der umgekippten Chaiselongue. Er stellt sie aufrecht hin und wir setzen uns. Ich erzähle ihm alles: wie ich meinen Wunsch eingesetzt habe, wie ich gegen Königin Rot gekämpft habe und was Morpheus für mich aufgegeben hat, damit ich nach Hause zurückkehren konnte. Dann breche ich zusammen und erzähle ihm, dass Morpheus zurückgekehrt ist. Dass er mich überlistet hat. Aber ich kann nicht sagen, warum, weil ich einen Lebensmagieschwur geleistet habe.

»Also ist Rot auch zurück«, murmelt Jeb.

»Sie hat vor, Wunderland zu zerstören. Ich bin die Einzige, die sie aufhalten kann.«

Das Grauen auf Jebs Gesicht lässt mir das Blut in den Adern gefrieren. »Warum du? Soll Morpheus ihr entgegentreten.«

»Morpheus ist nicht hier, um ihr entgegenzutreten. Er hat sich zwischen Schwester Zwei und uns gestellt, damit ich dich in Sicherheit bringen konnte.« Ein scharfer Stich der Sorge durchzuckt mich. Warum ist er noch nicht aufgetaucht?

Jeb reibt sich das Gesicht. »Okay. Abgesehen davon, dass er ein oder zwei noble Dinge getan hat, hat er dich da hineingezogen und mich benutzt, um es zu tun. Du hast dieser Welt den Rücken gekehrt. Du hast dich für unsere Seite entschieden. Aber er hat diese Entscheidung nicht respektiert und er hat dich wieder für seine Pläne manipuliert. Du kannst nicht dorthin zurückkehren. Du bist beim ersten Mal beinahe gestorben, als du eine Maske getragen und dich für eine von ihnen ausgegeben hast.«

Alles andere, was Jeb sagt, stößt auf taube Ohren, als das Wort *Maske* wie ein Gong in meinem Kopf widerhallt.

Mein Mosaik.

Die Kreaturen, die sich durch kahle Bäume hangeln, einige mit Kronen, andere mit Schnäbeln oder Flügeln. Sie alle tragen Masken. Es ist eine Maskerade. Die Flügel und Schnäbel und Kronen sind Teil der Kostüme. Märchenkostüme. Der Wald besteht aus Kulissen, wahrscheinlich von den Baumresten aus dem ausgebrannten Chaos, das ich in der Turnhalle hinterlassen habe. Die Kreaturen, die auf fliegenden Teppichen gleiten, sind Leute, die skaten.

Unterland.

Und die Sammlung der Abschlussklasse für das Waisenhaus – die perfekte Tarnung für eine Armee untoter Spielzeuge.

Mein Gesicht brennt. »Wir müssen zu meiner Mom. Sofort.« Ich ergreife Jebs Hand und zwinge ihn aufzustehen, dann schleppe ich ihn zur Tür.

»Warum?«

Königin Grenadines Band blitzt wieder in meinen Gedanken auf, zusammen mit seinem seltsamen Wortlaut: *Königin Rot lebt und versucht* das *zu zerstören, was sie verraten hat.*

»*Das*, was sie verraten hat«, wiederhole ich und wäge jedes Wort ab. »Rot will Rache für das Leben, das ich ihr vorgezogen habe. Ihrer Meinung nach ist es *das*, was mich dazu gebracht hat, sie zu verraten. Mein normales Teenagerleben. Sie plant einen Überfall auf dem Schulball!«

23

Stich

Im Zug verlieren wir jedes Zeitgefühl. Über London hat sich bereits die Nacht gesenkt, als wir unter dem fahlen Sternenlicht zu dem Gartenspiegel zurückfliegen. Mom kann ihre Flügel nicht benutzen, ohne ihr Kleid zu zerstören, daher fliegen sie und Jeb auf Motten, und ich trage den Rucksack. Unterwegs machen wir einen Plan für den Schulball.

Damit Dad zu Hause und in Sicherheit bleibt, wird Mom ihm etwas von meinen Beruhigungsmitteln unterschmuggeln. Außer Jen hat niemand von der Schule mein Ballkleid gesehen. Mit meiner Maske vor dem Gesicht müsste es mir gelingen, mich vorbeizuschleichen, und Mom steht bereits auf der Liste der Aufsichtspersonen. Jeb hat immer noch einen Schlüssel zu Unterland aus der Zeit, als er dort gearbeitet hat. Er wird uns hineinschmuggeln, bevor die anderen Jugendlichen und ihre Begleiter eintreffen. Es überrascht mich, dass er nicht gegen meine Rolle in dem Plan protestiert hat. Vielleicht weil seine Schwester in Gefahr sein könnte. Was immer der Grund ist, es ist wunderbar zu wissen, dass er mir nicht im Weg, sondern hinter mir steht.

Wenn wir vor der Party nichts Verdächtiges finden, werden wir uns einfach unter die Menge mischen und die Spiegel an der

Wand der Tanzfläche bewachen. Hoffentlich können wir Rot aufhalten, bevor sie hindurchkommt und einen Krieg beginnt. Wenn wir verhindern, dass das eintritt, was auf dem ersten Mosaik dargestellt ist, werden die anderen Ereignisse vielleicht niemals stattfinden. Die größte Herausforderung wird unsere getrübte Sicht sein. Unterland ist strikt in Schwarzlicht getaucht.

Beim Gartenspiegel knabbern wir an den neonleuchtenden Pilzen, um unsere gewöhnliche Größe zurückzubekommen. Ich ziehe meine Flügel wieder ein und wir stürzen durch das Portal zu Moms Dachbodenspiegel. Es ist kurz nach vier Uhr nachmittags. Drei Stunden bis zum Schulball.

Wir klettern die Leiter in die Garage hinunter. Das Rolltor ist offen und Dads Laster steht in der Einfahrt hinter Morpheus' Mercedes. Wir werden nicht so tun können, als seien wir die ganze Zeit über hier gewesen. Schlimmer noch, Gizmo steht auf seinem Platz, also war Dad bei Butterfly Threads und weiß, dass ich dort war. Ich habe keine Ahnung, wie er Gizmo nach Hause gefahren oder wer ihm geholfen hat. Das Herz schlägt mir bis zum Hals, und ich frage mich, was er sonst noch entdeckt hat und wie viele Leute beteiligt sind.

Feuchter Wind fährt durch die Garage und lässt alte Zeitungen, die sich in der Ecke stapeln, flattern. Sturmwolken rollen heran und machen es dunkler, als es sein sollte. Ich schaudere.

Jeb ergreift meine Hand und küsst sie. »Es wird alles gut«, flüstert er und stellt meinen Rucksack draußen vor die Tür.

Mom tritt ins Wohnzimmer und Jeb und ich folgen ihr.

Dad steht auf der Schwelle zwischen der Küche und dem Wohnzimmer. Die Lampe neben seinem Liegestuhl brennt, aber er befindet sich außerhalb des Lichtscheins. Schatten verwischen seine Gesichtszüge und er hält sich das Telefon ans Ohr gedrückt. Als er uns sieht, legt er auf und tritt näher, seine Miene irgendwo zwischen Erleichterung und Zorn.

»Ich habe fast zwei Stunden nach euch beiden gesucht.« Er schreit fast. »Ich wollte gerade die Polizei verständigen. Wo seid ihr gewesen?«

Mom eilt zu ihm hinüber. »Es ist gut. Ich habe Allie nebenan gefunden.« Sie ergreift das Telefon und wirft Jeb einen flehenden Blick zu.

»Was?«, fragt Dad. »Wie soll das überhaupt …«

Jeb tritt vor. »Es ist wahr. Al war bei mir.«

Mein Dad runzelt die Stirn und mustert Jebs Kleider. »Aber ich war am Nachmittag bei dir zu Hause. Deine Mutter hat gesagt, du seist nicht da.«

Jeb wechselt einen Blick mit mir. »Wir waren kurz vorher angekommen. Davor haben wir uns im Atelier versteckt.«

»Du hast meine Tochter *versteckt?*« Dad bedenkt Jeb mit einem Blick, mit dem er ihn noch nie zuvor angesehen hatte – Enttäuschung mit einem Unterton von Verachtung. Es ist noch schlimmer als damals, als wir uns haben tätowieren lassen. »Ich habe dich so oft auf dem Handy angerufen. Dir musste klar sein, wie besorgt ihre Mom und ich waren. Ich dachte, du wärst erwachsen geworden, Jeb.«

Jeb starrt mit zusammengebissenen Zähnen auf den Boden.

»Also«, fährt Dad fort, »Lügen, Ausweichen. Dann die mutwillige Beschädigung. Was kommt als Nächstes? Ein Banküberfall?«

Obwohl er die Frage an Jeb richtet, schüttele ich den Kopf. »Wovon redest du? Jeb hatte nichts mit der Schule heute Morgen zu tun.«

»Ich rede von Butterfly Threads. Jemand ist durch die Hintertür dort eingebrochen. Da war überall so ein Zeug auf der Ware, auf dem Boden und auf der Decke. So ähnlich wie Schnüre aus einer Silly-String-Spraydose, aber schädlicher. Persephone hat Gizmo in der Gasse entdeckt. Was hast du dazu zu sagen?« Er spricht immer noch mit Jeb, als sei ich nicht in der Lage, selbst zu antworten.

Ich trete in Dads Blickfeld und zwinge ihn, mich anzusehen. »Ich war zu zittrig, um zu fahren. Ich habe Jeb angerufen und gebeten, mich dort abzuholen. Aber er hat keinen Fuß in den Laden gesetzt.« Es ist nicht direkt eine Lüge. Morpheus hat ihn hineingetragen.

Dad sieht so aus, als hätte ich ihm in den Magen geboxt. »Warum, Allie? Persephone war nur gut zu dir. Sie hat mir sogar geholfen, deinen Wagen nach Hause zu fahren, und angeboten, die Polizei nicht hinzuzuziehen. Machen wir es dir zu leicht, dich auszutoben?« Sein linkes Augenlid zuckt, ein sicherer Hinweis, dass er am Ende seiner Kräfte ist. »Du kannst es vergessen, morgen mit deiner Klasse dein Abschlusszeugnis zu erhalten. Du wirst es mit der Post bekommen. Ich lasse dich nicht aus den Augen, bis du mit einem Psychiater gesprochen hast.«

Mom keucht auf und ich beiße die Zähne zusammen.

»Warten Sie, Mister Gardner ...«, versucht Jeb einzugreifen, aber ich halte ihn am Ellbogen zurück.

»Ich denke, du solltest nach Hause gehen, Jebediah«, sagt Dad. Seine braunen Augen sind kalt. »Dies betrifft meine Familie.«

Mir brennt die Brust. Ich weiß, dass Dad nur um sich schlägt, aber diese Worte sind wie Messer. Jeb *ist* Familie. Er ist immer so behandelt worden.

»Ja, Sir«, erwidert Jeb mit heiserer Stimme. Er geht zur Vordertür.

Mom folgt ihm, um ihn hinauszulassen, und sie unterhalten sich leise auf der Veranda, während Dad und ich einander anfunkeln.

Ein Donnergrollen erschüttert den Raum.

Dad lehnt sich an die Wand, und die Falten um seinen Mund vertiefen sich, als hätte ein Maler, der ihn portraitiert, zu starke Schatten gemalt. Ich habe heute so viel über ihn erfahren – kenne ihn jetzt besser als je zuvor, besser, als er sich selbst kennt –, aber er sieht mich an, als sei ich eine vollkommene Fremde.

Als ich seinen anklagenden Blick nicht länger ertragen kann, gehe ich in Richtung meines Zimmers.

»Alyssa«, sagt er leise, »deine Schminke ist immer noch vollkommen verwischt. Und was ist mit deiner Bluse passiert?«

Ich bleibe neben meinen Mosaiken im Flur stehen, mit dem Rücken zu ihm. Kühle Luft dringt durch die Flügelschlitze in den Schultern. Ich zucke die Achseln.

»Toll. Großartige Antwort.« Seine Stimme ist aufgewühlt und sie zerreißt mir das Herz. »Ich weiß nicht einmal mehr, wer du bist.«

Ich umklammere die Ketten an meinem Hals. »Es ist gut«, flüstere ich so leise, dass er es unmöglich hören kann. »Denn ich weiß es endlich.«

Ich schließe meine Zimmertür, mache mir aber nicht die Mühe, das Licht einzuschalten, während ich meine Boxershorts und ein Spitzenhemdchen anziehe und mir wünsche, ich könnte zusammen mit meinen Kleidern alles abstreifen, was schiefgegangen ist.

Durch meine Vorhänge fällt genug Tageslicht, dass ich Jens

Stecknadeln an meinem Ballkleid durch Sicherheitsnadeln ersetzen und die Falten so drapieren kann, dass sie die Metallhaken verdecken.

Nachdem sie an meine Tür geklopft hat, späht Mom herein. Ich bitte sie reinzukommen. »Wo ist Dad?«

»Er ist weggefahren, um etwas zum Abendessen zu holen. Ich habe vorgeschlagen, dass er sich abregen geht. Wenn er zurückkommt, werde ich ihm das Beruhigungsmittel in sein Getränk mischen.«

Ich nicke und habe überhaupt keinen Hunger, wenn ich daran denke, was wir vorhaben. Wir werden meinen Vater ohne guten Grund bewusstlos machen. Es ist das Gleiche, was meine Mutter jahrelang in der Irrenanstalt durchlebt hat.

An ihren aufeinandergepressten Lippen kann ich erkennen, dass sie sich genauso unbehaglich fühlt wie ich.

Wir sitzen auf meinem Bett, kein Licht brennt, nur das Aquarium leuchtet blau. Meine Aale schwimmen anmutig wie Engel unter Wasser – ein heiterer Kontrapunkt zu dem emotionalen Aufruhr in meinem Kopf. Das Grollen eines fernen Donners spiegelt mein Unbehagen wider.

»Es tut mir leid.« Mom plustert den Unterrock meines Kleides zu einer Wolke aus lavendelfarbenen Netzen auf. »Dein Vater … er ist einfach von Sinnen vor Sorge. Sobald wir das alles hinter uns haben, wird er sich mit Jeb versöhnen. Ich lasse nicht zu, dass du durchmachst, was ich durchgemacht habe. Er wird dich nicht in die Irrenanstalt schicken. Okay?«

Ich will ihr glauben, aber tief in meiner Seele macht sich eine Vorahnung breit. »Warum können wir Dad nicht seine Erinnerungen zurückgeben? Dann würde er nicht mehr die ganze Zeit denken, wir seien verrückt. Und wir könnten seine Hilfe heute Abend gebrauchen, da Morpheus nicht hier ist.« Bei Morpheus' Namen gerät meine Stimme ins Stocken.

Dad hat keine Leichen erwähnt, die in Silly-String-Schnüre eingewickelt waren – große Insekten oder etwas anderes.

»Schätzchen, wir dürfen deinen Dad da nicht mit reinziehen. Diese Erinnerungen würden ihn verletzen.«

»Mehr als jetzt?«

Mom sieht mich nachdenklich an. »Ich kann die Gräuel nicht einmal beschreiben, die ich gesehen habe, als ich mir seine Vergangenheit angeschaut habe. Kann mir nicht einmal ausmalen, was er sonst noch hat aushalten müssen.«

Ich sitze still da und bin mir nicht sicher, ob ich ihr zustimme. Wenn er es geschafft hat, als Kind die Spiegelglaswelt zu überleben, ist er gewiss stärker, als wir es ihm jemals zugetraut haben.

Ich will darauf hinweisen, aber Mom kommt mir zuvor. »Jeb möchte dich sehen. Er wartet draußen unter deiner Weide.«

Mir klappt der Unterkiefer herunter. Sie hat die ganze Zeit über von unserem Zufluchtsort gewusst?

Mom drückt die Fingerspitze auf mein Grübchen, um meinen Mund zu schließen. »Allie, ich bin nicht vollkommen ahnungslos. Ich erinnere mich daran, wie es ist, ein verliebter Teenager zu sein.« Sie zwinkert mir zu und ich lächele zurück. »Ich gehe duschen und mache mich fertig. Sorg dafür, dass du nicht in den Regen gerätst und im Haus bist, bevor Dad zurückkommt.«

Ich ziehe Stiefel und einen Kapuzenpulli an und marschiere durch den Garten. Die Pflanzen und Insekten sind unheimlich still. Wolken wirbeln über mir – ein schaumiges Grau, durch das es so aussieht, als sei es sechs Uhr und nicht halb fünf. Kühler

Wind verfängt sich in meinem Haar und peitscht es mir ums Gesicht. Die Böen sind so laut, dass ich das Plätschern des Springbrunnens nicht hören kann.

Jeb wartet bereits auf mich, bekleidet mit einem engen T-Shirt und Jeans, als hätte er es nicht erwarten können, aus Morpheus' Jacke zu schlüpfen.

Er öffnet einen flattrigen Vorhang aus Weidenblättern und ich ducke mich unter den grünen Baldachin.

Ich hocke mich hin und umarme ihn. »Es tut mir leid. Mein Dad hat es nicht so gemeint.«

»Ich weiß.« Er küsst mich auf die Schläfe und fegt einige Blätter weg, damit ich mich setzen kann. »Ich bin nicht hier, damit du mir den Kopf tätschelst und ich mich dann besser fühle.«

Ich versuche ein Lächeln. »Ah, komm schon. Das hat dir gefallen.«

Er grinst. »Ein Kuss würde mir mehr gefallen.« Trübes Licht fällt durch die Blätter und auf seine Grübchen und sein Lippenpiercing – lässt ihn jungenhaft und verspielt erscheinen, obwohl seine Stimme voller Anspannung ist.

Wir tun beide so, als sei alles in Ordnung in der Welt, obwohl es nicht schlimmer sein könnte. Wir geben uns Wahnvorstellungen hin. Jeb sollte in das alles nicht verwickelt sein. Wenn Schwester Zwei Morpheus überwältigen konnte, welche Chance hat dann ein Mensch in diesem Kampf?

»Ich finde, du solltest heute Abend da nicht hingehen«, platze ich heraus. »Ruf Jenara und überzeuge sie auch davon.«

»Willst du mich auf den Arm nehmen? Es wäre gefährlicher, Jen den Schulball auszureden, als gegen wiederauferstandene Spielzeuge zu kämpfen.«

»Hör auf, Witze zu machen. Das ist kein Spiel.«

Jeb runzelt die Stirn. »Genauso wenig war es ein Spiel, als du monatelang die Wahrheit vor mir verheimlicht hast, weil du Angst hattest, sie würde mich verletzen.«

Autsch. »Oder uns verletzen«, sage ich.

Er ergreift meine Ellbogen und zieht mich näher an sich. Dann drückt er unsere Nasen und Stirnen gegeneinander. »Wir sind stärker als das. Und wir sind als Team so viel besser, wenn unsere Köpfe zusammen sind. Es geschieht, wenn einer von uns versucht, den anderen zu beschützen, indem er alles auf sich nimmt ... dann vermasseln wir es. Findest du nicht auch?«

Ich seufze. »Ja«, antworte ich widerstrebend.

»Also werde ich dir heute Nacht nicht im Weg stehen. Du tust, was du tun musst. Aber bitte mich nicht, weniger zu tun. Abgemacht?«

»Aber die Dinge, mit denen wir zu tun haben ...«

»Sind Dinge, mit denen ich es bereits zu tun hatte. Und wie du gesagt hast, ich habe mich recht gut geschlagen für einen Menschen. Und mach dir wegen Jen keine Sorgen. Ich werde sie rausholen, wenn wir nicht verhindern können, dass Rot reinkommt.«

Ich berühre seine Lippen. »Das ist alles so verkorkst. So sollte ein Schulball nicht sein.«

Er küsst meine Fingerspitze. »Vielleicht wird die Party ein Reinfall. Aber sobald wir all die Kriechtiere in die Flucht gejagt haben, können wir immer noch unsere Schulballnacht haben.«

Sein Optimismus ist ansteckend, obwohl es ein leicht zu durchschauender Trick ist, um mich bei Laune zu halten. Denn er ist genauso besorgt wie ich.

Es spielt keine Rolle, ob alles irgendwie gut läuft und wir Rot besiegen. Ich kann trotzdem heute Nacht nicht mit Jeb zusammen sein. Nicht mit dem Versprechen, das ich Morpheus gegeben habe. Vielleicht wäre es einfacher für mich, wenn er wirklich fort wäre, gefangen im Netz von Schwester Zwei. Aber ich mag mir gar nicht vorstellen, dass das wahr sein könnte. Ich *will*, dass er überlebt.

Die Blätter rascheln um uns herum und die Erde bebt durch einen Donner.

»Wir sollten uns beeilen.« Jeb zieht eine Plastikschachtel hinter sich hervor. Darin ist ein Anstecksträußchen fürs Handgelenk aus weißen Miniaturrosenknospen, auf deren Spitzen dasselbe Lavendelblau gesprüht ist wie die Farbe meiner Spitzenhandschuhe. Um die Schachtel ist ein dunkelblaues Band und eine Schleife.

Ich schnappe nach Luft, als ich genauer hinschaue. Ich wusste, dass Jenara dies gemacht hat. Was ich nicht erwartet habe, war ein Silberring, der mitten in einer der Rosen steckt. Ein Dutzend winziger Diamanten funkeln in der Fassung: ein Herz mit Flügeln.

Mein ganzer Körper fühlt sich zuerst schwer und dann ganz leicht an. »Ist das …?«

Jeb senkt den Blick und dunkle Wimpern verhüllen seine Augen. »Die Idee für die Flügel kam mir, als ich dich gemalt habe. Bis heute hatte ich keinen Schimmer, wie haargenau sie den echten entsprechen.« Er schluckt. »Ich hatte vor, ihn dir nach dem Schulball heute Nacht im Atelier zu geben. Aber nur für den Fall …« Er bremst sich, als könnte das Aussprechen des Schlimmsten dazu führen, dass es tatsächlich passiert.

Er lässt den Plastikdeckel aufspringen und pflückt den silbernen Ring heraus, dann zieht er mich auf die Knie, sodass wir auf

Augenhöhe sind. Mein Herz hämmert. Gras kitzelt meine Knie, aber ich wage es nicht, mich zu kratzen, denn Jeb schaut mir in die Augen, und der Ausdruck auf seinem Gesicht ist der ernsteste, den ich je gesehen habe.

»Alyssa Victoria Gardener.«

Als er meinen vollen Name ausspricht, kribbelt es in mir erwartungsvoll bis in die Zehen.

»Du hast mir einmal auf einem Ruderboot im Wunderland gesagt, dass du eines Tages zwei Kinder haben und auf dem Land leben willst, damit du deine Muse hören und ihr antworten kannst, wenn sie ruft. Ich sage dir jetzt hier in unserem Unterschlupf, wenn du für dieses Leben bereit bist … möchte ich der Mann sein, der es dir gibt.«

Er wartet gespannt, mit halb offenem Mund, in dem sein schiefer Schneidezahn einen Schatten auf die übrigen weißen Zähne wirft. Alles, was an ihm vertraut ist, dreht sich um mich: die grünen Augen, die mich kennen wie die keines anderen. Die Gemälde, die meine Seele offen legen. Die Arme, die Kraft und Stärke versprechen, wann immer ich in ihnen liege.

Nur Jeb mit seinen menschlichen Fehlern und Verletzlichkeiten passt zu der menschlichen Seite meines Herzens. Er hatte vor, mich dies zu fragen, bevor er alles wusste, und er will es selbst jetzt noch.

Was mich betrifft, weiß ich seit unserem ersten gemeinsamen Sommer vor Jahren, wie tief meine Gefühle gehen. Ja, ich will ein Leben mit ihm verbringen. Aber ich habe zwei mögliche Zukünfte. Zwei Leben zu leben. Zwei Teile meines Herzens. Wie kann ich mich zu beiden bekennen, bis ich alles durchdacht habe?

Dann taucht unerwartet ein weiterer Zweifel auf, etwas, das ich bis jetzt nicht bedacht habe. »Warte. Habt du und Dad die Dinge so geregelt? Du hast nachgegeben und ihm gesagt, dass du mich heiraten würdest, bevor wir nach London gehen. Ist es das, was hier läuft?«

Jebs hoffnungsvolle Miene verschwindet. »Nein. Das ist nicht – nun, ja, es hat eine Rolle beim Timing gespielt. Aber du musst wissen, Al, es ist das, was ich will. Es ist das, was ich immer gewollt habe. Eine Zukunft mit mir. Ein Leben mit dir, meiner Märchenbraut. Für immer.«

»Hab's doch immer gesagt ... der Junge ... ist ein verdammter Dichter ...«

Mein Herz setzt einen Schlag aus, als ich den vertrauten Cockneyakzent höre.

Eine Motte fliegt in den Baldachin, umgeben von blauer Elektriziät. Die Motte kämpft gegen den Wind, und die Elektriziät breitet sich aus, greift nach den Ästen, als wolle sie sie festhalten. Jeb und ich rutschen zurück, als sich das Insekt in einen Mann verwandelt und auf dem Boden zusammensackt. Er atmet schwer, seine Flügel hüllen ihn ein und verbergen seinen Körper.

»Hurenso...«

»Morpheus.« Ich unterbreche Jebs Ausbruch und hebe einen der seidigen Flügel an, damit ich sein Gesicht sehen kann. Ich bin begeistert, dass er noch lebt, aber er sieht nicht so aus, als würde das noch lange so bleiben.

»Hallo Schätzchen«, sagt er durch einen dichten Vorhang aus blauen Haaren. »Ich hoffe, ich ... störe.« Hustend zieht er die Knie an die Brust.

Die Blätter rascheln über uns, als der Regen einsetzt.

Ich berühre seine Stirn, schockiert darüber, wie heiß er ist. »Er verbrennt. Wir müssen ihn ins Haus bringen.«

Jeb zögert und Misstrauen umschattet sein Gesicht.

Ich lege ihm die Hand auf den Arm. »Wir brauchen heute Nacht alle Hilfe, die wir bekommen können.« Ich kann Jeb nicht sagen, dass mir mehr als das wichtig ist. Noch nicht. Wir haben keine Zeit, dieses Chaos in Ordnung zu bringen.

Zähneknirschend nimmt Jeb den Herzanhänger von meinem Hals und fädelt den Ring durch die Kette. Dann hält er ihn mir hin. »Wirst du die umhängen? Bis wir später reden können?«

Ich nicke und hänge mir die Kette um den Hals.

Jeb zerrt Morpheus unter den Blättern hervor und hievt ihn sich auf die Schultern. »Nimm du die da, Al.« Er deutet auf die Flügel, die hinter ihm über den Boden schleifen.

Ich manövriere Morpheus' Flügel und versuche, sie um seinen Körper zu schlingen, damit er nicht nass wird. Mom erwartet uns an der Hintertür in ihrem Bademantel. Sie wirkt so verwirrt und panisch, wie ich mich fühle, aber sie führt uns ins Haus.

»Bring ihn in dein Zimmer. Beeil dich. Dein Dad ist gerade in die Einfahrt eingebogen. Ich werde ihm die Beruhigungsmittel unterschieben. Hoffen wir, dass sie schnell wirken. In einer Stunde müssen wir aufbrechen.«

Wir trotten den Flur entlang und hinterlassen nasse Abdrücke auf dem Teppich. Morpheus Flügel schrammen über die Wände und verschieben einige meiner Mosaike. Mom folgt uns und schließt von außen die Tür zu meinem Zimmer. Ich höre, wie sie meine Mosaike gerade rückt, bevor sie ins Wohnzimmer geht.

Ich schalte die Lampe an, nehme mein Kleid vom Bett und hänge es über den Stuhl an meinem Schreibtisch. Jeb lässt Morpheus auf die Matratze plumpsen. Seine schönen Flügel hängen schlaff an der Bettkante herunter. Es ist durch und durch beunruhigend, jemand so Lebhaftes wie ihn so still und verletzlich zu sehen.

Ich knie mich neben das Bett und streiche Morpheus das Haar aus dem Gesicht. Er zittert. Seine Augen sind geschlossen und seine Juwelen blinken in einem kränklichen Graugrün – stumpf statt glänzend –, wie stehendes, trübes Wasser. Schwarze, aderähnliche Stränge schwellen unter seiner blassen Haut an und winden sich wie Schlangen. Seine blaue Magie pulst um die Stränge und versucht, das Gift einzudämmen, aber das Schwarz vervielfacht sich weiter.

Mir dreht sich der Magen um. »Hat Schwester Zwei dir das angetan?«

Morpheus blinzelt durch ein Auge und hustet, bevor er nickt. Er schreit auf, als sich die schwarzen Adern an seinem Hals verheddern und verknoten. Mein Körper schmerzt, als hätte ich das Gift abbekommen. Es tut so weh, ihn leiden zu sehen.

»Scht.« Ich drücke seine Hand. Seine Finger fühlen sich klebrig an. »Wir müssen versuchen, leise zu sein, okay? Wir wollen nicht, dass mein Dad hereinkommt.«

Er beißt die Zähne zusammen, um das Zittern in den Griff zu bekommen. »Ich habe immer gewusst, dass ich eines Tages in deinem Bett landen ... und dich diese Worte würde sagen hören.« Er bringt ein Grinsen zustande.

Jeb knurrt. »Unglaublich. Selbst an der Schwelle des Todes hat er nur das eine im Sinn.« Er arrangiert ein Kissen unter Morpheus' Hals. »Warum hältst du nicht einfach den Mund, während wir dir helfen.«

Morpheus lacht schwach und seine Haut blitzt blau auf. »Wie

wär's, Alyssa« – sein Atem rasselt – »wenn du meinem Mund etwas anderes zu tun gibst?«

Jeb kneift die Augen zusammen. »*Wie wär's*, wenn ich dir eine Faust gäbe, auf der du kauen kannst?«

Morpheus schnaubt, was einen weiteren Hustenanfall auslöst.

Ich funkle sie beide an. »Nehmt ihr mich auf die Schippe?« Kopfschüttelnd krempele ich Morpheus' Ärmel hoch und lege sein Geburtsmal frei. Ich zucke zusammen, als die schwarzen, schlangenhaften Adern meiner Berührung folgen. Es ist, als würden sie von meinen Bewegungen angezogen.

Ich setze mich auf mein Bett und beginne, mir den Stiefel auszuziehen.

Jeb legt eine Hand auf die Schnallen und stoppt mich. »Was tust du?«, fragt er.

»Ich muss ihn heilen.«

»Und was ist, wenn dieses Gift ansteckend ist?« Regen trommelt auf das Fenster und das Dach, als bestätige er Jebs Sorge.

Ich halte inne.

Jeb sieht zornig auf Morpheus hinab, der wieder das Bewusstsein verloren hat.

»Hey.« Jeb tätschelt sein Gesicht, was mich seltsamerweise daran erinnert, wie Morpheus im Atelier das Gleiche mit ihm gemacht hat.

Morpheus' Augen öffnen sich flatternd.

»Sie will dich heilen«, sagt Jeb. »Ist es sicher?«

Morpheus ächzt. »Der Stachel ... mein Magen ... nimm ihn zuerst heraus.« Ein weiteres Husten. »Ertränke ihn.«

Ich beginne die Knöpfe an Morpheus' schwarzem Hemd zu öffnen, aber Jeb schiebt mich beiseite und übernimmt.

Morpheus legt die Hand auf Jebs emsige Finger, die Augen zu Schlitzen geöffnet. »Ah, mein hübscher Pseudoelf.« Gequält holt er Luft. »Ist es endlich Zeit, unsere unerwiderten Gefühle zum Ausdruck zu bringen?«

Jebs Ohren laufen rot an. Er will gerade etwas erwidern, als Morpheus stöhnt und sich erneut zusammenkrümmt. Mit starken Armen hält Jeb ihn flach auf das Bett gedrückt, sodass ich sein Hemd ganz öffnen kann.

Auf Morpheus' Bauch ist eine Stichwunde von der Größe eines Vierteldollarstücks. Das tintenschwarze Gift scheint von dieser Stelle zu stammen. Seine blaue Magie blinkt einmal und wird fahl, als sei sie besiegt.

Ich schaudere.

»Vorsicht mit diesem Ding«, murmelt Jeb.

Ich nicke und benutze ein Papiertuch von meinem Nachttisch, um meine Finger zu schützen, während ich den Stachel aus der Wunde ziehe. Er windet sich in meiner Hand, als versuche er zu entkommen. Abermals schaudernd werfe ich ihn in ein Glas Wasser neben der Papiertuchschachtel. Der Stachel sprudelt und driftet auf den Grund des Glases, wo er binnen Sekunden zerfällt. Die schwarzen Adern unter Morpheus Haut zappeln wilder, als kämpften sie darum, ohne ihre Quelle zu überleben. Morpheus presst die Augen zusammen und knirscht vor Schmerz mit den Zähnen.

Außerstande, seine Qualen länger zu ertragen, presse ich meinen Knöchel an seinen Unterarm. Hitze wogt zwischen uns. Die schwarzen Adern verlangsamen ihre Bewegungen und verkümmern, bis nur noch die Stichwunde übrig bleibt. Seine blaue Elektriziät taucht wieder auf und pulst durch die Wunde, hinterlässt eine silbrige Narbe.

Ich werde von einer Welle der Euphorie getragen, während Morpheus' natürliche Gesichtsfarbe zurückkommt. Er öffnet die Augen – von Sekunde zu Sekunde wachsamer und stärker. Er hält meinem Blick stand, als ich seine Temperatur prüfe. Das Fieber ist verschwunden. Ich spüre Jebs wachsamen Blick im Rücken und ziehe die Hand zurück.

Morpheus packt meinen Knöchel, bevor ich vom Bett rutschen kann, und streicht mit dem Daumen über meine Flügeltätowierung. Die Berührung löst ein Kribbeln in meinen Flügelknospen aus.

»Motte«, flüstert er tonlos. Der Morpheus, den ich kenne, ist zurückgekehrt, scherzt und spottet und erinnert mich an meinen Schwur.

Jeb tritt hinter mich und löst mit Gewalt Morpheus' Finger von mir. »Hände weg, Eulenköder.«

Die Jungen wechseln finstere Blicke, während ich von der Matratze klettere, Jebs Arm fest um meine Taille. Es ist schön zu sehen, dass sich einige Dinge niemals verändern.

Morpheus richtet sich auf und breitet seine Flügel aus. Er reckt sich – träge und anmutig –, dann lässt er die Füße auf den Boden fallen. Mit grün funkelnden Juwelen beobachtet er mich, während er seinen Ärmel herunterrollt und das Hemd zuknöpft. »Danke, Alyssa. Und Jebediah, ich nehme an, wir sind jetzt quitt.«

»Nicht mal annähernd«, erwidert Jeb. »Du hast Rot hierher gebracht. Und du wirst helfen, sie zurückzuschicken.«

Ich lege Jeb eine Hand auf die Brust. »Warte. Erzähl uns zuerst, was mit Schwester Zwei passiert ist.«

Morpheus seufzt. »Es lief so gut. Sie ist auf meine List hereingefallen und hat anstelle von mir die Pappfigur gefangen genommen.«

In meinem Kopf macht es Klick. »Die Silhouette von Brandon Lee von dem Schrein für die *Krähe* … natürlich.« Ich grinse. »Beeindruckend.«

Morpheus zuckt die Achseln, obwohl er offensichtlich sehr zufrieden mit sich ist. »Während sie damit beschäftigt war, ›mich‹ einzuwickeln, habe ich mich in eine Motte verwandelt, bin hinter ihr aufgetaucht und habe das Heft in die Hand genommen. Ich habe sie in ihr eigenes Netz gewickelt und sie durch einen Spiegel in das Kaninchenloch geschleppt. Dort hat sie sich befreit und ist auf mich losgegangen.« Er schaut auf die Narbe auf seinem Bauch, dann knöpft er die letzten Knöpfe darüber zu. »Hat mich im Glauben liegen gelassen, ich sei tot.«

»Du hast den ganzen Weg bis hierher zurückgeschafft«, sage ich.

»Ich hatte einen guten Anreiz.« Morpheus steht auf und richtet sein Hemd. »Mir fehlte mein Wagen.«

Ich stoße ein Lachen aus, und Morpheus grinst. Jeb beobachtet uns beide.

Meine Anwandlung von Übermut verfliegt ganz schnell, als ich die Bedeutung dieser neuen Entwicklung einordne. »Heißt das, dass Schwester Zwei jetzt wieder in Wunderland ist? Auf ihrem Posten?«

Dies könnte die Lösung sein. Vielleicht hat Rot die rastlosen Seelen nicht rechtzeitig erreicht.

»Ich wünschte, es wäre so«, antwortet Morpheus. »Aber wir sollten wachsam bleiben. Vor allem du, Jebediah.«

Der Türklinke bewegt sich und wir alle erstarren. Mom erscheint und wir stoßen gemeinsam einen Seufzer der Erleichterung aus.

Sie zieht den Gürtel ihres Bademantels straff und mustert Morpheus von Kopf bis Fuß. Er erwidert ihren abschätzenden Blick. Es ist offensichtlich, dass es zwischen ihnen keine Liebe gibt.

»Allie hat ihr erstes Mosaik entschlüsselt«, sagt Mom zu ihm. »Rot ist auf dem Weg in das menschliche Reich, um den Schulball zu überfallen. Wir haben einen Plan, sie zu stoppen. Ich werde dich ins Bild setzen, nachdem ich mich angezogen habe.«

Morpheus schaut mich und Jeb an. »Wie herrlich gefährlich.«

»Das ist kein Spiel, Morpheus.« Mom funkelt ihn verärgert an und wendet sich dann Jeb zu. »Könntest du mir helfen, Thomas in unser Schlafzimmer zu tragen? Er ist noch nicht im Tiefschlaf, aber er ist groggy genug.«

»Wird er wieder okay?«, frage ich.

Moms Miene wird weich. »Die Tabletten sind harmlos. So ist er in Sicherheit.«

Ich nicke, obwohl es mir schwerfällt, meinen Vater wie eine Schachfigur zu behandeln.

Jeb geht ihr den Flur entlang hinterher. An der Tür bleibt er stehen und wirft Morpheus einen vielsagenden Blick zu. »Benimm dich, Insektenauge.«

»Immer.« Morpheus tippt sich an einen nicht existierenden Hut.

Mit zusammengebissenen Zähnen verlässt Jeb mein Zimmer.

Sobald er fort ist, weiche ich an die Wand zurück und humpele, da ich nur einen Stiefel anhabe.

Morpheus beobachtet mich wie ein Raubtier und lächelt. »Versuchst du, etwas Abstand zwischen dich und deine Gefühle zu legen, kleine Pflaume?«

»Ich weiß nicht, was du meinst.«

»Mmmh. Du lügst mit solcher Raffinesse. Du wirst mit jedem Tag mehr ein Netherling.« Er schleicht auf mich zu, bedrohlich wie ein schwarzer Panther. Dann stützt er den Unterarm oberhalb meines Kopfes gegen die Wand, schlingt die Flügel um mich und schneidet mir den Weg ab. »Ich habe nach unserer Verschmelzung in dein Herz geschaut. Ich habe gesehen, wie besorgt du warst.«

Ich klappe den Mund zu und hoffe, dass das alles war, was er gesehen hat.

Sein Blick wandert zu meinen Ketten. Seine Gesichtszüge werden hart, als er seinen kleinen Finger durch den Ring zieht. »Daraus wird nie etwas. Du hast unserem Pseudoelfen offensichtlich nicht von dem Schwur erzählt, den du geleistet hast.«

Ich kann Morpheus jetzt erst recht nicht geben, worum er bittet. Im Geiste suche ich nach einem Weg, um seine mitfühlende Seite zu erreichen. Ich weiß, dass er eine hat. Ich habe sie gesehen. »Ich habe heute etwas über dich erfahren.«

Damit habe ich seine ungeteilte Aufmerksamkeit. Er zieht mich in die unergründlichen Tiefen seiner Augen hinein. »Und was soll das sein?«

»Jedes Mal, wenn du versuchst, das Richtige zu tun, bist du fertiggemacht worden.«

Die Reaktion ist Schweigen. Er hebt meine andere Kette hoch und umschließt den Schlüssel, das Herz und den Ring in seiner Faust.

Ich atme flach, und mein Herz schlägt unregelmäßig, als ich versuche, ihn zu durchschauen. »Also ist es ein Kampf, diese Entscheidung zu treffen, ja?«, frage ich.

Morpheus schenkt mir ein selbstgefälliges Lächeln. »Ein Kampf würde bedeuten, dass es mich etwas schert. Ich habe aufgehört, mich um irgendetwas zu scheren.«

»Deine Taten sagen etwas anderes. Ich weiß, was du im Butterfly Threads getan hast. Schwester Zwei ist in den Lagerraum gekommen, während ich mich im Badezimmer angezogen habe. Du hast sie in Mottengestalt hinaus in den Verkaufsraum gelockt, um Jeb zu beschützen.«

Morpheus wird zappelig. »Ich habe mich mit dem Biest lediglich ein wenig amüsiert.«

»Was ist mit dem, was du für meine Mom getan hast? Obwohl sie dich verraten hat, hast du Schwester Zwei niemals erzählt, dass mein Dad ihr gestohlener Traumjunge war.«

»Ich habe einen Lebensmagieschwur geleistet.«

»Nein. Ich habe meine Mom nach diesem Schwur gefragt. Der Wortlaut hat niemals beinhaltet, Dads Identität zu schützen.«

Er senkt den Blick, als suche er nach einer Widerlegung.

Ich hebe mit der Fingerspitze sein Kinn an. »Ich versuche, dir zu sagen, dass ich dich nicht wie die anderen im Stich lassen werde, wenn du weiter den guten Impulsen folgst, ganz gleich, wie unbedeutend sie sein mögen. Ich werde zu dir zurückkommen.« Ich beiße mir auf die Zunge, darauf bedacht, nicht alles zu zeigen, was ich in der Hand habe. Er kann nicht wissen, dass ich unsere Zukunft gesehen habe, nur dass ich über seine Vergangenheit Buch führe.

Morpheus lacht. »Du wirst zu mir zurückkommen?«

»Eines Tages.«

»Vielleicht werde ich dich dann nicht mehr wollen. Vielleicht werde ich des Wartens müde werden.«

Ich schlucke meinen Stolz herunter. »Dann bin ich an der Reihe, *dich* für mich zu gewinnen. Zu der Herausforderung bin ich bereit.«

Sein Hohngrinsen ist hämisch, wenn nicht beeindruckt. »Natürlich bist du das.« Er zieht mich an meinen Kettenanhängern näher an sich. »Aber ich gebe unseren gemeinsamen Tag nicht auf, nachdem wir Rot besiegt haben, nur wegen einiger schöner Worte und leerer Versprechungen.«

Ich beiße mir auf die Zunge und unterdrücke den Impuls, wütend zu werden. Das würde nur seinem Ego schmeicheln.

»Dann tust du nicht das Richtige«, erwidere ich gelassen.

Er zieht einen Schmollmund. »Nein? Auch wenn meine guten Impulse mir sagen, dass es das Richtige ist, dich dazu zu bringen, dein Ehrenwort einzuhalten. Du wirst einfach in den sauren Apfel beißen und deinem sterblichen Spielzeug von unserer Abmachung erzählen müssen.«

Ich schlage nach seinen Flügeln, um mich zu befreien. Sie geben nicht nach. »Du machst mich verrückt!«

Seine Augen leuchten auf, glitzernder Onyx vor dem Hintergrund violetter Juwelen. »Und du entflammst meine Seele.« Er drückt meine Ketten und blaues Licht strömt aus seinen Fingern. »Stellt Euch selbst diese Frage, Euer Majestät. Seid Ihr wirklich wütend auf mich oder auf die Tatsache, dass Eure kleine List, mir zu schmeicheln, nach hinten losgegangen ist?«

Ich blinzle gegen das brennende Gefühl unter meinen Lidern. »Es war keine List. Alles, was ich gesagt habe, ist wahr.«

Er schnaubt und versucht einen zornigen Blick. Aber darunter sehe ich denselben Zweifel und dieselbe Verletzlichkeit, die ich in seiner Stimme gehört habe, als er mich ohne sich zu dem Zug geschickt hat. Ich sehe noch mehr: eine beschädigte und verzauberte männliche Fee, die ihren Egoismus beiseite geschoben und für mich mit dem Bänderschnätz gekämpft hat, die sich zwischen Jeb und Schwester Zwei gestellt hat und meinen Dad davor bewahrt hat, dass ihm das Leben ausgesaugt wurde.

Ich bin überwältigt von Mitgefühl und Dankbarkeit und einer anderen Regung, die zu benennen ich nicht wage. Ich muss ihn davon überzeugen, dass auch für ihn ein Platz in meinem Herzen ist.

Nur noch nicht jetzt.

Ich schaue auf die Flügel, die mich einhüllen, und auf seinen Körper, unverrückbar vor mir, dann stelle ich mich auf die Zehenspitzen und umfasse sein Gesicht mit beiden Händen. Er verkrampft sich für einen Moment – argwöhnisch –, entspannt sich aber langsam, und Stück für Stück gibt jeder Muskel nach, als ich sein Kinn streichele.

»Ich bitte dich nur, ein Weilchen zu warten«, flüstere ich. »Ist die Ewigkeit das nicht wert?« Ohne ihm die Chance zu einer Antwort zu geben, drücke ich den Mund auf seine Wange, ein Versprechen für irgendwann. Eine Berührung meiner Lippen für einen Kindheitsfreund und eine für den Mann, den ich erst kennenzulernen beginne.

Morpheus wird sanft unter mir und lässt mich ausnahmsweise einmal die Führung übernehmen. Eine Hand liegt in meinem Nacken, und die andere wird heiß, wo er meine Anhänger festhält.

Es ist ein Küsschen auf die Wange, unschuldig und von Herzen kommend, bis er ohne Vorwarnung das Gesicht dreht und meinen Mund findet. Seine Lippen sind warm und seidig und schmecken nach Tabak. Er stöhnt und versinkt in mir, zieht mich in den Strom seiner Leidenschaft.

Bevor ich ertrinke, stoße ich ihn weg, meine Lippen pochend

und sprachlos. Seine Juwelen sind wie Feuerwerk, ein Prisma aus Emotionen. Er betrachtet mich erstaunt, genau wie der Junge aus meinen Träumen bei jenen seltenen Gelegenheiten, da ich ihn in einem Spiel oder Wettkampf gewonnen habe. Seine Flügel sind schlaff, bilden nicht länger eine Mauer um uns herum.

Ein gedämpfter Fluch kommt von der Tür. Ich reiße den Kopf herum und sehe Jeb dort stehen. Alles Blut ist aus seinem Gesicht gewichen. Sein Blick ist grimmig und gleichzeitig deprimiert, wie eine tiefe, das Innere zerreißende Wunde. Das habe ich nicht mehr an ihm gesehen, seit sein Dad gestorben ist, der ihn früher gequält hatte.

Mein Magen krampft sich zusammen. »Jeb.«

Er brüllt nicht herum. Er greift nicht einmal Morpheus an. Was er tut, ist so viel schlimmer.

Er geht.

»Jeb, warte!« Ich fühle mich, als werde mein Inneres durchbohrt – ein so mächtiger Schmerz, dass meine Beine unter mir nachgeben.

Morpheus hält mich mit der Faust an der Wand fest, sodass ich ihm nicht folgen kann.

»Das ist aber schade.« Morpheus lässt seine Knöchel über meine Wange gleiten. »Es tut mir leid, dass er verletzt werden musste, Schätzchen. Es ist besser so. Es würde ihn in den Wahnsinn treiben, dich eines Tages für mich aufzugeben. Danach wäre es zwischen euch niemals mehr dasselbe gewesen. Und er hätte heute Nacht getötet werden können. Du hast ihm wahrscheinlich gerade das Leben gerettet.«

Meine Wangen brennen. »Nein. So sollte es nicht enden. Diese Zeit sollte uns gehören!«

Morpheus lässt mich los und tritt zurück. »*Zeit.* Solche Beschränkungen hast du in Wunderland nicht. Lass das dein Lichtblick sein. Jetzt reiß dich zusammen. Wir müssen uns auf Rot vorbereiten.«

Auf dem Weg hinaus hält er inne und streicht über die Perlen meines Ballkleids, das auf dem Stuhl hängt. Er lächelt zärtlich, und ich weiß, dass er an Elfenbeins Vision denkt – an eine Hochzeit und ein Kind mit Haaren wie seine und Augen wie meine, ein Kind, das Träume nach Wunderland bringen und es überflüssig machen wird, menschliche Kinder zu stehlen.

Mit einem letzten Blick auf mich verlässt Morpheus den Raum. Ich gleite zu Boden. Die Stelle zwischen meinen Schlüsselbeinen, wo meine Ketten leuchten, hellblau und heiß von Morpheus magischer Berührung, strahlen Wärme aus. Der Schlüssel, das Herz und der Ring sind miteinander verschmolzen – ein Klumpen Schrott, so nutzlos wie jede Erklärung, die ich Jeb anbieten könnte.

Ich habe es niemals kommen sehen. Die ganze Zeit über war ich es. *Ich,* die mich selbst auf die denkbar schlimmste Weise verraten würde.

24

Ballokalyse

Es fällt mir schwer, mich zusammenzureißen.

Meinetwegen verlassen wir das Haus erst spät, und da wir noch bei dem Sportwarengeschäft meines Dads anhalten, um einiges zu besorgen, das Jeb aufgeschrieben hat – zwei Walkie-Talkies, zehn Fußballtornetze, vier Nachtsichtbrillen und zwei Paintballgewehre sowie zwei Schachteln mit weißen und gelben Paintballpatronen –, biegen Mom und ich erst dreißig Minuten vor Beginn des Schulballs auf den Parkplatz von Unterland ein. Die Schülermitverwaltung und einige Aufsichtspersonen sind schon da. Mindestens ein Dutzend Autos stehen hier und eins davon gehört Taelor. Der Abend wird immer besser.

Das Freizeitzentrum befindet sich in einer riesigen, unterirdischen Felshöhle, die an manchen Stellen gut fünfzehn Meter hoch ist. Es gibt einen ebenerdigen Eingang: ein kleiner Vorbau, der wie eine Kuppel aussieht mit den Buchstaben U-N-T-E-R-L-A-N-D, die über den turnhallenartigen Doppeltüren in Neonfarben leuchten – orange, rot und lila. Wenn man eingetreten ist, führt eine Rampe zum Untergeschoss, wo die Schwarzlicht-Anlagen sind: eine Skaterbahn, ein Minigolfplatz, eine Spielhalle und ein Café. Es gibt außerdem eine Tanzfläche, ungefähr so groß wie die Schulturnhalle, Wand an Wand voller Spiegel. Es ist ein viel besserer Veranstaltungsort als die Turnhalle. Denn statt traditioneller Beleuchtung taucht Schwarzlicht die fluoreszierenden Wandgemälde in einen fahlen Schein. Die perfekte Kulisse für Märchen und Verkleidungen.

Die Hintertüren von Unterland führen zu einem kleinen Umkleideraum, wo Angestellte während der Arbeit Rucksäcke, Jacken und persönliche Dinge aufbewahren. Außerdem ist dort ein Lastenaufzug, der benutzt wird, um die wöchentlichen Lebensmittellieferungen und andere Vorräte nach unten zu transportieren.

Dort wartet Jeb, um uns hereinzulassen. Wir wollen den Aufzug nehmen, damit wir hinter dem Café reingehen und uns leichter unters Volk mischen können.

Jeb ist immer noch hilfsbereit, obwohl ich ihm das Herz gebrochen habe. Nicht nur weil seine Schwester in Gefahr sein könnte, sondern weil es seine Art ist. Er beschützt die Verletzlichen.

So wie ich ihn beschützen sollte und versagt habe.

Ich fahre Morpheus' Mercedes mit Mom als Beifahrerin auf den hinteren Parkplatz, während Morpheus in Mottengestalt vor meinem Fenster flattert. Er nimmt heute als der britische Austauschschüler am Schulball teil. Taelor wird begeistert sein. Nicht nur, dass »M« zurückgekehrt ist – außerdem haben Jeb und ich uns überworfen.

Der beste Schulball *aller* Zeiten.

Im Schwarzlicht wird Morpheus' wahre Gestalt wie der Teil eines Kostüms aussehen. Passend dazu habe ich meine Flügel wieder herausgelassen. Mom hat mir geholfen, lavendelfarbene Netze um ihren Ansatz zu wickeln. Wie ein Schultertuch hat sie die Netze mit einer Glitzerbrosche befestigt, damit verborgen bleibt, dass sie aus meiner Haut ragen. Wenn ich nicht so niedergeschmettert wegen Jeb wäre, könnte es mir tatsächlich Spaß machen, mit meinen Flügeln und Augenflecken anzugeben.

Wir parken neben Jebs Motorrad. Der Anblick zerreißt mir das Herz.

Er ist wie geplant früh gekommen und hatte die freie Auswahl auf dem Parkplatz. Er hat mir eine SMS geschickt: *Nichts Verdächtiges.* Kurz, präzise und emotionslos. Ich habe sie gelöscht. Sie hatte keinen Platz unter den flirtenden, gefühlvollen und romantischen Nachrichten, die sonst von ihm auf meinem Telefon eingehen.

Das Handgelenksträußchen starrt mich vorwurfsvoll von meinem lavendelfarbenen Handschuh an, eine Erinnerung an den Ring, den er mir zusammen mit dem Rest seines Lebens angeboten hat. Den Ring, der jetzt mit dem Herzanhänger und dem Schlüssel verschmolzen ist. Ich umklammere den metallischen Mischmasch an meinem Hals, dann schiebe ich ihn unter mein Netzschultertuch.

Ich könnte weinen, aber so viele Tränen hätte ich gar nicht. Meine Augenhöhlen fühlen sich heiß und kratzig an, als hätte ich Wüstensand hineingestreut und die Augäpfel dann wieder eingesetzt.

Stell dich nicht an, Alyssa. Die Stimme in meinem Kopf könnte die von Morpheus sein, aber es ist meine. Ich sichere meine angesprühte Halbmaske mit Silberrand, indem ich das Band um meinen Kopf binde.

Mom und ich steigen aus dem Wagen. Außer uns ist niemand auf dem hinteren Parkplatz. Mit einem Klick auf die Schlüsselfernbedienung schließe ich die Autotüren. Ein kühler Windstoß bläst unter meine Flügel und den fransigen Saum meines Kleids. Ich beuge mich vor, um meine blaugrauen Plateaustiefel zu richten, und löse einen Teil des Saums von einer Schnalle.

Der Sturm ist vorbeigezogen und hat uns einen orangepfirsichfarbenen Sonnenuntergang beschert. Der Schotter schimmert wie Neonpailletten, aber nur an der Oberfläche. Da ist etwas Dunkles, Uraltes und Bedrohliches unter diesem schläfrigen Reich verborgen, und die Menschen können es nicht sehen.

Die Insekten sind zurück – sie werfen nicht länger mit Warnungen um sich, sondern bieten Unterstützung an. Ihr vereintes Wispern klingt wie weißes Rauschen:

Wir sind hier, Alyssa. Beschütze unsere Welt. Ruf uns, wenn du uns brauchst.

Mom rutscht zu mir herüber, um meine Tiara und den Netzschleier zu richten. Sie glättet die silberne Perücke, die Jenara mir geliehen hat, sodass sie in glatten, glänzenden Strähnen über meine Hüften fällt. Mein echtes Haar juckt unter der Perückenkappe.

Jeb hat Jenara erzählt, dass wir vorhaben, inkognito am Schulball teilzunehmen, weil er ihn nicht verpassen wollte, und er hat so getan, als sei zwischen uns alles in Ordnung. Jen war begeistert, unsere Scharade mitzuspielen, und hat außerdem auf meine Bitte hin ein rückenfreies Cocktailkleid für Mom mitgebracht.

Der wadenlange Saum schmeichelt ihr, ebenso wie die Schichten rötlichen Chiffons, die sehr weiblich wirken und zu den duftigen Flügelärmeln passen. Jen hat ihr geholfen, Haarsträhnen anzuflechten, und sie mit malvenfarbenen Strasshaarspangen festgesteckt, sodass ihr Haar glänzt wie ihre Haut. Sie sieht umwerfend aus. Ich wünschte, Dad könnte sie sehen.

Bevor wir das Doppelhaus verlassen haben, habe ich den Laster in die Garage neben Gizmo gestellt, sodass es so aussieht, als sei niemand zu Hause. Der Gedanke an ihn ganz allein dort macht mich wieder traurig.

»Geht mir genauso, Allie.« Mom durchschaut mich mit ihren intensiv himmelblauen Augen hinter ihrer rosa Maske. »Ich hasse es auch, ihn so zu auszutricksen. Aber ich sehe keine andere Möglichkeit.«

Morpheus rauscht in Mottengestalt herunter, um an meiner Seite zu schweben, und einer seiner Flügel streift neckend meine Wange. Ich scheuche ihn weg und schlucke den Ärger herunter, der in mir schwelt, seit wir uns geküsst haben. Er hat diesen Moment in etwas verwandelt, für das noch nicht die Zeit war.

Und ich habe den Verdacht, dass er es geplant hat. Dass er seine Flügel mit Absicht hat fallen lassen, damit Jeb es sehen konnte.

Morpheus verwandelt sich einen Meter vor mir. »Alyssa, es gibt keine Worte für deine Schönheit.« Er verneigt sich anmutig.

»Lass das, Morpheus.«

Er grinst und richtet sich auf, die Flügel hoch und majestätisch hinter ihm. Ich starre sein Kostüm an. Es ist so typisch *Morpheus*. Eine Mischung aus mittelalterlich und Rockstar: braune, lederne Ärmelstulpen mit Nieten über einem weißen Rüschenhemd und ein lässiges burgunderrotes Wams mit einem goldenen Überzieher aus Spitze. Der Saum endet über seinen muskulösen Schenkeln, die hautenge burgunderfarbene Kniehose endet geschmeidig in kniehohen braunen Stiefeln und überlässt nichts der Fantasie. Das Schlimmste von allem ist: Er trägt eine Krone.

Er ist als Märchenkönig verkleidet. Die Ironie entgeht mir nicht.

Finster runzle ich die Stirn.

»Gibt's ein Problem, Schätzchen?« Er schaut mich durch eine Halbmaske aus goldener Spitze an, während er die mit Rubinjuwelen bedeckte Krone über seinem blauen Haar mit Samthandschuhen geraderückt. Winzige Mottenleichen hängen in den Rubinen, wie Buntglasfossilien.

Ich schüttele den Kopf. »Ich bin mir ziemlich sicher, dass du der Einzige sein wirst, der etwas so Enges trägt, dass er einen Hosenlatz braucht. Du musst immer der Publikumshit sein, was?«

»Oh, ich versichere dir, was ich zeigen möchte, ist nur der Anfang.«

Mom und ich verdrehen gleichzeitig die Augen und sein Grinsen wird breiter. Zusammen fischen wir drei die Reisetaschen mit dem Zubehör aus dem Kofferraum und marschieren zum Hintereingang.

Jeb hält die Tür auf, bevor wir klopfen. Er ist morbid schön mit den falschen Spinnweben, den angestaubten Streifen und den Rissen, die Jenara strategisch in seinen Smoking eingearbeitet hat. Das marineblaue, samtbesetzte Jackett lässt ihn noch breiter und größer aussehen und der Hosenstoff fließt elegant über seine muskulösen Beine. Ein lavendelfarbenes Hemd und eine dazu passende Halbmaske betonen seine olivfarbene Haut und das dunkle, gewellte Haar. Seine grünen Augen mit den grauen Einsprengseln kommen perfekt zur Geltung. Das Paisleymuster der Satinkrawatte verknüpft alle Farben, die er trägt.

Er hat sich rasiert und trägt das Lippenpiercing, das ich ihm geschenkt habe, aber er tut es nicht für mich. Er tut es, weil er vorhat, Idioten in den Hintern zu treten.

»Jeb ...«

Er schaut durch mich hindurch. »Ihr alle müsst euch beeilen. Wir müssen den Plan durchsprechen.«

Dass er uns als Kollektiv anspricht, brennt wie eine Ohrfeige. Seine vertraute Nähe tut so weh, dass ich mich nicht bewegen will. Morpheus legt einen Arm um mich, um mich weiterzuschieben, und Jeb sieht es flüchtig, bevor er wieder wegschaut, mit bis zum Zerbrechen angespannten Kiefern.

Wir packen die Reisetaschen auf eine Holzbank neben den Schließfächern. Jeb zieht die Reißverschlüsse auf, um den Inhalt zu inspizieren, während er uns seine Strategie darlegt.

»Die Fußballnetze sind für die Spielzeuge, da sie nicht getötet werden können. Wir werden sie unbeweglich machen müssen, um sie hineinzubringen.« Er zieht die Walkie-Talkies heraus. Nachdem er sie getestet hat, wirft er jedem von uns ein zu. »Wir werden uns in Teams aufteilen. Insektengedärm und ich, und dann ihr Damen. Bleibt per Funk mit eurem Partner in Verbindung.«

Das Funkgerät ist nicht größer als ein Handy, daher stecke ich es in mein Dekolleté.

»Die Bäume in Töpfen, die sie aufgestellt haben, sind riesig«, fährt Jeb fort. »Sieht aus, als würde ein echter Wald um die Tanzfläche stehen. Es wird schwer sein, durch sie hindurchzuschauen.« Er zieht die Nachtsichtbrillen und Paintballgewehre heraus, dann schaut er stirnrunzelnd auf. »Ich habe gesagt, vier Brillen.«

»Thomas hatte nur eine vorrätig«, antwortet Mom.

Jeb runzelt die Stirn. »Okay, wir werden damit auskommen müssen. Es gibt zwei Kisten mit neuen Spenden, die ich noch nicht überprüft habe. Am wichtigsten ist es, verschlissene Spielzeuge aufzustöbern. Und wenn wir nichts finden, bewachen wir die Spiegel auf der Tanzfläche.«

»Und wenn wir doch etwas finden, Oh-Käpt'n-mein-Käpt'n?«, fragt Morpheus bissig.

Jeb lädt eins der Paintballgewehre und richtet es auf Morpheus' Brust. »Dann schieße ich auf den Kriecher, damit wir ihn unter den schwarzen Lichtern aufspüren, ihn fangen und in das Loch zurückschicken können, aus dem er gekrochen ist ... *für immer.*«

Morpheus und Jeb starren einander böse an. Die Anspannung ist mit Händen zu greifen. Ich habe keine Ahnung, wie sie zusammenarbeiten sollen. Übrigens habe ich auch keine Ahnung, wie ich das durchstehen soll, wo ich es schon so schlimm vermasselt habe.

Mom tritt zwischen die Kontrahenten und dreht den Gewehrlauf auf den Boden. Sie sieht uns drei an, und ich kann erkennen, dass sie sich zusammenreimt, was passiert ist. »Bevor irgendwelche Schießereien beginnen, werden wir die Leute hinausbringen müssen.«

Jebs intensiver Blick ruht auf Mom. Ich war noch nie so neidisch auf sie. »Richtig. Wir müssen jeden Sprinkler auslösen, damit der ganze Raum nass wird. Sie gehen in Betrieb, wenn ihre Glaskolben zerbrechen. Können Sie und Al sie mit ihrer Magie zum Platzen bringen? Dass Sie sie *alle* auslösen können, damit jede Person im Raum wegrennt? Das wird das Signal sein, den Saal zu räumen und dann zu verbarrikadieren. Mothra kann sich um den Eingang kümmern, während ich den Aufzug kurzschließe.«

Mom nickt. »Das können wir, ja, Allie?« Sie beobachtet mich besorgt, und ich weiß, dass sie mich durchschaut.

»Sicher«, antworte ich.

Jebs Plan ist so ausgeklügelt, aber ich habe es nicht mal geschafft, einen zusammenhängenden Gedanken zustande zu bringen, seit er unser Haus verlassen hat. Offensichtlich hat unser Bruch seine Leistungsfähigkeit nicht so beeinträchtigt wie meine.

Wir nehmen den großen Aufzug nach unten. Jeb steht mit den Reisetaschen in der gegenüberliegenden Ecke und bedient die Tastatur und Morpheus steht zwischen mir und meiner Mom. Als wir unser Ziel erreichen, drückt Jeb auf den Knopf, der die Tür geschlossen hält. Zum ersten Mal heute Abend wendet er sich mir zu. Mein Herz tanzt.

»Sei vorsichtig«, sagt er mit bewegter Stimme.

»Du auch«, murmele ich.

Morpheus Flügel rauschen nach oben, offensichtlich als Erinnerung an das, was zuvor zwischen uns passiert ist.

Ich runzle die Stirn, als Jeb wegschaut, die Tür öffnet und uns ins Untergeschoss führt. Er ignoriert mich wieder. In der Ecke neben einem halben Dutzend Billardtischen mit Filzbelägen werden Snacks angerichtet. Die Filzbeläge sind so dunkel, dass sie fast nicht zu erkennen sind. Neonbälle, Taschen und Queues locken Spieler an.

Am Büfett sprudelt ein leuchtend blaues Gebräu in einer Bowlenschüssel und Törtchen mit einer Glasur aus Neonrosetten bedecken den Rest des Tischs. Wir verstauen unser Zubehör hinter der herabhängenden Tischdecke, sodass man sie nicht sehen kann, aber leicht herankommt.

Es ist Zeit, sich unter die Leute zu mischen und auf die Suche zu machen.

Wir passen perfekt in die ultraviolette Szenerie. Die Leute, die herumschwirren, wirken genauso wild wie Morpheus und ich. Einige meiner Klassenkameraden haben sogar Fühler und zwei Flügelpaare wie Libellen – aus Draht, Mull und fluoreszierender Sprühfarbe gefertigt.

Die Bäume, von denen uns Jeb erzählt hat, sehen wirklich echt aus, und sie sind mindestens dreimal so groß wie die, die wir im Kunstkurs gemacht haben – dicke Stämme und lange Äste, die wie Schlangenhaare aus den Wipfeln aufragen. Sie sind weiß angemalt und vor dem Schwarzlicht wirken sie gespenstisch.

Ich schaudere.

Mom nimmt mich beiseite und beugt sich dicht vor mein Ohr. »Ich weiß, dass zwischen dir und Jeb irgendetwas los ist, aber lass dich nicht ablenken. Du stehst das hier nur durch, wenn du dich von deinen Gefühlen distanzierst. Sei kaltblütig und schlau. Denk wie eine Netherlingskönigin. Okay?«

Ich nicke. Sie küsst mich auf die Schläfe, und der Duft ihres Parfums hängt über mir, als sie sich von unserer Gruppe löst, um sich am Tisch der Aufsichtspersonen einzutragen. Ihr Kleid und ihre Maske scheinen durch die Dunkelheit zu schweben, strahlendes Rosa wirbelt um eine schattenhafte blaue Silhouette. Der Schüler am Tisch reicht ihr ein fluoreszierendes Namensschild und gratis dazu eine farbige Pappkrone mit Lametta. Sie setzt sie auf, dann geht sie ein paar Schritte zu einer Spendenkiste. Sie wendet mir den Rücken zu und aus dem Funkgerät in meinem Mieder ertönt ihre Stimme.

»Ich werde diese Kiste überprüfen. Halt nach dem anderen Ausschau. *Over.*« Dann rauscht es, kaum hörbar unter der Monsterballade aus den Achtzigern, die aus den Lautsprechern über uns plärrt.

»Wir sind dabei«, sagt Jeb hinter mir. »Geh zur Tanzfläche. Du solltest jetzt einen Platz finden, bevor alle anderen auftauchen.«

»Ja«, erwidere ich.

Morpheus streift mit samtener Fingerspitze meine Schulter bis zum Ellbogen, als er vorbeigeht. »Behalt einen klaren Kopf, Alyssa. Ich werde nicht für dich einstehen, wenn du ihn verlierst.« Die Wunderlandandeutung hinter seinen Worten schiebt mir ein Messer durch die Eingeweide. Dann verschwindet er in Richtung Minigolfplatz.

Jeb tritt hinter mir von einem Fuß auf den anderen, als wolle er fortgehen, aber er hält inne, als es in den Boxen knistert und die Musik unterbrochen wird.

»Fünf Minuten, bis wir die Tür öffnen!«, ruft ein aufgedrehtes Teeniemädchen durch die Sprechanlage. »Begleiter, nehmen Sie Ihre Posten ein, und Schülervertreter, geht zum Eingang, um die Märchengäste willkommen zu heißen und die Spenden entgegenzunehmen!«

Jeb und ich warten, bis sich die Menge lichtet. Ich mache mir Sorgen, weil wir die von Geistern besetzten Spielzeuge noch nicht gefunden haben. Ich hatte gehofft, dass wir es schaffen, bevor Jenara, Corbin und die anderen Schüler hier sind. Ich werde zappelig, und mein Flügel streift Jebs Bauch, woraufhin mir die Röte ins Gesicht schießt.

Er beugt sich vor, sein Atem heiß auf meinem Hals. »Alles klar, Skatergirl«, flüstert er und berührt meine Flügelspitze, was mir einen warmen Hoffnungsschimmer durch den ganzen Körper schickt.

Sein Glaube an mich, angesichts dessen, was ich ihm zugemutet habe, überrascht mich so, dass ich mich umdrehe, um ihm zu danken. Aber er geht bereits davon, sein Rücken kaum sichtbar in der Dunkelheit. Die Haut meiner Flügel tut weh von seiner Berührung.

Mit zusammengebissenen Zähnen gehe ich auf meinen Posten und schlängele mich an eifrigen Klassenkameraden in reflektierenden Kostümen vorbei. Ich halte den Blick auf die gespenstischen Bäume gerichtet. Sobald ich im Wald bin, werden mein Kleid, meine Haare und Flügel mit ihren funkelnden weißen Baumstämmen und Ästen verschmelzen. Wenige Meter entfernt sehen manche Baumstämme so aus, als runzelten sie die Stirn – eine eigenartige Unregelmäßigkeit in der Holzmaserung. Der Anblick löst ein vage vertrautes Unbehagen in mir aus.

Moms Stimme kommt durch mein Funkgerät. Sie bestätigt, dass sie in der Kiste mit Spielzeugen nichts gefunden hat, was nicht dorthin gehört, und dass Morpheus in der anderen Kiste ebenfalls nichts gefunden hat. Hinter Schnabel- oder Glitzermasken starren Leute auf meine redende Brust, ihre lila-blauen Silhouetten so unkenntlich für mich wie umgekehrt. Ich ignoriere sie und gehe weiter in Richtung Tanzfläche und Spiegelwand.

Als ich über meine Schulter schaue, entdecke ich in der Ferne Jeb, seine Silhouette dunkel gegen die zitrusorange Bowl, die sich hinter ihm erhebt. Eine provisorische Metalltrennwand ist auf das flache Ende geschoben worden – im gleichen Farbton bemalt wie die Bowl und halb so groß –, um Liebespärchen davon abzuhalten, sich zum Knutschen hineinzustehlen.

Eine schattenhafte Prinzessin steht neben Jeb in einem roten, mit Pailletten verzierten Kleid und Monarchenflügeln, die an ihren Schultern flattern, weiß glühend wie Flammen. Sie legt eine Hand auf seinen Jackenaufschlag und streichelt den Stoff. Ich würde diese Körpersprache überall erkennen. Taelor hat Jeb entdeckt und ist begeistert, dass er ohne mich gekommen ist.

Bei der Erinnerung an Moms Worte und Morpheus' Warnung schüttele ich die Eifersucht ab und gehe weiter zu dem mir zugewiesenen Ziel. Als ich an der Spielhalle vorbeikomme – einige Schritte entfernt von dem weißen Wald –, höre ich ein Rascheln, wie Plastik, das im Wind flattert.

Ich gehe zurück und ducke den Kopf in die Spielhalle. Der dunkle Raum ist erfüllt von vergnügter Musik, unheimlichen Soundeffekten und belebten Lichtern. Das Plastikrascheln dauert an und lockt mich. Ich gehe an einer Reihe von Spielautomaten vorbei. Im Augenwinkel sehe ich Zeichnungen in leuchtenden Farben, als ich mich auf das Rascheln konzentriere. Es kommt aus der Abteilung mit Spielautomaten, wo etwa fünfzig Preise, eingehüllt in Zellophan, an einer Stecktafel an der schwarzen Wand hängen.

In die Zellophantüten wird mit winzigen Bewegungen Luft eingeblasen und wieder herausgelassen, als atme etwas in ihnen. Mein Puls hämmert, als ich mich näher heranschleiche und die Preise durch ihre Plastikbedeckung erkenne: Teddybären und Plüschtiere, Vinylclowns und Porzellanpuppen – alle mottenzerfressen oder augenlos, mit Füllung, die aus ihren Hälsen, aus leeren Augenhöhlen und unter ihren Armen hervorquillt.

Die rastlosen Seelen ...

»Raffiniert«, flüstere ich und ziehe mit zitternden Händen mein Walkie-Talkie hervor. Als ich zurückweiche, stolpere ich über meine Schleppe und lasse das Funkgerät fallen. Es zerspringt auf dem Steinboden.

»Mist.« Ich bücke mich, um die Einzelteile aufzuheben, die neben einer kleinen Topfblume, die mir zuvor nicht aufgefallen ist, verstreut liegen. Es ist eine Butterblume, hier seltsam deplatziert. Ihre gelben Blütenblätter reflektieren das Licht in der ultravioletten Kulisse wie ein Vorfahrt-achten-Schild, das von Scheinwerferlicht gestreift wird. Auch im Topf glüht etwas, direkt über der Erde. Ich beuge mich vor und finde einen halb gegessenen Pilz, dem die gesprenkelte Seite fehlt.

»Mein Kind.« Ein heiseres Schnurren kommt aus der Mitte der Blume. Eins der Blätter packt eine Strähne meiner Silberperücke, bevor ich ausweichen kann, und hält mich vornübergebeugt fest. Augenreihen öffnen sich und blinzeln auf jedem Blütenblatt.

»Rot«, wispere ich.

Sie beginnt mit dem Topf zu wachsen, eine langsame und quälende Verwandlung. Sie fletscht ihre stachligen Zähne. »Lass dich anschauen«, sagt sie, jetzt so groß wie mein Oberschenkel und immer noch wachsend. Ihre belaubten Arme und Finger dehnen sich und verknoten sich in meiner Perücke, halten mich direkt vor ihr schauerliches Gesicht. »Was ist mit deinem Haar passiert?«, schimpft sie, offensichtlich verstimmt. Ihr Atem riecht nach verwelkten Blumen. »Wie kannst du es wagen, meinen Behälter zu plündern?«

»Ich bin *nicht* dein Behälter.« Ich reiße mich los und meine Maske und die Perücke fliegen herunter. Mein echtes Haar fließt wie ein Wasserfall um meine Schultern – eine zerzauste lockige Mähne. Ich trete einen einzigen Schritt zurück, bevor die dunkelrote Strähne an meinem Schädel mich zu Rot zerrt, als fiele ihr ein, dass sie sie geschaffen hat, als wolle sie sie wieder in sich aufnehmen. Ich erstarre, dieser Fingerabdruck auf meinem Herzen macht mich handlungsunfähig.

»Ah, besser.« Rot schneidet mit ihren stachligen, schleimigen Zähnen eine Grimasse, als sie groß genug ist, um mir in die Augen zu schauen. »Das ist die Begrüßung, die ich erwartet habe.« Sie fängt die rastlose Haarsträhne mit einer belaubten Hand ein. »Ich werde immer ein Teil von dir sein.«

Mein Körper fühlt das Eindringen, als zapfe sie all mein Blut ab und fülle meine Adern mit ihrem.

Ich reiße mich zusammen und schubse ihren Stängel. Sie fällt um und lässt meine Haare los, als sie auf dem Boden aufprallt. Der Blumentopf ist umgestürzt und die Blätter rascheln. Ihr mentaler Zugriff ist gebrochen.

»Du wirst nie wieder ein Teil von mir sein.« Ich schüttele die versuchte Inbesitznahme ab.

Knurrend rollt sie sich über den Boden, dann benutzt sie ihre rankenartigen Arme, um sich an mich heranzuziehen. Erde quillt aus dem umgestürzten Topf und sie hält inne und starrt ihn an. Ihre vielen hundert Augen funkeln zu mir empor. »Hilf mir, oder du wirst meinen Zorn zu spüren bekommen.«

»*Richtig*«, murmele ich sarkastisch, und der Netherling in mir übernimmt. Die Erinnerung an meine Konfrontation mit den Blumen letztes Jahr in Wunderland kehrt zurück. »Du kannst Wurzeln aufheben, aber du kannst dich nicht bewegen, wenn du nicht mit der Erde verbunden bist. Nicht die klügste Entscheidung, in einer Betonhöhle aufzutauchen.« Ich weiche ihrem Versuch, mich zu packen, mit hoffnungsvollem Herzen aus. Das muss der Grund sein, warum sie die Zauberblumen nicht mitgebracht hat … warum sie nur die Spielzeuge als Soldaten hat. »Von mir aus kannst du einfach dort liegen bleiben und verfaulen.«

Schäumend fährt sie ihre Arme aus. Die Blätter, die aus ihren

Adern hervorragen, klatschen zwei Zentimeter vor mir auf den Boden neben meinen Füßen, bereit, mich zu packen. Ich ziehe mich noch weiter zurück und beobachte sie, bemitleide sie beinahe in ihrer Hilflosigkeit. Aber ich weiß es besser. Sie ist nicht hilflos und Gnade hat keinen Platz auf dem Schlachtfeld.

Ich muss sie dauerhaft beseitigen – sie zu dem Friedhof zurückschicken, damit sie dort bleibt, aber ich habe keine Ahnung, wie ich sie dorthin schaffen soll. Vielleicht hat Morpheus einen Plan. Ich werde sie irgendwie außer Gefecht setzen … sie hier festhalten, bis er mir helfen kann.

Ich reiße eine Verlängerungsschnur aus der Wand und trete weit genug zurück, dass sie nicht an mich herankommt. Dann führe ich die Schnur mit meinem Geist, als werfe ich eine Angel. Ich beobachte Rot, dann rolle ich sie darin ein, damit sie sich nicht mehr bewegen kann. Es ist befriedigend, ausnahmsweise einmal die Strippen in der Hand zu haben bei diesem Trick.

Sie knurrt und wehrt sich gegen die Fesseln. »Sturer Dummkopf. Ich bin nicht der Feind. Begreifst du nicht, dass du nur durch mich das Rote Königreich behalten kannst? Deine Mutter wird es dir wegnehmen. Sie hat all die Jahre gelogen. Sie will die Krone. Hat schon einmal versucht, sie zu erlangen. Das hast du nicht gewusst, oder?«

»Ich weiß alles über meine Familie.« Dank Morpheus.

Ich fahre fort, sie in das Stromkabel einzuwickeln. Wenn ich nicht die Erinnerungen meines Vaters und meiner Mutter gesehen hätte, wäre ich vielleicht tatsächlich auf Rots Lüge hereingefallen. Unter den gegebenen Umständen machen mich ihre falschen Anklagen nur noch zorniger. Ich könnte sie mit einem Stromschlag töten, wenn es irgendeine Wirkung hätte.

Sie grummelt vor sich hin, während ich das Kabel verknote und noch einen Schritt zurücktrete.

»Die Spinne lauert im Schatten«, grummelt Rot. »Sie will deinem Märchenprinzen diesmal ein anderes Ende bescheren. Lass mich frei, und ich verrate dir, wo sie sich versteckt.«

Schwester Zwei?

Ich hebe den Saum meines Kleids und renne davon, lasse Rot handlungsunfähig zurück.

»Fangt das Mädchen und weckt die Bäume!«, ruft Rot. Die Spielzeuge an der Wand schütteln sich in ihren Päckchen, um freizukommen.

Weckt die Bäume. Diese Worte sind eine üble Bestätigung meiner Vorahnung. Dieses Stirnrunzeln, das ich gesehen habe, war nicht nur eine Maserung im Holz.

Jeb sieht mich vom Eingang der Spielhalle weglaufen und versucht, sich durch die Menge zu kämpfen. Es bleibt keine Zeit, Mom zu holen. Ich muss die Halle räumen, bevor die Spielzeuge entkommen und Menschen vom Düsterholz gefressen werden.

Ich starre empor zu dem leicht violetten Schwarzlicht an der endlosen Decke und stelle mir die Kolben auf den Sprinklern vor, tue so, als seien sie Rosenknospen in einem Garten, die darauf warten zu erblühen. Ich stelle mir einen erfrischenden Regen vor, der ihre Blütenblätter weit öffnet.

Ein Knallen breitet sich von einem Ende der Höhle zum anderen aus, dann kommt kaltes Wasser, sodass ich nass werde bis auf die Haut. Die Reaktion der Menge kommt sofort. Schreiende Mädchen und fluchende Jungen zwängen sich zu den Rampen durch, während andere umherrennen und versuchen, Kostüme und Speisen zu retten.

Die Aufsichtspersonen bemühen sich, das Chaos zu kontrollieren und alle zum Ausgang zu führen. Ich ducke mich hinter das Spielhallenschild, und als der letzte Begleiter durch die Türen stürzt, rauscht Morpheus heran, um eine Kette durch die Bügel zu ziehen und den Eingang zu verbarrikadieren.

Die Sprinkler hören auf Moms Befehl hin auf zu sprühen.

»Die Armee ist in der Spielhalle!«, rufe ich, als sie in Sicht kommt und wir vier wiedervereint sind – Haut, Haar und Kleider tropfnass. »Und seid vorsichtig wegen der Bäume ... sie sind aus Düsterholz.«

Jeb wirkt vollkommen verwirrt, aber Mom und Morpheus wechseln ängstliche Blicke durch ihre reflektierenden Masken.

In wilder Flucht drängeln verrottende Spielzeuge aus der Spielhalle in Richtung der Bäume neben der Tanzfläche. Ich kann das Ausmaß ihrer Abscheulichkeit in der Dunkelheit nicht sehen. Es spielt keine Rolle. Ich kann mir trotzdem vorstellen, wie sie in diesen Tüten ausgesehen haben – in Schmerz und Rage blinzelnde, elende Puppenaugen, knurrende Clownsgesichter, Teddys und Lämmer, die ihre Füllung durch Risse im Körper verlieren. Und sie alle beherbergen Seelen, die wie im Rausch sind wegen der Chance auf Freiheit.

Ihre kleinen, schattenhaften Gestalten rutschen auf dem nassen Beton aus und fallen hin. Sie brummen panisch. Es wäre komisch, wenn es nicht so verhängnisvoll wäre.

»Holt das Material!«, ruft Jeb.

Morpheus erhebt sich in die Luft und seine Krone fällt scheppernd auf den Boden. Ich rausche hinter ihm her. Es sind eine schwebende Maske, Wams und Rüschenhemd, die auf das Büfett zusteuern. Alles andere, seine Kniehose und Flügel, sind zu dunkel, um sie zu sehen. Jeb und Mom folgen auf dem Boden, ein schwebendes Kleid und eine leuchtende, lavendelfarbene Maske. All die Jahre des Balancierens auf einem Skateboard zahlen sich aus. Jeb gelingt es auf beeindruckende Weise, über den durchweichten Boden zu gleiten, während er gleichzeitig aufpasst, dass Mom nicht stürzt.

Durch die Sprechanlage und die Lautsprecher dringt nur noch ein Rauschen. Ich flattere mit den Flügeln und checke die Dunkelheit unter mir. Sie wird unterbrochen durch fluoreszierende Plattformen in der Mitte, Wandgemälde und gespenstische Bäume weiter weg, die bald zum Leben erwachen werden, und, nur einige Meter unter mir, die Spielhalle. Ich zucke zusammen. Es ist, als schaue man auf einen albtraumhaften Flipper hinab. Als ich die Billardtische und die leuchtenden Kugeln betrachte, die wie Murmeln aussehen, nimmt eine Idee Gestalt an.

Morpheus unterbricht meinen Gedankengang und ruft über die Schulter: »Rot?«

Meine Haare wehen in dem Wind, den sein Flügelschlag verursacht. »Sie liegt gefesselt auf dem Boden und hustet Dreck.«

»Das wird nicht von Dauer sein.« Ausnahmsweise einmal hat er keinen Scherz auf den Lippen.

Und er hat recht, ernst zu bleiben. Ich habe sie nur von den Menschen ferngehalten und uns ein wenig Zeit verschafft. Sie will meinen Körper zurück und Morpheus auf dem Silbertablett. Sie wird eine Möglichkeit finden, dies wahr werden zu lassen. Aber erst einmal ist sie handlungsunfähig, weshalb unser vorrangiges Ziel ist, Schwester Zwei zu finden. Ich schaudere bei der Erinnerung an Morpheus' Reaktion auf ihren Stachel. Ein Mensch ohne

Zauberkräfte, um gegen das Gift anzukämpfen, hat keine Chance zu überleben.

Morpheus und ich erreichen das Büfett als Erste. Er landet geschickt auf dem Boden und kommt schlitternd zum Halten. Ich lande unbeholfen auf dem Tisch, mein linker Stiefel eingequetscht in einem durchweichten, fluoreszierenden Törtchen.

»Übung, Schätzchen. Es kommt auf die Knöchel an«, sagt er, als er die Reisetaschen hervorzieht.

Ich schüttele den nassen Kuchen ab und hüpfe hinunter, versuche mithilfe meiner Flügel das Gleichgewicht zu halten, damit ich auf dem glitschigen Boden nicht ausrutsche.

Jeb und Mom kommen an, nachdem sie einen Umweg gemacht haben, damit Jeb den Aufzug kurzschließen konnte. Jetzt ist er voll auf Kämpfen eingestellt. »Al, gib mir dein Schultertuch«, verlangt er, als er mich sieht, und reißt seine Jacke herunter.

Ich nehme die Brosche ab. »Jeb«, murmele ich, als er mich herumwirbelt, um das Netz vom Ansatz meiner Flügel zu nehmen. Mom und Morpheus laden einige Schritte entfernt Sachen ab, mit dem Rücken zu uns.

»Jawohl«, sagt Jeb und konzentriert sich.

»Diese Bäume, sie verschlucken Dinge. Dann spucken sie sie entweder als Mutanten aus, oder die Dinge gehen verloren in ...«

»*IrgendWoanders*. Deine Mom hat es mir auf dem Weg hierher erzählt.« Seine Finger arbeiten sich weiter durch das Netz.

»Und Schwester Zwei ist hier.«

Er hält inne.

Ich sehe ihn über meine Schulter an und es schnürt mir die Kehle zu. »Dein Plan ist brillant, aber dies ist nicht dein Krieg. Du bist nicht dafür ausgerüstet, gegen diese Dinge zu kämpfen.«

Sein verletzter Blick dringt durch seine Maske. »Aber *er* ist es, stimmt's?«

Ich schaue über seine Schulter zu Morpheus hinüber. Seine Flügel versperren die Sicht auf ihn und Mom, die dabei sind, die Netze zu entwirren.

Ich drehe mich wieder zu Jeb um. »Ganz gleich, was du denkst, was zwischen uns geschehen ist, ich liebe dich. Wir haben gemeinsame Kampfnarben und unsere Herzen schlagen füreinander. Ich will das nicht verlieren.«

Er betrachtet meine Ketten und den gelöteten Metallklumpen an meinem Hals. »Ja, ich sehe, wie gut du auf mein Herz aufgepasst hast.«

Ich zucke bei dem offenen Seitenhieb zusammen.

»Aber du solltest inzwischen wissen, dass ich niemals kampflos aufgebe.« Er packt die Kette, zieht mich ruckartig an sich und presst seine Lippen auf meine – eine Gegenforderung nach Morpheus' Kuss, geprägt von Jebs Geschmack und Leidenschaft. Als er mich loslässt, sind seine Kiefer fest aufeinandergepresst. »Du und ich? Die Sache zwischen uns ist längst noch nicht vorbei.«

Ich bin zu verstört, um zu reagieren.

Unser Moment wird abgebrochen, als die untoten Spielzeuge die Bäume erwecken. Breite Münder klaffen auf den Stämmen auf und ihre Schlangenglieder schlagen unregelmäßig. Wie Rot sind sie auf die Blumentöpfe und die Erde begrenzt, in der sie stehen. Aber ich erinnere mich an die schnappenden, wieder einziehbaren Zähne und Kiefer der Düsterholzregale. Wenn die Spielzeuge uns in den Wald treiben können, sind wir so gut wie gefressen.

Nachdem sie die Bäume geweckt haben, verschwinden die

Spielzeuge wieder im Schatten. Die wiederkehrenden Geräusche von schwappendem Wasser und schauerlichem Gewimmer und Stöhnen sind die einzigen Hinweise auf ihren Verbleib. Abgesehen von einer Silhouette hier und da sind sie kaum zu erkennen, da sie so klein sind und so nah auf dem Boden.

Ohne ein weiteres Wort rollt Jeb die Netze zu Streifen, damit sie fester sind, und legt sie wie eine behelfsmäßige Rüstung um seine Brust und Schultern. Er holt die Nachtsichtbrille hervor und reißt seine Maske vom Gesicht, um sie aufzusetzen. Dann schnappt er sich ein Paintballgewehr und stopft alle Schachteln mit Paintballmunition in eine Reisetasche, die er sich über die Schulter hängt.

Er geht zu Morpheus, packt seinen Arm fest und dreht ihn zu sich. »Denkst du, du bist Insektenmann genug, um mich mitzunehmen?«

Morpheus schnaubt. »Ein Kinderspiel. Obwohl ich keine sichere Landung versprechen kann.«

Die Drohung lässt Jeb kalt. Er dreht sich, sodass Morpheus die Arme von hinten durch die Rüstung schieben kann.

»Morpheus.« Ich werfe ihm einen vielsagenden Blick zu und versuche, eine Bestätigung zu erhalten, dass er fair bleibt. Aber keiner der Jungen schaut in meine Richtung. Ich hoffe, dass sie es schaffen zusammenzuarbeiten, ohne einander umzubringen.

»Wir werden sie markieren.« Jeb schaut auf uns herab, als Morpheus ihn hochhievt. Seine kraftvollen Flügel flattern so kräftig, dass sie Windstöße hervorrufen. »Und ihr zwei tütet sie ein.«

Mom reicht mir ein Netz, während die Jungen zur Decke emporsteigen. Jebs Hemd ist ein lila funkelnder Streifen in der Dunkelheit. Der Gedanke, dass Schwester Zwei irgendwo lauert, quält mich, aber ich muss mich zusammenreißen. Ich darf nicht zulassen, dass meine Angst um Jeb die Oberhand gewinnt, sonst wird Morpheus' Auffassung bestätigt: dass Jeb mein Niedergang ist.

Ich werde nicht zulassen, dass das wahr wird. Er ist mein Partner, genau wie er es in Wunderland war. Selbst wenn ich sein Vertrauen verloren habe.

Ein platschendes Geräusch ertönt, als Jeb Paintballs in die Dunkelheit schießt. Unheimliche Spielzeuge huschen aus Verstecken, knurrend und stöhnend. Sie werden mit Farbklecksen markiert – neonfarbenene Lichtflecken schwanken hin und her.

Mom und ich gehen in die Knie und ducken uns, taumeln und rutschen, während schnappende Zähne und wütendes Knurren uns aus allen Richtungen begrüßen. Durch den nassen Boden unter uns können wir uns kaum aufrechthalten, um sie abzuwehren, geschweige denn, sie in Netzen zu fangen.

»Wenn wir die Oberhand gewinnen wollen«, rufe ich über den Tumult und stoße einige untote Spielzeuge mit einem Billardqueue beiseite, »werden wir in die Luft aufsteigen müssen.« Meine Flügel jucken und ich klettere auf den Tisch.

Mom schaut zu mir auf, ein Anflug von Zögern hinter ihrer Maske. »Ich bin nicht so gut in dieser Fliegerei.« Sie wirkt verängstigt, genau wie ich es war, als Jeb und ich auf einer Woge aus Muscheln über den Abgrund in Wunderland geskatet sind. Aber Jeb hat nicht locker gelassen und ich habe es hinausgeschafft. Ich werde für Mom genauso stark sein.

Ein halbes Dutzend neonverschmierter Spielzeuge purzeln in unseren Weg, keuchend und wütend.

Ich ziehe meine Mutter neben mich auf den Tisch hoch. »Jetzt, Mom.«

Sie beißt sich auf die Lippe und nickt. Es macht *Wusch*, als sie ihre Flügel loslässt – fast identische Versionen von meinen. Nach der heutigen Nacht – nachdem ich gesehen habe, wie ihre Wunderlandwildheit entfesselt war –, denke ich nicht, dass sie jemals wieder irgendwelche Probleme mit meinen Miniröcken haben wird.

Ein Trance-Techno-Song dröhnt aus dem Lautsprecher und boshaftes Gelächter hallt durch die Gegensprechanlage. Einige Spielzeuge haben den Weg in die Tonkabine gefunden.

Mom und ich erheben uns in die Luft – Netze in Händen –, während mehrere rastlose Seelen auf den Tisch krabbeln. Ein vermoderter Teddybär und ein rosa Kätzchen mit nur einem Auge ziehen an meinen Armen und meinem Haar und versuchen, mich zu den wedelnden, gähnenden Bäumen zu zerren. Ich schlage die Spielzeuge mit meinem Billardqueue beiseite, während ich aufsteige.

Mom gewinnt nicht schnell genug an Höhe. Eine von Würmern zerfressene Vinylpuppe umklammert ihren Knöchel und beißt sie. Sie kreischt und sinkt einen Meter tief. Blut sickert aus ihrem Schuh auf den Tisch.

Ich fliege auf sie zu und schlage mit dem Billardqueue nach der Puppe und schicke sie in die Dunkelheit. Das Spielzeug jault auf, und ich folge seiner aufsteigenden weißen Reflexion, als es oben auf die Bowl prallt und unten zum Halten kommt. Die Puppe versucht hinauszuklettern, rutscht aber immer wieder nach unten. Die gewölbte Form der Skaterbahn und die Feuchtigkeit von den Sprinklern machen eine Flucht unmöglich.

Die noch nicht zu Ende gedachte Idee von früher trifft mich jetzt mit voller Wucht.

»Zombiebillard«, brülle ich Mom zu. Wir sind beide hoch genug, dass unsere Flügelspitzen beinahe das Schwarzlicht an der Decke streifen.

Sie schaut auf die Anlage hinunter und versteht es nicht ganz. Um es zu demonstrieren, konzentriere ich mich auf den Billardtisch und stelle mir vor, dass die Kugeln Steppenläufer sind, die von einem Texaswind erfasst wurden. Sie beginnen sich zu drehen, dann rollen sie und fallen von der Tischkante wie fluoreszierende Regenbogenwasserfälle.

Sie fangen in der Drehung einige Spielzeuge ein und ich leite die mobile Masse mit meinem Geist und meiner Fantasie zu dem Skatepark. Dorthin schlage ich die Düsterholzbäume und andere Hindernisse aus dem Weg, dränge sie aber weiter. Aus unserer Höhe sieht die leuchtende Szene aus, als würden hundert Billardspiele gleichzeitig stattfinden.

Mom kapiert es und setzt ihre Magie an einem anderen Billardtisch ein, bis der Boden mit leuchtenden Kugeln und aus dem Gleichgewicht geratenen Spielzeugen bedeckt ist. Wir bündeln unsere Kräfte und schicken alle Kugeln und Spielzeuge in die Bowl. Moms weiße Zähne strahlen in der Dunkelheit und ich lächele zurück. Wir gewinnen.

In der Ferne nehme ich Jeb und Morpheus wahr. Sie sind nahe der Spielhalle. Stetig surrend fliegen Paintballs herab. Die Jungen sind auf der Jagd nach Rot. Ich verdränge meine Sorge und versuche, sachlich zu bleiben und weiter mit Mom zusammenzuarbeiten, bis wir den größten Teil der Spielzeuge in der Bowl gestapelt haben. Die wenigen Verbliebenen huschen in den Düsterholzwald.

Ich forme eine riesige Schaufel mit meinem Netz und dem

Queue. Dann fliege ich hinunter und senke die Schaufel. Die Spielzeuge klettern dumpf hinein. Ich kann mindestens fünfzehn bei meinem ersten Versuch fangen. Ihr zappelndes Gewicht hilft mir, dass sie nicht entkommen können. Ich werfe das Netz auf dem Weg zum Büfetttisch ab. Dann schnappe ich mir zwei Billardstöcke und reiche Mom einen, als sie in der Nähe schwebt. Sie huscht davon und ich greife unter das Tischtuch nach der letzten Reisetasche.

Etwas schneidet mir durch meinen Handschuh ins Handgelenk. Ich schreie auf und reiße den Arm zurück, und Blut tropft auf den Boden. Eine Gartenschere zerfetzt das Tischtuch, und Schwester Zwei huscht heraus, erhebt sich zu ihrer vollen Größe und schlägt mit ihren Stacheln nach mir.

25

Dunkelste Nacht & seltsamstes Licht

Keuchend wehre ich Schwester Zweis giftige Hand mit einem Billardqueue ab.

Sie kreischt, als einer ihrer giftigen Fingernägel im Holz stecken bleibt. Ich ziehe den Billardstock raus und renne weg. Mein Herz hämmert mit jedem rutschigen Schritt.

Weder Rot noch die Jungen oder Mom können mich durch die schwankenden Tulgey-Bäume sehen. Aber ich sehe sie. Jeb und Morpheus sind gelandet und treiben die Spielzeuge zusammen, die sie markiert haben – die, die an mir und Mom vorbeigekommen sind. Morpheus setzt blaue Magie ein, um die Zombies wie Marionetten zu Jeb zu lenken. Daraufhin schwingt Jeb einen Golfschläger und treibt sie in ein Netz, das aufgespannt ist. Typisch Jungs, aus einer Situation auf Leben und Tod ein Spiel zu machen. Sie sind fast am Eingang zur Spielhalle – fast bei Rot.

Etwas weiter weg schaufelt Mom die Spielzeuge aus der Bowl zusammen, ebenso selbstvergessen wie die Jungen. Ich will gerade abheben, um zu ihr zu fliegen, aber die Schere von Schwester Zwei säbelt in meinen rechten Flügel.

Ein glühender Schmerz schießt mir vom Schulterblatt ins

Rückgrat. Meine Knie geben unter mir nach und ich krache auf den nassen Beton. Ich versuche zu schreien … die anderen zu warnen … aber der Schmerz ist bohrend, raubt mir den Atem und verschließt meinen Kehlkopf.

Schwester Zwei kommt herbeigehuscht, ihre acht Füße trippeln in morbidem Takt. Mein Flügel ist in Fetzen. Juwelenbedeckte Stücke schweben herum wie Schnee um Mitternacht und reflektieren grellweiß im Schwarzlicht.

»An dem Tag, an dem du den Fuß auf meinen geheiligten Boden gesetzt hast, habe ich dir gesagt, dass ich Konfetti aus dir machen würde. Sei froh, dass ich es nicht wahr mache.« Sie sticht mit dem Queue nach meinem Flügel, dann lässt sie ihn neben mir fallen, während ich mich vor Schmerzen zusammenrolle. »Da du meine entlaufenen Seelen zusammengetrieben und Rot zurück in mein Domizil gebracht hast, habe ich beschlossen, dich am Leben zu lassen. Dein sterblicher Träumer und deine Mutter … das genügt mir als Entschädigung. Du darfst deine Schulden als beglichen betrachten.«

Ich versuche, mich zu bewegen. *Nein. Bitte, nimm sie nicht.* Meine Brust wird eng, meine Stimme ist in mir gefangen wie ein Vogel im Käfig.

Sie wirft ein Netz in die Luft und erhebt sich, nicht zu erkennen und tödlich in der Dunkelheit. Sie blitzt in meinem Sichtfeld auf und verschwindet wieder, so hoch, dass sie so gut wie unmöglich zu erkennen ist.

Rots boshaftes Gegacker dröhnt durch den höhlenartigen Raum, und ich verrenke mir den Hals, um den Eingang zur Spielhalle zu überprüfen. Rots blumige Gestalt ist jetzt größer als Morpheus. Die Spielzeuge müssen ihr geholfen haben, sich aus den Fesseln zu befreien. Sie benutzt ihre Schlangenarme, um voranzukommen, hebt den Topf und schwingt ihn. Sie erinnert mich an einen Orang-Utan. Eins ihrer zusätzlichen Gliedmaßen gleitet hervor, um Jeb zu packen. Morpheus hüllt Rot mit seiner blauen Magie ein, als hoffe er, sie zu kontrollieren, so wie er die untoten Spielzeuge kontrolliert hat. Aber sie ist zu mächtig und ergreift auch ihn.

Ich schreie auf, endlich entringt sich ein Geräusch meiner Kehle.

Entschlossen zu helfen, stemme ich mich gegen die quälenden Krämpfe in meinem Rücken und meinem Flügel und stehe beinahe auf, falle aber wieder auf den Bauch, als eine stechend heiße Welle durch meine Wirbelsäule schießt. Haben sich so all die Insekten gefühlt, die ich früher mit Nadeln aufgespießt habe?

Ich wimmere – eine erbärmliche Entschuldigung für eine Königin, eine Tochter, eine Freundin. Heiß-kalte Krämpfe wandern von meinem zerrissenen Flügel in jeden Nerv und erschüttern mich wie eine Druckwelle. Ich schaudere, während meine Muskeln zucken. Wasser spritzt überall um mich herum und mir wird noch kälter.

Ich fühle mich taub und versinke in Bewusstlosigkeit, wie vor Tagen in meinem Traum, als der Schlamm mich verschluckt hat. Ich erinnere mich an Morpheus' Stimme, als ich hinuntergezogen wurde. Dass er mir erklärt hat, ich müsse einen Weg hinausfinden, und dass ich nicht allein sei. Und als ich nach den Insekten gegriffen habe, bin ich gerettet worden.

Als wir in Unterland angekommen waren, haben die Insekten ihre Loyalität und Hilfe versprochen. *Ruf uns*, haben sie gesagt. Also mache ich das jetzt ... Ich konzentriere meine Gedanken auf sie und flehe sie an, die Mimratzen wieder zu erwecken, weil das die einzige Möglichkeit ist, das menschliche Reich zu retten.

Da ist ein Wispern der Bestätigung, kaum hörbar unter der lauten Musik, als hätten Insektenspäher die ganze Zeit über in Unterland auf mein Signal gewartet. Erleichterung überkommt mich. Die Ameisen werden es in Ordnung bringen. Die heimatlosen Gespenster werden kommen und alles zurückbringen, was nach Wunderland gehört.

Eine bittere Erkenntnis trifft mich. Sie werden auch Morpheus fangen. Er wird zusammen mit Rot nach Wunderland verfrachtet werden. Er wird weiter in Gefahr sein.

»O nein«, murmele ich und verkrieche mich, während ich den Schmerz ausblende.

Hoch über mir nähert sich Schwester Zwei verstohlen Moms schwebender Gestalt.

»Mom!«, brülle ich, aber die spinnenhafte Gärtnerin bringt sie aus dem Gleichgewicht, bevor Mom sie sieht.

Mom stürzt in den Haufen von ruhelosen Spielzeugen in der Bowl. Ihr Kleid, ein wunderschöner Wasserfall aus leuchtendem Rosa vor dem Hintergrund ihrer hellvioletten und schwarzen Silhouette. Die wahnsinnigen Spielzeuge stürzen sich auf sie.

»Geht runter von ihr!«, schreie ich.

Eine Kakofonie gequälter, heulender Schreie steigt von der Tanzfläche auf, lauter als meine Stimme, lauter als das Rauschen, das jetzt durch die Sprechanlage kommt. Hinter den weißen Bäumen hat sich ein Portal in einem der Spiegel an der Wand geöffnet und es leuchtet in der Dunkelheit. Schwarzer, öliger Schleim sickert aus dem Kaninchenloch und dringt in unser Reich ein. Im

Handumdrehen zerteilt er sich in Phantome, die sich in der Luft verteilen wie Rauch.

Sie ziehen über mich hinweg und schnüffeln, ihr Geheul erschüttert mich bis ins Mark und bringt meine Flügel zum Zittern. Sie hinterlassen ihre öligen Abdrücke, während ich aufschreie und vorwärtsdränge, auf Mom zu, die unter den untoten Spielzeugen liegt. Ich kann nicht zulassen, dass die Gespenster denken, sie gehöre dazu. Aber Jeb und Morpheus brauchen ebenfalls meine Hilfe.

Ich mache den Fehler, zur Spielhalle hinüberzuschauen. Rot hält die Jungen immer noch mit ihren belaubten Armen umfangen, während Schwester Zwei ihr entgegentritt. Rot benutzt ihre zusätzlichen Ranken, um sich zum Düsterholzwald zu ziehen, und Schwester Zwei schlittert hinter ihnen her – eine Spinne, die eine Blume jagt, genau wie in meinem Mosaik. Ich schnappe nach Luft und begreife, noch bevor es geschieht, was Rot vorhat. Gerade als Schwester Zwei ein Netz auswirft, um Jeb zu fangen, ihre kostbare Seele, taucht Rot in das klaffende Maul eines Düsterholzbaums und nimmt Jeb und Morpheus mit.

Sie sind fort.

Ich lasse mich auf den Bauch fallen, auf die Ellbogen gestützt, umgehauen vor Fassungslosigkeit. Während ich gegen die Tränen kämpfe, sehe ich mich um und warte ab. »Bitte, kommt nicht wieder heraus ... bitte nicht«, murmele ich, außerstande, mir eine Welt vorzustellen, in der Morpheus und Jeb verzerrt und verstümmelt sind wie die Außenseiter aus der Spiegelwelt.

Sekunden verstreichen so langsam wie Stunden. Ich kneife die Augen zusammen und kämpfe dagegen an hinzuschauen. Ich stelle mir ihre Gesichter vor, albtraumhaft entstellt.

Ich ringe um Luft.

Das Kreischen der Gespenster bringt mich dazu, die Augen zu öffnen und auszuatmen. Der Baum hat sein Maul nicht wieder geöffnet. Jeb, Morpheus und Rot sind nirgends zu sehen. Aber meine Erleichterung ist mit Grauen vermischt. Beide sind durch das Tor gelassen worden, was bedeutet, dass sie zusammen mit Tausenden von Verbrechern aus Wunderland im IrgendWoanders gefangen sind.

Die Gespenster tauchen auf und ab, sie füllen die Luft im Raum wie ein Schwarm riesiger Heuschrecken. Ich kann das grauenhafte Schicksal von Morpheus und Jeb im Moment nicht ändern, und beschließe, ihnen später zu helfen. Ich verspreche mir selbst, irgendwie einen Weg zu finden.

Im Augenblick ist meine Mom noch in Gefahr.

Tief betrübt krieche an den Rand der Bowl, kann sie aber wegen all der Spielzeuge, die hineinklettern, nicht entdecken. Ich greife nach dem Queue, den sie bei ihrem Sturz hat fallen lassen, und pikse die ratlosen Seelen damit. Sie knurren, weichen auseinander und Mom wird sichtbar. Ihr Kleid ist zerrissen, und ihre Maske sitzt schief, aber sie ist bei Bewusstsein. Sie schiebt die Spielzeuge beiseite, die nach ihr grapschen, und streckt die Hand nach dem Billardstock aus. Ihr Gewicht zieht an meiner Schulter und ich beiße die Zähne zusammen gegen den reißenden Schmerz in meinem Rücken.

Einen Moment bevor Mom den Rand der Bowl mit der Hand packen kann, ist sie in einem wirbelnden Trichter aus jammernden Gespenstern eingeschlossen, die markerschütternde Schreie ausstoßen und rauen, kalten Wind über mich pusten.

»Stopp!«, schreie ich, die Arme schützend um den Kopf gelegt.

»Sie gehört hierher!« Sie ignorieren mich, strömen zurück in die Bowl und landen unten. Ich zwinge mich, trotz des quälenden Schmerzes aufzustehen.

»Nehmt mich auch mit!«, flehe ich.

Die sich drehende, heulende Wolke saugt alles in sich ein außer mir: die schimmernden Düsterholzbäume, die untoten Spielzeuge, die sich an Mom klammern, Schwester Zwei mit ihren Spinndrüsen. Ich humpele zu der Spiegelwand, während der Wirbelsturm durch das Portal dringt und nur ölige Streifen zurücklässt.

In der Hoffnung, hindurchspringen zu können, bevor sich das Portal schließt, werfe ich mich gegen den Spiegel, aber es ist zu spät. Ich krache in dem Moment in das Glas, als es sich verschließt, und der Spiegel zerbricht und schneidet mich, kalt und unnachgiebig. So bleibt mir nur, zu bluten und zu beobachten, wie sich der Albtraum, den ich heraufbeschworen habe, in den zerbrochenen Spiegelbildern abspielt.

Die Geister samt ihrem Plunder werden ins Wunderland eingesogen, und das Kaninchenloch bricht in sich zusammen, als sei die Wucht des Eintritts zu gewaltig. Nichts bleibt übrig als ein Haufen Dreck und eine zerbrochene Sonnenuhr.

Kein Weg hinein. Nie wieder.

Abgesehen von meiner Krankenschwester und mir ist der Innenhof verlassen. Ich sitze an einem der schwarzen, gusseisernen Bistrotische in einem betonierten Hof, der so bearbeitet wurde, dass er wie gepflastert aussieht.

Die Stuhl- und Tischbeine sind im Boden verankert, für den Fall, dass ein außer Kontrolle geratener Patient versuchen sollte, in einem Wutanfall mit Möbeln zu werfen. Ein schwarz und rot gepunkteter Sonnenschirm sprießt aus der Mitte des Tischs wie ein riesiger Pilz und spendet mir Schatten. Silberne Teetassen und Unterteller glänzen auf Platzdeckchen. Zwei Gedecke: eins für mich und eins für Dad.

Ich bin hier, weil ich den Kopf verloren habe. Mein Geist ist aus den Angeln geraten. Das sagen jedenfalls die Ärzte.

Dad glaubt ihnen. Warum sollte er auch nicht? Die Polizei hat Beweise. Die Zerstörung in Unterland ist genau wie die, die er zu Hause in meinem Zimmer, bei Butterfly Threads und in der Turnhalle der Schule gesehen hat. Das Blut auf dem Tischtuch des Büfetttischs stammt von Mom. Dann gibt es noch Blut von mir auf Jebs Hemd, das sie in meinem Rucksack in der Garage gefunden haben.

Jeb und Mom sind seit einem Monat verschwunden. Ich bin eher ein Opfer als eine Verdächtige. Opfer eines Kults vielleicht. Oder einer Gang. Es könnte auch Gehirnwäsche sein. Aber ich muss Hilfe gehabt haben. Denn wie sollte sonst ein Mädchen allein so viel Chaos anrichten?

Sie können mich nicht dazu bringen, darüber zu sprechen. Wenn sie fragen, werde ich wütend wie ein wildes Tier – oder ein entfesselter Netherling.

Als die Feuerwehrmänner mich unter den Trümmern von Unterland gefunden haben, war ich am Boden zerstört – neben dem verkrüppelten Flügel, den ich bereits wieder in meine Haut eingezogen hatte, neben den Schnittwunden in meiner Haut von dem Glas des Spiegels. Ich konnte überhaupt nicht sprechen. Ich konnte nur schreien und weinen.

Dad hat den Angestellten der Irrenanstalt verboten, mich zu sedieren, und dafür liebe ich ihn. Da sie mich nicht mit Drogen betäuben und in die Knie zwingen durften, haben sie mich in eine Gummizelle gesteckt, damit ich mich selbst nicht verletze. Ich habe eine Woche lang in der Ecke gehockt, schlaff und erschöpft, umgeben von nichts als endlosem Weiß. Weiß wie die Düsterholzbäume, die mich in meinen Albträumen verfolgt haben. Ich habe mich mit den Mosaiken gequält und wie jedes in dieser schicksalsschweren Nacht wahr geworden ist.

Es hat noch nie drei kämpfende Königinnen gegeben. Es gab immer nur zwei: Rot und mich – die zwei Teile meiner selbst, die ich so sehr versucht habe auseinanderzuhalten. Rot wurde von einer abscheulichen Kreatur – dem Düsterholz – bei lebendigem Leib gefressen. Zurück blieb meine Netherlingsseite inmitten eines Sturms von Magie und Chaos, und meine menschliche Seite eingehüllt in etwas Weißes wie ein Netz – mein Untergang, die Zwangsjacke.

Jetzt sind diese dunkelsten Nächte vorüber. Die beiden Seiten von mir sind vereint. Ich lasse die Magie wieder fließen, abgeschieden, subtil, bedächtig, um den hohlen Schmerz in meinem Herzen zu lindern. Mein rechter Flügel ist immer noch beschädigt, aber indem ich ihn jeden Tag strecke, fügt er sich Stück um Stück wieder zusammen.

Klaustrophobie hat keine Macht mehr über mich. Ich habe gelernt, die Klettverschlüsse der Zwangsjacke zu manipulieren. Sie mit nur einem Gedanken aufzureißen. Sobald meine Arme frei sind, bedecke ich die Überwachungskamera über der Tür mit der Jacke, lasse meine Flügel frei und tanze halb nackt auf dem gepolsterten Boden, während ich mir vorstelle, ich sei wieder in Wunderland, in Schwester Eins gepolstertem Häuschen, wo ich Zuckerkekse esse und mit einem eiförmigen Mann namens Humphrey Schach spiele. Bis die Mitarbeiter der Irrenanstalt merken, dass meine Kamera nicht funktioniert, habe ich meine Flügel bereits wieder eingezogen und bin wieder von den Klettverschlüssen und der Baumwolle gefesselt, in der Ecke zusammengesunken, still und teilnahmslos.

Nachts schleiche ich mich aus meinem Zimmer, wenn alles ruhig und reglos ist. Und ich beobachte die Menschen, wie sie schlafen, betrachte ihre Verletzlichkeit und genieße die Tatsache, dass ich nie wieder so hilflos sein werde wie sie.

Ich *bin* wahnsinnig und ich heiße den Wahnsinn willkommen. Er ist Teil meines Erbes. Der Teil, der mich nach Wunderland geführt und mir die Krone eingetragen hat. Der Teil, der mich führen wird, um ein letztes Mal gegen Rot zu kämpfen, bis nur eine von uns übrig bleibt.

Bis dahin bin ich eine Königin ohne Rückweg in mein Königreich, das für mich blutet. Meine beiden getreuen und geliebten Ritter, Jeb und Morpheus, sind im IrgendWoanders gefangen – der Spiegelwelt, dem Land der Verbannten und der Schauerlichen. Und meine Mom ist allein in Wunderland, der Gnade Schwester Zweis ausgeliefert. Das ist inakzeptabel. Ich habe sie nicht zurückgeholt, nur um sie erneut zu verlieren.

Das Kaninchenloch ist eingestürzt und mein Schlüssel ist zu einem Klumpen wertlosen Metalls geschmolzen. Aber ich habe noch einen anderen Schlüssel – einen *lebenden* Schlüssel –, der durch die Spiegel dieser Welt den Weg nach IrgendWoanders öffnen kann. Und jetzt habe ich die Eintrittskarten, gegen die ich ihn eintauschen kann.

Gestern Nacht bin ich nach der Einschließung in Moms altes Zimmer geschlichen, weil ich mich danach sehnte, es zu sehen.

Von den Schatten hinter dem Geranienbild an der Wand ging ein sanftes, seltsames Leuchten aus, das nur jemand bemerken würde, der gelernt hatte, Licht in der Dunkelheit zu sehen. Bilder mit dem gleichen Motiv hängen in jedem Zimmer, aber die Blumen auf diesem einen schimmerten – neongrüne, orangefarbene und rosa Blütenblätter. Einer Eingebung folgend, habe ich den Rahmen beiseite gezogen und festgestellt, dass das Gemälde hinter den Blütenblättern hauchdünn abgerieben worden war. Und hinter dem Bild war ein faustgroßes Loch in der Gipswand, randvoll mit ultravioletten Pilzen.

Mom hat für Wunderland Pilze gesammelt, als sie hier eingesperrt war. Als sie mir erzählte, Netherlinge hätten immer einen Fluchtplan, hat sie es ernst gemeint.

Danach habe ich eine Zeit lang auf dem Bett gesessen, die Pilze in der Hand, und mich gefragt, wie oft sie sie benutzt haben mochte, um hinauszukommen, wenn sie eine Flucht brauchte. Es hat meinen Geist beruhigt zu wissen, dass sie immer diese Chance hatte, und noch mehr, dass sie sie an mich weitergegeben hatte.

»Hey, Ally.« Dads Ankunft holt mich in die Gegenwart zurück.

Ich atme die frische Luft draußen ein und verspüre ein Wiederaufleben von Energie. Der Teil meines Gesichts, der in der Sonne ist, ist heiß, daher rutsche ich tiefer unter den Sonnenschirm.

»Hi.« So viel biete ich ihm an, dann wende ich mich wieder meinem Gespräch mit den beiden Monarchfaltern zu, die um die Blumen auf dem Tisch herumflattern. Sie sagen mir, ich solle mich beeilen, denn der Flug nach London dauere lange für sie, und sie flögen lieber bei Tageslicht.

Dad beobachtet mich mit den Insekten, müde und entmutigt. »Ally, Schätzchen, versuche, dich zu konzentrieren, okay? Es ist wichtig. Wir müssen deine Mutter und Jeb finden. Sie sind in Gefahr.«

Ja, das sind sie, Dad. Mehr, als du ahnst.

»Wenn du die Krankenschwester wegschickst«, sage ich mit einer wahnsinnigen Singsangstimme, »werde ich dir alles erzählen, woran ich mich erinnere.« Ich löffele ein Hacksteak aus meiner Teetasse und stopfe den salzigen, fleischigen Bissen in meinen Mund. Von meinem Kinn tropft die Sauce. Ich esse jetzt nur noch so, mit Teetassen und Untertellern. Und ich ziehe mich jeden Tag wie Alice an. Ich weiß, wie man Wahnsinn nachahmt. Ich habe von der Meisterin gelernt.

Es tut mir von Herzen weh, Dads Gesichtsausdruck zu sehen, als er die Schwester anweist zu gehen. Er hat Angst davor, mit mir allein zu sein. Ich mache ihm keinen Vorwurf. Aber ich schiebe mein menschliches Mitgefühl beiseite. Er wird stark sein müssen für die Reise, die wir vorhaben. Wenn er Mom retten will, wird sein eigener gesunder Verstand auf die Probe gestellt werden.

Es ist okay, denn ich habe Vertrauen zu seiner Stärke.

Er ist der Schlüssel zu allem, und damit er in das Schloss passt, werde ich kaltblütig und schlau genug für uns beide sein.

Dad, dessen linkes Augenlid zuckt, sieht mich an. »In Ordnung, Ally. Wir sind allein.«

Ich verziehe die Lippen zu einem brutal süßen Lächeln. »Bevor wir über den Abend des Schulballs reden, probier von deinem Essen. Es schmeckt gut.«

Er kneift die Augen zusammen und zieht eine Gabel aus seiner Teetasse, die von Fleisch, Pilzen und Sauce tropft, dann schiebt er sie sich in den Mund.

Ich stütze mich mit einem Ellbogen auf den Tisch und bette das Kinn in die Hand. »Während du damit beschäftigt bist zu essen, darf ich dir eine Frage stellen?« Meine Stimme klingt gespreizt und gestört, selbst in meinen eigenen Ohren. Umso besser, um ihn aus dem Gleichgewicht zu bringen.

Er schüttelt den Kopf und schluckt. »Ally, hör auf, Spielchen zu spielen. Wir verlieren hier Zeit.«

Ich ziehe einen Schmollmund. »Wenn du nicht mit mir spielen willst, bin ich mir sicher, dass meine anderen Gäste es tun werden.« Ich beuge mich vor und flüstere den Blumen auf dem Tisch etwas zu, während ich Dad aus dem Augenwinkel beobachte.

Er stößt einen erstickten Laut aus und wird beinahe grün. »Na schön, was willst du wissen?«

»Ich war nur neugierig.« Ich greife nach den leuchtenden Pilzen, die eingewickelt in ein Papiertuch in meiner Schürzentasche liegen. Er merkt nicht, dass ich beide Hacksteaks mit der glatten Hälfte eines der Pilze vermischt habe, wodurch wir binnen Sekunden auf die Größe von Käfern geschrumpft sein und auf dem Rücken von Faltern fliegen werden. »Wie stehst du zu Zügen?«

© Pam Lary Photography

A.G. Howard wurde durch ihre Arbeit in einer Schulbibliothek zu »Dark Wonderland« inspiriert. Sie hatte sich schon immer gefragt, was wohl passiert wäre, wenn die gruselige Stimmung in Alice im Wunderland deutlicher zutage getreten wäre. »Dark Wonderland« ist ihr Tribut an Lewis Carroll. Wenn A.G. Howard nicht schreibt, liest sie, fährt Rollerblades, gärtnert und macht Urlaub mit ihrer Familie – inklusive Ausflügen zu uralten Friedhöfen und von Geistern heimgesuchten alten Schulen, die ihr als weitere Inspiration dienen.

Weitere Bücher der Autorin bei cbt:

Dark Wonderland – Herzkönigin (Band 1: 16319)